# 戴望舒集

戴望舒◎著
子　衿◎编

中国华侨出版社
北京

**图书在版编目（CIP）数据**

戴望舒集/ 戴望舒著；子衿编. —北京：中国华侨出版社，2018.3

ISBN 978-7-5113-7540-7

Ⅰ. ①戴… Ⅱ. ①戴… ②子… Ⅲ. ①中国文学—现代文学—作品综合集 Ⅳ. ①I216.2

中国版本图书馆CIP数据核字（2018）第033674号

**戴望舒集**

著　　者：戴望舒
编　　者：子　衿
出 版 人：刘凤珍
责任编辑：福　荣
封面设计：叶　子
文字编辑：毛　毛
美术编辑：宇　枫
经　　销：新华书店
开　　本：650毫米×940毫米　1/16　印张：58　字数：930千字
印　　刷：北京德富泰印务有限公司
版　　次：2018年8月第1版　2018年8月第1次印刷
书　　号：ISBN 978-7-5113-7540-7
定　　价：68.00 元

中国华侨出版社　北京市朝阳区静安里26号通成达大厦3层　邮编：100028
法律顾问：陈鹰律师事务所
发 行 部：（010）88866079　传　真：（010）88877396
网　　址：www.oveaschin.com
E-mail：oveaschin@sina.com

# 前言

“五四”运动以来的中国诗人中，戴望舒是最具艺术魅力和最富渗透力的诗人之一。因诗作《雨巷》深受读者喜爱，广为流传，被誉为“雨巷诗人”，开启了中国无数读者心目中的“丁香情结”。

戴望舒曾就读于上海大学和震旦大学，先后与人创办过《璎珞》《文学工厂》《新诗》等多种刊物。1926年处女诗作《凝泪出门》发表。1929年第一本诗集《我的记忆》出版，其中《雨巷》引起轰动。1932年11月赴法留学，深受法国象征派诗人影响。在继续从事著译活动的同时，于1933年出版了诗集《望舒草》，收录的诗作数量较多，艺术上也较成熟，在创作中最具代表意义，戴望舒因此成了中国现代派诗人的领袖，“现代新诗的尤物”。叶圣陶盛赞他“替新诗创了一个新纪元”。抗日战争爆发后，戴望舒投身于民族解放斗争的行列。随着命运的磨难，随着灵魂的升华，诗歌观念和创作实践都发生了巨大的变化。1938年5月赴香港主编《大公报》文艺副刊和《星岛日报》星岛副刊。1941年被捕入狱，受尽严刑拷打，仍坚贞不屈，保持了一个正直知识分子高尚的民族气节。并写下《狱中题壁》和《我用残损的手掌》等作品。

戴望舒上承中国古典文学之光泽，旁采法国象征诗派之芬芳。他的诗以“三美”著称于世：诗境的蒙胧美、语言的音乐美和诗体的散文美。

戴望舒早期诗歌因受英国颓废派诗人和法国浪漫诗人的影响，又沉溺于晚唐诗人纤细与感伤的艺术气氛中，意象朦胧含蓄，多写个人孤寂抑郁的心情，读起来让人觉得十分伤感。《我的记忆》中“旧锦囊”留存的诗作，就是这种抒发个人哀愁感伤情绪的代表。而他的后期作品则“抛开了浪漫派，倾向了象征派”，表现了热爱祖国、憎恨侵略者的强烈感情和对未来的热烈向往。《我用残损的手掌》就是诗人对祖国一片赤诚之心的最好写照，表达了对山河破碎的苦痛和对光明的向往。

戴望舒还是著名的翻译家，译诗语言优美，是诗歌翻译学者们学习的范本，至今无人超越。

细读其诗，总是感觉有一种特殊的艺术氛围浸润其间，令人深受感染并为之动心。这种特殊的艺术氛围不仅在于他的单纯，在于他的文字优美得犹如品一盏淡淡的清茶，回味隽永；而且也在于他对“开出花来的”梦的执着追求。

追寻梦想是戴望舒一生的渴求。从追寻风花雪月的情调，到追寻刻骨铭心的爱情；从追寻宁静安逸的生活，到追寻自由光明的境遇，他一直在寻梦，并报以“攀九年的冰山，航九年的旱海”的精神。

本书分上、下篇。上篇写一个寻梦者忠实的一生，向读者解读了戴望舒的心路历程与文学思想；下篇秉承大众阅读的原则，力争在一本书中，尽可能多地汇集戴望舒的诗作、散文、小说、评论、日记、译作等名篇。这些作品有很强的文学性、思想性和社会性，读者不仅可以多方面了解戴望舒的作品与写作特点，还可以对国外的多位著名诗人的作品形成一个系统的认识。

这是一部不可多得的戴望舒作品集典藏珍本，全新设计，集阅读价值、研究价值、收藏价值于一体，是文学爱好者以及研究者的理想读本，适合广大读者收藏。可谓雅俗共赏，弥足珍贵。

翻阅本书，让你在阅读之中如沐春风，也会让你在淡淡的哀伤中品位人生的意义。

# 目 录

◎上篇◎

## 忧郁多情的一生



◎下篇◎

## 大师精品选

# 上篇

# 忧郁多情的一生

# 第一章
# 故乡的童年

1905 年 11 月 5 日，戴望舒出生在美丽杭州的一个小康之家。

“望舒”一词出自屈原的《离骚》：“前望舒使先驱兮，后飞廉使奔属。”意思是指上天入地漫游求索，坐着龙马拉的车子，前面由月神望舒开路，后面由风神飞廉作跟班。望舒就是神话传说中替月亮驾车的天神，美丽温柔，纯洁幽雅。可知，长大后的戴望舒取此笔名，是有一番才情的。

戴望舒的父亲戴立诚，母亲卓文临，对于小家伙的到来，满怀欢喜和希望给他取个名字：戴丞，表字朝宷。“丞”和“宷”都包含“官”的意思，毫无疑问，小望舒长大走上仕途之路，一生荣华富贵是戴立诚夫妇最大的期盼。

戴望舒的童年生活本应该是波澜不惊的。严父慈母的关爱使他的童年在安定的环境中度过，尤其是母亲卓文临女士，出身于书香世家，有文学修养，常常给年幼的戴望舒讲《水浒》《西游记》《封神演义》等古典文学名著和《天仙配》《梁祝》《宝莲灯》等民间故事，还给他整段整段地吟唱家乡戏文、打谜语、说歇后语等。这或许正是戴望舒的文学启蒙课。

戴望舒从小聪慧，天资过人。不幸的是，一场天花给戴望舒的童年乃至整个人生蒙上了一层阴影。虽然经过细心调理和治疗，但这场可怕的疾病终究毁坏了他俊逸的面容，脸上落下坑洼的瘢痕。年幼时，戴望舒便常被一同玩耍的小伙伴们讥讽和嘲笑，戏称他为“麻子”，直至成年后，也常被朋友们善意地取笑。一次和杜衡、纪弦、张天翼等朋友在酒楼吃饭，戴望舒说：“谁个子最高谁付账，好不好？”身材最高的纪弦答道：“谁脸上有装饰趣味的谁请客。”大家听不明白，杜衡解释道：“不就是麻子吗！”戴望舒虽不因此生气，但这些玩笑终于在他的内心形成了无法化开的块垒，随之而来的自卑笼罩了他整整一生。

四岁时戴望舒随父亲移居北戴河，回到杭州时，已经到了上学的年龄。那时，震惊世界的辛亥革命已经发生，这次革命推翻了清朝的统治，结束了中国历史上绵延两千多年的封建帝制。新式的学堂正在兴起，但传统的学堂依然占据着主流的位置。戴望舒的父母经过长时间的考察和讨论，最终在返回杭州一年之后，做出了决定。戴望舒根据父母的意愿，进入杭州鹾务小学学习。

鹾务小学是杭州当时教学质量最好、管理最严格的学校，校长是一位典型的守旧派老夫子，对四书五经等中国古代经典十分偏爱，同时又是一位书法家，对学生的教育有着旧式私塾先生的古板和严谨，学生们在学校除了学习国学，还要练习书法和太极拳等。小学时代的学习，为戴望舒打下了扎实的中国古典文化基础。

1919 年，五四运动在北京爆发。同年，十四岁的戴望舒考入了杭州宗文中学。这是一所只招收男性学生的私立中学，在当地享有极好的口碑。宗文中学的校长同样是一位旧派的先生，思想保守，对新文学嗤之以鼻。但正是在这里，戴望舒开启了他一生的文学之路。当人在一个领域中的工作得到别人积极回应的时候，这无疑会带来巨大的精神动力。人们总是需要一些志同道合的人，尤其是在人们刚刚走进某一领域的时候，更需要来自伙伴们的激励和批评。在宗文中学，他认识了杜衡、张天翼等人，并成为好朋友。

而在1921年，十六岁的戴望舒结识了他生命中的一个非常重要人物——施蛰存。施蛰存祖籍也在杭州，八岁时全家迁到松江。他们因为各自对文学的热爱而结交，互相钦佩，一见如故，但最开始他们只把对方当成一个志趣相投的朋友，而完全没有意识到他们的相识对各自的一生将会产生如何巨大和深远的影响。

此后，戴望舒与朋友们成立了文学社团“兰社”，并创办了社团刊物《兰友》旬刊，戴望舒自己担任编辑部主任，而编辑部也设在他的家中。“兰社”虽然并不是一个成熟和成功的文学社团，社刊《兰友》更是把内容定位在以旧体诗词和小说为主，但这却是戴望舒和他的朋友们进入文学的第一个脚印。戴望舒本人也开始了文学创作，并向上海的刊物投稿，他甚至尝试了翻译欧美文学作品。

杭州，这座充满浓郁人文气息的城市，见证了戴望舒从呱呱坠地到成为文学青年的成长历程。这个时期，他和朋友们创办了自己的文学刊物，他的小说《债》《卖艺童子》《母爱》等以及一些短文和译作先后在《半月》《星期》等刊物上发表。

杭州把江南的灵秀之气注入戴望舒的灵魂，江南的烟雨和缠绵注定要陪伴他一生。尽管戴望舒还没有真正找到最适合自己的文学表达方式，而仅仅是表现出了对文学的向往，并尝试着向文学之路迈出了第一步，但这对于他今后的整个文学生涯无疑是重要的。在这里，年少的戴望舒，犹如一只渴望飞翔但却羽翼未丰的幼鸟，尝试着向文学的天空发出了自己青涩的声音，尝试着张开自己幼小的翅膀。

# 第二章
# 热血才情

1923年，戴望舒结束了四年的中学时光。从宗文中学毕业后，他开始考虑自己的未来。五四运动虽然过去几年了，但这场运动传达出来的启蒙思想却越来越深入人心。小学和中学都是父母做主替他选择的，多年来僵化的传统教学模式，让他越发想要呼吸一口新鲜的空气。现在，十八岁的戴望舒将要根据自己的志愿，为自己选择一所大学。

刚好，就读于杭州之江大学的好友施蛰存因为思想激进，受到学校的排挤，自动辍学，两个好朋友于是同时考进了上海大学。

上海早在1842年便在不平等的《南京条约》中，被指定为通商口岸。几十年来，各国人士多从此经过或在此停留，上海成为了一个多种文化交汇融合的集散地。外国人带来的西方民主观念，潜移默化地影响着这座充满张力的城市，使它散发出诱人的气息。

当时的上海大学，创办时间并不长，规模不大，在学术界的影响力也只能说一般，但却像上海这座城市一样，充满青春的激情。上海大学的校长是国民党元老于右任，但其骨干力量却是由共产党人和进步的民主人士构成，瞿秋白、恽代英、邓中夏、陈望道、萧楚女、茅盾、田汉、任弼时、俞平伯等当时都在上海大学任教，他们传达给学生的，无疑是在那个时代看来充满活力，甚至显得有些激进和危险的思想。而这正是上海大学最符合青年学生心理需求、最能吸引青年的地方。戴望舒和施蛰存两个充满激情和梦想的年轻人，无疑感受到了这种来自内心的召唤。

大学让戴望舒进入了一片全新的天地，这是以往从未有过的体验。他和茅盾、田汉等教员建立了良好的关系，常在课后交流，这在由老派读书人主持的学校是不可想象的。在大学，戴望舒也结交了不少新同学。老师们上课的内容也令人耳目一新，尤其是田汉在课堂上介绍的法国诗人魏尔伦，更是成为青年戴望舒心中的偶像，成为他毕生写作的一个重要参照系。

除了主修的文学课程，戴望舒还经常去社会学系旁听，这也有助于他接受更系统和深刻的革命理论，同时也极大地开阔了他的视野。

在这段时间，戴望舒开始了他的新诗写作，这意味着他逐渐找到了更适合自己的表达方式。他最初只是为了纯粹地表达需求而写作，这部分作品他几乎从不示人，似乎只是写给自己看看，直到后来他办了第二个文学刊物《璎珞》，才陆续发表出来。这些作品以抒写个人的情绪、情感为主，并未与令他热血澎湃的革命互相交叠。

1925 年，“五卅”运动在上海发生。帝国主义对中国工人和学生的残酷压迫和血腥镇压激怒了国人，学生、工人以及社会各界人士纷纷上街游行抗议，以共产党人为骨干的上海大学自然也在其中。戴望舒也参加这次游行，这是他第一次真切感受到如此沸腾的激情和风云变幻的局势。人们的抗争换来更疯狂的血腥镇压，而表现激进的上海大学也不得不面临被查封的结局。

失学的戴望舒只好转而进入震旦大学，他在这里结识了后来成为“新感觉派”代表作家的刘呐鸥。不久杜衡和施蛰存也来了，志同道合的朋友终于又聚首了。

震旦大学由法国教会主办，设有特别班，招收中国学生学习，一年期满达到要求便可推荐到法国留学。年轻的戴望舒自然是对法国充满向往的。

在震旦大学，戴望舒的老师是一位名叫樊国栋的保守的法国神甫。这位神甫对学生非常严厉，要求学生死记硬背，记下学过的法语课文，不能背诵的学生将遭受惩罚。这种教学方式当然很枯燥，与戴望舒从小接受的传统教育，似乎并没有本质的区别。但在樊神甫严厉的要求之下，戴望舒的法语基础打得很扎实。有扎实的基础，可以轻松阅读原文的戴望舒不再满足于樊神甫要求学习的课文，对文学的敏感，使他的关注点从被奉为经典的浪漫派转向了象征派，乃至新兴的后期象征派。

期间，戴望舒和施蛰存等一起自费创办了《璎珞》杂志，编辑部设在松江施蛰存的家中，刊登他们自己的作品和译作。办这份刊物，起因是李思纯在吴宓主编的《学衡》上发表了一部翻译的法语诗集《仙河集》，戴望舒一读之下，发现错误百出，便写了评论，就此展开探讨，但因为李思纯是当时法语翻译界的权威，备受推崇，戴望舒这篇“负面”的文章根本找不到发表的渠道。为了发表自己的文章，戴望舒创办了《璎珞》。《读〈仙河集〉》发表出来，引起了不小的关注，李思纯看后，就此不再发表译诗。戴望舒早期的新诗也得以第一次公开，尽管只是在一个非常有限的范围之内公开。《璎珞》仅仅办了四期，为时一个月，便告停刊。

因为家里一时凑不出留学的费用，戴望舒没能前往法国，而是升入本科班继续学习。这时，革命再次向他招手。

1926 年年底，21 岁的戴望舒和施蛰存、杜衡一起经上海大学的老同学介绍加入了共青团。那时他写了一篇叫《回忆》的散文，记述他童年时代在北戴河与青梅竹马的曼云妹妹在海滩上玩耍，妹妹在拾贝壳时被海浪卷走，他气得晕过去。后来，他天天在海滨盘桓，有一群沙鸥从头上飞过，他想曼云已化为了鸥鸟，便给自己取名叫戴梦鸥、梦鸥生。

后来，三人又共同加入国民党左派。戴望舒等人通过一位神秘的交通员和组织联系，并参加了一些秘密的政治活动。在一次前往一个团组织驻地时，戴望舒和杜衡终于被捕。警察连夜审讯后，将两人监禁起来。幸得一位陈姓同学的父亲搭救，两人第二天便被放了出来。但那寒冷的夜晚和阴郁的狭小空间,使戴望舒第一次真切感受到了革命的残酷和内心的恐慌。次月，也就是 1927 年 4 月，国共合作破裂，上海一时间阴云密布，戴望舒等只得各自回乡。

第一次与上海这个国际大都会亲密接触，戴望舒或许曾吃惊于它的繁华及夜夜笙歌，但却从未涉足其间。在这里，他大量接触了法国新文学，渐渐找到了属于自己的表达方式；同时他接受了革命思想的冲击，并参与了革命实践，真正见识到了革命的慷慨激昂和惨烈残酷。他激昂的热血开始逐渐收缩，深深的沮丧和失望使他渐渐疏远党组织和共青团。革命似乎离他已远，他完全沉浸到自己的世界中。这一切，影响着他的整个人生。

1927 年，戴望舒回到家乡杭州。

此时，戴望舒对杭州的生活渐渐无法忍受，与上海同样的政治高压，国民党浙江省党部扩大反共，使得这座古都如黑云压城，令人喘不过气来。而且，这种远离文学的庸常生活，并非是戴望舒所期望的。为安全计，他和杜衡终于逃离了杭州，前往松江县好友施蛰存家中暂避。

施蛰存是戴望舒好友，那时戴望舒写的诗并不被人看好，后来是施蛰存在《现代》杂志上主推戴望舒的诗，并高度评价，使其一度成为可以与“新月派”诗歌比肩的代表。

松江是一座文化名城，古代的松江府其实就管辖上海一带，称得上是上海文化的发源地，历史悠久，名人辈出，陆机、陆云、赵孟頫等便是其中的代表。

戴、杜二人来到松江后，便寓居于施家的阁楼之上。他们在这里尽情地阅读、写作，同时翻译了不少外国的作品。他们把这里称为“文学工场”，意思是愿意为了文学而服苦役，但对于他们来说，这里更像一座文学乐园，他们淋漓尽致地展现着自己的才华，就像禽鸟忘情地展示自己的羽毛。无疑，他们的内心在这里得到了满足，他们的工作是高效的，很快，戴望舒便翻译出了法国作家夏多布里昂的《少女之誓》。

但再快乐的日子，若老是重复，也会使人厌倦，别人或许还好些，敏感而耐不住寂寞的戴望舒却终于熬不住了。

戴望舒暂时离开江南，第一次前往北京，打算继续学业。在北京他结识了一批新兴文学青年，如姚蓬子、沈从文、胡也频、冯至、丁玲等，也有过快乐交流的时光，但他对北京的文化氛围是失望的，与之前自己的想象大相径庭，这里并没有留下多少新文化运动的气息。他失望地回到松江。短暂的北京之行，于他而言，最大的收获，应该是通过丁玲和胡也频结识了冯雪峰。冯雪峰是一个热烈的革命者，他的存在，使得戴望舒最终并未真正远离革命。

1928 年初，因为出版的译稿被当局审查出政治问题，冯雪峰为救出受到牵连的出版、翻译、评论界的朋友，写信给戴望舒假称需要一笔钱救出一个相好的妓女。戴望舒等几人在疑惑中凑足了钱汇去，不久冯雪峰来到了松江，大家才明白事情的真相。

当时，冯雪峰已加入共产党，充满革命的激情，思维明晰，口才极好，对戴望舒等人的影响很大，他们开始对革命文学产生了浓厚的兴趣，甚至翻译了苏联的短篇小说集。但在冯雪峰劝告他们重新靠近党组织的时候，他们选择了婉言拒绝。作为家中的独子，三人都有一些顾虑，而且在文学创作上，他们也都希望拥有更大的空间，创作更加自由，而不过多地受到政治的约束。

# 第三章
# 天青色的爱情

戴望舒住进施家，遇见了18岁的施绛年——戴望舒坎坷爱情旅程中的第一个恋人。

施绛年是施蛰存的妹妹，在哥哥的影响下，对文学也很钟情，时常到“文学工场”，与戴望舒等人一起谈论文学，或帮忙抄写稿子。刚开始，戴望舒还只是将施绛年视作自己的小妹妹，但是，来往得多了，渐渐地发现自己被这个美丽的少女深深吸引，深深爱上了她。但戴望舒对爱情却羞于启口。更重要的是童年那场天花带给他满脸的瘢痕“装饰”，更是令他自卑敏感，木讷腼腆，与女性交往时总是显得过于严肃拘谨。戴望舒尽管已有诗名，才华横溢，但并不是一个潇洒风趣的人，而施绛年与戴望舒相反，她富有个性，活泼开朗，注重物质享受，和所有年轻女孩一样爱慕虚荣。施绛年渴望美丽的爱情，但这却是戴望舒不能带给她的。戴望舒容貌上的缺陷，以及他的性格，都与施绛年的梦想相去甚远。

虽然人们说互补的性格更有益于双方的交融，但他们性格的差异实在太大了，不同的性格令他们之间总显得有些格格不入，或许这已经预示了这段感情的发展并不美好的结局。

诗人的感情世界忧郁而强烈，敏感而多情。何以表情达意？唯有诗千行：

“我将对你说我的恋人／我的恋人是一个羞涩的人／她是羞涩的，有着桃色的脸／桃色的嘴唇，和一颗天青色的心。她有黑色的大眼睛，那不敢凝看我的黑色的大眼睛／不是不敢，那是因为她是羞涩的，而当我依在她胸头的时候，你可以说她的眼睛是变换了颜色，天青的颜色，她的心的颜色。她有纤纤的手，它会在我烦忧的时候安抚我，她有清朗而爱娇的声音，那是只向我说着温柔的，温柔到销熔了我的心的话的。她是一个静娴的少女，她知道如何爱一个爱她的人，但是我永远不能对你说她的名字，因为她是一个羞涩的恋人。”

戴望舒一首接一首地给施绛年写情诗，而施绛年就是对戴望舒写诗献爱不以为然，无动于衷，既没有严词拒绝，也不说接受。因为她对戴望舒的感情早就心知肚明。施绛年的冷漠让戴望舒痛苦不堪。施绛年不敢断然拒绝戴望舒，也许有碍于哥哥施蛰存的情面，也要顾及诗人的脸面，她闪烁其词地一直刻意躲闪着，又总是对他若即若离，希望戴望舒知难而退。戴望舒与施绛年的交往很频繁，施绛年以她少女的调皮，或出于年轻女孩对爱情的需求，对戴望舒的热烈追求也并不反感，他们有时一起散散步，说说话，偶尔还会有一些亲昵的举动，有时也会撒娇说：“追随我到世界的尽头”；有过恋人间常见的争执，这在戴望舒看来，似乎是施绛年已经认可了他的靠近。

事实上施绛年愈是不果断拒绝，但这却显然令戴望舒产生了误解，觉得有一线希望，经过努力是能获得爱情的。

尽管如此，戴望舒还是无法从这份无望的感情中走出来，他自己也知道自己“是一个可怜的单恋者”（《单恋者》），他在《残花的泪》里幽怨着：“你会把我孤凉地抛下，／独自蹁跹地飞去，／又飞到别枝春花上，

/ 依依地将她恋住。”他无助无望地徒劳呼唤《回了心儿吧》，“回来啊，来一抚我伤痕”。“爱一些些！我把无主的灵魂付你；/ 这是我无上的愿望和最大的希冀。”但他的呼唤没有换来回应，他被折磨得觉得自己《老之将至》。

尤其是在爱情中，处于从属地位的戴望舒，诗人的敏感气质使他总是在甜蜜的瞬间感到悲伤和绝望，他写道：“什么是我们的恋爱的纪念吗？拿去吧，亲爱的，拿去吧，这沉哀，这绛色的沉哀。”（《林下的小语》）“去吧，欺人的美梦，欺人的幻象……”（《忧郁》）甚至戴望舒感觉到他的爱人“有一颗天青色的心”（《我的恋人》）、“那里是盛着天青色的爱情的”（《路上的小语》）。天青色是一种素雅纯净的颜色，但却是冷色调的，用来形容爱人的心以及两人之间的爱情，其实传达出了戴望舒对爱情的隐忧，他已经深切地察觉到了施绛年对他的冷淡。但戴望舒却陷入这无望的爱情里不能自拔。

也正是在与施绛年交往之后，1927 年夏天，戴望舒写出了他最广为传诵的《雨巷》，戴望舒把自己心中的苦楚投射到那个丁香般的姑娘身上。

撑着油纸伞，独自 / 彷徨在悠长，悠长 / 又寂寥的雨巷 / 我希望逢着 / 一个丁香一样的 / 结着愁怨的姑娘。/ 她是有 / 丁香一样的颜色，/ 丁香一样的芬芳，/ 丁香一样的忧愁，/ 在雨中哀怨，/ 哀怨又彷徨；/ 她彷徨在这寂寥的雨巷，/ 撑着油纸伞 / 像我一样，/ 像我一样地 / 默默彳亍着，/ 冷漠，凄清，又惆怅。/ 她静默地走近 / 走近，又投出 / 太息一般的眼光，/ 她飘过 / 像梦一般地，/ 像梦一般地凄婉迷茫。/ 像梦中飘过 / 一枝丁香的，/ 我身旁飘过这女郎；/ 她静默地远了，远了，/ 到了颓圮的篱墙，/ 走尽这雨巷。/ 在雨的哀曲里，/ 消了她的颜色，/ 散了她的芬芳，/ 消散了，

甚至她的 / 太息般的眼光，/ 丁香般的惆怅。/ 撑着油纸伞，独自 / 彷徨在悠长，悠长 / 又寂寥的雨巷，/ 我希望飘过 / 一个丁香一样的 / 结着愁怨的姑娘。

这首诗富有浓厚的个人感情，亲切柔美的抒情风格，让人陶醉，带着诗人的情怀和忧郁，很有点爱情气氛，表现了抑扬顿挫的节奏，寄寓着戴望舒的理想，像孤独的游子在徘徊、寻觅，渴望被宠爱。

戴望舒或许是表达了爱情的迷茫，又或许掺杂了破碎的时代和理想，不论如何，这首诗发表后，获得了人们普遍的赞赏，一举奠定了他在诗坛的地位，“雨巷诗人”之名就此不胫而走。

一边是陷入爱情陷阱，一边却不能抛开文学。戴望舒或许已经意识到，文学正是在他与这散发着忧伤气息的爱情之间，甚至是他作为个体与荒谬的时代之间取得平衡的一种有效的途径。戴望舒依然勤勉地坚持着写作和翻译。他翻译的夏多布里昂的《少女之誓》很快在开明书店出版，其间他的诗歌及其他译作也不断问世。

文学的梦想让几位年轻人很快便不再满足于阅读、写作和谈论，创办刊物的热情重新燃起。他们立即着手，打算办一本以他们工作室“文学工场”为名的文学杂志，很快他们便编好了两期刊物，但事先谈好出资的光华书局在审阅校样后，却因为内容太激进而打了退堂鼓，《文学工场》这本刊物最终胎死腹中，这使得戴望舒等人倍感失落。

但好消息很快便传来了。1928 年 9 月，戴望舒曾经的同学刘呐鸥从台湾来到上海，带来了一笔巨款，打算开书店、做杂志，因缺少得力的帮手，于是写信给戴望舒等几人，邀请他们到上海共同发展。这对于苦闷中的戴望舒等人，不啻为久旱之甘霖，自然是一拍即合，几人立即收拾行装，前往上海。很快，几人创办的《无轨列车》杂志创刊了，“第一线”书店也开业了。“无轨列车”这个名字充满了都市气息，且表明了刊物唯作品论、不限制风格和题材的立场；而“第一线”这个名字，更是显示了几位年轻人的高远志向。不幸的是，书店不久便被当局查出有“赤化”嫌疑而勒令停业了。到了1929年秋天，戴望舒等人又创办了《新文艺》月刊。《新文艺》发表了戴望舒大量的作品和译作，但因为过多地译介苏联等国的文学作品，它最终也只能以“赤化”之名被禁止。

为了避开当局的盘查，几人在租界重新开了一家“水沫书店”。这个名字，比起原先的“第一线”，已完全没有了那种激昂的气势，而是更增添了从小处做起的意味。戴望舒就住在书店里，书店的一切事务基本都由他一人打理，忙得不亦乐乎，却也快乐充实。结识罗大冈等朋友，也正是在这个时期。水沫书店开办时期，除了戴望舒自己的写作，他的朋友们在文坛也屡有斩获，施蛰存、刘呐鸥、穆时英逐渐成为了“新感觉派”小说的代表人物。

1932年1月，因为“淞沪战争”爆发，水沫书店被迫关门。戴望舒等人不得不离开上海，各回家乡。但到了5月，戴望舒、施蛰存和杜衡又重新在上海聚首。因为现代书局的老板洪雪帆和张静庐打算做一本中立的杂志，于是便想到邀请三人主持。于是施蛰存主编的，标举艺术至上、打破门户之见的《现代》得以创刊。

在早些时候，1929年4月，戴望舒的译作《爱经》和第一本诗集《我底记忆》同时在水沫书店出版了。

《我底记忆》这本诗集是戴望舒早期象征主义诗歌的代表作，其中最为著名的诗篇就是《雨巷》，受到了叶圣陶的极力推荐，成为传诵一时的名作。作家冯亦代先生十分感慨地说："我心里永远保持着他《雨巷》中的诗句给我的遐想。当年在家乡时，每逢雨天，在深巷里行着，雨水滴在撑着的伞上，滴答滴答，我便想起了《雨巷》里的韵节。"

《我底记忆》分为"旧锦囊""雨巷""我底记忆"三个小辑，收录了戴望舒早期的 26 首诗作。这些诗歌呈现出不同的风格，这与戴望舒尚处在创作的早期，写作充满随意性有关。最早的那部分诗歌，无论从诗歌的技艺还是表达的情感上，都显得比较生涩。而随后他迅速地找到了自己进入诗歌的方式。戴望舒最终选择了《我底记忆》而不是广受推崇的《雨巷》作为书名，这也表达了戴望舒对自己的高要求。

这首被戴望舒自己称为"我的杰作"的《我底记忆》突破了之前作品中的优美和韵律，杜衡认为这首诗"非常新鲜"，"字句底节奏已经完全被情绪底节奏所替代"。"它存在在燃着的烟卷上，它存在在绘着百合花的笔杆上……在凄暗的灯上,在平静的水上,在一切没有灵魂的东西上……但是我是永远不讨厌它，因为它是忠实于我的。"

松江的平静使戴望舒得以更专注地阅读和思考，和朋友们的交流也促使他的文学技艺不断提高。再次回到上海的戴望舒，最初的一段日子里，体验到了上海的夜生活。那时杂志还没办起来，书店也还没有开，他们几人便每天上午写作和读书，下午聊天或去游泳，到了晚上，他们变成了电影院和舞厅的常客，总是玩到深夜。但后来，开书店和办杂志占去了他大部分的精力。他的诗歌首度结集出版，使他声名大振。在冯雪峰的极力引荐之下，戴望舒加入了左联，但对自由创作的向往使戴望舒始终和左联保持着一段距离。

从松江到上海，戴望舒始终徘徊在爱与痛的边缘。无法把握的爱情带给他失落和苦闷，却也使他在痛苦中写出了那些动人的情诗。

尽管对爱情充满担忧，而施绛年对戴望舒的忽冷忽热也使戴望舒感到心痛和无所适从，她甚至并未公开接受过戴望舒的爱意，那些被戴望舒视为对方“默许”的行为其实是如此的不足为信，戴望舒常常陷入“你想笑，而我却哭了”（《夜是》）这样痛苦的情绪中。但在这个沉醉于爱情之中的苦恋者那里，爱情的火焰却燃烧得愈发炽烈。

戴望舒在出版自编的第一部诗集《我底记忆》的扉页上，印着 A Jeanne（即“给绛年”的意思）几个法文大字，并用拉丁文题上了古罗马诗人A·提布卢斯的诗句：

Ie Spectem Suprema mihi Cum Veneril hari

Ie teneam mor iens deziciente manu

戴望舒自译为：“愿我在最后的时间将来的时候看见你，愿我在垂死的时候用我的虚弱的手把握着你。”据此向世人公开了他对绛年的感情，表达他对绛年感情的大胆、赤诚和刻骨铭心。

戴望舒对施绛年一往情深，直到 1931 年，他与施绛年最后摊牌，求她接受自己的感情。遭到施绛年拒绝后，戴望舒做出了激烈的举动，打算自杀，以身殉情。施绛年在震惊、感动、同情、无奈等种种情绪之下，也在哥哥施蛰存的不断劝说之下，勉为其难地答应了戴望舒的求婚，这让戴望舒有了新生的力量和勇气。戴望舒不敢有丝毫怠慢，他在第一时间通知了杭州的父母赶到上海，向施绛年的父母提亲，举行了声势浩大的订婚仪式。但婚期拖延下来了。

成功订婚使戴望舒感到喜悦，他写道：“她是一个静娴的少女，她知道如何爱一个爱她的人。”（《我的恋人》）戴望舒在《村姑》《野宴》

《二月》《小病》《款步》等诗作中都洋溢着求爱成功的喜悦。戴望舒在这期间又写下了一大批脍炙人口的爱情诗作。《烦忧》："说是寂寞的秋的清愁，／说是辽远的海的相思。／假如有人问我的烦忧，／我不敢说出你的名字。"

《山行》《十四行》《回了心儿吧》《路上的小语》《林下的小语》《夜是》等大部分诗作都记叙了他的初恋经历。但戴望舒同时也感到这美好是如此虚幻，"但我已从你的缄默里，觉出了它的寒冷"（《款步（二）》）。戴望舒在《路上的小语》真实地再现了他与施绛年之间难以沟通的隔阂。戴望舒渴望的嘴唇是蜜酒的甘甜，施绛年回应的却是青色的橄榄和未熟苹果的苦涩。戴望舒渴望得到姑娘盛着天青色爱情的"十八岁的心"。

勉强答应订婚的施绛年更多的是迫于外界和自身的压力而做出的决定，她依然不爱戴望舒。不久，她提出结婚条件——戴望舒必须出国留学取得学业和有稳定的收入后，才能正式结婚。

这时，戴望舒又一次陷入感情的低谷。因为他太爱施绛平，为了好不容易追到的爱情，虽然心里并不想接受，最终只有义无反顾。

# 第四章

# 不情愿的旅程

出行的时间一拖再拖，直到 1932 年 10 月 8 日，戴望舒在经济非常困难的情况下，告别家人和朋友，独自踏上了“达特安”号邮船离开上海，去法国留学。

戴望舒曾经梦想过法国，他当初就读震旦大学的原因之一，就是从那里可以获得前往法国的、相对便捷的途径。阴差阳错，当年他未能实现的法国之行，在施绛年的催促之下，最终变成现实。或许在诗人心中，对法国的向往之情从未改变，但因为成了爱情的附加条件，法国一行终于成了戴望舒一次不情愿的旅程。

在这期间，诗人写作了《航海日记》，记录了他旅程中的所思所想。从《航海日记》的第一则到最后一则，“绛年”二字出现的频率非常高，诗人此间的心里全是绛年，眼前晃动的首先是施绛年的影子。即使是后来的通信中，他的情思也更多地萦绕在绛年身边，以致施蛰存在信中颇有微词：

你说你写信的时候是很急的，所以只好写电报式的信，但是你写给绛年的信却如此之琐碎，虽则足下情之所钟，但我颇以为对于她大可不必如此小心意儿……

正是由于爱得深切，所以才有能否长久拥有这份爱的忧虑。这种忧虑和诗人对迢迢前路的迷茫化合在一起，驱使他写下了《乐同鸟》这首诗，不断地追问“华羽的乐同鸟，/这是幸福的云游呢，/还是永恒的苦役？”

一个月的寂寞旅途之后，戴望舒抵达了法国巴黎。

巴黎浮华浪漫，空气中不仅飘浮着纸醉金迷的气味，更弥漫着浓郁的文艺气息。文艺家们来到这里，便被深深吸引，不愿离去，直到他们自己最终也成为装点这座璀璨都市的一道道流光溢彩的波光，闪耀于塞纳河上；或者成为满天星斗，积聚在这都市深邃的天幕中。

在当时，旅法的中国留学生大都选择前往里昂中法大学，在里昂，一切的开销，包括学费、生活费等，都比巴黎便宜得多。但诗人总是怀着浪漫的情怀，并且，也容易被浪漫的事物吸引。但浪漫总是不计后果的，世人看见了都市华丽的面孔，却没有意识到不论是精致美好的小资情调，还是颓废散漫的艺术生活，都是他这样的留学生无法踏入的世界。他选择浪漫都市的同时，也等于选择了艰辛、窘迫的异国生活。在巴黎的花销真是太大了，本来经济状况就不佳的戴望舒更是倍感压力。多亏了施蛰存等朋友多方筹钱，他才得以维持日常生活。离愁别绪笼罩着诗人，尤其是对施绛年的想念，以及对爱情的担忧，更是令他难以忍受。

戴望舒选择了在巴黎大学旁听，同时在另一个学校学习西班牙语。典型的学院派教育令诗人很快便被倦意侵袭，对施绛年的承诺也因这渐渐疲惫的身心而抛诸脑后，什么修得学位、什么回国任职，也全都置之度外了。戴望舒听从了内心的声音，毫不犹豫地朝着文学的方向去了。戴望舒迫不及待地开始了自由自在的阅读。在法国，阅读的空间更加广阔，许多书籍是在国内无法接触到的。阅读大大开阔了戴望舒的眼界，他的文学素养也得到不断提高。

为了缓解戴望舒的经济压力，施蛰存绞尽脑汁为他寻求发表和出版的途径，因为仅靠家人和朋友的资助，并不能长期稳定地解决经济来源，必须有一种“开源”的方式。对于文人，靠文字挣钱，正是天经地义的事情。施蛰存和戴望舒约定，每个月他给戴望舒汇一笔钱，戴望舒也必须交给他一定数量的稿子，至于出版和发表，自然全部由他想办法解决。此外，施蛰存还为戴望舒联系了中华书局、商务印书馆、上海现代书局、上海开明书店、上海天马书店等。他对戴望舒施以重压，“如果有两个月收不到你的文稿，则这里的能力也动摇了”。在不断的催逼之下，戴望舒只能不断去完成作品，不敢有丝毫松懈。

戴望舒在这段时间，翻译了数量惊人的西方文学作品和文论，但在诗歌创作方面，却几乎是一片空白，仅留下五首诗歌。1933 年，也就是他来到巴黎的第二年，他编定了自己的第二本诗集《望舒草》，并交给了施蛰存，最终由上海现代书局出版。这本收录了四十一首诗歌的诗集，却竟然没有一首是在法国创作的。

原本施蛰存打算把《望舒草》做成戴望舒第一本诗集《我底记忆》的修订本，在原有诗作的基础上，增补一些新作即可。但最终戴望舒保留了“我底记忆”一辑中的八首诗，“旧锦囊”和“雨巷”两辑全部删除，增加了集外新诗三十三首，使得这本诗集变成了“大幅度的改编本”。戴望舒在创作上的严谨可见一斑，甚至就连广为传诵的《雨巷》也被他割舍了。在四十一首诗歌之外，《望舒草》还附有一个专门的章节：《诗论零札》，这是戴望舒思考诗歌创作的一些碎片式的札记，闪耀着思想的光芒。

经济状况稍稍得到改善的戴望舒很快便找到了休闲的方式。对戴望舒来说，还有什么比逛塞纳河左岸的书摊更惬意的？这里成了戴望舒和同样留法的好友罗大冈时常出没的区域。

生活在不断的翻译和阅读中得到充实，但每到夜深人静，戴望舒寂寞的脑中，却只浮现着施绛年的影子，戴望舒每每不能自已，那颗思念爱人的心几乎要从胸腔跳出来。施绛年的一切都是如此令他牵挂，令他神伤。但还不止于此，他对爱情的担忧也时刻折磨着他的心，他害怕施绛年放弃对他的爱情。施绛年的来信频率渐渐减少，语气也渐渐冷漠起来，戴望舒感到当时勉强在施绛年心中激起的那一丁点热情已经消退了。不久，施绛年移情别恋的消息传到戴望舒的耳朵里，他大为愤怒，很长一段时间没有给施绛年写信，他甚至迁怒于施蛰存，也暂时中断了两人的通信。恼怒的戴望舒甚至威胁说要提前回国，后来在施蛰存的极力劝阻下，他终于还是留在了法国。

也是在施蛰存的劝说下，出于经济方面的考虑，戴望舒终于向里昂中法大学提出了转学申请。因为当时戴望舒在中国文学界已经有了很高的名声，又是著名的法语翻译家，学校很乐意接收这样的学生。1933 年 9 月，在法国小说家马尔洛的担保下，戴望舒进入了里昂中法大学。他选修了法国文学史，但没过多久，他又感到了厌倦。阅读和翻译依然是他生活的重心，课堂于他而言则无足轻重，于是他选择了逃课。

喜爱西班牙文学，戴望舒一直渴望去西班牙游历一番。计划几度失败之后，戴望舒终于如愿以偿。1934 年 8 月，他从里昂贝拉式车站出发，前往西班牙，开始他梦寐以求的文学旅行。

戴望舒在西班牙游览了许多人文古迹，不断访书买书，并发现了珍贵的中国古籍。他还参加了西班牙革命游行活动，被警方逮捕，并移交给法国警方，这件事情，促使学校开除了他的学籍。

回到法国以后，戴望舒继续他的翻译工作，先后翻译了《意大利短篇小说集》，《法兰西现代短篇集》，以及法国梅里美的《高龙芭》、高莱特的《紫恋》等。他还着手准备译出《堂吉诃德》，同时他又把张天翼的短篇小说《仇恨》、施蛰存的《魔道》等小说译成法文，发表在《新法兰西评论》上。直到1935年4月被中法大学开除学籍，戴望舒都是在翻译中度过。关于戴望舒被除名，历来有两种说法，一是说在校期间，不上课、没有学分也是学校开除他的重要依据。二是说他参加法国工运，无论事实怎样，那一年的戴望舒始终在贫穷中挣扎。

1935年春天，他辗转马赛，乘船回国。因为是被遣返的，学校只给了他一张马赛到上海的四等舱船票，食宿费分文不给，好友罗大冈资助他一些旅费，四等舱没有被子，太平洋夜凉如刀，一个月的海上行程，他不得不忍受恶劣的条件，“晚上只得蜷着身子来回翻滚”。熬过这艰苦的行程。

对于戴望舒来说，法国的岁月是喜忧参半的。

一个人来到满眼陌生的异国，孤独的苦闷、相思的落寞、寂寞的愁怨、贫困的生活……都不顾一切地向他扑面而来。学外语、读功课、打理生活，钱总是不够用的，没办法只好一边读书一边为人翻译书籍，以赚钱贴补自己。戴望舒在给叶灵凤的信中说：“我在这里一点空也没有，要读书，同时为了生活的关系，又不得不译书，而不幸又生了半个月的病。”

在法国的三年是痛苦而无奈的，用他自己的话说就是：“我记得我怎样在巴黎的旅舍中，伏在一张小小的书案上，勤恳地翻译它，把塞纳河边的每天散步也搁下来了。”留法后他的诗作很少，但从戴望舒的散文中我们可以看出他是怎样用热情换取无望的。

而买书和阅读的乐趣自不必说，在法国和西班牙两国的游历成了他珍贵的财富。

喜欢看书和买书是文人的共同爱好，戴望舒嗜书如命。喜欢书的文化人，即使因为囊中羞涩，买不起书，光是看一看，摸一摸，也会感到其乐无穷。戴望舒最喜欢逛塞纳河左岸的书摊，他说："就是摩挲观赏一回空手而返，私心也是很满足的，况且薄暮的塞纳河又是这样的窈窕多姿！"戴望舒留学法国期间，虽然衣食无着，人在异乡，但只要手上有钱，总会量力而行，日积月累，竟然买了不少书。好友施蛰存对此艳羡不已，写信给戴望舒时说："听说你有许多书运来，甚想早日看见。"施蛰存也经常委托他帮忙买书，两位好朋友在面对好书时，总是不可遏止地想着要去拥有它。施蛰存讲到戴望舒在信中所讲的巴黎书业的盛况时，总是会发出可怜兮兮的叹息："我只恨无钱，不然当寄你三四百元给买大批新书来看看也。珍秘书之嗜好至今未除，希望继续物色，虽无书寄来，目录也好。"

在法国，他交了一些文学界的朋友，如许拜维艾尔、马尔洛、杜贝莱、艾登伯等。艾登伯甚至还请求戴望舒把中国左翼作家的作品（张天翼《仇恨》）翻译为法语，介绍给法国读者。戴望舒或许是受其启发，把自己的一些诗歌如《游子谣》《夜行者》《深闭的园子》等译介到了法国的刊物《南方文钞》上。

在施蛰存的不断催促之下，他的翻译工作也得以保质保量地完成，他也创作了一些诗歌，遗憾的是数量太少不尽如人意。

戴望舒的烦忧也是显而易见的。生活的窘迫曾使他喘不过气来，学校严谨枯燥的教学又使他无法忍受，最终他在法国并未获得学位，还因为参加游行和没有学分而被开除学籍。当然最令他倍感煎熬的还是施绛年，虽然他并未认真履行对施绛年的承诺，但不可否认，施绛年确实在他心里占据了重要的位置。戴望舒在对施绛年的思念、担忧、怀疑、恼怒中，痛苦地度过了在法国的时光。

# 第五章
# 冰火两重天

1935年春天，戴望舒一回到上海，就匆匆直奔松江，要去施家探个究竟。在法国期间，施绛年的逐渐冷淡和移情别恋的传言令他难以承受，当来到松江，施家父母不住的道歉证明了一切。原来施绛年在戴望舒去法国一年之后，便爱上了一个冰箱推销员，而施蛰存因为一边是好友、一边是妹妹，左右为难，同时也因为希望老友完成学业，而对他隐瞒了事实。戴望舒感到被欺骗而恼怒万分，当众打了施绛年一耳光，绝然而去。至此，戴望舒与施绛年长达8年的恋情宣告彻底终结，两人登报正式解除了婚约。

“天青色的恋情”已经不在，戴望舒的心灵千疮百孔。

对戴望舒回国的婚变，周围的朋友甚为关注和同情。戴望舒回上海后，住在刘呐鸥的江湾公园坊公寓，为了排遣心内的忧愁，与穆时英、刘呐鸥、杜衡有了更多的交往，他们也尽力陪伴和安慰戴望舒，可又不知怎样能让他开心。

有一天，穆时英安慰戴望舒说：“情感的事还需情感来愈合，我的妹妹比施蛰存的妹妹还要漂亮十倍，我给你介绍，见一见怎样？”穆时英对戴望舒的诗歌和才华十分欣赏，便打定了主意，撮合他与自己的妹妹穆丽娟恋爱，帮助戴望舒走出失恋的阴影。

穆丽娟年芳十八岁，知书达理，端庄秀丽，望舒后来在诗中写道：“温柔又美丽。”受哥哥的影响，她喜欢读一些鸳鸯蝴蝶派的小说，并与穆时英的许多文友比较熟识，文友都称她为“穆妹妹”。也因为哥哥的关系，穆丽娟很自然和戴望舒有了往来，且对颇有诗名的戴望舒更是满心仰慕，时常到戴望舒住处，帮助誊抄文稿，彼此有了更多的单独接触机会。闲时，戴望舒教丽娟打法国式桥牌，或者带她一块去跳舞、看电影，她也从不拒绝，戴望舒第一次真正感到了爱情的乐趣，开始走出失恋的阴影，让熄灭的爱情火焰又重新燃烧起来了。二人坠入了爱河。

1935 年冬，戴望舒便委托杜衡向穆丽娟母亲提亲。她的母亲是一位开明的女士，和蔼可亲，加之大哥的极力支持，因此提亲很顺利。订婚时，没有举行仪式，戴望舒通过杜衡把钱给丽娟母亲，要丽娟自己买一枚钻石戒指，以志纪念，并登报宣布了两人订婚的消息，同时决定第二年 6 月举行婚礼。1936 年的初夏，正在筹备婚事的戴望舒收到了父亲病故的消息，依照传统习俗戴望舒应该为父亲守孝一年，婚期自然要拖延，但因为有了前一次的情感失败，戴望舒担心拖延婚期后会发生变故，便决定不顾礼数，如期完婚。

1936 年 6 月，戴望舒与穆丽娟在上海举行了隆重的西式婚礼，走进了婚姻的殿堂。高大魁梧的戴望舒西装革履，显得庄重、大方，穆丽娟则身披白色婚纱，显得温柔、秀美，他们拍了结婚照，一派喜气洋洋的氛围。他们俩成了当时文艺界中最让人羡慕的一对。好友徐迟和穆时英的妻妹分别担任了伴郎和伴娘。

对于这场婚礼，见证人徐迟在其自传体长篇小说《江南小镇》中有精细的描写：

婚礼在北四川路的新亚大酒店举行。我是平生第一次穿上了燕尾服。

看来这也是我一生唯一的一次当男傧相，并穿上这种西式礼服。新娘穿了白色的婚服，长纱一直拖到地上，女傧相是穆时英的小姨妹。现在我还保存着一张结婚照片。新郎官仪表堂堂，从照片上看不出来他脸上有好些麻子。新娘子非常之漂亮。我却幼稚而且瘦小，显得两只眼睛特别的大，有点滑稽可笑。女傧相可就成熟得多，一股风流蕴藉的样子，听说她是穆时英夫人的妹妹，和她姐姐一样的，那时还是哪一个舞厅里的一个舞女。还有两个金童玉女，是叶灵凤的侄儿侄女。婚礼进行得很隆重和热闹。

成功找到了爱情的戴望舒内心蓄满喜悦，婚后生活的安定和美满，促使戴望舒的编辑、创作、翻译工作进展顺利。在这段时期写作的诗歌如《小曲》《眼》《夜蛾》中，幸福、充实、完满和自信的调子多有显露。这或许是戴望舒生平最为快乐的日子。在《眼》中，爱情的美好让他写出了“而我是你，因而我是我”，他所表现的正是“我中有你、你中有我”的互相交融而不可分割的爱情，因为有了爱人的存在，自己的存在才变得有意义起来。

写作之余，戴望舒的家成了名副其实的文艺沙龙，文学家、艺术家们都非常乐意到他家来聚会，围坐在大桌子旁，高谈阔论。也有很多时髦的女士来拜访，多是文艺家们的崇拜者，或文艺圈的新秀。男主人的文艺修养和女主人的热情给客人们留下了深刻而美好的印象，一时间，戴望舒的家里门庭若市、热闹非凡，有时因为客人太多，主人甚至开起了舞会。

闲暇的时候，戴望舒夫妇便相拥着出去散步，或者去看场电影。那时戴望舒的心是如此安宁，他全心享受着爱情带来的欢愉，享受着大上海的繁华和时尚。

1937 年 11 月，女儿戴咏素出生，这个家庭更显得其乐融融。

在这段时期，戴望舒的译作不断问世，西班牙之行的系列游记散文也陆续发表出来，但诗歌创作的数量依然并不乐观。从新婚宴尔到逃往香港，诗人总共只写了七首诗，可喜的是，这些诗歌都展现了戴望舒新的艺术追求。戴望舒渐渐把东方和西方的诗学融汇起来，中国古典诗学和西方象征主义诗学终于在戴望舒的作品中融为一体。第三本诗集《望舒诗稿》也在1937年初由上海杂志公司出版了，这本诗集基本算得上是《我底记忆》和《望舒草》的合编本，附有《诗论零札》和《法文诗六首》。在编《望舒草》时，被割舍掉的《雨巷》等诗歌又重新收录进来了，这或许是因为戴望舒已经获得了安定美好的爱情，而过去曾令他痛彻心扉的“绛色的沉哀”“天青色的爱情”，他也已经渐渐能够去面对了。

而戴望舒不仅仅是把东西诗学融汇起来了，他更希望能够把南方和北方的诗歌真正统一起来。中国诗歌历来有分“南派”“北派”的传统，到了20世纪30年代，依然如此。当时的“北派”，主要是“新月派”“后期新月派”，包括卞之琳、何其芳等；“南派”则以“现代派诗群”为主。两派之间时常会有一些关于诗歌的争论，为了把双方统一起来，使这种争论变成良性的、有益的争论，戴望舒拿定了主意要创办一本专门的诗歌刊物。之前，戴望舒曾经主编过一本《现代诗风》杂志，在那本杂志上，中国“现代派”诗人们第一次集体亮相了。然而那本杂志实际是施蛰存策划的，戴望舒是后来才参与进来，主编一栏最后用上戴望舒的名字，更多的是希望靠他在诗歌界的影响力，邀集成名的诗人们参与，并引起读者们的关注。这次则不同了，一是要整合南北诗歌，二是由戴望舒真正主编。他把编辑部设在自己家里，由卞之琳、冯至、梁宗岱、孙大雨和他本人担任编委。他拿出一百元作为开办经费，徐迟和纪弦也分别拿出了五十元，就这样，《新诗》诞生了。

1936年10月，第一期《新诗》出版，立刻受到了文学界的关注。直到1937年8月停刊，其间共出刊十期，发表诗歌四百余首，译介了许多欧美著名诗人的作品，还有一些文论。

编《新诗》的过程中，因为不认同左翼作家提出的“国防诗歌”，戴望舒认为一首诗，首先必须是“诗”，“一首有国防意识的情绪的诗可能是一首好诗，唯一的条件是它本身是诗……但是反观现在所谓的‘国防诗歌’呢，只是一篇分了行、加了勉强的脚韵的浅薄而庸俗的学说辞而已”。这样，诗人便遭到了左翼作家们的讥讽和攻击，但他始终坚持了自己的诗学立场，毫不妥协。而《新诗》也并未因此对左翼诗人关上大门，戴望舒看重的是诗歌质量，因此像艾青这样的左翼阵营诗人能够多次在《新诗》发表作品，戴望舒的胸襟，由此也可见一斑。

以往来到上海，戴望舒或囊中羞涩，或事务繁多，总是处于动荡漂泊之中，且又为情所困，因此并未能够仔细感受上海的华彩。这次则不然，身心安定的戴望舒终于真正享受了上海的都市风情，此时的他生活平静安乐，爱情美满，新婚宴尔，自然能够全心投入到生活中，体味生活的甜蜜。但在安乐之中，诗人并未放弃他的事业，他主编的《新诗》正式发行，成为中国现代文学史中的重要文本。

# 第六章
# 在香港的岁月

8 月 13 日，淞沪战争爆发。

日本人的炮火使得出版了十期的《新诗》不得不宣告停刊。在惨烈的抵抗之后，上海终于在 1937 年 11 月 12 日沦陷。

日军占领上海后，在舆论宣传方面实行高压政策，疯狂压制报纸、杂志，不少出版机构最终都只能关门停业，就算暂时还在运作的，相关人员的人身安全也得不到保障。最终，戴望舒只能带着妻儿，于 1938 年 5 月乘船远赴香港，同去的还有叶灵凤夫妇和徐迟一家三口。

那时英国与日本在外交上关系还算良好，因此英国治理下的香港得以偏安一隅，一时国内许多文人如穆时英、丁聪、杜衡、胡兰成、纪弦、叶浅予、袁水拍、冯亦代等，都纷纷奔赴香港。

戴望舒得以成行，一是为寻求安稳，二是受到香港大学法籍教师马尔蒂女士的邀请。马尔蒂女士曾经读到过戴望舒用法语翻译的他自己的诗作，对戴望舒的才华非常欣赏。当她得知上海的时局和戴望舒的处境后，便写信邀请戴望舒赴港避难。

到香港后不久，戴望舒一家便从暂时居住的西环薄扶林道学士台，搬进了马尔蒂女士所住的花园洋房，这洋房的名字叫 Woodbrook Villa，戴望舒便把它译为“林泉居”。这里背山面海，绿树成林，旁边又有小溪流水，对戴望舒来说，这样的环境是再好不过了。后来戴望舒所写的《过旧居》和《示长女》中，“旧居”和“安乐的家”指的正是“林泉居”。

刚到香港的日子，家庭是幸福的，爱情也依然显得温暖。戴望舒的家依然是深受文人们喜爱的集散地，跳舞、读诗、高谈阔论，戴望舒在上海曾经拥有的快乐生活似乎将会一直这样延续下去。朋友们都羡慕戴望舒的生活，冯亦代回忆道：“他伴着娇妻和爱女，在祖国的烽火里，幸留这宁静的一角。”

戴望舒在许久之后回忆起这段生活，也仍然难忘当时的甜蜜，“这样迟迟的日影，这样温暖的寂静……这带露台，这扇窗，后面有幸福在窥望……我没有忘记：这是家，妻如玉，女儿如花，清晨的呼唤和灯下的闲话，想一想，会叫人发傻”（《过旧居》），因此戴望舒感到“我们曾有一个安乐的家”（《示长女》）。

来香港后，戴望舒很快成为香港文坛的核心人物，他还参加各种爱国救亡运动。戴望舒原想先在香港把家安顿好，然后再到大后方去参与文艺界的抗敌工作，但一个偶然的机会改变了他的想法。巨贾“万金油”大王胡文虎正在筹办《星岛日报》，他的儿子胡好希望戴望舒出任《星岛日报》副刊的主编，于是他便留在了香港。

1938 年 8 月 1 日，副刊《星座》随《星岛日报》正式发行，戴望舒在创刊词中写道：“《星座》现在寄托在港岛上……编者唯一渺小的希望，是《星座》能为它的读者，忠实地代替了天上的星星，与港岸周遭的灯光尽一点照明之责。”在当时国家破碎的黑暗中，希望沉沦的悲凉中，戴望舒希望在香港能有一点光明，温暖人们的心。因为戴望舒的关系，许多名家纷纷把稿子交给了《星座》，“我们竟可以说，没有一位知名的作家是没有在《星座》里写过文章的”。

但踌躇满志的戴望舒，有时也不得不面对无奈的现实。香港当局从英国利益出发不允许报刊上出现“日寇”“抗日”等字眼，对所谓的“过激言论”一律严格禁止。戴望舒好几次就曾因《星座》刊载的文章言论“过激”而被当局传召，又因为收到内地寄来的宣传抗战的材料而被警署传唤，这令他非常愤怒和沮丧：“现在还没有亡国，就尝到了亡国的滋味……”

戴望舒曾打算在香港恢复《新诗》杂志，但这个愿望并未实现。于是他和艾青一起创办了《顶点》诗刊。当时艾青在桂林，主持《广西日报》的文艺副刊《南方》，因此《顶点》是在香港和桂林两地发行。此时，戴望舒的诗学理念再一次显露出来：“《顶点》是一个抗战时期的刊物。它不能离开抗战，而应该成为抗战的一种力量……但同时我们也得声明，我们所说的不离开抗战的作品并不是狭义的战争诗。”在他看来，《顶点》的真正任务是“使中国新诗有更深远一点的内容，更完整一点的表现方式”。但这本刊物只出了一期，就没能再继续。

1939年，许地山、欧阳予倩等人筹备的“文协”香港分会成立，戴望舒当选为首届干事，兼任研究部和希望文学组负责人，《文协》周刊编辑。“文协”全称为“中华全国文艺界抗敌协会香港分会”，加入协会，也再度表明了戴望舒的立场。

当时一般的朋友都觉得戴望舒和穆丽娟琴瑟和谐，戴望舒在香港的家也成了许多文人聚会的地方。然而，在战乱和颠沛流离中，这个表面平静的家庭中却早已潜伏着不和谐的因子了。

有一部电影叫《初恋》，主题曲是由戴望舒作词、陈歌辛作曲的。“你牵引我到一个梦中，我却在别的梦中忘记你，现在我每天在灌溉着蔷薇，却让幽兰枯萎。”幽兰意指施绛年，是他心里想的；穆丽娟是蔷薇，有刺的。电影《初恋》在1938年4月上映后，由戴望舒作词的主题曲《初恋女》曾一度流行，而穆丽娟每次听到这首歌，总是倍感伤怀。

戴望舒和施绛年谈了8年，他和穆丽娟结婚以后，心里还有的情结，忘不掉施绛年，当然，这使穆丽娟极为介意，虽然曾经带给戴望舒深深伤害的施绛年不再出现在戴望舒的生活中，但她在戴望舒的心中留下的印记早已融入戴望舒的血肉之中，难以分割了。穆丽娟是一位知识女性，在爱人这里，她更加渴望得到尊重和热情，而不是仅仅成为婚姻中的一件摆设、爱情和家庭的一个旁观者。然而，戴望舒把小他12岁的妻子穆丽娟看成不懂事的“小孩子”，不与她说话交流，当她是个局外人。他在做许多决定的时候都根本不会想到要和妻子商量一下，听取一下她的意见。安家香港之后，戴望舒曾打算独自返回国内参加抗日活动，像这样的事他也不肯告诉妻子。而他对妻子的漠视，也愈演愈烈。有一次穆丽娟因为去照顾生病的母亲没有回家，第二天戴望舒怒气冲冲地找上门去，强行把妻子拉回家，还当众辱骂了妻子的母亲。据穆丽娟忆起当年生活时说：“我们从来不吵架，很少谈心，他是他，我是我。从小家里只有我一个女孩子，家庭和睦，环境很好，什么时候都不能有一点点不开心。看戴望舒粗鲁，很不礼貌，我曾经警告过他，你再压迫我，我要和你离婚。戴望舒听了也没有说什么，他对我没有什么感情，他的感情给施绛年去了。”

丽娟的警告，对戴望舒虽有触动，但也没有想得更远，以为仅仅是煞有介事似的吓唬一下罢了。这样，两人性格和心理的矛盾慢慢积聚起来，常常因一点小事而大动干戈。穆丽娟后来说：“戴望舒第一生命是书，妻子女儿放在第二位。”忙碌让戴望舒在穆丽娟面前愈发沉默，而穆丽娟对感情的需求被完全忽视。事业上有了发展的戴望舒早出晚归，使得穆丽娟更加感觉沉闷和空虚，而此时，两件突如其来的事情更加深了两人的情感裂痕。穆丽娟终于忍无可忍了。

1940年春天，穆时英回到上海担任汪精卫政府的《中华日报》副刊主编，到了6月，在上海四马路被刺杀身亡。穆丽娟听说后伤心欲绝，戴望舒则冷冷地对她说："哭什么，他是汉奸！"悲痛的穆丽娟陪母亲回了上海。当她独自返回香港后，夫妻关系并没有任何改善。半年后，也就是1940年的冬，穆母在上海悲痛中去世了。而戴望舒却扣下了从上海发来的报丧电报。不知情况的穆丽娟还穿着大红衣服，叶灵凤的妻子赵克臻见了还笑她说："你母亲死了你还穿大红衣服？"这时穆丽娟才知道母亲去世了的噩耗。于是，穆丽娟把自己的首饰当掉，悲痛地带着女儿朵朵，坐船回了上海。

回到上海后的穆丽娟，因没能见到母亲最后一面而悲痛万分，痛定思痛，由此她开始认真考虑自己的人生。此时的穆丽娟在戴望舒身上已体会不到爱情，不能这样糊里糊涂过一辈子，而这一年，她才23岁，于是通过书信正式向望舒提出离婚。

这时又风传在上海，穆丽娟陷入一段新的感情里。有一个大学生开始疯狂地追求她。她自步入青年以后，从来没有经历过这种充满青春浪漫气息的感情包围，她一再受创的心灵，突然受到抚慰。严酷的现实虽然没有提供她跨越雷池的选择，但她却亲身领略了另一种感情态势，因而很自然地加强了对望舒的疏离感。

戴望舒接信后，感到事态严重，他立即回到上海，虽同穆丽娟长谈了两三次，力图挽回即将逝去的婚姻，但无论戴望舒如何努力，都无法挽回穆丽娟的心。穆丽娟温柔的性格在感情的磨难中变得坚定，她后来说："一旦决定了，我就不改变。"

在沪期间，上海汪伪政府宣传部次长胡兰成得知戴望舒回来，便托人传话，要他留在上海办报纸。汉奸头目李士群也乘机要挟望舒参加敌伪工作，说只要答应，就能保证"穆丽娟回到你身边"。戴望舒一口回绝："我还是不能那样做。"

当时上海风声鹤唳，戴望舒害怕落入伪政府的魔掌，尽管他很想在上海多停留一段时间，继续劝转穆丽娟，但也不敢多停留一日，仅仅住了两三天。在离沪前一天晚上他来到丽娟处告别，看看仍无接纳之意的丽娟和童稚无知的朵朵，他的心中凄苦至极。但他多少还存有幻想，认为丽娟总不至于走到决裂一步。乘着茫茫的夜色，悄悄地返回了香港。

1940 年 12 月的一个深夜，戴望舒准备写下他生命中最绝望的文字，那是一封留给妻子的绝命书："现在幻想毁灭了，我选择了死，离婚的要求我拒绝，因为朵朵已经 5 岁了，我们不能让孩子苦恼，因此我用死来解决我们间的问题，它和离婚一样，使你得到解放。"

所有人都没有想到的是，性格敏感而又脆弱的戴望舒真的在痛苦中服毒自杀，而且情况非常严重，但是最后还是被朋友救了。然而戴望舒的自杀行为，也没能使穆丽娟回心转意，她在诗人死而复生后即决绝地说："今天我一定要坚持自己的主张，我一定要离婚，因为像你自己所说的那样，我自始至终就没有爱过你！"

至此，两人的情感已彻底破裂，双方协商后通过律师办理了为期半年的分居协议，以观后效。

分居期间，望舒还继续努力修补已经破残的婚姻，书信不断，等待着与穆丽娟重归于好的一天。据有关文字记载：1941 年的秋天，孤独的戴望舒对这段残破的婚姻做了最后的弥补。他给穆丽娟寄去了两本日记，日记中处处体现了戴望舒对穆丽娟的思念之情。他又从他们婚后的照片中，挑选出了 30 多张充满亲情的照片，制成精巧的相册寄到上海。在相册的扉页上写道："丽娟，看到了这些的时候，请你想到我和朵朵在等待你，等待你回到我们这里来，不要忘记我们。"

戴望舒不相信曾经拥有过的实实在在的幸福都是虚假的。他为妻女寄去尽可能多的生活费，收录在《林居泉日记》里的书信是他执着于爱情的最好明证。

《林泉居日记》共 45 则，其中有 37 则出现丽娟的名字，诗人对穆丽娟的思念之情历历在目。这种思念或者是直接表达，如 8 月 6 日、8 月 10 日、8 月 13 日的日记，或者通过提到自己做梦或描摹梦境来表现，如 8 月 1 日和 9 月 2 日的日记，或者通过诗人对丽娟回来的热切呼唤来传达，如 7 月 30 日、8 月 14 日的日记。由这些日记可知，诗人那段时间频繁地给丽娟写信（日记中提到的就共计 13 封）。

在日记里，几乎处处可以见戴望舒对穆丽娟的在意。诗人在 8 月 16 日日记中如是说：

"昨天收到了丽娟的信，高兴了一整天，今天也还是高兴着。丽娟到底是一个有那么好的心的人。在她的信上，她是那么体贴我，她处处都为我着想，谁说她不是爱我着呢？一切都是我自己不好，都是我以前没有充分地爱她——或不如说没有把我对她的爱充分地表现出来。"

为丽娟买衣料等物装在箱子里，托人带回上海，在得到对方"我很喜欢"的回复后高兴之至，收到丽娟让他买两件呢衣料的信后，"当时我就

到各衣料店陈列窗去看，可是因为香港天气还热，秋天的衣料还没有陈列出来，只得空手回来”。（9 月 8 日日记）

为了寄给丽娟的生活费费尽周折，自己跑了无数次，却怕她等得着急，还自责说，“为什么要让她着急呢？”（8 月日记）

丽娟劝他改改脾气，所以当陈松请他教法文时，他尽管心里不愿意，还是硬着头皮答应了。（8 月 25 日日记）丽娟劝他吃好点，他“便吩咐阿四杀了一只鸡，一个人大吃一顿。”（9 月 8 日日记）

丽娟的生日，他送她生日蛋糕，在想象中看到丽娟和朵朵吹蜡烛吃蛋糕，就满足了，快乐了。在她过阴历生日时，尽管自己特别忙，还拍电报去祝贺。（7 月 29 日、8 月 9 日日记）

有好吃的，好玩的时，总要想起丽娟，说“所可惜者，丽娟不在耳。”（8 月 30 日日记）

为排解丽娟的寂寞，多次写信拜托周黎庵、戴瑛、陈慧华去拜访她（8 月 16 日日记），并委托周黎庵教她国文和英文，后来又听从她的意见，不学国文（8 月 17 日、19 日日记）。

在面对施蛰存的关心（让他早日将丽娟唤回，或者放弃）时，表示自己不愿意多说，而对丽娟会回去的结果信心十足（9 月 6 日日记）。

戴望舒的这一心声，自始至终都没有得到穆丽娟的回音。戴望舒只好在离婚协议上签字，根据协议，戴咏素归戴望舒抚养。

1941 年 12 月 7 日，日本偷袭珍珠港。盟国对日本宣战，日本和英国之间变成了敌对关系。日军很快便击退英军，占领了香港，这偏安一隅的土地终于也沦陷了，香港进入了暗无天日的时期。大批文人离开了香港。徐迟去约戴望舒一起走，戴望舒说：“我的书怎么办？”到 1942 年春，中共东江纵队在香港成功营救了茅盾、邹韬奋、丁玲等三百多位文化名人。戴望舒却选择了留下，也许更是为了等待穆丽娟回心转意回到香港。

不久，戴望舒便被安上宣传抗日罪进了日本人的监狱。如果说少年时期在上海被关押的一夜可以看成一次难忘的体验，这次却意味着真正的考验来临了。日本人审讯戴望舒，他们希望诗人能为他们服务，提供香港抗战文人的名单。日本人特别提到了端木蕻良，他们知道戴望舒和端木蕻良之间有着密切的关系，便想要他来指控端木蕻良的抗日行为。为了让戴望舒屈服，日本人对其威逼利诱，毒打、灌辣椒水、坐老虎凳更是家常便饭，但戴望舒宁死不屈，他的回答永远只有三个字："不知道。"

潮湿阴冷的监狱和酷刑的折磨，使戴望舒的身体完全垮掉了，他的哮喘病因为这段监狱生活而变得极其严重。但他的心志是坚定的。在狱中，他写下了《狱中题壁》："如果我死在这里，朋友啊，不要悲伤……用你们胜利的欢呼，把他的灵魂高高扬起……"出狱后，他更写出了不朽的诗篇《我用残损的手掌》。

经过叶灵凤的多方营救，戴望舒终于被保释出来了，两个月的牢狱生活使他变得虚弱不堪，休养在叶灵凤家。期间，认识了做印务员的杨静。娇小热情的杨静给了戴望舒生命中的另一种灵动，很快让他陷入了第三段爱情和第二次婚姻。

1943 年 5 月 30 日，戴望舒和杨静在香港大酒店举行了婚礼。新婚依然是令人喜悦的，"但叫人说往昔某人最幸福"（《赠内》）。很快他们的第一个孩子戴咏絮出世了，她是戴望舒的次女；第二年，小女儿戴咏树也来到了世上。

新婚初期，戴望舒和杨静的感情还是很稳定的，但婚前的缺乏了解，曾经有过两次深刻爱情的戴望舒和涉世未深的杨静之间的隔阂也在生活中逐渐显露出来，二十一岁的年龄差距使他们对生活有着截然不同的认识，饱经创伤的戴望舒渴望过上一种祥和安宁的生活，而青春活泼、个性比较强的杨静喜欢热闹，时常外出跳舞，深夜不归，使戴望舒恼怒，两人的矛盾日趋激烈，以致经常因生活琐事而吵架拌嘴，甚至到了互相拳脚相加的地步。杨静后来回忆："那时候我年纪太小，对他了解不多，也没有想到要好好的了解他。现在看来，可以说是一件憾事。"

因为女儿朵朵的关系，穆丽娟偶尔出现在他们的生活中。这使杨静大为不满。

而这时的戴望舒，时常怀念起拥有穆丽娟和朵朵的幸福生活，在路过林泉居时，他几乎抑制不住自己的激动，先后写下了令人动心的诗文《过旧居（初稿）》《过旧居》《示长女》和《失去的园子》。在《过旧居（初稿）》里，诗人这样回抚着旧情——

静掩的窗子隔住尘封的幸福，/寂寞的温暖饱和着辽远的炊烟——/陌生的声音还是解冻的呼唤？……/挹泪的过客在往昔生活了一瞬间。

诗人的这种思念，在《示长女》这首诗中有更直接的体现：

……我们曾有一个安乐的家，/环绕着淙淙的泉水声，/冬天曝着太阳，夏天笼着清荫，/白天有朋友，晚上有恬静，/岁月在窗外流，不来打扰，/屋里终年长驻的欢欣，/如果人家窥见我们在灯下谈笑，/就会觉得单为了这也值得过一生，//……我们曾有一个临海的园子，/它给我们滋养的番茄和金笋，/你爸爸读倦了书去垦地，/你呢，你在草地上追彩蝶，/然后在温柔的怀里寻温柔的梦境，//人人说我们最快活，/也许因为我们生活得蠢，/也许因为你妈妈温柔又美丽，/也许因为你爸爸诗句最清新，

//……可是，记得那些幸福的日子，/女儿，记在你幼小的心灵，/你爸爸仍旧会来，像往日，/守护你的梦，守护你的醒。

长女戴咏素的母亲，当然就是穆丽娟，戴望舒明确了他对前妻的怀恋，所有溢美之词都不吝为她献上。往昔已成追忆，曾经的幸福或许能在瞬间温暖诗人疲惫的灵魂，然而，更多的时间里，它们只会更残忍地噬咬诗人的心，他能“吞咽”的只是无尽的“沉哀”（戴望舒《致萤火》）。

1945年8月，日本无条件投降。久违的阳光终于穿透乌云，再次照耀大地，但阴霾却再一次笼罩了戴望舒。有人联名向“文协”写信，指出戴望舒在日本统治时期投敌卖国，这些人或出于误会，或出于嫉妒，或出于更现实的争夺话语权的目的，把矛头指向了戴望舒，这带给戴望舒极大的困扰。他不得不回到上海，为自己辩解。

在《我的辩白》中，戴望舒写道：

……我是一个过分重感情的人，我有一个所爱的妻子和女儿留在上海，而处于无人照料的地位。在太平洋战争未起来之前几个月，我的妻子因为受了刺激（穆时英被打死，她母亲服毒自尽），闹着要和我离婚，我曾为此到上海去过一次，而我没有受汪派威逼溜回香港来这件事，似乎使她感动了，而在战争爆发出来的时候，她的态度已显然地转好了。香港沦陷后，我唯一的思想便是等船到上海去，然后带她转入内地；然而在这个计划没有实现之前，我就落在敌人宪兵队的魔手中了。而更使我惨痛的，就是她后来终于离开了我，而嫁给了附逆的周黎庵了，这就是我隐秘的伤痕……

可见，在戴望舒看来，如果不是太平洋战争的爆发让他身陷囹圄，没法继续对这场危机四伏的婚姻进行最后的拯救，那么他与穆丽娟的婚姻并非没有挽救的可能。

1947年春天，戴望舒在和几个文学青年喝茶聊天时，即席作了一首诗，这是他最后的一首诗，甚至连标题都没有：“我和世界之间是墙，墙和我之间是灯，灯和我之间是书，书和我之间是——隔膜！”“隔膜”正是他那时苦闷、阴郁心境的折射，但也是他一生际遇的写照，对他所处的时代、对他的爱情，他是如此格格不入。

1948年初，戴望舒一家返回香港，由于没有稳定的收入，他只能依靠稿费和打一些短工维持生计。没过多久，杨静爱上了一个青年男子，向戴望舒提出离婚，戴望舒做了种种努力，最终杨静绝情而去，两人离婚，两个女儿一人一个。这对戴望舒的打击无疑是沉重的，哮喘越发严重的他独自带着两个孩子，寄居在好友叶灵凤家。那段时间，“死了，这一次一定死了”成了戴望舒的口头禅。

在香港，尽管戴望舒也曾有过短暂的幸福时光，但不得不说，对于戴望舒，这是一段充满磨难和煎熬的岁月。两次失败的婚姻和日本人的监狱，使得戴望舒长期处于“炼狱”的状态之中，现实中的牢狱、生活的困境、精神和肉体的双重折磨，这一切使戴望舒似乎处于挥之不去的梦魇之中，所幸戴望舒挺过了他生命中最黑暗的部分，犹如一抹微弱的火苗，在疾风中飘摇不定，却最终没有熄灭。

诗人写出了《我用残损的手掌》《过旧居》《萧红墓畔口占》《赠内》等风格迥异的诗篇，以新的方式，登上新的高度。他的第四本诗集《灾难的岁月》也在1948年初尚停留在上海期间，由上海星群出版社出版了。

# 第七章
# 诗人远行

1949 年初，战争到了最后时期，人民解放军胜利的消息频传。曾经蒙受“文化汉奸”冤枉的戴望舒决定立刻北上，洗清自己的嫌疑。当时香港的朋友担心他的安全，劝说他的哮喘病无法承受北京冬天的严寒，他却回答说自己的身体“适宜于寒冷的天气”。去意已决的他说道：“我思念故土的心一刻都没法停留，我不想再在香港住下去了，一定要到北方去。就是死也要死得光荣点。”于是 1949 年 3 月，他带着两个女儿北上，小女儿留在香港，由第二任妻子杨静抚养。

在北京安定下来不久，戴望舒就被安排到国家新闻出版总署国际新闻局，组织法文翻译工作。对于这项“对口”工作，他很是欣慰，曾向新闻出版总署的负责人胡乔木表示：“用百分之百的热情投入新中国的新工作，决心改变过去的生活和创作方向。”而这时，他的身体却每况愈下，哮喘病已严重到上楼都要不断地喘气，不得不住进医院，医生建议动了手术，但病情并未好转。没过几天，由于挂念《论人民民主专政》的法文翻译，他便执意要求出院，开了麻黄素针，自己回家注射治疗。

1950 年 2 月 28 日上午，戴望舒照常在家中给自己注射麻黄素，为了能让病情早日好转，他加大剂量，导致昏迷、休克。在被紧急送往医院的途中，永远离开人世，时年 45 岁。

命运多舛的戴望舒，当曙光照耀他时又过早离世。卞之琳在悼念文章中说："望舒的忽然逝世最令我觉得悼惜的是：他在旧社会未能把他的才能好好施展。现在正要为新社会大大施展他的才能，却忽然来不及了。"

下篇

# 大师精品选

# 第一章
# 诗歌

## （一）我底记忆

### 旧锦囊

#### 生涯

泪珠儿已抛残，
只剩了悲思。
无情的百合啊，
你明丽的花枝。
你太娟好，太轻盈，
使我难吻你娇唇。

人间伴我的是孤苦，
白昼给我的是寂寥；
只有那甜甜的梦儿
慰我在深宵

我希望长睡沉沉，
长在那梦里温存。

可是清晨我醒来
在枕边找到了悲哀：
欢乐只是一幻梦
孤苦却待我生挨！
我暗把泪珠哽咽，
我又生活了一天。

泪珠儿已抛残，
悲思偏无尽，
啊，我生命底慰安！
我屏营待你垂悯：
在这世间寂寂，
朝朝只有呜咽。

## 可知

可知怎的旧时的欢乐
到回忆都变作悲哀
在月暗灯昏时候
重重地兜上心来
啊，我底欢爱！

为了如今惟有愁和苦，
朝朝的难遣难排
恐惧以后无欢日，
愈觉得旧时难再
啊，我底欢爱！

可是只要你能爱我深
只要你深情不改，
这今日的悲哀，
会变作来朝的欢快，
啊，我底欢爱！

否则悲苦难排解，
幽暗重重向我来，
我将含怨沉沉睡，
睡在那碧草青苔，
啊，我底欢爱！

## 山行

见了你朝霞的颜色，
便感到我落月的沉哀，
却似晓天的云片，
烦怨飘上我心来。

可是不听你啼鸟的娇音，

我就要像流水地呜咽，

却似凝露的山花，

我不禁地泪珠盈睫。

我们彳亍在微茫的山径，

让梦香吹上了征衣，

和那朝霞，

和那啼鸟，

和你不尽的缠绵意。

## 静夜

像侵晓蔷薇底蓓蕾

含着晶耀的香露，

你盈盈地低泣，低着头，

你在我心头开了烦优路。

你哭泣嘤嘤地不停，

我心头反复地不宁：

这烦忧是从何处生

使你坠泪，又使我伤心？

停了泪儿啊，请莫悲伤，

且把那原因细讲，

在这幽夜沉寂又微凉，
人静了，这正是时光。

## 十四行

微雨飘落在你披散的鬓边，
像小珠碎落在青色的海带草间，
或是死鱼漂翻在浪波上，
闪出神秘又凄切的幽光，
诱着又带着我青色的灵魂
到爱和死底梦的王国中睡眠，
那里有金色的空气和紫色的太阳，
那里可怜的生物将欢乐的眼泪流到胸膛；

就像一只黑色的衰老的瘦猫，
在幽光中我憔悴又伸着懒腰，
流出我一切虚伪和真诚的骄傲；

然后，又跟着它踉跄在轻雾朦胧，
像淡红的酒沫飘在琥珀盅，
我将有情的眼藏在幽暗的记忆中。

## 夕阳下

晚云在暮天上散锦，

溪水在残日里流金；
我瘦长的影子飘在地上，
像山间古树底寂寞的幽灵。

远山啼哭得紫了，
哀悼着白日底长终；
落叶却飞舞欢迎
幽夜底衣角，那一片清风。

荒冢里流出幽古的芬芳，
在老树枝头把蝙蝠迷上，
它们缠绵琐细的私语
在晚烟中低低地回荡。

幽夜偷偷地从天末归来，
我独自还恋恋地徘徊；
在这寂寞的心间，我是
消隐了忧愁，消隐了欢快。

## 凝泪出门

昏昏的灯
溟溟的雨，
沉沉的未晓天

凄凉的情绪；
将我底愁怀占住。

凄绝的寂静中，
你还酣睡未醒；
我无奈踯躅徘徊，
独自凝泪出门；
啊，我已够伤心。

清冷的街灯，
照着车儿前进：
在我底胸怀里
我是失去了欢欣，
愁苦已来临。

## 残花的泪

寂寞的古园中，
明月照幽素，
一枝凄艳的残花
对着蝴蝶泣诉：

我的娇丽已残，
我的芳时已过，

今宵我流着香泪，
明朝会萎谢尘土。

我的旖艳与温馨，
我的生命与青春，
都已为你所有，
都已为你消受尽！

你旧日的蜜意柔情
如今已抛向何处？
看见我憔悴的颜色，
你啊，你默默无语！

你会把我孤凉地抛下，
独自蹁跹地飞去，
又飞到别枝春花上，
依依地将她恋住。

明朝晓日来时
小鸟将为我唱薤露歌；
你啊，你不会眷顾旧情
到此地来凭吊我！

## 自家伤感

怀着热望来相见，
冀希从头细说，
偏你冷冷无言；
我只合踏着残叶
远去了，自家伤感。

希望今又成虚，
且消受终天长怨。
看风里的蜘蛛，
又可怜地飘断
这一缕零丝残绪。

## Fragments

不要说爱还是恨，
这问题我不要分明：
当我们提壶痛饮时，
可先问是酸酒是芳醇？

愿她温温的眼波
荡醒我心头的春草：
谁希望有花儿果儿？
但愿在春天里活几朝。

## 流浪人的夜歌

残月是已死的美人，
在山头哭泣嘤嘤，
哭她细弱的魂灵。
怪枭在幽谷悲鸣，
饥狼在嘲笑声声
在那残碑断碣的荒坟。

此地是黑暗的占领
恐怖在统治人群
幽夜茫茫地不明。

来到此地泪盈盈
我是颠连飘泊的孤身，
我要与残月同沉。

## 寒风中闻雀声

枯枝在寒风里悲叹，
死叶在大道上萎残；
雀儿在高唱薤露歌，
一半儿是自伤自感。

大道上寂寞凄清，
高楼上悄悄无声，
只那孤岑的雀儿
伴着孤岑的少年人。

寒风已吹老了树叶，
又来吹老少年的华鬓，
更在他的愁怀里，
将一丝的温馨吹尽。

唱啊，我同情的雀儿，
唱破我芬芳的梦境；
吹罢，你无情的风儿，
吹断了我飘摇的微命。

## 雨巷

### 雨巷

撑着油纸伞，独自
彷徨在悠长，悠长
又寂寥的雨巷
我希望逢着
一个丁香一样地

结着愁怨的姑娘。
她是有
丁香一样的颜色，
丁香一样的芬芳，
丁香一样的忧愁，
在雨中哀怨，
哀怨又彷徨。

她彷徨在这寂寥的雨巷，
撑着油纸伞
像我一样，
像我一样地
默默彳亍着
冷漠，凄清，又惆怅。

她静默地走近
走近，又投出
太息一般的眼光，
她飘过
像梦一般地
像梦一般地凄婉迷茫。

像梦中飘过

一枝丁香地，
我身旁飘过这女郎；
她静静地远了，远了，
到了颓圮的篱墙
走近这雨巷。

在雨的哀曲里，
消了她的颜色，
散了她的芬芳，
消散了，甚至她的
太息般的眼光，
她丁香般的惆怅。

撑着油纸伞，独自
彷徨在悠长，悠长
又寂寥的雨巷，
我希望飘过
一个丁香一样地
结着愁怨的姑娘。

## Spleen

我如今已厌看蔷薇色，
任她娇红披满枝。

心头的春花已不更开，
幽黑的烦忧已到我欢乐之梦中来。

我底唇已枯，我底眼已枯，
我呼吸着火焰，我听见幽灵低诉。
去吧，欺人的美梦，欺人的幻象，
天上的花枝，世人安能痴想！

我颓唐地在挨度这迟迟的朝夕，
我是个疲倦的人儿，我等待着安息。

## 残叶之歌

男子
你看，湿了雨珠的珠叶
静静地停在枝头，
（湿了珠泪的微心，
轻轻地贴在你心头。）

它踌躇着怕那微风
吹它到缥缈的长空。

女子
你看，那小鸟曾经恋过枝叶，

如今却要飘忽无迹。
（我底心儿和残叶一样，
你啊，忍心人，你要去他方。）

它可怜地等待着微风，
要依风去追逐爱者底行踪。

男子
那么，你是叶儿，我是那微风，
我曾爱你在枝上，也爱你在街中。

女子
来吧，你把你微风吹起，
我将我残叶的生命还你。

## 回了心儿吧

回了心儿吧，Ma chere ennemie，
我从今不更来无端地烦恼你。

你看我啊，你看我伤碎的心，
我惨白的脸，我哭红的眼睛！

回来啊，来一抚我伤痕，

用盈盈的微笑或轻轻的一吻。

Aime un peu! 我把无主的灵魂付你：

这是我无上的愿望和最大的冀希。

回了心儿吧，我这样向你泣诉，

Un peud'amour，pour mor，c'est déjàtrop!

## Mandoline

从水上飘起的，春夜的 Mandoline，

你咽怨的亡魂，孤冷又缠绵，

你在哭你底旧时情？

你徘徊到我底窗边

寻不到昔日底芬芳，

你惆怅地哭泣到花间。

你凄婉地又重进我纱窗，

还想寻些坠鬟的珠屑……

啊，你又失望地咽泪去他方。

你依依地又来到我耳边低泣，

啼着那颓唐哀怨之音；

然后，懒懒地，到梦水间消歇。

## 不要这样盈盈地相看

不要这样盈盈地相看，
把你伤感的头儿垂倒，
静，听啊，远远地，在林里，
在死叶上的希望又醒了。

是一个昔日的希望，
它沉睡在林里已多年；
是一个缠绵烦琐的希望，
它早在遗忘里沉湮。

不要这样盈盈地相看，
把你伤感的头儿垂倒，
这一个昔日的希望，
它已被你惊醒了。

这是缠绵烦琐的希望，
如今已被你惊起了，
它又要依依地前来
将你与我烦扰。
不要这样盈盈地相看，
把你伤感的头儿垂倒，

静，听啊，远远地，从林里
惊醒的昔日的希望来了。

## 我底记忆

### 断指

在一口老旧的，满积着灰尘的书橱里，
我保存着一个浸在酒精瓶中的断指；
每当无聊地去翻寻古籍的时候
它就含愁地向我诉说一个使我悲哀的记忆。

它是被截下来的，从我一个已牺牲了的朋友底手上，
它是惨白的，枯瘦的，和我的友人一样，
时常萦系着我的，而且是很分明的，
是他将这断指交给我的时候的情景：

“为我保存着这可笑又可怜的恋爱的纪念吧，望舒，
在零落的生涯中，它是只能增加的不幸了。”
他的话是舒缓的，沉着的，像一个叹息，
而他的眼中似乎是含着泪水，虽微笑是在脸上。

关于他的“可笑又可怜的爱情”我是一些也不知道
我知道的只是他是在一个工人家里被捕去的。

随后是酷刑吧，随后是惨苦的牢狱吧
随后是死刑吧，那等待着我们大家的死刑吧。

关于他“可笑又可怜的爱情”我是一些也不知道。
他从未对我谈起过，即使在喝醉了酒时。
但是我猜想这一定是一段悲哀的故事，他隐藏着，
他想使它跟着截断的手指一同被遗忘了。

这断指上还染着油墨底痕迹，
是赤色的，是可爱的，光辉的赤色的，
它很灿烂地在这截断的手指上，
正如他责备别人底懦怯的目光在我们底心头一样。

这断指常带了轻微又黏着的悲哀给我，
但是这在我又是一件很有用的珍品，
每当为了一件琐事而颓丧的时候，
我会说
“好，让我拿出那个玻璃瓶来吧。”

## 夜是

夜是清爽面温暖，
飘过的风带着青春和爱底香味，
我的头是靠在你裸着的脖上，

你想笑，而我却哭了。

温柔的是缢死在你底发上，
它是那么长，那么细，那么香；
但是我是怕着，那飘过的风要把我们底青春带去。

我们只是被年海底波涛
挟着漂去的可怜的沉舟，
不要讲古旧的 romance 和理想的梦国了，
纵然你有柔情，我有眼泪。

我是怕着：那飘过的风
已把我们底青春和别人底一同带去了；
爱呵，你起来找一下吧，
它可曾把我们底爱情带去。

## 秋天

再过几日秋天是要来了，
默坐着，抽着陶器的烟斗
我已隐隐地听见它的歌吹
从江水的船帆上。

它是在奏着管弦乐：

这个使我想起做过的好梦；
我从前认它是好友是错了，
因为它带了忧愁来给我。
林间的猎角声是好听的，
在死叶上的漫步也是乐事，
但是，独身汉的心地我是很清楚的，
今天，我是没有闲雅的兴致。

我对它没有爱也没有恐惧，
我知道它所带来的东西的重量，
我是微笑着，安坐在我的窗前，
当浮云带着恐吓的口气来说：
秋天来了，望舒先生！

## 我底记忆

我底记忆是忠实于我的
忠实得甚于我最好的友人。

它存在在燃着的烟卷上，
它存在在绘着百合花的笔杆上，
它存在在破旧的粉盒上，
它存在在颓垣的木莓上，
它存在在喝了一半的酒瓶上，

在撕碎的往日的诗稿上，在压干的花片上，
在凄暗的灯上，在平静的水上，
在一切有灵魂没有灵魂的东西上，
它在到处生存着，像我在这世界一样。

它是胆小的，它怕着人们的喧嚣，
但在寂寥时，它便对我来作密切的拜访。
它的声音是低微的，
但是它的话却很长，很长，
很多，很琐碎，而且永远不肯休；
它的话是古旧的，老是讲着同样的故事，
它的音调是和谐的，老是唱着同样的曲子，
有时它还模仿着爱娇的少女的声音，
它底声音是没有气力的，
而且还夹着眼泪，夹着太息。

它底拜访是没有一定的，
在任何时间，在任何地点，
甚至当我已上床，朦胧地想睡了；
或是选一个大清早，
人们会说它没有礼貌，
但是我们是老朋友。

它是琐琐地永远不肯休止的，
除非我凄凄地哭了，
或是沉沉地睡了；
但是我永远不讨厌它，
因为它是忠实于我的。

## 路上的小语

——给我吧，姑娘，那朵簪在发上的
小小的青色的花，
它是会使我想起你的温柔来的。

——它是到处都可以找到的
那边，你瞧，在树林下，在泉边。
而它又只会给你悲哀的记忆的。

——给我吧，姑娘，你的像花一般燃着的，
像红宝石一般晶耀着的嘴唇，
它会给我蜜的味，酒的味。

——不，它只有青色的橄榄的味，
和未熟的苹果的味，
而且是不给说谎的孩子的。

——给我吧，姑娘，那在你衫子下的
你的火一样的，十八岁的心，
那里是盛着天青色的爱情的。

——它是我的，是不给任何人的，
除非别人愿意把他自己底真诚的
来作一个交换，永恒地。

**林下的小语**

走进幽暗的树林里
人们在心头感到寒冷，
亲爱的，在心头你也感到寒冷吗?
当你拥在我的怀里
而我们的唇又黏着我的时候?

不要微笑，亲爱的，
啼泣一些是温柔的，
啼泣吧，亲爱的，啼泣在我的膝上，
在我的胸头，在我的颈边。
啼泣不是一个短促的欢乐。

“追随我到世界的尽头”，
你固执地这样说着吗?

你说得多傻！你去追随天风吧！
我呢，我是比天风更轻，更轻
是你永远追随不到的。

哦，不要请求我的心了！
它是我的，是只属于我的。
什么是我们的恋爱的纪念吗？
那去吧，亲爱的，拿去吧
这沉哀，这绛色的沉哀。

## 独自的时候

房里曾充满过清朗的笑声，
正如花园里充满过蔷薇，
人在满积着梦的灰尘中抽烟，
沉想着凋残了的音乐。

在心头飘来飘去的是什么啊，
像白云一样地无定，像白云一样地沉郁？
而且要对它说话也是徒然的，
正如人徒然向白云说话一样。

幽暗的房里耀着的只有光泽的木器，
独语着的烟斗也黯然缄默，

人在尘雾的空间描摹着润白的裸体
和烧着人的火一样的眼睛。

为自己悲哀和为别人悲哀是同样的事，
虽然自己的梦是和别人的不同，
但是我知道今天我是流过眼泪，
而从外边，寂静是悄悄地进来。

## 对于天的怀乡病

怀乡病，怀乡病，
这或许是一切
有一张有些忧郁的脸，
一颗悲哀的心，
而且老是缄默着，
还抽着一枝烟斗的
人们的生涯吧。

怀乡病，哦，我啊，
我也许是这类人之一吧，
我呢，我渴望着回返
到那个天，到那个如此青的天，
在那里我可以生活又死灭，
像在母亲的怀里，

一个孩子欢笑又啼泣。

我啊，我是一个怀乡病者
对于天的，对于那如此青的天的；
那里，我是可以安憩地睡眠，
没有半边头风，没有不眠之夜，
没有心的一切的烦恼，
这心，它，已不是属于我的，
而有人已把它抛弃了
像人们抛弃了敝舄一样。

## （二）望舒草

### 灯

士为知己者用，
故承恩的灯
遂做了恋的同谋人：
作憧憬之雾的
青色的灯，
作色情之屏的
桃色的灯。

因为我们知道爱灯，

如仁者乐山，智者乐水，

为供它的法眼的鉴赏

我们展开秘藏的风俗画：灯却不笑人的疯魔。

在灯的友爱的光里，

人走进了美容院；

千手千眼的技师，

替人匀着最宜雅的脂粉，

于是我们便目不暇给。

太阳只发着学究的教训，

而灯光却作着亲切的秘语，

至于交头接耳的暗黑

就是饕餮者的施主了。

## 旅思

故乡芦花开的时候，

旅人的鞋跟染着征泥，

黏住了鞋跟，黏住了心的征泥，

几时经可爱的手拂拭？

栈石星饭的岁月，

骤山骤水的行程

只有寂静中的促织声

给旅人尝一点家乡的风味。

## 印象

是飘落深谷去的
幽微的铃声吧，
是航到烟水去的
小小的渔船吧，
如果是青色的珍珠；
它已堕到古井的暗水里。

林梢闪着的颓唐的残阳，
它轻轻地敛去了
跟着脸上浅浅的微笑。
从一个寂寞的地方起来的，
迢遥的，寂寞的呜咽，
又徐徐回到寂寞的地方，寂寞地。

## 不寐

在沉静底音波中，
每个爱娇的影子，
在眩晕的脑里，
作瞬间的散步；
只是短促的瞬间，

然后列成桃色的队伍，
月移花影地淡然消溶：
飞机上的阅兵式。

掌心抵着炎热的前额，
腕上有急促的温息；
是那一宵的觉醒啊？
这种透过皮肤的温息。

让沉静底最高的音波
来震破脆弱的耳膜吧。
窒息的白色的帐子，墙 ......
什么地方去喘一口气呢？

## 烦忧

说是寂寞的秋的悒郁。
说是辽远的海的怀念。
假如有人问我烦忧的原故，
我不敢说出你的名字。

我不敢说出你的名字，
假如有人问我烦忧的原故：
说是辽远的海的怀念，

说是寂寞的秋的悒郁。

## 祭日

今天是亡魂的祭日，
我想起了我的死去了六年的友人。
或许他已老一点了，怅惜他爱娇的妻，
他哭泣着的女儿，他剪断了的青春。

他一定是瘦了，过着飘泊的生涯，在幽冥中，
但他的忠诚的目光是永远保留着的，
而我还听到他往昔的熟稔有劲的声音，
“快乐吗，老戴？”（快乐，唔，我现在已没有了。）

他不会忘记了我：这我是很知道的，
因为他还来找我，每月一二次，在我梦里，
他老是饶舌的，虽则他已归于永恒的沉寂
而他带着忧郁的微笑的长谈使我悲哀。

我已不知道他的妻和女儿到哪里去了，
我不敢想起她们，我甚至不敢问他，
在梦里；
当然她们不会过着幸福的生涯的，
像我一样，像我们大家一样。

快乐一点吧，因为今天是亡魂的祭日，
我已为你预备了在我算是丰盛了的晚餐，
你可以找到我园里的鲜果，
和那你所嗜好的陈威士忌酒。
我们的友谊是永远地柔和的，
而我将和你谈着幽冥中的快乐和悲哀。

## 野宴

对岸青叶荫下的野餐，
只有百里香和野菊作伴；
溪水已洗涤了碍人的礼仪，
白云遂成为飘动的天幕。

那里有木叶一般绿的薄荷酒，
和你所爱的芬芳的腊味，
但是这里有更可口的芦笋
和更新鲜的乳酪。

我的爱软的草的小姐，
你是知味的美食家；
先尝这开胃的饮料，
然后再试那丰盛的名菜。

## 村姑

村里的姑娘静静地走着，
提着她的蚀着青苔的水桶；
溅出来的冷水滴在她的跣足上，
而她的心是在泉边的柳树下。

这姑娘会静静地走到她的旧屋去，
那在一棵百年的冬青树荫下的旧屋，
而当她想到在泉边吻她的少年，
她会微笑着，抿起了她的嘴唇。

她将走到那古旧的木屋边，
她将在那里惊散了一群正在啄食的瓦雀，
她将静静地走到厨房里，
又静静地把水桶放在干刍边。

她将帮助她的母亲造饭，
而从田间回来的父亲将坐在门槛抽烟，
她将给猪圈里的猪喂食，
又将可爱的鸡赶进它们的窠里去。

在暮色中吃晚饭的时候，

她的父亲会谈着今年的收成，
他或许会说到他的女儿的婚嫁，
而她便将羞怯地低下头去。

她的母亲或许会说她的懒惰，
（她打水的迟延便是一个好例子，）
但是她不会听到这些话，
因为她在想着那有点鲁莽的少年。

## 小病

从竹帘里漏进来的泥土的香，
在浅春的风里它几乎凝住了；
小病的人嘴里感到了莴苣的脆嫩，
于是遂有了家乡小园的神往。

小园里阳光是常在芸苔的花上吧，
细风是常在细腰蜂的翅上吧，
病人吃的莱菔的叶子许被虫蛀了，
而雨后的韭菜却许已有甜味的嫩芽了。

现在，我是害怕那使我脱发的饕餮了，
就是那滑腻的海鳗般美味的小食也得斋戒，
因为小病的身子在浅春的风里是软弱的，

况且我又神往于家园阳光下的苪苢。

## 二月

春天已在野菊的头上逡巡着了，
春天已在斑鸠的羽上逡巡着了，
春天已在青溪的藻上逡巡着了，
绿荫的林遂成为恋的众香国。

于是原野将听倦了谎话的交换，
而不载重的无邪的小草
将醉着温软的皓体的甜香；

于是，在暮色冥冥里
我将听了最后一个游女的惋叹，
拈着一枝蒲公英缓缓地归去。

## 前夜

——一夜的纪念，呈呐鸥兄

在比志步尔启碇的前夜，
托密的衣袖变作了手帕，
她把眼泪和着唇脂拭在上面，
要为他壮行色，更加一点粉香。
明天会有太淡的烟和太淡的酒，

和磨不损的太坚固的时间，
而现在，她知道应该有怎样的忍耐：
托密已经醉了，而且疲倦得可怜。

这有橙花香味的南方的少年，
他不知道明天只能看见天和海——
或许在“家，甜蜜的家”里他会康健些，
但是他的温柔的亲戚却要更瘦，更瘦。

## 微辞

园子里蝶褪了粉蜂褪了黄，
则木叶下的安息是允许的吧，
然而好弄玩的女孩子是不肯休止的，
“你瞧我的眼睛，”她说“它们恨你！”

女孩子有恨人的眼睛，我知道，
她还有不洁的指爪，
但是一点恬静和一点懒是需要的，
只瞧那新叶下静静的蜂蝶。
魔道者使用曼陀罗根或是枸杞，
而人却像花一般地顺从时序，
夜来香娇妍地开了一个整夜，
朝来送入温室一时能重鲜吗？

园子都已恬静
蜂蝶睡在新叶下，
迟迟的永昼中
无厌的女孩子也该休止。

## 有赠

谁曾为我束起许多花枝，
灿烂过又憔悴了的花枝，
谁曾为我穿起许多泪珠，
又倾落到梦里去的泪珠？

我认识你充满了怨恨的眼睛，
我知道你愿意缄在幽暗中的话语，
你引我到了一个梦中
我却又在另一个梦中忘了你。

我的梦和我的遗忘中的人，
哦，受过我暗自祝福的人，
终日有意地灌溉着蔷薇，
我却无心地让寂寞的兰花愁谢。

## 秋蝇

木叶的红色，

木叶的黄色，
木叶的土灰色：
窗外的下午！

用一双无数的眼睛，
衰弱的苍蝇望得昏眩。
这样窒息的下午啊！
它无奈地搔着头搔着肚子。

木叶，木叶，木叶，
无边木叶萧萧下。

玻璃窗是寒冷的冰片了，
太阳只有苍茫的色泽。
巡回地散一次步吧！
它觉得它的脚软。

红色，黄色，土灰色，
昏眩的万花筒的图案啊！

迢遥的声音，古旧的，
大伽蓝的钟磬？天末的风？

苍蝇有点僵木，
这样沉重的翼翅啊！
飘下地，飘上天的木叶旋转着，
红色，黄色，土灰色的错杂的回轮。
无数的眼睛渐渐模糊，昏黑，
什么东西压到轻绡的翅上，
身子像木叶一般地轻，
载在巨鸟的翎翮上吗？

## 过时

说我是一个在怅惜着，
怅惜着好往日的少年吧，
我唱着我的崭新的小曲，
而你却揶揄：多么“过时”！

是呀，过时了，我的“单恋女”
都已经变作妇人或是母亲，
而我，我还可怜地年轻——
年轻？不吧，有点靠不住。

是呀，年轻是有点靠不住，
说我是有一点老了吧！
你只看我拿手杖的姿态

它会告诉你一切，而我的眼睛亦然。

老实说，我是一个年轻的老人了：
对于秋草秋风是太年轻了，
而对于春月春华却又太老。

## 款步（两首）

### 一

这里是爱我们的苍翠的松树，
它曾经遮过你的羞涩和我的胆怯，
我们的这个同谋者是有一个好记性的，
现在，它还向我们说着旧话，但并不揶揄。

还有那多嘴的深草间的小溪，
我不知道它今天为什么缄默：
我不看见它，或许它已换一条路走了，
饶舌着，施施然绕着小村而去了。

这边是来做夏天的客人的闲花野草，
它们是穿着新装，像在婚筵里，
而且在微风里对我们作有礼貌的礼敬，
　　好像我们就是新婚夫妇。

我的小恋人，今天我不对你说草木的恋爱，
却让我们的眼睛静静地说我们自己底，
而且我要用我的舌头封住你的小嘴唇了，
如果你再说：我已闻到你的愿望的气味。

二

答应我绕过这些木棚，
去坐在江边的游椅上。
啮着沙岸的永远的波浪，
总会从你投出着的素足
撼动你抿紧的嘴唇的。
而这里，鲜红并寂静得
与你底嘴唇一样的枫林间，
虽然残秋的风还未来到
但我已经从你的缄默里
觉出了它的寒冷。

## 寻梦者

梦会开出花来的，
梦会开出娇妍的花来的：
去求无价的珍宝吧。

在青色的大海里，
在青色的大海的底里，

深藏着金色的贝一枚。

你去攀九年的冰山吧，
你去航九年的旱海吧，
然后你逢到那金色的贝。

它有天上的云雨声，
它有海上的风涛声，
它会使你的心沉醉。

把它在海水里养九年，
把它在天水里养九年，
然后，它在一个暗夜里开绽了。

当你鬓发斑斑了的时候
当你眼睛朦胧了的时候，
金色的贝吐出桃色的珠

把桃色的珠放在你怀里，
把桃色的珠放在你枕边，
于是一个梦静静地升上来了。
你的梦开出花来了，
你的梦开出娇妍的花来了，

在你已衰老了的时候。

## 夜行者

这里他来了：夜行者！
冷清清的街上有沉着的跫音，
从黑茫茫的雾，
到黑茫茫的雾。

夜的最熟稔的朋友，
他知道它的一切琐碎，
那么熟稔，在它的熏陶中
他染了它一切最古怪的脾气。

夜行者是最古怪的人。
你看他走在黑夜里：
戴着黑色的毡帽，
迈着夜一样静的步子。

## 单恋者

我觉得我是在单恋着，
但是我不知道是恋着谁：
是一个在迷茫的烟水中的国土吗，
是一枝在静默中零落的花吗，

是一位我记不起的陌路丽人吗?
我不知道。
我知道的是我的胸膨胀着，
而我的心悸动着，像在初恋中。

在烦倦的时候，
我常是暗黑的街头的踯躅者，
我走遍了嚣嚷的酒场
我不想回去，好像在寻找什么。
飘来一丝媚眼或是塞满一耳腻语，
那是常有的事。
但是我会低声说：
“不是你!”然后踉跄地又走向他处。

人们称我为“夜行人”，
尽便吧，这在我是一样的;
真的我是一个寂寞的夜行人，
而且又是一个可怜的单恋者。

## 三顶礼

引起寂寂的旅愁，
翻着软浪的暗暗的海，
我的恋人的发，

受我怀念的顶礼。

恋之色的夜合花，
佻佶的夜合花，
我的恋人的眼，
受我沉醉的顶礼。

我苦痛的螫的，
苦痛的但是欢乐的螫的，
你小小的红翅的蜜蜂，
我的恋人的唇
受我怨恨的顶礼。

## 乐园鸟

飞着，飞着，春，夏，秋，冬，
昼，夜，没有休止，
华羽的乐园鸟，
这是幸福的云游呢，
还是永恒的苦役？

渴的时候也饮露，
饥的时候也饮露，
华羽的乐园鸟

这是神仙的佳肴呢，还是为了对于天的乡思？

是从乐园里来的呢，
还是到乐园里去的？
华羽的乐园鸟，
在茫茫的青空中，
也觉得你的路途寂寞吗？

假使你是从乐园里来的
可以对我们说吗，
华羽的乐园鸟，
自从亚当，夏娃被逐后，
那天上的花园已荒芜到怎样了？

## 游子谣

海上微风起来的时候，
暗水上开遍青色的蔷薇。
——游子的家园呢？

篱门是蜘蛛的家，
土墙是薜荔的家，
枝繁叶茂的果树是鸟雀的家。

游子却连乡愁也没有，
他沉浮在鲸鱼海蟒间：
让家园寂寞的花自开自落吧。

因为海上有青色的蔷薇，
游子要萦系他冷落的家园吗？
还有比蔷薇更清丽的旅伴呢。

清丽的小旅伴是更甜蜜的家园，
游子的乡愁在那里徘徊踯躅。
唔，永远沉浮在鲸鱼海蟒间吧。

## 少年行

是簪花的老人呢，
灰暗的篱笆披着茑萝；

旧曲在颤动的枝叶间死了，
新蜕的蝉用单调的生命赓续。

结客寻欢都成了后悔，
还要学少年的行蹊吗？
平静的天，平静的阳光下，
烂熟的果子平静地落下来了。

## 妾薄命

一枝，两枝，三枝，
床巾上的图案花
为什么不结果子啊！
过去了：春天，夏天，秋天。

明天梦已凝成了冰柱；
还会有温煦的太阳吗？
纵然有温煦的太阳，跟着檐溜，
去寻坠梦的玎玲吧！

## 梦都子

——致霞村

她有太多的蜜饯的心——
在她的手上，在她的唇上；
然后跟着口红，跟着指爪，
印在老绅士的颊上，
刻在醉少年的肩上。

我们是她年轻的爸爸，诚然，
但也害怕我们的女儿到怀里来撒娇，
因为在蜜饯的心以外，

她还有蜜饯的乳房，
而在撒娇之后，她还会放肆。

你的衬衣上已有了贯矢的心，
而我的指上又有了纸捻的约指，
如果我爱惜我的秀发，
那么你又该受那心愿的忤逆。

## 百合子

百合子是怀乡病的可怜的患者，
因为她的家是在灿烂的樱花丛里的；
我们徒然有百尺的高楼和沉迷的香夜，
但温煦的阳光和朴素的木屋总常在她缅想中。

她度着寂寂的悠长的生涯，
她盈盈的眼睛茫然地望着远处；
人们说她冷漠的是错了，
因为她沉思的眼里是有着火焰。

她将使我为她而憔悴吗？
或许是的，但是谁能知道？
有时她向我微笑着，
而这忧郁的微笑使我也坠入怀乡病里。

她是冷漠的吗？不。
因为我们的眼睛是秘密地交谈着；
而她是醉一样地合上了她的眼睛的，
如果我轻轻地吻着她花一样的嘴唇。

## 八重子

八重子是永远地忧郁着的，
我怕她会郁瘦了她的青春。
是的，我为她的健康里虑着，
尤其是为她的沉思的眸子。

发的香味是簪着辽远的恋情，
辽远到要使人流泪；
但是要使她欢喜，我只能微笑，
只能像幸福者一样地微笑。

因为我要使她忘记她的孤寂，
忘记萦系着她的渺茫的乡思，
我要使她忘记她在走着
无尽的，寂寞的凄凉的路。
而且在她的唇上，我要为她祝福，
为我的永远忧郁着的八重子，
我愿她永远有着意中人的脸，

春花的脸，和初恋的心。

## 老之将至

我怕自己将慢慢地慢慢地老去，
随着那迟迟寂寂的时间，
而那每一个迟迟寂寂的时间，
是将重重地载着无量的怅惜的。

而在我坚而冷的圈椅中，在日暮，
我将看见，在我昏花的眼前
飘过那些模糊的暗淡的影子：
一片娇柔的微笑，一只纤纤的手，
几双燃着火焰的眼睛，
或是几点耀着珠光的眼泪。

是的，我将记不清楚了：
在我耳边低声软语着
“在最适当的地方放你的嘴唇”的，
是那樱花一般的樱子吗？
那是茹丽茜吗，飘着懒倦的眼
望着她已卸了的锦缎的鞋子？……
这些，我将都记不清楚了，
因为我老了。

我说，我是担忧着怕老去，
怕这些记忆凋残了，
一片一片地，像花一样；
只留着垂枯的枝条，孤独地。

## 秋天的梦

迢遥的牧女的羊铃，
摇落了轻的树叶。

秋天的梦是轻的，
那是窈窕的牧女之恋。

于是我的梦静静地来了，
但却载着沉重的昔日。

哦，现在，我是有一些寒冷，
一些寒冷，和一些忧郁。

## 我的素描

辽远的国土的怀念者，
我，我是寂寞的生物。

假如把我自己描画出来，

那是一幅单纯的静物写生。

我是青春和衰老的集合体，
我有健康的身体和病的心。

在朋友间我有爽直的声名，
在恋爱上我是一个低能儿。

因为当一个少女开始爱我的时候，
我先就要栗然地惶恐。

我怕着温存的眼睛，
像怕初春青空的朝阳。

我是高大的，我有光辉的眼；
我用爽朗的声音恣意谈笑。

但在悒郁的时候，我是沉默的，
悒郁着，用我二十四岁的整个的心。

## 我的恋人

我将对你说我的恋人，
我的恋人是一个羞涩的人，

她是羞涩的，有着桃色的脸，
桃色的嘴唇，和一颗天青色的心。

她有黑色的大眼睛，
那不敢凝看我的黑色的大眼睛——
不是不敢，那是因为她是羞涩的；
而当我依在她胸头的时候，
你可以说她的眼睛是变换了颜色，
天青的颜色，她的心的颜色。

她有纤纤的手，
它会在我烦忧的时候安抚我，
她有清朗而爱娇的声音，
那是只向我说着温柔的，
温柔到销熔了我的心的话的。

她是一个静娴的少女，
她知道如何爱一个爱她的人，
但是我永远不能对你说她的名字，
因为她是一个羞涩的恋人。

## 深闭的园子

五月的园子

已花繁叶满了，
浓荫里却静无鸟喧。

小径已铺满苔藓，
而篱门的锁也锈了——
主人却在迢遥的太阳下。

在迢遥的太阳下，
也有璀璨的园林吗？

陌生人在篱边探首，
空想着天外的主人。

## 到我这里来

到我这里来，假如你还存在着，
全裸着，披散了你的发丝：
我将对你说那只有我们两人懂得的话。
我将对你说为什么蔷薇有金色的花瓣，
为什么你有温柔而馥郁的梦，
为什么锦葵会从我们的窗间探首进来。

人们不知道的一切我们都会深深了解，
除了我的手的颤动和你的心的奔跳；

不要怕我发着异样的光的眼睛，
向我来：你将在我的臂间找到舒适的卧榻。

可是，啊，你是不存在着了，
虽则你的记忆还使我温柔地颤动，
而我是徒然地等待着你，每一个傍晚，
在菩提树下，沉思地，抽着烟。

## （三）望舒诗稿

### 霜花

九月的霜花，
十月的霜花，
雾的娇女，
开到我鬓边来。

装点着秋叶，
你装点了单调的死，
雾的娇女，
来替我簪你素艳的花。

你还有珍珠的眼泪吗？
太阳已不复重燃死灰了。

我静观我鬓丝的零落，

于是我迎来你所装点的秋。

## 微笑

轻岚从远山飘开，

水蜘蛛在静水上徘徊；

说吧：无限意，无限意。

有人微笑，

一颗心开出花来，

有人微笑，

许多脸儿忧郁起来。

做定情之花带的点缀吧，

做迢遥之旅愁的凭借吧。

## 古神祠前

古神祠前逝去的

暗暗的水上，

印着我多少的

思量底轻轻的脚迹，

比长脚的水蜘蛛，

更轻更快的脚迹。

从苍翠的槐树叶上，
它轻轻地跃到
饱和了古愁的钟声的水上，
它掠过涟漪，踏过荇藻，
跨着小小的，小小的
轻快的步子走。
然后，踌躇着，
生出了翼翅……

它飞上去了，
这小小的蜉蝣，
不，是蝴蝶，它翩翩飞舞，
在芦苇间，在红蓼花上；
它高升上去了，
化作一只云雀，
把清音撒到地上……
现在它是鹏鸟了。
在浮动的白云间，
在苍茫的青天上，
它展开翼翅慢慢地，
作九万里的翱翔，
前生和来世的逍遥游。

它盘旋着，孤独地，
在迢遥的云山上，
在人间世的边际；
长久地，固执到可怜.

终于，绝望地，
它疾飞回到我心头
在那儿忧愁地蛰伏。

## 见勿忘我花

为你开的
为我开的勿忘我花，
为了你的怀念，
为了我的怀念，
它在陌生的太阳下，
陌生的树林间，
谦卑地，悒郁地开着。

在僻静的一隅，
它为你向我说话，
它为我向你说话；
它重数我们用凝望
远方的潮润的眼睛

在沉默中所说的话，
而它的语言又是
像我们的眼一样沉默。

开着吧，永远开着吧，
罣虑我们的小小的青色的花。

## （四）灾难的岁月

### 眼

在你的眼睛的微光下，
迢遥的潮汐升涨：
玉的珠贝，
青铜的海藻……
千万尾飞鱼的翅，
剪碎分而复合的
顽强的渊深的水。

无渚涯的水，
暗青色的水！
在什么经纬度上的海中，
我投身又沉溺在
以太阳之灵照射的诸太阳间，

以月亮之灵映光的诸月亮间，
以星辰之灵闪烁的诸星辰间？
于是我是彗星，
有我的手，
有我的眼，
并尤其有我的心。

我唏曝于你的眼睛的
苍茫朦胧的微光中，
并在你上面，
在你的太空的镜子中
鉴照我自己的
透明而畏寒的
火的影子，
死去或冰冻的火的影子。

我伸长，我转着，
我永恒地转着，
在你的永恒的周围
并在你之中……

我是从天上奔流到海，
从海奔流到天上的江河，

我是你每一条动脉，
每一条静脉，
每一个微血管中的血液，
我是你的睫毛
（它们也同样在你的
眼睛的镜子里顾影），
是的，你的睫毛，你的睫毛。

而我是你，
因而我是我。

一九三六年十月十九日

## 灯

灯守着我，劬劳地，
凝看我眸子中
有穿着古旧的节日衣衫的
欢乐儿童，
忧伤稚子，
像木马栏似地
转着，转着，永恒地……

而火焰的春阳下的树木般的
小小的爆裂声，

摇着我，摇着我，
柔和地。

美丽的节日萎谢了，
木马栏独自转着，转着……
灯徒然怀着母亲的劬劳，
孩子们的彩衣已褪了颜色。

已矣哉！
采撷黑色大眼睛的凝视
去织最绮丽的梦网！
手指所触的地方：
火凝作冰焰，
花幻为枯枝。
灯守着我。让它守着我！

曦阳普照，蜥蜴不复浴其光，
帝王长卧，鱼烛永恒地高烧
在他森森的陵寝。

这里，一滴一滴地，
寂静坠落，坠落，坠落。

一九三四年十二月二十一日

## 口号

盟军的轰炸机来了，
看他们勇敢地飞翔，
向他们表示沉默的欢快，
但却永远不要惊慌。

看敌人四处钻，发抖：
盟军的轰炸机来了，
也许我们会碎骨粉身，
但总比死在敌人手上好。

我们需要冷静，坚忍，
离开兵营，工厂，船坞：
盟军的轰炸机来了，
叫敌人踏上死路。

苦难的岁月不会再迟延，
解放的好日子就快到，
你看带着这消息的
盟军的轰炸机来了。

一九四五年一月十六日香港大轰炸中

## 赠内

空白的诗帖，
幸福的年岁；
因为我苦涩的诗节
只为灾难树里程碑。
即使清丽的词华
也会消失它的光鲜，
恰如你鬓边憔悴的花
映着明媚的朱颜。

不如寂寂地过一世，
受着你光彩的熏沐，
一旦为后人说起时，
但叫人说往昔某人最幸福。

## 偶成

如果生命的春天重到，
古旧的凝冰都哗哗地解冻，
那时我会再看见灿烂的微笑，
再听见明朗的呼唤——这些迢遥的梦。

这些好东西都决不会消失，

因为一切好东西都永远存在，
它们只是像冰一样凝结，
而有一天会象花一样重开。

一九四五年五月三十一日

## 心愿

几时可以开颜笑笑，
把肚子吃一个饱，
到树林子去散一会儿步，
然后回来安逸地睡一觉？
只有把敌人打倒。

几时可以再看见朋友们，
跟他们游山，玩水，谈心，
喝杯咖啡，抽一支烟，
念念诗，坐上大半天？
只有送敌人入殓。

几时可以一家团聚，
拍拍妻子，抱抱儿女，
烧个好菜，看本电影，
回来围炉谈笑到更深？
只有将敌人杀尽。

只有起来打击敌人，
自由和幸福才会临降，
否则这些全是白日梦
和没有现实的游想。

一九四三年一月二十八日

## 等待（两首）

### 一

我等待了两年，
你们还是这样遥远啊！
我等待了两年，
我的眼睛已经望倦啊！

说六个月可以回来啦，
我却等待了两年啊，
我已经这样衰败啦，
谁知道还能够活几天啊。

我守望着你们的脚步，
在熟稔的贫困和死亡间，
当你们再来，带着幸福，
会在泥土中看见我睁大的眼。

一九四三年十二月三十一日

二

你们走了，留下我在这里等，
看血污的铺石上徘徊着鬼影，
饥饿的眼睛凝望着铁栅，
勇敢的胸膛迎着白刃：
耻辱黏住每一颗赤心，
在那里，炽烈地燃烧着悲愤。

把我遗忘在这里，让我见见
屈辱的极度，沉痛的界限，
做个证人，做你们的耳，你们的眼，
尤其做你们的心，受苦难，磨练，
仿佛是大地的一块，让铁蹄蹂践，
仿佛是你们的一滴血，遗在你们后面。
没有眼泪没有语言的等待：
生和死那么紧地相贴相挨，
而在两者间，颀长的岁月在那里挤，
结伴儿走路，好像难兄难弟。

冢地只两步远近，我知道
安然占六尺黄土，盖六尺青草；
可是这儿也没有什么大不同，
在这阴湿、窒息的窄笼：

做白虱的巢穴，做泔脚缸，
让脚气慢慢延伸到小腹上，
做柔道的呆对手，剑术的靶子，
从口鼻一齐喝水，然后给踩肚子，
膝头压在尖钉上，砖头垫在脚踵上，
听鞭子在皮骨上舞，做飞机在梁上荡……

多少人从此就没有回来，
然而活着的却耐心地等待。

让我在这里等待，
耐心地等你们回来：
做你们的耳目，我曾经生活，
做你们的心，我永远不屈服。

## 寂寞

园中野草渐离离，
托根于我旧时的脚印。
给他们披青春的彩衣：
星下的盘桓从兹消隐。

日子过去，寂寞永存，
寄魂于离离的野草，

像那些可怜的灵魂，
长得如我一般高。

我今不复到园中去，
寂寞已如我一般高：
我夜坐听风，昼眠听雨，
悟得月如何缺，天如何老。

一九三七年二月十二日

## 夜蛾

绕着蜡烛的圆光，
夜蛾作可怜的循环舞，
这些众香国的谪仙不想起
已死的虫，未死的叶。
说这是小睡中的亲人，
飞越关山，飞越云树，
来慰藉我们的不幸，
或者是怀念我们的死者，
被记忆所逼，离开了寂寂的夜台来。

我却明白它们就是我自己，
因为它们用彩色的大绒翅

遮覆住我的影子，

让它留在幽暗里。

这只是为了一念，不是梦，

就像那一天我化成风。

一九三六年十二月二十六日

## 小曲

啼倦的鸟藏喙在彩翎间，

音的小灵魂向何处翩跹？

老去的花一瓣瓣委尘土，

香的小灵魂在何处流连？

它们不能在地狱里，不能，

这那么好，那么好的灵魂！

那么是在天堂，在乐园里？

摇摇头，圣彼得可也否认。

没有人知道在哪里，没有，

诗人却微笑而三缄其口：

有什么东西在调和氤氲，

在他的心的永恒的宇宙。

一九三六年五月十四日

## 秋夜思

谁家动刀尺?
心也需要秋衣。

听鲛人的召唤,
听木叶的呼吸!
风从每一条脉络进来,
窃听心的枯裂之音。

诗人云:心即是琴。
谁听过那古旧的阳春白雪?
为真知的死者的慰藉,
有人已将它悬在树梢,
为天籁之凭托一
但曾一度谛听的飘逝之音。
而断裂的吴丝蜀桐,
仅使人从弦柱间思忆华年。

一九三五年七月六日

## 赠克木

我不懂别人为什么给那些星辰
取一些它们不需要的名称,

它们闲游在太空，无牵无挂，
不了解我们，也不求闻达。

记着天狼、海王、大熊……这大堆，
还有它们的成分，它们的方位，
你绞干了脑汁，涨破了头，
弄了一辈子，还是个未知的宇宙。

星来星去，宇宙运行，
春秋代序，人死人生，
太阳无量数，太空无限大，
我们只是倏忽渺小的夏虫井蛙。
不痴不聋，不作阿家翁，
为人之大道全在懵懂，
最好不求甚解，单是望望，
看天，看星，看月，看太阳。
也看山，看水，看云，看风，
看春夏秋冬之不同，
还看人世的痴愚，人世的倥偬：
静默地看着，乐在其中。
乐在其中，乐在空与时以外，
我和欢乐都超越过一切的境界，
自己成一个宇宙，有它的日月星，

来供你钻究，让你皓首穷经。

或是我将变一颗奇异的彗星，
在太空中欲止即止，欲行即行，
让人算不出轨迹，瞧不透道理，
然后把太阳敲成碎火，把地球撞成泥。

一九三六年五月十八日

## 致萤火

萤火，萤火，
你来照我。

照我，照这沾露的草，
照这泥土，照到你老。

我躺在这里，让一棵芽
穿过我的躯体，我的心，
长成树，开花。

让一片青色的藓苔，
那么轻，那么轻
把我全身遮盖。

像一双小手纤纤，
当往日我在昼眠，
把一条薄被
在我身上轻披。

我躺在这里
咀嚼着太阳的香味；
在什么别的天地，
云雀在青空中高飞。

萤火，萤火
给一缕细细的光线——
够担得起记忆，
够把沉哀来吞咽！

一九四一年六月二十六日

## 我思想

我思想，故我是蝴蝶…
万年后小花的轻呼
透过无梦无醒的云雾，
来振撼我斑斓的彩翼。

一九三七年三月十四日

## 白蝴蝶

给什么智慧给我，

小小的白蝴蝶，

翻开了空白之页，

合上了空白之页？

翻开的书页：

寂寞；

合上的书页：

寂寞。

一九四〇年五月三日

## 过旧居（初稿）

静掩的窗子隔住尘封的幸福，

寂寞的温暖饱和着辽远的炊烟——

陌生的声音还是解冻的呼唤？……

挹泪的过客在往昔生活了一瞬间。

一九四四年三月二日

## 过旧居

这样迟迟的日影，

这样温暖的寂静，

这片午炊的香味，
对我是多么熟稔。
这带露台，这扇窗，
后面有幸福在窥望，
还有几架书，两张床，
一瓶花……这已是天堂。

我没有忘记：这是家，
妻如玉，女儿如花，
清晨的呼唤和灯下的闲话，
想一想，会叫人发傻。

单听他们亲昵地叫，
就够人整天骄傲，
出门时挺起胸，伸直腰，
工作时也抬头微笑。
现在……可不是我回家午餐？
桌上一定摆上了盘和碗，
亲手调的羹，亲手煮的饭，
想起了就会嘴馋。

这条路我曾经走了多少回！
多少回？……过去都压缩成一堆，

叫人不能分辨，日子是那么相类，
同样幸福的日子，这些孪生姊妹！

我可糊涂啦，是不是今天
出门时我忘记说“再见”？
还是这事情发生在许多年前，
其中间隔着许多变迁？
可是这带露台，这扇窗，
那里却这样静，没有声响，
没有可爱的影子，娇小的叫嚷，
只是寂寞，寂寞，伴着阳光。

而我的脚步为什么又这样累？
是否我肩上压着苦难的年岁，
压着沉哀，透渗到骨髓，
使我眼睛蒙眬，心头消失了光辉？
为什么辛酸的感觉这样新鲜？
好像伤没有收口，苦味在舌间。
是一个归途的游想把我欺骗，
还是灾难的日月真横亘其间？

我不明白，是否一切都没改动，
却是我自己做了白日梦，

而一切都在那里，原封不动：
欢笑没有冰凝，幸福没有尘封？

或是那些真实的岁月，年代，
走得太快一点，赶上了现在，
回过头来瞧瞧，匆忙又退回来，
再陪我走几步，给我瞬间的欢快？

……
有人开了窗，
有人开了门，
走到露台上——
一个陌生人。
生活，生活，漫漫无尽的苦路！
咽泪吞声，听自己疲倦的脚步：
遮断了魂梦的不仅是海和天，云和树，
无名的过客在往昔作了瞬间的踌躇。

一九四四年三月十日

## 示长女

记得那些幸福的日子！
女儿，记在你幼小的心灵：
你童年点缀着海鸟的彩翎，

贝壳的珠色，潮汐的清音，
山岚的苍翠，繁花的绣锦，
和爱你的父母的温存。

我们曾有一个安乐的家，
环绕着淙淙的泉水声，
冬天曝着太阳，夏天笼着清荫，
白天有朋友，晚上有恬静，
岁月在窗外流，不来打扰
屋里终年长驻的欢欣，
如果人家窥见我们在灯下谈笑，
就会觉得单为了这也值得过一生。

我们曾有一个临海的园子，
它给我们滋养的番茄和金笋，
你爸爸读倦了书去垦地，
你妈妈在太阳阴里缝纫，
你呢，你在草地上追彩蝶，
然后在温柔的怀里寻温柔的梦境。

人人说我们最快活，
也许因为我们生活过得蠢，
也许因为你妈妈温柔又美丽，

也许因为你爸爸诗句最清新。

可是，女儿，这幸福是短暂的，
一霎时都被云锁烟埋；
你记得我们的小园临大海，
从那里你们一去就不再回来，
从此我对着那迢遥的天涯，
松树下常常徘徊到暮霭。

那些绚烂的日子，像彩蝶，
现在枉费你摸索追寻，
我仿佛看见你从这间房
到那间，用小手挥逐阴影，
然后，缅想着天外的父亲，
把疲倦的头搁在小小的绣枕。

可是，记着那些幸福的日子，
女儿，记在你幼小的心灵：
你爸爸仍旧会来，像往日，
守护你的梦，守护你的醒。

一九四四年六月二日

## 元日祝福

新的年岁带给我们新的希望。
祝福！我们的土地，
血染的土地，焦裂的土地，
更坚强的生命将从而滋长。

新的年岁带给我们新的力量，
祝福！我们的人民，
坚苦的人民，英勇的人民，
苦难会带来自由解放。

一九三九年元旦日

## 狱中题壁

如果我死在这里，
朋友啊，不要悲伤，
我会永远地生存
在你们的心上。

你们之中的一个死了，
在日本占领地的牢里，
他怀着的深深仇恨，
你们应该永远地记忆。

当你们回来，从泥土
掘起他伤损的肢体，
用你们胜利的欢呼
把他的灵魂高高扬起，
然后把他的白骨放在山峰，
曝着太阳，沐着飘风：
在那暗黑潮湿的土牢，
这曾是他唯一的美梦。

一九四二年四月二十七日

## 古意答客问

孤心逐浮云之炫烨的卷舒，
惯看青空的眼喜侵阈的青芜。
你问我的欢乐何在？
——窗头明月枕边书。

侵晨看岚踯躅于山巅，
入夜听风琐语于花间。
你问我的灵魂安息于何处？
——看那嬝绕地，嬝绕地升上去的炊烟。

渴饮露，饥餐英；
鹿守我的梦，鸟祝我的醒。

你问我可有人间世的罣虑?
——听那消沉下去的百代之过客的跫音。

一九三四年十二月五日

## 萧红墓畔口占

走六小时寂寞的长途,
到你头边放一束红山茶,
我等待着,长夜漫漫,
你却卧听着海涛闲话。

一九四四年十一月二十日

## 我用残损的手掌

我用残损的手掌
摸索这广大的土地:
这一角已变成灰烬,
那一角只是血和泥;
这一片湖该是我的家乡,
(春天,堤上繁花如锦幛,
嫩柳枝折断有奇异的芬芳,)
我触到荇藻和水的微凉;
这长白山的雪峰冷到彻骨,
这黄河的水夹泥沙在指间滑出;
江南的水田,你当年新生的禾草

是那么细，那么软……现在只有蓬蒿；
岭南的荔枝花寂寞地憔悴，
尽那边，我蘸着南海没有渔船的苦水……
无形的手掌掠过无限的江山，
手指沾了血和灰，手掌粘了阴暗，
只有那辽远的一角依然完整，
温暖，明朗，坚固而蓬勃生春。
在那上面，我用残损的手掌轻抚，
像恋人的柔发，婴孩手中乳。
我把全部的力量运在手掌
贴在上面，寄与爱和一切希望，
因为只有那里是太阳，是春，
将驱逐阴暗，带来苏生，
因为只有那里我们不像牲口一样活，
蝼蚁一样死……那里，永恒的中国！

一九四二年七月三日

## 在天晴了的时候

在天晴了的时候，
该到小径中去走走：
给雨润过的泥路，
一定是凉爽又温柔；
炫耀着新绿的小草，

已一下子洗净了尘垢；
不再胆怯的小白菊，
慢慢地抬起它们的头，
试试寒，试试暖，
然后一瓣瓣地绽透；
抖去水珠的凤蝶儿
在木叶间自在闲游，
把它的饰彩的智慧书页
曝着阳光一开一收。

到小径中去走走吧，
在天晴了的时候：
赤着脚，携着手，
踏着新泥，涉过溪流。

新阳推开了阴霾了，
溪水在温风中晕皱，
看山间移动的暗绿——
云的脚迹——它也在闲游。

# （五）佚诗

## 昨晚

我知道昨晚在我们出门的时候，
我们的房里一定有一次热闹的宴会，
那些常被我的宾客们当作没有灵魂
的东西，
不用说，都是这宴会的佳客：
这事情我也能容易地觉出，
否则这房里决不会零乱，
不会这样氤氲着烟酒的气味。
它们现在是已经安分守己了，
但是扶着残醉的洋娃娃却眨着眼睛，
我知道她还会撒痴撒娇：
她的头发是那样的蓬乱，
而舞衣又那样的皱，
一定的，昨晚她已被亲过了嘴。
那年老的时钟显然已喝得太多了，
他还渴睡着，而把他的职司忘记；
拖鞋已换了方向，易了地位，
他不安静地躺在床前，而横出榻下。
粉盒和香水瓶自然是最漂亮的娇客，

因为她们是从巴黎来的，

而且准跳过那时行的“黑底舞”；

还有那个龙钟的瓷佛，他的年岁比

我们还大，

他听过我祖母的声音，又受过我父亲的爱抚，

他是慈爱的长者，他必然居过首席，

（他有着一颗什么心会和那些后生小子和谐？）

比较安静的恐怕只有那桌上的烟灰盂，

他是昨天刚在大路上来的，他是生客。

还有许许多多的有伟大的灵魂的小东西，

它们现在都已敛迹，而且又装得那样规矩，

它们现在是那样安静，但或许昨晚最会胡闹。

对于这些事物的放肆我倒并不嗔怪，

我不会发脾气，因为像我们一样。

它们在有一些的时候也应得狂欢痛快。

但是我不懂得它们为什么会胆小害怕我们，

我们不是严厉的主人，我们愿意它们同来！

这些我们已有过了许多证明，

如果去问我的荷兰烟斗，它便会讲给你听。

## 流水

在寂寞的黄昏里，

我听见流水嘹亮的言语：

"穿过暗黑的，暗黑的林，
流到那边去！
到升出赤色的太阳的海去！

"你，被践踏的草和被弃的花，
一同去，跟着我们的流一同去。
"冲过横在路头的顽强的石，
溅起来，溅起浪花来，
从它上面冲过去！

"泻过草地，泻过绿色的草地，
没有踌躇或是休止，
把握住你的意志。

"我们是各处的水流的集体，
从山间，从乡村，
从城市的沟渠…
我们是力的力。

"决了堤防，破了闸！
阻拦我们吗？
你会看见你的毁灭……"

在一个寂寂的黄昏里，
我看见一切的流水，
在同一个方向中，
奔流到太阳的家乡去。

## 无题

我和世界之间是墙，
墙和我之间是灯，
灯和我之间是书，
书和我之间是——隔膜！

## 我们的小母亲

机械将完全地改变了，在未来的日子——
不是那可怖的汗和血的榨床，
不是驱向贫和死的恶魔的大车。
它将成为可爱的，温柔的，
而且仁慈的，我们的小母亲，
一个爱着自己的多数的孩子的，
用有力的，热爱的手臂，
紧抱着我们，抚爱着我们的
我们这一类人的小母亲。

是啊，我们将没有了恐慌，没有了憎恨，

我们将热烈地爱它，用我们多数的心。
我们不会觉得它是一个静默的铁的神秘，
在我们，它是有一颗充着慈爱的血的心的，
一个人间的孩子们的母亲。

于是，我们将劳动着，相爱着，
在我们的小母亲的怀里，
在我们的小母亲的怀里，
我们将互相了解，
更深切地互相了解……
而我们将骄傲地自庆着，
是啊，骄傲地，有一个
完全为我们的幸福操作着
慈爱地抚育着我们的小母亲，
我们的有力的铁的小母亲！

# 第二章
# 散文

## 夜莺

在神秘的银月的光辉中，树叶儿啁啾地似在私语，绰绦地似在潜行；这时候的世界，好似一个不能解答的谜语，处处都含着幽奇和神秘的意味。

有一只可爱的夜莺在密荫深处高啭，一时那林中充满了她婉转的歌声。

我们慢慢地走到饶有诗意的树荫下来，悠然听了会鸟声，望了会月色。我们同时说：“多美丽的诗境！”于是我们便坐下来说夜莺的故事。

“你听她的歌声是多悲凉！”我的一位朋友先说了，“她是那伟大的太阳的使女：每天在日暮的时候，她看见日儿的残光现着惨红的颜色，一丝丝的向辽远的西方消逝了，悲思便充满了她幽微心窍，所以她要整夜的悲啼着……”

“这是不对的，”还有位朋友说，“夜莺实是月儿的爱人：你可不听见她的情歌是怎地缠绵？她赞美着月儿，月儿便用清辉将她拥抱着。从她的歌声，你可听不出她灵魂是沉醉着？”

我们正想再听一会夜莺的啼声，想要她启示我们的怀疑，但是她拍着翅儿飞去了，却将神秘作为她的礼物留给我们。

# 山居杂缀

## 山风翤

窗外，隔着夜的翤幪，迷茫的山岚大概已把整个峰峦笼罩住了吧。冷冷的风从山上吹下来，带着潮湿，带着太阳的气味，或是带着几点从山涧中飞溅出来的水，来叩我的玻璃窗了。

敬礼啊，山风！我敞开窗门欢迎你，我敞开衣襟欢迎你。

抚过云的边缘，抚过崖边的小花，抚过有野兽躺过的岩石，抚过缄默的泥土，抚过歌唱的泉流，你现在来轻轻地抚我了。说啊，山风，你是否从我胸头感到了云的飘忽，花的寂寥，岩石的坚实，泥土的沉郁，泉流的活泼？你会不会说：这是一个奇异的生物！

## 雨

雨停止了，檐溜还是叮叮地响着，给梦拍着柔和的拍子，好像在江南的一只乌篷船中一样。“春水碧如天，画船听雨眠”，韦庄的词句又浮到脑中来了。奇迹也许突然发生了吧，也许我已被魔法移到苕溪或是西湖的小船中了吧……

然而突然，香港的倾盆大雨又降下来了。

## 树

路上的列树已斩伐尽了，疏疏朗朗地残留着可怜的树根。路显得宽阔了一点，短了一点，天和人的距离似乎更接近了。太阳直射到头顶上，雨直淋到身上……是的，我们需要阳光，但是我们也需要阴荫啊！早晨鸟雀的啁啾声没有了，傍晚舒徐的散步没有了。空虚的路，寂寞的路！

离门前不远的地方，本来有一棵合欢树，去年秋天，我也还采过那长长的荚果给我的女儿玩的。它曾经娉婷地站立在那里，高高地张开它的青翠的华盖一般的叶子，寄托了我们的梦想，又给我们以清阴。而现在，我们却只能在虚空之中，在浮着云片的碧空的背景上，徒然地描画它的青翠之姿了。像现在这样的夏天的早晨，它的鲜绿的叶子和火红照眼的花，会给我们怎样的一种清新之感啊！它的浓荫之中藏着雏鸟小小的啼声，会给我们怎样的一种喜悦啊！想想吧，它的消失对于我们是怎样地可悲啊！

抱着幼小的孩子，我又走到那棵合欢树的树根边来了。锯痕已由淡黄变成黝黑了，然而年轮却还是清清楚楚的，并没有给苔藓或是芝菌侵蚀去。我无聊地数着这一圈圈的年轮，四十二圈！正是我的年龄。它和我度过了同样的岁月，这可怜的合欢树！

树啊，谁更不幸一点，是你呢，还是我？

## 失去的园子

跋涉的挂虑使我失去了眼界的辽阔和余暇的寄托。我的意思是说，自从我怕走漫漫的长途而移居到这中区的最高一条街以来，我便不再能天天望见大海，不再拥有一个小圃了。屋子后面是高楼，前面是更高的山；门临街路，一点隙地也没有。从此，我便对山面壁而居，而最使我怅惘的，特别是旧居中的那一片小小的园子，那一片由我亲手拓荒，耕耘，施肥，播种，灌溉，收获过的贫瘠的土地。那园子临着海，四周是苍翠的松树，每当耕倦了，抛下锄头，坐到松树下面去，迎着从远处渔帆上吹来的风，望着辽阔的海，就已经使人心醉了。何况它又按着季节，给我们以意外丰富的收获呢？

可是搬到这里来以后，一切都改变了。载在火车上和书籍一同搬来的耕具：锄头，铁耙，铲子，尖锄，除草耙，移植铲，灌溉壶，等等，都冷落地被抛弃在天台上，而且生了锈。这些可怜的东西！它们应该像我一样地寂寞吧。

好像是本能地，我不时想着："现在是种番茄的时候了"，或是"现在玉蜀黍可以收获了"，或是"要是我能从家乡弄到一点蚕豆种就好了！"我把这种思想告诉了妻，于是她就提议说："我们要不要像邻居那样，叫人挑泥到天台上去，在那里辟一个园地？"可是我立刻反对，因为天台是那么小，而且阳光也那么少，给四面的高楼遮住了。于是这计划打消了，而旧园的梦想却依旧继续着。

大概看到我常常为这样思想困恼着吧，妻在偷偷地活动着。于是，有一天，她高高兴兴地来对我说了："你可以有一个真正的园子了。你不看见我们对邻有一片空地吗？他们人少，种不了许多地，我已和他们商量好，划一部分地给我们种，水也很方便。现在，你说什么时候开始吧。"

她一定以为会给我一个意外的喜悦的，可是我却含糊地应着，心里想："那不是我的园地，我要我自己的园地。"可是，为了要不使妻太难堪，我期期地回答她："你不是劝我不要太疲劳吗？你的话是对的，我需要休息。我们把这种地的计划打消了吧。"

## 再生的波兰

他们在瓦砾之中生长着，以防空洞为家，以咖啡店为办事处，食无定时，穿不称身的旧衣，但是他们却微笑着，骄傲地过着生活。

波兰的生活已慢慢地趋向正常了，但是这个过程却是痛苦的。混乱和破坏便是德国人在五年半的占领之后所留下的遗物。什么东西都必须从头做起。波兰好像是一片殖民的土地，必须要从一片空无所有的地方建立一个新的社会，一个经济秩序和一个政治行政。除此以外，带有一个附加的困难：德国人所播下的仇恨和猜疑的种子，必须连根铲除。

这里是几幅画像。在华沙区中，砖瓦工业已差不多完全破坏了，而华沙却急着需要砖瓦，因为它百分之八十五的房屋都已坍败了。第一件急务是重建砖瓦工业。那些未受损害的西莱细亚区域的工场，在战前每年能够出产七万万块砖瓦。它们可能立刻拿来用，但是困难却在运输上。铁路的货车已毁坏了，残余下多少交通材料尚待调查。政府想用汽车和运货汽车来补充。UNNRA 已经开始交货了，而且也答应得更多一点。

百分之六十的波兰面粉厂已变成瓦砾场了。政府感到重建它们的急要，现在已开始帮助它们重建了。在一万二十间面粉厂之中，二千间是由政府直接管理的——这些大都是被赶去了的德国人的产业。其余的面粉厂也由官方代管着，等待主有者来接收。

华沙是战争的最悲剧的城，又是世界上最古怪的城。在它的大街上走着的时候，你除了废墟之外什么也看不到。这座城好像是死去而没有鬼魂出没的；可是从这些废墟之间，却浮现出生活来，一种认真的，工作而吃苦的生活，但却也是一种令人惊奇的快乐的生活。

你看见那些微笑的脸儿，忙碌的人物，跑来跑去的人。交通是十分不方便，少数的几架电车不够符合市民的需要，所以停车站上都排着长长的队伍。

今日华沙的最动人的景象，也许就是废墟之间的咖啡店生活吧。化为一堆瓦砾的人厦，当你在旁边走过的时候，也许会辨认不出来吧。瓦砾已被清除了，十张桌子和四十张椅子，整整齐齐地安排在那往时的大厦的楼下一层的餐室中，门口挂着一块招牌，骄傲地宣称这是“巴黎咖啡店”。顾客们来来去去，侍者侍候他们，生活就回到了那废墟。在今日，这些咖啡店就是复活的华沙的象征。

人们住在地下防空洞，临时搭的房间，或是郊外的避弹屋。这些住所是只适合度夜的，成千成万的人都把他们的日子消磨在咖啡店中。那些咖啡店，有时候是设在一所破坏了的屋子的最低一层，上面临时用木板或是洋铁皮遮盖着；有时设在那在轰炸中神奇地保全了的玻璃顶阳台上；但是大部分的咖啡店，却都是露天的。在那里，人们坐着谈天，讲生意，办公事。他们似乎很快乐，但是如果你听他们谈话，你可以听见他们在那儿抱怨。他们不满意建筑太慢，交通太不方便。

这种临时的咖啡店吸引了各色各样的顾客：贩子们兜人买自来水笔和旧衣服，孩子卖报纸，还有一种特别的人物，那就是专卖外国货币的人。什么事情都有变通办法，如果有一件东西是无法弄得到的，只要一说出来，过了一小时你就可以弄到手。和咖啡店作着竞争的，有店铺和摊位。只消在被炮火打得洞穿的墙上钉几块木牌，店铺就开出来了。那些招牌宣告了那些店铺的存在和性质：“巴黎理发店”，“整旧如新，立等即有”等等。在另一条街上，在破碎的玻璃后面，几枝花和一块招牌写着“小勃里斯多尔”——原来在旧日的华沙，勃里斯多尔饭店是最大的旅馆。

这便是街头的生活，但是微笑的脸儿却隐藏着无数的忧虑。人民的衣服都穿得很坏；在波兰全国，衣服和皮革都缺乏得很，许多人都穿着几年以前的旧衣服，用不论任何方法去聊以蔽体。有的人则买旧衣服来穿，也不管那些衣服称身不称身，袖短及肘，裤短及膝的，也是常见的了。

在生活的每一部门，都缺乏熟练的人手。医生非常稀少，而人民却急需医药。几年以来，他们都是营养不良而且常常生病。孩子们都缺乏维他命和医药。留在那里的医生都忙得不可开交，他们不得不去和希特勒的饥饿政策和缺乏卫生的后患斗争，然而人民却并不仅仅生活。他们还亲切而骄傲地生活。那最初在华沙行驶的电车都结满了花带。那些并不比摊子大一点的店铺都卖着花。在波兰，差不多已经有三十家戏院开门了，而克格哥交响乐队，也经常奏演了。

报纸、杂志和专门出版物，都渐渐多起来，但是纸张的缺乏却妨碍了出版界的发展。小学和大学都重开了，但是书籍和仪器却十分缺乏。

在波兰，差不多任何东西都是不够供应。物价是高过受薪阶层的购买力。运输的缺乏增加了食品分配的困难，但是工厂和餐室，以及政府机关的食堂，却都竭力弥补这个缺陷。在波兰的经济机构中，是有着那么许多空洞，你刚补好了一个洞，另外五个洞又现出来了。经济的发动机的操纵杆不能操纵自如，于是整部车子就走几码就停下来了。

除了物质的需要之外，还有精神的不安。精确的估计算出，从一九三九年起，波兰死亡的总数有六百万人。现在还有成千成万的人，都还不知道自己的家属的存亡和命运。幸而人民的精神拯救了这个现状。他们泰然微笑地穿着他们不称身的衣服，吃着他们的不规则的饭食，忍受着物品的缺乏和运输的迟缓。他们已下了决心，要使波兰重新生活起来。

# 都德的一个故居

凡是读过阿尔封思·都德（Alphonse Daudet）的那些使人心醉的短篇小说和《小物件》的人，大概总记得他记叙儿时在里昂的生活的那几页吧。（按：《小物件》原名Lepetitchose，觉得还是译作《小东西》妥当。）

都德的家乡本来是尼麦，因为他父亲做生意失败了，才举家迁移到里昂去。他们之所以选了里昂，无疑因为它是法国第二大名城，对于重兴家业是很有希望的。所以，在一八四九年，那父亲万桑·都德（Vincent Daudet）便带着他的一家子，那就是说他的妻子，他的三个儿子，他的女儿阿娜，和那就是没有工钱也愿意跟着老东家的忠心的女仆阿奴，从尼麦搭船顺着罗纳河来到了里昂。这段路竟走了三天。在《小物件》中，我们可以看见他们到里昂时的情景：

在第三天傍晚，我以为我们要淋阵雨了。天突然阴暗起来，一片浓浓的雾在河上飘舞着。在船头上，已点起了一盏大灯，真的：看到这些兆头，我着急起来了……在这个时候，有人在我旁边说："里昂到了！"同时，那个大钟敲了起来。这就是里昂。

里昂是多雾出名的，一年四季晴朗的日子少，阴霾的日子多，尤其是入冬以后，差不多就终日在黑沉沉的冷雾里度生活，一开窗雾就望屋子里扑，一出门雾就朝鼻子里钻，使人好像要窒息似的。在《小物件》里，我们可以看到都德这样说：

我记得那罩着一层烟煤的天，从两条河上升起来的一片永恒的雾。天并不下雨，它下着雾，而在一种软软的氛围气中，墙壁淌着眼泪，地上出着水，楼梯的扶手摸上去发黏。居民的神色，态度，语言，都觉得空气潮湿的意味。

一到了这个雾城之后，都德一家就住到拉封路去。这是一条狭小的路，离罗纳河不远，就在市政厅西面。我曾经花了不少的时间去找，问别人也不知道说出是都德的故居也摇头。谁知竟是一条阴暗的陋巷，还是自己瞎撞撞到的。

那是一排很俗气的屋子，因为街道狭的原故，里面暗是不用说，路是石块铺的，高低不平，加之里昂那种天气晴天也像下雨，一步一滑，走起来很吃劲。找到了那个门口，以为会柳暗花明又一村，却仍然是那股俗气：一扇死板板的门，虚掩着，窗子上倒加了铁栅黝黑的墙壁淌着泪水，像都德所说的一样，伸出手去摸门，居然是发黏的。这就是都德的一个故居！而他们竟在这里住了三年。

这就是《小物件》里所说的“偷油婆婆”（Babarotte）的屋子。所谓“偷油婆婆”者，是一种跟蟑螂类似的虫，大概出现在厨房里，而在这所屋里它们四处地爬。我们看都德怎样说吧：

在拉封路的那所屋子里，当那女仆阿奴安顿到她的厨房里的时候，一跨进门槛就发了一声急喊：“偷油婆婆！偷油婆！”我们赶过去。怎样的一种光景啊！厨房里满是那些坏虫子。在碗橱上，墙上，抽屉里，在壁炉架上，在食橱上，什么地方都有！我们不存心地踏死它们。

噗！阿奴已经弄死了许多只了，可是她越是弄死它们，它们越是来。它们从洗碟盆的洞里来。我们把洞塞住了，可是第二天早上，它们又从别一个地方来……

而现在这个“偷油婆婆”的屋子就在我面前了。

在这“偷油婆婆”的屋子里，都德一家六口，再加上一个女仆阿奴，从一八四九年一直住到一八五一年。在一八五一年的户口调查表上，我们看到都德的家况：

万桑·都德，业布匹印花，四十三岁；阿黛琳·雷诺，都德妻，四十四岁；曷奈思特·都德，学生，十四岁；阿尔封思·都德，学生，十一岁；阿娜·都德，幼女，三岁；昂利·都德，学生，十九岁。

昂利是要做教士的，他不久就到阿里克斯的神学校读书去了。他是早年就夭折了的。在《小物件》中，你们大概总还记得写这神学校生徒的死的那动人的一章吧："他死了，替他祷告吧。"在那张户口调查表上，在都德家属以外，还有这那么怕"偷油婆婆"的女仆阿奴："阿奈特·特兰盖，女仆，三十三岁。"

万桑·都德便在拉封路上又重理起他的旧业来，可是生活却很困难，不得不节衣缩食，用尽方法减省。阿尔封思被送到圣别尔代戴罗的唱歌学校去，曷奈斯特在里昂中学里读书，不久阿尔封思也改进了这个学校。后来阿尔封思得到了奖学金，读得毕业，而那做哥哥的曷奈思特，却不得不因为家境困难的关系，辍学去帮助父亲挣那一份家。关于这些，《小物件》中自然没有，可是在曷奈思特·都德的一本回忆记《我的弟弟和我》中，却记载得很详细。

现在，我是来到这消磨了那《磨坊文札》的作者一部分的童年的所谓"偷油婆婆"的屋子前面了。门是虚掩着。我轻轻地叩了两下，没有人答应。我退后一步，抬起头来，向靠街的楼窗望上去：窗闭着，我看见静静的窗帷，白色的和淡青色的。而在大门上面和二层楼的窗下，我又看到了一块石头的牌子。它告诉我这位那么优秀的作家曾在这儿住过，像我所知道的一样。我又走上前面叩门，这一次是重一点了，但还是没有人答应。我伫立着，等待什么人出来。我听到里面有轻微的脚步声慢慢地近来，一直到我的面前。虚掩着的门开了，但只是一半；从那里，探出了一个老妇人的皱瘪的脸儿来，先把我从头到脚打量了一番：先生，你找谁？”她然后这样问。我告诉她我并不找什么人，却是想来参观一下一位小说家的旧居。那位小说家就是阿尔封思·都德，在八十多年前，曾在这里的四层楼上住过。“什么，你来看一位在八十多年前住在这儿的人！”她怀疑地望着我。

“我的意思是说想看看这位小说家住过的地方。譬如说你老人家从前住在一个什么城里，现在经过这个城，去看看你从前住过的地方怎样了。我呢，我读过这位小说家的书，知道他在这里住过，顺便来看看，就是这个意思。”

“你说哪一个小说家？”

“阿尔封思·都德。”我说。

“不知道。你说他从前住在这里的四层楼上？

“正是，我可以去看看吗？”“这办不到，先生，”她断然地说，“那里有人住着，是盖奈先生。再说你也看不到什么，那是很普通的几间屋子。”

而正当我要开口的时候，她又打量了我一眼，说：“对不起，先生，再见。”就缩进头去，把门关上了。我踌躇了一会儿，又摸了一下发黏的门，望了一眼门顶上的石牌，想着里昂人的纪念这位大小说家只有这一片顽石，不觉有点怅惘，打算走了。可是在这时候，天突然阴暗起来我急速向南靠罗纳河那面走出这条路去：天并不下雨，它又在那里下雾了，而在罗纳河上，我看见一片浓浓的雾飘舞着，像在一八四九年那幼小的阿尔封思·都德初到里昂的时候一样。

# 巴黎的书摊

在滞留巴黎的时候，在羁旅之情中可以算做我的赏心乐事的有两件：一是看画，二是访书。在索居无聊的下午或傍晚，我总是出去，把我迟迟的时间消磨在各画廊中和河沿上的书摊。关于前者，我想在另一篇短文中说及，这里，我只想来谈一谈访书的情趣。

其实，说是“访书”，还不如说在河沿上走走或在街头巷尾的各旧书铺进出而已。我没有要觅什么奇书孤本的蓄心，再说，现在已不是在两个铜元一本的木匣里翻出一本 Patissier francais 的时候了。我之所以这样做，无非为了自己的癖好，就是摩娑观赏一回空手而返，私心也是很满足的，况且薄暮的赛纳河又是这样地窈窕多姿！

我寄寓的地方是 Rue del'echaude 走到赛纳河边的书摊，只须沿着赛纳路步行约摸三分钟就到了。但是我不大抄这近路，这样走的时候，赛纳路上的那些画廊总会把我的脚步牵住的，再说我有一个从头看到尾的癖，我宁可兜远路顺着约可伯路，大学路一直走到巴克路，然后从巴克路走到王桥头。

赛纳河左岸的书摊，便是从那里开始的，从那里到加路赛尔桥，可以算是书摊的第一个地带，虽然位置在巴黎的贵族的第七区，却一点也找不出冠盖气味来。在这一地带的书摊，大约可以分这几类：第一是卖廉价的新书的，大都是各书店出清的底货，价钱的确公道只是要你会还价，例如旧书铺里要卖到五六百法郎的勒纳尔（J.Renard）的《日记》，在那里你只须花二百法郎光就可以买到，而且是崭新的。我的加棱所译的赛尔房德思的《模范小说》，整批的《欧罗巴杂志丛书》，便都是从那儿买来的。

这一类书在别处也有，只是没有这一带集中吧。其次是卖英文书的，这大概和附近的外交部或奥莱昂车车站多少有点关系吧。可是这些英文书的买主却并不多，所以花两三个法郎从那些冷清清的摊子里把一本初版本的《万牲园里的一个人》带回寓所去，这种机会，也是常有的。第三是卖地道的古版书的，十七世纪的白羊皮面书，十八世纪饰花的皮脊书，等等，都小心地盛在玻璃的书柜里，上了锁，不能任意地翻看，其他价值较次的古书，则杂乱地在木匣中堆积着。对着这一大堆你挨我挤着的古老的东西，真不知道如何下手。这种书摊前比较热闹一点，买书大多数是中年人或老人。这些书摊上的书，如果书摊主是知道值钱的，你便会被他敲了去，如果他不识货，你便沾了便宜来。我曾经从那一带的一位很精明的书摊老板手里花了五个法郎买到一本一七六五年初版本的 Dulaurens 的 Imince，至今犹有得意之色：第一因为 Imince 是一部干禁书，其次这价钱实在太便宜也。第四类是卖淫书的，这种书摊在这一带上只有一两个，而所谓淫书者，实际也仅仅是表面的，骨子里并没有什么了不得，大都是现代人的东西，写来骗骗人的。记得靠近王桥的第一家书摊就是这一类的，老板娘是一个四五十岁的老太婆，当我有一回逗留了一下的时候，她就把我当做好主顾而怂恿我买，使我留下极坏的印象以后就敬而远之了。其实那些地道的“珍秘”的书，如果你不愿出大价钱，还是要费力气角角落落去寻的，我曾在家犹太人开的破货店里一大堆废书中，翻到过一本原文的 Cleland 的 Fanny hill 只出了一个法郎买回来，真是意想不到的事。

从加路赛尔桥到新桥，可以算是书摊的第二个地带。在这一带，对面的美术学校和钱币局的影响是显著的。在这里，书摊老板是兼卖板画图片的，有时小小书摊上挂得满目琳琅，原张的蚀雕从书本上拆下的插图，戏院的招贴，花卉鸟兽人物的彩图，地图、风景片，大大小小各色俱全，反而把书列居次位了在这些书摊上，我们是难得碰到什么值得一翻的书的，书都破旧不堪，满是灰尘，而且有一大部分是无用的教科书展览会和画商拍卖的目录。此外，在这一带我们还可以发现两个专卖旧钱币纹章等而不卖书的摊子，夹在书摊中间作一个很特别的点缀。这些卖画卖钱币的摊子，我总是望望然而去之的，（记得有一天一位法国朋友拉着我在这些钱币摊子前逗留了长久，他看得津津有味，我却委实十分难受，以后到河沿上走总不愿和别人一道了。）然而在这一带却也有一两个很好的书摊子。一个摊子是一个老年人摆的，并不是他的书特别比别人丰富，却是他为人特别和气，和他交易，成功的回数居多。我有一本高克多（Cocteau）亲笔签字赠给诗人费尔囊·提华尔（Fernand divoire）的 Le Grand ecart，便是从他那儿以极廉的价钱买来的，而我在加里马尔书店买的高克多亲笔签名赠给诗人法尔格（Fargue）的初版本 Opra，却使我花了七十法郎。但是我相信这是他错给我的，因为书是用蜡纸包封着，他没有拆开来看一看；看见了那献辞的时候，他也许不会这样便宜卖给我。另一个摊子是一个青年人摆的，书的选择颇精，大都是现代作品的初版和善本，所以常常得到我的光顾。我只知道这青年人的名字叫昂德莱，因为他的同行们这样称呼他，人很圆滑，自言和各书店很熟，可以弄得到价廉美的后门货，如果顾客指定要什么书他都可以设法。可是我请他弄一部《纪德全集》，他始终没有给我办到。

可以划在第三地带的是从新桥经过圣米式尔场到小桥这一段。这一段是赛纳河左岸书摊中的最繁荣的一段。在这带，书摊比较都整齐一点，而且方面也多一点，太太们家里没事想到这里来找几本小说消闲，也有；

学生们贪便宜想到这里来买教科书参考书，也有；文艺爱好者到这里来寻几本新出版的书也有；学者们要研究书，藏书家要善本书，猎奇者要珍秘书，都可在这一带获得满意而回。在这一带，书价是要比他处高一些，然而总比到旧书铺里去买便宜。健吾兄觅了长久才在圣米式尔大场的一家旧书店中觅到了一部《龚果尔日记》，化了六百法郎喜欣欣的捧了回去。以为便宜万分，可是在不久之后我就在这一带的一个书摊上发现了同样的一部而装订却考究得多，索价就只要二百五十法郎，使他悔之不及。可是这种事是可遇而不可求的，跑跑旧书摊的人第不要抱什么一定的目的，第二要有闲暇有耐心，翻得有劲儿便多翻翻，翻倦了便看看街头熙来攘往的行人，看看旁边赛纳河静静的逝水，否则跑得腿酸汗流，眼花神倦，还是一场没结果回去。话又说远了，还是来说这一带的书摊吧。我说这一带的书较别带为贵，也不是胡说例如整套的 Echanges 杂志，在第一地带中买只须十五个法郎，这里却一定要二十个，少一个不卖；当时新出版原价是二十四法郎的 Celine 的 Voyage au bout de lanuit，在那里买也非十八法郎不可，竟只等于原价的七五折。这些情形有时会令人生气，可是为了要读，也不得不买回去。价格最高的是靠近圣米式尔场的那两个专卖教科书参考书的摊子。学生们为了要用，也不得不硬了头皮去买，总比买新书便宜点。我从来没有做过这些摊子的主顾，反之他们倒做过我的主顾。因为我用不着的参考书，在穷极无聊的时候总是拿去卖给他们的。这里，我要说一句公平话：他们所给的价钱的确比季倍尔书店高一点。这一带专卖近代善本书的摊子只有一个，在过了圣米式尔场不远快到小桥的地方。摊主是一个不大开口的中年人，价钱也不算顶贵，只是他一开口你就莫想还价：就是答应你也还是相差有限的，所以看着他陈列着的《泊鲁思特全集》，插图的《天方夜潭》全译本，Chirico 插图的阿保里奈尔的 Calligrammes，也只好眼红而已。在这一带，诗集似乎比别处多一些名家的诗集花四五个法郎就可以买一册回去，至于较新一点的诗人的集子，你只要到一法郎或甚至五十生丁的木匣里去找就是了。我的那本仅印百册的 Jean Gris 插图的 Reverdy 的《沉睡的古琴集》，超现实主义诗人 Gui rosey 的《三十年战争集》等，便都是从这些廉价的木子里翻出来的。还有，我忘记说了，这一带还有一两个专卖乐谱的书铺，只是对于此道我是门外汉，从来没有去领教过罢了。

从小桥到须里桥那可以算是河沿书摊的第四地带，也就是最后的地带。从这里起，书摊便渐渐地趋于冷落了。在近小桥的一带，你还可以找到点你所需要的东西，例如有一个摊子就有大批 N.R.F. 和 Crasset1 出版的书，可是那位老板娘讨价却实在太狠，定价十五法郎的书总要讨你十二三个法郎，而且又往往要自以为在行，凡是她心目中的现代大作家，如摩里向克，摩洛阿爱眉（Ayme）等，就要敲你一笔竹杠，一点也不肯让价；反之，像拉尔波，茹昂陀，拉第该，阿朗等优秀作家的作品她倒肯廉价卖给你。从小桥一带再走过去，便每况愈下了。起先是虽然没有什么好书，但总还能维持河沿书摊的尊严的摊子，以后呢，卖破旧不堪的通俗小说杂志的也有了，卖陈旧的教科书和无用处的废纸的也有了，快到须里桥那带，竟连卖破铜烂铁，旧摆设假古董那些摊子的主人呢，他们的也有了的样子和那在下面赛纳河岸上喝劣酒、钓鱼或睡午觉的街头巡阅使（Clochard）简直就没有什么大两样。

到了这个时候，巴黎左岸书摊的气运已经尽了，你的腿也走乏了，你的眼睛也看倦了，如果你袋中尚有余钱，你便可以到圣日尔曼大街口的小咖啡店里去坐一会儿，喝一杯儿热热的浓浓的咖啡，然后把你沿路的收获打开来，预先摩娑一遍，否则如果你已倾了囊，那么你就走上须里桥去，倚着桥栏，俯看那满载着古愁并饱和着圣母祠的钟声的赛纳河的悠悠的流水，然后在华灯初上之中，闲步缓缓归去，倒也是一个经济面又有诗情的办法。说到这里，我所说的都是赛纳河左岸的书摊，至于右岸的呢，虽则有从新桥到沙德莱场，从沙德莱场到市政厅附丘这两段，可是因为传统的关系，因为所处的地位的关系，也因为货色的关系它们都没有左岸的重要。

只在走完了左岸的书摊尚有余兴的时候或从卢佛尔（Louvre）出来的时候我才顺便去走走，虽然间有所获，如查拉的 L’homme approximatif 或卢梭的画集，但这是极其偶然的事；通常，我不是空手而归，便是被那街上的鱼虫花鸟店所吸引了过去。所以原意去“访书”而结果买了一头红头雀回来，也是有过的事。

## 香港的旧书市

这里有生意经，也有神话。

香港人对于书的估价，往往是会使外方人吃惊的。明清善本书可以论斤称，而一部极平常的书却会被人视为稀世之珍。一位朋友告诉我，他的亲戚珍藏着一部《“中华民国”邮政地图》，待价而沽，须港币五千元（合国币四百万元）方肯出让。这等奇闻，恐怕只有在那个小岛上听得到吧。版本自然更谈不到，“明版康熙字典”一类的笑谈，在那里也是家常便饭了。

这样的一个地方，旧书市的性质自然和北平、上海、苏州、杭州、南京等地不同。不但是规模的大小而已，就连收买的方式和售出的对象，也都有很大的差别。那里卖旧书的仅是一些变相的地摊，沿街靠壁钉一两个木板架子，搭一个避风雨的遮棚，如此而已。收书是论斤断秤的，道林纸和报纸印的书每斤出价约港币一二毫，而全张报纸的价钱却反而高一倍；有硬面书皮的洋装书更便宜一点，因为纸板“重秤”，中国纸的线装书，出到一毫一斤就是最高的价钱了。他们比较肯出价钱的倒是学校用的教科书，簿记学书，研究养鸡养兔的书，等等，因为要这些书的人是非购不可的，所以他们也就肯以高价收入了。其次是医科和工科用书，为的是转运内地可以卖很高的价钱。此外便剩下“杂书”，只得卖给那些不大肯出钱的他们所谓“藏家”和“睇家”了。他们最大的主顾是小贩。这并不是说香港小贩最深知读书之“实惠”的人，在他们是无足重轻的。

旧书摊最多的是皇后大道中央戏院附近的楼梯街，现在共有五个摊子。从大道拾级上去，左手第一家是“龄记”，管摊的是一个十余岁的孩子（他父亲则在下面一点公厕旁边摆废纸摊），年纪最小，却懂得许多事。著《相对论》的是爱因斯坦，歌德是德国大文豪，他都头头是道。日寇占领香港后，这摊子收到了大批德日文学书，现在已卖得一本也不剩，又经过了一次失窃，现在已没有什么好东西了。隔壁是“焯记”，摊主是一个老是有礼貌的中年人，专卖中国铅印书，价钱可不便宜，不看也没有什么关系。他对面是“季记”，管摊的是姐妹二人。到底是女人，收书卖书都差点功夫。虽则有时能看顾客的眼色和态度见风使舵，可是索价总嫌“离谱”（粤语不合分寸）一点。从前还有一些四部丛刊零本，现在却单靠卖教科书和字帖了。“季记”隔壁本来还有“江培记”，因为生意不好，已把存货称给鸭巴甸街的“黄沛记”，摊位也顶给卖旧铜烂铁的了。上去一点，在摩罗街口，是“德信书店”，虽号称书店，却仍旧还是一个摊子。主持人是一对少年夫妇，书相当多，可是也相当贵。他以为是好书，就一分钱也不让价，反之，没有被他注意的书，讨价之廉竟会使人不相信。“格吕尼”版的波德莱尔的《恶之华》和韩波的《作品集》，两册只讨港币一元，希米忒的《莎士比亚字典》会论斤称给你，这等事在我们看来，差不多有点近乎神话了。

“德信书店”隔壁是“华记”。虽则摊号仍是“华记”，老板却已换过了。原来的老板是一家父母兄弟四人，在沦陷期中旧书全盛时代，他们在楼梯街竟拥有两个摊子之多。一个是现在这老地方，一个是在“焯记”隔壁，现在已变成旧衣摊了。因为来路稀少，顾客不多，他们便把滞销的书盘给了现在的管摊人，带着好销一些的书到广州去开店了，听说生意还不错呢。现在的“华记”已不如从前远甚，可是因为地利的关系（因为这是这条街第一个摊子，经荷里活道拿下旧书来卖的，第一先经过他的手，好的便宜的，他有选择的优先权），有时还有一点好东西。

在楼梯街，当你走到了“华记”的时候，书市便到了尽头。那时你便向左转，沿着荷里活道走两三百步，于是你便走到鸭巴甸街口。

鸭巴甸街的书摊名声还远不及楼梯街的大，规模也比较小一点，书类也比较新一点。可是那里的书，一般地说来，是比较便宜点。下坡左首第一家是“黄沛记”，摊主是世业旧书的，所以对于木版书的知识，是比其余的丰富得多，可是对于西文书，就十分外行了。在各摊中，这是取价最廉的一个。他抱着薄利多销主义，所以虽在米珠薪桂的时期，虽则有八口之家，他还是每餐可以饮二两双蒸酒。可是近来他的摊子上也没有什么书，只剩下大批无人过问的日文书，和往日收下来的瓷器古董了。“黄沛记”对面是“董莹光”，也是鸭巴甸街的一个老土地。可是人们却称呼他为“大光灯”。大光灯意思就是煤油打气灯。因为战前这个摊子除了卖旧书以外还出租煤油打气灯。那“大光灯”现在已不存在了，而这雅号却留了下来。“大光灯”的书本来是不贵的，可是近来的索价却大大地“离谱”。据内中人说，因为有几次随便开了大价，居然有人照付了，他卖出味道来，以后就一味地上天讨价了。从“董莹光”走下几步，开在一个店铺中的，是“萧建英”。如果你说他是书摊，他一定会跳起来，因为在楼梯街和鸭巴甸街这两条街上，他是唯一有店铺的——虽则是极其简陋的店铺。管店的是兄弟二人。那做哥哥的人称之为“高佬”，因为又高又瘦。他从前是送行情单的，路头很熟，现在也差不多整天不在店，却四面奔走着收书。实际上在做生意的是他的十四五岁的弟弟。虽则还是一个孩子，做生意的本领却比哥哥更好，抓定了一个价钱之后，你就莫想他让一步。所以你想便宜一点，还是和“高佬”相商。因为“高佬”收得勤，书摊是常常有新书的。可是，近几月以来，因为来源涸绝，不得不把店面的一半分租给另一个专卖翻版书的摊子了。

在现在的“萧建英”斜对面，战前还有一家“民生书店”，是香港唯一专卖线装古书的书店，而且还代顾客装璜书籍号书根。工作不能算顶好，可是在香港却是独一无二的。不幸在香港沦陷后就关了门，现在，如果在香港想补裱古书，除了送到广州去以外就毫无办法了。

鸭巴甸街的书摊尽于此矣，香港的书市也就到了尽头了。此外，东碎西碎还有几家书摊，如中环街市旁以卖废纸为主的一家，西营盘兼卖教科书的“肥林”，跑马地黄泥甬道以租书为主的一家，可是绝少有可买的书，奉劝不必劳驾。再等而下之，那就是禧利街晚间的地道的地摊子了。

# 记马德里的书市

无匹的散文家阿索林，曾经在一篇短文中，将法国的书店和西班牙的书店作了一个比较。他说：

在法兰西，差不多一切书店都可以自由地进去，行人可以披览书籍而并不引起书贾的不安；书贾很明白，书籍的爱好者不必常常要购买，而他之走进书店去，目的也并不是为了买书；可是，在翻阅之下，偶然有一部书引起了他的兴趣，他就买了它去。在西班牙呢，那些书店都是像神圣的圣体龛子那样严封密闭着，而一个陌生人走进书店里去，摩挲书籍，翻阅一会儿，然后又从来路而去这等的事，那简直是荒诞不经，闻所未闻的。

阿索林对于他本国书店的批评，未免过分严格一点。法国的书店也尽有严封密闭着，像右岸大街的一些书店那样而马德里的书店之可以进出无人过问翻看随你的，却也不在少数。如果阿索林先生愿意，我是很可以举出两地的书店的名称来作的。

公正地说，法国的书贾对于顾客的心理研究得更深切一点。他们知道，常常来翻翻看看的人，临了总会买一两本回去的；如果这次不买，那么也许是因为他对于那本书的作者还陌生，也许他觉得那版本不够好，也许他身边没有带够钱，也许他根本只是到书店来消磨一刻空闲的时间。而对于这些人，最好的办法是不理不睬，由他翻看一个饱。如果殷勤招待，问长问短，那就反而招致他们的麻烦，因而以后就不敢常常来了。

的确，我们走进一家书店去，并不像那些学期开始时抄好书单的学生一样先有了成见要买什么书的。我们看看某个或某个作家是不是有新书出版；我们看看那已在报上刊出广告来的某本书，内容是否和书评符合；我们把某部书的版本，和我们已有的同一部书的版本做一比较；或仅仅是我们约了一位朋友在三点钟会面，而现在只是两点半。走进一家书店去，在我们就像别的人们踏进一家咖啡店一样，其目的并不在喝一杯苦水也。因此我们最怕主人的殷勤。第一，他分散了你的注意力，使你不得不想出话去应付他；其次，他会使你警悟到一种欠意，觉得这样非买部书不可。这样，你全部的闲情逸致就给他们一扫而尽了。你感到受人注意着监视着，感到担着一重义务，负着一笔必须偿付的债了。

西班牙的书店之所以受阿索林的责备，其原因就是他们不明顾客的心理。他们大都是过分殷勤讨好。他们的态度是没有恶意的，然而对于顾客所发生的效果，却适得其反。记得一九三四年在马德里的时候，一天闲着没事，到最大的“爱斯巴沙加尔贝书店”去浏览，进门就受到殷勤的店员招待，陪着走来走去，问长问短，介绍这部，推荐那部，不但不给一点空闲，连自由也没有了。自然不好意思不买，结果选购了一本廉价的奥尔德加伊加赛德的小书，满身不舒服地辞了出来。自此以后，就不敢再踏进门槛去了在“文艺复兴书店”也遇到类似的情形，可是那次却是硬着头皮一本也不买走出来的。而在马德里我买书最多的地方，却反而是对于主顾并不殷勤招待的圣倍拿陀大街的“迦尔西亚书店”，王子街的“倍尔特朗书店”，特别是“书市”。

“书市”是在农工商部对面的小路沿墙一带。从太阳门出发，经过加雷达思街，沿着阿多恰街走过去，走到南火车站附近，在左面，我们碰到了那农工商部，而在这黑黝黝的建筑的对面小路口，我们就看到了几个黑墨写着的字：LaFeriadeloslibros，那意思就是”书市”。在往时，据说这传统书市是在农工商部对面的那一条宽阔的林荫道上的，而我在马德里的时候，它却的确移到小路上去了。

这传统的书市是在每年的九月下旬开始，十月底结束的。在这些秋高气爽的日子，到书市中去漫走一下，寻寻翻翻，看看那古旧的书，褪了色的版画各色各样的印刷品，大概也可以算是人生的一乐吧。书市的规模并不大，一列木板盖搭的，肮脏，零乱的小屋，一共有十来间。其中也有一两家兼卖古董的，但到底卖书的还是占着极大的多数。而使人更感到可喜的，便是我们可以随便翻看那些书而不必负起任何购买的义务。

新出版的诗文集和小说，是和羊皮或小牛皮封面的古本杂放在一起。当你看见圣女戴蕾沙的《居室》和共产主义诗人阿尔倍谛的诗集对立着，古代法典《七部》和《马德里卖淫业调查》并排着的时候，你一定会失笑吧。然而那迷人之处，却正存在于这种杂乱和漫不经心之处。把书籍分门别类，排列得整整齐齐，固然能叫人一目了然，但是这种安排却会使人望而却步，因为这样就使人不敢随便抽看，怕捣乱了人家固有的秩序；如果本来就是这样乱七八糟的，我们就百无禁忌了。再说，旧书店的妙处就在其杂乱，杂乱而后见繁复，繁复然后生趣味。如果你能够从这一大堆的混乱之中发现一部正是你踏破铁鞋无觅处的书来，那是怎样大的喜悦啊！

书价低廉是那里的最大的长处。书店要卖七个以至十个贝色达的新书，那里出两三个贝色达就可以携归了。寒斋的阿耶拉全集，阿索林，乌拿莫诺罗哈，瓦利英克朗，米罗等现代作家的小说和散文集，洛尔迦、阿尔倍谛，季兰，沙里纳思等当代诗人的诗集，珍贵的小杂志，都是从那里陆续购得的。我现在也还记得那第三间小木舍的被人叫做华尼多大叔的须眉皆白的店主。我记得他，因为他的书籍的丰富，他的态度的和易，特别是因为那个坐在书城中把青春的新鲜和故纸的古老成着奇特的对比的，张着青色忧悒的大眼睛望着远方的云树的，他的美丽的孙女儿。

我在马德里的大部分闲暇时间，甚至在革命发生，街头枪声四起，铁骑纵横的时候，也都是在那书市的故纸堆里消磨了的。在傍晚，听着南火车站的汽笛声，踏着疲倦的步子，臂间挟着厚厚的已绝版的赛哈道的《赛房德思辞典》或是薄薄的阿尔多拉季雷的签字本诗集，慢慢地沿着灯光已明的阿多恰大街，越过熙来攘往的太阳门广场，满满地踱回寓所去对灯披览，这种乐趣恐怕是很少有人能够领略的吧。

然而十月在不知不觉之中快树叶子开始凋零，夹衣在风中也感到微寒了。马德里的残秋是忧郁的，有几天简直不想闲逛了。公寓生活是有趣的，和同寓的大学生聊聊天，和舞姬调调情就很快地过了几天。接着，有一天你打叠起精神，再踱到书市去，想看看有什么合意的书，或仅仅看看那青色的忧悒的大眼睛。可是，出乎意外地，那些小木屋都已紧闭着了。小路显得更宽敞点，更清冷一点，南火车站的汽笛声显得更频繁而清晰一点。而在路上，凋零的残叶夹杂着纸片书页，给冷冷的风寂寞地吹了过来，又寂寞地吹了过去。

## 致郁达夫

达夫兄：

前函已收到否？因为通邮不便，把什么事情都弄糟了。关于星岛日报事，已详前函。这里的经理是个孩子，性急，做事无秩序，所以什么都弄得乱七八糟。其实我也太把细，太要做得漂亮一点，而某一些人又无耻钻营，再加上道远音讯阻隔，结果造成了这个现在的局面。这里，我只得向他致万分的歉意。

《星座》的稿费始于十八日领到，我怕你也许要用钱，在十三号去预支了薪水在十四日寄你，这时想已收到了吧。这里的事什么都不顺手，例如稿费的事，纠葛就发生了不少，编辑部在七月三十一日就把稿费单发下去，会计部却搁到五六号才发通知单（而且不肯直接寄钱，要等作者寄回收据后才寄）。在本地的作者，竟有领到七八次才领到的（例如马国亮），不知是没预备好还是什么，今天发一点，明天发一点，最迟竟有等到二十一号才领到的（如叶秋原），使我们感到异常苦痛，自领的说我们侮辱他们，代领的更吃了挪用的冤枉，谁知道实际情形是如此。这月底以后，我决定和会计部办交涉，得一个妥善的办法，这样下去作者全给他们得罪到了（特稿稿费收据请寄下，我替你去代领寄奉）。

《星岛》是否天天收到？星座稿子很是贫乏，务恳仍源源寄稿，至感，至感。

中篇小说究竟肯答应给我写否？因为看见你给陶公信上也说写中篇，到底是一个呢，还是两个？

家里孩子病还没有好，自己也因疲倦至而有点支持不下去，什么时候能过一点悠闲的生活呢！精神生活也寂寞得很，希望从你的信上得到一点安慰。即请俪安

望舒二十三日

映霞均此（如达夫离开汉寿，此信务烦转去）行迹已决定后乞来示告知。

（一九三八年）八月二十三日

## 致艾青

……这样长久没有写信给你，原因是想好好地写一首诗给你编的副

刊，可是日子过去，日子又来，依然是一张白纸，反而把给你的信搁了这么久，于是只好暂时把写诗的念头搁下，决定在一星期内译一两首西班牙抗战谣曲给你——我已收到西班牙原本了。

……诗是从内心的深处发出来的和谐，洗炼过的；……不是那些没有情绪的呼唤。

抗战以来的诗我很少有满意的。那些浮浅的，烦躁的声音，字眼，在作者也许是真诚地写出来的，然而具有真诚的态度未必是能够写出好的诗来。那是观察和感觉的深度的问题，表现手法的问题，各人的素养和气质的问题。

我很想再出《新诗》，现在在筹备经费。办法是已有了，那便是在《星座》中出《十日新诗》一张。把稿费捐出来。问题倒是在没有好诗。我认为较好的几个作家，金克木去桂林后毫无消息，玲君到延安鲁艺院后也音信俱绝，卞之琳听说也去打游击，也没有信。其余的人，有的还在诉说个人的小悲哀，小欢乐，因此很少有把握，但是不去管他，试一试吧，有好稿就出，不然就搁起来，你如果有诗，千万寄来。……

## 致林蕴清

蕴清先生：

新文艺月刊社转来大札读悉，足下提出各种疑问，兹特奉答如下：

（一）这是两句拉丁文的诗句，意思是：“愿我在最后的时间将来到的时候看见你，愿我在垂死的时候用我的虚弱的手把握着你。”

（二）Ma chère ennenue 直译为“我亲爱的冤家”，典出法国十六世纪诗人龙沙（Ronsard）。Aime un peu 意为“爱一些些”。Un peu d’amoyr, pour moi，c’estdéja trop! 意为：“一点的爱情，在我，已经是够多的了！”

（三）épaves 是破舟之残片。

“年海”两字并未刊错，典出法国十九世纪大诗人拉马丁（Lamartine），是 I’océ on desâges 的直译，见其名诗《湖》Le Lac）。

戴望舒

## 附：林蕴清来函

编辑先生：

前几日在敞处景山书社买到了一本贵店出版的戴望舒先生的诗集：《我底记忆》。在骆驼的铃声中，在枕边，在静的夜里，它从此以后便做了我最密切的伴侣了。尤其是其中的《雨巷》，《我底记忆》两辑，更使我钦佩不止。我真不知道要如何向作者表示我的敬意。真的，它是我们所出版的新诗中的最好的一本。不过有几个外国文我还不很了解，看见《新文艺》上说读者如对贵店所出版各书有疑问，可以写信来问。所以便冒昧地写这封信来，希望你们给我一个满意的答复。以下我便提出我的疑问了：

（一）目次前一页上的“Te Spectemmihi cum venerit hora，Te Tenoam monens defic iente manu.”作何解释？

（二）第三十六页的 ma chére enne-mie，第三十七页的 Aime un peu! 和 Un reud’am our，pour moi，c’est deja trop! 作何解释？

（三）第六十四页上的 e’paves 是何意义？

此外，第六十四页上的“年海”两字，颇为新奇，不知“年”字是否印错，亦望见答。祝你们前途无量。

林蕴清上十月二十一日，北平

# 致曾孟朴

孟朴先生：

四天前曾叫舍弟望舒来拜访过一次：叫他送上一部译稿，还请他代陈鄙人对于贵杂志《真美善》的一点小小意见。昨天他回来了，说没有遇见先生，所以现在不得不撑起久病的身体来写这封信。

真的，《真美善》的发刊，在芜杂而颓废的中国文坛上，可算是一种新火，它给我们新的光和新的热，这是我们所长久等待着，期望着的。我很欢喜地感受着它们；同时，为了过分的爱好，便生出一种过分的要求来。我很坦白地（当然是很鲁莽）向先生陈述些意见，望先生肯坦白地接受：

我觉得不满意的是《真美善》的封面和里面的插图。我觉得封面最好朴素地只写"真美善"三字，不要加彩色画图，而且是并不十分好的画图。因为《真美善》是一本高尚的文艺杂志，而不是像 Iecture pour tous 或 Colden Book 一类的东西，所谓通俗的读物；虽然文艺是要民众化，但我们只能把民众的兴味提高，而不可去俯就民众的低级趣味，插图最好也不用，至少也要好一些的。

翻译方面我觉得你们太偏重于英法方面。我希望你们以后德奥及北欧的文学作品多译一些。译文希望是语体的，像"炼狱魂"这种文言的翻译，不但右倾的气味很重，而且使全杂志不和谐。（我想炼狱魂一定是旧稿）

补白最好是不要。或者登载些短诗也好（应酬的诗词千万不要登载）

论文希望多登载些。不要为了些浅薄的读者低级趣味的要求而失了你们的勇气。（第四期一篇论文都没有）

以上是我的小小的意见。

你翻译的 Hugo 的戏曲我只读过一本《欧那尼》。对于你的译文，我只有佩服。但其中颇有漏译的，如第一折第一幕第六页上 Don Carlos 说“我照办”之后漏译

Serait-cel'ecurie an tu mets d'avanture

Le manche du balai qui te sert de monture？

第七页上 Dona Josefa 说：“天主，这个人是谁？”后漏译 Si J’appelais？Qui？等等。第七页上有个小小的错误，原文是：Don Carlos：C'estune femme，est-ce pas，qu'attendait tamaitresse？

你译作：“这是个妇人脚声，不是你等的主人吗？”

似应译作：“这可不是你女主人等待的女人吗？”不知是否，还乞指教。

希望你快些给我一个回信，给我一个欢乐在我病中。

我的通讯处是“杭州大塔儿巷二十八号”。

戴望道十二月念二日灯下

## 附：曾孟朴的回信

戴望道先生鉴：

我下笔之前，先祝你清恙的康复。

先生，我虽不认得你，在我想象中，却早浮现了你的影象；你是个诚恳而温蔼的人，身材似乎长长儿的，面貌清瘦而敏活，敏活中却交和一些忧郁的薄彩：你的病一定感觉着脑神经系的不宁——和我一般——的痛苦；我仿佛已认得了你；这是用我心灵上的摄影无线电，在你来信字句夹缝里照见的。我和你通信的开端，就说上一大套神秘的话，只怕你要笑我做狂人了！

你来信嘱我速复，我忙着社务，延迟了半个月，这是我对着你，很抱歉忱的事。

你对于《真美善》刊物的期望和爱好，实在过于优厚了些，我们自问，觉得非常惶愧。但在这文学乱丝般纠纷时代——不独我们中国——尤其是我们中国沉睡了几千年乍醒觉惺忪的当儿，我们既有一知半解，何尝不想做个打扫夫，明知力量脆薄，开不了新路径，但拾去些枯枝腐叶，驱除些害菌毒虫，做得一分是一分，或与未来文学界，不无小补。可惜我的年纪已与《欧那尼》剧里的李谷梅差不多了，“年代消磨了他声音和颜色，只剩几根忠实的老翎”，不知能在文苑里回翔多少时光，只怕要辜负你热烈的希望呢。

你不满《真美善》杂志的几点，说得都很有理由：封面及插图，完全不用，我也甚赞同，但不便骤改，以后惟有加以注意，使增美感；翻译偏重英法，这也是确的，只为我们父子，一习法文，一习英文，庋藏的书籍，也是英法的多，便成了自然的倾向；可是最近几期里已经加入了许多日本跟欧洲各国的作品了。你又不赞成多译文言，我们现在原是白话的多，但偶然插入一二种，似也不至讨厌；至多加论文和批评，也是我们极想努力的志愿；但我们才力有限，你能加入战队，帮助我们些材料，只要宗旨相同，是极欢迎的。

至于你对于我的《欧那尼》剧译本批评的话，我极感你的忠实。诗剧译成散文，本是件最困难的事，尤其是直译。你是个过来人，这句话想也表同情。所以我译《欧那尼》剧的开始，原想用意译，后来才改为直译，第一折里面，恐怕和原文有出入的地方，还不止你举出的几处罢。

第六页漏译的两诗句：

Serait-ce l'ecurie au tu mets d'avanture

Le manche du balai qui tesert de monture？

这两诗句的意义，译成白话，很难明了，又疑心是法国一种惯语，恐怕译错，不觉略了过去，这就是我不可讳言的惰性。我现在想补译如下：

再察看那橱。

（卡）这不成了个你用扫帚柄当马骑着去找奇遇的马房吗？

第七页漏译两语：

Qu'est Cet homme？ Jesus mon Dieu!

Si J'appelais？ Qni？

改补如下：

（饶）这个人是什么？我主耶稣！我叫唤吗？叫唤谁呢？

你看这样译法，对不对？

第七页二行：

C'estune femme，est-ce pas，qu’attendait tamaitresse？

你改译的很是。我想爽性直译做：

这是一个妇人，是不是，你女主人等待的吗？

你以为何如？

我很盼你有闲工夫时，给我一个答复，更希望对于我的作品或译文，时时给我些忠实的批评。

一七，一，四，病夫

## 致舒新城

新城先生赐鉴：

奉到大札，嘱译西班牙Ayala所著Belarminoy Apolonio一种，敢不从命。

该书西班牙文原本已直接向原出版处定购，书到手后即着手迻译，大约四月后，可以脱稿。至于译名，现暂照原名译为《倍拉卡米诺与阿保洛钮》。待全书脱稿后，再行酌改，较为妥善，未知先生以为何如。专此敬请撰安

弟戴望舒上十五日

（一九三二年一月十五日）

## 致叶灵凤

灵凤：

几乎有半年没有见面了，你生活好吗？你或许要怪我没有写信给你，你或许会说我懒。但是这实在是冤枉了我。我在这里是一点空也没有。要读书，同时为了生活的关系，又不得不译书，而不幸的又是生了半个月的病，因此便把写信的事搁了起来。好在老兄是熟朋友，我想你总能原谅我的。

在《现代》中读到老兄的两篇大作：《紫丁香》和《第七号女性》，觉得你长久搁笔之后，这次竟有惊人的进步了。你还有新作吗？这两篇中，我尤其爱《第七号女性》这篇，《紫丁香》没有这一篇好。这是我的意见，不知你以为如何？

你给我的那张介绍片我尚未用，因为我没有到里昂去。或许下半年要去一趟。你有什么话要我转言吗？

知道你现在爱读 Heimingway，John Dos Passos 诸人的作品，我记得巴 Cros-by 书店有 Heimingway 的作品出版，明后天进城去时当去买来送你，和《陶尔逸伯爵的舞会》第三次稿同时寄奉。

祝你快乐

望舒二十二年三月五号

## 致赵景深

景深兄：

承赐大作《小说闲话》及卫聚贤君《薛仁贵征东考》，已于上月底收到。弟忽染时疫，几致不起，今日才能起床握管，特奉函道谢。卫君所考《薛家府演义》作者为赵炯，然弟觉甚为勉强。如照这样推测，则吾人颇有理由说《金瓶梅》为于慎行作，《今古奇观》为顾有孝所选，且理由比卫君充足也。《醉翁谈录》消息如何？承允赐大作何久不寄下，均请赐复。即颂文祺

弟望舒十一月九日

## 悼杜莱塞

美联社十二月二十九日电：七十四岁高龄的美名作家杜莱塞，已于本日患心脏病逝世。

这个简单的电文，带着悲怅，哀悼，给与了全世界爱好自由、民主、进步的人。世界上一位最伟大而且是最勇敢的自由的斗士，已经离开了我们，去作永恒的安息了，然而他的思想，他的行动，却永远存留着，作为我们的先导，我们的典范。

杜莱塞于一八七一年生于美国印第安那州之高地，少时从事新闻事业，而从这条邻近的路，他走上了文学的路。他的文学生活是在一九〇〇年顷开始的。最初出版的两部长篇小说《加里的周围》和《珍妮·葛拉特》使他立刻闻名于文坛，而且确立了他的新现实主义的倾向。

他以后的著作，就是朝着这个方向走过去的，他抓住了现实，而把这

现实无情地摊陈在我们前面。《财政家》如此，《巨人》如此，《天才》也如此，像爱米尔·左拉一样，他完全以旁观者的态度去参加生存的悲剧。天使或是魔鬼，仁善或是刁恶，在他看来都是一样的文献，一样的材料，他冷静地把他们活生生地描画下来，而一点也不参加他自己的一点主观。从这一点上，他是左拉一个大弟子。

他的写实主义不仅仅只是表面的发展，却深深地推到心理上去。他是心理和精神崩溃之研究的专家，而《天才》就是在这一方面的他的杰作。

在《天才》之后，他休息了几年，接着他在一九二五年出版了他的《一个美国的悲剧》。这部书，追踪着雨果和陀斯托也夫斯基，他对于犯罪者作了一个深刻的研究。忠实于他的方法，杜莱塞把书中的主人公格里斐士的犯罪心理从萌芽，长成，发展，像我们拆开一架机器似的，一件件地分析出来。到了这部小说，从艺术方面来说，杜莱塞已达到了它们的顶点了。

然而，杜莱塞真能够清清楚楚地看到美国社会的罪恶，腐败，而无动于衷吗？作为一个真正的艺术家，对于这一切肮脏，黑暗，他会不起正义的感觉而起来和它们战斗吗？他所崇拜的法国大小说家左拉，不是也终于加入到社会主义的集团，从象牙之塔走到十字街头吗？

是的，杜莱塞是一个有正义感的艺术家，他之所以没有立刻成为一个战士，是为了时机还没有成熟。

这时，一个新的世界吸引了他：社会主义的苏联。在一九二八年，他到苏联去旅行。他看见了。他知道了。他看到了和资本主义的腐败相反的进步，他知道了人类憧憬着的理想是终于可以实现。从苏联回来之后，他出版了他的《杜莱塞看苏联》，而对于苏联表示着他的深切的同情。苏联的旅行在他的心头印了一种深刻的印象，因而在他的态度上，也起了一个重要的变化。

从这个时候起，他已不再是一个冷静的旁观者，一个明知道黑暗，腐败，罪恶而漠然无动于衷的人了。新的世界已给了他以启示，指示了他的道路，他已深知道单单观察，并且把他所观察到的写出来是不够，他需要行动，需要用他艺术家的力量去打倒这些黑暗，腐败和罪恶了。

在一九三〇年，他就公开拥护苏联，公开地反对帝国主义者对苏联的进攻，从那个时候起，苏联已成为他的理想国。他说："我反对和苏联的任何冲突，不论那冲突是从哪方面来的。"在一九三一年，这位伟大的作家更显明了他的革命的岗位。他不仅仅把自己限制于对于时局的反应上，却在行动上参加了劳动阶级的斗争。他组织了一个委员会，去揭发出在资本主义的美国，劳动者们所处的地位是怎样地令人不能忍受。他细心地分析美国，研究美国的官方报告，经济状况，国家的统计，预算，并且亲自去作种种的实际调查。经过了长期的研究，调查，分析，他便写成了一部在美国文学史上空前，在他个人的文艺生活中也是特有伟大的作品：《悲剧的美国》，而把它掷到那自在自满的美国资产者们的脸上去。

杜莱塞的这部新著作，可以说是他的巨著《一个美国的悲剧》的续编。在这部书中，杜莱塞矫正了他的过去，他在一九二五年所写的那部小说是写一个美国中产阶级者的个人的悲剧，在那部书中，杜莱塞还是以为资本主义的大厦是不可动摇的。可是在这部新著中呢，美国资本主义的机构是在一个新的光亮之下显出来了。杜莱塞用着无数的事实和统计数字做武器，用着大艺术家的尖锐和把握做武器，把美国的所谓"民主"的资产阶级和社会法西斯的面具，无情地撕了下来。

这部书出版以后，资本主义的美国的惊惶是不言而喻的了。他受到了各方面的猛烈的攻击，他被一些人视为洪水猛兽，然而，他却得到了更广大的人，奋斗着而进步着的人们的深深的同情，爱护。

从这个时候起，他已成为一个进步的世界的斗士了。他参加美国的革命运动，他为《工人日报》经常不断地撰稿，他亲自推动并担任“保卫政治犯委员会”的主席，他和危害人类的法西斯主义作着生死的战斗。西班牙之受法西斯危害，中国之被日本侵略，他都起来仗义发言，向全世界呼吁起来打倒法西斯主义。

从这一切看来，杜莱塞之走到社会主义的路上去，决不是偶然的事，果然，在他逝世之前不久，他以七十四的高龄加入了美国共产党，据他自己说，他之所以毅然加入共产党，是因为西班牙大画家比加索和法国大诗人阿拉贡之加入法国共产党，而受到了深深的感动，亦是为了深为近年来共产党在全世界反法西斯斗争中的英勇业绩所鼓舞。在他写给美国共产党首领福斯特的信中，他说：“对于人类的伟大与尊敬的信心，早已成就了我生活与工作的逻辑，它引导我加入了美国共产党。”然而，我们如果从他的思想行动来看，这是必然的结果，即使他没有加入共产党，他也早已是一个共产党了。

然而在这毅然的举动之后，这个伟大的人便离开了我们。杜莱塞逝世了，然而杜莱塞的精神却永存在我们之间。

载《新生日报·文协》第四期，一九四六年一月七日

## 记诗人许拜维艾尔

二十年前还是默默无闻的许拜维艾尔，现在已渐渐地超过了他的显赫一时的同代人，升到巴尔拿斯的最高峰上了。和高克多（Cocteau），约

可伯（Jacob）达达主义者们，超现实主义者们等相反他的上升是舒徐的，不喧哗的，无中止的，少波折的。他继续地升上去，像只飞到青空中去的云雀一样，像一只云雀一样地，他渐渐地使大地和太空都应响着他的声音。

现代的诗人多少是诗的理论家，而他们的诗呢，符合这些理论的例子。爱略特（T.S.Eliot）如是，耶芝（W.BYeats）如是，马里奈谛（Marinetti）如是，玛牙可夫斯基（Mayakovsky）如是，瓦雷里（Valery）亦未尝不如是。他们并不把诗作为他们最后的目的，却自己制就了樊笼，而把自己幽囚起来。许拜维艾尔是那能摆脱这种苦痛的劳役的少数人之一，他不倡理论，不树派别，却用那南美洲大草原的青色所赋予他，大西洋海底珊瑚所赋予他，喧嚣的“默”，微语的星和驯熟的夜所赋予他的辽远，沉着而熟稔的音调，向生者，死者，大地，宇宙，生物，无生物吟哦。如果我们相信诗人是天生的话，那么他就是其中之一。

一九三五年，当春天还没有抛开了它的风，寒冷和雨的大氅的时候，我又回到了古旧的巴黎。一个机缘呈到了我面前，使我能在踏上归途之前和这位给了我许多新的欢乐的诗人把晤了一次（我得感谢那位把自己一生献给上帝以及诗的 Abbé duperray）。诗人是住在处于巴黎的边缘的拉纳大街（Boulevard lannes）上，在蒲洛涅林（Bois de boulogne）附近。在一个阴暗的傍晚，我到了那里。在那清静而少人迹的街道上彳亍着找寻诗人之家的时候，我想起了他的诗句：

有着岁月前来闻嗅的你的石建筑物，
拉纳大街，你在天的中央干什么？
你是那么地远离开巴黎的太阳和它的月亮
竟至街灯不知道它应该灭呢还应该明，

竟至那送牛乳的女子自问，

那是否真是屋子，凸出着真正的露台，

那在她手指边叮当响着的，是牛乳瓶呢还是世界。

找到了拉纳大街四十七号的时候已开始微雨了，我走到一所大厦的门边，我按铃。铃声清晰地在空敞的门轩中响了好一些时候。一个男子慢慢地走了出来。

“诗人许拜维艾尔先生住在这里吗？”我问。

“在二楼，要我领你去吗？”

“不必，我自己上去就是了。”

我在一扇门前站住。第二次，铃声又响了。这次，来给我开门的是一个女仆，她用惊讶的眼睛望着我，好像这诗人之居的恬静，是很少有异国的访客来搅扰的。

“许拜维艾尔在家吗？”我问。

“在家。您有名片吗？”

她接了我的名片，关了门，领我到间客厅里，然后去通报诗人。

我在一张大圈椅上坐下来，开始对于这已经是诗人的一部分的客厅，投了短促的一瞥。古旧的家具，先人的肖像，紫檀的镂花中国屏风，厚厚的地毯：这些都是一个普通的法国人家所应有尽有的，然而一想到这些都是兴感诗人，走进他的生活中去，而做着他的诗的卑微然而重要的元素的时候，这些便都披上了一层异样的光泽了。但是那女仆出来了，她对我说她的主人很愿意见我，虽然他在患牙痛。接着，在开门的声音中许拜维艾尔已经在门框间现身出来了。

这是一位高大的人，瘦瘦的身体，长长的脸儿，宽阔的前额，和眼睛很接近的浓眉毛，从鼻子的两翼出发下垂到嘴角边的深深的皱槽。虽则已到了五十以上的年龄，但是我们的诗人还显得很年轻，特别是他的那双奕奕有光的眼睛。有许多人是不大感到年岁的重负的，诗人也就是这一类人之一，虽然他不得不在心头时时重整精力，去用他的鲜血给“时！间的群马”解渴。

“欢迎你！”这是诗人的第一声，“我们昨天刚听到念你的诗，想不到今天就看到了你。”

当我开始对他说我对于他的景仰向他道歉我打搅他等等的时候，“不要说这些，”他说，“请到我书房里去坐吧，那里人们感到更不生疏一点。”于是他便开大了门，让我走到隔壁他的书房里去。

任何都不能使许拜维艾尔惊奇，我的访问也不。他和一切东西默契着：和星，和树，和海，和石，和海底的鱼和墓里的死者。就在相遇的一瞬间，许拜维艾尔已和我成为很熟稔的了，好像我们曾在什么地方相识过一样，好像有什么东西曾把我们系在一起过一样。

我在一张沙发上坐下来，舒适地像在我自己家中一样。而他，在横身在一张长榻上之后，便用他的好像是记忆中的声音开始说话了：

“是的，我昨晚才听到念你的诗。它们带来了一个新的愉快给我，我向你忏白，我不能有像你的《答客问》那样澄明静止的心。我闭在我的世界中，我不能忘情于它的一切。”

的确，这“无罪的囚徒”并不是位出世主义者，虽然他竭力摆脱自己摆脱自己的心。他所需要的是一个更广大深厚得多的世界，包涵日，月，星辰，太空的无空间限制的世界，混合过去、现在与未来的无时间限制的世界；在那里，没有死者和生者的区别，一切东西都是有生命有灵魂的生物。

“我相信能够了解你，”我说，“如果你能够恕我的僭越的话，我可以向你提起你的那首《一头灰色的中国牛》吗？遥远地处于东西两个极端的生物，是有着它们不同的性格，那是当然的，正如乌拉圭的牛沉醉于Pampa的太阳和青空，而中国的牛彳亍于青青的稻田中一样，但是却有一种就是心灵也难以把握得住的东西，使它们默契，把它们联在起，这东西，我想就是‘诗’。”

“这倒是真的，”诗人微笑着说，眼睛发着光，“我们总好像觉得自己是孤独地生活着，被关在一个窄狭到有时几乎不能喘息的范围里，因而我们便不得不常常想到这湫隘的囚牢以外的世界，以及这世界以外的宇宙……，”诗人似乎在沉思了；接着，他突然说：“想不到你对于我的诗那么熟悉。你觉得它怎样，这首《一头灰色的中国牛》？这是我比较满意的诗中的一首。”

“它启发了我对于你的认识，并使我去更清楚地了解你。”

因为说到中国，许拜维艾尔便和我谈起中国来了。他说他曾经历过许多国土，不过他至今引以为遗憾的，便是他尚未到过中国。他说他的友人昂利·米书（Henrymichaux）曾到过中国，写过一本关于中国的书，对他盛称中国之美，说那自认为最文明的欧洲人，在亚洲是一个野蛮人而已。我没有读过米书的作品，所以也没有和许拜维艾尔多说下去。可是他却兴奋了起来，好像立时要补偿他的憾恨似地，向我询问起旅行中国的问题来，如旅程要多少日子，旅费大概要多少，入境要经过什么手续，生活程度如何，语言的隔膜如何打破，等等。而在从我这里得到一个相当的解决之后他下着这样的结论：

“我总得到中国去一次。”于是他好像又沉思起来了。

我趁空把这书室打量了一下。那是间长方形的房间，书架上排列着诗人所爱读的书，书案是在近窗的地方，而在案头，我看见一本新出的Mesures。窗扉都关闭了，不能望见窗外的远景，而在电灯光下，壁上的名画便格外烘托出来了；在这里面，我辨出了马谛思（Matsse），塞公沙克（D.desegonzac），毕加索（Picasso）等法国当代画伯的作品。我们是在房间的后部，在那里，散放着几张沙发，一两张小几和一张长榻，而我们的诗人便倚在这靠壁的长榻上；榻旁的小几上放着几张白纸，大概是记录诗人的灵感的。

诗人站了起来，在房里走了几步，于是：

"你最爱哪几位法国诗人？"他这样问我。

"这很难说，"我回答，"或许是韩波（Rimbaud）和罗特亥阿蒙（Lautreamont）在当代人之间呢，我从前喜欢过耶麦（Jammes），福尔（Paulfort），高克多（Cocteau），雷佛尔第（Reverdy），现在呢，我已把我的偏好移到你和爱吕阿尔（Eluard）身上了。你瞧，这样的驳杂！"听我数说完了这些名字的时候，许拜维艾尔认真地说：

"这也很自然的。除了少数一二人以外，我的趣味也差不多和你相同的。福尔先生是我尤其感激的，我最初的诗集还是他给我写的序文呢。而罗特亥阿蒙！想不到罗特亥阿蒙也是你所爱好的诗人！那么拉福尔格（Lafargue）呢？"

我们要晓得，拉福尔格和罗特亥阿蒙都是颇有影响于许拜维艾尔的，像他们一样，他是出生于乌拉圭国的蒙德维艾陀（Monteviedo）的，像他们一样，他的祖先是比雷奈山乡人，像他们一样他是法国诗人。

在《引力集》中，我们可以看到下面的诗句：

不论在什么地方我都掘着地，希望你会从地下出来。

我用肘子推开房屋和森林，去看你在不在后面，

我会整夜地大开着门窗等着你，

面前放着两杯酒，而不愿去沾。

但是，罗特亥阿蒙，

你却不来。

“拉福尔格吗？”我说，“可惜我没有多读他的作品，还在我记忆中保存着的只《来临的冬天》（Chiverquivient）等数首而已。”接着，我便对他说起他新近出版的诗集《不相识的朋友们》（Les Amis Inconnus）：

“我最近读了你的诗集《不相识的朋友们》。”

“是吗？你已经买了吗？我应该送你册的，可惜我现在手头只剩一本了。你读了吗，你的感想怎样？”

我没有直接回答他，却向他念了节《不相识的朋友们》中的诗句：

我将来的弟兄们，你们有一天会说，

一位诗人取了我们日常的言语，

用一种无限地更悲哀而稍不残忍一点的

新的悲哀去，驱逐他的悲哀.....

在他的瘦长的脸上，又浮上了一片微笑，一片会心的微笑，一边出神地凝视着我。沉默降了下来。

在沉默中，我听到了六下钟声。我来了已有一个多钟头了，我应该走了。我站了起来：“对不起，我忘记了你牙痛了，我不该再搅扰你，我应该走了。”

“啊！连我自己也忘了牙痛，我还忘了我已约定牙医的时间了，我们

都觉得互相有许多话要说。你住在巴黎吗？我们可以约一个时间再谈，你什么时候有空吗？”

“我明天就要离开巴黎，”我说，“而且不久就要离开法国了。”

“是吗？”他惊愕地说，“那么我们这次最初的见面也许就是最后一次了。”

“我希望我能够再到法国来，或你能够实现你的中国旅行。”

“希望如此吧。不错，我不能这样就让你走的，请你等一等。”他说着就走到后面的房间中去。一会儿，他带了一本书出来：

“这是我的第三本诗集《码头》（Débarcadéres），现在已经绝版，在市上找不到的了，请你收了做个纪念吧！”接着他便取出笔来，在题页上写了这几个字给诗人戴望舒作为我们初次把晤的纪念。茹勒·许拜维艾尔谨赠。

当我一边称谢一边向他告别的时候他说：

“等一等，我们一道出去吧。我得去找牙医。我们还可以在路上谈一会儿。”

他进去了，我隐隐听见他和家人谈话的声音，接着他便带了大氅雨伞出来，因为外面在下雨。向这诗人的书斋投射了最后一眼，我便走出了。诗人给我开了门，让我走在前面，他在后面跟着。

“你没有带伞吗？”在楼梯上他对我说，“天在下雨。不要紧，你乘地道车回去吗？我也乘地道车，我可以送你到那里。你不会淋湿的。”

到了大门口，他把伞张开了。天在下着密密的细雨，而且斜风吹着。于是，在这斜风细雨中，在淋湿的铺道上，在他的伞下面，我们开始行着了。

“你近来有新作吗？”我问。“我在写一部戏曲，写成了大约交给茹佛(Louis jouvet)去演。说起，你看过我的《林中美人》(La belle anbois)吗？

“那简直可以说是一首绝好的诗。而比多艾夫夫妇（Ladmilla et georges Pitoëff）的演技，那真是一个奇迹！可惜我没有机会再看一遍了。”

我想起了他的诗作的西班牙文选译集：

“我在西班牙的时候读到你的诗的西班牙译本。如果没有读过你的诗的话，人们一定会当你做一个当代西班牙大诗人呢。的确，在有些地方，你是和西班牙现代诗人有着共同之点的是吗？”

“约翰·加梭（Jean cassou）也这样说过。这也是可能的事，有许多关系把我和西班牙连联在一起。那些西班牙现代的新诗人们，加尔西亚·洛尔迦(Garcia lorca)，阿尔倍谛(Alberti)，沙里纳思(Salinas)，季兰(Guillen)，阿尔陀拉季雷（Alto'aguirre），都是我的很好的朋友。说起，你也常读这些西班牙诗人的诗吗？”

“我所爱的西班牙现代诗人是洛尔迦和沙里纳思。”

我们转了一个弯，经过了一个小方场，夹着雨的风打到我们的脸上来。许拜维艾尔把伞放低了一些。

“我很想选你一些诗译成中国文，”沉默了一些时候之后我对他说，“你可以告诉我你自己爱好的是哪几首吗？”

“唔，让我想想看。”他接着就沉浸在思索中了。

地道车站到了。当我们默不作声地走下地道去的时候，许拜维艾尔对我说：“你身边有纸吗？”

我从衣袋里取出一张纸给他。他接了纸，取出自来水笔。于是，靠着一个冷清清的报摊，他便把他自己所选的几首诗的诗题写了给我。而当我向他称谢的时候：

“总之，你自己看吧。”他说。我们走进站去，车立刻就到了。上了拥挤的地道车后，我们都好像被一种窒息的空气以外的东西所封锁住喉咙。我们都缄默着。

etoile 站快到了，我不得不换车回我的居所去。我向诗人握手告别。

“希望我们能够再见吧！”许拜维艾尔紧紧地握着我的手说。

我匆匆地下了车，茫然在月台上站立着。

车隆隆地响着，又开了，载着那还在向我招手的诗人许拜维艾尔，穿到暗黑的隧道中去。

# 第三章
# 小说

## 母爱

他的病魔正在那里和死神交战，他的病正是在最危险的地步。他的面庞瘦得全不像个人，一双颧骨凸出得很高，两只眼睛陷进得很深，嘴唇上连一丝血色都没有，可是，面上的燥火却红的厉害。他已昏昏沉沉的三天没有进食，不但是没有进食就是滴水都没有入口。在他病榻面前围满了五六个医生，有的摇头微叹，有的望着他发怔，他们已把各人平生的技术都用出来，可是总想不出怎样可战胜死神。他们都是焦思着，屋子里静得连呼吸声都觉得很大。窗外药炉上的水沸声又兀是闹个不休，越显得他的病症的危险可怕。他的母亲尤是焦急万分，噙着一包热泪，不住地望着伊爱子，轻轻地走到病榻前俯身下去瞧，伊可怜伊自己原也有病在身，可是伊为了伊爱子的病，竟把自己的病都忘了。伊已三夜不曾合眼过。眼皮肿的很高，也不知是不睡肿，还是伤心肿的。伊只有他一个爱子，伊的丈夫已在十年前故世了，只遗下这一块肉。伊守寡十年，靠着十个指头赚了钱来养他，备尝了世上的艰苦，才把他养大成人，居然使他能在社会上做点事，自食其力了。伊是极爱他的，伊的心中只有他一个爱子，所以除了伊爱子，随便什么都可牺牲。可怜伊为了他竟积劳成了个不易医治的病。但是，伊仍是照样的做去，希望他成家立业。不料他忽然病了，病症又十分危险。伊百般的服侍看护。可是他的病竟一天重一天。伊也曾天天的求神拜佛祝他病好，伊也曾拼当衣衫为他求医。伊一天到晚的望他好起来。伊竟对天立誓说，宁愿自己死了代伊的爱子受过。

他的病在最危险时，朦胧中只听得见耳际有颤动的呼吸声，又觉得头顶上有双手在那里抚摩他的头发，又觉得有人和他接了个吻，轻轻的拍拍他的身子。突然，有一滴水滴到他脸上，他微微的张开眼睛看了看，只见枕头边有个人伏着，也看不见是谁。他慢慢的伸手过去，却摸着枕头上湿了，倒有一大摊水。他觉得眼前一黑，又是昏沉沉的睡去了。

他的病总算赖天的保佑，竟战胜了死神了。他母亲知道他的病已不危险了，也安了一大半心。但是伊总还是担忧，伊急望他痊愈。伊仍是不懈地看护他，不几时他的病竟消失得无影无踪了。不过他的病魔却加到他的母亲的身上了。他母亲本来已是有病之身，再加上伊爱子的一场大病，又是担心，又是积劳，所以等伊爱子病好了不久，伊又接连的病起来。伊的病状尤是凶险万分，一天到晚竟没有一刻儿睡得着，终日的哼呼喊叫，实是危险极了。但是，伊对伊爱子却说："我的病是不妨事的，过一两天自然就好了。你病才好，不能过劳，我的病不用得你来照顾，我自己能服侍自己，不用你担心的。依我看来，医生也不必去接，这点点小病痛也值得花多钱吗？就是你自己也不必老守在家里，外面也好去游散游散。不过这几天天冷，你衣服却要多着些啊。"伊虽是病得很厉害，伊却不肯对爱子直说，免得他心忧，还要事事都管周到，真是爱子之心无微不至了。可是他呢，真是全无良心的，自己病一好也就不管他母亲的病了。总算还听他母亲的话，医生也不请，终日到晚老毛病发作，花天酒地的索性连回也不回去了。老实说，他的心中哪里有他母亲一个人。可怜他母亲的病愈积愈重，竟一病不起了。在伊临终时，伊的爱子正在那里逐色征歌，可怜伊还盼望伊儿子归来见一见面，直等到气绝了，身冷了还没有瞑目。

## 债

一抹残阳斜照在一棵梧桐树的梢头，枯叶一片一片飘落到地上，呈着惨黄的颜色，被无情的秋风吹得索索作响。离梧桐树二丈多远结着一间小小鹑茅舍，周围一片荒场，衰革没胫，阴凄凄的挟着一派鬼气，真个是凄凉满目的景况。忽的一片悲声抢地呼天从茅舍里迸将出来。梧桐树上停着的几只乌鸦听到这声音，也似不忍闻一般的冲天飞去。原来这茅舍的主人就是那勤劳的佃夫，已在这天清早长辞人世了。他家还有老母、妻子、儿女，老老小小都靠他做工度日，可是，这年年成不好，闹过水荒，田也没得种，终日赋闲。佃夫既没有积蓄，哪堪坐吃山空，加着他老母又害了一场病，佃夫没有法子，一壁向同村姓王的富户借了一笔债，一壁卖卖菜聊作度日之计。他死的前一天，一清早就肩着一担菜到闹市上叫卖，直到日当停午菜也卖完了，才将卖下来的钱换了些粗米，回到茅舍，吩咐他妻子烧了罐薄粥。可是粥少人多，可怜每人还吃不到一碗。他的儿女还直嚷肚子饿咧。佃夫看了煞是伤心，一声长叹，两行眼泪一滴滴扑下来，悲声说道："明天王家那笔债就要到期了。可怜我可以变钱的当的当了，卖的卖了，拿什么来还他呢？便这点点利息也无从设法。那王家是村里有名的恶大虫，不是好惹的。但看西树张二借了他家的印子钱，后来闹得家破人亡不得好结果。现在我们一家还是团聚在一块儿吃口薄粥，一到明天正不知如何咧。"他老母、妻子愁人相对，一筹莫展，只得在一旁陪眼泪。正在这时，忽的听见柴门敲得很急，还带着一种怒骂的声音喊道："青天白日这头劳什子的门还关得恁紧，难道里面的人都死了吗？"佃夫拿他的短褂擦擦眼睛，急开门一看，慌忙赔笑道："我道是谁？原来是王府上的大爷。是什么好风吹过来的呀？"那人把浓眉一扬两眼一瞪大声喝道："不要绕弯儿，装糊涂了。杀人偿命欠债还钱，我问你明天的事怎么样了？"佃夫一听怔怔无语，好久才低声下气地道："哪敢不还！无奈今年闹了水灾又闹旱荒，连牲口也卖了，实在是凑不起来，总得要大爷行个善事，在贵老爷面前好言几句，展个期头。"那人摇摇他的头，冷笑道："都像你这般没人敢放乡账了。先关照你一声，明天有钱便罢，否则牲口没有，孩子总有的，抵在府上当书童使女去。你等着罢。"佃夫闻言唬得目呆口定，如雷惊鸭子似的睁眼看那人恶狠狠的去了。佃夫也不再向他人乞情求免，只是呆呆的站在门口。那无情的秋风一直的扑过来，佃夫却如泥神木偶一般动也不动。他那衣不足蔽体的孩子觉得风冷，又一齐哭起来了，这才将佃夫失掉的魂灵又惊了转来。他回头来对他的孩子深深的看了一眼，咬牙就把柴门关上了。

这天晚上，他妻子只觉得她丈夫翻来覆去的睡不着，拍拍这个儿子，抚抚那个女儿，又不时拿他那震颤的手握住他妻子的手，于是他妻子便道："明天要赶早市的呀，早些熟睡罢。"他应了声，也便翻身睡了。到了半夜，他妻子只觉得床头索索的响，只道又是鼠子作闹，也并不介意。到了天色微明，才被一种呻吟的声音惊醒，待看她丈夫时，只见脸也青了，眼也泛白了，咬住牙齿不住地哼呼。她吃了一惊，急得怪叫起来。他年过七旬的老母也惊醒了，忙过来看，急问她儿子是怎样了。佃夫看看他的老母，又看看他的妻子儿女，不住的淌眼泪，断断续续地道："快到王府上去请位人来，我有话对他说咧。”他妻子不知她丈夫得的什么病，又没钱去请医生，只得听她丈夫的话，一直到王家去。一息时，昨天那人已是气急败坏地赶来，还是威风赫赫的喝道：“大清早便来敲门，有甚劳什子的大事，可是叫我来还钱吗？”这时佃夫脸也变色了，指甲也青了，挣着一丝余气对那人道：“杀人偿命，欠债还钱，我欠了债不能还，只得赔了这条命。天可怜见我借这笔钱并不是浪费的，实在是做我母亲的医药费的呀！如今我还不出钱，要拿我的孩子做抵押，叫我恁生舍得！如今，我那条命还了你们，可能够看我可怜，放过了我的孩子吗？”这一番濒死的哀鸣任是那人铁石般的心肠，也觉他实是可怜，点点头悄悄的去了。佃夫一壁喘气，一壁对他老母道：“并非孩儿不孝，不能终事母亲，实在年荒世乱，孩儿活着也不能顾全母亲的衣食。如今我死了，或者有人悯我死得可怜，老小无依，把母亲送到养老堂去，孩儿也就瞑目了。”又对妻子道：“可怜你跟我苦了一世，实在委屈你了。我今不忍儿女们做奴婢，宁可我自尽，才吞了一口鼠药，中途撇下了你先去了，你能做活度日，我倒不必代你担忧，我望你侍奉母亲，提养儿女，不可为了我过于悲伤。”他妻子哭着应了。他又对孩子们道：“你父亲弃掉你们去了。这实是你父亲对你们不住。我愿你们要孝顺祖母和母亲，不要像我……”说到这里心头一阵剧痛，在板塌上滚了几滚，喊了几阵，五官流血，竟自往生净土去了。他孩子看他父亲如此，也一齐“哇”地大哭起来，一家号啕痛哭，他妻子更哭得死去活来。可怜四无邻居，只有那阵阵的秋风挟着一片秋声来凭吊他罢咧。

## 卖艺童子

他也是个人吗？为甚他不受世人的同等待遇呢？唉，他不过家里少了几个钱罢。他父亲原是个好好的商人，后来因为投机事业大大失败，所以，就在他五岁那年宣告破产，在他六岁那年，他父亲便将他卖给了马戏班子里。从此以后他就堕落在这悲惨的世界里，永无翻身之日了。

说起来委实可怜咧。他们的老板是个残忍的人，生性暴躁，动不动就要发火，要打人。可怜他今年不过十一岁咧。他老板又要鞭他，他同伙又要欺他，终日里挨打挨骂。到晚上还须到游艺场里去耍把戏，忍着饥，耐着苦。不要说是偶然失了手闯下了祸，定然打个半死，饿他半天，就是有所痛苦也只好藏在心头，不敢现在颜面上。要是脸上稍有点不快活的样子，就派他是有意得罪看客，回来，少不得又是一顿皮鞭子。我时常见他是张着小口嘻嘻地笑着，可是我却深晓得他那浅浅的笑涡里，却含蕴着万种的痛苦悲怨呢。

我真不懂这提倡人道主义的世界，博爱还及到禽兽身上，鸡鸭倒提着就妻受罚，可是他呢，他在演技的时候，倒立在地上还不算，还要他唱一支小曲，喝三杯冷水，吃一只香蕉。那时全身儿倒立着已经够受用了，何况再迫他唱小曲、灌食物下去呢！那自然有一种剧烈的痛苦，而且于他身体发育上当然又是个极大的阻碍。他现在已十一岁了，可是那小小的身子看过去总不过像七八岁，这就是个大大的证明。最可怪的就是这些看客，越是看到这惨无人道的把戏越是拼命地喝彩，好似幸人之灾，乐人之祸一般。原来呢，他们花了钱来寻快活的。不过总该存点恻隐之心啊！唉，他也是个人吗？为什么倒不如畜生呢？

我记得那天是冬季极冷的一天，呼呼的北风刮得厉害。他只着了一件夹袄，因为他班主不准他穿多，说穿得多了和耍把戏有妨碍的。到晚上又到游艺场里去演技了，他索索地抖着，那刀一般的风直刮得他的皮肤都裂开了。他浑身已麻木，几乎不能动弹了。他身上所受的痛苦，他心中所受的痛苦，已达到极点了。他又不敢反抗他老板的命令畏缩不前，他依旧打起精神丝毫不敢懈。他这夜演的是“爱神之舞”，他就在那垮垮琮琮的妙乐里现身在演技圈中，背上背着一对洁白的翼翅扮作爱神的模样，苹果般的面庞娇红得怪可人怜。他举首望望那场中五丈多高的木架子就有些胆寒了。这时，他老板又发下命令喊他上去。他心中恐惧极了。可是，他总不敢反抗，只得张开了一双冻得通红的小手，攀住了那根从木架子上垂下来的绳子。他老板便将绳子的那一端垂下来，他就凭空的吊了上去，达到最高的地点。他老板又发下暗示，他松了一只手攀住了前面的木杠，想腾身过去，可怜他这时一双小手被风刮得出血了，他的神经已失了知觉了，只觉得眼前忽地一黑，他支持不住了，一松手一个倒栽葱向下落下去……唉！我也不忍说下去了。

我仿佛还记得当时的看客同声喝了个倒彩。

# 第四章
# 评论

## 一点意见

我觉得近来文艺创作，在量上固然没有前几年那样的多，现在质上都已较进步得多了。我们如果把那些所谓“成名”的作品，和现在一般的作品比较起来，我们便立刻可以看出前者是更薄弱、幼稚。“既成者”之所以“趋向凋谢”或竟沉默者，多是比较之下的必然趋势。他们恋着从前的地位，而他们仍然是从前的他们，于是，他们的悲剧便造成了。

其次，便是关于现今的作家。今日作家的创作，除了少数几个人之外，大家露着两个弱点。其一是生活的缺乏，因而他们的作品往往成为一种不真切的，好像是用纸糊出来的东西。他们和不知道无产阶级的生活同样，也不知道资产阶级的生活，然而他们偏要写着这两方面的东西，使人起一种反感。其二是技术上的幼稚。我觉得，现在有几位作家，简直须从识字造句从头来过。他们没有能力把一篇文字写得通顺，别的自然不用说起。

因此，我觉得中国的文艺创作如果要“踏入正常的轨道”，必须经过两条路：生活，技术的修养。

再者，我希望批评者先生们不要向任何人都要求在某一方面是正确的意识，这是不可能的，也是徒然的。

# 望舒诗论

一、诗不能借重音乐，它应该去了音乐的成分。

二、诗不能借重绘画的长处。

三、单是美的字眼的组合不是诗的特点。

四、象征派的人们说：“大自然是被淫过一千次的娼妇。”但是新的娼妇安知不会被淫过一万次。被淫的次数是没有关系的，我们要有新的淫具，新的淫法。

五、诗的韵律不在字的抑扬顿挫上，而在诗的情绪的抑扬顿挫上，即在诗情的程度上。

六、新诗最重要的是诗情上的 nu-ance 而不是字句上的 nuance。

七、韵和整齐的字句会妨碍诗情，或使诗情成为畸形的。倘把诗的情绪去适应呆滞的，表面的旧规律，就和把自己的足去穿别人的鞋子一样。愚劣的人们削足适履，比较聪明一点的人选择较合脚的鞋子，但是智者却为自己制最合自己的脚的鞋子。

八、诗不是某一个官感的享乐，而是全官感或超官感的东西。

九、新的诗应该有新的情绪和表现这情绪的形式。所谓形式，决非表面上的字的排列，也决非新的字眼的堆积。

十、不必一定拿新的事物来做题材（我不反对拿新的事物来做题材），旧的事物中也能找到新的诗情。

十一、旧的古典的应用是无可反对的，在它给予我们一个新情绪的时候。

十二、不应该有只是炫奇的装饰癖，那是不永存的。

十三、诗应该有自己的 originalité，但你须使它有 cosmopolite 性，两者不能缺一。

十四、诗是由真实经过想象而出来的，不单是真实，亦不单是想象。

十五、诗应当将自己的情绪表现出来，而使人感到一种东西，诗本身就像是一个生物，不是无生物。

十六、情绪不是用摄影机摄出来的，它应当用巧妙的笔触描出来。这种笔触又须是活的，千变万化的。

十七、只在用某一种文字写来，某一国人读了感到好的诗，实际上不是诗，那最多是文字的魔术。真的诗的好处不就是文字的长处。

## 谈林庚的诗见和“四行诗”

关于四行诗，林庚先生已写过许多篇文章了，如他在《关于北平情歌》一文中所举出的《什么是自由诗》，《关于四行诗》，《无题之秋序》，《诗的韵律》，《诗与自由诗》，等等，以及这最近的《关于北平情歌》。一位对于自己的诗有这样许多话说的诗人是幸福的，因为如果他没有说教者的勇气（但我们已看见一两位小信徒了），他至少是有狂信者的精神的。不幸这些文章我都没有机缘看到，而在总括这几篇文章之要义的《关于北平情歌》中，我又不能得到一个林先生的主张之正确的体系。

第一，林先生以为自由诗和韵律诗的分别，只是“姿态”上的不同（提到他的“四行诗”的时候，他又说是“风格”的不同，而“姿态”和“风格”这两个不大切合的辞语，也就有着“不同”之处了），而说前者是“紧张惊警”，后者是“从容自然”。关于这一点，我们不知道林先生的论据之点是什么？是从诗人写作时的态度说呢，还是从诗本身所表现的东西说？

如果就诗人写作时的态度说呢，则韵律诗也有急就之章，自由诗也有经过了长久的推敲才学出来的。如果就诗本身所表现的东西来说呢，则我们所碰到的例子，又往往和林先生所说的相反。如我的大部分的诗作，可以加之以“紧张惊警”这四个绝不相称的形容词吗？郭沫若、王独清的大部分的诗，甚至那些口号式的“革命诗”（这些都不是“四行诗”，然而都是音调铿锵的韵律诗），我们能说它们是“从容自然”的吗？

我的意思是，自由诗与韵律诗（如果我们一定要把它们分开的话）之分别，在于自由诗是不乞援于一般意义的音乐的纯诗（昂德莱·纪德有一句话，很可以阐明我的意思，虽则他其他的诗的见解我不能同意；他说，“……句子的韵律，绝对不是在于只由铿锵的字眼之连续所形成的外表和浮面，但它却是依着那被一种微妙的交互关系所合着调子的思想之曲线而起着波纹的”）。而韵律诗则是一般意义的音乐成分和诗的成分并重的混合体（有些人竟把前一个成分看得更重）。至于自由诗和韵律诗这两者之孰是孰非，以及我们应该何舍何从，这是一个更复杂而只有历史能够解决的问题。关于这方面，我现在不愿多说一句话。

其次是关于林庚先生的“四行诗”是否是现代的诗这个问题。在这一方面，我和钱献之先生和另一些人同意，都得到一个否定的结论。从林庚先生的“四行诗”中所放射出来的，是一种古诗的氛围气，而这种古诗的氛围气，又绝对没有被“人力车”，“马路”等现在的噪音所破坏了。约半世纪以前挦扯新名词以自表异的诗人们夏曾佑、谭嗣同、黄公度等辈，仍然是旧诗人；林庚先生是比他们更进一步，他并不只挦扯一些现代的字眼，却挦扯一些古已有之的境界，衣之以有韵律的现代语。所以，从表面上看来，林庚先生的四行诗是崭新的新诗，但到它的深处去探测，我们就可以看出它的古旧的基础了。现代的诗歌之所以与旧诗词不同者，是在于它们的形式，更在于它们的内容。结构，字汇，表现方式，语法等等是属于前者的；题材，情感，思想等等是属于后者的；这两者和时代之完全的调和之下的诗才是新诗。而林庚的"四行诗"却并不如此，他只是拿白话写着古诗而已。林庚先生在他的《关于北平情歌》中自己也说："至于何以我们今日不即写七言五言，则纯是白话的关系，因为白话不适合于七言五言。"从这话看来，林庚先生原也不过想用白话去发表一点古意而已。

这里，我应该补说：占诗和新诗也有着共同之一点的。那就是永远不会变价值的"诗之精髓"。那维护着古人之诗使不为岁月所斫伤的，那支撑着今人之诗使生长起来的，便是它。它以不同的姿态存在于古人和今人的诗中，多一点或少一点；它像是一个生物，渐渐地长大起来。所以在今日不把握它的现在而取它的往昔，实在是一种年代错误（关于这"诗的精髓"，以后有机会我想再多多发挥一下）。

现在，为给"林庚的四行诗是否是白话的古诗"这个问题提出一些证例起见，我们可以如此办：

一、取一些古人的诗，将它们译成林庚式的四行诗，看它们像不像是林庚先生的诗；

二、取一些林庚先生的四行诗，将它们译成古体诗，看它们像不像是古人的诗。

我们先举出第一类的例子来，请先看译文：

日日

春光与日光争斗着每一天

杏花吐香在山城的斜坡间

什么时候闲着闲着的心绪

得及上百尺千尺的游丝线（译文一）

这是从李义山的集子里找出来的，但是如果编入《北平情歌》中，恐怕就很少有人看得出这不是林庚先生的作品吧。原文是：

日日春光斗日光

山城斜路杏花香

几时心绪浑无事

及得游丝百尺长（原文一）

我们再来看近人的一首不大高明的七绝的译文：

离家

江上海上世上飘的尘埃

在家人倒过出家人生涯

秋烟已远了的蓼花渡口

逍遥的鸥鸟的心在天外（译文二）

这是从最新寄赠新诗社的一本很坏的旧诗集《豁心集》（沉迹著）中取出来的。原文如下：

江海飘零寄世尘

在家人似出家人

蓼花渡口秋烟远

一点闲鸥天地心（原文二）

这种滥调的旧诗，在译为白话后放在《北平情歌》中，并不会是最坏的一首。因此我们可以说，把古体诗译成林庚先生的“四行诗”是既容易又讨好。

现在，我们来举第二类的例子吧。这里是不脱前人窠臼的两首七绝和一首七律：

偶得

春愁恰似江南岸
水满桥头渐觉时
孤云一朵闲花草
簪上青青游子衣（译文三）

古城

西风吹得秋云散
断梦荒城不易寻
瓦上青天无限远
宵来寒意恨当深（译文四）

爱之曲

黄昏斜落到朱门
应有行人惜旅人
车去无风经小巷
冬来有梦过高城
街头人影知难久
墙上消痕不再逢
回首青山与白水
载将一日倦行程（译文五）

这三首诗是从《北平情歌》中译出来的，《偶得》见第三十三页，《古城》见第六十一页，《爱之曲》见第六十七页，译文和原文并没有很大的差异（第三首第四句改变了一点），最后一首，连韵也是步原作的。我们看原文吧：

春天的寂寞像江南草岸
桥边渐觉得江水又高涨
孤云如一朵人间的野花
便落在游子青青衣襟上（《偶得》）

西北风吹散了秋深一片云
古城中的梦寐一散更难寻
屋背上蓝天时悠悠无限意
黄昏来的冻意惆怅已无穷（《古城》）

都市里的黄昏斜落到朱门
应有着行人们怜惜着行人
小巷的独轮车无风轻走过
冬天来的寒意天蓝过高城
街头的人影子拖长不多久
红墙上的幻灭何处再相逢
回头时满眼的青山与白水
已记下了惆怅一日的行程（《爱之曲》）

这就证明了把林庚先生的“四行诗”译成古体诗也是并不困难而且颇

能神似的。

这些所证明的是什么呢？它们证明了林庚先生并没有带了什么东西给现代的新诗；反之，旧诗倒给了林庚先生许多帮助。从前人有旧瓶装新酒的话，“四行诗”的情形倒是新瓶装旧酒了；而这新瓶，实际也只是经过了一次洗刷的旧瓶而已。

在许多新诗人之间，林庚先生是一位有才能的诗人，《夜》和《春野与窗》曾给过我们一些远大的希望，可是他现在却多少给与我们一些幻灭了。听说林庚先生也常常写“绝句”（见英译《中国现代诗选》），那么或者他还没有脱出那古旧的桎梏吧。在采用了这“四行诗”的时候，林庚先生就好像走进了一个大森林中一样，他好像他可以四通八达，无所不至，然而他终于会迷失在里面。

而且林庚先生所提创的“四行诗”，还会生一个很坏的影响，那就是鼓励起一些虚荣的青年去做那些类似抄袭的行为，大量地产生一些拿古体诗来改头换面的新诗，而实际上我们的确也陆续看到了几个这一类的例子了。

载《新诗》第一卷第二期，一九三六年十一月

## 诗论零札

竹头木屑，牛溲马勃，运用得法，可成为诗，否则仍是一堆弃之不足惜的废物。罗绮锦绣，贝玉金珠，运用得法，亦可成为诗，否则还是一些徒炫眼目的不成器的杂碎。

诗的存在在于它的组织。在这里，竹头木屑，牛溲马勃，和罗绮锦绣，贝玉金珠，其价值是同等的。

批评别人的诗说“如七宝楼台，炫人眼目，拆碎下来，不成片段”，是一种不成理之论。问题不是在于拆碎下来成不成片段，却是在搭起来是不是一座七宝楼台。

西子捧心，人皆日美，东施效颦，见者掩面。西子之所以美，东施之所以丑的，并不是捧心或眉颦，而是他们本质上美丑。本质上美的，荆钗布裙不能掩；本质上丑的，珠衫翠袖不能饰。

诗也是如此，它的佳劣不在形式而在内容。有“诗”的诗，虽以佶屈聱牙的文字写来也是诗，没有“诗”的诗，虽韵律整齐音节铿锵，仍然不是诗。只有乡愚才会把穿了彩衣的丑妇当作美人。

说“诗不能翻译”是一个通常的错误。只有坏诗一经翻译才失去一切，因为实际它并没有“诗”包涵在内，而只是字眼和声音的炫弄，只是渣滓。真正的诗在任何语言的翻译中都永远保持着它的价值。而这价值，不但是地域，就是时间也不能损坏的。

翻译可以说是诗的试金石，诗的滤箩。

不用说，我是指并不歪曲原作的翻译。

韵律齐整论者说：有了好的内容而加上“完整的”形式，诗始达于完美之境。

此说听上去好像有点道理，仔细想想，就觉得大谬。诗情是千变万化的，不是仅仅几套形式和韵律的制服所能衣蔽。以为思想应该穿衣裳已经是专断之论了（梵乐希：《文学》），何况主张不论肥瘦高矮，都应该一律穿上一定尺寸的制服？

所谓“完整”并不应该就是“与其他相同”。每一首诗应该有它自己固有的“完整”，即不能移植的它自己固有的形式，固有的韵律。

米尔顿说，韵是野蛮人的创造；但是，一般意义的“韵律”，也不过是半开化人的产物而已。仅仅非难韵实乃五十步笑百步之见。

诗的韵律不应只有浮浅的存在。它不应存在于文字的音韵抑扬这表面，而应存在于诗情的抑扬顿挫这内里。

在这一方面，昂德莱·纪德提出过更正确的意见：“语辞的韵律不应是表面的，矫饰的，只在于锁骼的语言的继承；它应该随着那由一种微妙的起承转合所按拍着的，思想的曲线而波动着。”

定理：

音乐：以音和时间来表现的情绪的和谐。

绘画：以线条和色彩来表现的情绪的和谐。

舞蹈：以动作来表现的情绪的和谐。

诗：以文字来表现的情绪的和谐。

对于我，音乐，绘画，舞蹈等等，都是同义字，因为他们所要表现的是同一的东西。

把不是“诗”的成分从诗里放逐出去。所谓不是“诗”的成分，我的意思是说，在组织起来时对于诗并非必需的东西。例如通常认为美丽的词藻，铿锵的音韵，等等。

并不是反对这些词藻、音韵本身。只当它们对于“诗”并非必需，或妨碍“诗”的时候，才应该驱除它们。

（载《华侨日报》《文艺周刊》，一九四四年二月六日）

## 诗人梵乐希逝世

据七月二十日苏黎世转巴黎电，法国大诗人保禄·梵乐希已于二十日在巴黎逝世。

梵乐希和我们文艺界的关系，不能说是很浅。对于我国文学，梵乐希是一向关心着的。梁宗岱的法译本《陶渊明集》，盛成的法文小说《我的母亲》，都是由他作序而为西欧文艺界所推赏的；此外，雕刻家刘开渠，诗人戴望舒，翻译家陈占元等，也都做过梵乐希的座上之客。虽则我国梵乐希的作品翻译得很少，但是他对于我们文艺界一部分的影响，也是不可否认。所以，当这位法国文坛的巨星陨落的时候，来约略介绍他一下，想来也必为读者所接受的吧。

保禄·梵乐希于一八七一年十月三十日生于地中海岸的一个小城——赛特，母亲是意大利人。他的家庭后来迁到蒙柏列城，他便在那里进了中学，又攻读法律。在那个小城中，他认识了《阿福诺第特》的作者别尔·路伊思，以及那在二十五年后使他一举成名的昂德莱·纪德。

在暑期，梵乐希常常到他母亲的故乡热拿亚去。从赛特山头遥望得见地中海的景色，热拿亚的邸宅和大厦，以及蒙柏列城的植物园等，在诗人的想象之中都留下了深深的印迹。

在一八九二年，他到巴黎去，在陆军部任职，后来又转到哈瓦斯通讯社去。在巴黎，他受到了当时大诗人马拉美的影响，变成了他的入室弟子，又分享到他的诗的秘密。他也到英国去旅行，而结识了名小说家乔治·米雷狄思和乔治·莫亚。

到这个时期为止，他曾在好些杂志上发表他的诗，结集成后来在一九二〇年才出版《旧诗帖》集。他也写了《莱奥拿陀·达·文西方法导论》（一八九五）和《戴斯特先生宵谈》（一八九六）。接着，他就完全脱离了文坛，过着隐遁的生涯差不多有二十年之久。

在这二十年之中的他的活动，我们是知道得很少。我们所知道的，只是他放弃了诗而去研究数学和哲学，像笛卡德在他的炉边似的，他深思熟虑着思想、方法和表现的问题。他把大部分的警句、见解和断片都储积在他的手册上，长久之后才编成书出版。

在一九一三年，当他的朋友们怂恿他把早期的诗收成集子的时候，他最初拒绝，但是终于答应了他们，而坐下来再从事写作；这样，他对于写诗又发生了一种新的乐趣。他花了四年工夫写成了那篇在一九一七年出版的献给纪德的名诗《青年的命运女神》。此诗一出，立刻受到了优秀的文人们的热烈欢迎。朋友们为他开朗诵会，又写批评和赞颂文字；而从这个时候起，他所写的一切诗文，便在文艺市场中为人热烈地争购了。称颂，攻击和笔战替他做了极好的宣传，于是这个逃名垂二十年的诗人，便在一九二五年被选为法兰西国家学院的会员，继承了法朗士的席位了。正如一位传记家所说的一样，"梵乐希先生的文学的成功，在法国文艺界差不多是一个唯一的事件。"

自《青年的命运女神》出版以后，梵乐希的诗便一首一首地发表出来。数目是那么少，但却都是赞劲了推敲功夫精练出来的。一九一七年的《晨曦》，一九二〇的《短歌》和《海滨墓地》，一九二二年的《蛇》《女巫》和《幻美集》都只出了蒙华版，印数甚少，只有藏挡家和少数人弄得到手，而且在出版之后不久就绝版了的。一九二九年，哲学家阿兰评注本的《幻美集》出版，一九三〇年，普及本的《诗抄》和《诗文选》出版，梵乐希的作品始普及于大众。在同时，他出版了他的美丽的哲理散文诗《灵魂和舞蹈》（一九二一）和《欧巴里诺思或大匠》（一九二三），而他的论文和序文，也集成《杂文一集》（一九二四）和《杂文二集》（一九二九）。

此外，他的《手册乙》（一九二四），《爱米里·戴斯特太太》（一九二五），《罗盘方位》（一九二六），《罗盘方位别集》（一九二七）和《文学》（一九二九，有戴望舒中译本），也相继出版，他深藏的内蕴，始为世人所知。

梵乐希不仅在是诗法上有最高的造就，他同样也是一位哲学家。从他的写诗为数甚少看来，正如他所自陈的一样，诗对于他与其说是一种文学活动，毋宁说是一种特殊的心灵态度。诗不仅是结构和建筑，而且还是一种思想方法和一种智识——是想观察自己的灵魂，是自鉴的镜子。要发现这事实，我们也不需要大批研究梵乐希的书或是一种对于他诗中的哲理的解释。他对于诗的信条，是早已在四十年前最初的论文中表达出来了，就是在那个时候，他也早已认为诗是哲学家的一种"消遣"和一种对于思索的帮助了。而他的这种态度，显然是和以抒情为主的诗论立于相对的地位的。在他的《达文西方法导论》中，梵乐希明白地说，诗第一是一种文艺的"工程"，诗人是"工程师"，语言是"机器"；他还说，诗并不是那所谓灵感的产物，却是一种"勉力""练习"和"游戏"的结果。这种诗的哲学，他在好几篇论文中都再三发挥过，特别是在论拉封丹的《阿陶尼思》和论爱伦坡的《欧雷加》的那几篇文章中。而在他的《答辞》之中，他甚至说，诗不但不可放纵情绪，却反而应该遏制而阻拦它。但是他的这种"诗法"，我们也不可过分地相信。在他自己的诗中，就有好几首好诗都是并不和他的理论相符的；矫枉过正，梵乐希也是不免的。

意识的对于本身和对于生活的觉醒，便是梵乐希大部分的诗的主题，例如《水仙辞断章》《女巫》《蛇之初稿》，等等。诗的意识瞌睡着；诗人呢，像水仙一样，迷失在他的为己的沉想之中；智识和意识冲突着。诗试着调节这两者，并使他们和谐；它把暗黑带到光明中来，又使灵魂和可见的世界接触；它把阴影、轮廓和颜色给与梦，又从飘缈的憧憬中建造一个美的具体世界。它把建筑加到音乐上去。生活，本能和生命力，在梵乐希的象征——树，蛇，妇女——之中，摸索着它们的道路，正如在柏格森的哲学中一样；而在这种“创造的演化”的终点，我们找到了安息和休止，结构和形式，语言和美，槟榔树的象征和古代的圆柱（见《槟榔树》及《圆柱之歌》）。

不愿迷失或沉湮于朦胧意识中，便是梵乐希的杰作《海滨墓地》的主旨。在这篇诗中，生与死，行动与梦，都互相冲突着，而终于被调和成法国前无古人的最隐秘而同时又最音乐性的诗。

人们说梵乐希的诗晦涩，这责任是应该由那些批评和注释者来担负，而不是应该归罪于梵乐希自己的。他相当少数的诗，都被沉没在无穷尽的注解之中，正如他的先师马拉美所遭遇到的一样。而正如马拉美一样，他的所谓晦涩都是由那些各执一辞的批评者们而来的。正如他的一位传记家所讽刺地说的那样，“如果从梵乐希先生的作品所引起的大批不同的文章看来，那么梵乐希先生的作品就是一个原子了。他自己也这样说：‘人们所写的关于我的文章，至少比我自己所写的多一千倍。”’

关于那些反对他的批评者的意见，我们在这里也讨论不了那么多，例如《纯诗》的作者勃雷蒙说他是“强作诗人”，批评家路梭称他为“空虚的诗人”，而一般人又说他的诗产量贫乏等等；而但尼思·梭雷又攻击他以智识破坏灵感。

其实梵乐希并没有否定灵感，只是他主张灵感须由智识统制而已。他说：“第一句诗是上帝所赐的，第二句却要诗人自己去找出来。”在他的诗中，的确是有不少“迷人之句”使许多诗人们艳羡的；至于说到他的诗产量“贫乏”呢，我们可以说，以少量诗而获得巨大的声名的，在法国诗坛也颇有先例，例如波特莱尔，马拉美和韩波就都如此。

这位罕有的诗人对于思想和情性的流露都操纵有度，而在他的《手册》《方法》《片断》和《罗盘方位》等书中的零零碎碎的哲学和道德的意见，我们是不能加以误解的。那些意见和他的信条是符合的，那就是：正如写诗一样，思索也是一种辛勤而苦心的方法；正如一句诗一样，一个思想也必须小心地推敲出来的。“就其本性说来，思想是没有风格的”，他这样说。即使思想是已经明确了的，但总还须经过推敲而陈述出来，而不可仅仅随便地录出来。梵乐希是一位在写作之前或在写作的当时，肯花工夫去思想的诗人。而他的批评性和客观性的方法，是带着一种新艺术的表记的。

然而，在说这话的时候，我们的意思并不就是排斥那一任自然流露，情绪突发的诗，如像超自然主义那一派一样。梵乐希和超自然主义派，都各有其所长，也各有其所短，这是显然的事实。

梵乐希已逝世了，然而梵乐希在法国文学中所已树立了的纪念碑，将是不可磨灭的。

载《南方文丛》第一辑，一九四五年八月

## 匈牙利的“普洛派”作家

和中国差不多是一样，匈牙利大部分的作家还是在写着那些三角恋爱一类的玩意儿。但是新进的“普洛派”的努力，却颇有可观。现在就去年的出版物来计算一下：

倍拉·莱凡思（Béla Révész）出了一本《无产阶级》，是一本描写工人阶级的短篇小说。

路易士·巴尔达（Louis Barta）写了一本 Stotétujj（《黑指》），是描写农民的奋斗的。

山多尔·吉尔吉里（Sanéor Gergely）是新进作家之群中的最精悍的一员。他出了一部长篇小说 Hibat vernek（《他们造桥》），在这部小说里，他说出都市的无产者和乡村的无产者的友爱的必要。

路易士·加剎克（Louis Kassak）是新进作家中的最善绘声绘色的一个。在他的长篇小说 Napok，a mi napjink（《日子，我们的日子》）中，已显出他最于所谓前辈的猛攻。

曷麦里克·究美（Emeric Cyomai）出了一本长篇 Ujkenyér（《新面包》）。

洛第雍·马克可维思（Rodion Mark-ovies）写了一本惊人的大战前线上的小说，那就是 Szibérisi garnizon（《西伯利亚的戍地》）。

裘莱士·伊力思出了一本诗集 Néhez fold（《沉重的地》），是写没有土地的人的热愿和对于不公平的世纪的复仇的。

因为政治思想的关系，匈牙利各书店对于新进作家大都是飨以闭门羹的。他们没法表显出他们的倾向来，只能在几种杂志上发表文章，如奥思伐得（Er-nest Osvath）主办的 Nyugat（《西方》），房柏里（Rusztem Vambery）和伐鲁（Etienne Varro）主办的 Szazadunk（《我们的世纪》），路易士·加剎克主办的 Mnuka（《工作》），第艾奈士（Ladislas Dienes）和迦阿尔（Gabriel Gaal）主办的 korunk（《我们的时代》）等杂志。这些杂志虽然没有一种明显的倾向，但对于新进的“普洛派”作家很是能接受的。

# 西班牙近代小说概观

## 前言

西班牙文学是在一个很早的时候就达到了成熟期的。在十六七世纪，那时候许多现存的文学都还在渐次的形成，而西万提斯（Cervantes），罗贝斯·德·委伽（Lopez de Vega），和他们同时的人们的作品，却已经显然的达到了艺术上的完成。

可是，西班牙的近代文学，十九世纪的后半以至二十世纪初期的文学，却未必能在世界文学主潮中处一位推动者的地位。她并不能给别国的文学以影响；反之，她是被影响于别国文学的。虽然许多作品都能够保持着旧有的艺术上的优秀，但因流派的复杂，各人所努力的方面的偏仄，在文学史上便只完了局部的成就，没有造成一个像西万提斯的时代似的新的黄金时代。西班牙文学是在各个方面（流派）平均的，也可以说是散漫的发展着；没有一个时期，她是被一个中心的艺术思潮所控制，像别国的文学史的罗曼主义或写实主义的全盛时代那样。

许多文学史家都把一八六八年前后作为西班牙近代文学的开始的时期。在这时期以前，中古的罗曼风始终把西班牙文学的发展限制住，不让她踏进“近代”的门槛。一八六八年前后，这是一个在政治上空前混乱的时代。伊萨培尔女皇的推倒，第二次查理党的战争，阿马德乌（Amadeo）政变，民国几个月的总统，这五六年间所遭到的政治上的大变动，无疑的同时也变动了智识阶级的心。西班牙思潮是在这个时候开始脱离了封建的中古世式的传统，很顺利地接受着一切外来的思潮的输入，文学上的新见解，也跟政治的，社会的新的见解，由一些自由的思想家的提倡，而影响着全国的文学作品。可是这并不是一定说中古世式的罗曼风就此在文坛上绝迹；她依然存在，虽然有些批评家要认为是最后的存在，例如在阿拉尔公（Alarcon）的小说里，或是爱契伽拉伊（Echegaray）的戏曲里。她只是从统治的势力缩小为跟许多新的势力平行的存在着的一种倾向罢了。

在十九世纪末叶，自然主义的倾向当然也是颇占一种势力。自然主义导源于法国，它的流入西班牙，是经过一度不能不算是不重要的变种。热情的，主观的西班牙民族性，在本质上是不能把法国式的自然主义整个的接受了去的。西班牙人并不是不愿意接触而且研究现实，但他们缺乏那种纯粹是旁观式的冷静。西班牙的自然主义不能像别国的自然主义那样以社会多阶层的事象为广大的描写，他们是只限于每个作家所能以理性和感情同时接触到的局部。因这关系，同时还为了西班牙方言的不统一，自然主义的风气到西班牙便一变而为地方主义（Regionalism）的风气，这风气在十九世纪末叶差不多成为全国文坛上比较最占势力的流派。

二十世纪初期却来了一个抒情诗歌的全盛时代；自然，这又是依据于诗歌上的现代倾向的输入，小说方面的发展却反陷入一种停滞的状态。这种停滞状态一直到大战前后才开始恢复；于是，这次的恢复便在变化繁多的西班牙小说的流派上又加了许多新的倾向，一直到今日，还在继续发展之中。

因此，叙述西班牙近代小说不是一件可以依照了年代的进展而进行的工作，它是必须被当作一个平面似的来处置的。下面，我想努力把这些繁杂的流派，各以它们的代表作家，来作一个简明的述要。

## 地方主义的小说——贝雷达

在荷赛·马利里·德·贝雷达（Jose Moria de Pereda）的青年时代，那个曾经产生了吉诃德先生的国土的小说却正回复到了极幼稚的时期去。正当十九世纪中叶，过去的已成为过去，未来的却还是未来。西班牙的书业市场上所发售的小说，虽然不是没有，却类多外国小说的翻译，尤其是法国作家，如雨果，乔治·桑，仲马等人的作品，创作是极端稀少的。中古世的罗曼主义，是只在诗歌里维持它的生命，（那时候阿拉尔公的第一部小说还没有出世。）比较兴盛一点的国内文学，是戏剧。贝雷达开始以世界文学的批评家出现于文坛；以他的努力，在西班牙奠定了新的写实主义的基础。虽然他自己的作品，是比因他的推动而产生的加尔多思的作品出现得较迟，但是一直到一八六四年，他的Escenas Montanesas(《山居小景》)出世，西班牙才算主有了一个新的匠师。

山间是他的故乡；在毕生的作品里，能获得最大的成功的，也无过于描写他的故乡的风土的作品。自然，这种作品上的普遍性的缺乏，是多少限制着对于它们的理解的。不用说在西班牙之外的读者，即是在西班牙各大城市的居民，也难对那些作品里的生疏的人物发生亲切的感觉，但是，在那些有生长在山间的特权的人们看来，却无疑的会把它们列入十九世纪的最优秀的文学作品中去。在他以后的三十年不断的著作生活中，所能产生的值得重视的著作，差不多无有不是以他的故乡为背景；即令在并非以他的故乡为背景的作品里，最出色的几节，也无有不是写那些从他的故乡出来的人物的几段。

贝雷达是一个严格的写实家，在作品里绝不参加自己的思想和虚构。

因此，他的作品往往没有严密的结构，因为实际生活本来是没有严密的结构的；可是这，也多少损害着它们的动人的力量吧。

## 加尔多思及其他写实作家

贝雷达多少是一个无视于他自己的时代的作家，培尼多·贝雷斯·加尔多思（Benito Perez Galdos）却是一开始写作就抓住了时代的精神的。在一八六八年革命前后写成的几部初期作品中，就已经尝试着把它们写成西班牙社会生活的记录的样子。他的毕生的雄图，是在写成他那部庞大无比 Episodio Nacional（《国民生活插话》）。以几近四十年的努力，他是完成了共计五大集，四十六卷的书（一八七三——一九一二）。这样的成绩，在近代文学史上，也许除了左拉的“胡龚·马加尔丛书”之外，很难找出类似的例子了吧。

在这样丰富的产量里面，我们自然不能希望每一部都是极完备的著作；其中最受到一般赞美的，是 Donâ Perfecta，Fortunatayĉacinta，Angel Guerra 那几部。

加尔多思的作风，在早期是整个的被笼罩在自然主义的影响之下，时常陷于一种令人厌倦的详叙，在晚年却相反的时常运用了象征的和寓言的手法，使作品变得朦胧。可是这一切都并不妨碍他做西班牙近世最伟大的作家之一。他描写了西班牙都城里的各阶层的生活，暴露着他们的弱点，但不是辛辣的，却是用一种温厚的态度来处理。同时，他也并不抹杀了藏匿在那些生活之下的优美的方面，虽然这些优美的方面时常是比较少的。他永不关心于自己的文章，然而他的文章却是丰富，有力。他的人物是活的！《国民生活插话》差不多包含一千多个人物，这些人物中有好多都成为社会生活中的典型的描写。

除加尔多思之外，重要的写实家我们还可以举出巴赞夫人，伐尔代思，阿拉思，哥罗马，比公，马德欧，伊巴涅思诸人。

爱米里亚·巴尔多·巴赞伯爵夫人（Condesa Emilia Pardo Bazan）是一个方面极多的作家：举凡文学批评，散文，游记，讲义，剧本，传记，诗歌，民间故事，长短篇小说，她无所不写。要在这许多方面都有惊人的成就，实际上断乎不是一个人的生涯所能办到的。许多批评家都以为，她的这种雄心，是妨碍了她在加里西亚乡土小说方面的发展，因为无疑的，这是她生平所最擅长的一个方面。虽然这样，她对于故乡加里西亚，却多少也完成了系贝雷达对山间生活所完成的那种任务，即使在程度上不免有些差别。

巴赞的确表现得是不能估计自己的成就的作家，她永远怀疑，永远不满意于自己过去的作品；一有所成，便立刻梦想着新的征服。甚至在加尔多思的死使她毫无问题的处了西班牙最重要的小说家的地位的时候，她还这样问：“难道我真算成就了一些东西吗？”

严格地说，巴赞是自然主义的作家，可是她对自然主义反叛着。她在自己的一部作品里说起，自然主义的那种纯然科学的，而不掺人个人感情的观察法是不对的。她不喜欢左拉和斯丹达尔，但对于《人间喜剧》的作者却绝端的推崇。

因此，她自己的作品是，虽然缺乏像贝雷达那种精密的观察（这在巴赞，往往不是自然的）和详尽的叙述，但却有一种热烈的动人的力量，她善于用第一人称的写法，因为用这种写法，她可以多量的放一些感情进去。她的代表作 Los Pazosde Ulloa 就是一个很好的例子。

阿尔曼陀·帕拉西欧·伐尔代思（Armando Palacio Valdes）是在他的成名作 Martay Maria（《玛尔达和玛丽亚》）出世之前，就已经有了十二年的文学生涯的历史。他也是自然主义的作家；跟巴赞同样，他跟法国自然主义者的分别是在于他只写那种自己所经验过或感受的生活，因此，他的作品是更人性的，更自然的，更能够表现一个真实的人生图画的。他的富于诗意的作风，特别是女性心理描绘，都使他有别于一般自然主义作家的作品。

列奥波尔多·阿拉思（Leopoldo A-las）是一个法学教授，是一个重要的文学批评家，在小说一方面，他自己虽然是一个左拉的崇拜者，但他的作品却毋宁说是出于弗罗培尔的影响。他的杰作，A Regenta，是一部篇幅多至一千页以上的大著作；虽然因故事的松散使这作品缺乏一种戏剧的效果而蒙着相当损失，但是它辛辣的讽刺，大胆而有力的描写，却还是可以抓住读者的注意以维持全书的顶点的：有许多批评家，以为阿拉思的太丰富的理论的头脑，是损害他的小说家的才能的，他是在自己的世界观，自己的哲学未完全稳定之前，就把太多的哲学，太多的世界观放到了作品里去，而成为说理化，教训化的东西。这缺点，批评家的阿拉思自己也是感悟到的；但晚年的作品里，他是放弃了那种科学家式的说理而写实的手法，渐渐的成为思想主义的作家。

鲁意斯·哥罗马神父（Luis Coloma）是仅仅以一两部著作而获得西班牙重要小说家的地位的，他第一部作品 Pe-queneces 出现的时候，年龄已经四十。批评家的阿拉思，是曾经称之为“颇有希望”的作家，而在他完成第二部小说的时候，那位“颇有希望”的作家已经到了六十的高龄了。虽然这样，这两部作品却是永远不会老去的，每一个时代都发现他的新读者。哥罗马不是一个艺术家，他是时常为着教训，为着描写的详尽，而牺牲着艺术的成分；他的教训，和他的当神父的职业极不调和，时常是辛辣而异端的。

哈辛多·奥克达维欧·比公（Jacinto Octavio Picon）是一个用最学院式的文字来写自然主义的作品的作家，他在文学方面，一直以新的古典主义的大师伐莱拉为宗。因此，他的作品是没有那种自然主义作家所惯有的粗拙和累赘的语法的毛病，他的作品常是清楚，合理，匀称。因这原故，他是和大部分西班牙写实家相反，不以偏僻的地带为描写背景，他是写了西班牙的都城马德里。同时也许正因为这原故，他的作品在国外是不能博得任何注意的，因为西班牙小说之在世界文学中的地位，是正由于不易被人理解的特殊性，而不是由于任何人都能理解的普遍性；同时，文学方面无论优点和劣点，却都是可以因翻译而掩抹了去的。

在西班牙的优秀小说家之中，最被一般所忽略了的是荷赛·马利亚·马德欧（Jose Maria Matheu）。他的作品是平静而隽永，跟需要刺激和奇迹的现代趣味是绝不相容。但有许多作家，如路小·达里欧（Reben Dario）和阿左林（Azorin）却是把他的评价，放在一切西班牙小说家之上的。他描写都市，同时也描写故乡阿拉恭；无疑的，在以后者为背景的作品上，他是获得了最大的成功。他从不取任何严重的题材，而描写刻画着那些恬淡而平凡的生活；这样的特征使他不能成为一时代的崇拜的中心，而只在无声无臭之中悄悄的培植着他的虽小而绝端精雅的园地。

跟马德欧相反，维森德·勃拉思戈·伊巴涅思（Vicente Blasco Ibanez）却是西班牙作家最早博得世界声誉的一个。在早年，正当左拉的影响在西班牙风靡一时的时代，他是无疑的也跟着一时的风尚写作。一个极端勤勉的作家，辛苦，刻意求工，充满了健康的生命力。他的全部作品是可以分成两种：一种是仍然寄寓着作者个人的写实作品，一种是完全用冷淡的旁观态度写成的自然主义的作品，无疑的，那后面一种在作者是更多的辛苦，而对读者是沉闷。伊巴涅思有一种可以令人钦佩的观察和探访的耐心，他所描写的范围是非常的广大，人物是非常的多样；但是一个读者，他是宁愿向别一些书里去发现智识的来源，而不会向一个小说家去要求社会状况的报告统计材料的，作为艺术家伊巴涅思的地位，是建立在他的记述自身经验的作品上。

## 新古典主义的匠师——伐莱拉

严格地讲，黄·伐莱拉（Juan Val-era）是一个应该拒绝任何类别的作家。

他也常以他的故乡安达路西亚为描写对象，但地方色彩的浅薄使他不能列入地方主义作家之群，例如某种程度的写实作家，但他的人物却多出于作者的幻想。

可是，一般地说，他的作风是直接的导源于西万提斯的时代，因此，便有许多批评家都乐于拿新的古典主义这称号加到这些实际上是无可归类的作品上去。

在一部著作的序文里，伐莱拉曾经说了这样的话："一部美丽的小说应该是诗歌，而不是历史，这就是说，它不能把事物描写得像原来的形状一样，它应该把事物描写得比原来更美丽一点。"因此，他的人物，大都是超现实的；在阅读作品的时候，他们给予人一种无比的愉快，但在过后，却很少能在记忆里存留。伐莱拉的作品中叫人怀念的成分，决不是在人物方面，而是在整部作品的调和，修练，精致等等艺术的完美方面。

假如把伐莱拉只当做一个散文家，那么他的 Las Ilusionesdel Doctor Faustirno（《福斯谛诺博士的幻觉》）便无疑是最优秀的作品。

跟伐莱拉同样是安达路西亚人，同样是文学上的形式和修辞的爱好者，虽然年代是较迟，但无疑可以归人同一类别的作家，是里加多·莱洪（Ricardo Le-on）。思想上是一个守旧派，虔诚于宗教，自然在艺术上是偏受着那种传统的规律。他认为艺术并不就是生活，而是个人对生活的一种解释；艺术是选择，而正当的选择又必须基于从古典教育得来的好的玩味。显然的，他是比他的前驱者伐莱拉更坦白的主张传统的文学。当世的批评家对于这样一位作家的成功，是给予了许多的非难，以为他仅仅是一个西班牙古典文学的没有生命的模仿者。

## 罗曼主义的再生草——阿拉尔公

贝特罗·安多尼欧·德·阿拉尔公（Pedro Antonio de Alarcon）是一般的被认为西班牙文学史上在地方主义文学风靡一时的时代后的罗曼作家，这位美丽而绝非现实的故事的作者，自己也曾经一时悔恨着那些早年作品，以致把最有精力的年龄（从三十到四十岁）在沉默中虚度，可是他在四十以后几部著作，却依然显得同样的非现实而且美丽。他的成功是自己也料不到的，这才使他有胆量向自己所长的方面进行去。

阿拉尔公有极活泼的描写手段，他的作品是能够从头就把你的注意抓住，永不放手。他绝不在作品的严肃的方面，思想，布局，等等，下许多功夫；他只是说了那个幻想的故事，谈得有趣，如此而已。无论怎样严格的文学理论，对阿拉尔公总是无所施技的。叛逆的小说家巴罗哈一个异端的作家，虚无主义的作家，比奥·巴罗哈（Pio Boroja），是在本质上是一个极端好动的人，但环境却使他过着极度安静的生活。他的动，是表现在他的作品里。他的英雄查拉加音，西班牙的巴札各夫，是极端好动的，他的困难是他的精力和勇气的源流。但一朝克服了这些困难的时候，他是感觉到没有事情可以做了。“我要替自己创造一些新的困难出来。”他这样声言。无疑的，这是比奥·巴罗哈自己在这样说着，他的破坏的狂热是永不休止的；可是这些破坏热是他的真实：他是诚恳的人。

时常选择着那些被上流社会所践踏的人们——乞丐，小丑，流浪汉，盗贼，娼妓，私贩，以至于企图谋害国王的安那其主义者——做他的描写对象，巴罗哈却并没有为这些人给予了他的同情。他的选择他们，仅仅是当做对现存社会的一个威胁，一个捣乱，一个用来破坏旁的东西的工具而已。

在艺术上也是绝对的叛徒，巴罗哈并不顾到修辞，他的文字是大胆，粗糙，随心所欲；他甚至不顾到故事的连续，在一部以古罗马为对象的作品，他是毫不为意的把罗马放到了一个近代的背景里去，因为仔细的观察古代的生活习惯的耐性，他是没有的，而且在他认为是绝对不需要的。有些批评家以为，这种写作上的倔强态度，也仅仅是表明他的破坏狂的一端而已；他并不是来不及顾到，而是故意；在一些较平静的作品，他的艺术上的精练还是达到了惊人的程度。

当批评家们非难着他的打电报式的文字，而宣称他是一个“非文学的文学作品”的代表的时候，巴罗哈宣称他并不是什么文学者。他没有任何文学倾向的痕迹。有时候极度的忠实现实，有时候极度幻想，以致流于神秘，使人无从理解；不但在他的全体作品里，甚至在一部单独的作品之中，这许多矛盾的要素也会因他的神奇的笔而得到一个神奇的调和。他是一个个性的作家，是一个拒绝任何类别或艺术的分析的作家。

## 近代倾向的创始者——伐列英克朗

被一般所认为文学上的近代倾向的创始者的拉蒙·马利亚·德尔·伐列英克朗（Ramon Maria Del Valle-Inclan），在本质上是一个诗人。他的作品是不多的，但每一篇都是惨淡经营的作品，人们并不能发现那些作品里的雕琢的痕迹，作者是把这些痕迹也用更多的苦心巧妙的掩饰了过去。从来不采用重大的题材，他在个性上是没有这种对大物件的感受力；他所注意的只是那些极度细微的，充满了诗恋的东西！想在这些作品里面找寻大的 Sensation 的人们是无疑会失望的。

在散文著作中，伐列英克朗永没有发现过一种好的设计（plot），但他时常能够创造出一种浓郁的空气来，把平凡化为动人，把那些本来是零星的饰花巧妙的组成了浑成的花园。阿耶拉的心理小说以诗人开始他的文学生活，拉蒙·贝雷斯·德·阿耶拉（Ramon Perez de Ayala）跟伐列英克朗正相反，在他的成功的小说上是完全的脱离了诗歌的气氛，虽然在小说方面的成功是比较的迟，但仅仅只五十多岁的年龄是不能让人轻易把他的文字生活结算起来的。这是一个在艺术上永不自己满足的作家：每一次都渴望着更高的成功。

写实主义在近世文学上的发展，是有着两条不同的道路，一是发挥到更广泛的领域，即描写社会的全景，而成为自然主义，另一条路是透入到人性的更深奥的地方去，这就成为心理小说。阿耶拉的与实主义是走着后一条道路的。阿耶拉有处置他的人物的特殊才能，每一个都是活的，而在他的代表作 Belarmi-no y Apolonio（《培拉尔米诺和阿波罗尼欧》）里面，不但那几个主要的人物，即便是极不重要的配角，都无有不刻画入微。这部作品是曾经被推尊为《吉河德先生》以来的最伟大的小说的。

## 后语

我们在这里没有可能把另一些也许是同样重要的作家，如同Unamuno Azorin，Miro，Serna 等人完全的叙述进去；至于次要的作家，则更是来不及提到。不过各流派的代表，却大致的在前面齐备了，详细的叙述，是只能有待于旁的机会了。

# 保尔·蒲尔惹评传

保尔·蒲尔惹（Paul Bourget）于一八五二年九月二日生于法国索麦州（Somme）之阿绵县（Amiens），为法兰西现存大小说家之一。虽则跟随着他的年龄，跟随着时代，他的作品也已渐渐地老去了，褪色了，但他还凭着他的矍铄的精神，老当益壮的态度，在最近几年给我们看了他的新作。他的这些近作固然不值得我们来大书特书，但是他的过去的光荣，他在法兰西现代文学史上的地位，却是怎样也不能动摇的。

他的家世是和他的《弟子》的主人公洛贝·格勒鲁的家世有点仿佛。他的父亲于斯丹·蒲尔惹（Justin Bourget）是理学士，他的祖父是土木工程师，他的曾祖是农人。在母系方面，他的母亲是和德国毗邻的洛兰州（Lorraine）人，血脉中显然有着德国的血统。这些对于蒲尔惹有怎样的影响，我们可以从《弟子》第四章《一个现代青年的自白》第一节“我的遗传”中看到详细的解释。

在他出世的时候，他的父亲是在索麦的中学校里做数学教员，以后接连地迁任到斯特拉斯堡（Strasbourg），格莱蒙·费朗（Clermont-Ferrand），而在那里做了理科大学的教授。蒲尔葸的教育，便是在格莱蒙开始的，《弟子》的《一个现代青年的自白》中所说的“他利用了山川的风景来对我解释地球的变迁，他从那里毫不费力地明白晓畅地说到拉伯拉思的关于星云的假定说，于是我便在想象中清楚地看见了那从冒火焰的核心中跳出来，从那自转着的灼热的太阳中跳出来的行星的赤焰。那些美丽的夏夜的天空，在我这十岁的孩子眼中变成了一幅天文图；他向我讲解着，于是我便辨识了那科学知道其容积、地位和构成金属的一切，可望而不可即的惊人的宇宙。他教我搜集在一本标本册中的花，我在他指导之下用一个小铁锤打碎的石子，我所饲养或钉起来的昆虫，这些他都对我一一加以仔细解释”等语，正就是蒲尔葸的“夫子自道”。此后，因为他的父亲到巴黎去做圣芭尔勃中学（Colle-geSainte-Barbe）的校长的缘故，他便也转到这个中学去读书。这是一个和法国文艺界很有关系的中学，有许多作家都是出身于这个中学的。在这个中学，他开始对于文学感到兴趣。就在这个时期，在一八七〇年，普法战争爆发了。

这对于他以后的文学生活很有影响的，而以后的他的杰作《弟子》，便在这个时期酝酿着了。在《弟子》的序言《致一个青年》中，他便这样地对青年说：是的，他（指著者）想着，而且，这也不是一朝一夕的事，自从你开始读书识字的时候起，自从我们这些行将四十岁的人，当时在那巴黎的炮火声中涂抹着我们最初的诗和我们的第一页散文的时候起，我们早就想到你们了。在那个时代，在我们同寝室的学生之间，是并不快乐的。我们之中的年长者刚出发去打仗，而我们这些不得不留在学校里的人，在那些冷清清只剩了一半学生的课堂里，觉得有一个复兴国家的重大的责任，压在我们身上。

在一八七二年，他得到了文学士学位，便人巴黎大学专攻希腊语言学。在这个时期，他决意地开始他的文学生活了。

正如差不多一切的文人一样，他的文学生活是从诗歌开始的。他最初的作品便是在缪赛（Alfred de Musset），波特莱尔（Charles Baudelaire）以及当时（一八七五年顷）法国对于英国湖畔诗人的观念等的影响之下的几卷诗集：《海边》（Au bord de la mer），《不安的生活》（la vieinquiète），《爱代尔》（Edel），《自白》（les Aveux）。这些诗集，以诗歌的价值来说，是并不很高的，它们的更大的价值是在心理学上。在这些诗集里，蒲尔蔼竭力把他对于拜伦和巴尔倍·陀雷维里（Barbey d'Aurevilly）的景仰，和他的应用在近代生活上的细腻的分析的个人趣味联合在一起。那头两部诗集的题名，《海边》和《不安的生活》，就已很明白地表现出这个二重性，表现出他的在最矫饰的上流社会下面发现了一个深切的心理学的基础的愿望。因为在他的心头统治着的是心智的力，知识的热情，所以诗是和他不大相宜的。他是戴纳(Taine)和富斯代尔·德·古朗什（Fus-tel de Coulanges）的弟子；可是在很早的时候起，一切的思想潮流都已涌进他的梦想者和好奇者的心灵里了。在他看来，哲学与医学是和政治与历史一样地有兴趣，而在他的一生之中，对于人类的智识的最不同的倾向，他又怀着极大的关心。最和他的分析的禀性相合的艺术形式是小说，——他的第三部诗集《爱代尔》就差不多就是小说了——但是他并没有立刻取这个形式。

在写他的小说以前，蒲尔蔼先发表了他的《现代心理论集》（一八八三）。这是当时批评界的一个极好的收获。在这本书中，他对于法兰西的诸重要作家，如波德莱尔，勒囊（Renan），弗洛贝尔（Flaubert），斯当达尔（Stendhal），戴纳，小仲马（Dumasfils），勒龚特·德·李勒（Leconte de Lisle），龚果尔兄弟（Edmondetjules Concourt）等，都有新的估价和独到的见解。这部书，以及以后的《批评与理论集》（二卷，一九一二）和《批评与理论集》（一九二二）表现着他的批评观念的演进。从他的最初的论文起，他就对于当代青年的这些大师决定了他自己的态度. 在研究着他们的时候，他用那在他心头起着作用，互相抵触着或符合着而决定了他的发展的曲线的三个主要的影响确定他自己的立脚点：代表着心灵的不安和神秘的倾向的波特莱尔，心理分析的先驱斯当达尔，以及实验主义的大师戴纳。但和他们不同之处，是他并不从这立脚点前进而后退了。他渐渐地退到传统的，保守的，天主教的路上去。在他的《批评与理论集》的那篇《献给茹尔·勒麦特尔》（Jules Lemaitre）的序上，他这样地记着他的演进之迹：

这本书对于你会颇有兴趣：这里画着一条和你所经过的思想的曲线很类似的思想的曲线。我们两人都是在大革命的氛围气质之中长大起来的，可是我们两人却都达到了很会使我们的教授们惊诧的传统的结论。

他终于找到了那最适宜于他的性格的艺术的形式了。他开始写小说了。在他的最初的几部小说，如《残酷的谜》（Cruelle Enigme，一八八五），《一件恋爱的犯罪》（Un crime d'amour，一八八六），《谎》（Men Songes，一八八七）等中，他只在找寻着他的个人表现。他在他的诗歌中和论文中所不能充分地表现出来的心理分析精神，便开始在小说中大大地发展出来了。在这些小说之中，心理学者和诗人的才能同时地表现了出来。这些小说出版的时候，很受到自然主义者的不满的批评，因为这些小说中的人物大都是取诸上流社会的，而当时的自然主义者们却几乎不承认上流社会的存在。蒲尔惹是致力于描摹现实的各面的，他认为“上流社会”的研究亦是在小说家的努力的范围中的。他之所以选了上流社会，却也有一个理由，因为他觉得上流社会中的人物不大有物质的挂虑，职业的牵累，情感是格外奔放一点，分析起来是格外顺手一点。他的许多长篇小说，如《昂德莱·高尔奈里思》（Andre Cornelis，一八八七），《妇人的心》（Un coeur de femme，一八九〇），《高斯莫保里思》（Cosmopolis，一八九三），《一个悲剧的态爱故事》（Une idylle tragique，一八九六），中篇小说如《复始》（Recommencemerzts，一八九七），《感情的错综》（Complications SentimentaLes，一八九八），《心的曲折》（Les détours du coeur，一九〇八）等等，都是分析情感的作品。

可是在一八八九年，那部在文学界上同时在他自己的著作间划时代的《弟子》（Le Disciple）出世了。这部小说出来以后，他也就决然地走出了他的摸索时期。它显示出了蒲尔惹的更广大的专注。从此以后，他不只是一个心理小说家,而是一个提出了著者的精神上的责任问题的道德家了。这种道德家的严重的口气，我们是可以从那篇作为序文的《致一个青年》中看得出来的：

在《我们这些做你的长兄的人们》那些著作中所碰到的回答，是和你的精神生活有点利害关系，和你的灵魂有点利害关系的；——你的精神生活，正就是法兰西的精神生活，你的灵魂，就是它的灵魂。二十年之后，你和你的弟兄们将把这个老旧的国家——我们的公共的母亲——的命脉，抓在掌握之中。你们将成为这国家的本身。那时，在我们的著作中，你将采得点什么，你们将采得点什么？想到了这件事的时候. 凡是正直的文士——不论他是如何地无足重轻——就没有一个会不因为自己所负的责任之重大而战战兢兢着的……。

在这部书出来的时候，是很引起过一番论争的。的确，这部书是有着它的重大性。它统制着蒲尔惹的思想之分歧，结束了二十年以来在蒲尔惹心头占着优势的各种观念。宣布了那从此以后将取得优势的观念：这是蒲尔惹个人一方面的意义。而在社会一方面的意义是：它越了纯粹艺术的圈子，提出了艺术家对于社会责任的问题，更广泛一点地说，提出了个人生活对于社会生活这个主要的问题。从此以后，他把作品的社会价值看得比艺术价值更高了。从前，他可以说是一个为艺术而艺术的小说家，而现在他却是一位把小说作为工具，作为一种教训的手段的作者了。

的确，他提出了个人生活对于社会生活这个主要的问题，并因此而引起了道德的，宗教的，社会的诸问题。但对于这些问题，他只用了天主教的和保守派的理论去回答。《弟子》是用了巴斯加尔的《基督之神秘》中的这句表面上是假设之辞，而实际上却表现着一个宗教的信仰的话来结束的："如果你没有找到过我，你是不会来找我的！……"

我们可以看到，蒲尔惹只在宗教的回返中看到了出路。以后不久，在《高斯莫保里思》（一八九三）中，蒲尔惹似乎又回复到他最初的那些上流社会的心理小说一次。但这只是一个外表，在他的心里，他的主张仍旧一贯地进行着，一直引导他到《阶段》的正理主义（Doctrinarisme）。

我们上面已经说过，从《弟子》以后，蒲尔惹便继续把他的天才为他的社会的信念服役了。但是他的成就是怎样呢？正如一切的宣传作品一样，我们所感到的只是使人厌倦的说教而已。《阶段》（L' tape，一九〇三），《亡命者》（L'migre，一九〇七），《正午的魔鬼》（Le Demon de midi，一九一四），《死之意义》（Le Sens de lamart，一九一五），《奈美西思》（Nemesis，一九一八）等等，都是这一种倾向的作品。而其中尤以《阶段》一书为这一种倾向的顶点。

在《弟子》以后，比较可以一读的只有《正午的魔鬼》而已。

从文学上来讲，蒲尔惹的成就是很微小的。对于每一个小说中的人物，他虽然力求其逼真，使读者觉得确有其人，然而他往往做得过分了，使人起一种沉滞和厌倦之感。这些果然是一切心理小说家所不免的缺陷，但蒲尔惹却做得比别人更过分一点。他尤其喜欢在他的小说中发挥他对于社会、宗教、道德等的个人意见，使一部完整的作品成为不平衡的。这些，即他的一生杰作《弟子》中也不能免，至于《阶段》那样的作品，那是更不用说了。他的唯一的长处是在他天生的分析天才所赋予他的细腻周到。在这一点上，他是可以超过前人的。至于他的文章的沉重滞涩，近代的批评家们——如保尔·苏代（PaulSou-day）-都有定论，也毋庸我们来多说了。

下面的译文，是根据了巴黎伯龙书店（Plon）本翻译出来的。在译方面，译者虽然已尽了他的力量，但因原作滞涩烦琐的缘故，所以译文也不免留着原著的短处。译者不能表达出作者的长处而只保留着作者的短处，这是要请读者原谅的。

一九三五年十一月十五日

## 读者、作者与编者

我不曾在创刊号的《星座》上写文章，但是我却看过那一天的《星座》，因此，我与《星座》的关系是以读者来开始的，接着我便成了《星座》的经常寄稿者，这关系一直继续了许多年，而现在，更轮到我扮演一张报纸副刊不可缺的三个角色之中的最后一个角色了，一年多以来，我承乏了编者的职务。

从读者，作者到编者，论这过程中的滋味，也许有人羡慕说是渐入佳境。但从身历的经验来说，从前是可以耸耸肩膀随意指摘别人的，现在则忍气吞声一变而为承受一切指摘的箭靶了。也许有人羡慕舞台上画着白鼻或插着将旗的角色，但我认为最自由快乐的仍是台下的观众，他们不仅可以随意喝倒彩，而且还可以一走了事。从读者变成编者，简直是从骑在牛背上的牧童变成被人牵着鼻子的老牛了。

既然变成了牛，就得尽牛的本分。好在《星座》这一块园地，由于前人的耕耘勤恳，土质是相当肥沃的。今后如能约略有一点收获，那是前人勤勉的余泽，若是有什么碍脚的莠草和荆棘，那是老牛的疏忽，敢请读者不吝鞭策，以便这条老牛可以像我们的胡博士那样，“拼命向前”。

## 关于国防诗歌

新文学运动以来，在文学的各种样式中，诗是进步得最快而比较最有成就的。其所以如此者，第一是为了它没有受到商业资本主义的牵制，不像写小说的人们那样，要受了市场的影响而改变其作风，甚至思想，并因供给市场的需要而大量生产，而粗制滥造（这是一般的现象，我们当然不乏优秀的小说作家，如废名，沈从文，施蛰存以及其他少数的作家，但这不幸都是例外）；第二是因为那些但为“幸福的少数”或甚至但为自己写着的那些诗人们，如果他们的写作手法并不比别人高一点，那么他们对于文学的认识一定比别人深切一点，因为，在取诗为他们的表现形式的时候，他们就是高人一等的了。

但是这在新文学运动以来比较最有成就的新诗，在中国文坛上却受到了它所不应得的遭遇：一般人对于它的态度是忽视，另一些人却竟加以轻鄙。但看一般文艺杂志把填补空白的地位让与诗或竟一点地位也不给它，就是一个明证了。在读者之间呢，因为他们大部分是中学生，自然以巴金式的恋爱革命型小说最合脾胃，对于那不能满足他们的浅薄的趣味的诗，不感到兴趣的是不足怪的；但是有鉴赏力的纯粹诗的读者，却似乎也并不像别人所猜度那样地少，观乎以前新月书店出版的诗刊之繁荣一时，以及现在新诗出版的新诗月刊之生气蓬勃，写诗的人们也就可以得到一点慰藉了。

但是这种慰藉究竟只是一点点，因为现在又有人主张不需要这些纯诗，而提出了“国防诗歌”这口号了。在这些人的意思，一切东西都是一种工具，一切文学都是宣传，他们不了解艺术之崇高，不知道人性的深邃；他们本身就是一个盲目的工具，便以为新诗必然具有一个功利主义之目的了。他们把诗只当作标语口号，所以在一般的标语口号的更换之下，我们听到了阶级诗歌、反帝诗歌以及现在的“国防诗歌”（在另一方面，提出了民族诗歌的人们也是同样的浅薄）。平心静气地说来，诗中是可能有阶级、反帝、国防或民族的意识情绪的存在的，但我们不能说只有包含这种意识情绪的诗是诗，是被需要的，我们不能说诗一定要包含这种意识情绪，除非我们否定人的思想感情的存在，否定人的存在。

但是那些所谓“国防诗歌”的提倡者们是怎样的呢？他们以为只有包含国防意识情绪的才是诗，是被需要，他们主张诗必须要包含国防意识情绪。有了这种偏狭的见解，这种非人性的头脑，无怪其不能和诗去接近了。

前面我们已经说过，诗中是可能有国防的意识情绪的存在的，一首有国防意识情绪的诗可能是一首好诗，唯一的条件是它本身是诗。但是反观现在的所谓“国防诗歌”呢，只是一篇分了行、加了勉强的脚韵的浅薄而庸俗的演说辞而已。“诗”是没有了的，而且千篇一律，言不由衷，然而那些人们却硬派它是诗，而且，为要独标异帜起见，还给它巧立了“国防诗歌”这头尾不相称的名称。

这种所谓“国防诗歌”，因为在写作上有极大的便利的缘故（第一，它有着固定的公式，其次，它用不到艺术手法），所以在自己的一群中一唱百和，你也来一首国防诗，我也来一首国防诗，结了一个帮口，造成了一个风气，好像摇身一变大家都成为真正的国防诗人了。然在有识之士看来，这真是不值一笑。

现在，我们姑且把这所谓“国防诗歌”的艺术价值搁起不提，而来看看它的实际效用吧。当然，我们不会苛求这些纸人纸马化为千万神军，把敌人杀个片甲不留，也不希望这些出自“国防诗人”手笔的古怪的东西像李谪仙醉中所草的吓蛮书一样，把番使吓退。我们至少要问的是：这所谓“国防诗歌”者，果能鼓动群众的爱国御敌之心吗？果真能激励前线战士们的勇气吗？如果是的，纵然不是诗也是一种有用的东西。

但是实际上并不如此，它所采取的形式，它的表现方法，它的字汇等等，都是不能和大众接近的（为了实用起见，那些国防诗歌的倡论者实在应该放开了诗而走山歌俚曲那一条路，我不懂他们为什么抓住了诗不肯放手），其结果只是自写自读自说的书斋里的东西而已——而且是怎样寒伧的一个书斋啊！

空言无益，让我举出我亲自碰到的实例吧：旧历年底我回到杭州去的时候，在火车上偶然买了一本所谓前进的杂志翻翻，在这杂志里，就登了两首“国防诗歌”，这时候我忽发雅兴，想知道一般人对于这所谓“国防诗歌”的理解是怎样，便对我邻座的一位劳动者型的人（后来我知道他是上海某营造厂的工人）提议念诗给他听，请他听了之后说觉得怎样。他在惊讶之中答应了，于是我念起来，于是他惊讶地听着。等我念完之后，他摇摇头，说道：“不懂，不懂，也不好听。”这时对座的一个士兵正在好奇地望着我们，我便把那杂志递了给他，请他看看我所念过的那首诗，因为他手头有一份报，我知道他是认字的。他接了过去，皱了眉头用心地看着，有时还念出声来。等他看完了，我问他觉得如何的时候，他的回答是：“一点意思也没有，全是废话。什么‘打敌人’，尽嚷着中什么用，还不是要靠我们的枪杆儿！”接着他便说了一句粗鲁的话。

这所谓“国防诗歌”所自以为能从而收效果的人们的感想是如此！“国防诗歌”往哪里去！既不是诗歌而又和国防一点也不生瓜葛的“国防诗歌”留在那么寒伧的书斋中做一个空虚的幌子吧。

载《新中华》第五卷第七期，一九三七年四月十日

## 小说与自然

用自然景物来作小说的背景，是否用得其法，则要看作家自己的心境和手法如何而定。有时田必须把自然景物引入作品里才成，有时则完全省去也不要紧。

例如女作家贞奥斯丁的小说便完全不用自然景物来做背景，她所描写的只有人而已。

汤姆斯·哈代的小说虽然也用自然景物做背景，可是他所描写的只限于威兹萨克斯附近的风光，不过他却能够把此处的特色玲珑浮突地刻画出来，所以有人叫他的小说做威兹萨克斯小说。他把用来做小说的背景的自

然景物，巧妙地借以帮助小说里的人物的活动和事件的发展，因此，哈代的作品几乎不能和自然分开来了。

史蒂文生也是一个在小说里侧重利用自然景物的作家，在他笔下刻画出来的那些背景，无不像一副绘画一样的显得鲜明而美丽。而且他所写的自然动的地方比静的地方多，所以能引起读者一种深刻的兴趣。如风怎样吹的样子，又如雨怎样下的光景，都是他最拿手的描写地方。况复他的观察力非常敏锐，又微带点神经质气味，无论如何细微的地方也不肯放过，所以其感动人的力量就能沁人心脾。我们读史蒂文生的小说时，透过那些自然景物的描写便可以看出他的泼辣的才气，以及辨别好坏美丑的锐利眼光。

康拉特的小说，其爱好描写自然景物实在比其他作家更深一层。不过他多用大海来做小说的背景，大概这是因为受了少时航海日夕亲炙海上风光的影响吧？他所描写的船上火灾，沉船遇难，航行海上，暴风浪都能以一种独特的笔致细腻写出，刻画入微。然而这种写法虽然能在作品上多少加添些色彩，但是由于过分侧重自然活动的描写，就不免流露出一种主客倒置的不好景象。

梅里迪斯写恋爱小说时是运用富有诗意的风景来做背景。他的写法虽然写得非常曲折,但反而能够把自然感人最深的色和香的微妙处衬托出来，所以完全跟恋爱故事的小说背景铢两悉称。而且他常常把普通物象描写成比普通更强烈，更浓厚，自然而然会予人一种深刻的印象。

这样说来，贞奥斯丁是完全不靠自然景物依然可以写出好作品，反之，康拉特却因太过侧重自然景物，作品的主意就不免被做背景的自然描写破坏掉。其余三人哈代，史蒂文生，梅里迪斯却走的是中间路线，他们不特把自然弄成小说的适当而调和的背景，而且还能借助自然景物加强了作品的主意。因此，我们不能一口断定描写自然是好是坏，却应该考虑到其时，其地，其事是否宜于利用自然而已。

载《华侨日报》《文艺周刊》，一九四八年十一月二十一日

## 读李贺诗杂记

李贺箜篌引“吴质不眠倚桂树，露脚斜飞湿寒兔”两句，借月作喻，然吴质与月桂无涉也。按段成式《酉时杂俎》卷一云：

旧言月中有桂，有蟾蜍，故异书言月桂高五百丈，下有一人，常斫之，树创随合。人姓吴名刚，西河人，学仙有过，谪令伐树。

据此，吴质当为吴刚之误。

张固《幽闲鼓吹》云：

李贺以歌诗谒韩吏部，吏部时为国子博士分司，送客归极困，门人呈卷，解带旋读之，首篇雁门太守行曰：“黑云压城城欲摧，甲光向日金鳞开。”却援带命邀之。

今传金刊本，“日”字作“月”字按《文苑英华》卷一九六，亦作“日”字；据此，月字必误。如系月字，则此句当为“甲光向月银鳞开”矣。

杨生青花石砚歌“数寸光秋无日昏句，“光秋”当作“秋光”，《全唐文》卷八二吴融《古瓦砚赋》云：“陶甄已住，含古色之几年，磨莹俄新，贮秋光之一片”，可为一证。王琦注本云：“光秋，姚经三本作秋光”，宋苏易简《文房四谱》卷三《砚谱》四之辞赋，引此诗亦作“秋光”，可见旧本原不误也。

# 李绅《莺莺歌》逸句

唐元微之作《莺莺传》，记张生、莺莺遇合事，流布甚广，影响至远，后人传之歌咏，被之管弦者不一而足。如宋有赵令畤之《商调蝶恋花》十二阕，金有董解元《西厢记》诸宫调，元有王实甫之《西厢记》杂剧，明有李景云、陆采等《南西厢》传奇，清有查继佐之《续西厢》杂剧，等等，均为人所熟知，而与微之同代之李绅所作《莺莺歌》，虽微之传中已言“贞元岁九月，执事李公垂宿于余靖安里第，语及于是，公垂卓然称异，遂为《莺莺歌》以传之”等语，然终默默无闻。作品之传与不传，其亦有幸与不幸也。

李绅字公垂，润州无锡人，为元稹白居易好友，为人短小精悍，于诗最有名。乐天诗：“笑劝迂辛酒，闲吟短李诗”，所谓“短李”即公垂也。有《追昔游诗》三卷、《杂诗》一卷。《追昔游诗》今有传本，《杂诗》则收入《全唐诗》李绅诗卷四。

《全唐诗》本第四中，有《莺莺歌》，注云：“一作东飞伯劳西飞燕歌为莺莺作”，然仅八句，录之如下：

伯劳飞迟燕飞疾，垂杨绽金花笑日。绿窗娇女字莺莺，金雀丫鬟年十七；黄姑上天阿母在，寂寞霜姿素连质，门掩重关萧寺中，芳草花时不曾出。

此仅《莺莺歌》之篇首而非全诗而《全唐诗》则认为全篇辑入。康熙时编纂《全唐诗》，搜罗书籍不可谓不广博，而此歌仅此八句。日本河世宁辑《全唐诗选》，用力至劬，然亦未收录此诗逸篇，可见此诗失传久矣。然此诗逸篇，至今犹有存者，且在一吾人习见之书中，即董解元《西厢记》

诸宫调是也。

董解元《西厢记》诸宫调征引公垂《莺莺歌》凡四处。岁仍不全，然据本事测度，至少已得三分之一。为使读者对于此重要仅次于微之《莺莺传》之名篇加以注意起见，为使公垂逸篇不再湮没起见，兹将《莺莺歌》现存诗句，录之如下。虽仍为断简残篇，然在治文学史者，亦一重要资料也。（《西厢记》诸宫调不论，即唐末韦庄《秦妇吟》，似亦颇受此诗影响。）

一，伯劳飞迟燕飞疾”等八句，已见前，不再录。（卷一）

二，河桥上将亡官军，虎骑长战交垒门。凤凰诏书犹未到，满城戈甲如云屯。家家玉帛弃泥土，少女娇妻愁被虏，出门走马皆健儿，红粉潜藏欲何处？呜呜呜阿母啼向天，窗中抱女投金钿，铅华不顾欲藏艳，玉颜转莹如神仙。”（卷二）

三，“此时潘郎未相识，偶住莲馆对南北，潜叹栖惶阿母心，为求白马将军力。明明飞诏五云下，将选金门兵悉罢，阿母深居鸡犬安，八珍玉食邀郎餐；千言万语对生意，小女初笄为姊妹。”（卷二）

四，“丹诚寸心难自比，曾在红笺方寸纸，常与春风伴落花，仿佛随风绿杨里。窗中暗读人不知，剪破红蛸裁作诗。还把香风畏飘荡，自令青鸟口衔之。诗中报郎含隐语，郎知暗到花深处。三五月明当户时，与郎相见花间语。”（卷三）

# 第五章
# 序跋

## 《保尔·福尔诗抄》译后记

保尔·福尔（Paul fort）为法国后期象征派中的最淳朴、最光耀、最富于诗情的诗人。人们说他是一个纯洁单纯的天才，他们的意思无疑是说他的诗太不推敲，太任凭兴感。其实保尔·福尔的诗倒并不是那样单纯，他甚至是很复杂的，像生活一样，像大自然的种种形态一样。他用最抒情的诗句表现出他的迷人的诗境，远胜过其他用着张大的和形而上的词藻的诸诗人。这里所译的诗，都是从他的 Balladesfrancaises 中译出来的，有两章曾在《未名》中刊登过。

（原载 1930 年 1 月《新文艺》第 1 卷第 4 期）

## 《西茉纳集》译后记

玄迷·特·果尔蒙（Gemy de gourmont，一八五八—一九一五）是法国后期象征主义诗坛的领袖，他的诗有着绝端底微妙——心灵底微妙与感觉底微妙，他底诗情完全是呈给读者底神经，给微细到纤毫的感觉的。即使是无韵诗，但是读者会觉得每一篇中都有着很个性的音乐。

《西茉纳》是他底一个小集，虽然小，却是他底著名诗作。从前周作人先生曾以《西蒙尼》的题名译出数首，编在《陀螺》里。现在我不揣谫陋，把它全部译过来，介绍给读者。

一九三二年七月二十日 译者记

（原载 1932 年 9 月《现代》第 1 卷第 5 期）

## 《耶麦诗抄》译后记

耶麦（Francis jammes，一八六八）为法国现代大诗人之一。他是抛弃了切虚夸的华丽，精致，娇美，而以他自己的淳朴的心灵来写他的诗的。从他的没有词藻的诗里，我们听到曝日的野老的声音，初恋的乡村少年的声音和为禽兽的谦和的朋友的圣弗朗西思一样的圣者的声音，而感到一种异常的美感。这种美感是生存在我们日常的生活中，但我们适当地，艺术地抓住的。这里我从他的《从晨祷钟到晚祷钟》集中选择了六章诗，虽然经过了我自愧没有把作者的作风传神地表达出来的译笔，但读者总还可以依稀地辨出他的面目来。

（原载 1929 年 9 月《新文艺》第 1 卷创刊号）

## 《核佛尔第诗抄》译后记

比也尔·核佛尔第（Pierrere verdy）生于一八九八年九月十三日，是法国现代新诗人。他受着诗人们的景仰，正如三十余年前马拉尔美（Mallarme）诗之受诗人们的景仰一样。苏保尔（Soupault）、勃勒东（Breton）和阿拉恭（Aragon）甚至宣称核佛尔第是当代最伟大的诗人，别人和他比起来都只是孩子了。

比也尔·核佛尔第主张艺术不应该是现实的寄生虫，诗应该本身就是目的。他的诗一切都不是虚饰的。他用电影的手法写诗，他捉住那些不能捉住的东西：飞过的鸟，溜过的反光，不大听得清楚的转瞬即逝的声音；他把它们联系起来，杂乱地排列起来，而成了别人所写不出来的诗。

他最初发表他的诗的时候是一九一五年，那时他是十六岁，到现在他的诗集有十余种。他也写小说，批评文，但总没有他的诗有名。

这里所译的五首，是从他的一九一五年出版的《散文诗》（Poémes enprose）及一九二四年出版的《天上的破舟残片》（Les Epaves du ciel）中译出来的。译诗本来是一件吃力不讨好的事，核佛尔第的诗尤使人没有办法译，现在勉强直译了出来，如果读者愿意赏鉴一下最新法国诗风，便请硬了头皮读一遍吧。

（原载 1932 年 6 月号《现代》第 1 卷第 2 期）

## 《星座》创刊小言

连日阴霾，晚间，天上一颗星也看不见，但港岸周遭明灯千万，也仿佛是繁星的罗布。倘若你真想观赏星，现在是，在这阴霾的气候，只好权且拿这些灯光来代替了。

沉闷的阴霾的气候是不会永远延续下去的。它若不是激扬起更可怕的大风暴，便是变成和平的晴朗天。大风暴一起，非但永远没有了天上那些星星，甚至会毁灭了港岛上这些权且代替星星的灯光，若是这些阴霾居然有开霁的天，晴光一放，夜色定然比往昔更为清佳，不但有灿烂的星，更有奇丽的月那时，港湾里的几盏灯光还算得什么呢。

《星座》现在寄托在港岛上。编者和读者当然都盼望着这阴霾气候之早日终结了。晴朗固好，风暴也不坏，总觉得比目下痛快些。但是，若果不幸还得在这阴霾气候中再挣扎下去，那么，编者唯一渺小的希望，是《星座》能为它的读者，忠实地代替了天上的星星，与港岸周遭的灯光同尽一点照明之责。

（原载1938年8月1日《星岛日报》）

## 《铁甲车》译序

伊凡诺夫是属于“同路人”之群的一位新俄作家。他是“赛拉皮雍兄弟社”的社员，在这个高尔基所奖掖的文学团体里，我看到产生了新俄的好一些最有才能的作家，如飞晶，曹西兼珂，尼克青等人，而伊凡诺夫是这个团体中的最杰出的一个。

在一八九五（或一八九六）年生于西伯利亚克尔格支旷野的边境，符谢伏罗德·伊凡诺夫是有着高加索种人和蒙古种人的两种血统的。父亲是一位土耳其斯坦军官的私生子，金矿矿工，可是也读过一点书，然而早年就被伊凡诺夫的哥哥所杀害。伊凡诺夫是一个没有亲属的人。他受的教育是很有限的。他当过马戏团的徒弟，魔术师，说书人，小丑，也当过当铺里的伙计，排字工人。他的第一部著作就是亲手排印的。在一九一八年到二〇年这内战时期中，他从事于政治生活，然而他那时对于政治理解却很薄弱。一九二〇年之末，因高尔基的帮助，他才第一次到了彼得堡，加入“赛拉皮雍兄弟社”，才算开始了有规则的文学生活。他在此后几年内对著作非常努力，这里的这本《铁甲车》也就是他到彼得堡之后的第三年在莫斯科出版的。

显然地，因他的复杂而多冒险的生活，伊凡诺夫是一个顽强而新鲜的作家。他描写着雄伟的原始的俄罗斯农民。他对于革命，对于一切，都只有根据本能的认识，因此来描写多元的，在本质上是非组织的农民暴乱，要见其适当，然而他不能真正地把握到革命的真谛，并且他也没有想去把握。他的主要题材是西伯利亚内战，是农民游击队的运动。

这儿的《铁甲车》就是伊凡诺夫的许多写游击队的作品中的一部，而且是公认为最出色的一部同性质的书，此外尚有《各色的风》《游击队》等。在这部作品里，故事是非常单纯的；作者的努力，我们看得出是要在这单纯的故事之外创造出一种环绕在暴露四周的空气来。

伊凡诺夫的文字，确然并非是最艰深的，有时却很难于翻译，尤其是因为里面常用了许多地方方言之故。本书的译出，系以法译本为根据，与中国所已有的根据日文本的重译，在许多地方都不无出入之处。译者是除了忠于法译本之外便没有其他办法，因此我在这里诚意地希望着能够快有根据原文更完备的译本出现！

一九三二年十月

## 跋《山城雨景》

约在二十年前，上海的文士每逢星期日总聚集在北四川路虬江路角子上的那间“新雅茶室”，谈着他们的作品，他们的计划，或仅仅是清谈。他们围坐在一张大圆桌周围高谈阔论着，从早晨九时到下午一时，而在这一段时间，穿梭地来往着诗人，小说家，戏剧家，散文家和艺术家，陆续地来又陆续地走，也不问到底谁“背十字架”，只觉得自己的确已把一个休暇的上午有趣地度过了而已。

在这集会之中，有两个人物都是以健谈著名的：一个是上海本地的傅彦长，一个是从广东来的卢梦殊。据说他们两人谈起来虽则一个极小的问题也可以谈整日整夜，可是到底这是否是事实，却恕我不能作证人。我可以作证的，就是他们说话的艺术的确是比一般人高而已。而最引人注意的就是他们每人都有一个的思想行动看来，这是必然的结果，即使他没有加入共产党，他也早已是一个共产党了。

然而在这毅然的举动之后不久，这个伟大的人便离开了我们。杜莱塞逝世了，然而杜莱塞的精神却永存在我们之间。

载《新生日报·文协》第四期，一九四六年一月七日

## 十年前的《星岛》和《星座》

一九八三年五月中，那时我刚从变作了孤岛的上海来到香港不久。《吉诃德爷》的翻译工作虽然给了我一部分生活保障，但是我还是不打算在香港长住下来。那时我的计划是先把家庭安顿好了，然后到抗战大后方去，参与文艺界的抗敌工作，因为那时中华文艺界抗敌协会已开始组织起来了。可是一个偶然的机会却叫我在香港逗留了下来。

有一天，我到简又文陆丹林先生所主办的“大风社”去闲谈。到了那里的时候，陆丹林先生就对我说，他正在找我，因为有一家新组织的日报，正在物色一位副刊的编辑，他想我是很适合的，而且已为我向主持人提出过了，那便是《星岛日报》，是胡文虎先生办的，社长是他的公子胡好先生。说完了，他就把一封已经写好了的介绍信递给我，叫我有空就去见胡好先生。

我踌躇了两天才决定去见胡好先生。使我踌躇的，第一是如果我接受下来，那么我全盘的计划都打消了；其次，假定我担任了这个职务，那么我能不能如我的理想编辑那个副刊呢？因为，当时香港还没有一个正式新

文艺的副刊，而香港的读者也不习惯于这样的副刊的。可是我终于抱着“先去看看”的态度去见胡好先生。

看见了现在这样富丽堂皇的星岛日报社的社址，恐怕难以想象——当年初创时的那种简陋吧。房子是刚刚重建好，牌子也没有挂出来，印刷机刚运到，正在预备装起来，排字房也还没有组织起来，编辑部是更不用说了。全个报馆只有一个办公室，那便是在楼下现在会计处的地方。便在那里，我见到了胡好先生。

使我吃惊的是胡好先生的年轻，而更使我吃惊的是那惯常和年轻不会合在一起的干练。这个十九岁的少年那么干练地处理着一切，热情而爽直。我告诉了他我愿意接受编这张新报的副刊，但我也有我的理想，于是我把我理想中的副刊是怎样的告诉了他。胡好先生的回答是肯定的，他告诉我，我会实现我的理想。接着我又明白了，现在问题还不仅在于副刊编辑的方针和技术，却是在于使整个报馆怎样向前走，那就是说，我们面对着的，是一个达到报纸能出版的筹备工作。我不得不承认，我的经验只是整个报馆的一部分。但是我终于毅然地答应下来，心里想，也许什么都从头开始更好一点。于是我们就说定第二天起就开始到馆工作。

一切都从头开始，从设计信笺信封，编辑部的单据，一直到报考记者和校对，布置安排在阁楼的编辑部，以及其他无数繁杂和琐碎的问题和工作。新的人才进来参加，工作繁忙而平静地进行，到了七月初，一切都准备得差不多了。

然而有一个问题却使我不安着，那便是我们当时的总编辑，是已聘定了樊仲云。那个时候，他是在蔚蓝数据当编辑，而这书局的败北主义和投降倾向，是一天天地更明显起来。一张抗战的报怎样能容一个有这样倾向的总编辑呢？再说，他在工作上所表现的又是那样庸弱无能。我不安着，但是我们大家都不便说出来，然而，有一天，胡好先生却笑嘻嘻地走进编辑部来，突然对我们宣说：樊仲云已被我开除了。胡好先生是有先见的，第二年，他便跟汪逆到南京去做所谓“和平救国运动”了。

那个副刊定名为《星座》，取义无非是希望它如一系列灿烂的明星，在南天上照耀着，或是说像《星岛日报》的一间茶座，可以让各位作者发表一点意见而已。稿子方面一点也没有困难，文友们从四面八方寄了稿子来，而流亡在香港的作家们，也不断地给供稿件，我们竟可以说，没有一位知名的作家是没有在《星座》里写过文章的。在编排方面，我们第一个采用了文题上的装饰插图和名家的木刻、漫画等（这个传统至今保持着）。

这个以崭新的姿态出现的报纸，无疑地获得了意外的成功。当然，胡文虎先生的号召力以及报馆各部分的紧密的合作，便是这成功的主因。我不能忘记，在八月二日胡好先生走进编辑部来时的那一片得意的微笑或热烈的握手。

从此以后，我的工作是专对着《星座》副刊了。

然而《星座》也并不是如所预期那样顺利进行的。给与我最大最多的麻烦的，是当时的检查制度。现在，我们是不会有这种麻烦了，这是可庆贺的！可是在当时种种你想象不到的噜苏，都会随时发生。似乎《星座》是当时检查的唯一的目标，在当时，报纸上是不准用“敌”字的，“日寇”更不用说了。在《星座》上，我虽则竭力避免，但总不能躲过检察官的笔削。有时是几个字，有时是一两节，有时甚至全篇。而我们的“违禁”的范围又越来越广。在这个制度之下，《星座》不得不牺牲了不少很出色的稿子。我当时不得不索性在《星座》上“开天窗”一次，表示我们的抗议。

后来，也办不到了，因为检察官不容我们“开天窗”了。这种麻烦，一直维持到我编《星座》的最后一天。三年的日常工作便是和检察官的“冷战”。

这样，三年不知不觉的过去了。接着，有一天，一九四一年十二月七日的清晨，太平洋战争爆发起来了。虽则我的工作是在下午开始的，这天我却例外在早晨到了报馆。战争的消息是证实了，报馆里是乱哄哄的。敌人开始轰炸了。当天的决定，《星座》改变成战时特刊，虽则只出了一天，但是我却庆幸着，从此可以对敌人直呼其名，而且可以加以种种我们可以形容他的形容词了。

第二天夜间，我带着棉被从薄扶林道步行到报馆来，我的任务已不再是副刊的编辑，而是□□（编者注：原文中，此二字佚失）了。因为炮火的关系，有的同事已不能到馆，在人手少的时候，不能不什么都做了。从此以后，我便白天冒着炮火到中环去探听消息，夜间在馆中译电。在紧张的生活中，我忘记了家，有时竟忘记了饥饿。接着炮火越来越紧，接着电也没有了。报纸缩到不能再小的大小，而新闻的来源也差不多断绝了。然而大家都还不断地工作着，没有绝望。

接着，我记得是香港投降前三天吧，报馆的四周已被炮火所包围，报纸实在不能出下去了。消息越来越坏，馆方已准备把报纸停刊了。同事们都充满了悲壮的情绪，互相望着，眼睛里含着眼泪，然后静静地走开去。然而，这时候却传来了一个欺人的好消息，那便是中国军队已打到新界了。

消息到来的时候，在报馆的只有我和周新兄。我们想这消息是不可靠的，但是我们总得将它发表出去。然而，排字房的工友散了，我们没有将它发出去的方法。可是我们应该尽我们最后一天的责任。于是，找到了一张白报纸，我们用红墨水尽量大的写着：“确息：我军已开到新界，日寇望风披靡，本港可保无虞”，把它张贴到报馆门口去。然后两人沉默地离开了这报馆。

我永远记忆着这离开报馆时的那种悲惨的景象，它和现在的兴隆的景象是呈着一个明显的对比。

载《星岛日报·星座》增刊第十版，一九四八年八月一日

## 《二个皮匠》译者题记

阿耶拉（Ramon Perez de Ayala）西班牙当代最出众的小说家，同时也是诗人，批评家，散文家，是那踵接着被称为“九十八年代”的乌拿莫诺（Unamuno），阿索林（Agorin），巴罗哈（Boroja），伐列·英克朗（Valle Inclan）等的新系代中的不可一世的人物。

他于一八八〇年生于阿斯都里亚斯（Asturias），现在还活着。在西班牙革命以后，他出任为英国公使（一九三一年）。虽则已是五十几岁的老人了，但是他的那种矍铄的精神，在行动上以及著作上，是都足以使后生都感到可畏的。

他的文学生活是从诗歌开始的。他一共出了三部诗集：《小径的平静》（La Paz del Sendero，一九〇四），《不可数的小径》（El Sendero Innumerable，一九一六），《浮动的小径》（El Serzdero Andante，一九二一）。他的诗都是用旧的韵律和鲜明的思想（Ancho ritmo，clara idea）写出来的，早年的诗虽则颇受法国象征派诗人们，特别是法朗西思·耶麦（Fnancis Jammes）的影响，但有时他的诗甚至比耶麦的更深刻点。

使他一跃而成为西班牙文坛的巨星，并成为世界的大作家的，是他底小说。《倍拉米诺和阿保洛纽》（Belarmino y Apolonio），《蜜月苦月》（Luna de Miel Luna de Hiel），《乌尔巴诺和西蒙娜底操劳》（Los Trabajos de Urbanoy Simona），《黄老虎》（Tigre Juan）等书，都使他的世界的声誉一天天地增加起来，坚固起来。

从阿耶拉底著作中，我们可以看出两个特点。第一，是他底文章手法上的特点：他的微妙宛转的话术，他的取之不尽用之不竭的用字范围，他的丰富，流畅，娇媚而又冷静的风格。第二，是他的那种尖锐，奸诡，辛辣而近于刻薄的天才（而且又是隐藏在他所聪敏地操纵着的纡回曲折的语言的魅力之下的）。凭了这两种固有的特点，接触了英国的"幽默"作家及他本国的诸大师，又生活在西班牙的那些奇异的人物——大学生，发明者，流氓，教士，政客，斗牛者等——的氛围气中，他便达到了他的艺术的最高点。

《二个皮匠》是《倍拉米诺和阿保洛纽》的改题，是使阿耶拉一举成名的杰作。他的一切的长处，我们都可以在这本书中窥见。现在，我们且把法国西班牙文学的权威约翰·加苏（Jean Cassou）对于这书的见解写在这里，作为一个有力的介绍吧：

"此书当然是自从《吉诃德爷》（Don Quijote）以来的西班牙的最伟大的著作之一。这个故事的戏谑达到了一种不能再希望的伟大。我们是置身在一部西班牙的《步伐尔和贝居锡》（译者按《步伐尔和贝居锡》系法国弗洛贝尔的杰作之一）之前了；但是这一部却更错综着聪慧的把戏，和一整个具有悲喜剧的无尽的力量的，催笑的，丰富的，有力的奇想。弗洛贝尔曾经梦想著述的，可不就是这部书吗？弗洛贝尔的脑中是常有塞万提斯（Cervantes）出没的，如果他能够用像阿耶拉一样丰满，一样有味，又一样具有善辩的口气的语言，写出一部像《倍拉米诺和阿保洛纽》一样刻薄，像《倍拉米诺和阿保洛纽》一样地在评断中包容着我们的全部风习和认识的讽刺文，那么弗洛贝尔准会心满意足了。”（见 Jean Cassou：Panorama de la Litterature espaguole contemporaine）加苏竟把这部书称为《吉诃德爷》以后的西班牙最伟大的书之一，把他的才能和手法放在弗洛贝尔之上了。

本书是根据一九三一年马德里 Pueyo 书店出版的阿耶拉全集本，同时参考 Jean et Marcel Carayon 的法译本译出的。在译成的时候，看看自己的译文，总还不能满意，因为这部书实在是太难译了。

译者

（一九三二——一九三三年）

## 《从苏联回来》题记

纪德的《从苏联回来》发表以后，立刻引起全世界人们底注意。那些像鲁迅、高尔基死了以后到处找他们的“错误”一样敌视苏联的人，立即拿去当作宝物，大声喧哗起来。他们找到同志了，而这位同志是曾被人们称作“苏联之友”的。

我们所以出版这本书，不是想毁谤苏联，那是一种无益的事。我们以为，在很多人拿这本书作宣传品的时候，应当有一册使读者看完以后不但明白纪德是一个什么人，而且，明白纪德的观察是患着严重的色盲症的。

所以，我们把《真理报》的评论，罗曼·罗兰答钢铁工人的信放在前面，又把纪德到苏联前后写的短文章、演讲、信、电，附在后面，读者可以先看批评，然后再读正文，然后从附录的文件里看一看纪德，这样，我们就可以明白纪德是个什么家伙了。

可惜，纪德正沉默着，一句话也没说，不知道他对全世界人们的言语和行动表示怎样的态度，也许他正苦闷在矛盾的网里吧！

我想：读了这本书，任那些利用纪德的人怎样宣传，只要读者是纯洁的健康的，他会了解苏联的实在情况，明了想利用纪德的人们的穷途和无耻。

编者

一九三七年四月五日

## 《鹅妈妈的故事》序引

我很猜得到，小朋友们从书铺子里买到了这本小书之后，是急于翻开第一篇《林中睡美人》或其他题目最称心的故事来看。因此之故，我又何尝不明白，在这样一本趣味丰富的童话集上加一篇序引，虽然是短短的，也终于是一桩虚费的事。

但是，我想，这样一个享受了三百年大名的童话作家和他的最使全世界的儿童眉飞色舞的《鹅妈妈的故事》，到如今，完完全全的介绍给我国的小朋友，那么在这时候，略为写一些介绍的话，似乎也不能算是多事。况且，我又想，虽然名为序引，我却希望小朋友们在这小书中所包含的八篇故事都看完之后，重又翻转书来，读这小引：那么，既可以不先阻了小朋友们的兴趣，又可以使这故事的阅读或听讲者，对于这讲故事的人，有一些较密切的认识，不也是一个较妥善的办法吗？

为了上面的原故，这篇小引便如是写着：

这一本美丽的故事集的作者，沙尔·贝洛尔（Charles Perrault），是法国人；一六二八年生于巴黎。他的父亲比哀尔·贝洛尔（Pierre

Perrault）是一位辩护士。他有三个哥哥，都是很出名的人，尤其是他的二哥，格洛特（Claude），始习物理学，继业建筑，所享声名，却也不亚于他。

在幼年时候，八岁零六个月，他被送到波凡学院去读书，但因为他有过人的天才，求知欲的异常的发达，读书的不肯含混，所以曾经与他的教师起了剧烈的辩论。后来，因为过分的厌弃学校生活，他的固执的，自信甚强的癖性，帮助他居然争到了父亲的允许，任他退出学校，自由研究学问。

既放任了他的自由意志，听他精进地独自采索着博大宏深的知识，他的过人的成绩使他在一六五一年，在奥莱盎，得了法学硕士的学位。他便回到那浓云密雾的巴黎，执行律师业务。但这时期并不长久。

从一六五四年起，他父亲也在巴黎得了一个较大的官职，他便不再出庭，而改充他父亲的书记。在这时期中，他一方面从事于职务，一方面却依旧沉溺于文学，艺术和其他学问。在一六五七年，他曾用他艺术的素养，帮助他二哥格洛特建筑了一所精美绝伦的屋子。这种天才的表现，当时就受知于总理大臣高尔培尔（Colber）。一六六三年，他受聘为这位总理的秘书，赞襄一切科学，文学，艺术事项。

高尔培尔很钦佩他的才能和人格；很看重他；在一六七一年，高尔培尔便推举他为法兰西学院的会员。在这个光荣的学术团体中，他尽力地秉着他的才干，把它好好的整顿了一番，使法兰西学院树立了永久的基础。

但是，因为他是一个富有进取精神的人，他要革除旧的，建设新的；他要推倒传统思想，树立自由的意志，所以当他有一次在学院中宣读例课的时候，他读了他的一首诗《路易十四时代》，其中有几句话盛赞现代远胜古代。这些诗句，当下引起了文坛的一场论战，尤其是诗人薄阿洛（Boileau），为了袒护古典的光荣起见，在盛怒之下，竟用许多粗暴的辞句来抨击他。他虽然是一个有好脾气，好品格的人，但为了他自己的意志和思想，在一六八八至一六九六年之内便长长地写了一首《古今较》，在这首诗中，他更详细地阐发他的今优于古的见解。于是两方面便旗鼓相当地互施掊击，同时又有许多文人加入了战团，各为自己所信仰的一方面援助。这次论战，虽然并没有显明的胜负分出，但其影响后来却竟波及英国文坛。

一六八三年，他的知遇者高尔培尔死了，他也便结束了他的政务生涯，从此息影家园，笑弄孺子，以了余年。

他很快乐地教导着他的孩子，高兴时便写了些文字。于是在那首《古今较》之外，他又采取了意大利濮加屈（Boccaccio）的故事，用韵文写了一部小说《格利赛利第的坚忍》，一六九一年在巴黎出版。到一六九四年，他又出版了两种韵文故事：《驴皮》和《可笑的愿望》。

但是，因为贝洛尔的天才不能使他在诗人一方面发展，所以他文学的成功却并不在以上几种韵文的著作中。在一六九七年，他将一本散文故事集在巴黎出版了。立刻，欢迎的呼声从法国的孩子口中到全世界孩子口中发出来，从十七世纪的孩子口中到如今二十世纪的孩子口中还在高喊着，法国童话杰出作家贝洛尔的大名，便因此书而不朽。

这本散文故事集，便是我现在译出来给我国的小朋友们看的这一本《鹅妈妈的故事》。

《鹅妈妈的故事》在最初出版的时候，却用的另外一个书名：《从前的故事》。作者的署名是他儿子的名字：贝洛尔·达尔芒戈。因为这一集中所包含的八篇故事——《林中睡美人》《小红帽》《蓝须》《猫主公》或《穿靴的猫》《仙女》《灰姑娘》或《小玻璃鞋》《生角的吕盖》《小拇指》——都是些流行于儿童口中的古传说，并不是贝洛尔的聪明的创作；

他不过利用他轻倩动人的笔致把它们写成文学，替它们添了不少的神韵。又为了他自己曾竭力地反对过古昔，很不愿意用他的名字出版这本复述古昔故事的小书，因此却写上了他儿子的名字。

所以他便把这些故事，故意用孩童的天真的语气表出。因了这个假名的关系，又曾使不少人费过思索和探讨，猜了很多时候的谜。

至于这集故事之又名为《鹅妈妈的故事》的原故，也曾经不少人的研究。大部分人以为在一首古代的故事歌中曾说起过一匹母鹅讲故事给她的小鹅儿听，而在这本故事第一版的首页插图中画着一个在纺纱的老妇人，身旁有三个孩子，一个男的和两个女的，在这图下，有着“我的鹅妈妈的故事”的字样，所以便以为贝洛尔是将古代的故事歌中的母鹅人化了而拟出这个书名的。此外，还有许多对于这书名的不同的推解，我想，这于小朋友们没有什么需要，也不必很累赘地费许多文字来多说了。

至于这几篇故事的真价值，我也想，小朋友们当然已能自己去领略，不必我唠唠叨叨地再细述了。但是，有一桩事要先告罪的，就是：这些故事虽然是从法文原本极忠实地译出来的，但贝洛尔先生在每一故事终了的地方，总给加上几句韵文教训式的格言，这一种比较的沉闷而又不合现代的字句，我实在不愿意让那里面所包含的道德观念来束缚了小朋友们活泼的灵魂，竟自大胆地节去了。

最后，还得补说一句：沙尔·贝洛尔是死在一七〇三年，距这本故事集之出版，只有六年；在这六年之中，我们的作者并不曾写过比这本书更著名的故事。

一九二七年十一月六日

## 《西万提斯的未婚妻》译本小引

阿左林（Azonn）于一八九六年生于西班牙的莫洛伐尔，他的真名是马尔谛奈·卢伊思。他和巴罗哈、乌纳木诺、培纳文德等同为“一八九八派”，为新世纪的西班牙开浚了一条新的河流。他的作风是清淡简洁而新鲜的！他把西班牙真实的面目描绘给我们看，好像是荷兰派的画。关于他的详细的研究，可参看霞村所著：《现代南欧文学概观》。

本书是法国比勒蒙所选译的 Espagna 的全部转译。比勒蒙氏是法国西班牙文学的权威，并与原著者有私人的交谊，想来他的译文总很可靠，而且有深切的了解。

## 《唯物史观的文学论》译后记

本书的原名 La litté ratureà La lumiere du Matérialisme Historique，直译出来是《借鉴于唯物史观的文学》，为醒目起见，改名为《唯物史观的文学论》。

作者 Marelchowicz，从名字上看去，当是一个波兰人，但原书都是用法文写的。译者除了知道他是《世界》（Monde）的撰述者，并从本书的序文中看出他是日内瓦的一个讲师外，别的一点也不知道。所以，关于著者的生平及其著述，此地只能付之阙如。

马克思主义的文艺理论和唯物史观在文艺上的应用，在今日，是已经由俄国的学者，如蒲力汗诺夫，弗理契等的劳作，奠定了深深的基石。作者不幸没有见到他们的著书，以致有自以为是开山祖的蛙见。但此书除了不深切（原书是演讲稿的改作，不深切是在所不免），及有几处意见的不正确（如论未来派等章）外，大体不失为一本值得一读之书，拿来和也是用法文写的PullePape的《艺术与唯物论》（Art et Matèrialisme，Chimère版）比较，则此书是卓越得多了。

作者对于唯物史观在文学上的应用成人夸张，他对于把事实荒唐地单纯化的辛克莱的艺术论，加以严正的批判。近来看见有人把少女怀春的诗，也把唯物史观当作万应膏，像江湖郎中似地开出“小资产阶级的没落……”等冠冕堂皇的脉案来，则对于这一类人，本书倒是一味退热剂。

其次是关于译文的：

译者在原书未出版前，曾由《世界》过一篇作者的短文：《文学天才与经济条件》（现已收归本书附录），不久原书出版了，便又陆续地译了几篇，刊在几种杂志上。在这时期内，樊仲云先生的译本（新生命书局版）出版了。这译本是根据石川涌的日译本（春阳堂版）译出的。日译本很糟，错误和误解几乎每页都有，如Cercl Vicienx（矛盾论法）之译为“恶的轮”，Les Plantesfroides des Pieds divins（神圣的脚的寒冷的脚心）之译为“具有圣足的冷的树木”等，不胜枚举。所以，译者不得不把搁置在乱书堆中的拙译找出来付梓. 免得将日本读者背着的满身的债，加了重利，又教我国的读者来负担。

一九三〇，三月

## 《西哈诺》译文商酌

近来出版界的气象似乎比以前好一些了，名作是渐渐地被翻译出来，而且受较不浅薄一些的读者所欢迎着了。然而仅仅翻译的小说是如此，诗歌与戏曲呢，注意的人还是很少。在这个时候，春潮书局打起了亏本的决意把方于女士译的曷士当的《西哈诺》送出来的勇气是可以佩服的。

在对于我们这里还很生疏的名字，往往在世界上已是不朽的了。Moinar是被流为奥国人了，Jude the Obscure是被译为“判隐”了，有什么办法呢？我们的Fdmond Rostand，当人们一提起，就立刻会说“《西哈诺》的作者”，正如人们说“西特的作者”或是“爱尔那尼的作者”一样而叹赏着的，但是在我们的国度里，这部惊人的杰作出世了五个月光景还是初版。这也可算是一个不足为怪的奇迹吧。

对于曷士当和《西哈诺》，夏康农先生已在序文上约略地说起一些了。我这里要说的是方于女士的译文。这在我是格外有兴致的，因为我在试译了一些过。

我所看见的方于女士的译文这《西哈诺》是第一次，听说方女士译书也开始于这《西哈诺》，对于她的比老译书者更流利的译文是可以使我们叹赏的，她很巧妙地把曷士当的风格传达出来，正如曷士当之于《西哈诺》一样。

这是昨晚拿方译的《西哈诺》和原文对读了一幕的感想，同时，有几个译文上的疑问是须得提出来商酌一下：

（一）译文第二十页第八行“我可以把一只我店内的鸡来和你赌东道”。

原文……Je parie un pouletàla Raguenrau鄙意当译为“我可以把一只哈格诺式鸡来和你赌东道”。（àla……）是“什么式”的意思，此处方女士大意了。

（二）译文第二十六页第八行“我知道得很清楚”。

原文——J'e suis.

此处译者弄错了，那扒儿手说“有一百个人在候着，我也是其中之一。”J'e suis 和 J'y suis 是容易看错的。

（三）译文第二十八页第八行“好像？”

原文Ⅱ parait？

此处意思是“他出来了吗”？译“好像”是错了，观全文自明。

（四）译文第三十页第一行“帽子上簪满了蔷薇花，有些花朵垂到耳边……”

原文……un chapeau garni de roses penché surl'oreille……

鄙意垂到耳边的是帽子不是花朵，因为 penché 字是形容 chapeau（帽子）的。

（五）译文第三十五页第一行“那么你的嘴巴肯不肯借给我试一下呢？”

原文 Voulez-vous me preter，Monsieur，votre machoire？

这句的意思是双关的，前面一个绅士说：“你又不是萨姆松”，按萨姆松是圣经上的英雄，希伯来人的士师，曾用一块驴腮骨杀一千个非利士人（见《旧约·士师记》），西哈诺回答说：“那么你的腮骨（不是嘴巴）肯不肯借我试一下？”

意思是骂他是驴子，不是要打他的嘴巴，不知方于女士以为然否？

（六）译文第四十页第一行“只有你一个人说得中肯！”

原文……Vous avez dit la seule intellige ntechos！鄙意当译为：“你只有这句话说得聪明！”

（七）译文第四十七页第八行“先生啊！只有畜生里的象……”

原 文 ……L'animal seul，monsieur，qu'Aristophane appelle Hippocam pelephantocamélos….

这句方女士省略了一些，而且这个 Hippocam pelephantocamélos 译作单单一个“象”字也觉得不很妥当，按此字系由希腊文 Hippos（马）Campos（鱼）Elephantos（象）Camelos（骆驼）四字拼成，方女士译为“象”想必有根据，我未读 Aristophane 之书，不敢妄论，愿方女士有以教我。

（八）译文第四十八页第十行“未了还可以用悲苦的口气去讥诮比哈姆，‘啊！有了这东西，把主人的五官都弄到不相称了，它这叛逆！也会羞得泛红呢！’”

原文……Enfin，parodiant Pyrame en un sanglot：

“Le voila donc ce nez qui des traits de son maitre adetruitl'harmoniel II enrougie，le traitrel”此句典出 Théophile de Viau 的悲剧《Pyrame et Thisbe》。剧中比哈姆说：“你看这把匕首，它懦怯地玷污着它主人的血！它羞红着，这个叛贼！”方女士译文中“讥诮”二字弄错了，应当译为“未了还可以模拟那呜咽着的比哈姆说……”

这是第一幕译文的商酌。我希望《西哈诺》成为一个很好的译本，所以特地写下来。此外第十一页第四行后缺一段，希望再版时加入；又第五十二页至第五十五页的诗的行数，希望和原文相等，因为前面说“长短句共分三节，每节八句……煞尾是四句而……”而译文前三节都只有七句，煞尾也只有三句，觉得很不妥当。末了，我希望人们了解我这是一个诚意的商酌，没有什么误会生出来。

## 《紫恋》译后记

高莱特女史，她的全名是西陀尼·迦孛丽爱儿·格劳第·高莱特

（Sidonie-Galrielle Claudine Colette）。她是现代法国著名的女小说家，戏剧家，新闻记者，杂志编辑及女优，法国人称之为“我们的伟大的高莱特”。她生于一八七三年正月廿八日（卒于一九五四年——编者），在堡根第的一个名叫圣苏佛的小城里。她是茹尔·约瑟及西陀尼·高莱特夫妇的女儿。

高莱特女史从小就爱读书，她在圣苏佛一个旧式小学校里读书的时候，曾遍读了左拉、梅里美、雨果、缪赛、都德等人的著作，但是对于那种孩子气十足的贝洛尔童话之类的书籍，她却不喜欢读。

一八九〇年，因为家庭经济关系，她跟着父母迁到邻城高里尼去。两年以后，高莱特女史与盎利·戈谛哀·维拉尔（Henri Gauthier Villars）结了婚。维拉尔比她年长十四岁，是一个音乐批评家，同时又是以维利（Willy）这个署名在巴黎负盛名的“礼拜六派”小说家。结婚之后，高莱特女史常常将她在学生时代的有趣味的故事讲给维利听，供他以小说材料，因此维利也常常觉得他的妻子也有着能够写小说的天才。

于是在一八九六年，当他们夫妇旅行了瑞士及法国回来之后，高莱特女史开始自己写小说了。在一九〇年，她的处女作《格劳第就学记》出版了。这部书是用维利这署名出版的，虽她取材于二幼年时的学校生活，但并不是一种狭义的自传式的小说。这书出版以后，毁誉蜂起，但大家都一致地不相信是维利著的。

从此以后，高莱特女史跻上了法国的文坛。《巴黎少女》（一九〇一）、《持家的格劳第》（一九〇二）、《无辜之妻》（一九〇三）这一套连续性的小说次第地印行了，而书中自传性也逐渐地隐灭了。一九〇四年，她出版了一本清隽绝伦的小品《兽之谈话》，在这部书中，她泄露了深挚的对于动物的慈爱。

一九〇六年，她与维利离婚之后，曾经有一时在哑剧院中演过戏。但是在这种不安定的生活中，她还继续著作。从一九一〇年起，她每年有一部新著出版。

一九一〇年是高莱特女史的著作生活及私生活两方面的重要年份。在著作生活上，她这年出版了《核耐·恋爱的流浪女》，这是一个离婚了的妇人，一个女优的自叙。这是她第一部重要的著作，有许多人都以此书不得龚果尔奖金为可惜的。在私生活方面，则她在这年中与盎利·特·茹望耐尔（Henri de Juvenel），一个著名的政治家及外交家，结了婚。从此以后，在一九一三年，她出版了《核耐》的续编《再度被获》。

一九一三年到一九一九年这时期，是欧洲最活动最多事的时期，但也是高莱特女史最活动最多事的时期，她除了替《晨报》写许多短篇小说之外，同时还是一个别的报纸上的剧评家，一家书局的编辑，又在《斐迦洛》《明日》《时尚》这三家报馆中担任分栏主笔。在大战期中，她又曾当过看护，并且把她丈夫的财产捐助给一所在圣马洛附近的医院。

从一九一九年出版的《迷左》这部短短的小说开始，高莱特女史的倾向于一种极纤微的肉感的描写，格外显著而达到了纯熟的顶点了。一九二〇年出版了《紫恋》[原名《宝宝》（Chari），注：男女间亲狎之称也]，描写一个青春年纪的舞男（Gigolo）与一个初入老境的女人的恋爱纠纷。那女人自信有永远把那青年魅惑着的能力，而那青年虽然在与另外一个美貌的少女结婚之后，竟还禁抑不住他对于那个年纪长得可以做母亲的旧情妇的怀恋。于是在挣扎了种种心理及肉体的苦恼之后，他决然舍弃了他的新娘，而重行投入他的旧情妇的怀里。然而，在一瞥见他的旧情妇未施脂粉以前的老态，一种从心底下生出来的厌恶遂不可遏止了。当那风韵犹存的妇人满心怀着的最后之胜利的欢喜尚未低落之前，一个因年老色衰而被弃的悲哀已兜上心来了。在这样的题材下，高莱特女史以她的极柔软的笔调写了这主角二人及其他关系人物的微妙的感觉、情绪与思想。在巴黎，不，差不多全个法国、全个欧洲，或者竟是全世界的读书界中，激动了一阵热烈的称赞。于是这本短短的小说一下子就销行了一百版以上。直到一九二六年，作者还为了餍足读者的欲望起见，出版了《紫恋》的续编：《宝宝的结局》。

在法国并世作家中，高莱特女史是一个有名的文体家。她在著作的时候非常注意着她的文体。她曾说："我从来没有很容易地写作过，我常常有许多地方要改之又改，删了一些，或是增加一些，在校对的时候，我还要有一些改动的。"又说："我不能在脑子里组织我的文章，我必须在动手写的时候，一面写一面组织。"从这两句话中，我们可见这位被称为"有着文体的天才"的女作家对于她自己的作品是何等地重视，而我们即使从经过了译者的拙笔也还可以感觉得到的她那特殊纤美的风格，又是怎样的绝非得之于偶然啊！

一九三四年七月译者记

# 《唐宋传奇集》校读记

## 《任氏传》

"每相狎昵，无所不至，唯不及乱而已。是以崟爱之重之，无所怪惜。"按："怪"字疑是"悭"字之误，原作"恡"字。

《全集》本页二一六，《三十年集》本页三六。

## 《编次郑钦悦辨大同古铭论》

“孟去齐而接淅，贾造湘而投吊，又眷恋如此。岂大圣大贤，犹惑于性命之理欤？”按：姚宽《西溪丛语》下：“孟子言去齐接淅江而行。淅，渍米也。按字殊无理。许慎《说文》引孟子去齐境淅而行。境音其两切，漉干渍米言而不待炊而行也。”《异闻集》李吉甫铭日：“孟子去齐而境淅”，唐本作境字。

《全集》本页二三八，《三十年集》本页五八。

## 《柳毅传》

“后居南海，仅四十年，其邸第舆马珍鲜服玩，虽侯伯之室，无以加也。”按：“仅”字作“余”字解。

《全集》本页二三八，《三十年集》本页五八。

## 《霍小玉传》

按：姚宽《西溪丛语》下：“蒋防作《霍小玉传》书大历中李益事，有一豪二，衣轻黄衫，挟朱筋弹，李至，霍遂死，乃三月牡丹时也。老杜有《少年行》二首，一云‘巢燕引雏浑去尽，江花结子已无多，黄山年少宜来数。不见堂前东逝波。’考作诗时大历间，甫政在蜀，是时想有好事者传去，作此诗尔。”

《全集》本页二四五，《三十年集》奉页六五。

“他亦知有李十郎名字，非常欢惬。住在胜业坊古寺曲，甫上车门宅是也。”按：“甫”字疑是“角”字之误。

《全集》本页二四六，《三十年集》本页六六。

## 《李娃传》

按:《剧谈录》卷上:“胜业坊王氏，于左广列职。一日与宾朋过鸣珂曲，有妇人靓妆立于门首，王氏驻马迟留……自此舆辇资货，日输其门……遂至贫乏。”与此事相类。

《全集》本页二七一，《三十年集》本页九一。

“天宝中，有常州刺史荥阳公者，略其名氏，不书。”按：天宝元年，天下诸州改为郡，刺史改为太守。

《全集》本页二七一，《三十年集》本页九一。

“姥访其居远近。生绐之曰：‘在延平门外数里。’冀其远而见留也。姥曰：‘鼓已发矣。当速归，无犯禁。’”按：唐有夜禁，参看《任氏传》《集异记》《裴通远》条（《太平广记》卷三四五）。

《全集》本页二七二，《三十年集》本页九二。

“娃谓生曰：‘与郎相知一年，尚无孕嗣。常闻竹林神者，报应如响，将致荐酹求之，可乎？’”按：韩愈有《祭竹林神文》。

《全集》本页二七三，《三十年集》本页九三。

“信宿而返。策驴而后，至里北门”。按：《类说》及《醉翁谈录》本，并无“策驴而后，至里北门”句，而在“信宿而返”句后并多“路出宣阳里”五字。

《全集》本页二七三，《三十年集》本页九三。

“生将驰赴宣阳，以诘其姨，日已晚矣，计程不能达。”按：唐有夜禁，《唐律疏义》二十六《杂律上》：“诸犯夜者笞二十，有故者不坐。注曰：

闭门鼓后，开门鼓前，有行者皆为犯夜；故，谓公事急速及吉凶疾病之类。疏义曰：宫卫令，五更三筹，顺天门击鼓，听人行。昼漏尽，顺天门击鼓四百槌讫，闭门。后更击六百槌，坊门皆闭，禁人行，违者笞二十。故注云：闭门鼓后，开门鼓前，有行者皆为犯夜；故，谓公事急速……但公家之事须行，及私家吉凶疾病之类，皆须得本县或本坊文牒，然始合行。若不得公验，虽复无罪，街铺之人不合许过。既云‘闭门鼓后，开门鼓前禁行’，明禁出坊外者，若坊内行者，不拘此律。”

《律》又云：“其直宿坊街，若应听行而不听，及不应听行而听者，笞三十；即所直时有贼盗经过而不觉者，笞五十。”

疏义曰：“诸坊应闭之门，诸街守卫之所，有当直宿，应合听行而不听及不应听行而听者，笞三十。若分更当直之时，有贼盗经过所直之处，而宿直者不觉，笞五十；若觉而听行，自当主司故纵之罪。”

《全集》本页二七四，《三十年集》本页九四。

“初，二肆之佣凶器者，互争胜负”。按：《太平广记》二六〇《李佐》记凶器有党。

《全集》本页二七五，《三十年集》本页九五。

## 《三梦记》

“天后时，刘幽求为朝邑丞。”按：《唐诗纪事》卷十三：“幽求，冀州人，临淄王入诛韦庶人，预参大策。先天中为相，在同列下，意望未满。已而窦怀正、崔湜附太平公主，有逆谋，幽求说明皇图之，谋泄，睿宗流之于封州。明年，公主诛，召复旧官。开元初，进左丞相，以太子少保罢。姚崇忌之，奏幽求郁郁散职有怨言，诏有司鞠治；卢怀慎等奏幽求轻肆不恭，失大臣体。贬睦州刺史，迁杭、郴二州。恚愤卒于道。”

《全集》本页二八〇，《三十年集》本页一〇〇。

## 《长恨传》

“鸿与琅邪王质夫家于是邑。”按：《白氏长庆集》卷五有《招王质夫》及《只役骆口因与王质夫同游秋山偶题三韵》；卷九有《翰林院中感秋怀王质夫》，注云：“王居仙游山”，又有《赠王山人》；卷十一有《寄王质夫》《哭王质夫》；卷十三有《和王十八蔷薇涧花时有怀萧侍御兼见赠》《酬王十八李大见招游山》《期李二十文略王十八质夫不至独宿仙游寺》；卷十四：《送王十八归山寄题仙游寺》《酬王十八见寄》。

《全集》本页二八六，《三十年集》本员一〇六。

## 《东城老父传》

按：此篇陈鸿祖撰。其名四见传中（其一作洪祖），与《长恨歌传》作者非一人。

《全集》本页二八九，《三十年集》本页一〇九。

## 《莺莺传》

“是的，浑【王咸】薨于蒲。”按：《旧唐书》卷十三《本纪》十三《德宗》下：“……十二月（贞元十五年）庚午，朔方等道副元帅、河中绛州节度使检校司徒兼奉朔中书令浑城薨。……丁酉以同州刺史杜确为河中尹、河中、绛州观察使。”

《全集》本页二九九，《三十年集》本页一一九。

“今天子甲子岁之七月，终今贞元庚辰，生年十七矣。”按：甲子岁当为兴元元年；“贞元庚辰”当为贞元十六年。

《全集》本页三〇〇，《三十年集》本页一二〇。

“待月西厢下，迎风户半开。拂墙花影动，疑是玉人来。”按：见李益《竹窗闻风诗》：“开帘风动竹，疑是故人来。”

《全集》本页三〇一，《三十年集》本页一二一。

“大凡天之所命尤物也，不妖其身，必妖于人。……予之德不足以胜妖孽，是用忍情。”按：《唐诗纪事》卷七九《莺莺》条云：“张后以为妖于身也绝之，既而淫其所居……”不知何本。

《全集》本页三〇五，《三十年集》本页一二五。

## 《湘中怨辞并序》

“元和十三年，余闻之于朋中，因悉补其词，题之曰《湘中怨》，盖欲使南昭嗣‘烟中之志’，为倡偶也。”按：南昭嗣名卓，有《羯鼓录》《南卓解题叙》。会昌元年为洛阳令（见《羯鼓录》）；“烟中之志”似即《绿窗新话》卷上所载《谢生娶江中水仙》条，盖取自《南卓解题叙》者，《丽情集》亦收此篇，题《烟中怨》。

《全集》本页三一二，《三十年集》本页一三二。

## 《异梦录》

“西望吴王过，云书凤字牌。连江起珠帐，择水葬金钗。满地红心草，三层碧玉阶。春风无处所，凄恨不胜怀。”按：“择水”当作“择土”为是，下有“满地红心草”句可证。

《全集》本页三一四，《三十年集》本页一三四。《飞烟传》“……昨日瑶台青鸟忽来，殷勤寄语。蝉锦香囊口赠，芬馥盈怀，佩服徒增，翘恋弥切。……”按：“囊”字缺文应是“之”字。

《全集》本页三三〇，《三十年集》本页一五〇。

## 《东阳夜怪录》

按：参《太平广记》四三四引《传奇》《宁茵》条。

《全集》本页三四四，《三十年集》本页一六四。

## 《隋遗录》卷上

“……后主复诗十数篇，帝不记之，独爱《小窗》诗及《寄侍儿碧玉》诗。”按：姚宽《西溪丛语》下：“《南部烟花录》文极俚俗，又载陈后主诗云：‘夕阳如有意，偏傍水窗明。’此乃唐人方域诗，六朝诗语不如此。《唐艺文志》所载《烟花录》记幸广陵事，此本已亡，故流俗伪作此书，与裴铏《传奇》载秦人事及赋唐人俚诗无异。”

《全集》本页三七〇，《三十年集》本页一九〇。

# 第六章
# 旅行记

## 我的旅伴

——西班牙旅行记之一

从法国入西班牙境，海道除外，通常总取两条道路：一条是经东北的蒲港（Port-Bou），一条是经西北的伊隆（Irun）。从里昂出发，比较是经由蒲港的那条路近一点，可是，因为可以经过法国第四大城鲍尔陀（Bordeaux），可以穿过“平静而美丽”的伐斯各尼亚（Vasconia），可以到蒲尔哥斯（Burgos）去瞻览世界闻名的大伽蓝，可以到伐略道里兹（Valladolid）去寻访赛尔房德思（Cervantes）的故居，可以在“绅士的”阿维拉（Avila）小作勾留，我便舍近而求远，取了从伊隆入西班牙境的那条路程。

一九三四年八月二十二日下午五时，带着简单的行囊，我到了里昂的贝拉式车站。择定了车厢，安放好了行李，坐定了位子之后，开车的时候便很近了。送行的只有友人罗大刚一人，颇有点冷清清的气象，可是久居异乡，随遇而安，离开这一个国土而到那一个国土，也就像迁一家旅舍一样，并不使我起什么怅惘之思，而况在我前面还有一个在我梦想中已变成那样神秘的西班牙在等待着我。因此，旅客们的喧骚声，开车的哨子声，汽笛声，车轮徐徐的转动声，大刚的清爽的 Bon voyage 声，在我听来便好像是一阕快乐的前奏曲了。

火车已开出站了，扬起的帽子，挥动的素巾，都已消隐在远处了。我还是凭着车窗望着，惊讶着自己又在这永远伴着我的旅途上了。车窗外的风景转着圈子，展开去，像是一轴无尽的山水长卷：苍茫的云树，青翠的牧场，起伏的山峦，绵亘的耕地，这些都在我眼前飘忽过去，但并没有引起我的注意。我的心神是在更远的地方。这样地，一个小站，两个小站过去了，而我却还在窗前伫立着，出着神，一直到一个奇怪的声音把我从梦想中拉出来。

一个奇怪的声音在我的车厢中响着，好像是婴孩的啼声，又好像是妇女的哭声。它从我的脚边发出来；接着，又有什么东西踏在我脚上。我惊奇地回头过去：四张微笑着的脸儿。我向我的脚边望去：一只黄色的小狗。于是我离开了窗口，茫然地在座位上坐了下去。

“这使你惊奇吗，先生？”坐在我旁边的一位中年人说，接着便像一个很熟的朋友似的溜溜地对我说起来：“我们在河沿上鸟铺前经过，于是这个小东西就使我女人看了中意了。女人的怪癖！你说它可爱吗，这头小狗？我呢，我还是喜欢猫。哦，猫！它只有两个礼拜呢，这小东西。我们还为它买了牛奶。”他向坐在他旁边的妻子看了一眼，“你说，先生，这可不是自讨麻烦吗？——嘟嘟，别那么乱嚷乱跑！——它可弄脏了你的鞋子吗，先生？”

“没有，先生，”我说，“倒是很好玩的呢，这只小狗。”

“可不是吗？我说人人见了它会欢喜的，”我隔座的女人说，“而且人们会觉得不寂寞一点。”

是的，不寂寞。这头小小的生物用它的尖锐的唤声充满了这在辘辘的车轮声中摇荡里的小小的车厢，像利刃一般地刺到我耳中。

这时，这一对夫妇忙着照顾他们新买来的小狗，给它预备牛奶，我们刚才开始的对话，便因而中止了。趁着这个机会，我便去观察一下我的旅伴们。

坐在我旁边的中年人大约有三十五六岁，养着一撮小胡子，胖胖的脸儿发着红光，好像刚喝过了酒，额上有几条皱纹，眼睛却炯炯有光，像一个少年人。灰色条纹的裤子。上衣因为车厢中闷热已脱去了，露出了白色短袖的 Lacoste 式丝衬衫。从他的音调中，可以听出他是马赛人或都隆一带的人。他的言语服饰举止，都显露出他是一个小 rentier，一个十足的法国小资产阶级者。坐在他右手的他的妻子，看上去有三十岁光景。染成金黄色的棕色的头发，栗色的大眼睛，上了黑膏的睫毛，敷着发黄色的胭脂的颊儿，染成红色的指甲，葵黄色的衫子，鳄鱼皮的鞋子。在年轻的时候，她一定曾经美丽过，所以就是现在已经发胖起来，衰老下去，她还没有忘记了她的爱装饰的老习惯。依然还保持着她的往日的是她的腿胫。在栗色的丝袜下，它们描着圆润的轮廓。

坐在我对面的胖子有四十多岁，脸儿很红润，胡须剃得光光的，满面笑容。他在把上衣脱去了，使劲地用一份报纸当扇子挥摇着。在他的脚边，放着一瓶酒，只剩了大半瓶，大约在上车后已喝过了。他头上的搁篮上，又是两瓶酒。我想他之所以能够这样白白胖胖欣然自得，大概就是这种葡萄酒的作用。从他的神气看来，我猜想是开铺子的（后来知道他是做酒生意的）。薄薄的嘴唇证明他是一个好说话的人，可是自从我离开窗口以后，我还没有听到他说过话。大约还没有到时候。恐怕一开口就不会停。

坐在这位胖先生旁边，缩在一隅，好像想避开别人的注意而反引起别人的注意似的，是一个不算难看的二十来岁的女人。穿着黑色的衣衫，老在那儿发呆，好像流过眼泪的有点红肿的眼睛，老是望着一个地方。她也没有带什么行李，大约只作一个短程的旅行，不久就要下车的。

在我把我的同车厢中的人观察了一遍之后，那位有点发胖的太太已经把她的小狗喂过了牛乳，抱在膝上了。

"你瞧它多乖！"她向那现在已不呜呜地叫唤的小狗望了一眼，好像对自己又好像对别人地说。

"呃，这是'新地'种，"坐在我对面的胖先生开始发言了，"你别瞧它现在那么安静，以后它脾气就会坏的，变得很凶。你们将来瞧着吧，在十六七个月之后。呃，你们住在乡下吗？我的意思是说，你们住在巡警之力所不及的僻静的地方吗？"

"为什么？"两夫妇同声说。

"为什么？为什么？为了这是'新地'种，是看家的好狗。难道你们不知道吗？它会很快地长大起来，长得高高的，它的耳朵，也渐渐地会拖得更长，垂下去。它会变得很凶猛。在夜里，你们把它放在门口，你们便可以敞开了大门高枕无忧地睡觉。"

"啊！"那妇人喊了一声，把那只小狗一下放在她丈夫的膝上。

"为什么，太太？"那胖子说，"能够高枕无忧，这还不好吗？而且'新地'种是很不错的。"

"我不要这个。我们住在城里很热闹的街上，我们用不到一头守夜狗。我所要的是一只好玩的小狗，一只可以在出去散步时随手牵着的小狗，一只会使人感到不大寂寞一点的小狗。"那女人回答，接着就去埋怨她的丈夫了，“你为什么会这样糊涂！我不是已对你说过好多次了吗，我要买一头小狗玩玩？”

“我知道什么呢？”那丈夫像一个牺牲者似的回答，“这都是你自己不好，也不问一问伙计，而且那时离开车的时间又很近了。是你自己指定了买的，我只不过付钱罢了。”接着对那胖先生说，“我根本就不喜欢狗。对于狗这一门，我是完全外行。我还是喜欢猫。关于猫，我还懂得一点，暹罗种，昂高拉种；狗呢，我一点也不在行。有什么办法呢！”他耸了一耸肩，不说下去了。

“啊，太太，我懂了。你所要的是那种小种狗。”那胖先生说，接着他更卖弄出他的关于狗种的渊博的知识来：“可是小种狗也有许多种，Dandie-dinmont，King Charles，Skye-terrier，Pékinois，loulou，Biehon de malt，Japonais，Bouledogue，teerier anglais a poils durs，以及其他等等，说也说不清楚。你所要的是哪一种样子的呢？像用刀切出来的方方正正的那种小狗呢，还是长长的毛一直披到地上又遮住了脸儿的那一种？”

“不是，是那种头很大，脸上起皱，身体很胖的有点儿像小猪的那种。以前我们街上有一家人家就养了这样一只，一副蠢劲儿，怪好玩的。”

“啊啊！那叫Bouledogue，有小种的，也有大种的。我个人不大喜欢它，正就因为它那副蠢劲儿。我个人倒喜欢King Charles或是Japonais。”说到这里，他转过脸来对我说：“呃，先生，你是日本人吗？”

“不，”我说，“中国人。”

“啊！”他接下去说，“其实Pékinois也不错，我的妹夫就养着一条。这种狗是出产在你们国里的，是吗？”

我含糊地答应了他一声，怕他再和我说下去，便拿出了小提箱中的高谛艾的《西班牙旅行记》来翻看。可是那位胖先生倒并没有说下去，却拿起了放在脚边的酒瓶倾瓶来喝。同时，在那一对夫妻之间，便你一句我一句地争论起来了。

快九点钟了。我到餐车中去吃饭。在吃得醺醺然地回来的时候，车厢中只剩了胖先生一个人在那儿吃夹肉面包喝葡萄酒。买狗的夫妇和黑衣的少妇都已下车去了。我问胖先生是到哪里去的。他回答我是鲍尔陀。我们于是商量定，关上了车厢的门，放下窗幔，熄了灯，各占一张长椅而卧，免得上车来的人占据了我们的座位，使我们不得安睡。商量既定，我们便都挺直了身子躺在长椅上。不到十几分钟，我便听到胖先生的呼呼的鼾声了。

## 鲍尔陀一日

### ——西班牙旅行记之二

清晨五点钟。受着对座客人的"早安"的敬礼，我在辘辘的车声中醒来了。这位胖先生是先我而醒的，一只手拿着酒瓶，另一只手拿着一块饼干，大约已把我当作一个奇怪的动物似的注视了好久了。

"鲍尔陀快到了吧？"我问。

"一小时之后就到了。您昨夜睡得好吗？"

"多谢，在火车中睡觉是再舒适也没有了。它摇着你，摇着你，使人们好像在摇篮中似的。"说着我便向车窗口望出去。

风景已改变了。现在已不是起伏的山峦，广阔的牧场，苍翠的树林了，在我眼前展开着的是一望无际的葡萄已经成熟了，我仿佛看见了暗绿色的葡萄叶，攀在支柱上的藤蔓，和发着宝石的光彩的葡萄。

“你瞧见这些葡萄田吗？”那胖先生说，接着，也不管我听与不听，他又像昨天谈狗经似的对我谈起酒经来了，“你要晓得，我们鲍尔陀是法国著名产葡萄酒的地方，说起‘鲍尔陀酒’，世界上是没有一处人不知道的。这是我们法国的命脉——也是我的命脉。这也有两个意义：第一，正如你所见到的一样，我是一天也不能离开葡萄酒的；”他喝了一口酒，放下了瓶子接下去说，“第二呢，我是做酒生意的，我在鲍尔陀开着一个小小的酒庄。葡萄酒双倍地维持着我的生活，所以也难怪我对于酒发着颂词了。喝啤酒的人会有一个混浊而阴险的头脑，像德国人一样；喝烧酒（Liqueur）的人会变成一种中酒精毒的疯狂的人；而喝了葡萄酒的人却永远是爽直的、喜乐的、满足的，最大的毛病是多说话而已，但多说话并不是一件缺德的事。……”

“鲍尔陀葡萄酒的种类很多吧？”我趁空羼进去问了一句。

“这真是说也说不清呢。一般说来，是红酒白酒，在稍为在行一点的人却以葡萄的产地来分，如‘美道克’（Medoc），‘海岸’（Cotcs），‘沙滩’（Graves），‘沙田’（Palus），‘梭代尔纳’（Sauternes）等等。这是大致的分法，但每一种也因酒的品质和制造者的不同而分了许多种类，‘美道克’葡萄酒有‘拉斐特堡’（Chateau-Lafite），‘拉都堡（Chateau-Latour），‘莱奥维尔’（Léoville）等类；‘海岸’有‘圣爱米略奈’（St.Emilionais），‘李布尔奈’（Libournais），‘弗龙沙代’（Fronsadais）等类；‘沙田’葡萄酒和‘沙滩’酒品质比较差一点，但也不乏名酒；享受到世界名誉的是‘梭代尔纳’的白酒，那里的产酒区如鲍麦（Bommes），巴尔沙克（Barsac），泊莱涅克（Preignac），法尔格（Fargues）等，都出好酒，特别以‘伊甘堡’（Chateau-Yquem）为最著名。因为他们对于葡萄酒的品质十分注意，就是采葡萄制酒的时候，至少也分三次采，每次都只采成熟了的葡萄……而且每一个制造者都有着他们世袭的秘法，就是我们也无从知晓。总之，”在说了这一番关于鲍尔陀酒的类别之后，他下着这样的结论，“如果你到了鲍尔陀之后，我第一要奉劝的便是请你去尝一尝鲍尔陀的好酒，这才可以说不枉到过鲍尔陀。……”

“对不起，”一半也是害怕他再滔滔不绝地说下去，我站起身来说，“我得去洗一个脸呢，我们回头谈吧。”

回到车厢中的时候，火车离鲍尔陀已只有十几分钟的路程了。胖先生在车厢外的走廊上笑眯眯地望着车窗外的葡萄田，好像在那些累累的葡萄上看到了他自己的满溢的生命一样。我也不去打搅他，整理好行囊，便依着车窗闲望了。

这时在我的心头起伏着的是一种莫名其妙的不安。这种不安是读了高谛艾的《西班牙旅行记》而引起的，对到鲍尔陀站时，高谛艾这样写着他的印象：

下车来的时候，你就受到一大群的佚役的攻击，他们分配着你的行李，合起二十个人来扛一双靴子：这还一点也不算稀奇；最奇怪的是那些由客栈老板埋伏着截拦旅客的牢什子。这一批混蛋逼着嗓子闹得天翻地覆地倾泻出一大串颂词和咒骂来：一个人抓住你的胳膊，另一个人攀住你的腿，这个人拉住你的衣服的后襟，那个人拉住你的大氅的钮子：“先生，到囊特旅馆里去吧，那里好极啦！”——“先生不要到那里去，那是一个臭虫的旅馆，臭虫旅馆这才是它的真正的店号。”那对敌的客店的代表急忙这样说。——“罗昂旅馆！”“法兰西旅馆！”那一大群人跟在你后面嚷着。——

“先生，他们是永远也不洗他们的沙锅的，他们用臭猪油烧菜，他们的房间里漏得像下雨，你会被他们剥削、抢盗、谋杀。”每一个人都设法使你讨厌那些他们对敌的客栈，而这一大批跟班只在你断然踏进了一家旅馆的时候才离开你。那时他们自己之间便口角起来，相互拔出皮榔头来，你骂我强盗，我骂你贼，以及其他类似的咒骂，接着他们又急急忙忙地追另一个猎物。

到了鲍尔陀的圣约翰站，匆匆地和胖先生告了别之后，我便是在这样的心境中下了火车。我下了火车：没有脚伕来抢拿我的小皮箱；我走出了车站：没有旅馆接客来拽我的衣裾。这才使我安心下来，心里想着现在的鲍尔陀的确比一八四〇年的鲍尔陀文明得多了。

我不想立刻找一个旅馆，所以我便提着轻便的小提囊安步当车顺着大路踱过去。这正是上市的时候，买菜的人挟着大篮子在我面前经过，熙熙攘攘，使我连游目骋怀之心也被打散了。一直走过了闹市之后，我的心才渐渐地宽舒起来。高谛艾说：“在鲍尔陀，西班牙的影响便开始显著起来了。差不多全部的市招都是用两种文字写的；在书店里，西班牙文的书至少和法文书一样多。许多人都说着吉诃德爷和古士芝·达尔法拉契的方言……”我开始注意市招：全都是法文的；我望了一望一家书店的橱窗：一本西班牙文的书也没有；我倾听着过路人的谈话：都是道地的法语，只是有点重浊的本地口音而已。这次，我又太相信高谛艾了。

这样地，我不知不觉走到了鲍尔陀最热闹的克格芝梭大街上。咖啡店也开门了，把藤椅一张张地搬到檐前去。我走进一家咖啡店去，遵照同车胖先生的话叫了一杯白葡萄酒，又叫了一杯咖啡，一客夹肉面包。

也许是车中没有睡好，也许是闲走累了，也许是葡萄酒发生了作用，一片懒惰的波浪软软地飘荡着我，使我感到有睡意了。我想：晚间十二点要动身，而我在鲍尔陀又只打算走马看花地玩一下，那么我何不找一个旅馆去睡几小时，就是玩起来的时候也可以精神抖擞一点。

罗兰路。勃拉丹旅馆。在吩咐侍者在正午以前唤醒我之后，我便很快地睡着了。

侍者在十一点半唤醒了我，在洗盥既毕出门去的时候，天已在微微地下雨了。我冒着微雨到圣昂德莱大伽蓝巡礼去，这是英国人所建筑的，还是中世纪的遗物，藏着乔尔丹（Jordaens）和维洛奈思（Véronèse）等名画家的画。从这里出来后，我到喜剧院广场的鲍尔陀咖啡饭店去丰盛地进了午餐。在把肚子里装满了鲍尔陀的名酒和佳肴之后，正打算继续去览胜的时候，雨却倾盆似地泻下来。一片南方的雨，急骤而短促。我不得不喝着咖啡等了半小时。

出了饭馆之后，在一整个下午之中我总计走马看花地玩了这许多地方：圣母祠、甘龚斯广场、圣米式尔寺、公园、博物馆。关于这些，我并不想多说什么，《蓝皮指南》以及《倍德凯尔》等导游书的作者，已经有更详细的记载了。

使我引为憾事的是没有到圣米式尔寺的地窖里去看一看。那里保藏着一些成为木乃伊的尸体，据高谛艾说："就是诗人们和画家们的想象，也从来没有产生过比这更可怕的噩梦过。"但博物馆中几幅吕班思（Rubens）、房第壳（Van Dyck）、鲍谛契里（Botticelli）的画，黄昏中在清静的公园中的散步，也就补偿了这遗憾了。

依旧丰盛地进了晚餐之后，我在大街上信步闲走了两点多钟，然后坐到咖啡馆中去，听听音乐，读读报纸，看看人。这时，我第一次证明了高谛艾没有对我说谎。他说："使这个城有生气的，是那些娼妓和下流社会的妇人，她们都的确是很漂亮：差不多都生着笔直的鼻子，没有颧骨的颊儿，大大的黑眼睛，爱娇而苍白的鹅蛋形脸儿。"

这样捱到了十一点光景，我回到旅馆里去算了账，便到圣约翰站去乘那在十二点半出发到西班牙边境去的夜车。

## 在一个边境的站上

### ——西班牙旅行记之三

夜间十二点半从鲍尔陀开出的急行列车，在侵晨六点钟到了法兰西和西班牙的边境伊隆。在朦胧的意识中，我感到急骤的速率宽弛下来，终于静止了。有人在用法西两国语言报告着："伊隆，大家下车！"

睁开睡眼向车窗外一看，呈在我眼前的只是一个像法国一切小车站一样的小车站而已。冷清清的月台，两三个似乎还未睡醒的搬运夫，几个态度很舒闲地下车去的旅客。我真不相信我已到了西班牙的边境了，但是一个声音却在更响亮地叫过来：

"伊隆，大家下车！"

匆匆下了车，我第一个感到的就是有点寒冷。是侵晓的冷气呢，是新秋的薄寒呢,还是从比雷奈山间夹着雾吹过来的山风？我翻起了大氅的领，提着行囊就望出口走。

走出这小门就是一间大敞间，里面设着一圈行李检查台和几道低木栅，此外就没有什么别的东西。这是法兰西和西班牙的交界点，走过了这个敞间，那便是西班牙了。我把行李照别的旅客一样地放在行李检查台上，便有一个检查员来翻看了一阵，问我有什么报税的东西，接着在我的提箱上用粉笔划了一个字，便打发我走了。再走上去是护照查验处。那是一个像车站上卖票处一样的小窗洞。电灯下面坐着一个留着胡子的中年人。单看他的炯炯有光的眼睛和他手头的那本厚厚的大册子，你就会感到不安了。我把护照递给了他。他翻开来看了看里昂西班牙领事的签字，把护照上的照片看了一下，向我好奇地看了一眼，问我一声到西班牙的目的，把我的姓名录到那本大册子中去，在护照上捺了印；接着，和我最初的印象相反地，他露出微笑来，把护照交还了我，依然微笑着对我说："西班牙是一个可爱的地方，到了那里你会不想回去呢。"

真的，西班牙是一个可爱的地方，连这个护照查验员也有他的固有的可爱的风味。

这样地，经过了一重木栅，我踏上了西班牙的土地。

过了这一重木栅，便好象一切都改变了：招纸，揭示牌，都用西班牙文写着，那是不用说的，就是刚才在行李检查处和搬运夫用沉浊的法国南部语音开着玩笑的工人型的男子，这时也用清朗的加斯谛略语和一个老妇人交谈起来。天气是显然地起了变化，暗沉沉的天空已澄碧起来，而在云里透出来的太阳，也驱散了刚才的薄寒，而带来了温煦。然而最明显的改变却是在时间上。在下火车的时候，我曾经向站上的时钟望过一眼：六点零一分。检查行李，验护照等事，大概要花去我半小时，那么现在至少是要六点半了吧。并不如此。在西班开的伊隆站的时钟上，时针明明地标记着五点半。事实是西班牙的时间和法兰西的时间因为经纬度的不同而相差一小时，而当时在我的印象中，却觉得西班牙是永远比法兰西年轻一点。

因为是五点半，所以除了搬运夫和洒扫工役已开始活动外，车站上还是冷清清的。卖票处，行李房，兑换处，书报摊，烟店等等都没有开，旅客也疏朗朗地没有几个。这时，除了枯坐在月台的长椅上或在站上往来蹀躞以外，你是没有办法消磨时间的。到蒲尔哥斯的快车要在八点二十分才开。到伊隆镇上去走一圈呢，带着行李究竟不大方便，而且说不定要走多少路。再说，这样大清早就是跑到镇上也是没有什么多大意思的。因此，把行囊散在长椅上，我便在这个边境的车站上踱起来了。

如果你以为这个国境的城市是一个险要的地方，扼守着重兵，活动着国际间谍，压着国家的、军事的大秘密，那么你就错误了。这只是一个消失在比雷奈山边的西班牙的小镇而已。提着筐子，筐子里盛着鸡鸭，或是肩着箱笼，三三两两地来乘第一班火车的，是头上裹着包头布的山村的老妇人，面色黝黑的农民，白了头发的老匠人，像是学徒的孩子。整个西班牙小镇的灵魂都可以在这些小小的人物身上找到。而这个小小的车站，它也何尝不是十足西班牙底呢？灰色的砖石，黯黑的木柱子，已经有点腐蚀了的洋铅遮檐，贴在墙上在风中飘着的斑剥的招纸，停在车站尽头处的破旧的货车：这一切都向你说着西班牙的式微，安命，坚忍。西德（Cid）的西班牙，侗黄（Don Juan）的西班牙，吉诃德（Quixote）酌西班牙，大仲马或梅里美心目中的西班牙，现在都已过去了，或者竟可以说本来就没有存在过。

的确，西班牙的存在是多方面的。第一是一切旅行指南和游记中的西班牙，那就是说历史上的和艺术上的西班牙。这个西班牙浓厚地渲染着釉彩，充满了典型人物。在音乐上，绘画上，舞蹈上、文学上，西班牙都在这个面目之下出现于全世界，而做着它的正式代表。一般人对于西班牙的观念，也是由这个代表者而引起的。当人们提起了西班牙的时候，你立刻会想到蒲尔哥斯的大伽蓝，格腊拿达的大食故宫，斗牛，当歌舞（Tango），侗黄式的浪子，吉诃德式的梦想者！塞赖丝谛拿（La Celestina）式的老虔婆，珈尔曼式的吉卜赛女子，扇子，披肩巾，罩在高冠上的遮面纱等等，而勉强西班牙人做了你的想象底受难者；而当你到了西班牙而见不到那些开着悠久的岁月的绣花的陈迹，传说中的人物，以及你心目中的西班牙固有产物的时候，你会感到失望而作"去年白雪今安在"之喟叹。然而你要知道这是最表面的西班牙，它的实际的存在是已经在一片迷茫的烟雾之中，而行将只在书史和艺术作品中赓续它的生命了。西班牙的第二个存在是更卑微一点，更穆静一点。那便是风景的西班牙。的确，在整个欧罗巴洲之中，西班牙是风景最胜最多变化的国家。恬静而笼着雾和阴影的伐斯各尼亚，典雅而充溢着光辉的加斯谛拉，雄警而壮阔的昂达鲁西亚，煦和而明朗的伐朗西亚，会使人"感到心被窃获了"的清澄的喀达鲁涅。在西班牙，我们几乎可以看到欧洲每一个国家的典型。或则草木葱茏，山川明媚；或则大山男崮，峭壁幽深；或则古堡荒寒，困焦幽独；或则千圜澄碧，百里花香，……这都是能使你目不暇给，而至于留连忘返的。这是更有实际的生命，具有易解性（除非是村夫俗子）而容易取好于人的西班牙，因为它开拓了你对于自然之美的爱好之心，而使你衷心地生出一种舒徐的，悠长的，寥寂的默想来，然而最真实的，最深沉的，因而最难以受人了解的却是西班牙的第三个存在。这个存在是西瑰牙的底蕴，它蕴藏着整个西班牙，用一种静默的语言向你说着整个西班牙，代表着它的每日生活，静默至于好像绝灭，可是如果你能够留意观察，用你的小心去理解，那么你就可以把握住这个卑微而静默的存在，特别是在那些小城中。这是一个式微的、悲剧的、现实的存在，没有光荣，没有梦想。现在，你在清晨或是午后走进任何一个小城去吧。你在狭窄的小路上，在深深的平静中徘徊着。阳光从静静的闭着门的阳台上坠下来，落着一个砌着碎石的小方场。什么也不来搅扰这寂静；街坊上的叫卖声在远处寂灭了，寺院的钟声已消沉下去了。你穿过小方场，经过一个作坊，一切任何作坊，铁匠底、木匠底或羊毛匠底。你伫立一会儿，看着他们带着那一种的热心，坚忍和爱操作着；你来到一所大屋子前面：半开着的门已朽腐了，门环上满是铁锈，涂着石灰的白墙已经斑剥或生满黑霉了，从门间，你望见了被野草和草苔所侵占了的院子。你当然不推门进去，但是在这墙后面，在这门里面，你会感到有苦痛、沉哀或不遂的愿望静静地躺着。你再走上去，街路上依然是沉静的，一个喷泉淙淙地响着，三两只鸽子振羽作声。一个老妇扶着一个女孩伺偻着志过。寺院的钟迟迟地响起来了，又迟迟地消歇了。……这就是最深沉的西班牙，它过着一个寒伧、静默、坚忍而安命的生活，但是它却具有怎样的使人充塞了深深的爱的魅力啊。而这个小小的车站呢，它可不是也将这奥秘的西班牙呈显给我们看了吗？

当我在车站上来往蹬蹀着的时候，我心中这样地思想着。在不知不觉之中，车站中已渐渐地有生气起来了。卖票处，烟摊，报摊，都已陆续地开了门，从镇上来的旅客们，也开始用他们的嘈杂的语音充满了这个小小的车站了。

我从我的沉思中走了出来，去换了些西班牙钱，到卖票处去买了里程车票，出来买了一份昨天的《太阳报》（El Sol），一包烟，然后回到安放着我的手提箱的长椅上去。

长椅上已有人坐着了，一个老妇人和几个孩子。一个，两个，三个，四个……一共是四个孩子。而且最大的一个十一二岁的孩子，已经在开始一张一张地撕去那贴在我提箱上的各地旅馆的贴纸了。我移开箱子坐了下来。这时候，有两个在我看来很别致的人物出现了。

那是邮差，军人，和京戏上所见的文官这三种人物的混合体。他们穿着绿色的制服，佩着剑，头面上却戴着像乌纱帽一般的黑色漆布做的帽子。这制服的色彩和灰暗而笼罩着阴阴的尼斯各尼亚的土地以及这个寒伧的小车站显着一种异样的不调和，那是不用说的；而就是在一身之上，这制服，佩剑，和帽子之间，也表现着绝端的不一致。“这是西班牙固有的驳杂底一部分吧。”我这样想。

七点钟了。开到了一列火车，然而这是到桑当德尔（Santanter）去的。火车开了，车站一时又清冷起来，要等到八点二十分呢。

我静穆地望着铁轨，目光随着那在初阳之下闪着光的两条铁路的线伸展过去，一直到了迷茫的天际；在那里，我的神思便飘举起来了。

## 西班牙的铁路

### ——西班牙旅行记之四

田野底青色小径上铁的生客就要经过，一只铁腕行将收尽，晨曦所播下的禾黍。

这是俄罗斯现代大诗人叶赛宁的诗句。当看见了俄罗斯的恬静的乡村一天天地被铁路所侵略，并被这个“铁的生客”所带来的近代文明所摧毁的时候，这位憧憬着古旧的、青色的俄罗斯，歌咏着猫、鸡、马、牛，以及整个梦境一般美丽的自然界的，俄罗斯的“最后的田园诗人”，便不禁发出这绝望的哀歌来，而终于和他的古旧的俄罗斯同归于尽。

和那吹着冰雪的风，飘着忧郁的云的俄罗斯比起来，西班牙的土地是更饶于诗情一点。在那里，一切都邀人入梦，催人怀古：一溪一石，一树一花，山头碉堡，风际牛羊……当你静静地观察着的时候，你的神思便会飞越到一个更迢遥更幽古的地方去，而感到自己走到了一种恍惚一般的状态之中去，走到了那些古诗人的诗境中去。

这种恍惚，这种清丽的或雄伟的诗境，是和近代文明绝缘的。让魏特曼或凡尔哈仑去歌颂机械和近代生活吧，我们呢，我们宁可让自己沉浸在往昔的梦里。你要看一看在“铁的生客”未来到以前的西班牙吗？在《大食故宫余载》（一八三二）中，华盛顿·欧文这样地记着他从塞维拉到格腊拿达途中的风景的一个片断：

……见旧堡，遂徘徊于堡申久之。……堡踞小山，山趺瓜低拉河萦绕如带，河身非广，澌澌作声，绕堡而逝。山花覆水，红鲜欲滴。绿阴中间出石榴佛手之树，夜莺嘤鸣其间，柔婉动听。去堡不远，有小桥跨河而渡；激流触石，直犯水碓。碓房环以黄石，那当日堡人用以屑面者。渔篨巨网，晒堵黄石之墉；小舟横陈，即隐绿阴之下。村妇衣红衣过桥，倒影入水作绛色，渡过绿漪而没。等流连景光，恨不能画……（据林纾译文）

这是幽倩的风光，使人流连忘返的；而在乔治·鲍罗的《圣经在西班牙》（一八四三）中，我们又可以看到加斯谛尔平原的雄警壮阔的姿态：

这天酷热异常，于是我们便缓缓地在旧加斯谛尔的平原上取道前进。说起西班牙，旷阔和宏壮是总要联想起的：它的山岳是雄伟的，而它的平原也雄伟不少逊；它舒展出去，块乩无垠，但却也并不坦坦荡荡，满目荒芜，像俄罗斯的草原那样。崎岖垗墒的土地触目皆是：这里是寒泉所冲泻成的深涧和幽壑；那里是一个嶙峋而荒蛮的培塿，而在它的顶上，显出了一个寂寥的孤村。欢欣快乐的成分很少，而忧郁的成分却很多。我们偶然可以看见有几个孤独的农夫，在田野间操作——那是没有分界的田野，不知橡树、榆树或槐树为何物；只有悒郁而悲凉的松树，在里炫耀着它的金字塔一般的形武，而绿草也是找不到的。这些地域中的旅人是谁呢？大部分是驴犬，以及他们的一长列一长列系着单调地响着的铃子的驴子。……

在这样的背景上，你想吧，近代文明会呈显着怎样的丑陋和不调和，而"铁的生客"的出现，又会怎样地破坏了那古旧的山川天地之间相互的默契和熟稔，怎样地破坏了人和自然界之间的融和的氛围气！那爱着古旧的西班牙，带着一种深深的怅惘数说着它的一切往昔的事物的阿索林，在他的那本百读不厌的小书《加斯谛拉》中，把西班牙的历史缩成了三幅动人的画图——十六世纪的、十九世纪的和现代的——，现在，我们展开这最后一幅画图来吧：

……那边，在地平线的尽头，那些映现在澄澈的天宇上的山岗，好像已经被一把刀所砍断了。一道深深的挺直的罅隙穿过了它们；从这罅隙间，在地上，两条又长又光亮的平行的铁条穿了出来，节节地越过了整个原野。立刻，在那些山岗的断处，显现出了一个小黑点：它动着，急骤地前进，一边在天上遗留下一长条的烟。它已来到平原上了。现在，我们看见一个奇特的铁车和它的喷出一道浓烟来的烟突，而在它的后面，我们看见了一列开着小窗的黑色的箱子，从那些小窗间，我们可以辨出许多男子的和妇女的脸儿来，每天早晨，这个铁车和它的那些黑色的箱子在远方现出来；它散播着一道道的烟，发着尖锐的啸产，急骤得使人目眩地奔跑着而进城市的一个近郊去……

铁路是在哪一种姿态之下在那古旧的西班牙出现，我们已可以在这幅画图中清楚地看到了。

的确，看见机关车的浓烟染黑了他们的光辉的和朦朦的风景，喧嚣的车声打破了他们的恬静，单调的铁轨毁坏了他们的山川的柔和或刚强的线条，西班牙人是怀着深深的遗憾的。西班牙的一切，从岐崎的比雷奈山起一直到那伽尔陀思（Galedós）所谓“逐出外国的侵犯”的那种发着辛烈的臭味的煎油为止，都是抵抗着那现代文明的闯入的。所以，那“铁的生客”的出现，比在欧美各国都要迟一点，西班牙最早的几条铁路，从巴塞洛拿（Barcelona）到马达罗（Mataró）那条是在一八四八年建立的，从马德里到阿朗胡爱斯（Aranjuez）的那条更迟四年，是在一八五一年才筑成。而在建筑铁路之前，又是经过多少的困难和周折啊。

在一八三〇年，西班牙人已知道什么是铁路了。马尔赛里诺·加莱罗（MarcelinoCalero）在一八三〇年出版了他的那本在英国印刷的，建筑一个从边境的海雷斯到圣玛丽港的铁路的计划书。在这本计划书后面，还附着一张地图和一幅插绘，是出自“拉蒙·赛沙·德·龚谛手笔”的。插绘上画着一列火车，喷着黑烟，驰行在海滨，而在海上，却航行着一只有着又高又细的烟筒的汽船。这插绘是有点幼稚的，然而它却至少带了一些火车的概念来给当时的西班牙人。加莱罗的这个计划没有实现，那是当然的事，然而在那些喜欢新的事物的人们间，火车便常被提到了。

七年之后，在一八三七年，季崖尔莫·罗佩（Guillermo Lobè）作了一次旅行，从古巴到美国，从美国又到欧洲。而在一八三九年，他在纽约出版了他的那部《在美国，法国和英国的旅行中给我的孩子们的书翰》。罗佩曾在美国和欧洲研究铁路，而在他的信上，铁路是常常讲到的。他希望西班牙全国都布满了铁路，然而他的愿望也没有很快地实现。以后，文入学士的关于铁路的记载渐渐地多起来了。在一八四一年美索奈罗·洛马诺思（Mesonero Romanos）发表了他的《法比旅行回忆记》；次年，莫代思多·拉福安德（Modesto Lauyente）发表了他的《修士海龙第奥的旅行记》第二卷。这两部游记中对于铁路都有详细的叙述，而尤以后者为更精密而有系统。这两位游记的作者都一致地公认火车旅行的诗意（这是我们所难以领略的）。美索奈罗在他的记游文中描写着铁路的诗意底各方面，在白昼的或在黑夜的。而拉福安德也沉醉于车行中所见的光景。他写着，"这是一幅绝世的惊人的画图；而在暗黑的深夜中看起来，那便千倍地格外有趣味，格外有诗意。"

然而，就在这一八四二年的三月十四日，当元老院开会议论开筑一条从邦泊洛拿经巴斯当谷通到法兰西去的普通官路的时候，那元老议员却说："我的意见是，我们永远无论如何也不应该弄平了比雷奈山；反之，我们应该在原来的比雷奈山上，再加上一重比雷奈山。"多少的西班牙人会同意于这个意见啊！

在一八四四年，西班牙著名的数学家玛里阿诺·伐烈何（Mriano Vallejo）出版了一本题名为《铁路的新建筑》的书。这位数学家是一位折中主义者。他愿望旅行运输的便利，但他也好像不大愿意机关车的黑烟污了西班牙的青天，不大愿意它的尖锐的汽笛声冲破了西班牙的原野的平静。我们的这位伐烈何主张仍旧用牲口去牵车子，只不过那车子是在铁轨上滑行着罢了。可是，这个计划也还是没有被采用。

从一八四五年起，西班牙筑铁路的计划渐次地具体化了。报纸上继续地论着铁路的利益，资本家踊跃地想投资，而一批一批的铁路专家技师，又被从国外聘请来。一八四五年五月三十日，马德里的《传声报》记载着阿维拉、莱洪、马德里铁路企业公司的主持者之一华尔麦思来（Sir J.Walmsley）抵京进行开筑铁路的消息；六月二十二日，马德里的《日报》上载着五位英国技师经过伐拉道里兹，测量从比尔鲍到马德里的铁路路线的消息；七月三日，《传声报》又公布了筑造法兰西西班牙铁路的计划，并说一个英国工程师的委员会，也已制成了路线的草案并把关于筑路的一切都筹划好了；而在九月十八日的《日报》上，我们又可以看到工程师勃鲁麦尔（Brumell）和西班牙北方皇家铁路公司的一行技师的到来。以后，这一类的消息还是不绝如缕，然而这些计划的实现却还需要许多岁月，还要经过十年，十五年，二十年。一八四八年巴塞洛拿和马达罗之间的铁路，一八五一年马德里和阿朗胡爱斯之间的铁路，只能算是一种好奇心的满足而已。

从这些看来，我们可以见到这“铁的生客”在西班牙是遇到了多么冷漠的款待，多么顽强的抵抗。那些生野的西班牙人宁可让自己深闭在他们的家园里（真的，西班牙是一个大园林），亲切地，沉默地看着那些熟稔的花开出来又凋谢，看着那些祖先所抚摩过的遗物渐渐地涂上了岁月底色泽；而对于一切不速之客，他们都怀着一种隐隐的憎恨。

现在，在我面前的这条从法兰西西班牙的边境到马德里去的铁路，是什么时候完成的呢？这个文献我一时找不到。我所知道的是，一直到一八六〇年为止，这条路线还没有完工。一八五九年，阿尔都罗·马尔高阿尔都（Arturo Marcoartu）在他替《一八六〇闰年“伊倍里亚”政治文艺年鉴》所写的那篇关于铁路的文章中，这样地告诉我们：在一八五九年终，北方铁路公司已有六五〇基罗米突的铁路正在筑造中；没有动工的尚有七十三基罗米突。

在我前面，两条平行的铁轨在清晨的太阳下闪着光，一直延伸出去，然后在天涯消隐了。现在，西班牙已不再拒绝这“铁的生客”了。它翻过了西班牙的重重的山峦，驰过了它的广阔的平原，跨过它的潺湲的溪涧，湛湛的江河，披拂着它的晓雾暮霭，掠过它的松树的针，白杨的叶，橙树的花，喷着浓厚的黑烟，发着刺耳的汽笛声，隆隆的车轮声，每日地，在整个西班牙骤急地驰骋着了。沉在梦想中的西班牙人，你们感到有点轻微的怅惘吗，你们感到有点轻微的惋惜吗？

而我，一个东方古国的梦想者，我就要跟着这“铁的生客”，怀着进香者一般虔诚的心，到这梦想的国土中来巡礼了。生野的西班牙人，生野的西班牙土地，不要对我有什么顾虑吧。我只不过来谦卑她，小心地，静默地分一点你们的太阳，你们的梦，你们的怅惘和你们的惋惜而已。

# 第七章
# 日记

## 航海日记

一九三二年十月八日，戴望舒乘达特安号邮船赴法游学，海上航行一个月，十一月八日到达法国。戴望舒航海期间在活页练习簿上写下了一本日记，现根据手稿收入本卷。标题为编者所加。

“Journal Sentimental”Excuse moi，jel'ailu，（jelatroure dans da table cammune，grand hazard!）jel'inlitrule ainsi，tu serais contene.

### 一九三二年十月八日

今天终于要走了。早上六点钟就醒来。绛年很伤心。我们互相要说的话实在太多了，但是结果除了互相安慰之外，竟没有说了什么话，我真想哭一回。

从振华到码头，送行者有施老伯，蛰存，杜衡，时英，秋原夫妇，呐鸥，王，瑛姊，萸，及绛年。父亲和萸没有上船来。我们在船上请王替我们摄影。

最难堪的时候是船快开的时候。绛年哭了。我在船舷上，丢下了一张字条去，说：“绛，不要哭。”那张字条随风落到江里去，绛年赶上去已来不及了。看见她这样奔跑着的时候，我几乎忍不住我的眼泪了。船开了。

我回到舱嚼。在船掉好了头开出去的时候，我又跑到甲板上去，想不到送行的人还在那里，我又看见了一次绛年，一直到看不见她的红绒衫和白手帕的时候才回舱。

房舱是第327号，同舱三人，都是学生。周焕南方大学，赵沛霖中法大学，刁士衡燕大研究院。

饭菜并不好，但是有酒，而且够吃，那就是了。

饭后把绛年给我的项圈戴上了。这算是我的心愿的证物：永远爱她，永远系念着她。

躺在舱里，一个人寂寞极了。以前，我是想到法国去三四年的。昨天，我已答应绛年最多去两年了。现在，我真懊悔有到法国去那种痴念头了。为了什么呢，远远地离开了所爱的人。如果可能的话，我真想回去了。常常在所爱的人，父母，好友身边活一世的人，可不是最幸福的人吗?

吃点心前睡着了一会儿，这几天真累极了。

今天有一件使人生气的事，便是被码头的流氓骗去了100法郎。

## 一九三二年十月九日

上午在甲板上晒太阳，看海水，和同船人谈话。同船的中国人竟没有一个人能说得上法语的。下午译了一点Ayala，又到甲板上去，度寂寞的时候。晚间隔壁舱中一个商人何华携Portwine来共饮，和同舱人闲谈到十点多才睡。

## 一九三二年十月十日

照常是单调的生活。译了一点儿Ayala。下午写信给绛年，家，蛰存，瑛姊，因为明天可以到香港了。

晚上睡得很迟，因为想看看香港的夜景，但是只看见黑茫茫的海。

## 一九三二年十月十一日

船在早晨六时许到香港，靠在香港对面的九龙码头。第一次看见香港。屋子都筑在山上，晨气中远远望去，像是一个魔法师的大堡寨。我们一行十一人上岸登渡头到香港去，把昨天所写的信寄了，然后乘人力车到先施公司去，在先施公司走了一转，什么也没有买，和林、周二人先归。船上饭已吃过，交涉也无效，和林、周三人饮酒嚼饼干果腹。醉饱之后，独自上码头在九龙车站附近散步。遇见到里昂去的卓君，招待他上船，又请他给我买了一张帆布床。以后呢，上船到甲板上走走，在舱里坐坐而已。

船下午六时开，上船的人很多。有一广东少女很 Charming，是到西贡去的。她说在上海住过四年，能说几句法文，又说她舱中只她一人（她的舱就在我们隔壁）。我看她有点不稳，大约不是娼妓就是舞女。

船开后便有风浪，同舱的赵沛霖大吐特吐，只得跑出来。洗了一个澡就到甲板上去闲坐。一直坐到十点多才睡。

## 一九三二年十月十二日

下午，那 Cantanaise 来闲谈了。她要打电报，我给她把电报译成了号码陪她去打，可是她要拍电去的堤南是没有电报局的，只得回下来。她要我到西贡时送她上汽车，我也答应了。她姓陈名若兰。在她舱里看她的时候，她穿着一件 Pyjama，颈上挂着一条白金项链，真是可爱。四点钟光景，她迁住二等 25 号去。

夜晚前后，那 Cantanaise 在三等舱中造成一个 Sensation，一个广东青年来找我，问我她是否（是）我们 Sister，Louis Rolle 则向我断定她是一个娼妓，一次二元就够了；一个安南少年来对我说，他常在香港歌台舞榭间看见她，大约不是正经人，而且她还没有护照。同舟中国人常向我开玩笑，好像我已和她有了什么关系似的。真是岂有此理。

临睡之前到甲板上去散步，碰到我们对面舱中的那个法国军官。他从上海到香港包了一个法国娼妓（洋五十元也）。那娼妓在香港下去了。他似乎性欲发得忍不住了，问我有没有法子 couder avec 那几个公使小姐。我对他说那是公使小姐，花钱也没有办法的，他却说 on peut trouver le moijer tont de maine。小姐们没有男子陪伴旅行，我想，真是危险。这三位小姐不知道会不会吃亏呢。

Ayala 还没有译下去，因为饭堂里又热又闷，简直坐不住。真令人心焦。

## 一九三二年十月十三日

那广东少年姓邓，他今日来找了我好多次，要我陪着他去看陈若兰，大约他看出自己信用不好，找我去做幌子。我陪他去了两次。譬如那 Cantanaise 已有丈夫了。我想她大概是一个外室吧。她要到堤岸去。堤岸叫作 Cholon，故昨日电报没有打通，那广东少年很热心，让他去送她吧。

## 一九三二年十月十四日

起来写信给绛年，蛰存，家。午时便到西贡了。乘船人凑起钱来，请我做总办去玩。验护照后即下船，步行至 jardinbotanigue 去，看了一回，乘洋车返船，真累极了。吃过点心后，和同船人到 marche 去玩，一点也没意思。在归途中遇见那广东少年。他把通信处告诉我，并约我六时去。他的通讯处是 Photo Ideal，74，Boulevardo 吃过午饭，即乘车去找他。和他及 Photo Ideal 的老板 Nhu 一同出去。他们还未吃饭，遂先上饭馆。饭后，即到旅馆中去转了一转，我和 Nhu 则在街上等他。Nhu 对我说，邓的父亲稍有几个钱，所以他只是游浪，不务正业，他们是在巴黎认识的，白相朋友而已。邓出来后，我们决定去跳舞，但因时间太早，故先到咖啡店中去坐了一回。十点多钟，跟他们出发去找舞伴，因为西贡是没有舞伴的。我们乘车到了一家安南人的家取。那人家只有三个女人在那里，据说男人已出门做生意了。安南人家的布置很特别，我们所去的一家已经有点欧化了。等那三位安南小姐梳妆好之后，便一同乘车至 Dancing Majestic。那是西贡最上等的舞场，进去要出门票。音乐很好，又有歌舞女歌舞，感觉尚不坏。可是我很累，很少跳。到二点多钟，始返。他们要我住到那三位小姐家里去，我没有去。那三位安南小姐的名字是 Alice Tniu，Jeanne Duong，Le Hong，舞艺以 Alice 为最佳。

## 一九三二年十月十五日

起身后和同船人一同出去，预备到 Cholon 去玩，我先去兑钱，中途失散了，找他们不着，便一个人在路上闲逛。寄了信，喝了一瓶啤酒，即回船。他们都在船中了。他们与车夫闹了起来，不会说话，不认识路，只得回来。午饭后，再与他们一同出发到 Cholon 去。先到 marche，乘电车往。Cholon 是广东人群住之处。我们在那儿逛了一回之后，到一家叫太湖楼的酒家喝茶，听歌，吃点心。返西贡后，至 Photo Ideal 去了一趟，辞了邓的约会，到 marche 去买一顶遮阳帽，天忽大雨，等雨停了才乘车返舟。

西贡天气很热，又常下雨，真糟糕。第一次饮椰子浆。

## 一九三二年十月十六日

一直睡到吃午饭的时候。午饭后，在船上走来走去，而已。

夜饭后和林华上岸去喝啤酒，回来即睡。船就要在明晨四时开了。

## 一九三二年十月十七日

起来时船已在大海中航行了。一种莫名其妙地悲哀捉住了我。我真多么想着家，想着绛年啊。带来的牛肉干已经坏了，只好丢在海里。绛年给我的 Sunkist 幸亏吃得快，然而已经烂了两个了。

今天整天为乡愁所困，什么事也没有做。

下午起了风浪，同舱中人，除我之外，都晕了。

在西贡花了许多钱，想想真不该。以后当节省。

## 一九三二年十月十八日

下午译了一点 Ayala。四点半举行救生演习，不过带上救生筏到甲板上去点了一次名而已。吃过晚饭后又苦苦地想着绛年，开船时的那种景象又来到我眼前了。

明天就要到新加坡，把给绛年，蛰存，家，瑛姊的信都写好了。

## 一九三二年十月十九日

上午九时光景到了新加坡，船靠岸的时候有许多本地土人操着小舟来讨钱，如果我们把钱丢下水去，他们就跃入水中去拿起来，百无失一。其中一老人技尤精，他能一边吸雪茄，一边跳入水去。上岸后里昂大学的学生们都乘车去逛了。我和林二人步行去寄信，荏马路上走了一圈，喝了两瓶桔子汁，买了一份报回来。觉得新加坡比西贡干净得多。

在码头上买了一粒月光石，预备送给绛年。

船在下午三时启碇，据说明天可以到槟榔。

在香港换的美国现洋大上当，只值二十法郎，有的地方竟还不要，而钞票却值二十五法郎以上。

同舱的刁士衡对我说，他燕大的同学戴维清已把蛰存的《鸠摩罗什》译成英文，预备到美国去发表。

## 一九三二年十月二十日

船在下午八时抵槟榔（Penang）。上岸后，与同舱人雇一汽车先在大街上巡游，继乃赴中国庙，沿途棕林高耸，热带之星灿然，风景绝佳，至则庙门已闭，且无灯火，听泉声蛙鸣，废然而返。至春满楼，乃下车。春满楼也，槟城之大世界也。吾侪购票人，有土戏，有广东戏，并亦有京戏。我侪巡绕一周并饮桔子水少许后，即出门，绕大街，游新公市（所谓新公市者，赌场而已），市水果，步行泛舟，每人所费者仅七法郎。

## 一九三二年十月二十一日

睡时船已开，盖在今晨六时启碇者也。

译了点 Ayala，余时闲坐闲谈而已。

## 一九三二年十月二十二日

寂寞得要哭出来，整天发呆而已。

## 一九三二年十月二十三日

Nostalgie，nostalgie!

## 一九三二年十月二十四日

上午译了一点儿 Ayala。下午船中报告，云有飓风将至，将窗户都关上了，闷得要命。实际上却一点儿风浪都没有。睡得很早，因为明天一早就要到 Colombo 了。

## 一九三二年十月二十五日

吃过早饭后，船已进 Colombo 的港口。去验了护照，匆匆地把给绛年和家里的信写好了，然后上岸去。因为船是泊在港中而不靠岸，而公司的船已开了，乃以五法郎雇汽船到岸上去。在岸上遇到了同船的诸人，和他们同雇了汽车在 Colombo 各地巡游，到的地方有维多利亚公园，佛教庙（庙中神像雕得很好，惜已欧化了，我们进去的时候须脱鞋），Zoo，Museum，无非走马看花而已。回来时寄三信，已不及到船上吃饭，就在埠头上一家 Restaurant 中吃了。饭后在大街中走了一会儿，独自去喝啤酒。回船休息了一会儿，又到岸上去闲逛，独吃了一个椰子浆，走了一圈，才回船。船在九时开。

## 一九三二年十月二十六日——三十日

五天以来没有什么可记的，度着寂寞的时光罢了。印度洋上本来是多风浪的，这次却十分平静，正像航行在内河中一样。海上除大海一望无际外，什么也看不见，只偶然有几点飞鱼和像飞鱼似的海燕绕着船飞翔而已。

## 一九三二年十月三十一日

昨夜肚疼，今晨已愈，以后饮食当要小心。

下午四时船中有跑马会，掷升官图一类的玩艺儿而已。

晚饭后，看眉月，看繁星，看银河。写信给绛年，蛰存，家。

明天可以到 Djibouti 了。

在船中理发。

## 一九三二年十一月一日

上午十一时到吉布堤。船并不靠码头，我们吃了中饭后，乘小船（每人二 franc）登岸，从码头走到邮政局，寄了信，即在路上闲走。吉布堤是我们沿路见到的最坏的地方。天气热极，房屋都好像已坍败，路上积着泥，除了跟住我们不肯走的土人外，简直见不到人。我们到土人住的地方去走了一走，被臭气熏了回来，那里脏极了。人兽杂处，而土人满不在乎。有一土人说要领我们去看黑女裸舞，因路远未去，即返舟。

下午四时，船即启碇。

夜间九时船中有跳舞会，我很累，未去。

## 一九三二年十一月二日

天气很热，不敢做事，整天在甲板上。

## 一九三二年十一月三日

晚上船中开化装舞会，我也去参加，觉得很无兴趣，只舞了一次，很早就回来睡了。

## 一九三二年十一月四日

下午船上有抽签得彩之戏，去看看而已。

## 一九三二年十一月五日

七时抵 Suez，船并不靠岸，上岸去的人简直可以说一个也没有。有许多小贩来卖土货，还有照照片的。我买了一顶土耳其帽，就戴了这帽子照了一张照片。

船在二时许赴 Port Said，在 Suez 运河中徐徐航行，两岸漠漠黄沙，弥望无垠。上午所写的给绛年，家的信，是在船中发的。

## 一九三二年十一月六日

上午五时许醒来，船已到了 Port Said 了，七时起身吃了点心就乘小汽船上岸，因为船还是不靠岸。

波塞是一个小地方，但却很热闹，我们上岸后就在大街上东走西看，觉得这地方除了春画可以公开卖和人口混乱外，毫无一点特点。我们在街上足足走了王小时。在书店中买了一册 Vn 回来。吃了中饭后到甲板上去看小贩售物，买了两包埃及烟。

船在四时三刻启碇人地中海。

天气突然凉起来，大家都换夹衣了。

### 一九三二年十一月七日

今日微有风浪，下午想译 Ayala，因头晕未果。睡得很早。

### 一九三二年十一月八日

依然整天没有事做，晚饭后拟好了电报稿，准备到巴黎时发。

## 林泉居日记

### 七月二十九日　晴

丽娟又给了我一个快乐：我今天又收到了她的一封信。她告诉我她收到我送她的生日蛋糕很高兴，朵朵也很高兴，一起点蜡烛吃蛋糕。我想象中看到了这一幕，而我也感到快乐了。信上其余的事，我大概已从陈松那儿知道了。

今天徐迟请他的朋友，来了许多人，把头都闹胀了。自然，自然什么事也没有做成。上午又向秋原预支了百元。是秋原垫出来的。

### 七月三十日　晴

上午龙龙来读法文。下午出去替丽娟买了一件衣料，价八元七角，预备放在衣箱中寄给她。又买了一本英文字典、五支笔，也是给丽娟的。又买了两部西班牙文法，价六元，是预备给胡好读西班牙文用的。不知会不会偷鸡不成蚀把米？到报馆里去的时候，就把书送了给胡好，并约定自下日开始读。

晚间写信给丽娟，劝她搬到前楼去，不知她肯听否？明天可以领薪水，可以把她八月份的钱汇出，只是汇费高得可怕，前几天已对水拍谈过，叫他设法去免费汇吧。

药吃了也没有多大好处。我知道我的病源是什么。如果丽娟回来了，我会立刻健康的。

## 七月三十一日　下午雨

今天是月底，上午到报馆去领薪水，出来后便到兑换点换了六百元国币。五百元是给丽娟八月份用，一百元是还瑛姊的。中午水拍来吃饭，便把五百元交给他，因为他汇可以不出汇费。但是他对我说，现在行员汇款是有限制的，是否能汇出五百元还不知道，但也许可以托同事的名义去汇，现在去试试看，不过不能全汇，则把余数交给我。

今天是报馆上海人聚餐的日子，约好先到九龙城一个尼庵去游泳，然后到侯王庙对面去吃饭。午饭后就带了游泳具到报馆去，等人齐了一同去。可是天忽然大雨起来，下个不停，于是决定不去游泳了。五时雨霁，便会同出发，渡海到九龙，乘车赴侯王庙，可是一下公共汽车，天又下雨了。没有法子，只好冒雨走到侯王庙，弄得浑身都湿了。菜还不错，吃完已八时许，雨也停了。出来到深水埔吃雪糕，然后步行到深水埔码头回香港。在等船的时候，灵风和光宇为了漫画协会的事口角起来，连周新也牵了进去，弄得大家都不开心。正宇和我为他们解劝。到了香港后，又和光宇弟兄和灵凤等四人在一家小店里饮冰，总算把一场误会说明白了。返家即睡。

## 八月一日　晴

早上报上看见香港政府冻结华人资金，并禁止汇款，看了急得不得了。不知丽娟的钱可以汇得出否？急急跑到水拍处去问，可是他却不在，再跑到上海银行去问，停止汇款是否事实，上海汇款通否？银行却说暂时不收。这使我急得像热锅上的蚂蚁，真不知道怎样才好。回来想想，这种办法大概是行不通的，上海有多少人是靠着香港的汇款的，过几天一定有改变的方法出来。心也就放了下来。

下午到中华百货公司买了一套玩具，是一套小型的咖啡具，价三元九角五，预备装在箱中寄到上海去。她看见也许会高兴吧。她要我买点好东西给她玩，而我这穷爸爸却买了这点不值钱的东西（一套小火车要六十余元！），想了也感伤起来了。

昨夜又梦见了丽娟一次。不知什么道理，她总是穿着染血的新娘衣的。这是我的血，丽娟，把这件衣服脱下来吧！

## 八月二日　晴晚间雨

早晨又到中国银行去找袁水拍。他说：一般的个人汇款，现在已可以汇了，可是数目很小，每月一千五百元国币，商业汇款还不汇，我交给他的五百元还没有汇出，大概至多汇出一部分。再过一两月给我回音。托人家办事，只好听人家说，催也没用。出来后到上海银行，再去问一问汇款的事。行中人说的话和水拍一样，可是汇费却高得惊人，每国币百元须汇费港币四元九角，即合国币三十余元。还只是平汇，这样说来，五百元的汇费就须一百五十一元，电汇就须一百八十元了，这如何得好！接着就叫旅行社到家中取箱子，可是他们却回答我说，现在箱子已不收了。这是什么道理呢？我说，你们大概弄错了吧，前几星期我也来问过，你们说可以寄的。他们却回答说，从前是可以的，现在却不收了。真是糟糕，什么都碰鼻子，闷然而返。

下午到邮局时收了丽娟一封信，使我比较高兴了一点。信中附着一张照片，就是我在陈松那里看到过的那张，我居然也得到一张了！从报馆出来后，就去中华百货公司起丁一个漂亮的镜框，放在案头。现在，我床头，墙上，五斗橱上，案头，都有了丽娟和朵朵的照片了。我在照片的包围之中过度想象的幸福生活。幸福吗？我真不知道这是幸福还是苦痛！

一件事忘记了，从中国银行出来后，我到秋原处去转了转，因为他昨天叫徐迟带条子来叫我去一次，说有事和我谈。事情是这样的：天主堂需要一个临时的改稿子的人，略有报酬，他便介绍了我。我自然答应了下来，多点收入也好各事情说完了之后……就走了出来。

## 八月三日　雨

上午到天主堂去找师神父，从他那儿取了两部要改的稿子来。报酬是以字数计的，但不知如何算法，也不好意思问。晚间写信给丽娟，告诉她汇款的困难问题，以及箱子不能寄，关于汇款，我向她提出了一个办法，就是叫她每两月到香港来取款一次。但我想她一定不愿意，她一定以为我想骗她到香港来。

## 八月四日　晴

陆志庠对我说想吃酒，便约他今晚到家里来对酌。这几天，我感到难堪的苦闷，也可以借酒来排遣一下。下午六时买了酒和罐头食品回来，陆志庠已在家中等着了。接着就喝将起来。两人差不多把一大瓶五加皮喝完，他醉了，由徐迟送他回去。我仍旧很清醒，但却止不住自己的感情，大哭了一场，把一件衬衫也揩湿了。陈松阿四以为我真醉了，这倒也好，否则倒不好意思。

徐迟从水拍那里带了三百元来还我，说没有法子汇，其余的二百元呢，他无论如何给我汇出。这三百元如何办呢？到上海银行去，我身边的钱不够汇费。没有办法的时候，到十一二号领到稿费时电汇吧，汇费纵然大也只得硬着头皮汇了。

今天下午二时许，许地山突然去世了。他的身体是一向很好的，我前几天也还在路上碰到他，真是想不到！听说是心脏病，连医生也来不及请。这样死倒也好，比我活着受人世最大的苦好得多了。我那包小小的药还静静地藏着，恐怕总有那一天吧。

## 八月五日　晴

上午又写了一封信给丽娟，又把六七两月的日记寄了给她。我本来是想留着在几年之后才给她看的，但是想想这也许能帮助她使她更了解我一点，所以就寄了给她，不知她看了作何感想。两个月的生活思想等等，大致都记在那儿了，我是什么也不瞒她的，我为什么不使她知道我每日的生活呢？

中午许地山大殓，到他家里去吊唁了一次。大家都显着悲哀的神情，也为之不欢。世界上的人真奇怪，都以为死是可悲的，却不知生也许更为可悲。我从死里出来，我现在生着，唯有我对于这两者能作一个比较。

## 八月六日　晴

前些日子，胡好交了一本稿子给我，要我给他改。这是一个名叫白虹的舞女写的，写她如何出来当舞女的事。我不感兴趣，也没有工夫改，因此搁下来了。后来徐迟拿去看，说很好，又去给水拍看，也说很好。今天他们二人联名写了一封信，要我交给胡好，转给那舞女，想找她谈谈。这真是怪事了。但我知道他们并不是对女人发生兴趣，他们是想知道她的生活，目的是为了写文章。我把信交给胡好，胡好说，那舞女已到重庆去了。这可使徐迟他们要失望了吧。

好几天没有收到丽娟的信了。又苦苦地想起她来，今夜又要失眠了。

## 八月七日　晴

昨天龙龙来读法文的时候对我说，她父亲说，大夏大学决定搬到香港来（一部分），要请我教国文。所以今天吃过饭之后，我便去找周尚，问问他到底如何情形。他说，大夏在香港先只开一班，大学一年级，没有法文，所以要请我教国文。可是薪水也不多，是按钟点计算的，每小时两元，每星期五小时，这就是说每月只有四十元，而且还要改卷子。这样看来，这个事情也没有什么好，我是否接受还不能一定，等将来再看吧。

今天阴历是闰六月十五，后天是丽娟再度生日，应该再打一个电报去祝贺她。

## 八月八日　晴

吃中饭的时候，徐迟带了一个袁水拍的条子来，说二百元还不能汇，但是他在上海有一点存款，可以划二百元给丽娟，他一面已写信给他在上海的朋友，一面叫我写信告诉丽娟。我收到条子后，就立刻写信给丽娟，告诉她取款的办法。

饭后去寄信的时候，使我意外高兴的，是收到了一封丽娟的信，告诉我她已搬到了中一村，朵朵生病，时彦生活改变，又叫我买两张马票。真是使人不安。朵朵到了上海后常常生病，而她在香港时却足十分康健的。我想还是让朵朵住到香港来好吧。时彦也很使我担忧。穆家的希是寄在他身上，而现在他却像丽娟所说的"要变第二个时英了"！这十年之中，穆家这个好好的家庭会变成这个样子，真是使人意想不到的。财产的窘急倒还是小事，名誉上的损失却更巨大。后一代的人，几乎没有一个例外，都过着向下的生活，先是时英时杰，现在是丽娟时彦，这难道是命运吗？岳母在世发神经时所说"鬼寻着"的话，也许不是无因的……关于时彦，我想一方面是环境的不好，另一方面丽娟的事也是使他受了刺激的。在上海的时候，我就看见他为了丽娟的事而失眠。他想想一切都弄得这样了，好好做人的勇气自然也失去了。

但愿时彦和丽娟两个人都回头吧！他们是穆家唯一有点希望的人！

现在已二时，今天恐怕又要睡不好了。

## 八月九日　晴

早上九点钟光景，徐迟来叫醒了我说陈松昨夜失窃了！她把一共五十元光景的钱分放在两个皮匣里，藏在抽斗里，可是忘记把抽斗锁上了。偷儿从窗中爬进来，把这钱取了去。时候一定是在半夜四时许，因为我在三时还没有睡着。后来沈仲章上来说，贼的确是四点钟光景来的。他听见狗叫声，马师奶也听见狗叫声而起来，看见一个人影子闪过。奇怪的是贼胆子竟如此大，奇怪的是徐迟夫妇会睡得这样熟，奇怪的是我住到这里那样长又没有失窃过，而陈松来了不久就被窃了。这也是命运吧。陈松很懊丧，因为她所有的钱都在那里了。徐迟去报了差馆。差馆派了人来问了一下。可是这钱是没有找回来的希望了。

今天打了一个贺电给丽娟，贺她今年再度的生日。

晚间马师奶请吃夜饭，有散缪尔等人。马师奶说，巴尔富约我们明天到他家里去吃茶。我又好久没有看见他了，可是实在怕走那条山路。

## 八月十日　晴

今天是星期日，上午到报馆里去办了公，下午便空出来了。吃过午饭之后，我提议到浅水湾去游泳，因为陈松自从失了钱以来，整天愁着，这样可以忘掉。于是大家决意先到浅水湾，然后到巴尔富家去吃点心。决定了便立即动身到油麻地坐公共汽车去。在公共汽车上遇到了许多人，乔木、夏衍等等，他们也是去游泳的，便一起出发。浅水湾的水还是很脏，水面上满是树枝和树叶，可是我们仍然在那里玩了长久，因为熟人多的原故，连时光的过去也不觉得了。出水后已五时许，坐了一下后，即动身到巴尔富家去。

在走上山坡的时候，我忽然想起丽娟和朵朵来，去年或是前年的有一天下午，我们一同踏着这条路走上去过，其情景正像现在的徐迟夫妇和徐律一样。但是这幸福的时候离开我已那么远那么远了！在走上这山坡的时候，丽娟，你知道我是带着怎样的惆怅想着你啊！到了山顶的时候，巴尔富和马师奶已等了我们长久了，于是围坐下来饮茶吃点心，并随便闲谈，一直谈到天快晚地时候才下山来。下山来却坐不到公共汽车，每辆车子都是客满，没办法了，只好拔脚走，一直走到快到香港仔的时候，才拦到了一辆巴士，坐着回来。匆匆吃了夜饭就上床，因为实在疲倦极了。

## 八月十一日　晴

上午到报馆去领稿费，出来随即把丽娟的三百元交上海银行汇出去，恐怕她又等得很急了吧。汇费是十七元七角四分港币，真是太大了，上次汇五百元的时候，我觉得十七元余的汇费已太大，不料这次汇三百元都要十七元余。如果再加，如何能负担呢？

银行里出来后，又到跑马会去买了三张马票，两张是要寄给丽娟的，一张留着给自己。希望中奖吧！

上午屠金曾对我说，上海同人今天下午到丽池去游泳，叫我也去，所以下午也到报馆去，可是光宇、灵凤等又不想去了。屠氏兄弟周新等以为他们失信，心中不太高兴，便仍旧拉着我去。在丽池游了三小时光景，我觉得已比从前游得进步一点了。在那里，吃了点心回来。

## 八月十二日　晴

上午写信给丽娟，并把两张马票附寄给她。在信中，我把我收到她的信的那一天的思想告诉了她。……这个天真的人，我希望她一生都在天真之中！我要永远偏护她，不让她沾了恶名。她不了解我也好，我总照着我自己做，我深信是唯一能爱她而了解她，唯一为她的幸福打算的人，等她年纪再大一点的时候，等她从迷梦中清醒过来的时候，她总有一天会知道我的。

身边还余五十余元，交了三十五元给阿四，叫她明天把丽娟去沪时的当赎回来。

## 八月十三日　晴

早上阿四把丽娟所典质的东西取了回来，一个翡翠佩针，一个美金和朵朵的一个戒指。见物思人，我又坠入梦想中了。这两个我一生最宝爱的人，我什么时候能够再看见她们啊！在想到无可奈何的时候，我的心总感到像被抓一样地收紧起来。想她们而不能看见她们，拥她们在怀里，这是多么痛苦的事啊！我总得设法到上海去看她们一次，就是冒什么大的危险也是甘愿的！现在还有什么东西使我害怕呢？死亡也经过了，比死更难受的生活也天天过着。我一定得设法去看她们。

晚间到文化协会去讲小说研究，因为是七点半开始的，所以没有吃饭，九时许回家的时候，袁水拍在那里，便和他以及徐迟夫妇到大公司去，他们吃茶我吃饭，回来不久就睡。

## 八月十四日　晴

徐迟这人真莫名其妙，对陈松一会儿好，一会儿坏，对朋友也是这样。现在，他自己觉得是前进了，脾气也越来越古怪了。我看到他一张纸，写着说，以后要只和"朋友"来往，即日设法报到朋友附近去住。所谓"朋友"是指那些所谓"前进"的人，即夏衍，郁风，乔木，水拍等。如果他要搬，我也决不留他，反正他们住在这里我也便宜不了多少。他们管饭以来，菜总是不够吃的。丽娟，你什么时候能够回来啊！

饭间复陆侃如夫妇和吴晓玲的信，又把他们在《俗文学》的稿费寄给他们。

## 八月十五日　晴

上午到邮政局去，出于意外地，收到了丽娟在本月七日所发的信。我以前写信请他搬到前楼去，她回信却说宁可省一点钱，将就住在亭子间里。其实这点钱何必省呢？也许因住得不好而生病，反而多花钱。再说，我已答应多的房钱由我来出的。她说她身体不好，轻了六磅，这也是使我不安心的，我真希望她能回到香港来，让我可以好好地服侍她，为她调理。她劝我不要到上海去，看看照片也是一样。唉，哪里能够一样！信上有一句话使我很以为惊喜，即就是她说"也许我过了几天已在香港也说不定"。也许真会有这样的事吧！于是我想到她没有入口证，上海也不能领，就是要来也来不成的，于是在抽斗里找出了她的两张照片，饭后去讨了领证纸，填好了又去找胡好作保，然后送到旅行社请他们去代领。这次是领的两年的，七元，这样可以用的时间长一点。旅行社说现在领证颇多困难，能否领得犹未可知。出来的时候，颇有点担心，可是总不至于会有什么大困难吧。

出了旅行社又回报馆去，因为今天是十五，是报馆上海同人茶叙的日子。今天约在丽池，既可以饮茶，又可以游泳。发好稿子后，便相他们一同出发去。游泳的仅有周新屠金曾糜文焕和我四人，其余的都坐着吃茶点看看。在那里玩了三时光景，然后回家来。今日领薪。

## 八月十六日　晴

昨天收到了丽娟那封信，高兴了一整天，今天也还是高兴着。丽娟到底是一个有一颗那么好的心的人。在她的信上，她是那么体贴我，她处处都为我着想，谁说她不是爱着我呢？一切都是我自己不好，都是我以前没有充分地爱她——或不如说没有把我对于她的爱充分地表示出来。也许她的一切行为都是对我的试验，试验我是否真爱她，而当她认为我的确是如我向她表示的那样，她就会回来了（但是我所表示的只是小小的一部分罢了，我对于她感情深到怎样一种程度，是怎样也不能完全表示的）。正像她是注定应该幸福的一样。我的将来也一定是幸福的，我只要耐心一点等着就是了。这样，我为什么常常要想起那种暗黑的思想呢？这样，在我毁灭自己的时候,我不是犯了大错误吗？我为什么要藏着那包药？这样一想，我对于那包药感到了恐怖，好像它会跳进我口中来似的，我好像我会在糊涂时吞下它去似的。这样，我立刻把这包小小的东西投在便桶中，把它消灭了，好像消灭了一个要陷害我的人一样。而这样心理十分舒泰起来。是的，我将是幸福的，我只要等着就是了。

心里虽则高兴，却又想起丽娟在上海一定很寂寞。我怎样能解她的寂寞呢？叫别人去陪她玩，总要看别人的高兴。周黎庵处我已写了好几封信去，瑛姊、陈慧华等处也曾写了信去，不知她们会不会常常去找找她，以解她的寂寞呢？咳，只要我能在上海就好了。

## 八月十七日　晴

晚间写信复丽娟，并把赎当等事告诉她。她来信要我写信给周黎庵，要他教书，所以我又写了一封信给黎庵。不过报酬如何算呢？我们已麻烦他的太多了，这次不能再去花他许多时间。可是信上也不能如何说，还是让丽娟自己去探听他一声吧。

我平常总是五点钟回家后就工作着的，每逢星期六、日，徐迟夫妇要出去的时候，我总感到一种无名的寂寞之感。今天又是星期日，可是吃完晚饭，天忽然下起雨来。这样，徐迟夫妇不出去了，我也能安心地工作写信了。

今天去付了房租。又把母亲的六十元封好了，准备明天去寄。

下午遇到正宇，说翁瑞吾要回上海去。现在忽然想起，给丽娟的衣料等物何不请他带去？他可以交给孙大雨，由丽娟去拿。明日去找他，托托他吧。

## 八月十八日　晴

下午带了一包要带到上海去的东西去找翁瑞吾，可是他已经出去了。便把东西留在那儿，并托正宇太太对瑞吾说一声。我想他总答应带的吧。好在东西不多，占不了多少地方。

晚间马师奶请她的三个女学生吃饭，叫沈仲章何讯和我三人做陪客。一个是姓何的，名叫geitunde，两个姓余的，是姊妹，一叫maguatt，一忘掉。三个人话很多，说个不停，一直说到十一点光景才走。姓何的约我们大家在下下星期日到赤柱去钓鱼野宴并游水，她在赤柱有一个游泳棚，可以消磨一整天。

## 八月十九日　晴

一吃完中饭就去找翁瑞吾，他正在午睡。醒来后，他对我说，他明天就要去上海了，东西可以代为带去，这使我放了一个心。我请他把东西放在大雨家里，让丽娟去拿。然后道谢而出，回家写信告诉丽娟。

从报馆回来的时候，在邮局中取到一封丽娟的信。那是八月十一日发的，还没有收到我的钱，可是却收到了我的日记。我之寄日记把她看，是为了她可以更充分一点地了解我，不想她反而对我生气了。早知如此，我何必让她看呢？她说她的寂寞我是从来也没有想到过，这其实是不然的。我现在哪一天不想到她，哪一个时辰不想到她。倒是她没有想到我是如何寂寞，如何悲哀。我所去的地方都是因为有事情去的，我哪里有心思玩。就是存心去解解闷也反而更引起想她。而她却不想到我。

她来信说周黎庵已经在教她读书了。这很好。我前天刚写出了给黎庵的信，不知现在报酬如何算法？丽娟信上说，书已上了几天，但她已吃不消了。她是不大有长性的，希望她这次能好好地读吧。

## 八月二十日　晴

今天是文化协会上课的日子，我还一点也没有预先准备，一直等下午报馆回来后才临时预备了一下。上课的时候，居然给我敷衍了两小时。上完了课，已九时半，肚子饿得要命，一个人到加拿大去吃了一顿西餐，一瓶啤酒。吃过饭坐三号 A，一直坐到摩星岭下车，然后一个人慢慢地踱回家来。这孤独的散步不但不能给我一点乐趣，反而使我格外苦痛。没有月亮的黑黝黝的天，使我想起了那可怕的梦，想起了许多可怕的事。我想到梁蕙在西贡给日本人杀害了（这是我第一次想起她），想到我睡在墓穴里，想到丽娟穿着染血的嫁衣……一直到回家后才心定一点。

## 八月二十一日　晴

从报馆回来的时候，又收到了一封丽娟的信，告诉我电汇的三百元已收到了，但是水拍划的那二百元却没有提起，我想不久总会收到的吧。

她说她也赞成一月来港取钱一次的办法，但是她却很害怕旅行。她说她也许今年年底或明年年初能到香港来一次。这是多么可喜的消息啊！丽娟，我是多么盼望你到香港来。我哪里会强留你住？虽则我是多么愿意永远和你在一起，但是如果这是你所不愿意，我是一定顺你的意去做的。……这一点你难道到现在也还不明白啊？

她叫我把箱子在八月底九月初带到上海去，可是陶亢德沈仲章现在都不走，托谁带去好呢？小东西倒还可以能转辗托人，这样大的箱子别人哪里肯带呢？

## 八月二十二日　晴

下午中国旅行社打电话来，说丽娟的二年入口证已领到了。便即去拿来。

这几天真忙极了，除了天主教的耶稣传，《星座》上的长篇外，还要赶天主堂托我改的稿子，弄得一点儿空也没有，连丽娟的信也没有回，真是要命。今天的日记也只得寥寥几行了。

## 八月二十三日　雨

下午灵凤找我吃茶，拿出新总编辑给他的信来给我看。那是一封解职的信，叫他编到本月底，就不必编下去了。陈沧波来时灵凤是最起劲招待的，而且又有潘公展给他在陈沧波面前打招呼的信，想不到竟会拿他来开刀。他要我到胡好那儿去讲，我答应了，立刻就去，可是胡好不在。于是约好明天早晨和光宇一起再去找他。

今天徐迟在漫协开留声机片音乐会，并有朗诵诗。我本来就不想去，刚好马师奶来请吃夜饭，便下楼去了。客人是勃脱兰和山缪儿。谈至十一时，上楼改译稿。睡已二时。

## 八月二十四日　阴

叶灵凤昨天约我今天早晨到他家里，会同了光宇一同到报馆里去找胡好，所以我今天很早就起来，谁知到了灵凤家里，灵凤还没有起身，等他以及光宇都起来一起到报馆的时候，已经快十一点钟了。我和光宇先去找胡好。胡好在那里，说到灵凤的事的时候，胡好说陈沧波说灵凤懒，而且常常弄错，所以调他。但是胡好说，他并不是要开除他，只是调编别一栏而已。这是陈沧波和胡好不同之处。这里等到一个答复后，便去告诉灵凤，他也安心了。可是陈沧波的这种行为．却激起了馆中同事时公愤。他的目的，无非是要用私人而已。恐怕他自己也不会长久了吧。

下午很早就回来，发现抽斗被人翻过了。原来是陈松翻的。我问她找什么，她不说，只是叫我走开，让她翻过了再告诉我，我便让她去翻，因为除了梁蕙的那三封信以外，可以算作秘密的东西就没有了。我当时忽然想到，也许她收到了丽娟的信，在查那一包药吧。可是这包药早已在好几天之前丢在便桶里了。等她查完了而一无所获的时候，我盘问了她许久她才说出来，果然是奉命搜查那包药的。我对她说已经丢了，不知道她相信否？她好像是丽娟派来的监督人，好在我事无不可对人言，也没有什么对不起人的地方，随便她怎样去对丽娟说是了。

晚间灵凤请吃饭，没有几样菜，倒请了十二个，像抢野羹饭似地吃了一顿回来。又赶校天主堂的稿子。

## 八月二十五日　雨

午饭后把校好的稿子送到天主堂去，可是出于意外地，只收到了十元的报酬，而我却是花了五个晚上工夫，真是太不值得了。下次一定不干了。

报馆里回来的时候，陈松对我说，想请我教法文。我真不知道她读了法文有什么用处，可是我也不便把这意思说出来。丽娟曾劝我要把脾气改得和气一点，所以我虽则已没有什么时间了，却终于硬着头皮答应下来，而且即日起教她。龙龙每星期要白花我三小时光景，而现在她又每天要白花我两小时，这样下去，我的时间要给人白花完了！陈松相当地笨，发音老教不好，丽娟要比她聪明得多呢。

## 八月二十六日　晴

今天感到十分地疲劳，头又胀痛得很，晚饭后写信给丽娟，并把入口证寄给她。现在，我感到剧烈的头痛，连日记也不想多写了。

## 八月二十七日　晴

今天头痛已好了一点，但是仍感疲倦。大约是这几天工作的时间太多了吧。为此之故，我上午一点事也没有做，可以得到一点休息。但是实际上这一点点的休息又有什么用呢？

徐迟回来午饭的时候带了一封秋原的信来，附着一张法文的合同。这是全增嘏的一个律师朋友托译的，说愿意出一点报酬。我想赚一点外快也好，在夜饭后就试着译。可是这东西不容易译，花了许多时间只译了一点点，而头却又痛起来，就决计不去译它，请徐迟带还秋原去。

收到大雨的信，要我代寄一封信给重庆任泰，可是信是分三封寄来的，要等三封齐了之后才可以代他寄出去。

今天又到文化协会去讲了一小时许诗歌。

## 八月二十八日　晴

中饭菜不够吃，我饭吃得很少，到报馆办公完毕，肚子饿得厉害，便一个人到美利坚去吃点心，快吃完的时候，报馆的同事贾纳夫跑到我座位上来，原来他在我后面，我起先没有看见。他便和我闲谈起叶灵凤的事来。后来，他忽然对我说，他最近有一个朋友经过香港回上海去，是丽娟的朋友，在我这次到上海去时和我见过，这次本来想来找我，可是因为时间匆促，所以没有来。这真奇怪极了！我在上海除了极熟的朋友外，简直就一个人也没有遇到过。更奇怪的是贾纳夫说这些话时候的态度，吞吞吐吐地好像有什么秘密在里面似的，好像带着一点嘲笑口吻似的。我立刻疑心到，这人也许就是姓的那个家伙吧。他到内地去鬼混了一次，口称是为了她去吃苦谋自立，可是终于女人包厌了，趣味也没有了，以为家里可以原谅他仍旧给他钱用，便又回到上海去。我猜这一定是他，又不知他在贾纳夫面前夸了什么口，怎样污辱了她的名誉。我便立刻问贾纳夫这人叫什么名字，他又吞吞吐吐了半天，才说是姓梁叫月什么的（显然是临时造出来的）。我说我不认识这个人，也没有见过这个人。他强笑着说，也许你忘记了。这样说着，推说报馆里还有事，他就匆匆地走了。

这真使我生气！……我真不相信这人会真真爱过什么人。这种丑恶习惯中养成的人，这种连读书也读不好的人，这种不习上进单靠祖宗吃饭的人，他有资格爱任何女人吗？他会有诚意爱任何女人吗？他自己所招认的事就是一个明证。他可以对一个女人说，我从前过着荒唐的生活，但是那是因为我没有碰到一个爱我而我又爱她的女人，现在呢，我已找到我灵魂的寄托，我做人也要完全改变了。有经验的女人自然不会相信这种鬼话，但是老实的女人都会受了他的欺骗，心里想：这真是一个多情的人，他一切的荒唐生活都是可以原谅的，第一，因为他没有遇到一个真心爱他的人，其次，他是要改悔成为一介好人，真心地永远地爱着我，而和我过着幸福的生活了。真是多么傻的女人！她不知道这类似的话已对别的女人不知说过多少遍了！如果他那一天吃茶出来碰到的是另一个傻女人，他也就对那另一个人傻女人说了！女人真是脆弱易欺的。几句温柔的话，一点虚爱的表示，一点陪买东西的耐心，几套小戏法，几元请客送礼的钱，几句对于容貌服饰的赞词，一套自我牺牲与别人不了解等的老套，一片忏悔词，如此而已。而老实的女人就心鼓胀起来了，以为被人真心地爱着而真心地去爱他了。这一切，这就叫爱吗？这是对于“爱”这一个字的侮辱。如果这样是叫作爱，我宁可说我没有爱过。

## 八月二十九日　晴

下午到报馆去的时候，屠金曾对我说，陈沧波已带了一个编“中国与世界”栏的人来，又不要灵凤发稿了。我以为灵凤的事已结束了，谁知道还是有花样。问题是如此：要看灵凤自己意思如何，如果他可以放弃这一栏而编其他栏，那么就让开，反正胡好已答应不停他的职。如果他决定要编“中国与世界”栏呢，我们也可以硬做。于是便和馆中上海人一齐到中华阁仔去谈论这事。灵凤的主见没有一定，又想仍编这一栏，又怕闹起来位置不保。于是决定今天由他自己再和胡好去相商一次然后再作计较。

饮茶出来，在邮局中收到了丽娟十九日写的信，说水拍划的二百元已收到了。她这封信好像是在发脾气的时候写的。我不知道她为什么又生气，难道我前次信上说让朵朵到香港来，她听了不高兴了吗？她也是很爱朵朵的，她不知道朵朵在港身体可以好一点，读书问题也可以解决了吗？

## 八月三十日　晴

小丁来吃中饭。他刚从仰光回来不久，所以我约他再来吃夜饭谈谈。我叫阿四买一只鸡，又买牛肉，徐迟买酒及点心，他自己也带一样菜来。这样一凑，菜酒就不错了。他七时就来，先吃茶点，然后饮酒吃饭，谈谈说说，讲讲笑话，也是乐事，所可惜者，丽娟不在耳。饭后余兴未尽，由小丁请我们到大公司饮冰，十二时许始返。

## 八月三十一日　晴

早上睡得正好，沈仲章来唤醒了我。原来今天是何姑娘约定到赤柱去钓鱼的日子，我却早已忘记了。匆匆洗脸早餐毕，马师奶何讯已等了长久了。便一起出发到何家去。何家相当富丽堂皇，原来她是何东的侄女。到了那里，她也等了长久了。余家姊妹不在，说是直接到赤柱了，却另加了赵氏姊妹二人，都是何的表姊。一行七人到码头乘公共汽车去赤柱，何虽则已带了大批事物，沿途又还买了水果等物。到了赤柱，就到她家的游水棚，不久玛格莱特·何也来了，可是她姊姊却没有来。于是除了仲章和马师奶外，大家都下去游水。在这些人之中，我是游得最坏，而且海边石子太多，把我的脚也割破了，浸了一会儿，就独自上岸来和马师奶闲谈。等他们上来，就一同冷餐。冷餐甚丰。饭后躺在榻上小睡一会儿，又下海去游了一下，这时她们坐着小船去叫钓鱼船，叫来后，大家一齐上船。唯有何、余和何讯三人不坐船，跟着船游出去，游了一里多路。船到海申停下来，吃了点心然后钓鱼。钓鱼不用竿子，只用一根线，以虾为饵。起初我钓不着，后来却接连钓到了三条，仲章钓到了一条海豚鱼，因为有毒，弄死了丢下水去。差不多大家都钓到，一共有二十几条，各种各类都有，可惜都不大。其间我曾跳到水中去游了几分钟。那地方水深五十余尺，可是他们都是游水好手，又有船去，所以我敢跳下去，可是一跳下去就怕起来，所以不久就上来了。马师奶也跳下去的，我以为她是不会游的，哪知她游得很好。八时许才回到游水棚，天已黑了。我因为保管要聚餐，所以不在棚中晚饭，独自先行，可是脱了九点一刻的公共汽车，而且也赶不及聚餐了（在九龙桂园），只好再回游水棚去吃饭。饭后在沙滩上星光下闲谈，余小姐老提出傻问题来问我，如写诗灵感哪里来的之类。乘末班车归，即睡。整天虚度了！

## 九月一日　晴

馆中遇屠金曾，说昨日叙餐未到者，除我外尚有光宇兄弟二人，大众决议，要双倍罚款。

馆中出来在邮局收到丽娟八月二十五日写的信。告诉我朵朵病已好了，胖了点，她自己也重了三磅，这使我多么高兴而安慰。她告诉我国文已不再读了，只读英文。这真太没长性了。读英文没有什么大用处，黎庵也不见得教得好，还是仍旧读国文的好。她的国文程度，从写信上看来.已有了一点进步，写字也写得好一点，有了这样的根基，再用一点功一定会大有进步的。读英文她却很少有希望，根底实在太差了。要能够看看普通的书并说几句，恐非三五年不行，她哪里会有这样的耐心呢?

## 九月二日　晴

上午写信复丽娟，并问她认不认识贾纳夫所说的那个姓梁的人。看她如何回答我吧。到邮局去寄信的时候，看见有人在用挂号信封保险寄钱到上海，便问局中人是否可寄。局中人说香港可以，上海方面不很清楚。便又去问柳存仁，存仁说，听说上海限一千五百元，到底如何不太清楚，至多退回来，不会收没的。这样，我决计将这月的钱用挂号寄去了，可以省许多汇费，明天向报馆去预支薪水吧。（昨夜梦丽娟）

## 九月三日　晴

上午从报馆中借了六十元薪金，预备凑起现在所有的一起寄给丽娟，房金用稿费付。这样就没有问题了。

下午收到了蛰存的信。他很关心我的事。他只听得我和丽娟有裂痕的话，以为她现在得到了遗产，迷恋上海繁华（如果他知道真情，他不知要作何感想呢？）。他劝我早点叫她回来，或索性放弃了。别人都这样劝我，他也如此。……我也不是不明白这种道理，但是我却爱她，我知道她在世界上是孤苦零丁，没有一个真心对她的人。对于我，对于她这两方面说，我不能让她离开我；再说，还有我们的朵朵呢？说起朵朵，我又想到了她的教育问题。今天午饭的时候，徐迟陈松商量把徐律送到圣司提反幼稚园去，我想到朵朵在上海过寂寞的生活，不能受教育，觉得很感伤……

晚饭后去文化协会讲诗歌，回来后和沈仲章陈松出去吃宵夜。

## 九月四日　晴

上午去换了六百元国币，合港币一百零二元。回来写信给她（即穆丽娟——编者），告诉她钱明天寄出。我又向她提议，请她最好能回香港来。如果她能来，我当每月至少给她百元零用。其实，如果她能回来，我有什么不愿意给她呢？我有什么事不愿为她做呢？又收黎庵信，云或将即来香港。

张君干约我下午去游泳，便和他一同到丽池去。在那里游泳，谈心并在海里划船。出来已八时许，他请我在新世界吃饭，又请我到皇后看电影，返已十二时许。

## 九月五日　晴

上午写信给丽娟，告诉她六百元分二封保险信寄，叫她收到与否均打电报给我。可是下午到邮局去寄的时候，出乎我意外的，邮局说国币不收了，说是刚从昨天起收到上海邮局的通知才这样办的。我很懊丧，但也庆幸着，因为这金钱如果昨天寄了，丽娟是一定收不到了。就在邮局中把上午写的信上加了几句，说钱改明天寄出，寄港币百元，因为港币是可以寄的。当即将钱又换港币。

晚饭后去访亢德和林臧庐。在他们那儿坐了一时光景。亢德说月底光景回上海去，我就说想托他带箱子，可是他不大愿意，我也就不说下去了。臧庐送了我一部《战地钟声》。回来后又写信给丽娟，告诉她寄港币百元，这几天在报馆中听到上海将被封锁的消息，便在信上告诉了她，劝她早点来港，以免受难。

## 九月六日　晴

一早就去寄保险箱，谁知今天是公共假期，寄不出，明天又是星期日，只得等到星期一。丽娟收到这笔钱，一定将在二十号左右了，奈何!

下午复了蛰存的信，请他多写文稿来。关于丽娟的事，我对他说我不愿多说（因为他问我详情如何），以及我相信她会叫来的。

陈松法文进步了不少，只是读音读不好，照这样学下去四个月可以说法文了。龙龙甚懒，教了从不读，我也不太高兴教她了。

## 九月七日　晴

报馆出来后，在拔佳门口看看皮鞋，因为我的白皮鞋已有点破，而且也将不能穿了，先看一看，将来可以买，不意陈福愉正买了皮鞋出来，便拉我去他所住的思豪酒店去闲谈。他已进了星岛，所谈无非星岛的事。出来即乘车返，可是在车上遇到灵凤一家老小，他们是到大公司去饮冰的，邀我同去，便跟着他们一同去，饮冰后即返家工作。

## 九月八日　晴

一早就到邮政局把丽娟八月份的港币一百元保险寄出，心里舒服了不少，可是她收到一定要在二十号光景了。她一定要着急好几天了。为什么要让她着急呢，想着想着，我又不安起来了。以后还是多花一点汇费电汇给她吧。

从报馆里回来的时候，在邮箱里收到丽娟的九月一日发的信。她告诉我带去的衣料已收到，可惜今年已不能穿了。她说那件衣料她很喜欢。只要她能喜欢，我心里就高兴了。她叫我买两件呢衣料，当时我就到各衣料店陈列窗去看，可是因为香港天气还热，秋天的衣料还没有陈列出来，只得空手回来。回来时徐迟夫妇已去吃马国亮双胞胎的满月酒去了，想到丽娟信上叫我吃得好一点，趁他们出去吃饭，便吩咐阿囡杀了一只鸡，一个人大吃一顿。说来也可笑，这算是听丽娟的话吧。

## 九月九日　晴

上午复了丽娟的信。报馆回来之后，忽然想起，我为什么不自己出版一点书赚钱呢？我有许多存稿可以出版，例如《苏联文学史话》，例如《西班牙抗战谣曲选》都是可以卖钱的，为什么不自己来出版呢？至少，稿费是赚得出来的，或再退一步说，印刷成本总不会蚀去的。所麻烦的只是发行问题。于是吃过夜饭后，便去找盛舜商量。他现在做大众生活社的经理，发行是有办法的。他一口答应给我发行，而且说一千本是毫无问题的，便很高兴地回来。现在，问题是在一笔印刷费。可是这也不成问题，星马可以欠账印。从明天起，我该把文学史话的稿子加以整理了。

## 九月十日　晴

今天从早晨九时起，一直到晚间二时止，整天地把《苏联文学史话》用原文校译着，只有在下午到报馆里去了一次。

报馆里出来的时候，我去配了一副眼镜，因为原来的一副已不够深，而且太小了。一共是九元，付了五元定洋，后天就可以取了。

## 九月十一日　晴

上午仍旧校读《史话》，校到下午三时，校毕。到报馆去的时候，就把稿子交给印刷部排。现在，这部稿子还缺两个附录。找到时再补排就是了。

我的还有一部可卖钱的稿子《西班牙抗战谣曲选》是在刘火子那里。可是他的微光出版部现在既已不办，我便可以向他索回来了。当时我曾支过版税国币一百元，合到港币也无几，将来可以还他的。问题是在于他现在肯不肯先把稿子还我。工毕之后，我便打电话约他到中华阁仔饮茶，和他商量这件事。他居然说可以，而且答应后天把稿子还给我。

# 第八章
# 译作

## （一）诗歌

### 西茉纳集

（法）果尔蒙

编前按：玄迷·特·果尔蒙（1858—1915），法国象征派诗人、象征派权威评论家之一。生于诺曼底省一贵族家庭。1883 年进巴黎国家图书馆工作。1890 年与友人勒纳尔等合办《法兰西信使》杂志。1891 年辞去图书馆职务。文学作品有诗歌《拙劣的祷词》（1900）、《西茉纳》（1901）、《卢森堡一夜》（1906）、《一颗童贞的心》（1907）等。主要成就在评论方面，如随笔《文学漫步》（1904—1913），论著《有关假面具的书——象征主义者肖像，关于昨天和今天的作家的评论和资料》（1896—1898）、《法语的美学》（1899）、《风格问题》（1907）等。学识渊博，文笔清丽隽永。

1886—1891 年是法国象征主义诗歌的昌盛时期，通称前期象征主义。二十世纪二十年代象征派诗歌在法国再度得到发展，称作后期象征主义。果尔蒙的文学活动横跨前后期象征主义流派的两个兴盛时期。

《西茉纳》是果尔蒙的一个小诗集。这里译的是这一小集的全部，共十一首。

## 河

西茉纳，河唱着一支淳朴的曲子，
来啊，我们将走到灯心草和蓬骨间去；
是正午了：人们抛下了他们的犁，
而我，我将在明耀的水中看见你的跣足。
河是鱼和花的母亲；
是树、鸟、香、色的母亲；

她给吃了谷又将飞到
一个辽远的地方去的鸟儿喝水，

她给那绿腹的青蝇喝水，
她给像船奴似的划着的水蜘蛛喝水。

河是鱼的母亲：她给它们
小虫、草、空气和臭氧气；

她给它们爱情：她给它们翼翅，
使它们追踪它们的女性的影子到天边。

河是花的母亲，虹的母亲，
一切用水和一些太阳做成的东西的母亲：

她哺养红豆草和青草，和有蜜香的
绣线菊，和毛蕊草。

它是有像鸟的茸毛的叶子的；
她哺养小麦，苜蓿和芦苇；

她哺养苎麻；她哺养亚麻；
她哺养燕麦、大麦和荞麦；

她哺养裸麦、河柳和林檎树；
她哺养垂柳和高大的白杨。
河是树木的母亲：美丽的橡树
曾用它们的脉管在她的河床中吸取清水。

河使天空肥沃：当下雨时，
那是河，她升到天上，又重降下。

河是一个很有力又很纯洁的母亲。
河是整个自然的母亲。

西茉纳，河唱着一支淳朴的曲子，
来啊，我们将走到灯心草和蓬骨间去；
是正午了：人们抛下了他们的犁，
而我，我将在明耀的水中看见你的跣足。

## 雾

西茉纳，穿上你的大氅和你黑色的大木靴，
我们将像乘船似的穿过雾中去。
我们将到美的岛上去，那里的女人们
像树木一样的美，像灵魂一样的赤裸；
我们将到那些岛上去，那里的男子们
像狮子一样的柔和，披着长而褐色的头发。
来啊，那没有创造的世界从我们的梦中等着
它的法律，它的欢乐，那些使树开花的神
和使树叶炫烨而幽响的风。
来啊，无邪的世界将从棺中出来了。

西茉纳，穿上你的大氅和你黑色的大木靴，
我们将像乘船似的穿过雾中去。

我们将到那些岛上去，那里有高山，
从山头可以看见原野的平寂的幅员，
和在原野上啮草的幸福的牲口，

像杨柳树一样的牧人，和用禾叉
堆在大车上面的稻束：
阳光还照着，绵羊歇在
牲口房边，在园子的门前，
这园子吐着地榆、莴苣和百里香的香味。

西茉纳，穿上你的大氅和你黑色的大木靴，我们将像乘船似的穿过雾中去。
我们将到那些岛上去，那里灰色和青色的松树
在西风飘过它们的发间的时候歌唱着。
我们卧在它们的香荫下，将听见
那受着愿望的痛苦而等着
肉体复活之时的幽灵的烦怨声。
来啊，无限在昏迷而欢笑，世界正沉醉着：
梦沉沉地在松下，我们许会听得
爱情的话，神明的话，辽远的话。

西茉纳，穿上你的大氅和你黑色的大木靴，
我们将像乘船似的穿过雾中去。

## 发

西茉纳，有个大神秘
在你头发的林里。

你吐着干蒭的香味，你吐着野兽
睡过的石头的香味；
你吐着熟皮的香味，你吐着刚簸过的
小麦的香味；
你吐着木材的香味，你吐着早晨送来的
面包的香味；
你吐着沿荒垣
开着的花的香味；
你吐着黑莓的香味，你吐着被雨洗过的
长春藤的香味；
你吐着黄昏间割下的
灯心草和薇蕨的香味；
你吐着冬青的香味，你吐着藓苔的香味，
你吐着在篱阴结了种子的
衰黄的野草的香味；
你吐着荨麻如金雀花的香味，
你吐着苜蓿的香味，你吐着牛乳的香味；
你吐着茴香的香味；
你吐着胡桃的香味，你吐着熟透而采下的
果子的香味；
你吐着花繁叶满时的
柳树和菩提树的香味；
你吐着蜜的香味，你吐着徘徊在牧场中的

生命的香味；

你吐着泥土与河的香味；

你吐着爱的香味，你吐着火的香味。

西茉纳，有个大神秘

在你头发的林里。

## 雪

西茉纳，雪和你的颈一样白，

西茉纳，雪和你的膝一样白。

西茉纳，你的手和雪一样冷，

西茉纳，你的心和雪一样冷。

雪只受火的一吻而消融，

你的心只受永别的一吻而消融。

雪含愁在松树的枝上，

你的前额含愁在你栗色的发下。

西茉纳，你的妹妹雪睡在庭中。

西茉纳：你是我的雪和我的爱。

## 冬青

西茉纳，太阳含笑在冬青树叶上；
四月已回来和我们游戏了。

他将些花篮背在肩上，
他将花枝送给荆棘、栗树、杨柳；

他将长生草留给水，又将石楠花
留给树木，在枝干伸长着的地方；

他将紫罗兰投在幽荫中，在黑莓下，
在那里，他的裸足大胆地将它们藏好又踏下；

他将雏菊和有一个小铃项圈的
樱草花送给了一切的草场；
他让铃兰和白头翁一齐坠在
树林中，沿着幽凉的小径；

他将鸢尾草种在屋顶上
和我们的花园中，西茉纳，那里有好太阳；

他散布鸽子花和三色堇，

风信子和那丁香的好香味。

## 山楂

西茉纳，你的温柔的手有了伤痕，
你哭着，我却要笑这奇遇。
山楂防御它的心和它的肩，
它已将它的皮肤许给了最美好的亲吻。
它已披着它的梦和祈祷的大幕，
因为它和整个大地默契；
它和早晨的太阳默契，
那时惊醒的群蜂正梦着苜蓿和百里香。
和青色的鸟，蜜蜂和飞蝇，
和周身披着天鹅绒的大土蜂，
和甲虫、细腰蜂，金栗色的黄蜂，
和蜻蜓，和蝴蝶，
以及一切有趣的，和在空中
像三色堇一样地舞着又徘徊着的花粉，
它和正午的太阳默契，
和云，和风，和雨，
以及一切过去的，和红如蔷薇，
洁如明镜的薄暮的太阳，
和含笑的月儿以及和露珠，
和天鹅，和织女，和银河，

它有如此皎白的前额而它的灵魂是如此纯洁，
使它在整介自然中钟爱它自身。

## 死叶

西茉纳，到林中去吧：树叶已飘落了；
它们铺着苍苔、石头和小径。
西茉纳，你爱死叶上的步履声吗？
它们有如此柔美的颜色，如此沉着的调子，
它们在地上是如此脆弱的残片！
西茉纳，你爱死叶上的步履声吗？
它们在黄昏时有如此哀伤的神色，
当风来飘转它们时，它们如此婉转地哀鸣！
西茉纳，你爱死叶上的步履声吗？
当脚步蹂躏着它们时，它们像灵魂一样地啼哭，
它们做出振翼声和妇人衣裳的绰绦声。
西茉纳，你爱死叶上的步履声吗？
来啊：我们一朝将成为可怜的死叶，
来啊。夜已降下，而风已将我们带去了。
西茉纳，你爱死叶上的步履声吗？

## 教堂

西茉纳，我很愿意，夕暮的繁喧
是和孩子们唱着的赞美歌一样柔和。

幽暗的教堂正像一个老旧的邸第：
蔷薇有爱情和篆烟的沉着的香味。
我很愿意，我们将缓缓地静静地走去，
受着刈草归来的人们的敬礼：
我先去为你开了柴扉，
而狗将含愁地追望我们多时。
当你祈祷的时候，我将想到那些
筑这些墙垣，钟楼，眺台，
和那座沉重得像一头负着
我们每日罪孽的重担的驮兽的大殿的人们。
想到那些捶凿拱门石的人们，
他们是又在长廊下安置一个大圣水瓶的；
想到那些花玻璃窗上绘画帝王
和一个睡在村舍中的小孩子们。
我将想到那些锻冶十字架、
雄鸡、门链、门上的铁件的人们；
想到那些雕刻木头的
合手而死去的美丽的圣女们。
我将想到那些熔鼎钟的铜的人们，
在那里，人们投进一个黄金的羔羊去，
想到那些在一二一一年掘坟穴的人们；
在坟里，圣鄂克安眠着，像宝藏一样。

## 磨坊

西茉纳，磨坊已很古了，它的轮子
满披着青苔，在一个大洞的深处转着；
人们怕着，轮子过去，轮子转着
好像在做一个永恒的苦役。
土墙战栗着，人们好像是在汽船上，
在沉沉的夜和茫茫的海之间：
人们怕着，轮子过去，轮子转着
好像在做一个永恒的苦役。
天黑了，人们听见沉重的磨石在哭泣，
它们是比祖母更柔和更衰老：
人们怕着，轮子过去，轮子转着
好像在做一个永恒的苦役。
磨石是如此柔和、如此衰老的祖母，
一个孩子就可以拦住，一些水就可以推动：
人们怕着，轮子过去，轮子转着
好像在做一个永恒的苦役。
它们磨碎了富人和穷人的小麦，
它们亦磨碎裸麦，小麦和山麦：
人们怕着，轮子过去，轮子转着
好像在做一个永恒的苦役。
它们是和最大的使徒们一样善良，

它们做那赐福与我们又救我们的面色：
人们怕着，轮子过去，轮子转着
好像在做一个永恒的苦役。
它们养活人们和柔顺的牲口，
那些爱我们的手又为我们而死的牲口，
人们怕着，轮子过去，轮子转着
好像在做一个永恒的苦役。
它们走去，它们啼哭，它们旋转，
它们呼鸣，
自从一直从前起，自从世界的创始起：
人们怕着，轮子过去，轮子转着
好像在做一个永恒的苦役。
西茉纳，磨坊已很古了：它的轮子，
满披着青苔，在一个大洞的深处转着。

## 园子

西茉纳，八月的园子
是芬芳、丰满而温柔的：
它有芜菁和莱菔，
茄子和甜萝卜，
而在那些惨白的生菜间，
还有那病人吃的莴苣；
再远些，郡是一片白菜，

我们的园子是丰满而温柔的。
豌豆沿着攀竿爬上去；
那些攀竿正像那些
穿着饰红花的绿衫子的少妇一样。
这里是蚕豆，
这里是从耶路撒冷来的葫芦。
胡葱一时都抽出来了，
又用一顶王冕装饰着自己，
我们的园子是丰满而温柔的。
周身披着花边的天门冬
结熟了它们的珊瑚的种子；
那些链花，虔诚的贞女，
已用它们的棚架做了一个花玻璃大窗，
而那些无思无虑的南瓜
在好太阳中鼓起了它们的颊；
人们闻到百里香和茴香的气味，
我们的园子是丰满和温柔的。

## 果树园

西茉纳，带一只柳条的篮子，
到果树园子去吧。
我们将对我们的林檎树说，
在走进果树园的时候：

林檎的时节到了，
到果树园去吧，西茉纳。
到果树园去吧。
林檎树上飞满了黄蜂，
因为林檎都已熟透了
有一阵大的嗡嗡声
在那老林檎树的周围。
林檎树上已结满了林檎，
到果树园去吧，西茉纳。
到果树园去吧。
我们将采红林擒，
黄林檎和青林檎，
更采那肉已烂熟的
酿林檎酒的林檎。
林檎的时节到了，
到果树园去吧，西茉纳。
到果树园去吧。
你将有林檎的香味
在你的衫子上和你的手上，
而你的头发将充满了
秋天的温柔的芬芳。
林檎树上都已结满了林檎，
到果树园去吧，西茉纳。

到果树园去吧。

西茉纳，你将是我的果树园

和我的林檎树；

西茉纳，赶开了黄蜂

从你的心和我的果树园。

林檎的时节到了，

到果树园去吧，西茉纳。

到果树园去吧。

## 道森诗集

（英）道森

### 自题卷首

Vitae summa brevis spem nos vetat incohare Longam,

同是一般的不能长久，

那悲欢，怨恨，与爱情；

我们一在那门前过了，

它们便不再来临。

同是一般的不能长久，

那烈酒与蔷薇的往日；

我们的旅程在梦中刚现，

不久就又在梦中消灭。

## 冠冕

以他的诗歌和她的往日致献于他的

情人和爱神

葡萄叶与紫罗兰，

我们收集起，

编成了易朽的花环：

将花环供奉那爱之神，

一时也吐着柔情霏靡，

终朝至暮霎时间，

去做他神圣的王冠。

我们收集起，

葡萄叶与紫罗兰。

葡萄叶与紫罗兰，

我们收集起，

为了那生存一日的爱之神。

白日爱神还未死，

灰冷的黄昏还未来临，

我们的花朵芳芬

还做着他头顶的王冠。

我们收集起，

葡萄叶与紫罗兰。

葡萄叶与紫罗兰，

我们收集起，
为了那已死的爱之神。
我们将这生存一日的花环，
放上他灰蒙阴冷
又被迫鲁守宾吻闭的双睛，
那时红日已向匿方消逝；
我们收集起，
葡萄叶和紫罗兰。

## 生长

看取她稚年光耀的迁移：
我含愁地看那相识的孩儿——
在百合似的芳年我曾颠倒——
今已长成了少女，幽秘而神奇；
那惹爱又清娇的眸子，
已不似旧日的风标！
待我迷惘的心中知了她儿时旧有的光华，
今只改了同样稀珍的少女的新妆，
我便又慌忙去膜拜
她刚醒来的少女的生涯；
在她深眼里，我找到旧日的芳芬——
却比往时还仁爱。

## 流离

在那伤心的南浦，
往日我们曾携手徘徊，
今只一些旧时幽影，
还深深地萦绕胸怀。
音乐我今都厌倦，
蔷薇于我也不够清凄：
只这分离水畔的微吟，
却胜于音乐与蔷薇。
在那伤心的南浦，
我听见幽影之乡，
发出我爱者崇高的叹息；
心里模糊了你清绝的容光。
要是你玉躯早殒，
怎海外没一丝消息传来？
要是你尚在尘寰，这伤心的南浦
会将我俩的灵魂永永分开。
我俩伤心堕泪无人晓：
回忆灰蒙了往日的欢欣；
此时这悲惨的分离水，
将我们带进，最后的夜沉沉。

## 烦怨

我并未忧愁，又何须哭泣；
我全身的记忆今都销歇。
我看那河水更洁白而朦胧；
自朝至暮，我只守着它转动。
自朝至暮，我看着凄凄雨滴，
看它疲倦地在轻敲窗槅。
那世间一切，我曾作几度希求，
今已都深厌，但我并未忧愁。
我觉得她的秀目与樱唇，
于我只是重重的阴影。
终朝我苦望她的饥肠，
未到黄昏时候，却早遗忘。
但黄昏唤醒忧思，我只能哭泣；
啊，我全身的记忆怎能销歇！

## 秋光

阳光蓊郁照枯林，
十月枝枝红叶深；
微飔轻度树梢寂，
今犹如此好风光，
销亡炎夏何空忆！

迷茫秋色且栖迟!

一岁黄昏甜蜜时:

柔情今与灰蒙合,

依微心绪亦黄昏,

芳时不惜空消失。

秋光多梦又闲居,

收获无心争自娱?

不如梦里风光好;

漫漫长夜已来临,

且容寻梦红尘杳。

那方幽瘦与寒天,

远地逡巡不敢前;

今且偷味闲亦趣,

直待严霜风雪时,

柔情遣我林间去。

## 幽暮

暗夜里河水转变渐模糊!

那河水慰我,今儿更暗淡朦胧:

时日太悠长,最后才来了慰安的阴影;

啊,每天怎有这多怨恨重重!

长日给予我辛苦,祈求与绝望;

人们忍待着那西天的落日熊熊;

那迟来的长夜，终能给他们安息：
啊，每天怎有这多怨恨重重！
最后那安静的夜之神，
如要人们忘了日光所能照见的虚荣，
放下了昏沉的夜幕将他们慰藉：
啊，每天怎有这多怨恨重重！
有朝在我们最后的夜间——
这夜间也就是我们时日之终，
人将安然拿了罂粟，又将低说：
“啊，每天怎有这多怨恨重重！”

## 辞别

要是我俩必须分别，
我们就照此而行；
不要只心儿相压，
也不要徒然哀哀地亲吻；
且握着我手低头说：
“且待明朝或他日，
要是我俩必须分别。”
空语是无用又轻微，
而我们相爱又怎地坚强；
啊，且听那幽默在陈词：
“人生只片刻，爱情却很悠长；

一时播种又一时收获，
收获后便可昏沉地安宿，
但言语却无用又轻微。”

## 诗铭

我是坚信又曾求请——
以我沉哀竟致销蚀的虔诚——
那我在梦里做成的幻影，
造自她幽丰的秀发与蝤蛴领：
嫉妒的神人不愿我有其他的参谒，
将我生灵的雕像与她的心儿化成顽石。

## 安灵曲

妮奥波，她早经疲困，
已不胜欢笑与愁颦；
离了娇红和黯淡的时辰，
将她黄金的面庞藏隐，
她早期望着温甜的梦境，
啊，她终能人睡沉沉！
妮奥波，你可能欢喜，
到那幻境中去孤栖？
那儿有可怜的死人迷惘无依，
它们只带着灰漾的幽意；

它们用阴影的指儿，
摘取那日光兰素冷的花枝。
妮奥波，她至死还厌倦
那我抛掷在她身前的花瓣，
散在她花朵似娇娇的身畔。
她为那憔悴的花枝轻叹——
那月色的蔷薇惨白又阴蓝，
和那睡莲出自尘寰。
妮奥波，她已甚形疲，
对那尘寰的梦境与岁月栖迟！
那里有可怜的死人迷惘无依，
它们只带着灰蒙的幽意，
在这儿她将生命与爱情遗弃，
如今称心地入睡迷离。

## 终敷礼

在目前，唇际，与足边，
与各官能的灵窍，
敷上了忏悔之油，
已过的天真醒了。
那曾奔走希图的双足，
今已安然封隐；
那曾顾盼虚荣的双目，

今也将红尘洗净。
已脱离了空烦的声色；
在这黄昏一瞬间，
人们可能追忆全生，
又从阴影见死神的真面？
慈善之瓶啊，神圣油！
我不知何在，又何自来临，
经了什么劳悴与彷徨，
来将这最后的圣餐求请。
必须要待此时光：
那时肉的墙垣已废，
光明已破了阴沉，
才能行这样的终敷礼。

## 四月之爱

在爱情的地上曾一会徘徊，
爱情的功课曾一时间受教；
可能在日暮时不分开，
那时禁不得幽哀与惨笑？
一时间在烈日光中，
我俩缠绵相拥，又蜜吻迷离；
早忘了暮时的阴影，
那时爱情已和我俩相遗。

我俩也无需宣誓，
爱情自在如山上的清风；
密密地也不相言语，
我们终是两心同。
可能在日暮不分开，
我们只一会儿相爱，
不就作末次的唇儿相吻，
那时禁不得惨笑与幽哀。

## 灰濛之夜

我梦着我们片刻徘徊，
穿度那“无人之域”的沙路漫漫；
沙间惟有罂粟发秾繁；
我们情闲意懒又沉哀，
将花枝摘下，又抛向溪间。
那儿携手同行，溪流前后相沿；
疏星下，道路低仰危难，
只见一切都影约似梦中来。
那星儿销陨，我们忧思难禁，
罂粟渐稀疏，直到你眼儿
为我作光明，但我们太沉困，
待得光明暗了，便无我猜疑，
始于那已消失又我们渴念的光阴，

于是我就抛弃了那些记忆！

## 幽暗之花园

爱情再不管那风啸好花间，
你花园终已成荒：
没个人儿能寻一瓣
去年玫瑰的褪色残香。
光泽的发丝啊，熟果似的口儿！
灾难怎能收获得这般迅捷？
音乐似的爱情将一枝断笛呜呜，
在墓头深草丛怨咽。
一任那风啸好花间，
一任你花园与春色同更，
爱情是盲目又不计时光，
也不须下种，不收成。

## 友人生子作

记取飞德们微笑的那天，
尤奇尼与安琪丽已得了个孩子。
假如她风姿正像她双亲，
那便是和善的约夫所赐。
缪司们早专心于她治下之人，
请赐她安琪丽的德性与仙姿；

不要将你的恩宠只此些微，
可须加上尤奇尼的才智。

## 徒劳的希望

有时我幻想着为慰我愁肠——
虽百合花似的芳年已去，
虽已夏日的阴云蔽空，
有朝我或能走近她身旁，
将生命投掷在她足畔，
这样她好把我全身领管：
这般是怎的芬芳！
她或可向我加怜，
用素手纤纤爱抚在我头上：
“为了你久已心中怏怏，
可怜儿，你快来到我身前！”
这样我为了她的加惠，
得看一会儿爱情的真面，
还向她身畔回旋。
她或许会见我而怜悯，
我来时虽过了百合似的芳年，
只带着已销亡的往日和成堆积的诗稿：
她下垂的处女优秀的双睛，
会变作温柔，有时会向我身相望——

我这般想着，只为聊慰愁肠，
也知这是不能实现的心头梦境。

## 徒劳的决意

我说："我的希图有时终尽，
我撒了种，今都收获，
这是旧日热情的灰烬，
此后不再使它来复。
我今要到平安之境，
忘了我渴望的忧心；
为救我灵魂，将诚敬地孤栖。"
"我要忘了她冷冷的双睛；
我要忘了她柔语的嘤嘤，
与她所未曾听见的歌吟，
与她所未曾知道的殷勤。
我旧时痛苦与昏沉的回忆，
等到了那孤栖之境，
就可把它们一齐忘记。"
她又扬着双睛，在身旁穿度，
温纯地笑着，却又无言：
这样就醒了我旧时的情火；
所以已死的希图今又重燃——
她双目既一向是无情，

此后也不会将心情改变！
它将永不会温和地怜我忧心。

## 我的情人四月

珠露侵上她发丝和衣服——
她眼里的双双珠露；
我看她微步过蘼芜，
还颤音地唱着支幽奇的小曲。
啊，她是怎地轻盈约绰！
只看她花样的肌肤
如明镜地映出爱与希图——
啊，但在那睫毛边却有泪丝飘落。

她可是故作轻狂而哭泣？
或是她已知自己的青春，
欢乐已旦旦销归沉灭，
而那时间的重压也快来临？
啊，将来是一片荒芜，
为了那枯叶与空虚，秋光与冬日。

## 要是你曾相待

啊，在这凄凉的客寓里，
常想起的是常相隔的人儿。

——保尔·魏尔伦

要是你曾相待，你便能了解我心儿；
我许会如他般爱你，
亲爱的，要是我们曾忍耐，
命运又不曾教我俩不相称意。

沉默吧，又何必空言语：
说时反觉不言直——
往时虽言语总纷争，
我怎还怨恨，你今已长辞。

让黄泉一般的掩了
旧时使我俩参商的嫌恨：
我总常是这般爱你，
又时时捧着你深心。

我也曾遇见其他的女子，
她们这般娇媚正如你怎地无情；
你可想我往时曾爱你温存，
今儿却倾心降服向他人？

要是我们曾忍耐，要是你曾相待，
我原比他更尽心的为你
与“死亡”战斗；但在开始时，

命运就教我俩不相称意。

我想来就你，但生时无分的爱情，
死亡已将它掩人灰幽；
你今深卧在玫瑰花丛，
我只把心儿敷上你坟头。

我不须惊你，让它只如此阴沉，
这样“死亡”与“黑暗”却将你送向我身前；
往时虽爱着又冷冷无情，
今日我们怎再相嫌厌！

## 勃列达尼的伊凤

卿毋林檎园，
去年春未阑，
伊凤，卿忆否！
枝叶发正繁，
落英如红雨，
为卿作华鬘？
伊凤，卿忆否！
依思未有闲。

在彼林檎园，

浑不忆人间：
卿卿娇不胜，
明眸静且娴；
相说林檎熟，
沥汁手掺掺：
琐事诸如此，
卿思应渺漫！

勃东幽暮里，
相对寂无言；
卿母始来叱，
小草沾露寒：
知卿芳怀颤，
有如惊鸽然，
伊凤，卿忆否！
恋情初赧颜。

娟娟林檎花，
零落中夏天；
时卿承我请，
微语复缠绵。
伊凤，我何乐！
携卿归比肩。

伊凤，卿忆否！
良时去不还！

今来林檎园，
幽暗复迷漫；
伊凤，谁相扰，
相隔万重山！
露滴红心草，
卿趺未可沾：
卿又安能记！
侬思复阑珊。

## 永久虔诚的女尼

在寺宇的高墙里，宁静又悲凉，
在深深祈祷，在守着圣灯：
黄昏时只一人与她们相伴，
也只一人相伴，在那凄冷的清晨。

她们不识时间的变换，
只将她们的日夜编成念珠圆转，
又将她们生命缀上那珠环；
啊，她们只相守终身，清贞又温善。
那潜沉的伴侣，在上帝身前，

终身守着曾誓守的侦巡。
她们的忏悔与祈求，
在幽暗的教堂中，正是清香神圣。

外面人群广阔又多情；
人们的失望与倦了的欢欣，
在她们不能侵入的门边求请：
她们却未曾听得，那时正祈祷昏昏。

她们也知道世界的荣华；
她们也知道尘寰的欢乐与悲哀；
她们知世上的蔷薇有时消遨，
那残花片片，要被人践踏在尘埃。

这样，她们宁放弃了希求，
却叉手向圣地逃亡：
因知道她们的娇媚也无非空幻，
就网了容颜，又穿上粗陋的衣裳。

那里她们在休息，她们已深深知道：
光明的昧爽也快到长夜漫漫。
玛丽的明星为她们将夜间驱散，
驱散的却正是尘寰的黑暗。

她们的容颜温和，憔悴又悲凉：
这样可是人生至善的途程？——
我们的蔷薇残了，人事又茫茫；
那儿傍着神儿，却怎地安宁。

## 请你暂敛笑容，稍感悲哀

亲爱的，请暂时把欢容收敛，
此处只可怜残月，流照潜沉；
你秋波转盼知难久，
却叫我愁人，怎地欢欣！

亲爱的，请无言鉴以柔情，
只将你幽幽云发，披上我全身。
往日的愁怨，平凡的旧事，
又同来侵我忧心。

今朝一刻争能久，
可就要朱颜灰褐，消失了芳春？
可就难再寻觅
这缠绵抑郁的柔情？
亲爱的，待到中年憔悴，忘了心头恨，
让旧事模糊，怕它哀怨频侵；
且抛了青春神圣，

让它迟暮来临。

你樱口榴红片片，
可让我餐此芳醇？
我愿在你园中长逝，
让南风浓郁，解我微愠。

我已把“销亡”收集，在你唇边，
再向君一顾，怕便要长宁。
我虽是一生多恨，
向你胸前死，却是无上的温馨。

亲爱的，要是死亡不就来临，
请凝想着我们在此闲凭：
还在吻时谛听
南风的细语低吟。

在微语着的柔枝下，有你芳园，
在这里不知时间转变，世事纷纭，
也不如死亡和痛苦，
和那无诚的盟誓，会使人忧虑又离分。

## Vanitas

离了悲啼，
又不再手儿相触，
在那白云幽隐地，
她可在安然熟睡？
啊，她是能知觉！

经几许风霜残扫，
又几多悠久的光阴，
自她与死神去了，
丢我在更疲乏的途程：
今儿才有这迟缓的光荣！

那胜利与王冠，
在今日，有什么价值？
只一句幽语未传，
到今日却何从说？——
且将荣誉的棕枝丢弃！

只愿得一次与她相见；
倦手将桂枝抛却：
在那易忘了的乡间

她墓柏也比桂枝甜蜜：
啊，她或能知觉！

但她可能将手臂伸张，
穿过那困疲的河侧，
到稍远的殊方，
一会儿离开窀穸？
啊，她可能知觉？

## Seraphtia

今儿且莫向我身前，啊，梦幻的脸儿！
我在人生的情海里漂泊撑持；
我的途程是幽暗，险阻，又堪悲；
这已不是拥抱的佳处与良时，
如此水波高声的怨恨不会消弭
你在我心头灿烂的光熙，
它常管领幽清，情与我远相离，
去住在你所居的恬静里。

但当时那风暴又雷鸣，
那海天又崩坼，啊，我幽夜的月华！
愿你一回俯首慰我忧心，
虽今已迟了，还请你把手儿

一会儿放上我颓发与灰睛，
那时狂浪还未在战争中胜利。

## Flos Lunae

我不愿改变你冷冷的双睛，
也不愿将你言语的温和侵扰，
扰你以惊骇与痴情。
你的心灵我终不能达到：
我不愿改变你冷冷的双睛。

我不愿改变你冷冷的双睛，
也不愿使你悲啼或欢笑：
虽然我生涯是憔悴又销沉，
终日在渴望睡眠，和你影儿娇好，
我不愿改变你冷冷的双睛。

我不愿改变你冷冷的双睛，
终不愿使你转移，就我能做得，
为了你我才祈祷虔诚.
梦幻的姑娘啊，夜间的明月！
我不愿改变你冷冷的双睛。

我不愿改变你冷冷的双睛，

以人类心灵的烦乱：
我心灵被你目光罩住深深，——
那冰样的心灵，孤零又辽远；
我不愿改变你冷冷的眼睛。

## Terre promise

就现在她芬芳的秀发，
曾在我鬓边飘挂；她过我身旁，
也曾握着我手儿，含情脉脉：
啊，什么未言之语在空中鼓荡！

我也常知道只为了些微，
使我与今在远方的“心乡”相弃；
我何须倚在屏栏瞻望？
只一言半语就可将它毁废！

许会因手儿的接触或无言，
就倒了那相隔的墙围；
她也不再多言的来了，
就投入我臂间深相了解！

## Beata Solitudo

是何处潜沉之境，

那里有繁星光照幽幽，
照那林檎花影，
和露湿枝头，
是我和卿所有？

那潜沉的山谷，
我们要去寻找；
去那儿避脱
尘世的纷纭，
长伴那幽清之境！

人事已久离心膈，
我们且自安宁，
且自家休息：
已消失的欢欣
也快来临。
我们同把尘寰弃，
也不把名誉与劬劳
放在深心里；
只看那繁星闪耀，
只在仁慈地相照。
不管那人生劳悴，
与悲啼欢笑；

在这深林清翠，
幻影中仙梦逍遥，
我们都深深睡倒。

愿有那潜沉之境，
那里有繁星光照幽幽，
照那林檎花粉，
和露湿枝头，
是我和君所有！

## Amantium Irae

蔷薇已飘落，
往日已凋零，
在灰蒙之地，
离了风雨光明：
那里与她重见，
可不记已过的青春，
将自己灵魂管有，
忘了尘寰转变纷纭？

在我们阴影地，
可能将手臂伸张，
过那青青草地，

张向往日的仙乡？
今儿在此空亲切，
可恨那已销逝的阳光？
或爱的蔷薇未集？
未曾得月桂芬芳？

世间黑暗的边缘，
会去相亲那“永不”，
那庄严的丧礼之舟，
航向那荒凉的岸窟。
明朝相誓着爱情，
今日正荣华时节：
这将怎地，那盟誓与荣华，
都着着昨日悲哀的颜色？

啊，我们将失了荣华，
或终须得到？
要是吻着我们的愤怒，
它便如悲哀般的去了。
当蔷薇还缀满园中，
当日儿还是高高，
请抛弃了荣华，
不然爱情便要潜逃。

## Amor Profanus

离了那灰蒙的记忆，
在阴秘的林间，
有重重幽影地，
没鸠声絮絮扰沉潜；
那儿不见日光明：
我梦想着黄昏时候，我俩再相亲，
把缠绵的旧事重温遍。

偶然会合终须别，
那草坪灰暗，我俩在徘徊；
想把那胸头旧话重新说，
怎禁得重重阴影上心来！
在我们苍白的唇边，
早“遗忘”流滚如泉——
啊，它已将人世的爱冠高戴

我们空自期期语；
旧日的希求，早冷了又销亡：
旧时光已远在星明处，
何处是樱唇赤，秀目辉煌！
我们还垂眼向前行，

更远了欢欣——

啊，怎慰我可怜的迷惘！

爱人啊，在我俩青春时候，
不要把你蔷薇般玉貌，藏着深深.
只采那片时的小花娟秀
缀上光辉的狭狭途程：
我们等不到几多时，
便须踏那牧场的衰草枯枝，
那儿只死寂又悲凉的夜间幽影。

## Sapientia Lunae

世间的智慧对我讲：
“向前跑，胜利终属于勇奋；
或许荣誉正候在那方！”
我说：“等着的是那幽坟。”
因为我曾思量过一曲蔷薇诗，
向她的信者，那月儿启示。

世间的智慧说：“那里有月桂冠儿：
向前跑，那胜利多多好，
但须过了劳苦的生涯。”
我说：“我终须变蠕虫芳甜的食料。”

我行时讽诵着一曲蔷薇诗，
在她的时间，那幽柔的月儿启示。

我的声音说："向何处疾走驰行，
这空虚的争竞，常在灰暗之程中？
来了漫漫长夜，没了日与繁星，
什么光能比得她灿烂的姿容？"
因为我曾思量过一曲蔷薇诗，
知道些儿隐秘，那月儿启示。

我说："因为她眸子百合般娟妍，
她发丝如月桂样清幽，
今荣光已在身前，
又何须在幽灰中奔走！"
于是我去时诵着一曲蔷薇诗，
对于她信者，那月儿启示。

## Amor Umbratilis

心爱的，我要贻君以沉默：
你可永未曾知得。
将它放在你淡漠的身边，
啊，这算是我全生的礼物。

我没有歌词可唱，
能使你留意关心；
我没有睡莲可向你途前抛掷，
当你正缓步轻盈。

我今把繁花丢了：
那花朵儿不与卿相适；
往时我也曾集起花环，
用那木芙蓉与芸香叶。

我看你在身边穿度，
是这般冷冷无情；
我吻着你曾步过的微花纤草：
啊，我生涯已快就沉沦。

心爱的，这一次你须收受，
这最后的礼物，我向君抛掷；
我将以此致献于你淡漠的身边：
这就是我为卿而沉默。

## Villanelle 咏落日

孩子啊，这里来休息：
这是一日的终期，

你看那西天沉寂！

昏睡是一般的甜蜜
对于人们的工作与嬉戏：
孩子啊，这里来休息。

白鸟啊，快把你巢儿寻觅，
快放下垂着的头儿：
你看那西天沉寂！

好花枝也都安歇：
你可和它一样倾欹。
孩子啊，这里来休息。

此刻深宵已来袭，
征途渐向故乡归：
你看那西天沉寂！

倦花枝，倚上我胸臆，
我不会和你相离：
孩子啊，这里来休息；
你看那西天沉寂！

## Ad Manus Puellae

我最爱是妇人们的纤手！
为了你那弯白的手儿，
我心灵便常来相就；
那手指纤纤，腕儿绮丽；
我亲吻的是女孩的手儿纤细。

我曾见纤手美如百合花枝，
在将丝套脱了她冰肤的时候；
怎喷着幽香，如兰麝霏靡：
啊，这是爱人外观的娟秀。
我吻你手儿，却怎能足够？

它们和象牙般苍白，
但如海中弯贝，也有微赤在指尖：
就是金银在君王的宝窟
与炉中的兰麝，
也不能比这手儿更芳郁又娟妍。

我不知过了你指尖的途径，
也不知我怎能更到高原，就是怎能亲你的樱唇：
我终为那些快乐的手儿掌管；

你素手却更使我倾心颤乱。

## Benedictio Domini

在外面，那街头的烦响，
那伦敦的市声烦躁，
扰了那无垢的人群，
他们正在沉沉地祈祷。

灰黯的教堂中，正人群寂寂：
在那幽细的熏香里，
忽然有银钟响动，
他们如受咒般鞠下了头儿。

教堂中是怎地阴沉除了神儿的所在，
那儿装得如新妇，灯火又明辉；
有老年教士，手儿在颤抖，
他在将人们失望的慰安赞美。
这儿是沉静，但外边街上的人群，
正将世间短促的途程化成火样；
至善又万全的祈祷啊！
怎那才能忘了烦忧与希望？

## Impenitentia Ultima

在光明未息时，要是上帝愿施他恩宠，
我不要时日悠长，更没有他求，
只须呼着："往时的一日，旧侣中一人，
请赐我再逢再遇，我希望便酬。"

"主啊，我不要群芳，只选了世间忧怨的蔷薇，
因此，我断肢盲目，又终朝劳苦，
只临你惊人的判席，那时我残生将闭，
我正待收获我所栽，而偿我忠诚的债务。"

"可是黄沙未起，银丝未断之时，
请恩赐将悲凄的岁月的网膜抛落，
赐我一刻的光阴，让我再相逢，
她妙目凄清，还洒泪珠儿洗她纤足。"
那时她发丝将笼住我全身，纤手又安恬，
那时日光已没，她秀目是我光明：
这样便远离了恐怖与幽宵，
她琴韵清音会作为我耳中最后之声。
当颓波未下，我生命未消亡，
你愤怒裂我，如孩子把花枝揉碎，
我纵已肢残，还歌颂你地狱之王，

为给我见她最后的愁容，这片时的赐惠。

## Ad Domnulam Suam

我心里的小姑娘！
请你再爱我一些时：
等不到这爱情强烈，
我们却要分离。

我往日是怎般爱你，
如今当和你相离：
但我不说忧伤的故事，
我不愿使你悲凄。

我心里的小姑娘！
再让我爱你一些时：
等不到这爱情强烈，
我们却要分离。

你快要离开这仙境
渐暗了你卷发如丝：
我们再不能花间携手；
抚爱温存，也不再栖迟。

我心里的小姑娘!
请再和我相爱一些时:
等不到这爱情强烈,
我们却要分离。

## In Tempore Senectutis

在我老来时候,
悲苦地偷自相离,
走入那黑暗灰幽,
啊,我心灵的伴侣!
不要把彷徨者放上心怀,
只记得那能歌能爱,
又奔腾着热血的人儿,
在我老来时候。

在我老来时候,
一切旧时的情火,
已渐渐消归无有,
啊,我心所希图!
你不要深深记念,
只想那已去的芳年,
那时心儿相倚怎情多,
年岁却在那儿驰走。

在我老来时候，

那头顶的繁星，

都变成残忍又灰幽：

啊，我仅有的爱人！

且让我相离；

你且记我俩的往年时，

不要想如何消失了爱情，

在我老来时候。

## Chanson sans Paroles

深深的紫兰香里，

树叶儿悄沉沉；

这里幽静无声，

只那边悠远地，

小鸟儿呖呖娇吟。

可是这深邃的幽林，

与青松秀爽，

是供奉着清香，

在等着她来临？

啊，我是在待它征象！

她却能听见，

那幽微的言语无声，
又怏怏为我离她清境——
那锦褥碧芊芊：
她将听得而惊醒！

她将倾听而来前，
从她幽息的殊方；
鸽子般秀目与胸膛，
又轻盈地来到我身边：
青松正把它枝叶儿低昂。
我在待它征象：
树叶儿待飘浮，
树梢儿正在低头，
在阳光一片迷茫，
啊，世界也待她来挽救！

深深的紫兰香里，
树叶儿悄沉沉；
这里幽静无声，
只那边悠远地，
小鸟儿呖呖娇吟。

## Villanelle 咏情妇之宝藏

我消受她双睛娟秀，
和她鬓发如丝：
这般就把维莱吟就！

我消受她声若银钟轻奏，
柔如祈祷又清若歌词；
我消受她双睛娟秀。

我今已烦忧久久，
这些可能慰我愁思？
这般就把维莱吟就！

我消受她处女的冰肌娇美，
和那鬓边珍贵的蔷薇；
我消受她双睛娟秀。

我说："这或许能够，
将她的印象，就我心上分离！"
这般就把维莱吟就。

我尽了心机引逗：

要将她温存的笑靥潜移；
我消受她双睛娟秀；
这般就把维莱吟就。

## Soli cantare periti Arcades

我要住在乳酪坊，
我去要做那柯林：
和那村里的姑娘，
搅着羊乳白莹莹。

田野是我的欢乐，
羊儿随我缓缓行，
吹着一支游戏曲，
娱那马幼或裘恩。

因为城市颓又黑，
我又深恨伦敦街；
要到村路又快活，
要到村巷去开怀。

巴黎妇人运气佳！
你们太细太娟好；
我却熟识村女家，

问她不必问两遭。

你们衣锦多豪丽，
娇步婀娜在城里；
她们穿着粗陋衣，
自由来往登木屐。

她非女神非女王，
她将榨我羊儿乳；
身兜里面白胸膛，
娇如羊乳的醍醐。

我愿住在乳酪坊，
我去愿做那柯林：
要娶村里的姑娘，
娶那马幼或裘恩。

## Quid non speremus，Amantes

要是爱只奴于“肉绁”，
而他又能任向何方，
怎的仅仅和她手儿相触，
还比她人唇儿所赐更芬芳？

要是爱可向一切花枝采蜜，
女郎又如紫兰般繁茂霏靡，
怎的我还喜过空自伤怀的往日，
为了她失去的幽声，和堪忆的青丝？

啊，她去了，一切都随她残落；
或是她冷冷无情，我们的祈祷成空；
夏日灿烂的心儿已破碎，
而希望又入了深幽的坟冢。

虽世人常渴慕而销亡，
灵魂却能跳出肉身的苦闷，
那奴于肉体的爱情行将飞走，
等肉的统治沉沦，就灵魂管领。

至上的爱情，或是缠着番榴，
或如幽星般无冠又孤冷，
我终要终朝供奉又追随，
你荆棘蔷薇所未有，是怎地温存！

## Non sum qualis eram bonae sub regno Cynarae

啊，昨宵我正吻着她的樱唇，
你的影儿来了，你口香如醴，

在芳醇和蜜吻间洒上我的灵瑰；
今我又苦苦被旧情缠绕，
困倦地将头儿鞠下低低：
茜娜拉，这样我算已忠诚于你了。

终宵我心上觉得她胸前热喘微微，
终宵在我臂间，她恬恬昏睡；
虽我也知甜蜜，当我吻着她唇上的芳绯，
但我又苦苦被旧情缠绕，
当我醒来时看见了天色幽灰：
茜娜拉，这样我算已忠诚于你了。

我一切已都忘了，让它们飘飘如风，
又丢了蔷薇，让它们成群儿飞荡；
我舞时想忘了你凄清如百合的花容，
但我又苦苦被旧情缠绕，
因舞蹈的时间又太悠长：
茜娜拉，这样我算已忠诚于你了。

我还须烈酒与歌舞狂欢，
但到那灯灭酒阑的时候，
你影儿来了，来占领这长夜漫漫；
今我又苦苦被旧情缠绕，

怎慰我饥唇与渴望的深愁：
茜娜拉，这样我算已忠诚于你了。

## 智慧

爱那醇醪，美女，与芳春，
当美酒是酡红而春日又来临，
那杏花丛里透着娇啭声声，
你爱人的鸽子般的柔音。

爱那醇醪，美女，与芳春，
醇醪已香冽而芳春又幪𫁐，
她能以浅笑盈盈，
使人忘去了苦役与劳营。

可是芳春匆匆地去了，
不要看你的忧愁在她眼内，
却从你爱者那儿颂你的自由：
这便是哲人的智慧。

## 超越

爱的重萌草！今朝正是愁时节，
这最可怜的果子，
我当向四方收拾：

那爱的重萌草。
啊，空忆那芳甜的往事，
空惜光阴去；这是我们的收获！
蜜吻只使我心头增加幽意；
我们只朱唇冷冷双睛寂，
空望那爱的微光，我们只能相弃；
我们悲凉地收集起，正若往时耘植——
那爱的重萌草。

## 海变

那里海洋与河水的狂流相会，
那白浪在沙丘前后飞腾；
在那枯寂的草原，有风车高立：
我愿乘长风，过沙洲去那里找寻，
找寻那求而未得的，精致的王冠，
这有朝会如上那弱者多情的头顶。

海啊，当那狂风停了，你可不再扬波？
我曾这般爱你，却又常误你以尘寰的烦响。
当我以最后的希图信托于君，
你最后的歌词，也请起来歌唱；
你曾为人们奏此雄歌，今须为我，
人们只听过一回，可就把尘世遗亡。

当那末日来时，我把帆儿紧束，

让你的吻儿掩埋了我面上的迟暮与昏疲；

让怨恨如梦境与光阴般消隐，

当你凶残的宠爱闭了我双睛，又僵硬了我肢儿！

我所知道的此后就都须忘了：

又忘了那女人和尘世的施为。

## 死孩

亲爱的，你且自长眠，

长眠是怎地清闲；

我把紫兰花片，

抛向你眉边，

抛向你胸间。

你短短的终生，

只抵得我生的一瞬；

你忘忧的生命，

没愁苦与劳辛，

来扰你短短的欢欣。

你静静斜欹，

只常在儿时；

我望你

切莫生悲；
你是未曾尘污些微。

且渴睡深深，
无人会将你惊醒；
我也不泪珠偷殒，
只愿与君
同时昏卧沉沉。

也愿同归死灭，
伴你同归沉寂；
在这幽境凄清，
我要把头儿侧，
在你身旁休息。

你如今劳悴昏昏
这正是你至善的前程；
我也找寻了途径：
要和你同路前行，
来分你安宁。

## 残滓

那火焰已消亡，它残炎也散尽：

这正是一切诗人最后的歌词，——
那金酒已饮残，只剩了些微余滴，
它苦如艾草，又辛如忧郁；
消失了康强与希望，为了爱情，
它们今儿和我惨淡地相遗。
只有阴影相随，直到销亡时候。
它们许是情人，许是我们的朋友。
我们坐着相期，用憔悴的眼儿相等，
直等那门儿闭了，又将幽幕放下沉沉：
这正是一切诗人最后的歌词。

## 短歌

一切人们可祈请之词，
可我未曾向君祈请？
还有什么未陈的歌颂，
我未曾向你陈明，
啊，我的爱人？

但你的秀目与芳怀
对我总是这般的冷冷；
那我唯有的分儿，
只从你潜来的幽恨，
啊，我的爱人！

我从何处可找到悲哀，
又将它深深的藏隐？
否则我那切切的泪珠，
又要使你惊心，
啊，我的爱人！

多于人们可祈请之词，
可我未曾向君祈请？
还有什么未陈的歌颂，
我未曾向你陈明，
啊，我的爱人？

## 转变

心爱的，一时间和你徘徊；
将疲弱的头儿倚向你胸怀。
看又林森暗淡，落叶昏沉，
霜天阔，寂寞夜寒来。

在那湾湾金谷冬郊外，
一时间向你身前挨；
会看那久久潜沉，与卿卿纤手，
孤凉地，消失在夜中荒野。

待爱你，一霎时怎生爱？
良宵后，我们就要分开，
便须去攀那冰山，
冬郊里，不知人在天涯。

心爱的，从炎夏匆匆，
直到那凄清冬日，长夜幽哀，
映着那阳光惨淡，
我只见，片片蔷薇凋坏。

## 交换

今已拿出了我全身所有，
却还是怎地些微：
诗句儿粗粗制就，
又拿蔷薇来比你冰肌：
今已拿出了我全身所有。

为了这些微，我在找寻：
只要你多情的流盼，
一句儿软语温存，
或一想及我徘徊在门畔：
为了这些微，我在找寻。

我今所得也只是些微：
你所有怕也止于此了！
我和那飘飞的黄叶迷离
舞着那幽灵般的舞蹈。
今算已得到了你所有的些微。

## Jadis

往年时，在尘寰未老之前，
盛放着紫兰与罂粟，
我们投诚向邱弼德身边：
在那往年时！
我将你纤手儿紧握；
你的神龛就在我胸间，
向那儿你浓丽的头儿倚曲，
还讲着万千的情话娟妍：
上帝，甜美的先阴却这般短促；
这热情不这般阴冷又沉潜，
在那往年时。

## 在春天

依依陌上柳条柔，
绿树枝枝清复幽，
锦衣灿烂芳郊满，

雨打暮春温复暖。
鸟声恰恰尽低徊——
只有心头之好春，
不再为君与我来。

来去蜂忙不肯停，
杏红丛里作幽声，
长寿花黄垂藟藟，
莲馨低卧看群卉，
紫兰夹道锦香堆，
只有心头之好花，
不再为君与我开。

## 致情妇

漫漫夏日有时尽，
春风秋霜亦复燃；
人世优俳相戏事，
及时终亦意阑珊；
欢笑生涯如此了，
青枝得秃，泪须干
尘寰万事终长逝，
谁谓柔情能不残？

让我无言别君去，
何能空誓两心知：
生前盟誓难常在；
片刻多情终必离。
亲吻须臾甜蜜事，
及时还是各相遗。
争知今日温存后，
明日柔情销歇时！

君曾索我缠绵意，
温存岁岁复年年；
谁知妖思将君去，
在我殷勤相誓前。

生命无非空幻事；
悲欢怎得久绵延——
人世争如无爱好，
何必柔情万丈牵！

## 三个女巫

几时再有月明宵？
几时再有灰朦日？
苜蓿山楂何处开？

暮暮朝朝相与一。

朦胧枯眼只昏沉，
不见孤村与繁市；
荒原寂寞总无情，
只有残枝憔悴死。

羊肠曲径徘徊久，
终朝不见有微光；
倦臂欹斜灰暗里，
长夜漫漫正未央。

我乃爱丝他替子，
兹来致语月中精：
我今与我幽欢伴，
同时驾向月中行。

焚堡烽烟且莫停！
相看相望凝枯眼，
烦怨，烦怨，复烦怨，
对此熊熊不熄焰。

荒原寂寞总无情，

不见孤村与繁市，
只有残枝憔悴死。

## 最后的话

让我们去吧：幽宵已在身前；
看飘散的鸟儿，看疲劳的岁月；
我们已将上帝的耕耘收获；
如雄枭展翼，黑暗已将大地深缄。
我们有的是绝望与沉沦，
不知道悲哀和欢喜
只听那些浮华的人事
那使着我们迷惘的一群群。

让我们去吧：不管它阴冷又生僻，
老来时可以找到安宁的幻境
为善作恶的人群都到那儿安息，
可以忘了忧伤，欲望，与爱情。
向大地弯起手儿来求请：
请将我们病了的心灵化成灰烬。

## Rondeau

啊，曼侬，你说吧，为甚我们
人人都向你怎地倾心？

你虽有娴雅又微红的容貌，
但也未必比人娇好，
比到那冰清处女的花颜，
她是这般绮丽又庄严，
她秀目晶明又温软，
不比你发丝儿更缠绵光耀?
啊，曼依，你说吧!
你说吧，为甚你双目昏沉，
曾被酒浆沽污的樱唇，
与不洁的曼奈得般眉宇，
却比那珍贵似白蔷薇的处女，
还易使我们勾动深心?
啊，曼依，你说吧!

## Moritura

作歌歌夕阳:
西天今赭赤。
白昼已销沉;
头带溟溟色。
匆匆明月升，
光冷中天白。

作歌歌冬日:

缓缓北风吹；
自彼阴寒地，
飘向断蓬来。
旷野今萧寂，
稻麦久经裁。

作歌歌老人，
鬓边白发新。
双眼今茫漠，
往事窒忧心。
向我沉思久，
独立复微吟。

作歌歌落花：
灿烂枝头摘；
清艳霎时间，
曾紊云发髻——
今日知何处？
寒灰伴幽寂。

## Libera Me

助我啊，
爱弗萝达德，爱笑的女神！

你今当伺我，我久曾伺你的几坛神圣，
现在请给我你的平安与安静。

我曾给了你我的苦痛与心灵，
我生涯已被你深锁，为了你爱情；
请放了我吧，今要请女神怜悯。

我生所有的至珍，至美，至优良，
今都在你神几上的火焰里销亡，
往时我不奉他神，只向你的神祠瞻望。

啊，你已采了我年少时的花枝，
我终身敬你，与你的途程永不相离。
又为你从心中流出几多赞美的歌词。

你火光怎地凶残，烈酒又这般强烈，
只适于不死的神人，你这途程险窄，
我这样凡人的身体，却不堪猛激。

我生命的鲜花，你今都扣取，
还请让我把生命的残灰留住，
请让你的爱情休息，又放我自由地归去。

爱茀萝达德，
放我吧，请还把自由加我身上，
你已取去我初开的花果，请还我那果心。

## 加都仙僧人

那些素朴的僧人终到了平安之路，
经了些什么烦苦与忧愁？——
弃绝了人世的希求与智慧，
知这些是不能让死神相救。

在他们墙内没有尘寰的烦响；
室中只有死灭般神圣的潜沉；
这里寻不到热情与喧扰；
为了他们的痛苦，今朝却使安宁。

他们艰难地从四方奔集，
终了解了这尘寰虚幻的狂欢；
都因受了愁虑与虚荣的重压，
如今是超绝了人间一切忧烦。

他们的严正不与法朗司僧一样，
也不和别的僧人般殷殷施教：
他们有更清高的职业，更巉峭的途程：

和上帝同居，终岁只沉思默祷。

这僧院中是怎地荒凉；
中心的隐秘，就伴友中也无人知得。
他们到此，正要把孤寂找寻，
终岁独居悄悄，只幽影伴他沉默。

这幸福的生涯，还有谁能说——
说你们不应这般的舍弃！
你们圆满地抛了虚荣，
这是愁苦的僧人至温甜之事。

你们终须胜利，这可不用怀疑——
你们幽清又落寞；
你们王后的星光永不会变成灰暗，
这些都要销亡：那希望，光明，与欢乐。

我们曾抛了花儿，就饮酒狂欢，
致饮钝了灵魂与幽微的凝想；
我们酒杯是头颅制就，还环以蔷薇，
却无人敢向那在身旁隐现的死神瞻望。

素朴的僧人，你们只这般过着时光；

我们早琴断，杯干，又蔷薇凋谢。
上帝的同居者啊，请为我们祈祷，
你们虽离了尘寰，日后终当胜利。

## 圣袭门恩莱
（1887–1895）

往日我在繁枝里不能望见你容颜，
又有阳光在我眼前耀闪。
今儿树叶已凋零，
秃枝儿只望着寂寞又阴沉的天汉。

啊，阳光与夏日，你们在那个深宵
将光耀荫青的树叶飘残，
低了灿烂的头儿？那瘦白的阴影
正在你曾疾走过的那儿微步姗姗。

又空过那憔悴的平坛，
你的幽灵作着笑声轻走，
用枯指举起了惨白的衾衣，
走在我的影儿之后。

在小步轻微，还在那儿嘲笑，
嘲笑那蔷薇花样的少年时，

嘲笑那荒芜的往日光阴，
与青春时的甜梦迷离。

## 勃列达尼的下午

沉沉的空气里，微闻金雀花香，
在那巉岩山畔，闲凭茵席芬芳，
听着那微风，细语如丝，
又泉水幽吟，鸟儿低唱。

寂寂山边，我把身儿躺向阳光，
神思昏蒙，尘寰如一梦迷茫；
我们怎为石榴与玫瑰，不住的纷争，
为女郎灰白的容颜，我争又心头惆怅！

离了纷争，在那儿寂寞的遐方，
有清芬的梦境，介于生与死中央；
金雀花间，阳光洒地，我将沉睡昏昏，
将我心灵向那白云堆安放。

片时间只沉睡莫彷徨，
等着白蔷薇般圣母，来自仙乡；
那时要求她怜悯，我们是盲目又无能；
无故地将身儿败坏得这般模样。

## 致已失去之爱人

那分开我俩的深渊，
今我已至求穿渡，
我空自在深深祈诉，
希求却早憔悴无言：
啊，我已看出你的回音，在你目光间。

我并未关心，却见那繁星光映。
我想只须有缕缕柔情，
就能牵住这万里的离分；
亲爱的，但我经过一番思忖——
啊，我们终不得这般亲近！

我早都知道，在结果未来前：
那繁星今更光明惨白；
我空自声声叹息。
他人都能有尘世的幽欢；
它们只不到我俩身边。

## 致作愚问之女子

我何故忧愁，克罗哀？为了那月儿悠远。
我是何人为甚拘在这小星中被人磨难？

可是为你玉容柔媚？要是它不为娇美，
那我就未曾见过世间最绮丽的花颜。

为此处是这般凄冷，而我就把机谋费尽，
也不能度到那我未曾居住过的多情之境。

可是为你樱唇如血，又冰肌胜雪？
我快去的那欢愉之地，却无这般红与皓白。

可是为你樱唇红腿，且又酥胸憔悴？
我愿乘风飞去，克罗哀，一些儿也不觉心悲。

## Villanelle 咏黄泉

在那黄泉惨白的边缘，
我想我们可平安地穿度，
离了这昏沉日照的光天。

那里人们都催去连连，
可远避了一切海洋与尘土，
在那黄泉惨白的边缘。

忘了爱情与生命也复萧闲；
还是在那方差可，

离了这昏沉日照的光天。

那里只时时静默沉潜，
也没有流水轻轻流过，
在那黄泉惨白的边缘。

这是劳辛所得的王冠，
这是无穷的安卧，
离了这昏沉日照的光天。

我不要一些生命的芳甜，
只要那配珊封伴我，
在那黄泉惨白的边缘，
离了这昏沉日照的光天。

## Venite Descendamus

不要再空言又长叹：
什么都能撩起愁肠。
可有清境让我们休息？——
啊，怕只有消亡！

不要再长叹又微吟，
今儿且让音乐销沉；

让秋天憔悴又殷红的残叶
掩了这无用的幽琴。

啊，我们当从此守着潜沉，
就躺下了身儿休息；
也不要让她知得，我们在何处安身，
不使她再来哭泣。

如今更一天天的寒冷；
睡着吧，听它灰暗来临，
在看她不见的那儿，我们且卧倒：
可从此安宁。

## Villanelle 咏诗人之路

这醇酒，妇人，与歌唱，
点缀着我们的生命；
但光阴去太悠长。

不让少年时空自消亡，
能收集就去找寻：
这醇酒，妇人，与歌唱。

这能使我们健壮：

葡萄叶与狂欢蜜吻；
但光阴去太悠长。

我们是欢乐又悲伤，
如今却管领它们：
这醇酒，妇人，与歌唱。

为了我们时时沮丧，
它们便不愿在前现隐；
但光阴去太悠长。

可是花果芬芳，
比它们是更希珍：
这醇酒，妇人，与歌唱？
但光阴去太悠长。

## 恶之华

（法）波特莱尔

### 美

哦，世人！我美丽有如石头的梦，
我的使每个人轮流斫丧的胸
生来使诗人感兴起一种无穷

而缄默的爱情，正和元素相同。

如难解的斯芬克斯，我御碧霄
我将雪的心融于天鹅的皓皓；
我憎恶动势，因为它移动线条，
我永远也不哭，我永远也不笑。
诗人们，在我伟大的姿态之前
（我似乎仿之于最高傲的故迹）
将把岁月消磨于庄严的钻研；

因为要叫驯服的情郎们眩迷，
我有着使万象更美丽的纯镜：
我的眼睛，我光明不灭的眼睛！

## 声音

我的摇篮靠着书库——这阴森森
巴贝尔塔，有小说，科学，词语，
一切，拉丁的灰烬和希腊的尘，
都混和着。我像对开本似高大。
两个个声音对我说话。狡狯，肯定，
一个说：“世界是一个糕，蜜蜜甜，
我可以（那时你的快乐就无尽）
使得你的胃口那么大，那么健。”

另一个说：来吧！到梦里来旅行，
超越过可能，超越过已知！”
于是它歌唱，像沙滩上的风声，
啼唤的幽灵，也不知从何而至，
声声都悦耳，却也使耳朵惊却。
我回答了你：“是的！柔和的声音！”
从此后就来了，哎！那可以称做
我的伤和宿命。在浩漫的生存
布景后面，在深渊最黑暗所在，
我清楚地看见那些奇异世界，
于是，受了我出神的明眼的害，
我曳着一些蛇——它们咬我的鞋。
于是从那时候起，好像先知，
我那么多情地爱若沙漠和海
我在哀悼中欢笑，欢庆中泪湿，
又在最苦的酒里找到美味来；
我惯常把事实当作虚谎玄空，
眼睛向着天，我坠落到窟窿里。
声音却安慰我说：“保留你的梦：
哲人还没有狂人那样美丽！”

## 入定

乖一点，我的沉哀，你得更安静，

你吵着要黄昏，它来啦，你瞧瞧：
一片幽暗的大气笼罩住全城，
与此带来宁谧，与彼带来烦恼。

当那凡人们的卑贱卑俗之群，
受着无情刽子手“逸乐”的鞭打，
要到奴性的攻庆中采撷悔恨，
沉哀啊，伸手给我，朝这边来吧，

避开他们。你看那逝去的年光，
穿着过时衣衫，凭着天的画廊，
看那微笑的怅恨从水底浮露，

看睡在湿润下的垂死的太阳，
我的爱，再开温柔的夜在走路，
就好像一条长殓布曳向东方。

## 高举

在池塘的上面，在溪谷的上面，
临驾于高山，树林，天云和海洋
超越过灏气，超越过太阳，
超越过那缀星的天球的界限。
我的心灵啊，你在敏捷的飞翔，

恰如善泳的人沉迷在波浪中，
你欣然地犁着深深的广袤无穷，
怀着雄赳赳的狂欢，难以言讲。
远远地从这疾病的瘴气飞脱，
到崇高的大气中把你洗净，
像一种清醇神明的美酒，你饮
磅礴弥漫在空间的光明的火。
那烦郁和无比有忧伤的沉重，
沉甸甸压住笼着雾霭的人世。
幸福的唯有能够高举起键翅。
从它们后面飞向明朗的天空！
幸福的唯有思想如云雀悠闲，
在早晨冲飞到长空，没有挂碍
——翱翔在人世之上，轻易地了解
那花枝和无言的万物的语言！

## 应和

自然是一庙堂，那里活的柱石
不时地传出模糊隐约的语音……
人穿过象征的林从那里经行，
树林望着他，投以熟稔的凝视。
正如悠长的回声遥遥地合并，
归入一个幽黑而渊深的和协——

广大有如光明，浩漫有如黑夜——
香味，颜色和声音都互相呼应。
有的香味新鲜如儿童的肌肤，
柔和有如洞箫，翠绿有如草场，
——别的香味呢，腐烂，轩昂而丰富，
具有着无极限的品物底扩张，
如琥珀香、麝香、安息香，篆烟香，
那样歌唱性灵和官感的欢狂。

## 枭鸟

上有黑水松作遮障，
枭鸟们并排地栖止，
好象是奇异的神祇，
红眼射光。它们默想。

它们站着一动不动
一直到忧郁的时光；
到时候，推开了斜阳，
黑暗将把江山一统。

它们的态度都智者
在世上畏如蛇蝎：
那芸芸众生和活动；

对过影醉心的人类
永远地要受罚深重——
为了他曾想换地位。

## 音乐

音时常飘我去，如在大海中！
向我苍白的星
在浓雾荫下或在浩漫的太空，
我扬帆前进；

胸膛向前挺，又鼓起我的两肺，
好象张满布帆，
我攀登重波积浪的高高的背——
黑夜里分辩难。

我感到苦难的船的一切热情
在我心头震颤；
顺风，暴风和临着巨涡的时辰，
它起来的痉挛
摇抚我。——有时，波平有如大明镜，
照我绝望孤影！

## 裂钟

又苦又甜的是在冬天的夜里，
对着闪烁又冒烟的炉火融融，
听辽远的记忆慢腾腾地升起，
应着在雾中歌唱的和鸣的钟。

幸神的是那口大钟，嗓子洪亮，
它虽然年老，却矍铄而又遒劲，
虔信地把它宗教的呼声高放，
正如那在营帐下守夜的老兵。

我呢，灵魂开了裂，而当它烦闷
想把夜的寒气布满它的歌声，
它的嗓子就往往会低沉衰软，

像被遗忘的伤者的沉沉残喘——
他在血湖边，在大堆死尸下底，
一动不动，在大努力中垂毙。

## 秋歌（两首）

### 一

不久我们将沉入寒冷的幽暗，

再会，我们太短的夏日的辉煌！
我已经听到，带着阴森的震撼，
薪木在庭院的石上声声应响。

整个冬日将回到我心头：愤怒，
憎恨，战栗，恐怖，和强迫的劳苦，
正如太阳作北极地狱的囚徒，
我的心将是红冷的一块顽物。
我战栗着听块块坠下的柴木；
筑弄架也没有更沉着的回响。，
我心灵好似个堡垒，终于屈服，
受了沉重不倦的撞角的击撞。

为这单调的震撼所摇，我好像
什么地方有人匆忙把棺材钉……
给谁？——昨天是夏；今天秋已临降！
这神秘的声响好像催促登程。

二

我爱你长睛碧辉，温柔的美人，
可是我今朝觉得事事尽堪伤，
你的爱情和妆室，和炉火温存，
看来都不及海上辉煌的太阳。

然而爱我，温柔的心！做个慈母，
纵然是对刁儿，纵然是对逆子；
恋人或妹妹，请你做光耀的秋
或残阳的温柔，由它短暂如此。

短工作！坟墓在等；它贪心无厌！
啊！容我把我的头靠在你膝上，
怅惜着那酷热的白色的夏天，
去尝味那残秋的温柔的黄光。

## 邀旅

孩子啊，妹妹
想想多甜美
到那边去一起生活！
逍遥地相恋，
相恋又长眠
在和你相似的家园！
湿太阳高悬
在云翳的天
在我的心灵里横生
神秘的娇媚，
却如隔眼泪
耀着你精灵的眼睛。

那里，一切只是整齐和美，
豪侈，平静和那欢乐迷醉。

陈设尽辉煌，
给年岁研光，
装饰着我们的卧房，
珍奇的花卉
把它们的香味和人依微的琥珀香，
华丽的藻井，深湛的明镜，
东方的那璀璨豪华，
一切向心灵秘密地诉陈
它们温和的家乡话。

那里，一切只是整齐和美，
豪侈，平静和那欢乐迷醉。

看，在运河内船舶在沉睡——
它们的情性爱流浪；
为了要使你百事都如意，
它们才从海角来航。
西下夕阳明，把珠玉黄金笼罩住运河和田陇
和整个城镇；
世界睡沉沉在一片暧热的光中。

那里，一切只是整齐和美，
豪奢，平静和那欢乐迷醉

## 风景

为要纯洁地写我的牧歌，我愿
躺在天旁边，像占星家们一般，
和那些钟楼为邻，梦沉沉谛听
它们为风飘去的庄严颂歌声。
两手托腮，在我最高的顶楼上，
我将看见那歌吟冗语的工场；
烟囱，钟楼，都会的这些桅樯，
和使人梦想永恒的无边昊苍。

温柔的是隔着那些雾霭望见
星星生自碧空，灯火生自窗间，
烟煤的江河高高地升到苍穹，
月亮倾泻出它的苍白的迷梦。
我将看见春天，夏天和秋天，
而单调白雪的冬天来到眼前，
我就要到处关上窗扉，关上门，
在黑暗中建筑我仙境的宫廷。

那时我将梦到藏青色的天边，

花园，在纯白之中泣诉的喷泉，
亲吻，鸟儿（它们从早到晚地啼）
和田园诗所有最稚气的一切。
乱民徒然在我窗前兴波无休，
不会叫我以小桌抬起我的头；
因为我将要沉湎于逸乐狂欢，
可以随心任意地召唤回春天，
可以从我心头取出一片太阳，
又造成温雾，用我炙热的思想。

## 信天翁

时常地，为了戏耍，船上的人员
捕捉信天翁，那种海上的巨禽——
这些无挂碍的旅伴，追随海船，
跟着它在苦涩的漩涡上航行。
当他们把它们一放到船板上，
这些青天的王者，羞耻而笨拙，
就可怜地垂倒在他们的身旁
它们洁白的巨翼，像一双桨棹。

这插翅的旅客，多么呆拙委颓！
往时那么美丽，而今丑陋滑稽！
这个人用烟斗戏弄它的尖嘴，

那个人学这飞翔的残废者拐蹩！

诗人恰似天云之间的王君，
它出入风波间又笑傲弓弩手；
一旦堕落在尘世，笑骂尽由人，
它巨人般的翼翅妨碍它行走。

## 盲人们

看他们，我的灵魂，他们真丑陋！
像木头人儿一样，微茫地滑稽；
最梦游病人一样地可怕，奇异，
不知向何处瞪着无光的眼球。

他们的眼（神明的火花已全消）
好似望着远处似地，抬向着天
人们永远不看见他们向地面
梦想般把他们沉重的头抬倒。

他们这样地穿越无限的暗黑——
这永恒的寂静的兄弟。哦，都会！
当你在我们周遭笑，狂叫，唱歌

竟至于残暴，尽在欢乐中混醉，

你看我也征途仆仆，但更麻痹，
我说："这些盲人在天上找什么？"

## 人和海

无羁束的人，你将永远爱海洋！
海是你的镜子；你照鉴着灵魂。
在它的波浪的无穷尽的奔腾，
而你心灵是深渊，苦涩也相仿。

你喜欢汩没到你影子的心胸；
你用眼和臂拥抱它，而你的心
有时以它自己的烦嚣来逸兴，
在难驯而粗犷的呻吟声中。

你们一般都是阴森和无牵羁：
人啊，无人测过你深渊的深量；
海啊，无人知道你内蕴的富藏，
你们都争相保持你们的秘密！

然而无尽教世纪以来到此际，
你们无情又无悔地相互争强，
你们那么地爱好杀戮和死亡，
哦永恒的斗士，哦深仇的兄弟！

## 烦闷（两首）

### 一

我记忆无尽，好像活了一千岁，

抽屉装得满鼓鼓的一口大柜——
内有清单，诗稿，诉状，曲词，
和卷在收据里的沉重的发丝——
藏着秘密比我可怜的脑还少。

那是一个金字塔，一个大地窖，
收容的死者多得义冢都难比。
我是一片月亮所憎厌的墓地，
那里，有如憾恨，爬着长长的虫，
老是向我最亲密的死者猛攻。
充满了凋谢蔷薇，
一大堆过时的时装狼藉纷披，
只有悲哀的粉画，苍白的蒲遂
呼吸着开塞的香水瓶的香味。

当阴郁的不闻问的果实烦厌，
在雪岁沉重的六出飞花下面，
拉得像永恒不朽一般的模样，

什么都比不上跛脚的日子长，

从今后，活的物质啊，你只是
围在可怕的波浪中的花岗石，
瞌睡在笼雾的撒哈拉的深处；
是老斯芬克斯，浮世不加关注，
被遗忘在地图上——阴郁的心怀
只向着落日的光辉清歌一快！

二

当沉重的低天天像一个盖子般
压在困于长闷的呻吟的心上
当他围抱着天涯的整个周圈
向我们泻下比夜更愁的黑光；

当大地已变成了潮远的土牢——
在那里，那“愿望”像一只蝙蝠般，
用它畏怯的翅去把墙壁打敲；
又用头撞着朽腐的天花板；

当雨水铺排着它无尽的丝条
挖一个大牢狱的铁栅来模仿，
当一大群沉默的丑蜘蛛来到
我们的脑子底里布它的网，

那些大钟突然暴怒地跳起来，
向高天放出一片可怕的长嚎，
正如一些无家的飘零的灵怪，
开始顽强固执地呻吟而叫号。

——而长列的棺材，无鼓也无音乐，
慢慢地在我灵魂中游行；“希望”
屈服了，哭着，残酷专制的“苦恼”
把它的黑旗插在我垂头之上。

## 我没有忘记

我没有忘记，离城市不多远近，
我们的白色家屋，虽小却恬静；
它石膏的果神和老旧的爱神
在小树丛里藏着她们的赤身；
还有那太阳，在傍晚，晶莹华艳，
在折断它的光芒的玻璃窗前，
仿佛在好奇的天上睁目不闪，
凝望着我们悠长静默的进膳，
把它巨蜡般美丽的反照广布
在朴素的台布和哔叽的帘幕。

## 亚伯和该隐

亚伯的种，你吃，喝，睡；
上帝向你微笑亲切。

该隐的种，在污泥水
爬着，又可怜地绝灭。

亚伯的种，你的供牲
叫大天神闻到欢喜！

该隐的种，你的苦刑
可是永远没有尽完？

亚伯的种，你的播秧
和牲畜，瞧，都有丰收；
该隐的种，你的五脏
在号饥，像一只老狗。

亚伯的种，族长炉畔
你袒开你的肚子烘；

该隐的种，你却寒战，

可怜的豺狼，在窟洞！

亚伯的种，恋爱，繁殖！
你的金子也生金子。

该隐的种，心怀燃炽，
这大胃口你得当心。

亚伯的种，臭虫一样，
你在那里滋生，吞刮！

该隐的种在大路上
牵曳你途穷的一家

亚伯的种，你的腐尸
会壅肥你的良田！
该隐的种，你的大事
还没有充分做完全；

亚伯的种，看你多羞
铁剑却为白梃所败！
该隐的种，升到天宙，
把上帝扔到地上来！

# 赤心的女仆

——波特莱尔

那赤心的女仆，当年你妒忌她，
现在她睡眠在卑微的草地下，
我们也应该带几朵花去供奉。
死者，可怜的死者，都有大苦痛；
当十月这老树的伐枝人嘘吹
它的悲风，围绕着他们的墓碑，
他们一定觉得活人真没良心，
那么安睡着，暖暖地拥着棉衾，
他们却被黑暗的梦想所煎熬，
既没有共枕人，也没有闲说笑，
老骨头冰冻，给虫豸蛀到骨髓，
他们感觉冬天的雪在渗干水，
感觉世纪在消逝，又无友无家
去换挂在他们墓栏上的残花。
假如炉薪啸歌的时候，在晚间，
我看见她坐到圈椅上，很安闲，
假如在十二月的青色的寒宵，
我发现她蜷缩在房间的一角，
神情严肃，从她永恒的床出来，
用慈眼贪看着她长大的小孩；

看见她凹陷的眼睛坠泪滚滚，
我怎样来回答这虔诚的灵魂？

## 快乐的死者

在一片沃土中，那里满是蜗牛，
我要亲自动手掘一个深坑洞，
容我悠闲地摊开我的骨头，
而睡在遗忘里，如鲨鱼在水中。

我恨那些遗嘱，又恨那些坟墓；
与其求世人把一滴眼泪抛撒，
我宁愿在生时邀请那些饥鸟
来啄我的贱体，让周身都流血。

虫豸啊！无耳目的黑色同伴人，
看自在快乐的死者来陪伴你们；
会享乐的哲学家，腐烂的儿子。

请毫不懊悔地穿过我臭皮囊，
向我说，对于这没灵魂的陈尸，
死在死者间，还有甚酷刑难当！

## 异国的芬芳

秋天暖和的晚间，当我闭了眼
呼吸着你炙热的胸膛的香味，
我就看见展开了幸福的海湄，
炫照着一片单调太阳的火焰；
一个闲懒的岛，那里“自然”产生
奇异的树和甘美可口的果子；
产生身体苗条壮健的小伙子，
和眼睛坦白叫人惊异的女人。

被你的香领向那些迷人地方，
我看见一个港，满是风帆桅樯，
都还显着大海的风波的劳色，

同时那绿色的罗望子的芬芳——
在空中浮动又在我鼻孔充塞，
在我心灵中和入水手的歌唱。

## 黄昏的和谐

现在时候到了，在茎上震颤颤，
每朵花氤氲浮动，像一炉香篆，
音和香味在黄昏的空中回转，

忧郁的圆舞曲和懒散的昏眩。

每朵花氤氲浮动，像一炉香篆，
提琴颤动，恰似心儿受了伤残，
忧郁的圆舞曲和懒散的昏眩！
天悲哀而美丽，像一个大祭坛。

提琴颤动，恰似心儿受了伤残，
一颗柔心，它恨虚无的黑漫漫！
天悲哀而美丽，像一个大祭坛，
太阳在它自己的凝血中沉湮……

一顺柔心（它恨虚无的黑漫漫）
收拾起光辉昔日的全部余残！
太阳在它自己的凝血中沉湮……
我心头你的记忆“发光”般明灿！

## 赠你几行诗

赠你这几行诗，为了我的姓名
如果侥幸传到那辽远的后代，
一晚叫世人的头脑做起梦来，
有如船儿给大北风顺蛰推行，

像飘渺的传说一样，你的追忆，
正如那铜弦琴，叫读书人烦厌，
由于一种友爱而神秘的锁链
依存于我高傲的韵，有如悬系；

受诅咒的人，从深渊直到天顶，
除我以外，什么也对你不回应！
——哦，你啊，像一个影子，踪迹飘忽。

你用轻盈的脚印和澄澈的凝视
践踏批评你苦涩的尘世蠢物，
黑玉眼的雕像，铜额的大天使！

## 穷人们的死亡

这是“死”给人安慰，哎！使人生活
这是生之目的，这是唯一希望——
像琼浆一样，使我们沉醉，振作；
使我但有勇气一直走到晚上；

透过飞雪，凝霜，和那暴风雨，
这是我们黑天涯的颤颤光明；
这是记在簿录上的著名逆旅，
那里可以坐坐，吃吃，又睡一顿：

这是一位天使，在磁力的指间，
握着出神的梦之赐予和睡眠，
又替赤裸的穷人把床来重铺；

这是神祇的光荣，是神秘的仓。
是穷人的钱囊和他的老家乡，
是通到那陌生的天庭的廊庑！

# （二）散文

## 西班牙的一小时

西班牙　阿索林

学院会员诸君：

让我的一句话是——它应该是——铭感之辞吧。我诚心地感谢诸君的愿意的选举。诸君代表着西班牙文学的传统，我也曾谨慎地企图为这传统尽力。在我所敬爱的诸君之间，我觉得自己被朋友们所环绕着。劳动者对于他的职业的爱，便是在一件不论是“自由的”或“机械的”业务中最关紧要的东西。不论我们所做的工作是什么，大的或是小的，主要的事是带着一种热烈的感情去做它。一个寒伧的铺子里的低微的劳动者，恋慕着他自己的艺术，在热心地操作着，是和他所成就的东西无关地，应得像一位最有名的艺术家一样地受人尊敬的。诸君爱我们本国的文学，诸君知道语言的美和纯粹，诸君一心专注于艺术的问题。在诸君之间，我怎样会不感到满意呢？在西班牙的诸小镇上，我曾经时常看着那些在自己的作坊里的铁，木，和羊毛的工匠。在近代的世界中，细巧而有耐心的手工艺是在很快地消失下去了。但是在那些小镇的作坊中，我却赏识着那些匠人的爱，小心和感心的忍耐。那劳动者的全家分担着他的操作是常有的事。而那作坊的这样亲切的氛围气，是和全镇的传统的氛围气合而为一的。传统，从父亲到儿子，形成了这些行业，慢慢地创造了又积起了那些运用它们的材料的技术，习惯和秘诀。而我这个旁观者所期望于文学的匠人者，便是这些卑微的劳动者的品性，这种传统的氛围气，这种工作的热忱。文学的工作应该是忍耐和爱。在现时的转瞬即逝而又有点轻浮的玩味之间，诸君呈示着美学的理想的赓续，诸君呈示着对于精神的果实的尊崇。它们也在我们这一个圈子之外，被我们大家都佩服的诸作者所呈示着。这种密接的集合把各种出身的人都联系在一起。那位我所继任的学会会员，是从政治的圈子里来的。

黄·纳伐罗·雷佛尔戴尔爷也是一位政治家，又是一位熟识世情的人。我现在还能够看见他——那时我最后一次看见他——在一所世俗的客厅中。颀长，温文，尔雅，他是在涂蜡的地板上跨着小步子踱着。周遭是宽大的。那是在海滨。一片微语的喃喃声充塞了这宽敞的房间。在那些绅士们之间来来往往走动着的，是那些美丽而风雅的贵妇们。黄·纳伐罗·雷佛尔戴尔爷，微笑着，向一位美丽的夫人致礼。这位绅士的嘴唇带着那种献殷勤是一种本能的人的永远的微笑。他的头发是雪白的；在他那样的年纪，对于那些疏忽的青年，他觉得自己是长辈，而不甚计较了。黄爷殷勤地鞠躬，把那漂亮的贵妇的一只手握在自己手里。他把它留在他的手里，他是在轻轻地抚着它。同时，他微笑着，又说着话。谈话艺术是一种烦难的艺术。黄·纳伐罗·雷佛尔戴尔爷是一位谙练而巧妙的谈话者。他生活得很多。他当过四五次大臣。他周游过世界。在他的旅行中，他作着观察而把它们集成一本书。在他的干燥的财政研究的余暇，他讽诵诗歌以自娱。对于一位诗人，他的一个同时代的人，他著了另一部书。但是黄爷并不自诩博学，亦不矜夸懂得文学艺术的奥秘。轻松地，有味地，他是在和那在他面前的爱娇的贵妇谈话。一片微语的喃喃声充塞了那个客厅。大海的空气从大窗子间流了进来。时间滑过去，平寂地。而在这个时候，在这个生活的时候，面着大海，临着它的青色辽夐，在长天的青色之下，心神是飘越的了。我们抛开了我们的现实的环境。就在这尘世的纷纭中间，就在这轻浮的欢快的旋涡中间，心神是飘越了。眼前的世界消隐了。一时松卸了现实的东西，想象便飞举起来了。我们是在哪里？那无边的大海所暗示给我们的是什么？我们是在二十世纪的西班牙呢，还是在以前的一个世纪的？时间是什么，永恒又是什么？永恒！音乐的声音在起坐室中响起来了，一曲贝多芬的奏鸣曲。人们是像影子的影子一样。他们在世界上浮现了一小时，便又消隐了。在永恒中，从时间之外的一点上看起来（如果我们可以这样说），我们，二十世纪的人，和例如十六世纪的人，是同样的一件东西。从未来溯望上来，我们的四世纪以前的祖先，是将和我们被一律看待的。他们的奋斗和我们的奋斗是同样的。这里，在落日中，临着大海，摆脱了尘世的倥偬，我们觉得自己是在十六世纪的人们身旁。客厅中的贵妇们和绅士们都消隐了。现在已在历史上埋没了的另一些生物是回来了。那造成了这奇迹的时间和永恒的思想。在精神的眼前第一个涌现的是什么呢？戏正要开场了。舞台的幕——在历史的舞台上——慢慢地往上升，停顿着，我们是在一五六〇年呢，还是在一五七〇年，还是在一五九〇年？我们现在生活着的，是西班牙的一小时。我们在西班牙的生命中生活一小时，用着我们的想象，在这落日中，临着那大海的辽敻。

## 老人

我们第一个看见的，便是在一间房里的一位年老的人。那间房是在一所灰色石头的大厦中。在那大厦的长而平直的正面，我们看见几百扇小窗子。在晴朗的日子，天在它的澄碧中呈着鲜明之色。那些穹窿形的屋顶差不多是黑色的。岩燕和家燕安静地，不停地，在那些高塔周围绕圈子。那几百扇小窗通光线给许多的房间，卧室，客厅和走廊。足音在石穹窿之下跫然响着。在这风景中的每件东西，都向这巨大的建筑物集中。小山是严肃的。披在山上的树林，黑黝黝地耸立着。从凛然的青翠中吐出来的那些岩石，有的是非常地尖，有的是可惊地圆。在这风景中的一切——色彩和线条——都可以增加这巨大的建筑的坚实和力量。而在天涯，在东南西北四方，伸展着一片浩漫而强大的帝国，密接着那大厦，那大厦中的小小的狭窄的房间。在世界的一切的路上，在海上，在平原上，在山上，无数的人们都在奔走着。那些正走向大厦去的人们和觐见过那所大厦回来的人们。而在那象征这种使人战栗的专制的建筑物之上，在这平静而清朗的黄昏时分，燕子是正在环着塔转圈子，又送出它们的细小的尖锐的呼声来。

那老人是在他自己的房里。小门关闭着。许多觐见者和仆人在各房间和各走廊穿走着。从一个院子到另一个院子，从这一条走廊到另一条走廊，从这一间厅堂到另一间厅堂，群众挤来挤去地在探听消息。群众愈稀，则脚步愈缓，人声愈静。一长列一长列的大房间留下了那些觐见者。而在那老人的房间之前的厅堂中，绅士们和仆人们是没有几个。小门关闭着，那老人是坐在一张铺着深红色的台布的桌子前面。书籍和文件都堆积在桌子上。一个小小的银铃在红色的台布上闪着光。那老人一时停止看那在他手头的文件。他把肘子靠在椅子的扶手上，用手托着腮。他的脸儿是苍白的。他的胡须是雪白的。而在他的眼睛中——鲜蓝色的眼睛——我们看到了一种深沉的忧郁。那老人休息着，默想着。烦扰使他消极了。各种的不幸，痛心，厄运，好像都联合了起来压迫他。在房间里，面对着桌子，在一个神龛上，站着一个小小的圣处女的雕像。五十年中，这个神像自始自终到处伴着这老人。一小时一小时地，一年一年地，这位圣处女看见了他一切的动作，听到了他的每一句话。这年老的人抬起了他的脸，把脸亲密地热忱地向那神像凑过去。在这老人的周围，"死"已逐渐地把他所最爱的一切东西都带走了。亲属，朋友，忠仆都一个个地不见了。"他所很爱的一切人们的死，他几乎全看见，父母，儿女们，妻子们，嬖人们，大臣们，和很重要的仆人们"——说到这老人的时候，巴尔达沙尔·保尔雷纽这样说——"他的所有物上的各种大损失，这一切打击和忧患，他都用那使世界惊讶的同样的灵魂来忍受着。"不久之前，人们来把一个最忠诚的仆人的死耗报告这老人。这位把脸儿凑在那神像上的老人，从他的坐位上站了起来。在他的胸前，那由一条细银链系挂着的金制的小羔羊，在丝绒的黑色长袍上闪着光。那老人站了起来，走到那神像前面去跪了下来。他用一方细致的手帕拭着从眼里掉下来的眼泪。突然，那扇小门开了，一个绅士在门槛上现身出来。那老人吃了一惊，很快地怫然而起。那绅士不能动弹地，拘束地在门口站着，脸色变得非常苍白了。那老人也站着，不能动弹，脸色苍白。他的眼睛老是凝看着那个门口的绅士。那绅士不敢动一动。于是慢慢地，那个老人——他的手稍稍有点发抖！慢慢地，那个老人说出这些话来："倍拿维代思，你到阿维拉的屋子里去寻寻快乐吧。"那绅士深深地鞠了一躬，走了出去。房门便去关闭着了。

## 宫廷中人

可怜的臣仆的生活是一种艰苦的生活。宫中的院落，走廊和各房间，是充满了臣仆和侍从。他们迅速而小心地到处走动着。在朝房中，在悠长的等候的时间，他们低声谈着话或是默不作声。他们很疲倦，而当他们站立着又没有地方可以坐的时候，他们先支身在一条腿上，接着又撑身在另一条腿上。为了散心，他们视而无所睹地望着窗外，或是凝视着一幅他们曾经看见过一千次的图画。每一个人都有自己的特别的任务，又骄傲着自己的权力，有些人站在通到房间或街路去的门口；有些人是掌管面，酒，水瓶，和灯的；还有些人得照料御驾的游幸。更里边的那些人都忍受着无数仪节的繁缛。那些可怜的臣仆的生活是一种烦长的苦难。他们常常要仰承主公的心境。如果主公微笑，他们便高声大笑；如果主公有点忧愁，他们便装作呜咽。这些可怜的人们的留意是一刻也不敢放宽的。一切事情都必须依照一种复杂的仪式做去。就是一件小小的东西，也必须慢慢地，郑重地，从这双手递到那双手；而又同样慎重地从那一双手递到更远的一双手。终于那也有点疲倦了的国王，带着一种庄严的烦躁，把那或许在那时竟已用不到了的东西，接到了他的手里。

在所有的门口都有侍候的绅士们。有几个有不除去他们的帽子的特权，右几个却没有戴帽子站立着的权利，有几个有走在国王前面的资格，有几个却必须走在后面。恩宠的最小的增加，也是被人热狂地接受着的。如果国王，或出于无心，或出于客气，叫一个臣仆戴上了帽子，则那臣仆必急忙向君主感谢这个施之于他的大恩典。这事见于“爱尔拿尼”，亦见于“加尔西亚·代尔·加斯达涅尔”。那些可怜的宫廷中人是没有休息的。国王没有了他的侍臣是什么事也不能做。在洛倍的喜剧《如果他们没有看见过女人！》的第一出第九场中，一位皇帝领了一大群廷臣，内宫掌管，家宰，厨司，出去行猎。剧中有一个角色说：大人，请看看那些跟着一位国王只去娱乐一日的人吧！

克里斯多巴尔·德·加斯谛列诃在他的《宫廷生活的对话及谈论》中，讲着那些国王身边的人们的艰苦。御驾的游幸是麻烦到无以复加的。有时候，御驾必须停留在村庄上和小镇中。不是每一个人都有住处。有的时候他们驾车在路上走，“十五个人在一辆雇来的马车里”堆挤着。到了村庄，他们被安顿在“草堆里和壁角里”，而且不论在镇上或是在旅途中，他们必须常常准备，注力，留意。而他们又必须：听到了司阍的呼嚷／听到了唤铃的响声／从大厅到小教堂／不住地前行。

## 虔信

那老人离开了他的房间，走到花园里去。他左手拿着一串念珠，他不时用右手摸着那插在他腰带间的一些文件。在花园里，他停止了。他站着，默看着风景。臣仆们不动地在稍远的地方站立着。那老人祈祷着又默想着。黄昏在慢慢地爬上来了。生命是短促而脆弱的。这里的一切东西都表示坚固，耐久：宏大的建筑物，坚强而朦胧的群山，结实而浓密的树木。对于任何默想的人，世界上的一切东西都带了生命的转瞬即逝之思来。一片微风，一缕病人的呼吸，一壶水，都足以把死带来给我们。死亡在整个宇宙中不停地起着作用。那位在花园中，对着一片风景，手里拿着念珠的老人，祈祷着又默想着。他的眼睛茫然地凝望着远处。在这展望中的一切东西，都意示着势力和权能。而一切东西都是固执地，不休止地向虚灭前进着的。在几世纪过去了之后，这浩大而可畏的西班牙帝国，将剩下些什么东西呢？而世界上的一切的国家，在几千几千年，几千几千世纪的时序中，它们的命运是什么呢？夕暮在它的美丽中降下来了。跟着时间，无量的时间的消逝，世界上一切的国家将被倾覆了，扫荡了，像在黄昏中环着高塔急绕着的那些燕子一样轻，一样快。几年之后，一位僧人将写一篇关于刹那和永恒的论文。世界要灭亡，而定了罪的灵魂的苦痛是不死的。自从在世界的肇始时第一个人被定了罪以来，经过了一个个的变迁，一个个的世纪，在他却毫无变迁，一个帝国转到别一个帝国，而在他却只是一个极短的时间。亚述人在世界上过去了，而在那亡魂却并没有改变。“最后整个权力和君权都转到美第亚人手里，全亚细亚都骚动了，虽然他们支持了三百年，他们却终于完结了，而又转到了波斯人手里。后来当世界又混乱了一次的时候，便又转到了希腊人手里。后来又转到罗马人手里，那是一个更大一点的变迁；罗马人的君权也倾覆了，而在这一切世界的转转和变迁中，对于那个不幸的灵魂却什么也没有改变过。什么也没有消逝过。”一切东西都是向虚灭前进着的。如果我们能够一时向时间之外远望过去，察看那普遍的崩解的工作，则我们就可以在一个可怕的旋涡中，在火焰和灰雾之间，看见了建筑物的废墟，雕像的残片，破碎的宝座，节杖，骸骨，锦缎，珍贝，摇篮，棺椁……并看见在十分的混乱中向永恒混沌地前进着的一切。那老人默想着又祈祷着。他对着那片风景一动不动地站着。突然，他做了一个轻微的手势。一个臣仆恭敬地走过来了。那老人，用一种柔和的口气，传谕道：“对倍拿维代思说，他不必离开我了。”

## 知道秘密的人

每天傍晚，在黄昏的时候，这位绅士从他自己的屋子里出来，他是很年老了。屋子是被树木围绕着的。整个春天和夏天，屋顶是看不见的，因为被绿叶所遮断了。从屋子前面的路上，你可以远远地看见那城市，从它自己的黑色的城垣中浮现出来。而在它的大厦，圆屋顶和钟楼的上面，大伽蓝的阁耸立着。阿维拉，在它的黝黑的小石上，是在薄暮的晴爽中休息着。这些在秋日是荒芜不毛的田野，成着柔和的灰色的波纹，迤逦向青色的远山而去。

那位绅士已从他自己的屋子里走了出来，而开始沿着那条路慢慢地走过去。他带着一串念珠，小心地举到他的胸膛的上部。他的拇指尖（左手的）是放在一颗念珠上。这位走得那么慢的绅士——他是很年老了——已经离开了宫廷和它的虚荣。他在王宫中度过生活；他是国王的一个老仆人的儿子；他侍候了国王的一生。从国王还是一个孩童的时候起，他就在卧室里当差，拿衣服给他，对他什么都先意承志，而且老是站在他身边。这位老人曾经看见过任何别人也没有见过的东西，他曾经烧掉过没有一个人读过的纸片，他曾经听到过没有第二个人听到过的话。国君是满载着重大的秘密的。正如巨大的城垒一样，这些秘密围绕着国王一身。史家，批评家，诗人，在几世纪以后，将各人用自己的方法，热烈地，不停地使着他们的尖锄，攻打这些看不见的城垒。有时候这城墙落下了一片，一线的光明便似乎从这缺口间透了出来，然而这一大圈城垒总还存留着，于是，过了多少岁月之后，尖锄敲着石头的声音便又重新响起来了。在王宫的各朝房中——在事情发生的当时——许许多多的廷臣都围着那些重大的秘密，营营地着了忙。宫中的那些侍从们低语着：他们伺望着各扇门，以便互相低声说几句话；一个人把另一个人领到长廊的远远的尽头，或是领到一扇窗凹里，把那可畏的神秘传告于他。以后，在家中的炉边，离王宫很远，冗谈便自由地散播出来了。秘密是受着各方面的打探的。正如后来的史家们和批评家们一样，那些当代的人们也和那个谜斗争着；他们小心地想从它那里抽出些渴望着的事实来；这一个居然得到了一小部分的真实；那一个却夸口说得到了全部，而拿给人看的却只有一小片撕碎的字纸；然而第三个人却宣称——而且大家也常常这样说——那个可怕的秘密是不存在的，除了自然的，合理的，近情的事情以外，什么事情也没有发生过。而当时，那个神秘，伟大而尊严，离开了王宫，开始向未来走去，牢不可破地踏着大步，去找寻将来的那许多世纪。

可是在王宫中有一个人，一个卑微的尘世的进香客，却看见了又听到了一切。在他，秘密是不存在的；在他，事实是很明显的。这位正在慢慢地作着自己的乡村的散步的绅士，是自从国王还是一个孩子的时候起就侍候国王的。在那些大人物们为要对当日的严重和紧张施行报复而把它们破除了的时候，这位老绅士曾经听到国王的谈话过。一个伟大的人物——国君或是艺术家——是整天治着他的职务，庄严地扮演着他的角色；庄严，凝重，已把他从头到脚地占据住了，这样的一种精神状态，是会衰弱而虚竭的；就是在童年中养成的久长的习惯，也不能使人避免这种虚竭。而后来在清闲的时期，在一间关断的房里，那种拘束便宽驰了，于是那伟大的人物便有了朝廷中人所不知道的那种态度，行动和言语。但是这位向城市那面走过去的老人，却曾经一生都在那王者的房间里，伴着那在懒散的时间的最有威权的君主。沉静，寂定，老是留意，他的眼睛曾经看见过一切，他的耳朵曾经听到过一切。他的忠信是不可破的。踏过几世纪的那些大秘密，在他却并不是秘密；他从来没有企望爵禄或者干俸。当他感到老病了的时候，他恳求他的主人赐他告退，隐居到阿维拉的一所小屋子里去。从他的主公那里，他接受到又保持着把念珠举到胸膛的上部拿着，用拇指尖——左手的——放在一颗念珠上的那种姿势。

## 驳杂

西班牙是广大的。西西尔和沙尔第尼亚与阿拉恭王国合并在一起归于加斯谛拉王冕之下。公萨罗·德·高尔道巴得到了拿波里。俊美的费力泊和华娜郡主的联婚使我们有了荷兰。西斯奈洛思在阿非利加占领了许多土地。查理五世使那“米兰化的人”服从了。而一整个广大的世界，也被西班牙人发现了。西班牙的王国，领土，州郡，和城市的驳杂是浩繁的。甚至在半岛幅员之内，我们的眼睛也碰到一种如画的千变万化。一位历史家——加诺伐思·代尔·加斯谛略——在数说过国家一统的肇始时的西班牙的伟大之后，更说道：“可是在接受这一统的时候，每一地方仍旧是照旧的，各自保留着变化万端的或相反的，没有更改过的习俗，固有的性格，自己的法律，自己的传统。就是各联邦的地位也不是相等的；有几个是有多少有点高贵的地位，多少有点特权；有的是自由的，有的却差不多是奴属；因为那一统是由各自很不相同的推动力形成的，有几处地方是自愿地来归的，如伐斯恭拉所自称者即是；有些是由通婚而来的，如一方面加斯谛拉和莱洪，一方面阿拉恭和加达鲁涅；有的是借兵力而来的，如那至今回回人还很多的华朗西亚和格拉拿达；有的是半借正义半借武力而来的，例如拿伐拉。不仅如此而已，即在一个省中，每一个城也有它自己的法典，每一个阶级也有它自己的律法。照这样，西班牙表现着一片权利和义务，风俗，特权和豁免的混沌，那是易于想象而难于分析和整理的。”

那些最驳杂的风景联结起来造成西班牙。西班牙的历史曾是一种相反着的热狂的不断的纷扰，精神氛围的驳杂，在国家中是和国家地土的变化一样地大。各阶级，各城市，都自相拉拢在一起而为自己角逐。在中世纪的时候，诸“同胞会”产生了出来。“同胞会”是由各邑参事会和各城市建设起来拥护他们的法律和特权的同盟社和委员会。委员会在“独立战争”中露出头角。就是在十九世纪中，委员会也是活跃的。在一八四四年，巴尔美思写着：“我们不能否认，没有几个国家能够呈出这种景象，如西班牙从一八三四年起所呈示的一样。尽让一片骚扰从任何一隅起来吧：一个委员会是组织成了，一个纲领已草就了；那反叛的邑宣布了它的独立，又劝国家学它的样。消息传播了出去，人民兴奋了，又一个城反叛了，不久又是一个，接着又是一个，于是几天之后，政府便发现自己已围困在那个可以一望无余的小范围之中了。它不得不降服退位，于是别一些人便起来掌权了，一篇宣言公布了出来，诸委员会递上了它的贺辞，新政府命令它们解散，它们服从了，于是戏便演完了。”

我们看见封建制度一直渗入到近代。反对着封建制度，那些“旧教的国王们”组织了一个民众的党。他们用“神圣的同胞社”的权力去声援这新的党。西斯奈洛思帮助人民去反对封建制度。在他的摄政期间，从一五一六年到一五一七年，他手创了一种民军，去帮助他们。而且我们甚至在十九世纪，也还看见由那些民众的党所组织的民军。那常受人营求的，便是在国家不统一之中的对于最高“权力”的声援。那精神的氛围气——正如我们所谈过的一样——是像土地一样地变化万端。而土地也正就是万端的变化。在西班牙的国界之中，有着每一种欧罗巴洲的风景的模型。我们有完全是雾和阴影的浪漫的风景，和充溢着光的古典的风景。加斯谛拉，伐斯高尼亚，莱房德，把同时古典而浪漫的景色呈献给我们。有一丛白杨在青色中把自己烘托出来的一片大平原，是像伐斯高尼亚的郁郁葱葱的碧色草莽一样地美丽。西班牙的草木是非常地丰富的。在那漫蔽着欧罗巴的二万种植物之中，伊倍利亚半岛倒占有不下一万种。而且就是同样的一种植物，这一区和那一区也有着各别不相同的性质。那在干燥而高雅的莱房德的山上呈着苍白的堇色的拉房达花——主的花，在壮大而庄严的瓜达尔拉马便呈着更浓的紫绛色了，而一切的草木，在莱房德是优雅潇洒的，到加斯谛拉便显得严肃的了。

## 阿维拉

在西班牙的一切城中，阿维拉是最十六世纪的。它是被称为“绅士们”的阿维拉。它的人口是不多的。城垒——和它们的八十八座堡——围绕着房屋，形成了一个完全地隔绝的范围。阿维拉的最美丽的宫殿是十六世纪的那些宫殿。那里也还有些十五世纪的纪念物。这城中的任何东西都使人想起斐力泊二世和旧教的诸王。斐力泊二世对于阿维拉有一种偏爱；他在这城里建筑了“面粉公秤局”和“屠宰场”。旧教的诸王敕造了圣·多马思寺——像多莱陀的诸王的圣·黄寺一样大小——又定阿维拉为夏天驻跸之处。阿维拉是并不像斐力泊二世的性情和脾气的；它的建筑物的石头是绛色的，灰色的。在这城中，任何东西都是严肃而高贵的。在这与人隔绝的阿维拉的圈子中，一种精力和热情的氛围气一向是凝聚着的。绅士们在城中占着优势。大家都对于政治有浓厚的兴致。大部分的人民都对于城中的这种生活方式习惯了。那些平民意义的民众，是几乎没有的，大家多少总是贵族。阿维拉叫人引起了一种峨特式的雅典之思。在街路中和市场上练熟了的那种对于政治的热心，在叛乱，反抗，颠覆政体的聚议，革命的集会，和联盟中显示了出来。这城的传统之一便是把诸幼主保护在它的城垣之中。阿维拉曾经带着一种母爱守护过诸幼主。我们可以说，阿维拉之所以看得自己比诸国君还高者，那是全为了它的贬辱一个（草人的）国王——亨利四世——和它的诸幼主的保护。诸国君经过了阿维拉脱离他们的王者生活，而没有了阿维拉，他们也不能踏进那王者生活的。而这种主权和独立的色泽，帮助我们更进一层地深入到这城的气质中去。市民是生活在一种对于公共事务的不断的心神不定之境中。他们的灵视伫候着活动，一个思想是很迅速地变成一个行为的。斐力泊二世，在某一个时机，当他们请求他放弃某种对付阿维拉土著的方法的时候，是不愿意让步了，“因为，”——他说——“在人民受指使把说话做成实行去的地方，我们很快地就可以看到他们的行动。”阿维拉是产谷地的盟主，全加斯谛拉的打谷场和市场；它有谷物的衡量制的特权；商人们和农民们，都是受着“阿维拉的斗”的支配的。据说阿维拉的兵也常常有在打仗时第一个上阵的权利。

在描绘阿维拉的时候，我们不会不欢喜提到那些古版画，在画里，在整个方块的面积中，是只能看到一个戴着高帽子的老绅士，和一个束着宽裙带着阳伞的贵妇。一本一八六三年的旅行指南，把那名叫珍珠街，绅士街，小蹴街，刀剑街，正法街，雕工街，三杯街，死生街，瓦匠街等的阿维拉的街道告诉我们。约一八六三年，那里有了一条铁路，但是这是一种新东西，驿车是仍然驰着的。“马车逢单日在早上八点钟开到马德里去，”——那《指南》说，——“而在双日的下午五点钟到了此地。”在阿维拉有四五家客栈：明星栈，佳果栈，狐狸栈，桥梁栈。在游戏俱乐部中，在阿维拉同盟会里，在阿维拉艺术家晨光社里，城中的居民可以消磨他们的心灵。阿维拉有一些小的方场。这些小方场便是古旧的西班牙城镇的魅力。在阿维拉，建筑物的石头是灰色的。在今日，各方场中的静默是深沉的了。石头的灰色使长天的青色更青。那些方场名为大伽蓝方场，市集方场，太阳福安德方场，马加拿方场，奥加涅方场，贝特罗·大维拉方场，朱古力杯方场，卷子方场，母牛方场，幼主方场，纳尔维略方场，苏尔拉金方场……“我不知道如何来描写，”——喀特拉陀说——“那些阿维拉的小方场撒到旅客身上去的，那忧郁的魔法的符箓；它们是带着它们的寂寥和它们的暗黑的石头的正面，在几乎每一个大门口等着那旅客进来的。”

那位我们已经引据过的指南的作者，替我们把那在阿维拉由西班牙的大世家来供给的代理人叙述了一番——姓名和住址都有。在一八六三年，法国人的皇后陛下有一个代办，阿勃朗德司，阿尔巴，梅第拿赛里，罗加，达马美思等诸公爵也都有；赛尔拉尔波，太阳福安德，奥皮爱戈，圣·米盖尔·德·格洛思等诸侯爵也有；公保马奈思，巴尔山特，保兰谛诺，苏拜龙述，多尔雷阿里阿思诸伯爵也有；德·蒙谛荷伯爵夫人也有。在阿维拉，我们看到“无穷尽”的盾徽。我们看到它们在屋子的正面，在大门口，在柱头上，在尖锐的路拐角上。那些盾徽是爱雷第阿家的，阿古拿家的，巴桑家的，穆西加家的，维拉家的，葛伐拉家的，勃拉加蒙德家的，加斯特里留家的，沙拉撒尔家的，赛贝达家的，阿乌马达家的。阿维拉是绅士们的城。全城都过着一种热烈的市民生活。环境，气质，都是贵族式的。在阿维拉的生活中，有一个时候，这种气质高达到了一个光辉的活的典型的时候——戴雷沙·德·黑苏思，一个其中的活动不是和世俗的有限的目的，却是和一种精神的，无限的，急切的渴望连结着的典型；一个其中的贵族的品格达到了它的最高最雅的表现的典型；朴素的高雅。

## 文书使

文书使沿着西班牙的侧路，小径，间道行旅着。他是从北方海滨来的，他要到马德里或是到爱斯高里阿尔。他比那走官道的驿使走得更快而更少担心。在那挂在他肩头的囊里，他带着一大捆文件，在这行囊里，一定有可悲的消息吧。这文书使迅速地行旅着；他的脚仅仅触着地。尽那边，在远方，离西班牙辽远的地方，外国的海岸边，那簸荡的海把船具的残余物吐出来，吐到沙滩上或是大岩石上去；船板和顶桅，那无敌的大树的残剩。文书使走得很快。北方的绿色的地和灰色的天已落在后面了。夜里，在到了一家客店的时候，他预备着休息；他的囊中所藏着的可怕的消息，他是知道一点的。他的脸上带着忧色。围在他四周的人们询问他忧愁的缘故。那不幸的消息传布到村庄上去，它把一位绅士从自己隐居着的大厦中带了出来。他们立刻在这所大厦里议论着西班牙的悲剧了；那位绅士的眼睛悲哀地顾盼着他的甲胄和勋绶。在黎明，那文书使带着他的囊出发了。他越过山，他渡过河，他穿过平原。他一径很快地走着，毫不逗留。树荫是没有他的份儿的，牧人的茅舍不能挽留住他。在夜里，他休息几小时；在日出之前，他又上路了。他是一路向爱斯高里阿尔和马德里去。在外国的海岸上，在那应着海涛的嗄音而摇动着的沙上的绿海草之间，是一些船板，麻卷索，和桅杆，那将被敌人用冷嘲的口吻称为：“无敌”的大船的残余。不论经过什么地方，这文书使总遗下一点愁迹。不久西班牙就要弥漫着这个不幸的消息了。在爱斯高里阿尔，或是在马德里，一位年老的人会在一个小小的圣母像前跪下去。他的脸儿会被悲哀所感动。因为西班牙的一个成败得失的时辰已经敲了。历史会为西班牙开展出另一个前途吗？没有一个人能说出那在历史上划分两个时代的确切的时候，然而文书使负在囊中的这个消息，会使那蛰居在自己房里的老人沉思着，全西班牙都会沉思起来。未来贮着什么命运等西班牙呢？国家将恢复它的伟大呢，抑或它已注定趋于衰亡呢？一个新的世界已被发现了．西班牙是在创造一个第二大国家。就在这些式徽的日子，西班牙还是欧罗巴的最丰饶的民族。那文书使登山越野迅速地行旅着，他的脚仅仅触着地。如果那负在他背囊中的东西是快乐的，则他或许不会走得那么快了。不幸往往是旅行得更快一点的；国难一发生，嘿！那消息便飞传到西班牙的穷乡僻壤间去了。

## 僧人

一位僧人在从他的关房的窗子中望过去。那是和我们所说过的老人，正在宏大的建筑物前面的花园中，祈祷着又默想着的黄昏时候同一的时候。这僧人也是一位年老的人。他的衣服是黑色和白色的。他的眼睛几乎不能看见东西。因为他差不多什么也不能看见，他便在小块的颜色不同的纸上写着，以便可以把它们分辨出来。那关房是可怜的。这僧人一生默看着挂在壁上的某几幅图画，而且因为他是那么地欢喜它们，因为他对于它们所画着的图像感到那么样的虔敬，他所以把它们的框子涂成了绿色，免得他失去了辨别出它们的能力。那僧人差不多什么也看不见；他在他的关房中是什么也没有；他的生活是消磨在著述，说教，给人们好劝告上的。他或许有时候对于他的宗派的扰乱者曾是有点严酷的。他可以做过些大人物，而他却未尝希望做点什么。他的无上的必要，和赛尔房德思相同，是著述。

在桌子上，放着一本他所著的书；它的题名是《祈祷和观察之书》。像赛尔房德思一样，这僧人用一种单纯的笔调著作着，明白而自然。而当著作着的时候，他的整个心灵都感动了。神明的情绪！或许把最大的感情放到自己的著作中去的，就只是这两位伟大的作家吧——这位小小的老人和赛尔房德思。被他们的手挥写着，笔迅速地奔驰。他们自己简直不大顾到他们在写着的东西。热烈，兴奋，优雅，柔和，都溢于言表。在最简单的字眼中，他们说着一切东西。那僧人是靠在窗口。没有一个人像他似的曾经把一种那么深切的时间和永恒的感觉给予我们过。外面的田野在暗黑下去了。那位小小的可敬的人，半盲了，倦于岁月和疾病了，不能看见那些开始在黄昏中闪烁的星。他抬起了他的头，他的嘴唇微微动了一动。用了他的尘世的眼睛，他看见天上没有星；然而他的精神是接近着它的隐然的解脱的。而不久他的灵魂便将翱翔过净火天，在灿烂的星儿的那边，向永恒而去了。

## 风格

每一个作家都有他的风格。每一个作家都拥护他的风格。一切风格的拥护是一种个人的自白。风格的问题是在于哪里呢？在用字范围中呢，还是在结构中？用字范围很广的作家们可能有一种刺眼的风格；结构明晰而精确的作家们可能有一种生厌的风格。文字的领域是很广阔的。结构殊异的作家们的用字范围的丰富，可以使他们在风格中同样地可佩。我们便这样地同时欣赏洛倍和葛维陀。但是那位《祈祷书》的著者，用着在用字范围中的节制，用着一种简单的，日常的用字范围，在把一种精细的敏感给与他的结构上，已获得了成功。作为最后手段的风格，除了作家的对于他的主题的反应之外还有什么呢？风格是一种感觉的东西。《祈祷书》的著者，在他的《修辞论》中，已把他的对于风格美学的见解遗给了我们。他的理想是，要自然。“因此我劝你，”——他说别的东西之外还说——“像一个水手避去暗礁一样地，避去了一切犯着矫饰的最小的嫌疑的不平常的字眼。”在十六世纪，风格的伟大的标准——在实行和理论两方面——是由《祈祷书》的著者作设定了的。多方面又多变化的洛倍·德·维加，在风格上注着力，那和他在戏剧的技巧上注着力的同一的问题，但是他虽则在舞台上作了一个于俗用有利的最后决定，在风格上，他终身也是一个游移者。从自然的和直接的，他会突然跨到“修炼过的”去。好像是站在一架秋千上似地，洛倍的神奇的天才从这一个绝端荡到那一个绝端。那景象是有兴味的，在这位诗人的形形色色的全部著作中，我们是面对着这种幻灯。用着完美的优雅，用着精粹的熟练，从诗句移到诗句，洛倍达到了最微妙的奇想。他突然站住了。他的对于自然的和通俗的东西的感觉警告着他；接着，一支小曲，一些谐谑，一些“修炼过的”，“奇想的”的游戏诗文，便从他的笔端下破出来了。洛倍的著作中最有价值的元素，无疑地是通俗。在他的著作的这一方面，洛倍便是一个模范和一位大师。在风格中最重要的东西是明晰。凡是清晰地想着的人，也明晰地写着。洛倍常常在他的诸喜剧中指示着此事。在《一位国王的最大的美德》中，一个演员说：说得坏而听得好便包含着矛盾。

在另一部喜剧。那可佩的《过桥走，华娜》第一出第六幕中，说起一位拉丁学者：

那知道太阳全为了它的明亮而受人尊敬的西班人的固有的天才却在晦奥上犯了罪。

西班牙的诸作家的主要的瑕疵，实在就是晦奥。在 Lacelestina 第一出中，巴尔美诺对那好母亲说："我并不听着你所说的话，因为在好事情中，实际的是比可能的好，在坏事情中，可能的是比实际的好。所以，康健的是比可以康健的好，病楚的可能性是比真实的病楚好。因此，在恶之中保留着可能的，是比在善之中保留着它好。"于是赛莱丝谛娜喊着："你是邪恶的！简直不能懂你的话！"赛莱丝谛娜的喊声就是在十六世纪末叶那么早的时候也会被视为奇异的。在十七世纪，它便会被人当作怪诞不经的了。在我们这时候，它简直是十分不可解的了，因为我们已把那对于风格中明晰的观念和鉴赏力那么大大地丢去了。

一种完善的风格的标准是在十六世纪之后，在十七世纪，定了出来。而奇怪的事便是，它是由那纂定《奇想论》的同一个作者所定的。在一六四八年，巴尔达沙尔·格拉相出版了他的《天才的机智和艺术》的最后定本，格拉相的两部爱读的书是《路加诺尔伯爵》和《阿尔法拉楷的古思曼》。格拉相永远不倦地称赞着黄·马努爱尔的书又引用着它；这部书是自然和朴素的一个模范。而且好像他的对于一本是自然的一个标本的书的显明的推崇还不充分似地，格拉相说："风格是像面包一样地自然. 我们永远不会厌倦它。"那么我们将用什么尺度去估量一种风格的自然呢？格拉相亲自对我们说了。自然的风格"是那些在日常事务上，并不深思而话说得很好的人们所用的东西。"念出这条确切的规例来的格拉相，并不是《批评者》的作者那个格拉相，却是一部明晰，自然而朴素的书《圣餐台》的作者的那个格拉相。

## 西班牙的写实主义

在一个小教堂中，我们寂静地研究贝特罗·德·美拿的一个雕像；在一所寺院中，我们站着默看苏尔巴朗的一幅油画。《祈祷书》创造了一个平静而有力的西班牙写实主义。那使艺术成为"写实的"是——质实的和详细的琐事。在《祈祷书》中，髑髅地的活剧的描写，就用这种特色琐事不断地使我们动了怜悯之心。《祈祷书》的写实主义是伟大的西班牙写实主义，朗爽，动人，而有力。让我们来拿那一五六六年在沙拉芒加出版的昂德雷思·德·保尔陀拿里斯本的这部书来看一看吧。耶稣是被捉到了。"留心瞧着他，看见他怎样地沿着这条路走上去；被他的弟子所抛弃了，由他的敌人押解着，跨着急迫的步子，喘着'加急了的呼吸'，显着改变了的颜色，他的脸儿是因途程的匆促而升了火，发了红。"在髑髅地上，耶稣是快要被剥去长衣了。"因为那长衣是已经粘在那鞭子的伤痕上了，因为血是已经凝结住而粘附在衣服上了，所以在剥他的衣服的时候，他们使着那么大的劲儿把衣服一块儿撕了下来，竟'重新了'又'破开了鞭子的伤'。"那些高大而强壮的刽子手，把那十字架高举起来。接着你瞧"他们怎样地把那十字架高举起来；他们怎样地走上前来把它放在一个为了这目的而掘的洞里去，而且，在装牢它的时候，他们怎样地一松手让它砰地落下去；这样'这圣体的全部会在空中震动了'，伤创会重新裂开了，而苦痛也会格外增加了"。圣处女去寻找那圣子。"听那远远的兵器的声音和民众的骚扰声，他们走进来的时候的嚣嚷声。接着瞧那'矛和戟的闪耀的铁光'在他们的头上面显露着；跟随着路上的痕迹和血滴——这些已足够把她的儿子的足迹指示给她而向导着她，而不须别的向导了。"那母亲拥抱着那儿子。“那母亲紧抱着那伤裂的身体，她把它着实地紧贴在她的胸头（她是除此以外一点也没有力气了）；她把她的脸儿放在那环绕着圣头的荆棘之间；她的颊是贴在他的颊上；‘那母亲的脸儿是染着儿子的血，’而那儿子的脸儿是被母亲的眼泪所沾透了。”

诸大师的著作中的近代艺术——一个弗洛贝尔或是一个贝雷达说——在写实主义中并没有走得更远一点。

# 阿索林散文抄

西班牙　阿索林

## 山和牧人

当那僧人在窗前眺望着暮色的时候，山上牧人们所烧着的燎火，便开始映耀出来了。从下面的平原上，从深谷和幽壑间，我们看见，在远远的上面，那些牧人的野火。西班牙的山是多美丽啊！羊群是分为“河岸牧的”和“迁地牧的”两种。那“河岸牧的”照例是少数的羊；我们并不碰到它们从这一个地方到那一个地方地在小径中走着；它们不变地在同一的平原中和旷地上吃草；当夜来了的时候，当星开始闪烁的时候，它们便聚集到村庄的羊栏中去，或是到山麓的“安身处”去。那么“迁地牧的”羊群，是成百成百的。它们漫跨着全个西班牙。在平原上，它们扬起了那么大的烟尘，简直像是一队大军。绅士们的精美的衣服和僧人们的哔叽衣料，便是从这些成千成百的羊身上来的。在一八二八年，索里亚的一省加尔拉斯各沙的马努爱尔·代尔·里奥爷，一位迁徙的羊老板，又是一位受人尊敬的畜牧会的会友，出版了一本题名为《牧人生活》的小书。他开章第一篇就说——“一群有一千一百头羊的羊群，应该有一个首领牧人，一个伙伴，一个帮手，一个额外助理（亦称为附加人），和一个牧童。”但是他还说：“那些在牧人生活中比山乡人资格老得多的索里亚人，只消用四个牧人便可以管领一个在路上的羊群，那四个牧人他们称为首领牧人，牧童，帮手和小子。”这作者所说着的是西班牙的山，索里亚，古安加，塞各维亚，莱洪的山。他是从索里亚的乡土中来的。在索里亚的山脉中，“在它的名叫奥尔皮洪泽的高山上，便是爱勃罗和杜爱罗那两条丰饶的河的发源的地方，那整个山脉又自南至北地做着各江河的分水界。在夏季的四个月之中，这个山脉的最崎岖最嵯峨的诸部，是被那些美好的迁徙的羊群所占据去了，而且如果不是这样，它们便会不能住人了，那个野兽潜伏的地方。那山脉有几个小镇，如比耐达，凡多沙，金达拿，高伐莱达，和被‘车夫们’的隶属于畜牧会的羊群所占据的一切小镇。”

夜是在降落到山上和谷上来了。葛佛多在他的诗篇《梦》里，曾用了一两句话，将夜的深切的情绪表达了出来。

……盲目而寒冷地柔软地从群星间堕下的是那夜……夜的暗影像我们可以触到的轻绡似的缠着我们。夜已盲目而寒冷地从群星间堕了下来。牧人的燎火开始闪烁着。在各羊栏中，犬吠着，而它们的辽远的吠声，像是愁惨的哀哭。在山间有狼，牝狐，獾，伶鼬。城中的灯火已渐渐地阑珊了，山间的燎火一定照彻了那阴郁的夜了。它们的光辉将维持到黎明。因为猛兽整夜地窥伺着。它们都有光耀的眼睛和一身鲜明的皮毛。当它们被捕住了的时候，人们是欢喜在它们的头上抚抚，又在它们的不油腻的毛上摸摸的。城市生活从来也没有污染了这些小小的动物。一朝它们的自由是在陷阱中或网罗中失去了，在我们的手下，它们便垂倒了耳朵，把毛茸茸的尾巴夹在它们的后腿间，一声不响地用它们的澄清的眼睛凝看着我们，好像一半儿害怕一半儿希望地，向我们恳求一点悯怜。

西班牙的天才，如果不把那些在山上和平原上的羊群的来往想起，是不能被了解的。它们的小径，路线，牧地，漫播在全国之中。山丘是披着高原的草木，或是丛林和草莽。把那些表现山野的殊色和特质的字眼想到而使用着，是好的。那些字眼中是有着西班牙的香味。在城市中用得不多，它们生活在村夫们和乡人们之间。在草木一方面，山丘是分为高的和低的两种。低的部分亦称为 ratizo，高的是由 mohedas 组成的，monedas 是槲树，软木树，山毛榉书，栗树等的浓密的树林。在较低的山腹上，金雀枝——和它的黄色的花——杜松，乳香树，迷迭香等灌木，伸出在斜坡上，形成了小小的丛林；在那些矮树之间，生着拉房达花，百里香，甘松香，野牛膝草，把空气都薰香了。在那树林浓密的地方，它们可以成为那人们所谓“中空的山”。让我们来描画一座松树的“中空的山”吧。树木不受阻碍地笔直地生长上去，什么也不阻挠干的发展。地上是没有矮树的。从斜坡的下面，由山凹间，我们可以看见那绿色的华盖——绿色而发甜香——，那几百根中圆柱（那就是它们的树干）。那些由松针或松树的须所做成的光滑的软地毯是横铺着，漫披在土地上。四围是因树脂的香味而芬芳了。

在西班牙的山脉中，有着些宁静而神秘的湖沼，渊深的峡谷，小小的草地和长着嫩草的夏季牧地。从披着松树的山巅上，我们可以辨出那些在远方清晰地描映出来的各小镇。空气是轻快的。因为空气稀薄的缘故，嚣声是比下面平原中更轻微。和那在粗糙的童山中的沉默一起，我们欢迎着那在一个罅隙间升起来的一棵奇树。在这些西班牙的山上的一切东西，都指示着一种大无畏的精力；巉崖是崎岖而凸出的；山峰是尖而平滑的；那些巨大的圆石头，颇有要滚下斜坡去之势。

光线是鲜明的。香味从迷迭香，拉房达花，百里香，牛膝草传到我们身边。水流晶莹地滑过去。矮树用它们的坚硬的簇叶伤损着人。像西班牙的文学一样，像西班牙的思想一样，整片土地是气势，动力和光亮。索里亚，古安加，莱洪，塞各维亚的山是美丽的。几百队的羊群沿着它们的斜坡和荒冈征旅着。从那些羊身上，将产出那些僧人，农民，兵士和地主所穿的粗糙的衣服和精美的衣服。

在城市的忙碌的织机中，踏板哼着它们的有韵律的噪音。让黄昏来吧，它们便静了。在山上，牧人们是正在烧着他们的燎火。

## 戏剧

戏剧是荒凉的了。在这黄昏的十分，戏是刚演完。几年之后，在一六二九年，一位作家——黄·德·萨巴莱达——将描写这散戏的情形：看客们去了，戏院是暗黑而寂寞的，两个妇人在后面踌躇着；在看戏的时候，她们失落了一个钥匙，而现在，她们是把着一枝蜡烛在长椅之间找寻着它。院子是寂寞的，夜是盲目而寒冷地从群星间堕下来。看客已散了，伶人已走了。不，并不是戏子完全都已回到他们的客店里去了。静默地，穿过了暗黑和寂静，一个男人，一个妇人和一个孩子是静静地走近来了；在散戏之后，他们在化装室里等了一会儿，而现在，他们便慢慢地出发回他们的住所去。这男子是有点肥胖，他的脸色看去是苍白的。他把那孩子的小手儿握在自己的手里。那妇人年纪还轻。他们已从剧场中走了出来，步行向城中的一家客店而去。一到了他们的小房间里，那男子便颓然地倒在一张椅子上。那妇人走过去，吻着他的前额。那男子已把那孩子放在自己的膝上。这个男子是累了，困难地呼吸着。他柔和地把那孩子的头向自己转过来，把那小小的颊儿贴在自己苍白的脸上。那母亲默默地望着他们，心头感动了。这三个人和别的戏子们做着伴儿走遍了全西班牙；他们从格拉拿大到马德里，从马德里到北莱陀，从北莱陀到塞各维亚，从塞各维亚到伐拉道里，从伐拉道里到步尔哥斯。伟大的国剧是在产生着。从诗人的脑筋中发出来的一整个世界，将经过这些人的努力而得到它的形象和姿态。这个疲累而苍白的人，什么时候能够享受片刻的清闲呢？别种艺术家们可以平静地呼吸的家居的甜蜜的本地空气，他是没有份儿的。他的份儿是行路。他的无穷而坚决的义务便是把那快乐的面具装在内心的悲哀之上。戏散之后，在客店的房中，惫倦，为生活所疲累，那戏子把他的孩子抱在膝上。那孩子是他的快乐；没有了那孩子，他便会不能忍受工作的疲倦和漂泊的生涯。带着深切的，不可言说的情绪，在那沉默的母亲身旁，在暗黑降下来的时候，他把那孩子的亮晶晶的颊儿，紧贴在他自己苍白的脸上。

伟大的国剧是在产生着。西班牙的古典剧是什么呢？古典剧是整个西班牙生活的一种综合。自从一种生活和艺术的精神上的大和谐在《西德诗篇》里站定了以来，一切西班牙的艺术以后都要适应这和谐了。这和谐是崇高的，尊严的一种特殊的调子；它猛力地把日常生活的某几种形相摈排出去。在西班牙的生活中，一切都是共鸣而团结的：戏剧，玄密的气质，风景——加斯谛拉的风景——市民的心情。当你听到人们说起西班牙人的“刚强”的时候，你是可以承认的，但是你必须把那种刚强称为尊严。西班牙人是高贵而庄重的。他的尊严摈绝日常的平庸的琐事闯入。高贵，庄重和严肃，便是他的在《祈祷书》中的写实主义。而戏剧同样也不能容纳日常生活的细小的琐目进去。它是像风景一样地清朗而高贵。编剧家既不需要又不愿意指出上场和退场，同样，他也不觉得俯就那些仔细的说明是必要的。如果在古典的剧曲里他要去俯就那些琐节，全部作品便会自动地从诗人所安置着它的崇高的坛上坠了下去。在风景，市民生活和艺术的幻想之间的类似，便会损坏了。我们且不要在那些伟大的戏曲家的谬误和年代错误上吹毛求疵吧。在那弥漫在戏曲中的热烈的氛围气里，像这一类的粗忽是隐没了。这里的主要的东西，正如在整个伟大的戏曲的泉源《西德诗篇》中一样，是那在日常写实的琐事之上的生活的调子；诗人所借与他的剧中人物的尊严，伟大，崇高的调子。

夜是走近来了。客店中的小房间是差不多暗黑的。那戏子正把那孩子抱在膝上。

## 旅人

这黄昏的时候，在乡间一处冷落的地方，一个旅人坐在一个路旁的客店的门前。路在门前经过。那旅人的脸儿是隆起的，他的头发是栗色的，他的前额是平滑而无罣碍的。他生着一双明亮的眼睛，而他的鼻子，虽则大小合度，却是像鹰嘴一样地弯曲着。浓大的胡须笼罩在嘴上面。如果他站了起来，我们就可以看出他微微有点佝偻。许多的操劳使他的背弯了。整个夏天，他的脚是不停的，他在乡间漫走着，巡历各农场。他是不得不和那些粗人办交涉，他觉得他是在那不属于他自己的精神环境中活动着。在他的敏感和环绕着他的心灵的氛围气之间，是有一重根深蒂固的隔膜在着。这位旅人曾经出版过几部书。他曾经英雄地参加过一次历史上最大的斗争；这次斗争使他残废了一只手。而现在，在鄙野的人们之间，从客店到客店，从乡村到乡村，他感到一重内心的悒郁。当我们感到自己是高出于我们的环境，而“必要”却把我们和这环境紧系着的时候，我们的精神便慢慢地集中在一种内心的理想上。我们的石头现在对我们说着话，它们对我们诉说那迟迟的式微的悲剧，而在从前，却是不会说的。旅人：现在正是在废墟旁默想的时候，而在这孤寂的乡野，这一道从前的宫殿的颓垣，给了我们一个默想的主题。几世纪已经过去了。在岁月中受到打击，宫殿已经崩摧了；然而，在附近，在这废墟的旁边，像一片从永恒传出来的微笑似的，耸立着一群优美的白杨，在垂死的黄昏的轻风中，微微地颤动着它们的叶子。

## 深闭着的宫

夜降下来了。盲目而寒冷，在牧羊人的茅舍上和王侯的宫殿上是没有分别的。一座宫是像什么呢？一位国王的房间的样子是怎样的呢？圣女戴蕾莎不知道它们像什么。她并不确实地觉得国王的诸房间是称Camarines。“你走出去”，圣女戴蕾莎在Las Moradas第六号上写着——“你走进一间国王的或是大贵族的房间里（我相信人们称之为Camarin），在那里，他们藏着数也数不清的各种杯，壶，和许多别的东西，全排列得井井有序，你一进去就可以一望无遗。”这位圣女还补叙着她自己的这回忆：“有一次我被领到德·阿尔巴公爵夫人屋子中一间这一类的房间里（我路过那里，因为那位贵妇人固邀，便只得依她的话在那里逗留了两天），我在门槛上呆住了，诧异着不知道这一大堆的东西究竟有什么用，接着我便看出，看到了这样许多种类不同的东西，上帝是会被赞颂的，而我现在是快乐的了，因为它们对于我已有用处过了。”

那些美丽的宫是文艺复兴时代的艺术家们所建造的。然而文艺复兴在西班牙并没有什么大发展。中世纪继续统治着十五世纪，十六世纪和一部分的十七世纪。中世纪是单纯，感情，虔诚，信仰。中世纪是和抽象相反的具体。文艺复兴既不和西班牙的风景和谐，又不和西班牙人的气质——庄严而端谨的——和谐，更不和他们赓续而猛烈的争斗的传统和谐。《吉诃德》和《祈祷书》是中世纪，正如洛倍的著作中的自然而通俗的一部分是中世纪一样在 La Celestina（一部中世纪和文艺复兴的混合物）中，最好的一部分是由中世纪来的那部分，花园中的恋歌，那说着一切东西的脆弱而终于笼罩着全部著作的，父亲的悲剧的挽歌。是的，文艺复兴在西班牙建造了许多宫殿。露台都是熟铁造成的。精细的花墙都是用白石雕镂出来的。可是许多的这些大厦的窗扉，却都紧闭着；它们后面的果园的门也紧闭着；步道上野草蔓生着。这些大厦的主人已到海外去了。在屋子里面，在宽大的房间中，尘埃已渐渐地在家具上铺了一片薄薄的外套。那使圣女戴蕾莎吃惊的“这一大堆的东西”，是安然地在碗碟柜里，食器架上和橱里。几世纪会过去。谁会再把这些大厦打开来呢？在三百年，四百年之后，这许多使人看得眼花缭乱的东西，会在什么地方被人发现呢？谁会坐在那张高高的雕皮的圈椅中呢？而这幅画着挂桑谛阿戈的红色的剑，或是在胸前佩圣黄的徽章的绅士的画像，会挂在什么地方呢？这尊贵的城中，有十所，十二所，十五所邸第是紧闭着的；在辽远的国土中，在海的彼岸，在别的星光之下，它们的主人们是在着。而在那些辽远的广袤中，在忧郁的时候，一个对于这些宫殿和这些花园充满了柔情的记忆，当然是会觉醒了的——在花园里那些未经任何人捋撷过的蔷薇，迟迟地让它们的叶子零落在小径上，在春天和秋天。

# 几个人物的侧影

西班牙　阿索林

## 一　美赛第达丝

我能够忘记美赛第达丝·阿雷恰华拉吗？我可能说起那些青春的小伯爵夫人，而忘记美赛第达丝·阿雷恰华拉吗？美赛第达丝并不是伯爵夫人；也许美赛第达丝对于我们这些并无丝毫贵族身分的市民，并没有一点微笑而俏丽的鄙视的表情。美赛第达丝是一个温柔，婀娜，聪明，恳挚的古巴女子……美赛第达丝是颀长，丰满，娴雅，有点苍白，生着黑色的头发，而当她穿上了南美洲女子们那么喜欢的，那种有着白色的，桃色的花饰，有着白色的狭条纹的，有点豪华的青色的衣衫的时候，你就会相信，在你眼前的是一幅你们曾在被遗忘的照相帖中，我是在关闭了长久的客厅里所看见过的古旧的照像；一幅你所不认识，不知道生活在何处，并不知其姓氏，但却引起你一种微妙而深切的同情的妇女的，褪色而稀淡的照像。

“美赛第达丝，请你唱《拉·多士加》，第二出的……”

于是美赛第达丝，苗条而庄严地站在钢琴边，便用有点低沉的，温和，柔妙，娇媚而婉转的声音，唱着，唱着那堪想的曲子，而同时，在长塌的一角，那些青春的小伯爵夫人们仍然是羞怯，沉默，好像受了那心和智慧的另一种不朽的贵族的兴盛似的。

## 二　玛丽亚

我说玛丽亚·爱斯德邦高朗德思。

“玛丽亚，你为什么有这种悲哀的小手势？”

于是玛丽亚缄默了，因为她不知道怎样回答。

“玛丽亚，微笑吧。”

于是玛丽亚微笑了。而你是不能想象出那些本能的是忧郁的妇女们所有的，那种神秘并有暗示性的光辉的。

在那两姊妹——玛诺丽达和玛丽亚——之中，玛诺丽达是活泼的。而玛丽亚却是端庄的。一眼望去，你就可以看出她们的不同的气质。玛诺丽达是细微，婀娜，线条匀整；玛丽亚是更丰满，而她的态度是更舒缓。当玛诺丽达坐下来弹钢琴弹错了一个音的时候，她并不停下来，但却继续弹着，继续谈着，跳过一切，有点疯狂似的，欢笑地；当玛丽亚犯了一个错误的时候，不论那错误是怎样的轻微，她总要停下来又重新弹起，非到错误已完全矫正了不止。

玛丽亚既不高声说话，也不哈哈大笑，亦不爱触目的装饰。在十点钟，当客厅里正是最热闹的时候，玛丽亚吻了一下伯爵——她的父亲，于是就上楼去睡了。但是玛丽亚并不睡觉。她的卧房是贴近我的卧房。一小时之后，当我上楼去的时候，我看见在她的房门下面有一条细细的光。玛丽亚在做什么？写信吗？读书吗？玛丽亚读的是什么书？玛丽亚写信给谁？不，你不要想象玛丽亚是在读一部情诗，也不要想象她是在写一封荡气回肠的长信。玛丽亚并不是浪漫风味的。有的妇女是生就做情人的，有的是生就做女尼的，有的是生就做无悔的独身者的，有的是生就做妻子的。玛丽亚·爱斯德邦高朗德思是生就做了妻子的。

你和玛丽亚结了婚（你不会有这样的运气，这是一个假设）；有一天，在你结婚之后一个星期，或是两个星期，或是一个月，你在她面前站下来，有点窘迫，一边抓着你的头，说道：

“玛丽亚，今天晚上我不回来了……”

于是玛丽亚，既不表示悒郁，也不微笑，出于自然地回答：

“好吧。”

不久之后又一天，你又忸怩而战战兢兢地说了：

“玛丽亚，明天我不得不整天在外边。”

于是玛丽亚又带着那同样的可爱的自然态度，说道：

“好吧。”

于是时间过去；你有着你的家庭的烦恼：有些债务不能即时偿付；反之，有些契约的履行是万不能延迟。你是板起了脸儿，烦恼着。玛丽亚看出了你的焦急……

“玛丽亚，”你对她说，“我们不得不买某一件东西，可是我们现在没有钱。……”

于是玛丽亚静静地站了起来，打开了一只箱子，拿出一只盛满了她所一点一点地，一天一天地节省下来的钞票和钱币的盒子来给你。

这就是玛丽亚·爱斯德邦高朗德思。

## 三　两个人

我什么时候都看见这两个人：他是异常的苍白，她也是异常的苍白，他慢慢地走着，穿着一套浅色的衣服；她缓缓地走着，穿着一件白色的上衣和一条青色的裙子。两人都是又瘦又高；两人都默不作声，并排着；两人都在门口平地的一棵树下面坐下来；两人同读着一本书，而他们的深深的目光几小时地盯住在书上。他们是兄妹吗？他们是夫妇吗？我不知道：

我看见他们时时刻刻在一起，沿大路走着或是坐在树下。于是我猜测出他们之中的一种单调的，苦痛的共同生活。于是我在我的心灵中感觉到他们的长长的沉默，他们的不安的态度，他们的疲倦动作。有时这两人之间有了一个短促的谈话。他们说什么？从他们的嘴唇里出来的是什么神秘的话语？他，把肘子靠在摇椅上，挺直了上身，对她兴奋地说着话；她也用同样的兴奋回答。他沉默了一会儿，接着又向她说话了……接着她站了起来，细致，婀娜，优娴，走向屋子去，而过了一会儿又从那里回来；而他呢，垂头丧气，帽子向后侧着，前额上挂着一缕黑发，把肘子支在大腿上，又把头捧在两手间……

## 灰色的石头

西班牙　阿索林

下午是澄明，安静，清鲜。白色的道路形成柔和的曲线在苍翠的地狭的深处蜿蜒着；那和路相并的寂定而缄默的河，鉴照着那些娉婷而纤细的白杨的侧影。一只青蛙作着“阁——阁”的声音；一头牧放的牛的鸣声在远处应响着：“嗳达！嗳达！”暗绿色的群山封住了天涯，又成着高上去的斜坡，在这一带那一带耸立起来。上面，在山顶上，一个微青色的淡灰色的，明亮的山峰显露了出来。下面一点，在那些栗树林的暗绿色之间，展开了一方广大的牧场，明亮，柔和，带着那些苹果树安置在它的茵席上的圆圆的暗黑的斑点；再下面一点，显映出一带沿着一条小径而行的核桃树；再下面一点，一片稠密的草莽搔破了河水的平静的晶莹。一只青蛙作着“阁——阁”的声音；人们间歇地听到一头牧放的牛的鸣声：“嗳达！嗳达！”而从那悬在上面山上的一所小屋子的红屋顶上，漏出了一缕细细的青烟，渐渐地消散在空中，同时和那走上前来，一直到遮住了大山的峰峦的白色淡雾混在一起。

于是我们越过了阿斯贝伊谛亚。街路是狭窄的，两边是那些有巨大的屋檐，宽阔而凸出的阳台，阴黑的门轩（在门轩的底里，有一座小小的阴凄的楼梯）的房屋。在那些门口，妇女们做着她们的工作，而那些草鞋匠，在他们的光亮的小桌子上，间歇地弯着他们的手臂而沉着地连连敲着。于是我们在蒲斯丁苏里科方场逗留了一会儿；接着，从一条狭窄的小巷，我们又走到田野间了。那边，在尽底里，在群山的青翠上面，显着一大块灰色的东西，由很小的阴影的方块攀登上去。那就是洛牙拉的修道院。在瓦斯各尼亚的冬天那些日子，当天涯是被云所遮断，而雨又不断地下着的时候，这大堆的灰色石料便会转变成黑而阴凄，而在那一切当此夏日是在半明半暗之中的，四壁空空的宽大房间和长廊中，便会形成一种阴森的氛围气，有沉默的，轻快的影子来往着，而这些影子的步子，又会在那宽阔的梁木地板上跫然响着…

我们走进那修道院去吧。在正门前面，耸立着一座石级，通到一个伊奥尼亚式圆柱的廊庑去；可是还有一个小小的侧门，就是我们所走进去的那一个。一个寂静而清洁的小院子呈到我们跟前来：在底里，在一扇门上，一块黑牌上写着这几个金字：“洛牙拉之故居”。我们是在那密宗的努力的战士出世的屋子前面。我们走到那钉着尖锐而宽阔的宝星的门边去；在一扇门上，挂着一张白纸板，上面有手写的一篇长项目。开端第一说：唯此得救。接着便是：“修行时间分配——上午：五时半，起身；六时，默想；七时，弥撒；七时半，早餐，空闲时间；八时半，阅读心灵书籍；九时一刻，默想要点；九时半，默想；十时半，省察，空闲时间；十一时三刻，省察；十二时，午餐。下午：二时一刻，玫瑰经或苦路经；三时，阅读心灵书籍；三时三刻，要点；五时，省察，沉默散步；六时，告解预备；六时三刻，要点；七时一刻，空闲时间。”而最后，有力而显目的大字写着：AMDG。

圣伊格拿修的屋子在外部是保存得完完整整的；可是里面呢，那些房间，走廊，卧室，厨房，一切的，一切的房间都已变成了小经堂，小圣堂，祭坛，祭衣房了。几幅巨大的幼稚的油画遮住了墙壁；在天花板上，映显着巴洛克式的栋梁，雕琢过，涂了金，充满着颜面，花纹，圣人们，圣处女们，圣体发光，天神，云。间隔地，一个壁像带着它的巨大而累垂的重量映显着；灯垂灭地窜动着；你看见一个缄默的耶稣会士的影子，在一个角隅的半明半暗中凝着神，头一动也不动，对着经本在祷告，你听到衣裾的綷縩声或是念珠的叮叮声，然后继续从这一间房走到那一间房，从这一个祭坛走到另一个祭坛。于是你走进那间极小的卧房，在那里，那位苦恼的密宗感到他的定命地最初的冲动。另一个同样沉重，同样满载的祭坛，遮蔽着尽里面的壁衣。在这间房里，那位生于此地的人是一点气息，一点辽远的残剩也不留了。你们的想象力将是徒然的。不必企图想象他的容颜吧。那些肖像，柱子，油画，灯盏，帷幕，可憎的花玻璃，都带着一种女性的，软弱而无力的信仰和虔心的氛围气，来给这个曾经住过一个具有坚强，难驯，刚毅而不可屈服的气质的人的地方。

你走出这小礼拜堂和圣堂吧，你走进那个修道院去吧。在那平坦而坚实的大石级上，在那些有圆圆的穹形顶的长廊中，在那些围着光光的墙壁的宽大的院子中，在那些铺着坚固的地板的广大的厅堂中，那灰色的石头便重又涌现到你眼前来了。间歇地，一个耶稣会士沿着墙壁经过，偻着背，合着手。你俯身到窗口去，眺望着这修道院的菜园广大的远景。在它的笔直的路上，来往着那些修隐之士的黑色的斑影——他们在这些日子洗濯并薰香他们的在退隐中的良心……在这短促的一望之后，于是你又去巡行那些暗黑而无尽的长廊，那些宽大的厅堂，那些阴森的楼梯。你在这装饰着一个小花园的院子中延贮了一分钟；在对面，一扇玻璃门刚开了，于是门里就浮现出两个长条沙弥，他们是又瘦又纤弱，稍稍有点苍白，交叉着手臂，眼望着地。一角铅灰色的天，被极高的灰色石头的墙所框范着，在高处显露了出来……

夕暮已幽暗下去了。当你出去的时候，你看见一片浓密的雾霭笼罩住近处的山峦。那浩大的建筑物的灰色的石块，已转变成黯黑，而在山峦的暗绿色上面显得巨大可畏了。黄昏就到来了。田野是静悄悄的。在那些栗树林中，稠密的花絮就要脱离出来了，在弯弯的树叶下面，河水形成着黑色的宽大的水潴。一只青蛙作着“阁——阁——”的声音，于是一头牧放的牛的鸣声在缄默的谷中响应着：“嗳达！嗳达！”

## 玛丽亚

西班牙　阿索林

玛丽亚是海水浴场的欢乐的标志。

“玛丽亚，你给我一朵石竹花吗？”

玛丽亚采下一朵石竹花，掷到街上去。那个浴人走过去了：他是一个青年人，带着一顶软草帽，穿着一双光亮的红皮靴。

“玛丽亚，你给我一朵石竹花吗？”

玛丽亚采下一朵石竹花，掷到街上去。那个浴人走过去了：他是一个笑嘻嘻的老人，生着扭曲的灰色的髭须。

“玛丽亚，你给我一朵石竹花吗？”

玛利亚采下一朵石竹花，掷到街上去。那个浴人走到街上了：他是一位生着长胡须的先生，带着一顶鸭舌帽，帽檐放得很低。

“玛丽亚，你给我一朵石竹花吗？”

于是玛丽亚笑着，叫着，快乐而喧嚣地答辩着，接着便离开了露台。因为玛丽亚已经没有石竹花了，或是——这是更可靠一点——她不想再把她所剩余的来割舍了。

你们观察过大画师戈牙的《狂想》吗？你们记得那些袅娜，脆弱，波动，蜿蜒的女性的姿容吗？我眼前就有着这些《狂想》中的一幅：那是一个懒洋洋地站立着的荡妇，梳着低髻，玄纱盖头一直垂到眼睛边，折扇贴着嘴。在她后面，一个丐婆贴得很近，向她求施舍；她呢，轻盈地摆开，向她转过脸儿去，带着一种鄙夷的姿态，而那标题是写着：“凭上帝原谅吧……而她是她的母亲。”

呃，这个荡妇就是玛丽亚，我并不是要说玛丽亚是不近人情，铁石心肠，凶暴。不是，不是。我之所以提起这幅《狂想》，是因为那位大师也许在这幅画中给予了一个最袅娜，最有风度，最愉快，最漂亮的妇女的典型。而玛丽亚就是一个与此类似的典型；可是如果你们对于她详加注意：假如你们观察她的态度，她的姿势，她的步行，坐下，起立，穿过一间客厅的样子，那么你们就可以看到——而这就是她的最独特的魅力——在她身上，那纯粹的荡妇典型，和比尔巴奥妇女的最新的典型，是交错而混淆着……而你们，读到这里，便要问了：是不是确实有一种比尔巴奥妇女的典型的？这不是一种无稽之谈吗？这也许不是一种对于女人的殷勤吗？不是，不是，读着。几天之前，在比尔巴奥那面，在天刚晚的时候，我从在桥对面的一家咖啡店的大门口，观察过那些美丽的妇女们的轻盈而不断的来来往往。

那时天是灰色，氛围气是凉爽的。马车，货车，汽车，电车，穿梭地奔驰来往着；在左面，一片黑色的浓烟在拉·洛勃拉车站的铁和琉璃的拱廊前面升起来；在右面，大路上树木的新叶罩上了它们的鲜明的幕。尖锐的叫子声，机关车的隆隆声，车掌的呼喊声，马蹄的得得声，电车触轮的磔格声都传过来……而在那宽阔的大路上，在嘈杂之中，向桥走过去或是从桥走过来的，是那些来来往往的比尔巴奥的妇女，带着白色，粉红色，青色的夏季帽，稍稍有点向前偻，稍稍有点直挺挺，多筋肉，强壮，也许脚微微大了一点，但却全部穿着袜子，全部——而这一个细微之点是万无差错的——穿着毫无缺陷的靴子，黑色的靴子，光耀的靴子，漂亮的靴子……

这里我已经随便三言两语表白出比尔巴奥妇女的特性来了；有时，如果她是属于高等阶级的，你就可以从那个在一个骤然致富的时期成长而教育出来的她的身上，注意到她服饰中有一种炫夸和率真的依微的渲染。可是，在她的强健的美貌前面，在她的断然的态度前面，在她的性情的奔放和气概的不可一世前面，这一切你便不久就完全忘记了……

玛丽亚也是强健，多筋肉的，她有着一个温柔的下颏，带着一种不可思议的魅力曲折在那熨平的直领上面。玛丽亚走路的时候也上身微俯向前，而她的手臂是轻松地沿着身体垂下去的。玛丽亚走路也同样是——也许这是比尔巴奥的妇女的最显眼的特性吧——并不匆促，并不一往直前，并不跨着一致而匀整的步子，却是和谐地时快时慢，正出奇地和这种态度的典型相符。在早晨，玛丽亚在白色的衫子上面披上一方盖头，这样把脸儿遮住一半，在做弥撒回来的时候，在那有石竹花的露台上显身出来。这样你们就以为自己看见了我上文对你们说起过的戈牙的那种荡妇，或是这位大师所画的圣昂多纽修道院中的那些凭着栏杆的游女。

夜里，晚饭之后，她在钢琴边唱一支小曲子，或是跳华尔兹和丽戈同舞……那年轻的贝呈达瓜侯爵，直挺着身子，并着脚，带着一种"绅士"的僵直的动作，向她鞠了一个躬，"玛丽亚，你可以赏脸和我跳这华尔兹舞吗？"于是玛丽亚站了起来，于是他们两人便在大厅中，在那又亮又滑的地板上，很快地转着转着了。因为玛丽亚是寡妇，所以当她舞着，当她走路，当她坐下，当她站起的时候，你便在她那里看到有某一种平坦，某一种庄严，某一种也许宣漏出无限的幻灭的安静……

## 倍拿尔陀爷

西班牙　阿索林

这个人是徽章的反面，即就是说，一个使你们引起某种狂想，但实际上却毫无异常的人……当你们在食桌上安静一点的时候，你们就听到一个人大声怒喊着：

"可是这是多么笑话？难道我要一辈子这样下去吗？"

这就是倍拿尔陀爷，他在责叱一个女仆，因为她上菜上得太慢了。你们对于倍拿尔陀爷的这种发脾气觉得奇怪吗？你们也觉得在圆桌上这样嚷嚷是过分吗？你们并不以为奇怪；倍拿尔陀爷，据他的自白，是在二十九年以前从萨尔第瓦尔来的。怎么没有权利嚷嚷呢？如果强叫牙床一动也不动至四分钟之久，怎么没有权利发脾气呢？想象一下一个红色的，发光的，椭圆形的大斑点吧；在那上面，放两粒小小的芥子上去；在下部，抹一笔白色，然后，垂直于这一笔，再阔括地抹一笔白色……于是你就会得到倍拿尔陀爷的肖像了。

“倍拿尔陀爷，”刚杜艾拉说，“你知道那天我在索拉雷斯看见了谁？是倍尼多。”

“嘿！”倍拿尔陀爷用一种有力的声音惊叹着。

于是便是一个长长的沉默；而当你以为这短促的话题已被忘记了的时候，倍拿尔陀爷又大声说道：

“我已长久没有见过了！”

“他现在很胖了。”刚杜艾拉回答。

“不，”倍拿尔陀爷说，“我说我已经长久没有看见索拉雷斯了。”

“那一定是一个新建筑物吧。”刚杜艾拉说。

“是古老的。”倍拿尔陀爷回答，“但是已经修改过了。”

请你们不要再问我倍拿尔陀爷的嘉言懿行。我所知道的尽于此矣；没有人知道得更多一点，知道得更多一点是决无此理。当你们退席到衣帽架上去拿你们的帽子的时候，你们看见一根巨大的藤，活像是一棵树的极大的树干。这就是倍拿尔陀爷的手杖；他曾在林中把它斩了下来，并且在藤皮上用小刀刻划了许多有趣的圈子和花纹。而在饭后，倍拿尔陀爷便扶着这巨棍，带着他的极小的眼睛，带着他的发光的脸儿，带着他的白色的胡子，像一位牧神似的，孤独而狰狞地，到俱乐部去了。

## 婀蕾丽亚的眼睛

西班牙　阿索林

赛斯多拿是一所漂亮，时髦，舒服的旅馆；乌尔倍鲁阿迦是一个疗养院。也许赛斯多拿，带着它的似乎是客厅的对称的宽走廊，使你发生一种耶稣会的最新式的书院的印象；也许乌尔倍鲁阿迦，带着它的曲折，刷石灰而低顶的狭甬道，使你起一种法朗西思各会的朴素的修道院的观念。这一个和那一个浴场都处在同一样的地位，在一个山谷的底里；但是在乌尔倍鲁阿迦，山坡互相逼得更紧一点，溪流是更湍急一点；那些栗林是更不宽阔一点，而且当你走到它的门前的时候，有一种好像是忧闷，好像是轻微的压迫似的情绪——已由一种偏见勾引起的——便向你袭来了。你更努力一点去隐蔽住它并克制住它吧；你跨过那浴场的门槛吧。那所建筑的整个结构是历年陆续地建造成的台基和亭阁底集合。主要部分耸立在一片微凹的洼地上；我们走下四级石级……于是我们就到了门前了；我们走进一个狭窄的门洞；在底里，开展着一条空洞的长走廊，它通到一个被三根柱石界分着的宽敞之处。这里有一扇小门通到石窟，那里有一道皎白而晶莹的活水涌现出来。我们再向前进一步；一间铺陈着长椅和木柜，摆设着盆花的小厅，在我们眼前显露出来。接着我们穿过一个小院子走到另一个走廊，然后我们又碰到另一个宽敞的地方，那里有邮务处，医务处，和陈着杂七杂八的东西的长长的陈列橱。我们再走几步；另一个客厅和另一个长走廊把我们引到那些喷雾室和蒸汽浴室……随后我们又退回来走那已走过的地方；我们重又看到那石窟，那医务室，那邮政办事处；我们重又经由原先的走廊去找寻那领我们到上层去的阶梯。到了那里，我们发现自己是在一条满是小门的甬道中；地板是用坚固的木板铺砌的，上过蜡，发着光；一道狭狭的反光消失在那边远处；我们闻到一种野生的新鲜的香草，氯气和以太的扑鼻的气味。我们为什么不随那走廊走过去呢？还有什么事比观览我们所不识的屋子更有趣呢？还有什么感觉比逐渐地去发觉那些突然涌到你眼前来的不寻常的事物更愉快吗？

这条走廊引到另一道走廊。向右转，穿过一个有玻璃门的短短的客厅，走下几级，于是你终于到了一个夸大的楼梯顶，面对着其他的楼梯级，你必须走下这些梯级，才走进一间很宽大的客厅，那里四面安着长椅，挂着横阔的镜子，陈着一架直立的钢琴，在背景上烘托出它的背面的红色的斑影来。你心满意足了吗？你是不是已把一种刚在这新环境中突然起来的，对于这新环境的综合的感觉，带给了你的贪切的心灵？这一切的走廊，这一切的楼梯顶，这一切的客厅，都是阒无一人的，静悄悄的；地板发着光，墙壁好像都已粉刷过。而不时地，在沉静之中，你听到一声短促的干咳，或是一声顽强的长咳。于是你感到在这氛围气之中，是有着一点亲切而深沉的下省情味：在那层次高低不一的客厅和走廊的交错中，在陈设的简单中，在那些病房的高和深之中，在仆役们的坦白和率真中，在菜肴的纯粹的平淡之中……但是你们，像我一样，是在一个你们欣赏着这一切那么西班牙固有的东西的时刻。不久之后，当你们在这大厦中再耽一小时的时候，你们的趣味就会充实地满足了。因为你们觉察到那你们所呼吸着的氛围气，不仅深深地是下省的，而且，由于一种合理而必然的联系，也是饱和着一种如梦而忧郁的浪漫精神。也许你不知道这些水的神效吧？你不知道那些从字眼真正的原意说的“审美的”病人都群趋到这些汤泉来吗？而你又怎样能够否认那存在于浪漫精神和苍白的脸色，黑眼圈，纤弱以及悲剧的永远的绝望之间的亲切的关系？如果你爱小城中的这些那么温柔，那么悒郁，那么纤弱，那么富于幻想的少女吗？她们呻吟着，流着眼泪，突然从欢乐转到伤心，在小抽屉底里藏着一张褪色的肖像和一些有一家咖啡店或一家旅馆的印戳的信件，培养着寄生草，在钢琴上奏着“洋娃娃葬曲”，读着用报纸包着的冈保阿谟或倍盖尔所著的书，匆匆地照一下镜子看看自己是否变丑了，在冬天阴暗的日子隔窗帷守望着一个陌生的过客——也许就是一个能改变我们的生活的风流少年——的步履的……；如果你们爱这样的少女，到乌尔倍鲁阿迦来吧。那些日子我认识了欧拉丽亚，华尼妲，萝拉，珈尔曼，玛丽亚，莒丽葛妲。而我尤其看见过婀蕾丽亚的那双苍茫，悒郁的大眼睛。

“你在做什么，婀蕾丽亚？”一个我昨夜看见和她一起跳舞的青年对她说。

“没有什么，”她回答，“我在看河里的水……”

婀蕾丽亚倚身在桥栏上，显着一种凝神，潇洒和无拘无束的姿态。迦尔瓦尼便是在这种姿态之中，把那些一八五〇年的纤柔而苍白的妇女，安插在一个花园的平坛上或是一张长椅的扶手上的。婀蕾丽亚望着柔顺的河水；但是她的凝注的眼睛却并不看见柔顺的河水。她的侧影是在黄昏的灰色的天上描剪出来。

这正是大路施暴于浴人的时辰，但是你们并不唯命是听。在浴场的后面，傍着那条小河，有一条漫漫的白杨夹道的大路。你们移步向那边去吧。地上是铺着细草；一边耸立着荫着栗树的山坡；另一边舒展着一带低低的，繁密的苹果树，枝叶在水面横斜着。三四列的白杨把这白杨树林分成一些宽阔的路径。那些树干是细长，挺直，袅娜；枝叶不在枝干间，却是在很高的地方长出来，所以你们在其枝叶下经过的时候，就像在支撑着一个绿穹窿的一行行最精致的圆柱间经过一样。而当你们这边那边游倦了的时候，你们便在河岸上一个大水潭边坐下来。无数的水蜘蛛，行踪无定地，伸长着四只轻捷游移的脚，在水面上溜着。它们有时迅速地前进，有时停止，有时转着蓦忽而急骤的圈子。而它们的每一个动作，都在水面形成一个圆圈，去和其他无穷尽的圈子交错组合成一片飘忽而任意的花纹。

但是夜到来了。你必须回浴场去了。一口钟刚带着一种执着的声音敲过了。你们重新穿过楼下的甬道，又走上正屋的甬道。灯火已点上了，而那上过蜡的木板的长长的反光，像一条狭窄的水银带似的，消失在那边远处。一片人语的应响的烦嚣声，有点像一片低沉而悦耳的合唱似的，传到了你们的耳边：这就是在附近的圣堂里，正如每晚一样，浴客们在念玫瑰经。接着，你一边在走廊中踱着，一边听着这神秘的圣诗，于是你们的眼睛就第一次注意到那些挂在门上的古旧而可爱的小铃，疯狂的电铃的可敬的祖先。而这个无足重轻的琐事便已经把你们沉浸到一个浪漫的悠远的梦中去了。你们还缺少什么吗？你们还剩下那最主要的东西。晚饭之后，一定得到楼下客厅里去坐一会儿。这里，你们又碰到华尼妲，萝拉，珈尔曼，莴丽葛妲，欧拉丽亚，于是你们又看见了婀蕾丽亚的视而不见，茫然看着扇子上的风景的苍茫而悒郁的大眼睛。钢琴放出几声舒徐而响朗的音；那些漂亮而苍白的姑娘们都站了起来，一直走到厅的中央，慢慢地前进，后退，互相握住了一会手，又互相屈膝行礼而散开，终于跳着我们的母亲或祖母穿着满是褶褶的宽衫子所跳的那种恬静的“长矛骑兵舞”。于是你们似乎已经浓密地饱和着感伤的理想性了；可是在场的人都要求玛丽亚唱歌，于是玛丽亚愉快地笑着分辩，接着就正经起来，而在咳嗽了几声之后，她终于唱出一支懒散，忧郁，凄婉的歌来了……

于是你们便告退，在你们的精神上带着一种不可名状的情感。走廊是沉静的了。你们也许听到一声辽远的，突然的干咳，或是顽固的奇咳。而当你们上床的时候，你们便一边睡过去一边想着婀蕾丽亚的梦沉沉的大眼睛，以为自己感到了最大的荒唐和最大的诚朴，以为自己感到了慈爱的一片微茫的感觉。

## 刚杜艾拉

西班牙　阿索林

我是在什么地方认识刚杜艾拉的？在迦尔陀思的一部小说中吗？在《朋友芒梭》中，在《禁物》中，在《山德诺医生》中，在《昂葛尔·盖拉》中？刚杜艾拉增坐在桌边，在你们对面；他生着圆圆的，细致的脸儿，而在脸上，在两旁，在颞颥上，是两个长长的三角形的脱了发的鬓角；刚杜艾拉蓄着两撇好像是剪短的八字须，使你们回想起一八五〇年的文官的八字须，两撇浓厚，黑色，很快地收窄而变成两个尖锐的须端的八字须；刚杜艾拉穿着一套朴实的灰色羊毛呢的衣服；刚杜艾拉光彩地佩着一条难以言状的领带，这种领带，你相信是曾经在一个新委的军官，一个在咖啡店中演奏的提琴家，一个商店中的店员，一个医科大学生的胸前看见过一千次的；刚杜艾拉默不作声地进食像大家一样，像他的左面，右面，对面的同桌人一样。于是你注视了他一会儿，想道："这里是一个完全平凡的人，这里是一个可怜的人，也许是一个什么部的职员，也许是一个做小本经营的人。"

但是你们错了。立刻，那位正在和倍拿尔陀爷谈话的刚杜艾拉，说道："有一次我搭快车从勃鲁赛尔到巴黎去……"这样，你们就把那放到嘴边的叉子拿住不动，愕然地望着刚杜艾拉。而刚杜艾拉却从容不迫若无其事地继续吃着。于是你又想道："无疑地，这位可怜的先生曾经偶然搭国外的特别快车旅行过一次。"可是刚杜艾拉又和爱米留爷谈起来了："是的，我认识他，因为他在王家剧院的长期座位是在我的旁边……”于是你们又举起目光，格外诧异地，格外惊愕地，望着刚杜艾拉。这样，你们渐渐地明白，这位刚杜艾拉——一位著名的银行家的承继人——是拥有一笔极大的财产，曾经旅行过外国，住在一所豪华的住宅中，并且高兴的时候就坐着马车游玩。于是你们便凝思着，把你们的一切印象集合起来，于是又说道：“这里是一个朴素，充实，自然的人；这里是那些罕有，例外，具有一切长处，然而却有毫不显露的微妙的艺术的人们中的一个。”

而当日子渐渐地过去的时候，当你们已经和刚杜艾拉长谈过的时候，你们便看出这个可怜的人是一个地道的马德里人，真正的马德里人的例范和纲要；那就是说，一个精细，能屈能伸，善讽的人，有点儿平凡无奇，有礼貌，勤勉，直觉，伶俐……没有刚杜艾拉，萨尔第瓦尔的生活便不可领会。刚杜艾拉每年都来；他经过这里到圣塞巴斯谛昂，又从圣塞巴斯谛昂到比阿里兹去。刚杜艾拉是大家的朋友；他对你们讲两句关于这个或那个浴客的生活，他不时奉敬你们一句机智的话。刚杜艾拉凭着他有分寸而合时宜的和蔼态度得到一切妇女的欢心。他第一个问她们，在她们最近的旅行中作什么消遣；他扶持她们上落马车的踏脚镫；他为了某件或几件小事而向她们假装一种滑稽的微愠之色。

“侯爵夫人，我对你很生气。”

日涅福安德侯爵夫人，那位大家都认识的有点天真的粗心的贵妇人，呆望着他。

“为什么呢，刚杜艾拉？”

“今天早晨在公园里碰到你，你没有和我招呼。”

“天哪，刚杜艾拉！”那侯爵夫人用着一种使你们大家都不会忘记的那么哭丧着的声音喊着。

于是刚杜艾拉便低倒了头对着食盘，装着一种愁容满面的，可怕的沉默……

## 散文六章

法国　韩波

### 神秘

在坡坂上，天使们在钢铁和翠玉的草丛中旋转他们的羊毛衫子。

火焰的草场一直奔跃到圆丘的峰头。在左面，山脊的土壤是被一切杀人犯和一切斗争所蹂躏过，一切不祥的音响在那里纺着它们的曲线。在右面的山脊后，是东方的，进步的线。

而在画面的上方，集团是由海螺和人类的夜的旋转而奔腾的音籁所成的。

群星，天宇和其他的开了花的温柔，像一只篮子似的，贴近我们的脸儿，在坡前降了下来，而在下方造成了开着花的青色深渊。

### 车辙

在右面，夏天的黎明唤醒了公园这一隅的树叶，雾霭和音响，而左面的斜坡，在它的紫色的荫里，拥着潮湿的路的一千条深车辙。仙境的行列。的确：满载着装金的木造动物，樯桅，和五彩帐幕的大车，二十匹马，戏班中的斑纹马载驰载奔着，骑在最惊人的牲畜上的孩子和大人；——二十乘车辆像往昔或童话中的四轮马车一样地攀着绳索，张着旗帜，饰着花，满载着盛装赴郊外的社戏去的孩子们——甚至还有那些竖起乌黑羽饰，在青色和黑色的大牝马的蹄声得得之中驰过去的，罩在夜的花盖下面的棺椁。

## 花

从一个黄金的阶坡上——在绸的绶带，灰色的轻绡，绿色的天鹅绒和那条太阳下的青铜一样地暗黑下去的水晶盘之间——我看见毛地黄在一片银嵌细工、眼睇和头发的地毯上开出花来。

撒在玛瑙上的黄色的金线，支着一个翠玉的圆屋顶的桃花心木的柱子，白锻的花束和红玉的细枝，团团地围绕着水莲。

正如一位生着大眼睛和雪的形体的神祇一样，海和天把少年力壮的蔷薇之群招引到云石的坛上来。

## 致——理性

你的手指在鼓上一击，就散放出一切的音而开始了新的和谐。

你的一步，那就是新人的征召和他们的启行。

你的头转过去：新的爱情！你的头转过来：新的爱情！

“改变我们的命份，清除我们的灾祸，从时间开始。”那些孩子对你唱着。“不论在什么地方，提高我们的命运和我们的意愿的品质。”人们请求着你。

你永远到来，你将到处都离去乎。

## 黎明

我拥抱过夏天的黎明。

在宫邸的前面，什么也还没有动。水是死寂的，阴影的营寨并未从树林的路开拔。我蹀躞而行，唤醒鲜活而温暖的呼吸；宝石凝视，翎羽无声地举起。

在已经充满了新鲜而苍白的小径中，第一个企图是一枝花向我说出它自己的名字。

我向那片松林披散头发的瀑布笑。在银色的树梢，我认出了女神。

于是我把那些遮纱一重重地揭开。在小径中，挥动着臂膊，在那我把她报知与雄鸡的平原上。在大城市中，她在钟塔和圆屋顶之间奔逃；像一个在云石堤岸上奔跑着的乞丐似的，我追赶着她。

在路的上方，在一座月桂树林边，我把她和她的重重叠叠的遮纱一起抱住了，于是我稍稍感到一点她的巨大的躯体。黎明和孩子在树林边倒身下去。

醒来时，是正午了。

## 战争

孩子的时候，某一天宇炼净了我的眼界，一切的性格使我的容颜有了色泽。各现象都受感动。——现在呢，时间的永恒的角逐和数学的无穷在这世界上猎逐着我；在那里，我忍受着一切市民的成功，受着奇异的童年和巨大的情爱的敬重。——我想到一个战争，由于权利或由于不得已，由于十分意外的逻辑。

这是像一句乐句一样地简单。

# 万县的神父

法国　任尔惟

穿过了中国城的崔巍的城门之后，我们来到了教会。这就是旅途中的欧洲人惯常的避身之处。L神父住在万县已有二十年，他已不再想起有离开那里或是回欧洲去的可能了。万县外国人很少，而他就带着一种微笑的好好先生态度，安置在本地教友的殊求不厌的社会中了。他是又高又肥胖，脸儿给一片灰白的胡须包围着，眼睛很柔和，肤色像本地人一样地黄。他整天在他的教会的广大的建筑之中走来走去，嘴里含着一支长雪茄烟管，监督着他的受洗志愿者的教育，料理着他的教产的账目，调解着他的教友们的复杂的纠葛。他带我们去参观他的客厅。那是一间空空洞洞冷冰冰的房间，装饰着绣着金字的红缎子的屏风。在四面墙壁上，挂着那些前一世纪的丑陋的彩色石印画——这些彩色石印画，在远东的一切小教堂里，找到了一个又不相称又安稳的寄身之处。一只路易腓力普时代的自鸣在火炉架上堂皇地摆着，两边是两个美丽罕见的中国花瓶。那位神父特为我们开了一瓶地道的醇酒，又把我们到成都去要走的路途的情形告诉了我们。还有一千五百里路。按照中国轿夫普通赶路的能力计算，每天走一百里，那么我们需要两个星期的行旅，可是，因为省中局势不定，就应该顾虑到会碰见强盗或大兵的麻烦，而且恐怕有逗留迟延的可能。在中国，准确是完全并不是绝对的，特别是旅行的事，很多很多意外的事可能会来改变了计划和时间。照他的意见，最好是关心现在的时间，而不要关心抵达的时间，避免发怒，能够确当地花几块钱，不要显得太严厉或是太宽容，并且坚决地相信天主会赐恩于我们使我们并不十分麻烦地走完——从万县到成都这条长途。

不时地，有一个本地仆人走进客厅来，毫不客气地打断了我们的谈话，用中国话对神父说话。那神父连答也不屑，只摇摇头，那人就走了出去，可是过了一刻钟又走回来，再来这样神秘的一套，这样竟闹了大半个下午。最后一次，大概是满意了吧，那位神父表示答应了。他站了起来，整理了一下他的短裤子，仔细地装好了他的雪茄烟。于是他就对我们说，他和当地人士有一件紧要的事需要谈判，劝我们在此时到城里去玩玩，他可以差他的仆人领路。

我们回来的时候，那神父显着得意扬扬的神气，叫人看了也喜欢。他微笑着对我们说，他的事情已办妥了。

在桌子上，有着一小杯的酒精。莫莱尔在经过的时候机械地望了一眼，不禁惊讶地喊了起来：

“但是——这是一只人的手指啊！”

“是的，”那神父泰然自若地回答，“这是瑞水河姓张的女人的手指。那张家是一个天主教的旧家！曾祖是由马诺老主教行洗礼的。”

“我们可以请问一句吗，这位张太太的手指怎样会浸在酒精杯子里的？”

“一批强盗在三天之前打劫他们的村庄，他们切下了这可怜的女人的手指，为的是想得到她的指环——就是这一个，”那神父从他的衣袋里取出了一个黑黝黝的旧金戒指来说，“他们把那丈夫打了一顿，又把他们的全部现钱五十块钱抢了去。你要晓得，我是不能让我的教友给别人压榨的，特别是这样的一个张家，于是我就差人去叫老袁来——”

“老袁？”莫莱尔莫名其妙地问。

“他就是强盗的头脑，本城西南一带全是他势力范围。我对他说，要他交还指环，并且交出八十块钱给张先生，而且以后不得再来和我的教友们找麻烦。当然咯，他拼命赔不是，而且对我说没有调查清楚。最后，他很愿意交还他所抢去的那只指环和五十块钱，可是其余的却不大肯交出来。”

“什么其余的？”

“呃，那就是那丈夫所要求的切断手指损失赔偿费！我切切实实地对老袁说，那姓张的要求并不过分，因为他的妻子几个星期都不能做工作。他认为张氏的一只手值三十块钱是太贵了，于是他讲价讲了两点钟——”

“那么他拿出钱来了吗？”

“当然咯。我坚信这个小小的教训会使他大大地改过，”那神父笑着说，“如果我并没有弄错，他必然不会再来惹我的教友了。”

我们就问他，他怎样居然使一个中国强盗也如此听他的话。

“有什么办法呢？在一个没有法律，政府每日更换的国家，那就不得不另想办法了。老袁五年以来做着强盗头目，又积下了许多钱。他不相信本地的钱庄——这件事我相信他是有理由的。因此，他就把许多东西交托给我，我可有一个条件，那就是不得和我的教友找麻烦。再说，瑞水河那一带不信教的人家很多，他很可以靠着他们过舒服的日子呢。”

【译者附记】上译短文，系自法国 GERVAIS 的名著《爱司居拉泊在中国》选出。任尔惟系法国医师，受成都医校之聘，与莫莱尔同来中国，其时在北伐以前，为军阀割据时代。任氏留成都数年，以其所见所闻，撰为此书，态度公正，于欧人在华劣踪，多所抨击，此篇述来华途中经万县时所见某神父包庇匪盗鱼肉教外人民之事实，以幽默之笔出之，颇堪发人深思。

载《时事周报》，一九四五年六月四日

# 在快镜头下

捷克　却贝克

## 赶飞蛾

一个人手里拿着一本书或是一张报纸坐着；突然，他抬起头来，游目追望看空中的什么东西，好像望着一幅看不见的照相似的。接着他跳了起来，用手抓了一把，此后就跪了下来，用手掌拍了一下地。他又跳了起来，用手抓着空虚；奔到一个角隅去，一边拍着他的手，拍了一下墙，然后小心地看着自己的手。接着他无可奈何地摇着头，而走过去又坐了下来，怀疑地望着他刚才拍过一下的那一个角隅。三秒钟之后，他又一跃而起，跳到空中，击着手掌，倒在地上，打着墙壁和家具，发狂地挥动着他的臂膊，跳来跳去，头转来转去，然后又坐了下来。五秒钟之后，他又跳了起来，把这仪式一般的跳舞又重头至尾表演了一次。

## 追电车

这一件事，你须得要有一辆刚要开出去的电车。在这个时候，一个走到停车站去的人掉过头去，开始把他的腿更快地活动着，动作像一把剪刀似的；此后他像游戏一般地轻跳着，接着就跑慢步，一边还微笑着，好像这样做不过是玩玩而已。接着，他一手按住帽子，开始竭力奔跑了。那辆当时的确等过一会儿的电车，现在开足速力开出去了。那追电车的人绝望地奔跑了几步，而那电车却隆隆地毫不关心地驰过去了。这时候，那追电车的人下了这样的一个结论：他赶不上那辆电车了，他的热衷崩溃而消失了；他带着没力的奔跳向前跑了几步，然而停了下来，在那已去的电车后面挥着手，好像是说："没有关系，你到地狱去也尽便，走吧！我可以等第二辆电车——比你更好一点！"

## 牵狗散步

一个牵狗散步的人，往往自以为他牵着狗，而不是狗拉着他。如果那头狗要嗅一下什么东西，它的主人也停了步子，望着周围的建筑物或是自然景象；而当那头狗爬下来大小便的时候（这样做便是降低它的主人的身份了），它的主人就慢慢地燃起一根纸烟，或是表示出他正需要在这里逗留一会儿，表示他正在凝想什么事情，竟一点也不知道他的狗这时在做什么。

## 颠蹶

一个人踏着什么东西滑了一下，或是为了什么完全外来的理由突然变更了他的步伐的韵律。他往往惊愕地挥动着他的臂膊，好像要抓住什么人似地，然后用那最失体面的匆忙去重获他的失去的平衡。但是他一这样做了之后，他就带着一种显著而有精力的敏捷继续走着，好像对一切过路的人说："喂，你们在呆看什么？你们以为我要跌一交了吗？嘿，我没有跌，可是这又和你们有什么关系呢？难道你们不看见，我现在这样大踏步走着吗？"

## 避泥泞

一个踏过泥水潭的人实在是这样干的。他先站在潭边，想一个方法不弄湿脚越过那水潭；接着他轻轻地跨着步子，像一只猫似的，只用他的脚尖儿踏地；此后他振作起精神，在水潭中跳着，改变方向，非常小心地前进；然而，出乎他意料之外地，他恰巧踏在泥泞的最深最肮脏之处。那时这想避开泥泞的人，便会表现出一种喊“啊哟”的面目；他颓然地停止了一会儿，然后从泥水潭的最深之处挣扎出来。在长长的旅程中，像人生的旅程一样，这叫做安命。

## 文学（一）

法国　瓦雷里

书和人有同样的仇敌：火，潮湿，虫豸，时间；以及他们自己的内容。

赤裸的思想情绪像赤裸的人一样弱。

因此应该给它们穿衣裳。

思想具有两性：自己受胎并自己生育。

绪言。

诗的存在是本质地可否定的；这差不多可能是对于我们的骄傲的引诱。——在这一点上，它是像上帝本身一样。

人们可以对诗充耳不闻，对上帝熟视无睹——其结果是觉察不出来的。

可是那人人都可以否定而我们又愿意它存在的——却成为我们的存在理由之中心和强有力的象征。

一首诗应该是“智”的祝庆。它不能是别的东西。

祝庆，那便是一种游戏，但却是庄严的，但却是合规矩的，但却是有意义的；人们并不是在等闲之时的姿态，另一种境界——其中的努力是韵律，是赎回来的——的姿态。

人们在完成某件东西或将它以其最纯粹最美的状态表现出来的时候，便是祝庆某件东西。

这里，就有语言的机能，和它的反现象，它的含蓄，它所分离的东西的识别。人们除去它的烦琐，它的弱点，它的日常气。人们组织语言的一切可能性。

祝庆完了，什么都不应该剩余下来。灰烬，践踏过的花带。

在诗人之中：

耳朵说话，

嘴听，

产生梦的是智慧，惊醒，

看得明白的是睡眠，

凝视着的是意象和幻象，

创造着的是不足和缺陷。

大部分的人对于诗有着一个那么渺茫的观念，所以他们的观念的渺茫本身，对于他们就是诗的定义了。

## 诗

是由于有音节的语言的办法，去再现或恢复那种呼喊，眼泪，抚爱，接吻，叹息等等所朦胧地试想表达出来，而物体似乎想在它们所具有的表面的生命或假设的意向中表达出来的，那些东西或那东西的企图。

那东西是不能有别的定义的。它具有那在回答……的东西时所消耗的精力的性质。

思想应该隐藏在诗句中，正如营养力之在果子中。果子是营养物，但是它只显得是鲜美。人们只感到愉快，但人们却接受到一种滋养料。快感遮蔽着这种它所支配着的觉察不出来的营养物。

诗只是归纳到活动元素的本质的文学。人们清除了它的种种偶然和现实性的幻觉；那在“真实”的语言和“创造”的语言之间的可能的模棱，以及其他等等。

而语言的这个差不多创造的，虚构的任务——（语言呢，本原是实用的,真实性的)是由于脆弱或由于题目的任意,而被变成尽可能地明显的了。

一首诗的题目之对于一首诗，犹之一个人的名字之对于一个人一样，是无关系而又重要的。

有些人甚至是诗人，而且是好诗人，都认为诗是一种任意的奢侈的业务，一种可有可无的，可兴可灭的特别事业。人们可能取消了香水的制造者，酒的制造者，以及其他等等。

另一些人以为诗是那深切地系附于那在知识，时间，隐蔽的不安和事业，记忆，梦等等之间的内心生存的境地的，一种十分本质的特性或活动的现象。

散文作品的趣味是出乎作品自身以外而从本文的消耗中产生出来，——而诗底趣味却不脱出诗又不能离开诗。

诗是一种残存。

诗，在一个语言的单纯化的，形式的变更的，对于它们的无感觉的，专门化的时代——是保存下来的东西。我意思是说现在人们不会发明诗。再说也不会发明种种的礼仪。

诗人也就是那探求表现的明确和想象得出来的方式的人。语言的极好的偶然：某个字眼，某种字眼的配合，某种章法的抑扬——某种门路，都是他由于诗人的天质所遇到，唤起，偶然碰到和注意到的，便是这表现的一部分。

抒情是感叹词的发展。

抒情是必先有起作用的声音的一种诗，——那从我们看见或感到如在目前的东西直接出来，或由它们引起声音。

有时，精神要求诗，或要求那有什么隐藏的泉源或神性的诗的归宿。

可使耳朵要求某一个声音，而精神却要求某一个字，而这个字的音，又是不合耳朵的愿望的。

长久长久以来，人声是文学的基础和条件。声的存在说明了最初的文学——古典文学便是从而取得其形式和那可佩的气质的，整个人体是在声音下面，是它的支撑，思想的平衡的条件……

有一天来了，人们能够不拼音不听而用眼睛看书，于是文学便因而全盘变性了。

这是一个演进——从分明的到轻淡的，从有节奏而连锁的到短暂瞬息的，从听闻所接受并要求的到敏捷，急切而自由的眼睛在一张书页上所接受并带去的。

## 声——诗

人们所能以人声陈述的诸长处，也就是人们所应该在诗里研究并拿出来的诸长处。

而声的“磁力”应该移置在思想的或字眼的神秘而极端正确的结合中。

美丽的音的赓续是主要的。

灵感的观念包含着这些：不须任何代价的东西是最有价值的东西。

最有价值的东西不应有任何代价。

还有这个：以自己所最不负责任的东西为自己最大的光荣。

只要稍加修改——灵感的全部原则便崩溃了。——智慧消失了上帝所轻率地创造了的东西。因为应该分配一份给智慧，否则便要产生怪物了。可是谁来分配呢？如果是智慧，那么她便是女王了；如果不是她，那么是一种完全盲目的力量吗？

这位大诗人只是一个充满了误解的头脑。有的误解使他倾向好的方面而扮演着天才的奇特的突进。有的和前者毫无两样的误解，却显着它们的本来面目，蠢话和胡诌。这便是当他要对于前者加以思索并从而提出结果来的时候的情形。

写作而不知道语言，字眼，比喻，思想转变，调子是什么；也不理解作品之经久的结构和它的终局的条件；只知道一点儿为什么，而绝对不知道如何，是多么地可耻！做着巫祝是可羞的……

## 文学（二）

法国　瓦雷里

古修辞学将诗的继续的洗炼所终于显示为诗的目的的本质的那些诗藻和关联，认为是装饰和矫作；而分析的进步，却总有一天会发现它们是深切的特质的效能，或那可称为形式的感受性的东西的效能。

两种韵文：已知的韵文和计算的韵文。

计算的韵文是必然地在待解决的命题的形势之下表现出来的那些——它们的主要条件第一是已知的韵文，其次是已经由这已知量所包括的脚韵，章法，意义。

即使在散文中，我们也往往被牵制着被勉强着去写我们所不愿写的东西。而我们之所以如此做者，是为了我们所曾愿写的东西要如此。

韵文。模糊的观念，意向，无量的意匠的冲动，撞碎在有规律的形式上，习例的韵文法的难以战胜的禁令上，孕成了新的东西和意料之外的辞采意志和情感之与习惯的无感觉性的冲突，有时会生出惊人的效果。

韵有着这个大成功：那便是使那些愚蠢地相信天下有比习例更重要的东西的单纯的人们发怒。他们有着这种天真的信念，以为某种思想可能比任何习例……更深长，更经久……

这并不是韵的至少的愉快，为此之故，它最不温柔地悦耳。韵——形成一种对于主题独立的法则，而可以与一口外表的时钟比拟。

意象之滥用，繁杂，对于心的眼睛，发生一种和调子不相容的骚乱。在万华缭乱中一切都变成相等了。

作一首只包含“诗”的诗是不可能的。

如果一首诗只包含“诗”，它便不是作出来的了；它便不是一首诗了。

幻想，如果它巩固自己而支持一些时候，它便替自己造出器官，原则，法则，形式，等等；延续自己的，固定自己的方法。即与被调协起来，即兴之作被组织起来，因为没有东西能够存在，没有东西能够确定而越过瞬间，除非那结算诸瞬间所需要的东西是被产生出来。

韵文的品位：一字之缺就妨碍全部。

记忆的某一个混杂产生了一个字眼，这字眼并不是适当的，但却立刻变成了最好的。这个字眼创了一种流派，这种混杂变作了一种体系，迷信，等等……

一种令人满意的修正，一种意外的解决显露了出来，——全靠了在那不满意而舍置在一边的稿纸上的突然的一瞥。

一切都觉醒了。以前没有着手得法。一切都重复生气勃勃了。

新的解决透出一个重要的字眼，使这字眼自由——好像下棋似的，一着放了这“士”或这“卒”，使它们可以活动。

没有这一着，作品便不存在。

有了这一着，作品便立刻存在了。

当一件作品的完成——认为它已完成的判断，是唯一地依附于它讨我们喜欢这条件的时候——这作品是永远没有完成。比较着最后状态和终结状态，novissimum 和 ultimum 的判断，有一种本质的变迁。比较的标准是无常的。

成功的东西是失败的东西的变形。

因此失败的东西只是由于废弃而失败的。

## 作者方面。别说。

一首诗是永远也不完成的——往往是一件意外结束了它，那就是说把它拿出去给读者。

那便是疲倦，出版者的要求，——另一首诗的生长。

可是（如果作者并不是一个痴人）作品的现在状态永远并不显得它是不能生长，改变，被认为最初的近似，或被认为一个新的探讨的出发点。

我呢，我以为同样的主题和差不多同样的字眼可以无穷尽地拿来再写而占据一生。

“完美”便是工作。

如果人们想得出创造或形式的采用所需要的一切探讨，人们便永远不会愚蠢地拿它来和内容对立。

因为处心积虑要使读者的分子尽可能地少——并甚至要自己尽可能少地剩下游移和任意，人们才趋向形式。

坏的形式便是我们感到有更换的需要而我们自己更换的形式；我们复用着，模仿着而不能变得再好一点的形式，便是好的形式。

形式是本质地和复用联系在一起的。

对于新的偶像崇拜，因此是和形式之关心相反的。

真的和好的规则。

好的规则便是那些重提起最好的契机的特质并强使人用它们的规则。这些规则是从对于这些顺当的契机的分析中取出来的。

这是对于作者的规则，尤甚对于作品。

如果你是常常有识别力的，那么就是你从来也没有冒险深入到你自身之中去。

如果你没有，那么就是你曾冒险深入而一无所得。

一件作品的每一个部分都应该“动作”。

一件作品的诸部分应该由许多条线索互相联系着。

## 定理

当作品是很短的时候，最细小的细部的效果之伟大是和全部的效果之伟大相同的。凡有一个可以用别的文章来表现的目标的文章，是散文。

### 对于作者的忠告

在两个字眼之间，应该选最小的那个。

（这小小的忠告，但愿哲学家也接受。）

## 艺文语录

法国　瓦雷里

记忆是作家的裁判。它应该觉察到，它的作家是否意会到并确定了那“易忘的”形态；而且应该提醒他，对他说：你不要止于我那感到记不住的东西上。

在极美的文章中，语句是描画出来的——

意向是测度出来的——事物仍然有其灵性。

在某一种程度，语言虽则穿透而又接触，但却仍然纯洁如光。它留下可以度量的阴影。它并不消失于它所唤起的色彩中。

“而我的诗，不论好‘坏’，永远言之有物。”

这就是无限不堪人目的东西的原则和萌芽。

“不论好坏”，——多么地洒脱！

“有物”，——多么地自负。

哲理诗。

“我爱人类的苦痛的尊严”（维尼句）。这句诗是不宜于思考的。人类的苦痛并没有尊严。因此这句诗不应加以思考。

而这是一句“好诗”，因为——“尊严”和“苦痛”形成了两个“重要的”字眼的一种美好的“调和”。

便秘，牙痛，不安，绝望者的挣扎是毫无伟大之处，毫无庄严之处的。这句好诗的意义是不可能的。

因此无意义可能有一种极好的音响。

同样，雨果的诗句：

“辉耀出夜来的一片可怕的黑太阳。”

想起来是不可能，这阴面是可观的。

批评家不应该是一个读者，却应该是一个读者的证人，即旁观他读书并受感动的人。批评的大作用是读者的断定。批评的目光太偏向作者方面。它的效用，它的实证的任务可能由下列形式的意见表现出来：“我奉劝某一种气质和某一种脾性的人读某一种书。”

当作品出版了的时候，其作者所给与它的解释，便不复比任何别人所给与它的解释更有价值了。

如果我画了彼易尔的肖像，而有人觉得我的作品不大像彼易尔，而更像约克，那么我是无可置辩的——而他的肯定和我的肯定价值是相同的。

我的意向只是我的意向，而作品是作品。

一位真正的批评家的目的，应该是发现作者（不知道他或知道他都好）所提出的是什么命题，并探求他是否已解决了这命题。

明白。

“开了这扇门。”

这是一句明白的句子。——可是如果别人在旷野中对我们说这句话，我们就不懂得它了。可是如果这是一个比喻说法，它是可能被懂得的。

而这种千变万化的条件，一位听者的心灵在于能否“提供”它们，而

“加上它们或否”。

对于许多问题，往往在人们相互之间比人们“独自”了解得更深。几个同样的字眼，对于那迷离于它们的“意义”的孤独者是晦涩的，可是在相互之间却明白了。

一件作品包含读者自己所毫无困难又不加思想而形成的东西愈多，则这作品愈“明白”。

投许多人之所好的东西有着那些统计的特征。它的中庸的品质。最低级的式样就是那要求我们最少的努力的式样。

当一个理论是被另一个理论攻击的时候，我们往往应该自问：如果那旧理论尚未为人所知，而那最近的理论是占有着它，那么那旧理论就可能有着新理论的一切蛊惑。

假发曾经做过新生的毛发或新奇的时装。

在一个一向作“自由体”诗的文学世界中，一个倡制亚历山大体地人，一定会被当做狂人，而因此会做革新者的先导。

## 文学的迷信

法国　瓦雷里

凡对于文学的语言条件有任何的遗忘的一切信念，我均加以这样的称呼。

例如“人物”那些“没有脏腑的”活人的生存和“心理”。

备考，艺术中的猥亵的大胆（那可能为人公开容许的）与画像的明晰成着反比例而生长着——在公开的绘画中，没有恋爱的二部合唱。

在音乐方面，什么都是容许的。

人的生活是包含在两种文学样式中。人们始于写自己的欲望，而终于写自己的回忆录。

人们走出了文学，而又回到那里去。

那给与我语言的一种最崇高又最深切的观念的书，我称之为一部佳著。犹之一个美丽的躯体的光景，提高了我们对于生活的观念。

这种感觉的态度渐渐至于把一般的文学，以及每部单独的书，凭着它们所提示或暗示的对于“语言的宇宙”的调节和把握之心神和自觉的关注和放任，来加以判断。

“作家”：他所说的是往往比他所想的多一点和少一点。

他在他的思想中减一点和加一点。

他所终于写出来的绝对不和任何真实的思想符合。

那是更丰富和更不丰富。更长和更短。更明白和更晦涩。

所以要从其作品来再造一位作者的人，必然替自己造出一个想象的人物。

一只猴子的印象大概有一种伟大的“文学的”价值吧，——在“今日”。而如果那猴子签上一个人的名字，那就会是一位天才了吧。

一个具有深切而冷酷的智力的人，可曾对于文学发生兴趣呢？在哪一点上呢？他把文学放置在他的心灵的什么地方呢？

给自己的每一个困难建造一个小小的纪念碑。给每一个问题建造一个小小的庙堂。

给每一个谜立它自己的墓碑。

# 世界大战以后的法国文学

## 从凯旋门到达达（一九一八至一九二三）

倍尔拿·法意

世界大战结束之后，大家便努力又开始自己生活，恢复自己的生活了，好像那五十二个月只是一场夜梦一样。庄重的人们又购阅着布尔惹（Paul Bourget）先生和鲍尔多（Henri Bordeaux）先生为他们写的小说，轻浮的人们重又驱拥到泊莱伏(Marcelprevost)那儿去,《两世界杂志》发表着德·诺阿伊夫人（Mmede Noailles）的关于恋爱的诗，而第阿季勒（Diaghilew）又带了他的永远年轻的舞男舞女到那些忠诚的看客面前来操演。人们以为法郎的价钱会长高，以为俄国革命不会长久，以为美国人会签订和平条约，以为战争已经完结了。

只要几个礼拜就可以看出事情决不如此。战争是隐藏着蒙罩着，却依然没有完结。死亡一次被放纵了，我们是决不能一下子抓住它的；憎恨，沉痛和艰苦在到处徘徊着。人们所接触的一切东西，都是涂着血的，而那些回到故居去的人们，又在那里发现了荒墟，墓地或是一堆堆的污物。

正如那受人期望着，等待着，需要着的不入调的音调一样奇异地，普鲁思特(Proust)的巨著(接着他的A la Recherchecn Temps Perdu，A I'ombre des jeunes filles en fleurs一九一八），瓦雷里（PaulValery）的神秘的光荣，和纪德（Andre Gide）的突然增大的影响，便爆发出来了。这绝对不妨碍文学的商人和大量批发书籍制造人发卖他们的商品，但却转移了精粹的群众的注视，差不多吞吸了他们。又惹动了那些最稳健的出版家。目前的时候，那才是时式。人们害怕地，接着又沉醉地，发现了一九一八年有一种特殊的风味，那种风味是与一九一四年的世俗和香味和喝俄国香槟的饭餐完全不同的。人们喝惯了混合酒，人们常常到皮袋乐舞会去，人们又对于青年的文学很起劲。

在炮声淹没了一切别的骚音的那几年，一种新的趣味已暗暗地形成了，而群众也改变了。一直到那个时候为止做着最好最多方面的买主的市民，已一分为二了：一方面是年长者（五十岁以上的），对于他们，大战是一个在重新开始过去的时候要很快地忘记了的噩梦：一方面是青年人（二十岁以下的），对于他们，大战是唯一的可憎的过去，他们要拼命地摆脱了它，要赶紧创造一种独立的新的未来去抵抗它。居间的系代（在五十岁和二十岁之间的）是已经绝灭了或是摧折了。残留的只能轻率地回到自己的家里去，没有声势，又没有挂虑；他们唯一的挂虑便是再去做某一件工作，让他们可以有规则而有把握。以后他们或许能够生活，谈话和实现他们心中所有的东西，此刻呢，那个打击是太猛烈了，而他们却是渴望着安静和沉默的。因此群众便是因这两个中心点组织成功的，一个是传统者，他忠实地继续着二十世纪初叶的一切习惯和一切趣味，一个是革新者，他不倦地找寻着世所未知的著作，发表着新的体例。稳健的出版家如加里马尔（Gallimard），格拉赛（Grasset），不久又有克拉（Kra），伯龙（Plon），斯多克（Stoek），里德尔（Rieder）等等，便是为这种群众而工作着的，这群众的特点便是使它所爱好的人大获成功而永远对他们不很忠实，而那另一个团体呢，要获得大众固然很迟缓，但要把握住大众却是很容易的。

在法国，那在已成作家，国家学院，学士院，龚果尔学院，文士会的会员，音乐院或加服馆的音乐会的加入者，《两世界杂志》的特约撰述者或只是投稿人，和那在《法兰西新评论》，《文学》，《欧罗巴评论》发表作品，又在德·波蒙伯爵（Comte de Beaumont）家里演奏音乐的前卫作家之间的对峙之势，是从来也没有这样清楚过的。做“青年人”已变成了一种司祭之职，一种甚于体力上的，神秘的，精神的特质；就是六十岁的人也可以做青年人，正如六人团【法国近代音乐家的团体，那时由高克多（Cocteau）之助力而组成】的首领那个好沙谛（Satie）－样。这种时式是自然的，加之又是一个神经质的，敏感的，急于反动的民族中。在经过了一个长期的苦难之后（在这苦难中，青年是像一个特选的受难者似地牺牲过了），青年便应该受人特别尊敬，阿谀了，甚至对于他的最易触怒的怪癖也得如此。伊斐姬尼是只当在阿里斯地方受了牺牲之后，而被诸神带到了多里德去的时候，才格外美丽格外可爱的。然而伊斐姬尼的场合是更精神方面的。因为诸神用一个对她忠心的情郎去报偿她的死，而定命却用了那在一九一四年和一九一八年间年轻过，又浪费了自己的青春去受苦的人们的死亡和牺牲，去报偿生活在一九一八年至一九二三年间的“青年人”。

对于青年的兴味是一种热狂。这种兴味占领了那依然还开着舞会或是喝着混合酒的世俗的巴黎，占领了那在全世界输送着巴黎、伦敦和纽约所行出来的时式的国家协会，甚至还占领了青年人自身，同时也不使他们对于自己的力量，自己的弱点，和对于青年只是一种暂时状态而不是一个本体的这种忧郁的事实，有一点自觉之心。

每一个国家都这样地有着它的青年思（Barres）的官司，以及其他等等。他们在那儿看见了一群在寻找着吹嘘，失望，和一种就要朽灭的光荣的人们。

“达达”给了文学一个很大的印象。现象突然呈显出来了。然而它却绝对不是意外的。自从兰波（Rimbaud）隐遁，罗特雷阿蒙（Lautreamont）去世之后，我们早就可以看出，这一类的痉挛总有一天要在法国产生出来。那些热狂的野心，那些急迫的需要，这微妙到苦恼的敏感性，这抽象，深切而反抗的观念论，这贪婪而暧昧的神秘主义，这受着我们的栽培而找不到什么足以自满的一切，在我们的文明的某一叶溃败了的日子，等到后来便要宣布大破产了。我们这国家是从事于创造那些从希腊人以来没有别的民族所曾知道过的，优美和敏感性的奇迹的，但是它却同时建设那从来所未有的最明确，最坚强，最严格的集中而合一的社会秩序。拿破仑以来，人们已不停地把法国索缚在一种越来越紧地纪律中了。我们所有的更好的东西，都是从反抗中得来的。

“达达”给了这苦痛一个形式，而它的影响是普及于一切的艺术，没有受到影响的恐怕只有音乐。散文也受到它的影响，但却比较小一点，因为在法国散文无论如何总是社会的，而“达达”却根本就是反社会的。然而这一派却在它的年轻的首领和弟子之间找到了一些卓越的散文家，特别是安得雷·勃勒东——他的散文是有一种不可思议的威权的——和路伊·阿拉公（Liuis Aragon）——他是赋有一种奇异地和一种辛辣的敏感，一种有力的诗的天才联在一起的，坚实而庄严的雄辩的才能的。他的《阿尼赛》(一种关于兰波的生活的嘲弄的批评），他的《巴黎的农民》（一九二五）和他的几篇短篇小说（例如他的短篇小说集 Le Libertinage 中的那篇 L'Extra），是都要算进当代最可注意最具特征的文章里去的。在他们之间，我们还得把苏波尔加进去，他的那种眩晕，急喘，永远没有安定又永远没有停止的散文，是表现着这一派带到了法国文学中来的那种紧张的。（《好师徒》，一九二三年，《一个白人的故事》，一九二七）在他们近旁，还该安插一位出众的作家马尔塞尔·茹昂陀（Marcel Jouhanderu），他的短篇小说（Les Pincengrain）和长篇小说（M. Godeau intime）显示着一个我们时代中最独特最有力的天才。他把一种生存的恶魔的幻象和一种内世界的异常强烈而明察的悟力连结在一起。他的作风的奇特，无非是一种灵智的，神秘的力的反射而已。他比别人还更要使人惊讶，因为在他的身上，苦痛是还更自发一点，自由的需要是还更要紧急一点。

加之那惊讶而迷茫的群众，是带着人种绝对不是没有好奇心和秘密的同情的愤慨而挂虑着地。切望着那使他们散心的新鲜和想象，他们便都驱拥到当时别人呈示给他们的长篇小说和中篇小说上去。一九一八年至一九二三年这一段时期是一个文学的大“送出”的时代，在那个时代中，那些找寻人来发现，找寻着样式来创造的出版家，是丝毫不苟且地去扩充他们的买主且翻掘那些独特的天才的。在出版所中的兴奋是那么地大，我们简直可以并不太不敬地把它比做跑马场的马厩的兴奋；有几家出版家编成它们的班子，把它们送出去又把它们维持着的那种态度，大致和跑马场所指点给我们看的那种光景没有什么大分别。

它们的主要的发现是独特而敏锐的，同时地敏于猜度群众的趣味并表达青年人的猛烈的热情的才智。虽则对于孤立和纯粹的需要并不像达达派地诗那样地过分，他们却也搜寻着世上最个人的和最强度的东西，而用那大胆的术语的方法把它表达出来。若望·季胡都（Jean Crandoux）和保尔·莫杭（Paul Morand）显然是散文家的这一系代中的最显赫的人。靠了他们的运用得很巧妙的神奇的敏感，他们曾经想发现那合于我们近代生活，合于苦痛，合于我们的时代的愿望的一整个形象的体系，季胡都脸儿一会朝着那他所很清楚地认识的美国，一会儿朝着那他所了解的德国，写了这些有爱娇的光泽的书，Suzanne etle pacifique，Segfried et le Limousin（一九二三）。他的洒脱，他的丰饶，多变化，十分固有而又自由的敏感，助成给与他一个先导者的角色，在一个大家都设法把自己从现实中解脱出来的时候，季胡都却织着一个用比生活更真实更美丽的印象做成的梦。他的朋友，他的道尔塞滨的老同事莫杭，也获得与他不相上下的成功。他的天赋或许是要比较差一点，但他却有那补缺的机智和聪敏；他从我们这流血而没有弥补好的可怜的欧洲提出了一整片而有趣的近代好风景。他甚至猜度到而且探试过明日的作品所应该具有的：即在这好风景之外找到一些可以作为我们的对敌而有亲属关系的文明的价值的，共同的观念和本质的区别。他把比拟，轶闻，机智和风俗画投进去，比任何别的青年都更甚。我们立刻就可以断定他会作为我们的时代的一个最典型的短篇小说家而存留着，因为他有一种偏癖（这可以说是他的过度的智巧），它使他把现时的特征看得太清楚又把一种危险的现实的笔触给与他的全部著作。在他的著名的短篇（《夜开》，《夜闭》等），我们带着一种世界大战以后的贪婪而无法满足的肉感，找到了他所描画的这个时代所固有的这种逃避的需要，和一种教师风的术语——靠了这种术语，他把那些最接近，最稔熟或是最辽远和异国情调的东西，描摹得像一组组的又强烈又非现实的图像一般。他用着一个"达达"的虚无主义的那种犬儒风和一个卧车的茶房的那种伶俐的经验，描写着近代世界的幻觉。

这两位代表的作家在一九二三年顷名声大起，同时，在他们周围也有许多声望建立起来，增长起来，正如像昂里·贝胡（Henri Beraud.，Myrtyre de L'Obese，Lazazz，一九二三）一类人的著作的畅销所证实的一样。那昂里·贝胡是一位记者作家，有一种浪漫的想象和强烈的政治信念，同时还有一种适合于取简单的群众的一大堆聪明。像比也尔·贝诺阿（Pierre Benoit）– 类人的著作的销路好也可证实；他为了要写给一种有点不安而烦闷的市民阶级阅读起见，又写起那并不是没有机巧没有想象的冒险小说来。不幸这些作者和许多别的作家，都一起滞留在这书籍销得好而生命不久长的知识阶级的明暗交错之中。他们都不是下劣的作家，他们有一种真正的才能，但是这毕竟是不重要，而他们也是知道的。在那他们作着音乐对中的伴奏的角色的一种文学的生活中，他们固然是少不了的，但是这些应该举出来又应该尊重的作家们所遗留下来的，只是他们的工作和好运的名声而已。

在那被大战所扰乱了的法国正在设法支配并利用那战后的沉默所在它那儿给它发挥出来的这种失望和这种野心的这几年中，青年人便这样地在它面前展览着，轮流地献出他们所有在世界最温柔和最辛酸，在人心中最灿烂和最幽暗的东西来，又把那最大胆的体裁，像摊开华丽的布一样地在它面前摊了开来。他们又微笑着补说道："快些拿吧，因为我们明天要死了。这不是一个市场，却只是一个展览。"

## 许拜维艾尔论

马赛尔·雷蒙

要数说茹勒·许拜维艾尔（Jules Supervielle）所受的影响的人，可以举出拉福尔格（Laforgue），格罗代尔（Claudlet），韩波（Rimband），魏特曼（Whitman），罗曼（Romains），里尔格（Rike）等的名字来。例如他对于里尔格的默考，似乎帮助了他去使那隔离着生和死的墙板，变成尽可能地薄而且透明。然而许拜维艾尔去并不和他的师表中的任何一位相像。他是那么地不能以别人代替的，如果他不存在，如果他并不也对于新诗人起一种甚至比艾吕亚（Eluard），茹扶（Jouve）或法尔格（Fargue）更显著的有效的作用，那么人们便已经可以毫无苦难地估量出欧战以后的诗歌的缺陷了。

茹勒·许拜维艾尔是轮回，万物变形，神秘的心灵感应的诗人。靠了这些，“同一成为别个”，靠了这些，万物在不可见之中起了交感，交换着它们的流体和使信；这样，“从最忠于土地的村庄中”，人们听到“珊瑚在海底里成长”。他是反纳蕤思论者（anti Narcsse），忙于打破“自我”的囚牢，摆脱灵魂的小心的监视；他是“永恒地粗松”，无限地粗松，急切地愿望在野兽，水，石之中见到自己；他或许是从南美洲大原野（pampa）的长空中的一片风中，或是面着爆裂着繁星的夜，从南大西洋的一片白浪中生出来的。和那些超现实主义所愿望的相反，在他看来，宇宙是“无限地布着神经”的。他常常起着逃避自己摆脱自身这种愿望，但是并不是要摆脱人世，摆脱宇宙；正相反，他需要空间和时间，过去和未来，生和死，天界的广大的空虚，劫初的星云，以及“在沉默后面”带着一种震耳欲聋的声音织着的一切奇遇。

这种诗的大原动力，便是那对于世界和生存的形而上学的感情，便是形而上学的苦闷。但愿人们现在不要想象这是一种高傲的态度，一种泊罗美德（Prométhée）式的冲动吧。雨果向“绝对”放出去的铁甲骑兵的突击，那名为阿尔都·韩波（Arthur Rimband）的“可怕的工作者”的渎神的活动，在一切形势之下的浪漫派的反抗——一直到超现实主义者们的反抗为止——这都和他的性情相差得很远。在他身上，没有什么是基督教或反基督教的；他对于上帝没有复仇的必要。这位诗人——囚徒是无罪的。他虽则会在必要时高声呼唤死者，但他却是柔和，亲密，委宛，谦卑的。他的礼拜动物是蜥蜴，他像它一样一动也不动地等待着，窥伺着一个征兆，“而人们竟可以说他是以蜥蜴的方法思想着的”。为要拆穿秘密起见，最好是轻轻地走上前去，倾耳听着：

在场的人，说得轻一点
他们可能听到我们
而把我卖给死
你们把我的脸儿
藏在树枝后面吧，
让他们分不清是我呢
还是世界的孩子。

从许拜维艾尔的初期作品中，就散发出一种南美洲和海洋的大自然的未开拓的情感，一种逐波而进，漂运着海草海花，而终于成为一缕缕细长的水，来到沙滩上静止了的飘渺的诗情。一片波浪，那使海船左右前后颠簸的波浪，已经横贯在他的诗情中了。从那个时候起，许拜维艾尔就从来也没有完全重新找到坚实的土地过；如果他抬起眼睛来，那也不过是看看天心“像一枝樯桅的顶一样”地飘摇而已，那已不复是地理的而是宇宙的，有那改移为心灵的意象的星宿之运行和太虚之风景描映着的引力中的诗情，是被大风暴的不断的恐惧所动摇着，所颠倒着。在《无罪的囚徒》那个集子中，这种宇宙的诗情增添了一个新的积量，而且，虽则不断地仍以宇宙为主题，但却渐渐地蜕化成一种形而上学的诗了。

从此以后，他甚至连银河的最辽远的涯岸也“使成为人间的”了，特别是什么都不死了，生物也不，回忆也不。往日的我们的一切，我们的感觉和我们的愿望．都追随着我们，四散在太空之中，像没有实体的形一样的，像抽象而不可见的模型一样的，像浸润着我们现在的生存，指导着我们的思想，并在我们不知不觉之中激动我们的那种流体一样地旅行着。

哦，被我们常常和寂定混淆的，
像雨中的墓碑铭一样地迷失在你们的微笑中的
行动秘密的死者们啊，
因为时间距离太长而姿势矫作勉强的死者们啊，
……

你们已医好了那血的病，
那使我的干渴的血的病。

你们已医好了
看海，看天，看树林的病。

你们已诀别了嘴唇，它们的理性和它们的接吻，
以及那到处跟着我们而不安抚我们的手
……
可是在我们身上
除了这和你们相像的冷以外，什么都不是真实的了……

正如保尔·瓦雷里（Paul Valéry）到那安息着他的先人的马格洛纳（Magueonne）的海滨墓地去默考生与死一样，茹勒·许拜维艾尔选了那有“不愿意生者和死者有别而垂倒了眼皮”流着的山涧的，他的祖先的城

奥洛龙·圣玛丽，去用一种沉着的声音，歌唱他在生与死之间的大踌躇，以及那在他心头希望秘密地追随睡在地下的盲目的骸骨的，他的对于“生着石灰质的脸儿”的群众的谦卑而温和的请愿。

可是这位把手放到一支蜡烛的火焰上去证实自己还活着的梦游病者诗人，却绝不放松变形的线。他觉得什么都不是陌生的——但除了他那命令他舍己为人的灵魂。难堪的服从……他是那么深切地感到，所以便有一个深深的连带关系，把他和那在激流的底里生育着，蠕动着，飞翔着，翻滚着的一切，联合在一起：

石头，无名的伴侣，
还是做个好人吧，柔顺下来吧，
……
白天，你是很热的，
夜里你便很明爽了，
我的心在你周围徘徊……

一切都是从石头里出来的，甚至那在傍晚像思想一样回转着的鸟儿，甚至那些在空间的不可知的部分交换着闪电的兽和人的目光。正如需要过去和现在一样，许拜维艾尔也需要将来的创世纪。

那在千万年之后
将成为一个还睡眼蒙胧的少女的
珠砾啊，玉蛤啊，我的贝啊，
给我形成她，给我形成，
让我给她的嘴唇和眼睛的诞生
施着彩色……

为要认识他的宇宙的祖国，为要获得那抵抗恐怖的安慰和保证，他正如需要人一样地也需要石和兽。

在那首题名为无上帝的诗中，我们看到了那已经“知道”身后的生活和身后的旅行是什么，或至少知道那由两只瞎狗领着路，坠入冰冷的太虚中去的那种旅行的开始和苦恼是什么的诗人的苦闷：

面有饥色的麒麟，
哦，吃星的食客们，
在野草的纷乱中
寻着“无限”的牛，

你们这些以为追获了他的
猎犬们，
你们这些知道他躲在下面的
草木的根，
对于我这个活活地迷了路，
除了夜间的沙土以外
更没有别的依靠的人，
你们变成什么了呢？
可是大地还远着呢……
在我近旁的天空使我苦恼又对我扯谎，
他去夺了那留在后面的我的两只冻僵的狗，
于是我听到它们的贫血的，寂定的吠声，
群星聚集起来向我递过链条。

我可应该卑屈地把我的手腕向它们呈上去?

一个很想使人相信是在夏天的声音

对我人性的疲乏描摹着一张公园的长椅。

天老在那里掘它的路,

一声声鹤嘴锄的回音打到我胸头来了。

天啊,低低的天啊,我用手碰到你,

我便弯身走进天的矿穴里去。

除非上帝是存在的……但却是一个不满足,不完全的上帝,做着世人的大长兄,没有能力对于那些“只是他的大苦痛的碎片”的生者和死者施行权力。

现在许拜维艾尔似乎已走进了一段冬眠时期;他觉得那些宇宙的冒险太不可靠——甚至是空想的;他深信一个人随便想什么都会受罪,深信精神世界是像现实世界一样地真实——他真对于这两者有辨别吗?——深信人们可能在精神世界中酝酿大灾祸。还是隐藏一些时候,舍弃阳光,开拓这肉体,驯熟它,诊察这颗心并看见它的好:血做的高原,受禁的山岳,如何征服你们呢……回到你们的源流去的我的夜的河流,没有鱼,但却炙热而柔和的河流。

当代的诗不大有比这更动人的,虽则在这些诗中感情并没有为了自己而被歌咏;不大有比这更少知识气的,虽则在这些诗里知识从来也没有被戏弄过;不大有比这更近人性的,虽则在这些诗里诗人只希望和大地形成一种精神的共同关系。在另一方面,许拜维艾尔的神奇并不勉强我们走出生活,去看那脱离肉体的精神所给与它自己的夜间的节庆;他反而请我们回我们的肉体,我们的血去,请我们在一种颤动的同情和秘密的悲剧的气氛之中，去和我们地上的定命符合。这种那么不大有教训性，而听表现的一切，又无一不是体验过的诗，有时候很像是科学在那它只能摸索前进的领域中为我们留着的，一种惊人的发现的先声。

## 漫谈中国小说

法国　法朗士

我承认，对于中国文学，我是在是外行。当我年纪很轻的时候，那位中文比法文更好的季欲麦·波狄先生在世之日，我稍稍有点认识他。不知怎的，他竟也生着倾斜的小眼睛和靴鞑胡须。我曾经听他说，孔夫子是一位比柏拉图更伟大的哲学家。可是当时我并不相信他。孔夫子并不讲道德寓言，也并不著寓意小说。

这个黄种的老头子并没有想象，因此就没有哲理。反之，他倒是很近人情的。有一天，他的弟子季路问他如何事鬼神，夫子回答道：

“未能事人，焉能事鬼？”

那弟子接着问什么是死，于是孔夫子回答道：

“未知生，焉知死？”

从季欲麦·波狄先生的谈话中所记得的，就是如此而已。（当我有幸认识他的时候，他正在专门研究那据说是全世界第一的中国农学。季欲麦·波狄先生照着他们的方法在赛纳瓦士区播了菠萝的种子。它们却并没有出。）关于哲学的，如此而已。至于小说呢，像大家一样，我读过在各不同的时代由阿贝尔·雷缪沙，季牙·达尔西，新丹尼思拉斯·茹连，以及其他忘其姓名的学者（请他们原谅我，如果一位学者是能原谅什么事的）所译的短篇小说。这些有诗有文的短篇小说所使我留下的印象，便是中国是一个非常凶猛而又非常有礼貌的民族。

最近陈季同将军出版的中国短篇小说，我觉得是比别人所译这一类小说更单纯得多；那是一些好似我们的童话那样的短短的故事，充满了龙，夜叉，小狐狸，花精，瓷佛。这一次流着的是民间的血脉了。于是我们知道了，天国的奶妈晚间在灯下所讲给黄种的孩子听的是什么。这些无疑是从不同的时代来的故事，有时是像我们的虔信的传说一样地有风致，有时是像我们故事诗一样地含讽刺，有时是像我们的神仙故事一样地神奇，有时却非常可怖。

关于可怖的，我可以举出彭生的奇遇来。他在路上遇到了一个女郎，把她收留到家里去。她神气像是一个大家人，第二天早晨，彭生自庆艳遇。他把那女郎留在家里，照常出门去。在回家的时候，他好奇地在壁隙窥望房中。当时他就看见一个面翠色，齿巉巉如锯的狞鬼，正在执彩笔画人皮，然后披在身上。披了人皮之后，这狞鬼就变成一个美妇人了。但是彭生却害怕得发抖。这并不是没有理由的，因为那的确是一个夜叉，这夜叉扑到彭生身上，攫了他的心去。靠了一个除怪的道士的法力，彭生重新获得了他的心而复活。这是一种常见的结束。那些不相信灵魂不灭的中国人是更倾向于使死者复活的。我提出了这彭生和夜叉的故事，因为我觉得它是很民间化而又很古。我特别要向民俗学的爱好者指出，把蝇拂挂在门上是可以御鬼物的。要是这把蝇拂并不能在别的书上找到，不能证明这篇故事来源久远，那么我就大错了。

这集子中的有几个故事和那夜叉的故事成着一个愉快的对照。有的异常有风致，向我们讲那命运注定托生于花的花精，她们从花中显身出来，当花移植的时候，她们就神秘地不见了，而当花枯死了的时候，她们就消逝了。在那把全中国从平原到山峰都变成一片神奇的花园，那菊花和牡丹花把整个大国染绘成一幅水彩画的，善于莳花的民族之间，这种梦想之产生是可以想象得之的。例如请看劳山寺中的那好像是两座花山似的一红一白两棵牡丹吧。这两棵花都有神灵，那便是两个艳丽异常的女子。一位书生前后地爱恋着她们，而终于自己也变成牡丹，伴着他的两个爱人尝味那植物生活的滋味。这些作为莳花的能手，彩画的专家的中国人，不会把花和女人孱混在一起而不能辨明吗？他们的妻子，穿着绿色，粉红色和青色的衫子，是像花一般地静静地生活在花影和花香之中的！我们很可以把这些有精灵的牡丹和埃及故事中的榆树相比较，因为在那株榆树中，一个少年放入了他的心。

陈季同将军选译的这二十五篇故事，已足够指示出，中国人对于人世以外并不怀有什么希望，也并不抱着什么神明的理想。他们的道德思想，正如他们的绘画艺术一样，是既没有透视，也没有远景的。在某几篇似乎是近代的故事中，我们无疑看到了地狱和刑罚。例如举行连生的故事，我想译者是安置在十五世纪的。那里刑罚甚至是可怖可分；在这方面，我们可以相信黄种人的想象之丰富的。那些灵魂在躯壳的时候，两手反绑着，由两个阴差押解到一个很远的城中，带到一个殿上一位面目丑得可怕的法官前面。这便是阎王。他面前翻着一本巨大的生死簿。那施行这法官的号令的司役抓住了那有罪的灵魂，把他投在一个四围烧着火焰的七尺高的大油锅里；接着他们把他带到刀山上；在那里，如原文所说，他是“被竹笋一般竖立着的尖刀”刺穿了。最后，假如那灵魂是一个贪官，他们就把一勺勺烧熔的金子灌到他嘴里去。但是这个地狱并不是永恒的。人们只是在那里经过而已，而当灵魂在那里受过了刑罚之后，便经过十道轮回向世上投生去了。这显然是一种印度的故事，中国人只不过加上一点出奇的残酷而已。在真正的中国人看来，死者的灵魂是轻飘的，轻飘得像一片云一样。他们绝对不可能前来和他们所爱的人谈话。至于那些神道呢，只是泥塑木雕的偶像而已。纪元前六世纪的道教的神道是形状丑恶的，可以吓倒那些单纯的人们。这些地狱的怪物之中，有一个的胡须是两条马尾。这便是陈季同将军所辑的故事中最好的一篇的主人公。这位神道久处在一所庙宇里，那青年的学生忽然去邀他吃饭。在这一方面，朱生可谓大胆无畏，而那位姓陆的神道，却也颇近人情。他如约而至，宾主交欢，饮酒谈笑，而且还讲故事。他不但熟知一切古典，而且也还通得时文——这在一位神道是难能的事。他以后时常来访，总是和蔼可亲。有一天，在饮酒之后，朱生拿自己的新作的课艺请他看，问他的意见如何。那姓陆的神道认为平庸，又坦然向朱生表示，他的头脑不大聪明。因为他是一位挺好的神道，他一有办法就来补救朱生的毛病。有一天，他在地狱里找到了一个生前十分聪明的人的头脑，便把那头脑取来，带到朱生家里去，把朱生灌醉了，趁他在睡眠之中，打开了他的脑壳，取出了脑子，然后把自己带来的装进去。经过这一番手续之后，朱生便变成了一个多才的学士，每次考验无不高高中取了。的确，这位神道是一个十足的好人，不幸他公事太忙，此后不得不留在太华山上；他不能再到城里来吃饭了。

译者附记：法朗士对于中国的认识，正如我们所从这篇短文中看到的，是会使我们引起微笑吧。可是这却也代表着那时代大部分的法国人对于中国的认识（甚至现在，欧美一般民众对于中国的认识也并没有超出这个范围），所以仍旧将它翻译了出来。原文收在他的《文艺生活》第三册中，末附《庄子周鼓盆成大道》的重述一篇，删去未译。

# （三）小说

## 法国作品翻译

### 少女之誓

沙多勃易盎

#### 阿拉达

引子

法兰西从前在北亚美利加州有一片领土，从拉勃拉道到弗劳里特，从大西洋岸到加拿大高原的最远的河沼。

出源于同一个山脉的四条大河，分流在这浩漫的区域：圣卢朗河流到东方同名的湾中，西河流到不知名的海里，波尔朋河从南方奔流到北方赫特生湾中，米失西比河从北方向下流到南方墨西哥湾。

最后那条河，在一道一千多里盍长的水流中，灌溉着那北美人称为新伊甸园，而法兰西人也曾遗下路易谢阿纳这可怀念的名儿的一个好地方。此外无数的米失西比河的支流：米苏利河、伊里脑河、阿康弱河、奥海奥河、滑拔许河、德纳斯河，用它们的肥泥使土地富饶，用它们的水流使土地肥沃。当一切河流在冬季骤雨泛滥的时候，当暴风雨把树林的边缘全部翻倒的时候，那些被拔起的树木，便积聚在水源上。不久那黏土将它们固结起来，蔓草将它们缠绕起来，而植物又在那里到处生起根来，将那些残枝断梗固定了。由急浪的迁徙，它们降落到米失西比河中：这河流裹住了它们，又将它们赶到墨西哥湾中，将它们投到沙带上，这样便增加了无数的河口。当它在山间流过的时候，它便不时地在树林的柱廊和印第安人坟墓的金字塔的周围扬起它的声音，又溢出它的水流来；这便是广漠中的尼罗河。可是秀丽是永远地和庄严融和在这自然的景色中的；当河道中部的水流将松树和橡树的枯干拖到海中去的时候，你可以看见那旁边的两条水流将漂着小旗一般的黄花的浮萍和水莲的浮岛，沿着河岸溯载上去。绿色的蛇，青色的鹭，玫瑰色的赤鹤，小的鳄鱼都在这些花船上做旅客；这些迁徙的民族在风中扬起它们的金帆来，懒洋洋地航向河中僻静的小湾里上岸去。

米失西比河的两岸展露出一幅绝世的画面。在西面，草野一望无垠，它们的绿波愈行愈远，好像是直上青天，在那里才消隐了一样。你可以在这无边的草地上看见无数三个一群四个一队的野牛自在地徘徊着。有时有头老野牛，冲过了流波，前来在米失西比河的一个洲岛上的深草间躺下身去。从它额上载着的一双新月，从它又老又脏的须上看去，你准会当它是个河神，在安闲地望着它的流波的伟大和它的岸上野产的富饶。

西岸的景物是如此，而对岸的景物却不同了，那是与前者正成了一个绝好的对照。垂挂在水流上，丛生在岩上，山上，分披在谷中的各样形状，各样颜色，各样香味的树木，搀杂着，交生着，攀升到空中，到使你眼睛都看倦了的那种高度。野葡萄，喇叭花，葫芦等在这些树脚下交缠着，攀上了它们的枝干，延到了树枝的最高处，从枫树跨到莲花木，从莲花木跨到锦葵，造成无数的洞隙，无数的穹窿，无数的柱廊。蔓生在树木间的这些蔓草，每每伸长到小河的上面，架起了花的桥梁。在这些花草丛中，木兰花将它寂定的球果矗起；它高标在它的洁白的大花朵上，统治着整个树林；除了在它旁边轻飘着绿扇的棕树之外，可就没有别个与它抗衡的了。

造物之手所安置在这些隐遁之地的大群的禽兽，在那里散播着狂欢和生命。在林荫路的尽头，你可看见那些醉着那盈盈垂在枝头的葡萄的熊；那些在一个池沼中洗浴的驯鹿；那些在茂叶中嬉戏的松树；那些飘落到被蛇莓铺成红色的草地上的画眉鸟和像麻雀般大小的维吉尼鸽子；那些团团地攀登在扁柏上的黄头的绿鹦鹉，紫色的啄木鸟，火色的红羽雀；那些在弗劳里特的素馨花上的灿烂着的蜂鸟，和那些垂在林中，在像蔓草一般地摇曳着，同时又呼啸着的捕鸟蛇。

在河的那边的草野上，一切都是沉默，安恬；但在这边，适得其反，一切都是浮动着，喁喁着：鸟嘴啄着橡树的声音；禽兽行动，吃草或是在牙齿间啃着果核的声音；流水的清响，低低的咽怨声，牛的高鸣，鹧鸪的低啭，将这广漠充满了一种温柔与粗野的和谐。可是每当一片微风飘过来苏醒了这些寂静，荡动这些漂泊的躯体，混合这些白的，青的，碧的，红的生物，搀和一切的颜色，调谐一切的鸣声的时候：于是从树林的深处便发出如此的一种声息，在眼前呈露着如此的一种景色，使我对于那些没有经历过这种大自然的原始之野的人，难以将它们描写出来。

在马盖德神父和不幸的拉沙尔发现了米失西比之后，那些居住在皮洛克西和新奥楼昂的法兰西最先的居民，便和纳契——在这地方威权最大的部落，结了同盟。无数的争端和猜忌相继地在这客地上流满了赤血。在这些蛮民中有一位老人名叫却克塔斯，这人，因为他的高年，他的智慧和他的人事的知识，做了这广漠中的酋长，并深得蛮民的爱戴。正和一切人们一般地，他是由不幸而博得美名的。他的不幸不仅充满了新世界的森林，他还将他的不幸一直载到法兰西的海岸上。曾经由一个残酷的屈判而被拘在马赛牢船里过，释放后，被引见过路易十四，他曾经和当代伟人交谈过，又参与过梵尔赛宫的大庆，和西纳的悲剧，鲍须艾的祭文；总之，这个蛮人是曾经见过那个达到华丽的极点的社会的。

回转他的家乡后，却克塔斯安闲了好多年。可是苍天偏吝啬于此人：这老人变成盲人了。一个少女伴着他在米失西比河的山冈上，正如昂蒂歌纳在西带红山扶曷第迫，或是玛尔维娜在冒尔房山岩上导莪相一般。

虽然却克塔斯在法兰西人那里遭过无数的冤屈，但他还是爱他们的。他常常回忆着斐纳龙，因为他曾经在那里做客过；他希望能对于这可敬的人的同国人报恩。一个好机会来了。在一七二五年，有一个法兰西人名叫核耐的，为热情和厄运所驱，来到了路易谢阿纳。他溯米失西比河而上，一直到了纳契，要求做这个部落的战士。却克塔斯盘问过他，觉得他意志很坚决，便收他为义子，又给他娶了一个印第安女子名叫舍虑塔的做妻子。结婚后不久，蛮民便预备去猎海狸了。

却克塔斯虽是个失明之人，但是因为印第安各部落对于他的敬仰心的原故，却被沙鲜会议推定指挥这次的远征。祈祷和大斋开始了，法师详着梦，大家求问马尼都，大家用烟草献祭，大家烧起麋鹿舌下的筋，看这些筋在火焰中爆裂不爆裂以卜定神灵的意志，最后，在吃了圣犬后，他们便出发了。核耐也是队中的一员。趁着逆流，独木舟溯米失西比河而上，进了奥海奥河。那时正在秋天。那灿烂的甘塔茍广漠在这法兰西少年惊诧的眼前展舒着。有一夜，在月光之下，当纳契人都在独木舟中好梦沉沉的时候，当印第安人的船只扬起了他们的兽皮的帆在轻风中驰行的时候，这和却克塔斯独住在一起的核耐便问起他的际遇来。老人答应满足他的愿望，于是和他同坐在独木舟的船艄，他便这样地讲起来：

## 故事

### 猎人

“我亲爱的孩子，那将我们聚合起来的定命是一个奇异的定命啊。我从你那里看出一个文明的人转变成的蛮人，你从我这里看出一个那大智（我也不知为了什么念头）曾经想开化过的蛮人。我们两人是从两个相反的极端来到这生涯中的，你是到我的地位来休息，而我却也曾经坐在你位儿上过：因此我们对于各事应当有一种完全不相同的观察。是谁，你呢还是我呢，对于这位置的更易有大得或是大失？这个只有神明知道，因为即使较愚的神明，也有比一切人类更高的智慧。

“到下回‘繁花月’，离我母亲在米失西比河岸生我的时候，将有七十三度飘雪了。那时西班牙人在攀沙柯拉住了没有多少时候，而在路易谢阿纳却一个白人都没有住过。我那时还不到十七度落叶，就和我的父亲、战士乌达利西，出发去打弗劳里特的强大的部落麦斯考格尔及斯去了。我们和我们的同盟西班牙人联合，于是战事便在摩皮拉的一条支流上发生了。阿核司库衣和诸神灵不加惠于我们。敌人战胜了；我的父亲丧了命，我在保卫他时也伤了两次。哦！当时我为什么不降入灵魂之国啊！否则我早可以免了这在世间等待着我的不幸了。神灵却另有安排：我被溃兵带到圣奥格斯丹。

“在那个新近由西班牙人建筑起的城中，我正有被捉去开墨西哥矿山的危险的时候，有个年老的卡斯抵熊人名叫洛拜司的，为我的少年和纯朴所感，给了我一个安身之处，又引我去见与他守身相处的姊姊。

“他们两个都将柔和的情感对我。他们很当心地照料我，他们给一切的指教。可是在圣奥格斯丹过了三个月之后，我便被城市生涯的憎厌所困住了。我眼巴巴地瘦损下去：有的时候几点钟地枯坐着凝看遥遥的树梢；有的时候别人看见我坐在河岸上，愁对着流水。我在那一带流水所穿过的林中徘徊，而我的灵魂是整个儿地在旷野中。

“再不能抑制这重归大野的渴望，有一天早上，我便去见洛拜司了，穿着我的蛮人的衣服，一只手拿着我的弓矢，一只手拿着我的欧洲服装。我将这欧洲服装交与我那仁厚的保护人，涕泪横流地倒在他的足边。我自首恶名，我自数忘恩：‘可是毕竟，’我向他说：‘啊，我的父亲！这个是你亲眼见到的：假如我不过度那印第安人的生涯，我一定会死去。’

“洛拜司惊住了，想要我更变主张。他向我陈说假如我重新落在麦斯考格尔及斯人手中的时候的种种的危险。可是当他看出我已十分坚决的时候，他迸出了眼泪，将我紧抱在他臂间：‘去吧，’他喊着，‘大自然的孩子！你去再取得那个洛拜司所不愿强夺你的人类的自主吧！假如我自己年纪还轻，我准会伴你到广漠中去（那里我也有缠绵的回想啊），将你重放在你母亲的臂间。当你在你的树林中的时候，有时你也想想这给你容身处的老西班牙人；为要引起你去爱你的同类的人，再回想想，这你所得到的人的心的最初的经验曾是很好的。’洛拜司最后祷告基督教徒的上帝，这教仪我当然是不赞同的，然后我们呜咽而别。

“我立刻就受到我忘恩的惩罚了。我的没有经验使我在林中迷了路，于是我就被麦斯考格尔及斯人和西密诺尔人的一部所捉住了，正应了洛拜司所警告我的话。从我的服装上和我头上所装饰的羽毛上，他们认出我是纳契人。他们将我上了链条，但是轻轻地，因为我年轻。西马刚——队中的首领，想要知道我的名字。我回答：‘我名叫却克塔斯，乌达利西的儿子，迷斯哥的子孙，他们曾经剥去百余个麦斯考格尔及斯英雄的头皮过。’西马刚对我说：‘却克塔斯，乌达利西的儿子，迷斯哥的子孙，快乐着吧，你将在大树中受火刑。’我立刻说：‘那就好了。’我便唱起我的死歌来。

“在囚虏中，起初几天，我不禁叹赏我的敌人们。那些麦斯考格尔及斯人，尤其是他们的同盟西密诺尔人表现着他们的欢乐，爱情和满意。他们的行动是很轻捷，他们的会合公开又安静。他们说得多又说得快，他们的话又和谐又易懂。就是年岁也不能从沙鲜们那里夺去那欢乐的单纯；正如我们林中的老去的鸟儿一般，他们还将他们的古调和入他们的后裔的新曲中。

“那些队中的妇女们为了我的年少，显露出一种多情的怜惜和可爱的好奇心。她们问起我的母亲，问起我的儿时。她们要知道别人是否将我苔草的摇篮挂在枫树的繁花的枝上，是否那微飔在那小鸟的巢边将我摇荡着。随后又是成千成万的关于我心境的问题：他们问我在我的梦中有没有看见一头白牝鹿过，幽谷的树木有没有指教我恋爱过。我很爽直地回对那些妇人，姑娘和那些人们的妻子。我对她们说：‘你们是白日的恩宠，而幽夜也爱你们像露珠一般。为了要贴在你们的乳房和你们的口上，男子才从你们的胎里出来；你们有引一切痛苦睡去的绝妙的辞令。这就是生我下来的人所说过的话，而这人我已不能再看见了！她还对我说处女是只能在寂寥的地方找得到的神秘的花。’

“这些颂辞很得妇人们的欢心：她们送了我各色各样的赠品。她们给我核浆、枫汁、饽饽、熊腿、海狸皮，为我作装饰的海贝，和为我作铺褥的苔草。她们和我歌唱着，欢笑着，随后当她们想起了我将受火刑的时候，她们又为我堕泪。

“有一夜，麦斯考格尔及斯人设营在一座树林边，我是被安置在‘战火’旁边，由猎兵看管着。忽地里，我听见草上有 cuicai 的衣声，有一个半幂的女郎前来坐在我身旁。她眼皮下垂着眼泪；在火焰的微光中，一个小的金苦像在她的胸前晶耀着。她真美丽极了；在她的容颜上显出那说不出的贞节和热情，这种表情是不能抵抗的。她更加上那最温柔的风韵，一种融和着忧郁的多感性在她目光中表现出来；她的微笑是天堂的。

“我以为她是‘末恋之处女’，那个他们差来使俘虏含笑就死的处女。在这种坚信中，我讷讷不安地（然而这种不安不是因火刑的恐怖而起的）向她说：‘少女啊，你适合于初恋，你不是为末恋而生的。一颗不久将停止跳跃的心的震荡对于你的心的震荡回答得很不好；“死”和“生”是怎样地混合着啊，你将使我十分怅念着在世的日子。我希望别人比我多福，我希望蔓草和橡树永恒地拥抱着！’

“于是少女便向我说：‘我不是“末恋之处女”。你是基督教徒吗？’我回对她说我没有反叛我神龛中的诸神。听了这句话，这印第安女子表示出一种不惬意的行动。她对我说：‘我很可怜你只是个固执的偶像崇拜者。我母亲已使我归了基督教。我名叫阿达拉，金臂镯的西马刚与本土战士的首领的女儿。我们现在到阿巴拉须克拉却，在那里你将受火刑。’说完了这话，阿达拉站起来，走了开去。”

说到这里，却克塔斯不得不间断他的故事了。无量的回忆涌上了他的心头；他的失明的眼睛中泛出了泪水，在他的憔悴的颊上横流：正如两道深藏在地下的深夜的泉源，由在岩石间渗出来的水流而显露出来。

“啊，我的孩子！”他终于又说了，“你觉得却克塔斯是不很聪敏，虽然他是以智慧出名的！啊啊！我亲爱的孩子，那些已经不能再看见的人们，总还能流泪啊！过了许多日子，那沙鲜的女儿每晚重新又来和我谈话了。睡眠已从我眼前逸去，而阿达拉却住在我心头，正如我的祖先的长眠处的回忆一般。

“走到第十七天，当蜉蝣出水的时候，我们来到了阿拉须阿大草野上。这草野四面环绕着，互相遮蔽着的，高接云霄的群山，山上重重叠叠地生着棕树、柠檬树、芒果树、楮树的树林。首领喊了达到的号，队伍便在山脚下驻扎起来。他们将我监置在不远的地方，在弗劳里特很出名的自然井的一个的旁边。我被缚在一株树脚边。一个战士很不耐烦地在我身旁看守着。我在那里过了没有多少时候，阿达拉就在泉边一株苏合香树下出现了。‘猎人，’她对麦斯考格尔及斯的兵勇说，‘假如你要去猎麋鹿，我可以为你看守囚虏。’这战士听了他首领的女儿的这些话，快乐得发跳了；他从山丘顶上飞奔去，奔跑到平原上。

“人心的奇异的矛盾啊！我从前是那样希望向这个我已像太阳一般地爱恋着的人儿说些神秘的事情，到如今却羞惭失措了，我觉得与其独对着阿达拉，我宁可被投给泉中的鳄鱼。这大漠的女儿也和她的囚虏一样地不安：我们各自默默无言。恋爱的神明已将我们的言语夺去了。到后来阿达拉用尽气力，挣出了这些话来：‘战士，你被缚得很轻，你可以很容易地脱逃。’听了这话，我的勇气重来到我的舌间，我回答：‘缚得很轻，哦，女子……’我自己也不知道如何说完这话。她迟疑了一会儿。于是她说：‘逃走啊。’她便来将我从树上解放下来。我握住了绳子，我将它重新放在那异国的女儿的手中，强使她用她的美丽的手指握着我的链条。‘拿着它！拿着它！’我喊着。‘你是个愚笨的人，’阿达拉烦恼地说，‘不幸的人啊！你还不知道你将被烧死吗？你还要想什么？你可想一想我是个有威权的沙鲜的女儿吗？’——‘曾经有一时，’我垂泪诉说，‘我也曾载在海豹皮中，在母亲的肩上的。我父亲也有过一所美丽的小屋，而他的麋鹿是饮着千涧之水的；可是如今我却漂泊无国了。等到我死后，将没有一个朋友会在我尸身上盖点野草防蝇蚋的。不幸的异国人的尸身是没有人注意的。’

“这些话感动了阿达拉。她的泪珠飘落到泉中。‘啊！’我又激奋地说，‘要是你的心和我的心一样地申诉，那是多么地好啊！这广漠不是很自由的吗？这些树林难道没有许多我们可以藏身的幽密的地方吗？小舍中孩子们为要幸福难道要那样多的东西吗？哦，比新郎第一个梦还美丽的少女！哦，我的爱人！大胆地跟着我吧。’我这样地说。阿达拉用一种多情的语气回答我：‘我的年轻的朋友，你懂得白种人的语言，那是很容易欺骗一个印第安女子的。’——‘什么！’我说，‘你称我是你的年轻的朋友！啊！倘使是一个可怜的奴隶……’——‘好，’她依向我说，‘一个可怜的奴隶……’我热烈地说：‘请用一吻来证实你的话的信实吧！’阿达拉听着我的祈祷，正如一只孔雀贴着它用娇柔的舌头含住的、断崖上的酡红的蔓草的花朵一般，我贴着我的爱人的嘴唇。

“啊啊！我亲爱的孩子，欢乐是和悲哀很接近的。谁会相信这当阿达拉将她的爱情的第一个证物给我的时候，正就是她摧残我的希望的时候呢？老却克塔斯的白发啊，你是何等的震愕啊，当这沙鲜的女儿说出这些话来的时候：‘好囚徒，我疯狂地降伏于你的意志；可是这种热情将带我们到什么地方去呢？我的宗教是永远将你我分开……啊，我的母亲！你做了些什么事啊？……’阿达拉忽地缄默了，留住了个不知道是什么正要从她唇间吐出来的致命的秘密。这几句话使我陷于失望中。‘好！’我说，

‘我将像你一样地残忍，我决不逃去。你将在火灰中看见我；你将听见我的肉的呻吟，而你却会充满着欢乐。’阿达拉将她的一双纤手握住了我的。‘可怜的年轻的偶像崇拜者啊，’她喊着，‘你真使我可怜！你可要我将整个心儿悲哭吗？我不能和你一同逃走是多么的恨事啊！阿达拉啊，不幸的是你母亲的肚子啊！你为什么不投身给泉中的鳄鱼啊？’

“就正在这时候，那些鳄鱼，在近日落时，开始呼啸了。阿达拉对我说：‘我们离开这里吧！’我在这些造成碧色海湾形，引长它们的地角到草野中的山丘的脚下引着这马西刚的女儿。在广漠中的一切都是安静而美好。鹳鸟在它的巢上唳着；树林中鹑鸟的单调的歌声，鹦鹉的啼声，野牛的高鸣，和西迷诺尔司牝马的嘶声交响着。

“我们差不多是一声不响地走着。我走在阿达拉身旁；她握着绳梢，这是我强使她拿着的。有时我们流着泪，有时我们又想微笑了。我们有时仰看着天，有时俯看着地，谛听着鸟的歌唱，指点着残日，手儿多情地握着，胸头轮流地跳动，轮流地安定；却克塔斯和阿达拉的名字间续地被说着…阿，恋爱的第一次的漫步啊！你的记忆应当是很强的，既然在多少不幸的岁月后，你还荡动着老却克塔斯的心！

“为热情所激动的世人是多么地不可解啊！我刚离了那宽仁的洛拜司，我刚为着自由而冒着万险：在一刻之间，一个女子的眼波竟变易了我的趣味，我的决意，我的思想！忘记了我的国土，我的母亲，我的小舍和那等待着我的可怕的‘死’。除了阿达拉一人以外，我对于一切都是无可无不可了。失去了保持着很有理智的男子的能力，我忽地又堕到一种孩提的状态中了；更不能逃出那等着我的不幸，我是几乎要别人来照料我的睡眠和饮食了。

“所以这是徒然的，我们在草野上奔走了多时之后，阿达拉投在我膝下，重新请求我离开她。我向她提出，假如她不答应仍就将我缚在我的树下，我会独自个回到营里去。她只得使我满意了，可是仍希望下一次辩服了我。

“那决定了我的命运的那天的第二天，我们停留在一个离西米诺尔司的都会格司考维拉不远的谷中。那些和麦斯考格尔及斯联合的印第安人，和他们造成一个克亥刻斯联邦。那棕树之邦的女儿在半夜中来找我。她领我进一座大松林中，又来劝我远逃。我一句话也不回答她，却将她的手握在我的手中，我强叫这只渴牝鹿与我同在树林中徘徊着。幽夜是甜美的。空中的神摇曳着薰着松脂的芬芳的青丝的发丝，我们闻到那在河畔的乌梅树下睡着的鳄鱼吐出来的龙涎香味。明月在澄清的高天上照耀着，而她的珠白的光晶降薄到森林的无尽的梢头。除了那不知是什么远方统治着树林的深处的和音外，一点声息都没有，人家准会说大野的灵魂是在整个大漠的广袤中叹息着。

“我们从树枝间看见一个青年人，他手中握着一个火炬，好像是春神在树林中逡巡着使大自然重生一般；这是个情人，他站在他的恋人的小屋的前面，在等待着她的回答。

“假如那少女吹熄了这火炬，她便承诺了那他所献纳的心愿；假如她不吹熄这火炬而幂起脸来，她便拒绝一个新郎。

“这战士，在潜入幽暗中时，低低地唱着这些词儿：

我赶上白昼的步履，在群山的峰头，为去寻我孤独的鸽子在森林的橡树之间。

我已在它头上系着个贝项圈，人们在上面可看见三颗红的为我的爱情，三颗紫的为我的恐惧，三颗蓝的为我的希望。

密拉有一双黄鼬一般的眼睛，和一片稻田般轻柔的发丝；她的嘴是一个缀着明珠的酡红的贝壳；她的两乳像一双洁白的小山羊，是在同一个日子，由母生下来的。

愿密拉来吹熄了这火炬罢！愿她的嘴在火炬上面下一个陶醉的幽影罢！我将使她有了孕。邦家的希望将紧靠在她丰饶的乳房上，我将吸我和平的烟管在我儿子的摇篮上。

啊，让我赶上白昼的步履，在群山的峰头，为去寻我孤独的鸽子，在森林的橡树之间。

"这青年人如此地唱着，歌声将烦乱一直带到我的灵魂的深处，又使阿达拉变了脸色。我们相携着的手各自颤动着。可是有一副在我们看来同这景象一般地危险的景象分了我们的心。

"我们在一个孩子的坟墓边走过，这个坟墓是用来做两个部落的交界的。按照习俗，人们将它安置在路旁，使得那些少妇到井泉去的时候，可以将天真的生物的灵魂吸到她们的怀中而还与邦国。我们这时在那里看见那些希望着得到做母亲的甜美的新嫁娘，微张着她们的嘴唇，试想收集那她们以为看见在花间徘徊着的小孩的灵魂。那真正的母亲随后前来将一束玉蜀黍和白百合花放在坟头。她将她的乳洒在地上，坐在湿草上，用一种凄切的声音向她的孩子说：'我的婴儿啊，我为什么在你的地下的摇篮前哭你！当小鸟长成了的时候，它便要去觅食，而它在广漠中却找到了许多苦味的果实。现在至少你不曾知道过眼泪，至少你的心不曾落在人们的恶势力中过。在花萼间的蓓蕾和它一切的芬芳一同枯干，正像你一般，我的孩子啊！你和你一切的天真一同消逝。在襁褓中夭逝的人是幸福的：他们

只认识过一个母亲的接吻和微笑！’

“本已为我们自己的心所征服，我们又为那些好像是追随我们到那沉醉的大野中的恋情和母爱的景象所压迫住了。我将阿达拉抱到幽林的深处，又向她诉说我今天徒然地在嘴唇上搜索的话。我亲爱的孩子，当飘过冰山的时候，南风都要消失了它的温暖。那在一个老人心头的恋爱的记忆，正如那当白日已沉而寥寂翱翔在蛮舍上时的、由平静的明月反照出来的白昼的火光。

“什么东西能救出阿达拉？什么东西能使她驾驭住热情？这简直无疑地是一个不可思议的事，而这不可思议的事已实现了！那西马刚的女儿有基督教的上帝的救护，她投身在地上，热忱地祈祷着她的母亲和女神们的王后。这就是从这时候起，哦，核耐！我起了一个奇异的观念，对于这个在森林中，在生涯一切的患难中，可以将无量的恩赐充满了不幸之人的宗教；对于这将它的能力与热情的急流对抗着的宗教，它，当一切——树林的幽密，人迹的杳绝，和幽暗的浓密都恩宠这热情的时候，单独它一个已足征服这热情。啊，我觉得她是多么神圣啊，这纯朴的蛮女，这无邪的阿达拉。她跪在一棵崩倒在地上的老松树前，好像是在祭坛前一般地，为了她的崇拜偶像的爱人，将她的心愿献纳于她的上帝！她仰望着夜星的妙眼，她耀着宗教和爱情的泪珠的双颊，是有一种绝世的仙姿。我好多次觉得她要翩翩地飞到天上去；我好多次似乎看见基督教的上帝应请而遣向岩间的修士们处的那些仙子降到月光上，又在树枝间听到她们的声息。我对于这种情景生起悲思来，因为我恐惧阿达拉不能久留在这世间。

“当时她流了无量的眼泪，她露出如此的不幸，使我几乎正要答应离开她。正在这时，林中发出极大的呐喊声。四个武装的人向我扑过来：我们已被人发觉了；首领已发命来追赶我们。

“阿达拉，她的风度的骄傲有如王后一般，不屑和这些战士讲话。她高贵地看了他们一眼，便走到西马刚身旁去。

“她一点也无法可想。他们加倍了我的守卒，他们加倍了我的束缚，他们分开了我的爱人。过了五夜，我们便看见了那坐落在夏达于歇河的岸上的阿巴拉须克拉。立刻，他们为我加上花冠，他们将我的脸上涂了青和红的颜色，他们在我鼻上、耳上系了明珠，他们将一个希希古艾放在我手中。

“这样地装饰着去做牺牲，我在群众不停的呐喊声中进了阿巴拉须克拉。我的生命正要完结了，忽地螺角高吹起来，而密哥，或者说是酋长，发命集会了。

“你是知道的，我的孩子，那些蛮人叫战俘受的痛苦。那些基督教教士们，冒着生命的危险，带着一种不倦的慈悲心，往来于许多部落之间，去将那比较和缓一点的奴役来代替那可怕的火刑。这些麦考斯格尔及斯人还没有采用这种习尚；可是很有一部分人主张采纳。为了要发表这重要的事件的意见，密哥才召集了那些沙鲜们。他们将我带到这讨论会中。

“离阿巴拉须克拉不远，在一个孤岗上，有一座会议亭。三圈的柱子造成了这圆亭的华丽的建筑。柱子都是琢光又加雕刻的柏树做成的；这些柱子愈近中央愈是增高增大，可是减少了数目，中央标着一根大柱子。在这大柱子的顶上，载着许多排的树皮，跨到别的柱顶上，成了一个镂空的折扇形遮盖了这亭子。

“会议已召集了。五十个披着海狸皮的长衣的元老，分列在面对着亭子的门的各个座位上。酋长是坐在他们的中央，手中执着为了战争而一半染色的和平杖。在元老们的左右方，坐着五十个妇人，披着雁翎袍；那些战士的首领，手中都拿着多马呼克，头上戴着翎羽，臂上和胸间都涂着血，据在左方。

“在中央的柱脚边，烧着那集会之火，那大法师，簇拥了八个神殿监守，披着长袍，头上顶着一头剥制的枭鸟，将香脂倾在火焰上，又向太阳贡献牺牲。这三排的元老，妇人和战士，这些教士，这些香雾，这种牺牲，都是用来装这会议的威风的。

“我是站着，绑着，在会集的中央。献祭完毕，那密哥便发言了，他简单地陈说这聚会的事由。他将一个蓝颈圈掷在厅中，为他所说的话作证。

“于是一个鹰族的沙鲜站起来这样说：‘我的密哥，沙鲜们，贵妇们，鹰族，海狸族，蛇族，龟族四族的战士们，我们不要变易我们祖先的旧例啊；烧了这俘虏，不要软了我们的勇气。那别人向你们提议的是一种白种人的习尚，这种习尚是有害的；给我一个容我的言辞的红颈圈。我这样说。’

“于是他将一个红颈圈掷在会中。

“一个贵妇站起来说：‘我的鹰族的父，你有一种狐狸的精灵，和乌龟的谨慎的迟缓。我愿意和你来琢磨这友谊的关键，而我们将和你一同种起那和平之树。我们且变更了我们祖先的悲惨的习惯吧。我们弄些奴隶来耕我们的田，而不要再听到那伤了父母之心的囚虏的惨呼。我这样说。’

“有如海波在暴风雨中敲碎，有如秋天一阵旋风卷起了残叶，有如米失西比河中的芦苇在一个突然的泛滥时翻折着，有如一大群的麋鹿在森林的深处鸣着，这会议也如此地骚动着，低语着。沙鲜们，战士们，贵妇们轮流地或是一齐地说话着. 利害抵触，意见分歧，这会议就要解决，然而毕竟是旧例得胜了，我便被判定焚死。

“一个机会来缓了我的刑期：‘亡人节’或是说‘幽魂大庆节’快到

了。照例在这些奉礼的日子中是不杀任何囚徒的。他们便将我交付与一个严厉的监守；而且无疑地，沙鲜们已引开了西马刚的女儿，因为我从此不再看见她了。

“当时那三百多里周围的部落都成群地来庆祝这‘幽魂大庆’。他们已在一个偏僻的地方，造起了一带长茅屋。在指定的那一天，每一家都从自己的坟墓中掘出他们的祖先的遗骸来，顺着秩序，依着家族，将骸骨挂在‘先祖公厅’中。风啊（暴风雨已起来了），树林啊，瀑布啊，都在外面呼号着，而各个不同的部落的老人，凭着他们先人的遗骨订定起和平与联盟的条约。

“他们用那些竞走，鞠球，掷骰子等祭魂的竞技来欢庆。两个处女夺取着杨柳枝杖。她们胸间的蓓蕾前来相触，她们的手在她们所举在头上的柳枝上舞动，她们的跣露的纤足交缠，她们的口儿相遇，她们温柔的呼吸混合；她们相依着，交互她们的发丝；她们看着她们的母亲，红着脸儿；大家都喝彩了。法师向水神密夏蒲祈愿。他唱着大利爱佛和恶神麻栖马尼多的战争。他说那为失去了天真，从天堂中被逐下来的第一个男子和第一个女人阿达安西克，涂满了兄弟之血的大地，尤斯克鸽，那杀死公正的达维斯若洪的横行无忌的尤斯克鸽；应大智之声而下的大洪水，独自在他的树皮的小船中免难的马苏，以及被遣去寻找陆地的乌鸦；他还讲那由丈夫的妙歌度出了灵魂之域的美丽的昂达艾。

“在这些社戏和圣歌后，他们便为他们的祖先预备一个永久的葬地。

“在夏达于歇河岸上，有一株野无花果树，这就是各族都像神圣一样地供奉过的。处女们常到这地方来洗她们的枫树纤维的衫子，又将它们张在广漠的风息中，在古树的枝头。就在那个地方，他们掘了一个大坟。他们唱着死者的颂歌，从丧厅中出发；每一家都带着些那神圣的遗骨。他们来到坟边，他们将遗骸积叠着放下去，他们用熊皮和海狸皮将遗骸隔开；坟堆高立起来，他们便在那里种起了‘泪珠和睡眠的树’来。

“我们且怨那些世人吧，我亲爱的孩子！同是这些风俗如此动人的印第安人，同是这些曾经向我表示一种如此多情的好意的女子，到如今也大声地要求我受刑，各部落全体也都为了享受看一个少年人受酷刑的欢乐，延迟他们的出发。

“在离大村不远的北方一个谷中，高耸着一座松树和柏树的树林，名叫‘血林’。从一片现在人们所不知道的民族所造的、不知什么来历的纪念物的残墟，人们达到那边。在树林的中央，平铺着一片竞技场，那便是牺牲战争的俘虏的地方。他们凯旋地引我到那里，大家准备着等我的死：他们竖起阿核司库衣柱；松树，榆树，柏树都应斧倒落，火刑场架起来了；观众用树枝树干搭起看台。各人都想出一种刑罚来：有的打算揭去我的脑盖皮，有的打算用烧红的斧头来炙我的眼睛。那是我便开始唱着我的死歌：

我一点也不怕刑戮：我是勇敢的，麦斯考格尔及斯人啊！我看你们不起；我轻蔑你们甚于妇人。我的父亲乌达利西，迷斯哥的儿子，曾经用你们最有名的战士的脑盖做过饮器，你们不会从我心头弄出一声叹息来。

“被我的歌声所激，一个战士在我的肩膊上射了一箭。我说：‘兄弟，我谢谢你。’

“那些行刑人纵然很活跃，刑场的预备总不能在日落前布置好。他们请问那法师，他防止扰了神灵；于是我的死可仍旧要延到第二天执行了。可是，在欣赏奇观的焦急中和为了要在日出时格外准备得快点，那些印第安人一步也不离‘血林’，他们烧起了大火炬，开始他们的欢宴和狂舞。

“那时他们将我朝天躺着。无数的绳子从我的颈上、脚上、臂上缚到那些打在地上的桩子上。有几个战士就睡在这些绳子上，我动弹一下他们都会晓得。黑夜前进着；歌舞渐渐地消歇下去；火炬只飘着残焰，在残焰前还可以看见闪过几个蛮民的影子；大家都睡去了。在人声沉下去的时候，大野之声便高起来，在庞杂的声音后，还继续着树林中悲风的咽怨声。

“这时有一个刚才做母亲的青年印第安女子，因为她觉得听见向她求乳的婴儿的哭声，在半夜中惊醒了过来。我凝看着长天，一弯新月在云中徘徊着，我便思索着我的命运。在我看来阿达拉好像是一个无情的怪物：在这宁愿委身于火而不愿离开她的我的就刑时，遗弃了我！然而我觉得我是永远地爱着她又为她含笑而死的。

“正在这欢乐的极处，有一种声音刺醒了我，好像是告诉我可利用这一瞬间的机会似的；但是恰巧相反，在深痛中我不知道有了个什么重量使我睡去：一双流倦泪水的眼睛不期而然地要合下来，甚至在我的厄运中，恩惠很深的天意还现出来。我是不由自主地屈服于那不幸的人们有时觉得有味的沉睡中了。我梦见有人解了我的绳索；我似乎感到那在严重的压迫后，经一只搭救者之手解了铁锁的人的慰安。

“这种感觉是如此的活灵活现，使我张开了眼皮。在从云隙泻下来的月光中，我仿佛看见一条雪白的影儿弯在我身上，静悄悄地正在为我解绳索。我正要想喊出声来的时候，忽然那只我刚认出是手的那只手，将我的嘴掩住了。只剩下一根绳子了；可是要是不碰到那整个身子睡在绳子上的战士的身体，这根绳子实在是万难割断的，阿达拉便着手了。这战士醒了一半，坐了起来。阿达拉站着不动，注视着他。这印第安人以为看见了荒墟中的幽灵了；他便闭了眼睛，祷着他的马尼都，重新睡了下去。绳子断了，我站起身来；我跟着我的救星，她用弓的一端引着我，她自己拿着那一端。可是多少的危险围着我们啊！有时我们险些儿碰着那些熟睡的蛮民；有时有个守卒盘问我们，而阿达拉却换了口音回对。孩子们啼哭起来，犬又吠了。我们刚出了恐怖的境地，立刻吼声便撼动了树林。营兵醒来，千把的火炬点起，人们看见蛮人们掌着火炬在四处奔跑：我们便加紧了我们的脚步。

“当晨光临到阿巴剌锡上的时候，我们已经远了。我是多么的欢庆啊，那时我又得到在大野中伴着阿达拉，伴着阿达拉，我的救星，伴着阿达拉，那永远倾心于我的人！我的口舌表达不出我的言词；我跪下来，我向西马刚的女儿说：‘世人真是不值什么；而当神仙临降他们的时候，他们便更一点也不值了。你是神仙，你已降临到我，在你的面前，我竟不能说话。’阿达拉微笑着握着我的手说：‘我很应当跟随你，既然你奔逃时少不了我。昨天夜里，我用礼物贿赂了法师，我用火香油灌醉了施刑的人，我应当为你冒生命的危险，既然你为我而忘生。是啊，年轻的偶像崇拜者，’她用那使我害怕的声气加一句说，‘牺牲是间不容发的了。’

“阿达拉将她所带来的武器交给我，随后她便想起了我的伤口。她用番瓜叶拭着我的伤口，她用眼泪湿了它。我对她说：‘那你所滴在我的伤口上的是香脂。’——‘我怕这是毒药呢。’她回答。她撕下了一块胸前的布做第一个绷带，用她的发丝来缚住了。

“那些蛮民身上长久不消的醉意，在他们是一种病，它无疑地妨碍他们在起初几天中来追赶我们。就是他们随后来搜寻我们，也当然是向西方去搜寻的，坚信着我们想到米失西比河去；可是我们却取道向那在树干的苔上指示我们的静星进发。

“我们不久觉得我们还没有完全脱离危险。如今广漠将它的无边的大野舒展在我们前面，我们也没有林间生活的经验，迷了五路，胡乱地走着，我们将到如何的地步呢？好几次我凝看着阿达拉，记起了那洛拜司曾经教我读过的悠古的夏甲的故事，这故事是在许多年前（那正是有人类以后还没有活了橡树三代的寿的时候），发生于别是巴旷野中的。

“阿达拉用第二层榛树纤维为我制了一件外衣，因为我是差不多赤裸着。她用箭猪毛为我做了一双麝鼠皮的莫卡西纳。我便也留心她的服饰。有时我将我们在路上印第安人荒冢上采得的锦葵，编作一个花鬘，戴在她的头上；有时将杜鹃花的红果为她穿几个项圈；于是我便默默地看着她灿烂的娇容，微微地笑着。

“当我们遇到河流的时候，我或是用木筏渡过去，或是游泳过去。阿达拉将一只手搭在我肩上，于是，像一双行旅的天鹅一般地，我们渡过了这些幽寂的水流。

“在日间的大热中，我们往往向柏树的藓苔下去寻找个荫蔽处。出不多一切弗劳里特的树木，尤其是柏林和槠树，都披着一片白色的苔，从树枝上起一直到地上。倘使在夜里月光下，你看见了那在一片无垠的草野上的、一株披着这种衣裳的孤独的长青橡树，你准会以为看见一个曳着长袍的幽灵。在白昼中景色也不减其明媚，因为大群的蝴蝶、金色的苍蝇、蜂雀、绿鹦鹉、青鸽，都前来停在这些藓苔上，于是便造成一片像欧洲的工匠绣上了鲜艳的虫鸟的白羊毛毡子般的东西。

“就在这‘大智’所布置的灿烂的逆旅中，我们在幽荫中休息着。当凉风从天末吹来，飘摇那大柏树的时候，当那建在树枝上的空中华屋和群鸟以及在它荫下渴睡沉沉的旅人一齐摇荡的时候，当无数的叹息从浮动的大厦的长廊和穹窿中迸出来的时候，那旧世界的奇迹再也及不上这广漠中的建筑物。

“每晚我们烧起一个大火，我们用树皮在四个桩子上搭成一个旅行屋。假如我杀了一只野火鸡，一只野鸽子，或是一只林中的雉鸡，我们便将它悬挂起来，在燃烧着的橡木前，在竖在地上的长竿的梢头，我们让风息来转动那猎品。我们吃着那名为‘岩肠’的藓苔，枫树的甜味的树皮，和那口味像桃子和菠萝蜜的五月林檎。黑胡桃树，枫树，茱萸供我们酒浆。有时我到芦苇中去寻找一种在延长作喇叭形的花中含着一盅最清纯的露水的植物。我们感谢造物，他在这腐泽之间，在那柔弱的花蒂上，盛上了这清泉，正如他将希望放在为烦忧所腐蚀的心的深处，正如他将美德从人生的不幸的胸间涌出来一样。

“啊啊！我不久便发觉了我为阿达拉安静的外貌所蒙住了。我们愈是前进，她愈忧愁了。她时常无端地战栗着，又突然地转过头去。我瞥见她依在我身上将热情的眼凝看着我，又带着沉哀去凝看长天。那使我最惊恐的是一种秘密，一个深藏在她心底的思想：这是我从她眼波间隐隐地看出来的。她老是牵着我又推开了我，激起了又摧残了我的希望，当我以为在她的心中稍稍前进了一点的时候，我觉得自己仍旧在那原来的地点上了。她向我说了多次啊：‘我年轻的爱人！我爱你像夏日间树林中的幽荫一般！你是像有一切的花枝和一切的轻风的广漠一样地美好。假如我依向你，我就战栗了；假如我的手放在你的手上，我好想我就要死去。那一天，当你息在我胸头时，风儿将你的发丝飘在我脸上，我以为已感到那不可见的神灵的轻轻的抚摩。是啊，我曾经看见过奥高纳山上的小山羊，我听见过餍饱了岁月的人的谈论。可是那稚鹿的温柔和老人的智慧却都不及你的话语

有趣，不及你的话语有力。唉，可怜的却克塔斯。我是永不会做你的新娘的！’

“阿达拉的爱情和宗教的永远的冲突，她的柔情的曼妙和她的品行的贞洁，她的性格的高傲和她的深切的同情心，她在一切大事中的灵魂的崇高，她在一切琐事中的易感性，这些一切都使我觉得她是个不可了解的生物。阿达拉不自觉地给人一个很深的影响：她既富于热情，也富有统治力；她是该当被崇拜或是被怨恨的。

“匆匆地奔走了十五夜之后，我们进了阿楼干尼山脉中，我们到了流入奥海奥的德纳司河的一道支流边。依阿达拉的话，我便用松树根将树皮穿缝好了，然后用梅树胶涂上去，这样造成了一只小船。随后我便和阿达拉上了船，顺河流而去。

“斯蒂高艾的印第安村庄，以及它的金字塔式的坟墓与颓败的小屋，在我们的左方一个地角的曲处表现出来；我们离了我们右方的，以筑于同名的山阳的姚核茅舍的远景为限的开乌谷。那漂引着我们的江水奔流在绝壁之间，绝壁尽处，现出一片残阳。这些沉沉的寂寞，绝不为人迹的来临而搅乱。我们只看见一个印第安的猎人，倚着他的长弓，寂定地立在山岩的顶上，好像是高耸在山间的，这广漠的神灵的石像一样。

“阿达拉和我与这个景状一同守着沉默。忽然地，那漂流的少女在空气中发出了一片充满了情感和郁怨的音调；她唱着她的绝国之歌：

幸福的只有那些不曾见过异国的佳节的火焰，而常伴坐在他们的长辈的欢筵间的人们！

假如米失西比的青鹊向弗劳里特的无双鸟说：你为什么这样地悲鸣？这里你可不是有美丽的水流和美丽的幽荫，和那像在你林中一样的各种的草场吗？——是啊，那无双鸟怯生生地说：可是我的巢是在素馨花间的，谁会将它带来给我呢？还有我那草野的太阳，你可有吗？

幸福的只有那些不曾见过异国的佳节的火焰，而常伴坐在他们的长辈的欢筵间的人们！

在劳瘁的征旅之后，旅人舒适地坐下。他默看着他周围的人家；这旅人却没个安身之处。这旅人敲那茅舍的门，他将长弓放在门边，他请求寄寓。主人做了做手势，旅人便拾起长弓，又回向广漠中去！

幸福的只有那些不曾见过异国的佳节的火焰，而常伴坐在他们的长辈的欢筵间的人们！

在火炉边讲述的神奇的故事啊，柔和的真情的流露啊，生命必需的爱恋的悠长的习惯啊，你们已充满在那些没有离家的人们的生涯中了！他们的坟墓是在他们的家乡，和那残阳，那朋友的泪珠，那宗教的快乐在一起。

幸福的只有那些不曾见过异国的佳节的火焰，而常伴坐在他们的长辈的欢筵间的人们！

“阿达拉如此地歌唱。除了我们的小船在波上轻轻的欸乃声外，什么都不来打断她的怨歌。只是在两三处地方，这怨歌为微弱的回音所收去，又用一种更微弱的第二个回音重诉出来，又袅到第三个微弱的回音：别人会相信这是从前的一双和我们一样地不幸的，为这动人的妙曲所感动的情人的幽灵，在山间自得地吐出那袅袅的余音。

“那时那寂寞，那与爱人的不断的晤对，甚至我们的不幸，在每一刻间加深了我们的爱情。阿达拉的力量浅浅地要弃她而去，而那打着她的身躯的热情，也正要战胜了她的德行了。阿达拉不停地祈祷着她的母亲，带着一副想慰解她的母亲的触怒的幽魂的样子。有时候她问我可曾听见一种怨语的声音，可曾看见那从地下冒出来的火焰。至于我，我是疲倦极了，然而总炽着希望，想着我是差不多已经迷失在林中不能重返。不知多少次我预备将我的新妇拥在臂间，不知多少次我向她提议在这河岸上筑一椽茅屋，在那里一同隐居。可是她总是阻拦着我：'你想啊'，她对我说，'我的年轻的朋友，一个战士是应当为国尽力的。一个女子和你所应当尽的责任比较起来值得什么呢？振作勇气啊，乌达利西的儿子，不要怨你的命。一个男子的心就像江里的海绵一样，有时在晴朗的天气中吸着清流；有时在天把水弄浊时，便膨胀着泥泞的水。那海绵可有权利这样说：我从前以为会永没有风暴，太阳也会用不炎热了？'

"哦，核耐啊！假如你怕那心头的烦恼，你就莫信托寂寥：大的热情都是寂寥的；将那些热情带到广漠中，就是将它们送回它们的王国。为烦忧和恐惧所压迫，冒着为在印第安被仇人所擒，为水流所淹没，为蛇所噬，为兽所吞的危险，困难地去找一点活料，又不知道走向哪一方去；待到一桩意外事来做最高点的时候，我们的不幸似乎不能再生出来了。

"那时是自从我们从部落出发以来的第二十七次太阳：'火月'已开始运行了，一切都显出暴风雨的预兆。将近印第安的贵妇人将耕杖系在冬青枝上，鹦鹉藏入柏树的洞中的时候，天空便涌上云来。荒野上的音籁都消歇下去，广漠是静静的，树林都悄然不动。不久那远远的雷声，曳引到这些比世界还古的树林间，赶出一种极高的声音来。只恐怕淹没了，我们便赶快到河岸上，去藏在一个树林中。

"那个地方是一片隰泽。我们在土茯苓的穹窿下，在葡萄根，靛蓝，峨眉豆，和像绳子一般地绊住我们的脚的蔓草间困苦地走着。酥土在我们四周露着，而且在每刻中，我们都差不多要陷到沼泽中去。无数的昆虫，和极大的蝙蝠蒙蔽住我们；响尾蛇到处作响；还有那些刚躲避在这地方的狼、熊、猿和乳虎，用它们的呼号声满布在这个地方。

“那时幽暗加重了：低云进了树荫，云片飘散，闪电画了一个迅速的火光的菱形。一阵从西方起来的疾风，将云片堆叠起来；树林倾折下去；天不断地开朗，从它的裂隙间可以看出那新的天和活泼的田野。多么惊奇，多么明丽的景色啊！雷霆击了树林，大火燃烧开来像一束火焰的头发；火花和烟的柱头把那吐出雷霆到这浩漫的火灾中的云片都包围住了。这时‘大智’用深厚的黑暗遮掩了群山；在这洪大的混沌之间起了一种风喧声，树号声，猛兽的吼声，大火的懵懵声，和不绝的鸣雷入水之声混杂的哀呼声。

“我们谛听着暴风雨的声音：忽然间我觉得阿达拉的一滴泪珠滴在我的胸头：‘心头的暴风雨啊，’我喊着，‘这可是你的一滴雨点吗？’于是，将我所爱的人紧紧地抱住：‘阿达拉，’我向她说，‘你有件事瞒着我。向我袒露你的心怀啊，哦，我的美人！因为向一个朋友显示我们的灵魂，是一件多么好的事啊！将你固执着不说出来的悲哀的另外一个秘密讲给我听。啊，我知道了，你悲哭着你的家乡。’她立刻说：‘人类中的孩子，我如何会悲哭我的家乡呢，既然我的父亲不是那棕树之邦的人？’——‘什么？’我很吃惊地说，‘你的父亲不是那棕树之邦的人！那么生你的又是什么人呢？告诉我啊。’阿达拉便说了这些话：

“在我母亲带了三十匹牝马，二十头水牛，一百勺橡子油，五十张海狸皮以及其他许多财富嫁与西马刚之前，她结识了一个白种人。然而我母亲的母亲却将水洒在她脸上，逼着她去嫁了那个显贵的，俨然是一个国王，又为人民像神明一样地尊敬的西马刚。可是我母亲向她的新郎说：‘我已有孕了，你杀死我吧。’西马刚回答说：‘“大智”为我免了一桩如此大的罪过吧！我决不来伤害你，我也不来割你的鼻子，也不来割你的耳朵，因为你是忠实的，你也没有欺骗了你的丈夫。你的腹中的果子就算是我的果子，而我只将在稻田之鸟去后，当第十三个月亮临照的时候来见你。’在那个时候，我便从我母亲的腹中降生下来，骄傲得像西班牙女子和蛮女一样。我的母亲将我归了基督教，这样使得她的上帝和我的生父的上帝也做了我的上帝。随后爱情的痛苦便来找她了，她便走进了那世人永不会出来的兽皮装饰的窖。

“这就是阿达拉的往史。‘那么你的父亲是哪个呢，可怜的孤女？’我向她说，‘在世上人们如何称呼他，而在诸圣名中他又叫什么名字呢？’——‘我从来没有洗过我父亲的脚，’阿达拉说，‘我只知道他和他的姊姊住在圣奥格斯丹，他是永远忠于我母亲的：在诸圣名中他叫腓里迫，而世人称他为洛拜司。’

“听了这话，我高喊了一声，这声音震荡在整个大野中；我欢狂的声音混合到暴风雨之声中去。将阿达拉拥在我心头，我呜咽地说：‘哦，我的妹妹！哦，洛拜司的女儿！我的恩人的女儿！’阿达拉吃了一惊，问我的骚动是因何而起的。可是当她知道在圣奥格斯丹认我做义子的宽大的主人就是洛拜司，和我因为要自由而脱离他的时候，她自己也为昏昧和狂欢所夺了。

“这种友爱在我们心中是太大了，它前来加到我们的身上又将它的爱与我们的爱结合。从此以后阿达拉的心头的交战将成为无用的了！我所觉得的，她将手按在胸前，做出一种非常的动作也是徒然的了：我已经拥住她，我已经醉着她的呼吸，我已经饮了在她唇中一切爱情的魔力了。两眼凝望着长天，在电光之中，我将我的新娘抱在臂间，对着永恒。你这适配我们的患难和我们的恋爱的伟大的婚仪啊，你这像我们的合欢床的锦帐和帐顶的飘动着你们的蔓草和穹盖的庄严的树林啊，你这呼号的群山啊，你这可怕而又绝世的大自然啊，你们难道不能将一个人的欢庆在你们的神秘的恐怖中藏匿一会儿吗？

“阿达拉已不很推拒了。我刚接触到那幸福的时光的时候，忽然一道闪电，接着一个霹雳，划开了层层的幽暗，在树林中布满了硫磺和光亮，又在我们足跟前打倒了一棵树。我们逃了。惊异的事啊！……在继续下去的沉寂中，我们听到了一片钟声！我们两个惊住了，我们谛听着在广漠中是如此奇异的声音。即刻有一只狗在远处吠起来；它走近来，它加倍的吠声，它欢吠到我们跟前：一位老修隐人提着一只灯笼，跟着它穿过了树林的幽暗。‘谢天谢地！’当他一望见我们，他立刻就这样喊出来，‘我找你们找得长久了！我们的狗在暴风雨开始的时候就嗅到了你们，它便引我到这里来。天啊，他们是多么年轻！可怜的孩子！他们准已吃了多少的苦了！我们去吧。我已带了一张熊皮来，这是给这位年轻的女子的；这是我的葫芦中的一点酒。愿上帝一切的伟业都为世人称颂！他的慈悲是广大的，他的恩惠是无限的！’

“阿达拉倒在教士脚下：‘祈祷的首领，’她向他说，‘我是一个基督教徒；你是天遣来救我的。’——‘我的女孩子，’隐修人扶她起来说，‘我们照常在夜里或是暴风雨时打起教会里的钟来招异乡人，并且仿着我们在阿尔迫和旁的兄弟们的样子，我们教狗学会了侦查出来迷路的旅人。’至于我，我不甚了解这隐修人；这种仁爱在我看来是如此地超过人类，使我还以为是做了一场梦。在教士提着灯笼的微光中，我隐隐地看见他的胡须和头发都为雨所湿；他的脚，他的手和他的脸都被荆棘刺出血来。‘长着啊，’最后我喊道，‘你有的是一颗什么心啊，你不怕为雷所击？’——‘怕？’这神甫带着一种热忱说，‘当有人濒于危险而我对于他们有用的时候惧怕，那就是一个耶稣基督极不胜任的仆人了！’——‘但是你可知道，’我对他说，‘我不是一个基督教徒？’——‘青年人，’那隐修人回答，‘我可曾问起过你的宗教吗？耶稣基督没有说过：我的血只洗涤这种人，却不是那种人。他是为犹太人和异教人而死的，而他在一切人群中只看见兄弟和不幸人。我在这里为你们所做的实在是一桩极小极小的事，而且在别处你们也会找到别的帮助；但是这种助人的荣誉却不是司铎们所应受的。我们是什么？力薄的修隐人，可不是神明所造的一个粗糙的器具吗？呃！可有一个战士，当他的主将，手里捧着十字架，额上加着荆棘冠，在他前面走着去救人类的时候，会怯懦引退的吗？’

“这几句话夺了我的心，那崇敬和温爱的眼泪从我的眼中滴下来。‘我亲爱的孩子们，’这教士说，‘我在这林子里管治着一小群你们的未开化的兄弟们。我的洞在山中离这里不远；到我那里去取暖吧，你们在那边虽然找不到生命的逸乐，可是总能得到个寄身之处，而且这点也还应当感谢上帝，因为有许多人还得不到。”’

### 农人

“有些农人，他们的心境是平静得除非你也分受到那他所从心怀中和谈话间吐出来的和平，不能接近他们。这遁世者说着话，我觉得热情也跟着渐渐地在我胸头平静下去，就是那天上的暴风雨也随着他的声音远去了。云片不久已飘散得使我们可以离开我们的藏身处了。我们出了树林，便开始攀登一座高山。那只狗在我们之前含着那个已熄灭的灯笼的柄子，我挽着阿达拉的手，我们跟随那教士走去。他时常回过头来看我们，含着怜惜的神情默看着我们的不幸和我们的青春。一本书是挂在他头上，他扶着一支白杖。他的身材是高大的，他的面色惨白而瘦削，他的面相单纯而又诚恳。他没有那种生而无情的人的死寂忘情的容颜；你可以看得出来他曾经度过不幸的生涯，而他额上的皱纹显露出那为道德，上帝的爱和人类的爱所医治好的美丽的伤痕。他站着不动和我们说话的时候，他的长髯，他端正地垂下的眼睛，他语音的可爱的音节，一切在他身上都表现出平静和卓绝来。谁像我一般地看见过奥勃易神甫挟经扶杖独行在广漠中，谁就会有一个在世上基督教旅人的真正的观念。

“走了半小时的危险的山径后，我们来到了教士的洞边。我们披拂着那被大雨从岩石上打下来的湿透的长春藤和冬瓜蔓进了洞。在那个地方只有一张番瓜树叶的席子，一个汲水的葫芦，几个木制的器皿，一柄锄头，一条驯蛇，和放在一块作桌子用的石上的一个苦像和一本《圣经》。

“那老人忙用枯干的蔓草点着了火，他将玉蜀黍用石头捣碎，做了一个饽饽，将它放在灰下面煨炙起来。当在饽饽被火炙成黄金色的时候，他将它热腾腾地给了我们，还加上一碗枫木的核浆。薄暮将清爽带来了时，那‘大智’的使者邀我们到洞口去坐坐，我们跟他到那地方，那地方可以临视一片无际的景色。暴风雨的余势零乱地投到东方去了；那林中被雷霆所摧烧的火焰还远远地在光耀着；在山脚下一个松林整个地倾覆在泥泞中，那河流夹着烂泥，树干，野兽的尸体和死鱼，人们可以看见那银色的鱼腹漂流在水面上。

“就是在那个风光里，阿达拉把我们的往事讲给那山中的大神明听。他的心似乎受了感触，而眼泪便滴在他的须上。‘我的孩子，’他对阿达拉说，‘你应当将你的痛苦献给上帝，为了他那已使你做了如此许多的事的光荣，他将拿安息来偿还你。你看那些烧着的树林，那些涸着的瀑布，那些消散着的云：你难道以为那能够平息这样的大风雨的上帝，会不能安定人心间的烦乱吗？假如你没有再好一点的安身处，我亲爱的女孩子，我就在我所管领的教徒间给你一个位置。我将开导却克塔斯，而我又使他做你的丈夫，当他配做的时候。'

"听了这些话，我流着欢乐的眼泪，跪倒在那隐修人的足下；可是阿达拉却变成死一样地惨白了。那老人和蔼地扶我起来，于是我看见了他那双残缺的手。阿达拉立刻了解了她的不幸。'野蛮的人啊！'她喊着。

"'我的女孩子，'这神父含着温柔的微笑说，'这个与我圣主所受的苦难比起来算什么呢？印第安的偶像崇拜者虽然使我受了苦，但是现在上帝将使那些可怜的盲人重见光明了。越是他们多加我痛苦，我越是深切地爱他们。我不能停留在我的故国中，那里我曾经回去过，那里有个有名的王后曾经给过我一个要细看我使徒之职的无聊的证据的光荣。从我们宗教的首领那里得到一个用我的残缺的手去献神圣的牺牲，是我能从我的工作上接受到的无上的光荣的赏赐啊！在得到如此的一个光荣后，我便鞠躬尽瘁地去称我的职务了：我回到新世界来消尽我的余生为我的上帝服役，我住在这大野中快有三十年了，明天将是我居住这岩穴以来的第二十二年。当我来到此地的时候，此地只有几家游民，他们的风俗是残暴的，而他们的生涯是很坏的。我将和平的话语讲给他们听，于是他们的风俗便渐渐地柔和了。他们现在群居在这座山下。我勉力地一面将永恒的幸福之路指示给他们，一面把人生技术的初步教他们，却不教到很深，使这些良民安处于一种有福的单纯中。至于我，怕为了我的露面使他们拘束，我便隐居在这洞中，而他们却跑来请教我。便是在此地，远离了人群，我在大野的伟

大中膜拜着上帝，又准备着我那高年所启示给我的死亡。’

“说完了这些话，隐修人便跪下来，我们也依他的样做。他高声祈祷起来，阿达拉从旁和应。那些静默的电光还在东方飘闪着，在西方的云上似乎有三个太阳一齐闪耀着。有几只被大风雨打散的狐狸，在绝壁间伸长了它们黝黑的头；那被晚风吹干的草木，竖直了全盘垂倒的枝干，飘出萧萧之声来。

“我们回到洞中，在那里，那隐修的人用柏苔为阿达拉铺了一张卧榻。一种深深的憔悴在那处女的眼波中，举止中流露出来，她凝看着奥勃易神甫，好像要向他倾吐出一件秘密来；可是又好像有些东西阻住了她：这或许因为是我在眼前，或许是怕羞，或许是怕说了也无济于事。我听她在夜半中走了起来；她去找隐修人，可是他在为她铺了卧榻后，已到山峰上默看那长天的美和祈祷上帝去了。第二天他对我说的，这差不多是他的习惯，即便是在冬天，也爱着那摇曳着落叶之梢的树林和漂浮在天上的云片，爱听那在寂静中琤琮着的风声泉韵。我的妹妹因此不得不回到她的床上睡了。啊！我在满腔的希望里，我在阿达拉的怯弱中所看出的只是疲倦的偶然的征象而已。

“第二天，我在栖在洞周围的槐树和桂树上的红羽鸟和学舌鸟的歌声中醒了。我去采了一支饮着清晨的泪珠的木兰花，簪在那睡沉沉的阿达拉的头上。我希望按像我家乡的宗教所说似的，那在哺乳间死了的婴孩的灵魂，会随着一滴露水落在花上，还希望一个好梦会将这灵魂带到我未来的新妇的怀中。随后我去找我的主人；我看见他正把长袍卷起来塞在袋中，手中拿着一串念珠，在一棵老死的松树上坐着等我。他邀我和他同到教会中去，那时阿达拉还睡着。我答应了他，我们便立刻上路。

“下山时，我看见在些橡树上好像有神仙们写了些奇异的字样。那隐修人对我说那是他自己写的，是一个古诗人名叫荷马的诗章，和一个更古的诗人名叫所罗门的一些格言。在这时代的智慧，这苔痕侵剥的诗章，这刻诗的隐修人，和这用来作他的书本的古像之间，有一种说不出的神秘的和谐。

“他的名字，他的年岁，教会创立的日期，亦刻在一支在那些树根下的草野的芦苇上。我对于那最后的那个纪念物的脆弱十分惊诧，‘它可比我还长寿呢，’那神甫回答我，‘并且还老是会比我所曾行的小善更有价值。’

“从那里我们到了谷口，在那里正看见了一种神奇的工程：是一个天然的桥梁，正如那个你或许听人家说起过的维吉尼的石梁一样。世人们，我的孩子，尤其是你的同国人，时常模仿大自然，而他们所仿照的总是小的；可是当大自然有模仿人工的样子给世人来做模范的时候，便不是那个样子了。那时它将桥梁从第一个山峰抛到第二个山峰上，将道路悬驾在云中，将水流出来做运河，雕山作石柱，掘海作水池。

“我们在这座桥的整块的桥涵下走过，我们来到了另一个奇迹前：那是印第安教会的公墓，或者称为‘死林’。勃奥易神甫已答应他的新进的教徒依他们自己的样子葬他们的死者，又保留死者的蛮名在他们的墓地上；他只竖一个十字架在这地方以尊圣礼。土地已像教会公田一般地按照人家的树木划分了多少部分，每份都有自己的树林，各随植树者的爱好而异。溪流静静地蜿蜒流过这树林。这条溪水他们称之为‘和平溪’。这娱目的灵魂的安葬处，在东边以一座桥梁为界，就是我们刚才从它下面走过的那座，两座丘陵做北方和南方的界限；只有在西边是开通的，那边高耸着一座松林。那些红的，有绿色的云石花纹的树干，无枝无桠地直矗到树梢，像是些高柱子，造成了这死者的寺院的列柱；在那里一种宗教的声音统治着，好像那在教堂的圆顶下的大风琴的高震声一般；可是当你踏进那神殿的时候，除了那在开着一个永恒的盛会来纪念死者的鸟儿的颂歌声外，便一点儿也听不到什么。

“出了这座树林，我们便发现了教会的村庄；它是坐落在一个湖边，在一片万花披离的草野中。我们由那条围合着那在靠近那些划分甘塔荷和弗劳里特的山旁的许多古道的木兰和槠树荫成的一条林荫路达到村庄。当那些印第安人一看见他们的教士的时候，他们立刻放弃了他们的工作，奔跑到他面前来。有的吻着他的袍子，有的扶持着他。妇女们也将她们的小孩子高举起来，使他们看看那溢出眼泪的耶稣基督的人。他且走且问着村庄的近事；他劝告了这个，又和缓地谴责了那个；他谈着要收割的田，要教育的孩子，要安慰的痛苦；他还将上帝夹在他的谈论中。

“这样伴护着，我们来到路边一个大十字架下。那里就是上帝的使者常常做弥撒的地方。‘我亲爱的新进的教徒们，’他回向群众说，‘如今有一双兄妹来到你们这里，而且，幸福极了；我看出神明的造物昨天没有降灾于你们的收成：这就是两个要感谢的大理由。我们把神圣的祭祀献上去啊，并且各人都要对于这事怀着一种深深的虔心，一种热心的信仰，一种无限的感恩，和一种卑屈的心怀。’

“那神圣的教士立刻穿上一袭桑树的纤维做的白僧衣。圣器便从十字架下的一个圣橱中取了出来。圣坛在岩石上铺起，水从邻泉中汲来，一串野葡萄做祭祀的酒。我们大家都在深草间跪下。弥撒便开始了。

“那正从山背后显露出来的晨光，把东方照得通红。在大野中一切都是黄金色和玫瑰色的。由多少的光辉作先驱的星球，最后从光渊中出来了，它的第一道光线射在教士正在那时托在空中的圣饼上。哦，宗教的美啊！哦，基督教仪的壮丽啊！一个老隐修人作献祭者，一片岩石作祭坛，一片广漠作教堂，一群野蛮无知的人作听众！不啊，当我们俯伏着的时候，我一点不疑心这不可思议的奇迹会不实现，上帝会不降临到地上，因为我已觉得他降到我心间了。

“在这个在我只缺少一个阿达拉的献祭后，我们来到了村庄上。那里安排着社会生涯和大自然生涯的最动人的混合：在悠古的广漠的柏林的角上，可以发现一片新田；麦田在倒下的橡树的干上翻着金浪，一夏的麦草更替了三世纪的树木。我们到处看见着火的树林在室中喷出大烟来，而耕犁慢慢地在它们的残根间行动着。许多量地的人带着长的测量链去测地；公证人划定各人的产业；鸟儿让开了它的巢；猛兽的巢穴变迁成一个小屋；人们听到冶炉的吼声，而斧斤最后一次使回声怒号着，那回声和给它以安藏所的树林一同消歇。

“我欢乐地徘徊在这幅为阿达拉的想象，和我用来哄我的心的幸福之梦所柔化的画图中。我惊叹着基督教义在野蛮生涯中的胜利；我看见印第安人随着宗教之音而开化了；我参与这人和地的原始的婚媾：由这大婚约，人将他血汗的嗣产遗给地；而地又忠诚地承担着人的收成，子孙，和骨殖以相答。

“当时有一个人将一个孩子呈于教士，他便在素馨花间，清泉之畔给孩子受了洗礼；又有一具棺木在游戏和工作之间，抬向死林去。一双夫妇在一株橡树下受结婚降福礼，我们随后来到广漠之旁为他们成了家。教士走在我们前面，到处祝福着岩石，树林和井泉，照《圣经》上所说的一样，上帝祝福着荒地给亚当作遗产。这个行列搀杂了畜群，跟随他们的可敬的首领从这岩石到那个岩石，向我感动了的心呈出一种当桑姆和他的子孙们跟着那走在他前面的太阳．穿度那不知名的世界前进时的，原始的家族移居的情景。

“我要知道那神圣的修隐人如何管理他的孩子们。他便很和气地回答我：‘我一点也不给他们法律，我只教他们相亲相爱着，祈求着上帝，又希望着一种更好的生涯：世界中一切的法律都在其中了。你可以看见村庄的中央的比别的更大一些的那所屋子：那便是在雨季时作教堂用的。在那里，人们早上和晚间聚集起来赞美上帝，而当我不到的时候，便有一个老年人来做祷告，因为老年，正如母性一样，也是司祭的一种。随后人们将去耕作；而且地产之所以要分定，便为要使每个人能够学习社会经济，收成收藏在一个公仓中，以作维持友爱的赈济之用。四个老人平均分配那耕作的所得，再加上宗教的礼节，许多的圣歌，那我在那里做过弥撒的十字架，那我晴天在下面说教的小榆树，那靠近我们的麦田的坟墓，那我曾经浸小孩子们和这新培达尼的圣约翰们的河流，你会有一个耶稣基督的王国的完整的观念。

“这隐修人的话使我心醉，我便感到这巩固而勤勉的生活的崇高，远在那漂泊而闲懒的野蛮的生活之上。

“啊，核耐！我一点也不怨造物，可是我承认一回忆起那圣教的社会，我便感到那长恨的苦痛。只要一间筑在河岸上的小屋，和阿达拉一起生活着，我的生涯早就会很幸福的了！那里我结束了我一切的行程；那里，和一个娇妻，不为人类所知，将我的幸福深藏在森林的深处，我早就会像那广漠间无名的河流一般地逝去了。然而我不能得到那个当时我所希望着的和平，却在那样的烦恼中生活下去！永远为命运的玩物，碎伤在一切的海岸上，长久地远戍在他乡，而在回乡时又只看见小屋已荒颓，朋友已入墓，这就是却克塔斯的命运。”

戏剧

“我的幸福的梦是如此地活跃，但只有短短的时间，而梦醒便在修隐人的洞中等待着我了。当日中回洞的时候，没有看见阿达拉跑来迎我们，我是十分惊异。我不知道被一个什么突然的恐惧攫住了。走近洞口的时候，我不敢喊叫洛拜司的女儿：我的想象也是一样地怕着那答应我的呼喊的声音或是寂静，更怕那统治在岩口的幽夜。我对教士说：‘你这苍天陪伴着你又使你气壮的人，穿进这幽暗中去啊！’

“在热情统治下的人是多么地微弱啊！信托上帝的人是多么地刚强啊！在这为六十年岁月所磨折的宗教的心中，有比我的青春的热心中所有的更多的勇气。那和平的人进了洞，我留在外面，充满着恐惧。不久一种像咽怨的微音从岩石深处出来刺入我耳中。大喊了一声，又重鼓起勇气，我冲进洞中的幽夜去……我的父母之灵啊，那刺入我眼帘的景象是只有你们知道的！

“那隐修人已烧起了一支松炬，他用战颤的手将它高高地擎在阿达拉的榻上。这娇丽又年轻的女郎，撑着肘稍稍地弯起了身子，显出惨白又苦痛的样子。那疲汗在她的额上晶耀着，她的将残息的眼光还试想着向我表示爱情，而她的口儿也试想着微笑。好像为雷所击一般地，定着眼睛，张着臂膊，开着口，我不动地站着。一个深深的沉静在这场惨幕的三个人物中统治了一会儿。那修隐人第一个破了这沉寂，‘这个，’他说，‘不过是一种偶然的疲劳的热病，而且，假如我们听天由命，上帝会可怜我们的。’

“听了这些话，那中止的血重复在我心中循流了，而且带着蛮人的易变性，我忽然从过度的恐怖来到了过度的安心中。可是阿达拉不使我在这情形中很长久，哀哀地摆动着头，她招呼我们走近到她的榻前去。

“‘我的神父，’她用一种微弱下去的声音向隐修人说，‘我已接近死的时候了。哦，却克塔斯！听了我那为要不使你太痛苦和为了顺从我的母亲而瞒着你的凄惨的隐秘，你不要太失望啊，请不要将那会催促我要生活的无几的时间的悲哀的表情来打断我的话。我有许多的话要讲，而且因为我的渐渐消寂的心的跳跃……因为不知一种什么使我心胸难以举起的冰冷的重担……我觉得我是不能太迫切的。’

“寂静了一会儿后，阿达拉便继续下去这样说：‘我悲哀的定命差不多是在我人世以前就开始的了。我的母亲在患难中怀了我的胎，我疲乏了她的怀胎，她受了极大的痛苦才生我下来。她对于我的生命已失望了。为了救我的生命，我的母亲许了一个愿心：她向神后许愿，假如我能不死，我便将我的处女的贞洁献奉于她……这催我就墓的不幸的愿心啊！’

“我十六岁上死了母亲。在弥留之际，她喊我到她床边。‘我的女儿，’对着一个安慰她最后一刻的教士，她向我说，‘我的女儿，你是知道我那为你许下的心愿的。你可愿意违背你的母亲吗？哦，我的阿达拉！我将你遗在一个不配容基督教徒的世界中，在那些偶像崇拜者之间，他们亵渎你的和我的父亲的上帝，那给你以生命后又用一种灵迹来保你的命的上帝。嗯！我亲爱的孩子，接受贞女的面幕，你只要抛了家庭生活的忧心和扰你母亲的心胸的不幸的热情就是了！来啊，我的爱者，来啊，你向那拿在这神圣的神父和你垂死的母亲的手间的救主之母的圣像发誓，说你在上帝面前你将永不背叛我吧。你想啊，我是为救你的命而许愿的，假如你不还我

的愿心，你会将你母亲的灵魂没入永劫中。’

“‘哦，我的母亲！你以前为什么要这样说啊？哦，你使我痛苦，同时又使我幸福的，你毁灭我，同时又安慰我的宗教啊！而你，你这一直摧烧我到死的臂间的热情的亲爱又忧伤的对象啊，你如今看出了，哦，却克塔斯，那造成我们的不幸的原因了！……流着眼泪又投到母亲的怀间，我便答应了一切她要我答应下来的。教士向我宣颂了慎重之言，又给了我那永与我相系的圣肩衣。我的母亲恐吓着我假如我一背叛了我的誓约，就要受她的诅咒；而且，在叮嘱了我一个对于外教人——我的宗教的亵渎者——的不可犯的秘密，她便抱着我死去了。’

“‘我起初还不知道我的誓言的危险。充满了热忱，又充满了信仰心，骄傲着流在我脉间的西班牙的血，我在我的周围只看见那些不配娶我的人；我欢庆着除了我母亲的上帝外，我是没有别的丈夫的。我看见了你，年轻又美貌的囚虏，我感触你的命运，我敢在林中火刑场上和你谈话：那时我才感到我的愿心的一切的重量。’

“阿达拉说完了这些话后，我握着拳，带着威吓的神色注视着教士，喊道：‘这就是你向我矜夸的宗教啊；毁灭了吧，这夺去我的阿达拉的誓言！毁灭了吧，那违反自然的上帝！教士，你到这林中来干什么的？’

“‘来救你，’老人大声地说，‘来驯服你的热情，亵渎神明的人啊，来阻止你将天怒引到你身上！青年人啊，一达到世间即刻哀诉着自己的痛苦的，正是你这种人啊！你的受苦的痕迹在哪里？你受的委屈在哪里？你的惟一能许你怨恨的德行在哪里？你服过什么务？你行过什么善？嗯！可怜的！你只将热情呈给我，你却敢诽谤上苍！当你像奥勃易神父一样地在山上过了三十年隐遁生涯之后，你便不会这般鲁莽地来断定造物的意志；

那时你将领悟到你是什么也不知道，你是什么也不值，你也将领悟到那我们的有罪的肉体所不堪受的重罚和可怕的痛苦，是一件也没有的。'

"从那老人眼中射出来的光芒，他那拍着胸膛的长须，他的震怒的语言，将他活活地变成个上帝。我为他的威仪所压，便跪倒在他身旁，求他恕我的激怒。'我的孩子，'他用这样柔和到使悔恨进了我的灵魂的声音回答我，'我的孩子，我谴责你不是为了我自己。啊啊！你说得不错，我的孩子，我来到树林中干下极少的事，而上帝也没有更比我不胜任的仆役了。可是，我的孩子，那个天，那个天，即是永不该诽谤的！假如我得罪了你，我请你原谅；可是我们且听你妹妹说话吧。或许还有救药，我们不要失望。却克塔斯，那造成一种希望的美德的宗教才是一个神明的宗教！'

"'我年轻的朋友，'阿达拉接下去说，'你是我的苦难的证人，然而你只看见那最小的一部分；其余的我已瞒过了你，不啊，那将汗珠灌溉着炙热的弗劳里特的沙土的黑奴，比那时的阿达拉还幸福些。我始终劝你逃走，可是很知道假如你一离开我，我是要死的；和你一同逃到广漠中去这事是很可怕的，可是总希望着和你一同栖息在树荫……啊！因此我想就是离开我的亲属，朋友，家乡，甚至（可怕的思想啊）失去了我的灵魂也没有关系的了！……可是你的影子，哦，我的母亲啊！你的影子永远地在那里，在将她的痛苦凑近着我！我听到你的呻吟，我看见地狱的火焰烧着你。我的夜间是干燥又充满了鬼魅的，我的日间是忧伤的；晚间的露水滴上我炙热的皮肤上便干了；我在微风中张开我的嘴唇，可是那微风不但不将清凉带来给我，却点着了我的呼吸的火燃烧起来。不停地看见你在我身边，远离了人群，在深深的大野中，又感到在你我之间有一重不可见的隔膜，那是多么的痛苦啊！在你脚边过我的生涯，像奴婢一般地服侍你，在世界无人知道的一角为你烧饭为你铺床，这在我已是无上的幸福了；这个幸福我已接触到，可是我却不能享受它。哪一个策划我没有幻想过啊！哪一个梦想没有从一个如此忧愁的心中出来过啊！有时我凝看着你，我简直将要造成一种又愚鲁又罪恶的冀愿：有时我会愿和你做那世界上仅有的生物，有时当我觉得一个神明在我的可怕的狂热中遏制我时，我竟会希望这神明毁灭了，只指望被你拥在臂间，即使我会共上帝和世界的残片从深渊滚到深渊。甚至在此刻……我还要这样说！在这永劫将吞噬了我，而我将献身于铁面的判官之前的现在，在这为要顺我的母亲，我欢乐地看着我的贞洁吞噬我的生命的现在，嗯！我还带一个可怕的矛盾含恨着没有委身于你！……'

"'我的女孩子，'教士打断了她的话，'你的沉哀使你迷惘了。那你所托身的过度的热情是难得有正当的，并且在天性中也是没有的；因此在上帝的眼中看来它并不是大罪恶，因为这个与其说是心中的邪恶，不如说是心灵上的一些错误。所以你应当驱除了这些激情，它们是与你的天真不配的。而且，我的亲爱的孩子，你被空想所驱使着，觉得那你所发的愿心太可怕了。即宗教并不要求出乎人情的牺牲。它的真实的情感，它的温和的德行，比到那僭称为豪气的热烈的情感和勉强的德行，要高出万丈。假如你曾迷陷过，嗯，可怜的迷途的绵羊啊，那'和善的牧人'早会找到了你，引你回羊群中。忏悔的宝藏已为你开了：在人们的眼前洗去我们的罪过是要用血的泉的；在上帝面前只要一滴眼泪就够了。你安心吧，我的女孩子，你的地位需要镇定的；我们求求上帝吧，他能治愈他一切的仆役的伤患。假如'他'的意志，正如我的希望一般，是要你逃脱了这场病，我将写一封信给葛勃克的主教：他有那豁免你的愿心的相当的权力，因为

那种心愿不过一个简单的心愿．而你将在我身边，和你的丈夫却克塔斯消磨你们的岁月。’

“听了老人的这席话，阿达拉惊悸了长久；在这长久的惊悸中，她只做出一种可怕的痛苦的表记来，‘什么！’她带着热情合着手说，‘还有救药吗？我可以从我的愿心中度出来吗？’——‘是的，我的女孩子，’神父说，‘你还能做到。’——‘太迟了，太迟了，’她喊着，‘我难道应当在这我知道我可以有幸福的时候死去吗！我为什么不早些认识这神圣的老人啊！不然在今朝我可不是准可以和你，奉基督教的却克塔斯，一同享多大的幸福啊……受这可敬的教士的安慰……在这广漠中……永远地……哦！这样已很幸福了！’——‘镇定啊！’我握着这薄命人的一只手说，‘镇定啊！这个幸福，我们将要细味呢。’——‘再也不会了！再也不会了！’阿达拉说。——‘怎样？’我说。——‘你还没有完全知道！’那贞女说，‘是在昨天……在暴风雨中……我正将要违犯了我的愿心了，我正将要把我的母亲沉到地狱的火焰中了；她的诅咒已到我身上了，我已经在救我的命的上帝面前欺诳了……当你吻着我的颤动的嘴唇时，你不知道你只拥抱着一个死人啊！’——‘天啊！’教士喊着，‘亲爱的孩子，你做了什么事啊？’——‘一重罪过，我的神父，’阿达拉说着，她的眼睛迷惘了，‘可是我只消失了我自己，却救了我的母亲。’——‘说下去啊，’我惊呼着。——‘好，’她说，‘我已预先看出了我自己的弱点；当离开那部落的时候，我已随身带了……’——‘什么？’我恐怖地说。——‘一些毒药吗？’神父说。——‘它已在我腹中了。’阿达拉喊着。

“火炬从老人手中坠下，我晕倒在洛拜司的女儿的旁边；老人将我们两个都抱在臂间，我们三人在幽暗里，一齐呜咽在这凄惨的榻上。

“‘我们醒啊，我们醒啊！’不久那有勇气的隐修人点着一盏灯说，‘我们失去了宝贵的时间了。无畏的基督教徒啊，我们抵抗着敌人的攻击，头上系着绳子，头上撒着灰，我们投到在‘至高’的足跟，去恳求他的仁慈，去服从他的意志，或许还来得及。我的女孩子，你昨晚应当告诉我了。’

“‘啊啊！我的神父，’阿达拉说，‘昨夜我曾经寻找过你，可是那苍天，为了要惩罚我的罪过，将你离开了我。一切的解救都是无用的了；因为即使很熟悉毒药的解救品的印第安人，也不知道我所服下的毒的解药。当我看出了我毒药发作得并不像我所想象的那样快的时候，请你想象着我的惊怕吧！我的爱情加倍了我的力，我的灵魂不能那样快地离开了你。’

“到这里我更不用呜咽来扰乱阿达拉的故事，却用那只有蛮人知道的狂激了。我揉曲着臂膊，咬着牙，狂滚在地上。那年老的教士非常柔和地在我们两人之间跑来跑去，把许许多多的救解施于我们。在他的心的平寂中，在他的年岁的重担下，他能体贴我们的年轻，而他的宗教又给与他一种甚至比我们的热情还温柔还热烈的言语。这四十年来牺牲他自己在山中每天为上帝和世人服役的教士，可不使你想起那些以色列的，在主前永远地高烧着的献祭的火吗？

“啊啊！他去设法去弄些药来救阿达拉的病是徒然的了。疲倦，悲哀，毒剂，和一种比一切并合起来的鸩毒还厉害的热情，都联合起来要将这支花儿从大野中抢去。傍晚时，可怕的病状都显露出来了：麻痹占据了阿达拉的肢体，她的四肢也渐渐地冷起来了。‘你碰一碰我的指头，’她对我说，‘你可不觉得我的手指很冷吗？’我不知如何回答才好，我的头发都惊竖起来了；以后她还说：‘爱人啊，你的一触昨天还使我战栗，而现在我已感觉不到你的手，我差不多已听不见你的声音了；洞中的物件一一地

消隐下去了。那娇啼着的可不是鸟儿吗？太阳如今应当就要下山去了，却克塔斯，它的光在广漠间是会很美丽的，在我的坟头！’

“阿达拉觉得这番活使我们流泪，便对我们说：‘宽恕我，我的好朋友们；我是很懦弱的，但是或许我将变得更刚强些。可是死得如此年轻，同时又正当我的心又如此地充满着生的欲望时！祈祷的首领啊，可怜我啊，对我明说啊！你可以为对于我所做的事我的母亲会满意，而上帝会宽恕吗？’

“‘我的女孩子，’教士流着眼泪又用战颤而伤损的手指拭着说，‘我的女孩子，你一切的不幸都是从你的无知来的；这是你的野蛮教育和必需的教养的缺陷害了你，你不知道一个基督教徒是不能任意地处置自己的生命的。安慰你自己啊，我的亲爱的绵羊；上帝将为了你心底纯朴而宽赦你。你的母亲和指导她的教士比你的罪还要深，他们越权夺得了你的不谨慎的愿心；可是愿天主宽恕了他们！你们三个人在宗教上给了我一个迷信和缺乏宗教的真正的理解的危险的可怕的例子。安定啊，我的孩子，那洞彻世人的心怀的上帝，将对于你的纯洁的心志下判断，而不对于你的有罪的行为上下判断。’

“‘至于那生命，假如你睡到天堂中去的时辰是到了的时候，啊！我的亲爱的孩子，你失了这世界是失了多少细小的东西啊！纵使你生活在广漠中，你已知道了悲哀了，假如你看见了社会上的恶事，你如何设想呢？假如靠近欧洲的海岸，你听见了那从古土上升起来的痛苦的长呼声，你更如何设想呢？小舍的居民和大厦的居民在世上都是受苦着的，都是呻吟着的；人们看见王后也和平常女人一样地哭泣，人们更惊诧着那从国王眼中继续流出的眼泪的容量！’

‘你舍不下的可是你的爱情吗？我的女孩子，那正像去哭着一场美梦一样。你可了解世人的心吗？你能计算世人的期望的无恒吗？你不如去计算风涛中的海上的波浪的数目吧。阿达拉啊，牺牲，扇形，都不是永久的维系：或许有一天厌倦会与憎嫌一同来到，’过去的良时是会不被人称数的，你只会感着一个可怜又可厌的结合的憎厌。无疑的，我的女孩子，那最美的爱情是从那‘造物’手中出来的男人的爱情。一个乐园是为他们造的，他们是无邪而不朽的。他们的身心都是完善的，他们是一切都情投意合的。夏娃是为亚当而造的，而亚当也是为夏娃而造的。然而假如他们也不能够维持在这幸福之境中，在他们之后有哪几对夫妇会能够呢？我不对你讲那些人们祖先的结婚，那些难以言语来形容的结合，那时姊妹便是兄弟的妻室，那时夫妇的爱情和友爱熔在同一个心中，而一方面的纯洁又增高了别方面的欢乐。一切的结合都是被扰乱了；嫉妒偷偷地来到那人们宰童羊的草地的祭坛，它统治在阿伯拉汗的篷帐下. 甚至在那些族长们细味着那甚至使他们忘记了他们的母亲的死的狂欢的卧榻中。’

“‘我的孩子，你会骄矜着你在你家中是比在耶稣基督所曾愿降生的圣族中还天真还幸福吗？那些争论，相互的责难，烦虑，和一切夫妇间的痛苦等碎烦的家事，我也不来和你细讲了。女人每做一回母亲便要重新受一回苦痛，她是哭泣着结婚的。只要一个你给他吃奶，又死在你怀间的婴儿的损失，已够有多少的痛苦了！山中曾满布了呻吟之声；没有东西能安慰你，因为她的孩子们都已去世了。这些缠住世人的柔情辛酸是如此地强，我看见在我国中有许多为王侯所眷恋的贵妇们脱离了宫廷，隐在修道院中去销毁了那可憎的，所有的欢乐只是痛苦的肉体。’

“‘可是或许你会说这最近的例子和你是没有关系的，你整个的奢望不过是和你中意的男子一同生活在一间陋屋中：你不很要求那结婚的幽欢，却要那青年人称之为‘爱’的痴情吗？一个受伤的想象的幻想，妄想，空虚，迷梦啊！就是我，我的女孩子啊，我也曾领略过心的烦恼；我的头从前不是秃顶的，我的心从前也不是平寂的，像今朝你们所看出的一样。你相信我的经验罢。假如世人对于他的情感有恒心，能够不绝地维持着一个不停地重新的情感，无疑地寂寥和爱情准会使人和上帝相等了，因为那就是造物的两种永恒的喜悦。可是人的灵魂是易倦的，它从来不会完完全全长久地爱着一个同样的东西。有几点上两心往往是隔膜的，而这几点已足够渐渐地使生涯难堪了。’

“‘最后，我的亲爱的女孩子，人们幸福的好梦中的大错，就是忘记了那系附于他们的天性的死的痼疾。人是应当终结的。迟迟早早，随便你曾经有多大的幸福过，那美丽的容颜终须要变成那坟墓给与亚当的裔胄的无变化的面目的；即使那却克塔斯的眼睛亦不能从你冢墓间的姊妹们中辨识出你来。爱情绝对不能将它的权力伸张到棺椁中的虫蛆上，我说什么（哦，空虚的空虚啊！）我谈什么地上友情的权能啊！我的女孩子，你要知道它的范围吗？假如一个人在死了几年后重新又复活转来，我不相信，他仍会受那些为了他的记忆而流了最多的眼泪的人们的欢迎：人们是那样快地有了新相识，人们是那样容易地有了新习惯；无恒心在人类是那样地自然，我们的生命是那样地不足轻重，即使在我们的朋友们的心中！’

“‘你感谢上帝啊，我亲爱的女孩子，他如此迅速地将你从这不幸之谷中救拔出来。那贞女的白裳和明冠已经在云端为你预备着了；我已听到仙后向你呼喊着：来啊，我称职的侍女；来啊，我的鸽子；你来坐在一张纯洁的宝座上，在那些将美丽和青春牺牲在仁慈的服役，儿童的教育和忏悔的工夫上面的女子之间。来啊！神秘的蔷薇，来安息在耶稣基督的胸间。这棺椁——你所选定的合欢床，是不会错误的；而你的天堂的丈夫的拥抱是无尽期的！’

“正如残阳消灭了风息又将沉静散布在空中一样地，那老人的平静的语言平息了我爱人胸间的热情，她只着意于我的沉哀和使我忍受她的消亡的方法了。有时她对我说假如我答应她不流泪，她会幸福地死去；有时她向我说起我的母亲，我的家乡；她想将旧恨来分我的新愁。她劝我要忍耐．要有勇气。‘你不会永远不幸的，’她说，‘此时天公之所以要你受苦，就是为了要使你对于别的人的苦痛更有怜惜心。却克塔斯啊，人心是像那些只有在自己为斧斫所伤折的时候才会流出香液来医人们的伤创的树木一样的。’

“她这样说了后，便转身向教士，在他那里去找寻那她曾经使我感受过的慰藉；于是轮转地安慰着人又受着别人的安慰，她在死的榻上，转受着生的语言。

“这时隐修人的热忱格外高了。他的老骨又被仁慈的热火所烧着了，而且老是在预备着解药，重烧着火炬，清除着卧榻，他同时便演说起上帝和公正的幸福来，他手中拿着宗教的火炬，好像引导阿达拉到坟墓去，指示那些秘密的奇迹给她看一样。小小的石洞为这女教徒的去世的伟大所充满了，而天灵们是无疑地在注意着那宗教独战着爱情，青春和死亡的一幕的。

“这神灵的宗教凯旋了，我们在我们心头继续着起初的狂热的神灵的忧愁中看出了它的胜利。近子夜时分，阿达拉好像振作起自己来诵那教士在她榻前宣诵着的祷词。不久她便握住了我的手用一种细微难辨的声音对我说：'乌达利西的儿子，你还记得那你将我误认的"未恋之处女"的第一夜吗？我们定命的奇异的朕兆啊！'她停止了，随后又说：'当我一想到我要与你永别的时候，我的心便鼓起一种如此大的气力来重生，使我觉得有那为恋爱而将我变做不朽的能力。可是，我的上帝啊，愿你的意志成就！'阿达拉缄默了一会儿，便又说：'如今我要说的只有求你宽恕那我惹你的痛苦了。为了我的骄傲和任性曾经很使你痛苦过。却克塔斯啊，撒在我身上的一些些泥土，将使你我隔开一个世界，又将我的不幸那重压从你的心里永远解除下。'

'宽恕你！'我涕泪淋浪地说，。'那惹起你的一切不幸的可不是我吗？'——'我的朋友，'她打断了我的话头说，'你曾使我变成很幸福，而且假如我会重生时，与其在家乡中安闲地过一生，我宁愿享受那在不幸的戍地中爱你片刻的幸福。'

"谈到这里，阿达拉的声音消沉下去了；死的阴影满布在她的眼梢和口角。她的不安定的指头想触着些什么东西。她低低地和不可见的神灵交语着。不久，使了个劲儿，她试想，可是突然的，将小苦像从颈上解下来；她叫我自己将它解下。于是她对我说：'当我第一次和你谈话时，你看见这个十字架在我胸前的火光中耀着；这是阿达拉仅有的财产。你的父亲同时又是我的父亲洛拜司，在我诞生后不久将它送给我的母亲。从我手里来接受这份遗产吧，哦，我的哥哥！保存着它做我的不幸的纪念。在你生涯的悲苦中，你将有赖于这不幸的人们的上帝。却克塔斯，我还有一个对你的最后的祷告。朋友，我们在世上的遇合许是短促的，可是在这个生涯后还有一个更长的生涯啊。假如与你永别是会多么可怕啊！我今朝只不过走在你前面，我要在天国中等待你的。假如你曾爱过我，请你受了基督教的开化，它将筹备我们的重逢。这个宗教既然能使我与你相别而不死于失望的悲哀中，它便在你的眼底显出一个大圣迹了。可是我只要你简单的一诺，我是很知要求你宣誓的关系重大。这个愿心或许会使你隔绝了一个比我更幸福的女子……我的母亲啊！宽恕了你的女儿吧。圣母啊！息了你的怒吧。我又重新堕到我从前的微弱中。我的上帝啊，愿你使我只想着你。'

"我为沉哀所伤，便答应阿达拉有一朝我将信奉基督教。看了这种景象，那教士受灵感似地站了起来，向洞顶伸着双臂：'时候到了，'他喊着，'召请上帝降临的时候到了！'

"他刚说了这些话，立刻一个不可思议的力迫着我跪下去，把我的头伏在阿达拉的榻前。那教士把一个秘密的地方打开了，那里藏着一个用一副丝幕遮着的金瓶；他便屈身深深地膜拜。洞中似乎忽然璀璨起来，我只听得在空中的仙语和天上的箜篌的妙音；而且当这修隐人将圣瓶从圣柜中取出来的时候，我觉得已看见上帝亲身从山腰间走了出来。

"教士打开了圣爵，他用两只手指拿着一块洁白如雪的圣饼，口中喃喃地念着神秘的口号走进阿达拉去。那圣女抬眼向天，人了忘我之境。她一切的悲哀似乎都中止了，她的全部生命都聚集在她的口上；她的嘴唇微张着，带着敬意去寻找那藏在面包下的上帝。随后这神圣的老人将一些棉花浸在圣油中，他用油搽着阿达拉的鬓角；他向这垂死的女子注视了一会，忽然间他的强有力的语言从他的口中吐了出来：'出发啊，基督教徒的灵魂，去晤见你的造物者啊！'抬起了垂下的头，我看着那盛圣油的瓶喊道：'我的神父，这剂药可能将生命还给阿达拉吗？'——'是的，我的孩子，'那老人倒在我臂间说，'那永恒的生命！'阿达拉刚断了气。"

说到这个地方，是自从故事的开始以来，第二次却克塔斯不得不间断了。他的眼泪奔流着，他的声音断续着。这失明的沙鲜袒开他的胸膛，他从胸间拉出阿达拉的苦像来。“看啊”，他喊着，“这不幸的证物！核耐啊！我的孩子啊！你看见它，而我已更不能看见她了！你对我说，经过许多岁月之后，金子可没有磨损吗？你在它上面可看见我的泪痕吗？你能够认出那圣女嘴唇触过的地方吗？为什么却克塔斯还不是基督教徒呢？那几种琐细的政治和国家的观念一直到如今还在他的先辈的谬误中牵住他？不啊，我再不愿长久地迁延下去了。大地向我喊着：你几时下坟墓来啊？你还等待些什么才信奉圣教啊？……大地啊！你不会等待我长久的：一个教士在水中将我的愁白的头转变作青春，我立刻就希望和阿达拉相会……可是让我们且讲完了我的往事吧。”

## 葬仪

“我绝对不打算，核耐啊，今天对你来描摹阿达拉断气时那夺去我的灵魂的绝望。我应当有比现在所遗留着的更多些的热度；我的闭着的眼睛应当能在太阳中重新开张，去向太阳问一问它们在它的光明中流了多少眼泪。是啊，这如今在我们头上照耀着的月亮，将倦照那甘塔荀的大野；是啊，那如今载着我们的独木舟的河流会停止了它的水流，假如我为阿达拉停流了眼泪！我木然无知觉地对着那隐修人的高论整整的两日。这卓绝的人为要试想抚平了我的痛苦，他不用那世间的空泛的理论；他只对我说：‘我的孩子，这是上帝的意志。’他便将我紧抱在他的臂间。假如我没有亲身经验过，我准会永不相信在这安命的基督教信徒的几句的言语中会有如许的慰安。

“那上帝的老仆的柔和，动心的言语，不变的忍耐，终究战胜了我悲苦的偏执。我看见他为我的事流泪，很觉得惭愧。‘我的神父，’我对他说，‘这太过分了：愿一个少年人的热情以后不来扰乱你的生涯的安寂罢。让我将我的妻子的遗骨带了去，我将把她深埋在广漠的一角；而且假如我还须活着受罪，我总勉力去做到那阿达拉答应我的永恒的婚姻。’

“对于这无可奈何的勇气的回复，这神父快乐极了；他喊着：‘耶稣基督的血啊，我的神明的主的血啊，我又认识了你的伟力了！你无疑地将救了这少年。我的上帝，做完了你的工程啊，将和平还与这个不安的灵魂，在他的不幸中只遗下些温和与有用的回忆啊！’

“那虔信的老人不答应将洛拜司的女儿的尸身交给我；他向我提议说要召集他的新教徒，又要用基督教徒的全副仪仗来葬她；可是我也拒绝了他。‘阿达拉的厄运和德行，’我对他说，‘是不为世人所知道的。我希望她那暗暗地由我们亲手挖掘的坟墓也同样地不为世人所知晓。’我们决定在第二天日出时出发去，将阿达拉葬在死林的进口的石梁下。我们要在这贞女旁边祈祷度夜这事也决定了。

“向晚，我们将她的宝贵的遗骸运到一个北向的洞口。隐修人已将她裹在一匹他母亲所织的欧洲麻布中：这是他留存着的故国的惟一的物品，他久已将它定做自己去世时用的。阿达拉躺在一片山中的含羞草的草地上；她的脚，她的肩，和她的胸的一部分都露在外面。在她的发间可以看见一朵萎谢的木兰花……正就是我想使她产生孩子而采来安放在这贞女的榻上的那朵。她的嘴唇，正如一朵采了两天的蔷薇花蕊，似乎是憔悴又微笑。在她皎白的颊上，可以看得出几丝蓝色的静脉。她的妙目已闭，她的纤足交叠着，她的玉手按着她胸间的一个乌木的十字架；她的愿心的圣肩衣已贴在她的颈上。她似乎被一个忧郁之神，无邪和坟墓的双倍的梦所蛊住了：我从来没有看见过比她更天神的了。那不知道这少女是曾经在世间生息过的人，准会当她是个沉睡着的贞女的雕像。

“那教士整夜不停地祈祷着。我默坐在我的阿达拉的丧塌头，当她睡着时，我曾经多少次将这个娇媚的头儿搁在我膝上啊！我曾经多少次依在她身上听着又呼吸着她的口嘘息啊！可是如今从她寂寂的胸间却没有一点声音出来，我等待着那美人的重醒只是徒然的了。

“月亮将她的幽凄的火炬借与这丧殡的守夜。她在半夜里升起来，好像一个来到她的伴侣的殡殓上来哭泣的白衣的贞女。不久她将她爱向那老橡树和古海岸讲述的忧郁的大幽密倾泻到林中。这教士时时将一枝花枝浸在圣水中；然后他摇着那浸湿的枝条，用天香把幽夜薰香了。有时他用一种古调诵着一个古诗人名叫约伯的几句诗章；他念着：

我如花朵一般地消逝，我如田草一般地枯槁。受患难的人为何有光赐给他呢？心中愁苦的人为何有生命赐给他呢？

“老人如此地唱着。他的沉着而不甚调和的声音在广漠的静默中低回着。上帝和坟墓的名字从一切的回响，一切的泉流，一切的树林间出来。维吉尼的鸽子的低啭声，山中瀑布的奔流声，召集旅人的钟磬声也都羼进这薤露歌中来；我又觉得听到那在死林中死者的远远的合唱与隐修人的声音应和着。

“这时一道金栏在东方露了出来。群鹰在岩上高呼，貂鼠奔回林穴：这就是阿达拉出殡的信号。我将尸体负在我的肩上，修隐人手里拿着锄头在我前面。我们便开始向岩石走下去，衰老和死者同样地延迟了我们的脚步。一看见那头曾在林中找到我们，而现在又欢跃着为我们引着另一条路的狗的时候，我便流泪了。阿达拉的长发——晨风的玩物，屡次将它的金幕展在我眼前；屈身在重负之下，我好几次不得不将尸身放在青苔上，自己坐在旁边，舒一舒气力。最后我们来到那由我的沉哀所选定的地点：我们走到桥洞下。我的孩子啊！你假使看见一个青年的蛮人和一个年老的隐修人在广漠中相对跪着，亲手为一个可怜的女儿掘着一个坟，而她的尸身是躺在旁边，在干涸的山溪中，你怎样想着啊！

“当我们的工程做完时，我们将这美人移到她的尘土的床中。啊啊！我曾经希望过为她预备一张别的床啊！握着些泥土，守着一个深深的沉默，我最后一次定睛看看阿达拉的容颜。随后我将长眠之土撒在这十八春的额上；我看见我的妹妹的姿容渐渐的消隐，而她的风韵也藏在永恒的幕下；她的胸还在黑泥上高耸了些时，正如一枝白百合花从暗黑的土中升起来一般：‘洛拜司啊，’于是我喊了，‘你看你的儿子葬你的女儿啊！’我便用长眠之土遮盖了阿达拉。

“我们回了洞，我将我所打定的跟从他的主意告诉了他。这很明了人类的心的圣人，看出了我的思想和我的沉哀。他对我说：‘却克塔斯，乌达利西的儿子，当阿达拉在世的时候，我曾经亲自劝你住在我身旁；可是如今你的境遇变了，你是应当为你的祖国效劳的。相信我啊，我的孩子，悲哀不是永恒的；它是迟早总须完的，因为就是人的心也有尽头的；这就是我们的大不幸之一；我们甚至连长久地受不幸都不能。你回米失西比去吧；去安慰你的母亲，她是终日为你哭泣着而她又是要依靠你的。去归附了你的阿达拉的宗教，当你有机会的时候，记着你曾经答应她贞洁和归教的。我呢，我将在此地在她的墓头老死。出发啊，我的孩子。上帝，你的妹妹的灵魂和你的老友的心都将跟随着你。’

“这就是岩上人的说话。他的权威是太大了，他的智慧是太深了，使我不得不顺从他。一到第二天，我就别了我的可敬的主人，他将我紧抱在胸间，将他的最后的忠告，最后的祝福和最后的眼泪给与我。我走过坟前；我很惊奇地在那里发现一个小十字架标在死者的上面，正如一个人还看见一只遭难的船的桅杆一样。我猜度那隐修人在夜间曾到坟头来祈祷过。这种友情和宗教的标征使我不停地流泪了。我忽地起了一个重新把坟发掘开来再看一看我的爱人的念头，可是一种宗教的恐惧止住了我。我坐在那翻过不久的土上。把肘子支在膝上，手托着腮，我便深迷在那最辛酸的梦想中了。哦，核耐啊！那便是我对于我们的生涯的虚幻和我们的企图的最大的虚幻的第一次深刻的冥想！嗯！我的孩子！谁不曾沉人于这种冥想啊？我如今只是一头为冬天变白的老鹿了．我的年纪也可以和老鸦的年纪相比了。是啊，纵使我有那压在我头上的如此许多的岁月，纵使我生涯有如此长的经验，我还没有遇见一个不为幸福之梦所欺的人过！没有一颗心是不含着隐伤的。在外表上看来最平静的心，好像是阿勒须阿草野中的自然井：它的表面似乎是平静而又澄清；可是当你向水底看去的时候，你就会看见那用井水养着的一条大鳄鱼。

“这样地在这伤心处看着太阳起来又沉下去。第二天，听到鹊鸟第一次鸣声的时候，我准备着离开这神圣的墓。我从那里出发，好像是我愿意从一块跑到德行的新生活中去的界石前出发一样。我向阿达拉的灵魂呼召了三次，那广漠之神在幽凄的桥洞上应了我的呼声三次。我随后便向东方敬礼，我又发现在远处山径中，那到某个不幸人的小屋中去的隐修人。我跪了下来，紧紧地抱着这坟墓，我喊着：‘静卧在这异国中吧，太不幸的女儿！你的爱情，你的漂泊和你的死亡应当有一个幸福的报偿的，但是你现在甚至被你的却克塔斯所遗弃了！’于是泪浪滔滔地，我别了洛拜司的女儿；于是我离开了那个地方，将一个更庄严的纪念物遗在那大自然的纪念物边：德行的小小的坟墓。”

## 尾声

纳契人乌达利西的儿子却克塔斯曾将这个故事讲给欧洲人核耐听。父亲们传述给孩子们听，而我这绝域的旅人，我忠实地将那印第安人讲给我听的故事讲述出来。我在这故事中看出那猎民和耕民的画图，人类的第一个立法者宗教，那与光明，仁慈，福音的真精神相背的无知，和宗教的热情的危险，那在一个单纯的心中的热情和德行的交战，最后那基督教义的在那最猛烈的情感和最可怕的恐惧——爱情和死灭——上的凯旋。

当一个西迷诺尔人对我讲这个故事的时候，我觉得它很有教训又极美丽，因为他在那里放进了广漠之华，野屋之美和一种讲述悲哀的单纯，这些我不敢夸口都保留住了。可是还剩下一件事我不知道。我问奥勃易神父后来怎样了，可是没有一个人能告诉我；我准会到今朝都不知道，假如那指导一切的“造物”不将那我所寻求的坦示给我。下面就是经过的情形：

我曾经游历过那从前做新法兰西南面的界限的米失西比河岸过，我很惊奇在北方看见这个国家的另一个奇迹——尼亚迦拉大瀑布。我到了那瀑布的旁边，在阿轧农西倭尼人的故土中，在一天早晨穿过一带平原的时候，我望见一个女子在树下，将一个已死的孩子安在膝上。我轻轻地走进到那年轻的母亲身旁，我听见她说：“假如你生存在世间，亲爱的孩子，你的手会如何从容地弯弓！你的臂膊会降服怒熊；而在山峰上，你会比扈鹿跑的更快。岩间的白鼬鼠啊，这样年轻就到灵魂的国土中去了！你在那里怎样生活呢？你的父亲不在那里打猎养你。你会受冷，然而没有一个精灵来给你兽皮遮盖。哦！我应当赶快来会你，唱歌给你听，把奶给你吃。”这年轻的母亲颤声唱着，握着那在膝上的孩子，用她的奶湿润了他的嘴唇，对于这死者施于一切对生人的小心。

这个女子要照印第安人的风俗，将她的孩子的尸体在树枝上风干，以便随后将他带到他祖先的坟墓中。她将婴孩的衣裳脱去，在他的嘴上吻了一会，说着："我的儿子的灵魂，可爱的灵魂，你的父亲从前用一吻在我唇间创造了你；啊啊！我的接吻却不能给你第二次诞生，"随后她便袒露了她的胸膛，紧抱着那冰冷的遗骸；假如上帝不吝与那给与生命的嘘息，他准会在慈母的心火中重活转来。

她站起来，看来看去地找一株在上面可以安放她的孩子的树。她选择了一株开着红花，结着荚豆的彩带，氤氲出最美的芬芳的枫树。她一只手攀上低枝，一只手将尸身放上去；于是放了树枝，树枝便载着孩子的遗骸归了原位，深藏在一片馥郁的树叶间。哦，这印第安的风俗是多么地动人！阿克拉苏士和该撒们的华丽的纪念物啊，我在你们的荒圮的田野中看见过你们，然而我却爱那蛮人的空间的坟墓，那些蜜蜂所薰香，和风所飘荡的灿烂而青翠的寝陵，在那里夜莺又做着它的巢，啼出它低怨的曲子来，假如那是个情人所悬在死者之树上的少女的遗骸，假如那是个母亲所安在小鸟的住居处中的爱子的尸身，那妩媚便益发增加了。我走近这在那枫树边啼泣的女子，我将手按在她头上喊了三遍悲哀的呼声，随后也不和她谈话，我像她一般地拿起一根树枝，赶开了那些丛集在孩子的尸身上的飞虫，可是却当心着不惊飞了在旁边的一只鸽子。印第安女人对它说："鸽子啊！假使你不是我儿子飞去的灵魂，你无疑地是一个要找寻些东西筑巢的母亲了。拿这些我以后不在土茯苓汁中洗涤的头发吧，拿它去安卧你的小鸽子，愿'造物'能为你保留它们吧！"

当时这母亲看见个陌路人的礼节，欢乐地哭起来。当在这个情形中，一个青年人走过来："舍虑塔的女儿，收起我们的孩子；我们不能长久寄居在此地，朝阳一出来我们就要动身了。"我便说："兄弟，我祝你有一个青天，有许多鹿，有海狸袍和希望。你可不是这个广漠的人吗？"——"不是的，"这少年回答，"我们是漂泊人，我们要去寻找一个家乡。"说了这话，这战士将头垂到胸前，用他的弓梢打着野花的梢头。我看出这故事的深处是有眼泪在着，我就不做声了。那女子从树枝上取回她的儿子，将它交给她的丈夫背着。于是我便说："你们肯允许我今夜烧你们的火吗？"——"我们没有屋子，"战士说，"假如你愿意跟我们，我们便安顿在瀑布边。"——"我很愿意。"我回答。我们便一同出发了。

我们不久便来到大瀑布边，它高嚣着可怕的号声。它是那发源于欧利欧湖，流入翁达利屋湖的尼亚茄拉河造成的；它的垂直的高度有一百四十四尺。自从欧利欧起到苏止，这条河流在一道峻道上；在落下去的时候，与其说它是河，还不如说是那急流直泻到一个深渊的张大的口中的海。那瀑布分作两支，弯作马蹄铁的形状。在两道瀑布之间，一个下方被冲去的洲渚向前突出着，和它一切的树木临瞰在那波涛的混沌上。那奔流到南方的急流，转成一个极大的圆柱体，然后摊成一片雪片，在太阳中闪耀出一切的色彩来；那奔流到东方的人，坠入一个可怕的幽暗中；人们会说是一个大洪水的水柱。无数的彩虹在深渊上弯曲着，交叉着，流水敲着那摇动的岩石，又翻着浪花高跃起来，一直升到树林之上，正如一个大火灾的火焰一样。松树，野核桃树，作幽魅形的岩石，点缀着这幅景致。那些为气流所牵引的苍蝇盘旋着降落到深渊的深处，而那些猪獾用它们的柔软的尾巴把身子挂在垂下的树梢；去那深渊中攫些鹿和熊的残尸。

当我带着一种混合着恐怖的欢乐默看着这景色的时候，印第安女子和她的丈夫离开了我。我溯那在瀑布上的河流去寻找他们，不久我在一个和他们的伤恸相配的地方找到了他们。他们是和几个老年人躺在草上，在那些用兽皮包裹的人骨旁边。我惊诧着那我在几小时以来所看见的，我便在那年轻的母亲身旁坐下，对她说："这些是什么，我的妹妹？"她回答说："我的哥哥，这是祖国的土地，这些是在我们漂泊中带着的我们的祖先的遗骸。"——"什么，你们曾经遭过了患难吗？"那舍虑塔继续说："我们是纳契的余民。在法国人为报复他们兄弟的仇，在我们的国中屠杀后，那些从战胜者那里逃脱的我们的兄弟们，在我们的邻邦戏卡煞斯人那里找到了个安身之处。我们在那边平安地总算过了许多时候；可是在七个月前，维吉尼的白种人侵占了我们的土地，说是一个欧洲的国王给他们的。我们便祷告苍天，载着我们祖先的遗骸，迤逦穿过广漠。我在路上分娩了，而且为了悲哀，我的奶不好的原故，以致我的孩子死去。"说着这话时，这年轻的母亲用她的发丝拭着她的眼泪；我也哭了。

我不忍说："我的妹妹，我们且崇拜'大智'啊，一切都是依照他的意志安排的。我们都不过是旅人，我们的祖先也和我们一样的是旅人；可是我们都有一个我们将休息的地方。假使我没有那你当我有一根像白种人一样轻浮的舌头的忧虑，我准会问你，你可听见人讲起纳契人却克塔斯。"听了这话，印第安女子注视着我，向我说："谁向你讲起过纳契人却克塔斯？"我回答："是智慧。"印第安女子又说："我将把我所知道的都告诉你，因为你赶开了我儿子身上的苍蝇，而你刚才对'大智'又说了许多很好的话。我便是那却克塔斯的义子欧洲人核耐的女儿的女儿。那受了洗礼的却克塔斯，和我的如此不幸的祖父核耐，死在屠杀中。"——"世人总是从悲哀到悲哀的，"我鞠躬回答，"你肯更告诉我些奥勃易神父的消息吗？”——“他也并不比却克塔斯幸福些。”印第安女人说，“法国人的仇敌薛洛盖人侵入他的教会，他们是由那救旅人的钟声所引进去的。奥勃易神父原可以逃生，可是他不愿抛弃了他的孩子们，他便留在那里作为勉励他们就死的榜样。他是受大痛苦被焚死的；可是他们总弄他不出一声为国家之耻，为上帝之羞的呼声。当受刑时，他不停地为他的施刑人祷告，对受难人的命运同情。为要引出他一点弱点来，那些薛洛盖人将一个被他们毁伤得不堪入目的基督教徒蛮民带到他跟前。可是，当他们看见那青年人跪在地上，吻着老隐修人的伤口，而老隐修人又对他喊‘我的孩子，我们是被置在戏场中做给天神和世人看的’时候，他们惊异极了。那些印第安人大怒，用一枝烧红的铁刺入他的喉中，使他不能说话，于是，更不能安慰别人，他便死了。

“有人说即使那些惯见蛮民忍痛受苦的薛洛盖人，也不得不承认在奥勃易神父的平凡的勇气中，有些他们所不知道和超于地上一切勇气的东西。其中有许多人受了这一死的感动，都归了基督教了。

“几年之后，却克塔斯从白种人的土地回来，知道了那主教的劫难，便动身去收拾他的和阿达拉的遗骨。他来到教会的故址，可是他几乎辨识它不出来了。湖水已涨溢过，草野已变成泽地了；石梁已倾覆下来，把阿达拉的坟墓和死林都埋在它的碎石中了。却克塔斯在那里踯躅了多时；他去寻访隐修人的洞，这洞却已蔓生着荆棘和覆盆子了，洞中有一头红母鹿在哺它的小鹿的乳。他坐在从前阿达拉死时通宵守夜过的岩上，在那里他只看见几片从过路的飞鸟的翼上坠下来的翎羽。当他在那里哭泣的时候，那教士的驯蛇从附近的草丛中游出来了盘在他脚边。却克塔斯将这在残迹中仅存的忠友温在胸头。这乌达利西的儿子说，在幽夜来临时，好几次他以为看见阿达拉和奥勃易神父的幽灵，在黄昏烟霭中飘起，这些幻象用一种宗教的恐怖和一种忧愁的欢乐充满了他。

“在徒然地寻找过他的妹妹和隐修人的坟墓后，他正要离开那地方了，忽然那洞中的红母鹿在他前面跳跃起来，它在教会的十字架前停住了。这十字架那时已一半浸在水中；它的木头已为苔藓所蚀，而那广漠中的塘鹅又欢喜栖停在为虫所蚀的横木上。却克塔斯猜想那怀思的母鹿已引他到它主人的墓上。他在从前作祭坛用的岩石下翻掘，他便在那里找到了一幅男子和一幅女子的尸骨。他确信那就是教士和贞女的尸骨，或许是神仙将它们堆在那里的；他将它们包在熊皮中取道回乡，肩上负着那些好像是杀人的箭筒一样地作响着的宝贵的尸骨。夜间他将它们枕在头下，他便得到些爱情和美德的梦。哦，异乡人啊！你在这里可以看见这些灰土，和却克塔斯自己的灰土。”

当印第安人说完了这些话的时候，我便站了起来：我走近那些圣灰，在它们的前面默默地敬礼。然后，大踏步地离开，我喊着：“在世上一切好的，有德的，多感的都如此地消逝啊！世人啊！你只不过是一场短梦，一场悲哀的梦；你只是生于忧患，你只是靠你的灵魂的悲哀，你的思想的永恒的忧郁而生存着的东西！”

这些思索整夜地盘踞在我的心上。第二天破晓时，我的主人们离开了我。青年的战士们居先，妇女们殿尾；在前的负着尸骨，在后的带着他们的婴孩；老人们缓缓地走在中间，在他们的祖先和他们的后裔，在回忆和希望，在失去的故国和将来的邦家之间。哦！当一个人如此弃了他们的乡土的时候，当一个人从异域的山顶上末次发现那他在那里长大的房屋和那含愁不尽地流过家乡的孤野的房舍的河水时，他会流出多少的眼泪啊！

我所看见的漂泊在新世界的广漠中，带着祖先的尸骨的不幸的印第安人们啊！你们那些曾经虽在患难中还款待我的人们啊！我今朝不能报答你们了，因为我也和你们一样地漂泊，随人摆布，而在我的漂泊中更不幸一些的，就是我没有带着我的祖先的尸骨！

## 核耐

到了纳契族时，核耐为了依据西印度人的风俗，不得不娶了一个妻子，可是他却并不和她共同生活。一种忧郁的怪癖逗他到幽林的深处；在那里他独自消磨永昼，好像是野蛮族中的野蛮人一样。除了他的义父却克塔斯和何刹利堡的传教士苏艾尔神甫外，他已遗弃了和世人的交往。这两位老人在他的心上有很大的影响：第一个是一种和蔼的宽仁；还有一个恰正相反，是一种绝端的眼里严厉。自从猎海狸时那失明的沙鲜把自己的遭遇讲给核耐听了以后，核耐总不肯说出他自己的。可是却克塔斯和那位传教士却深望知道，毕竟为了件什么不幸事，这位出身高贵的欧罗巴人会有这隐遁到卢衣西阿纳的广漠来的奇异的决意。核耐常常把他的阅历的没有多大兴味来做拒绝的理由。他说，他的阅历是只限于他的思想，他的感情的。“至于那使我决意到阿美利加来的动机，”他加一句说，“我应当将它埋在永远的遗忘里。”

这样地几年过去了，这两位老人总不能得到他的隐情。一封由外国传道会转递到的欧罗巴寄来的信，又使他平添了些愁苦，使他甚至避去了他的两个老友。他们却格外热烈地要强逼他袒怀相示了；他们对于这事放下如许的小心，如许的温和，如许的威权，使得他不得不满足他们了。因此他定了一个日子对他们讲述，他所讲的并不是他的生涯奇遇，因为他确实没有经历过，却只是他的灵魂的隐秘的情感。

野蛮人称为“花月”的那一月的二十一日，核耐来到却克塔斯的小舍中，他挽着沙鲜，引他到一株在米失西比河畔的黄樟树下。苏艾尔神甫也如约而至。晨曦起来了，在不远的平原上，可以望见纳契的村庄，和它的桑林以及它的蜂房般的小舍。法兰西的殖民地和何刹利堡在左方河岸上显出。那些篷帐，未完工的房屋，才动工的堡垒，满布着黑种人的初垦地，成群的白种人和印第安人，在那小小的地方，表现出文明和野蛮的习气的对照。向东方，在远景的深处，太阳正从阿巴拉昔乱峰中露出来，这些乱峰在金色的高天上描画着，好像是青色的字样一般；在西方，米失西比河在幽静中流泛，用那惊人的浩漫来做这风景的边缘。

这青年人和传教士对于这美景略赏了一会儿，可怜着那不能享受这美景的沙鲜；随后苏艾尔神甫和却克塔斯便在树荫里浅草上坐下，核耐坐在他们中间。于是，沉静了片刻后，他便这样地向他的老友说：

“我开始陈述我的往事的时候，我不禁羞耻了。他们的心境的平寂，可敬的长者啊，和我四周的自然界的恬静都使我为了烦乱和灵魂的不安而羞赧起来了。

“你们会多么地怜悯我啊！他的永远的不宁在你们看来是多么地不幸啊！你们是曾经受尽一切人生的悲哀的，对于一个无力无德的，自己感到他心中的忧虑，又只得悲叹着他对自己做下的罪恶的青年人，你们作何感想啊？啊啊！不要再定他的罪了，他已经受罚的够了！

“当入世时，我便将我母亲的生命断送了；我是用铁器从她胎中取出来的。我有一个哥哥，他是我父亲所爱的，因为在父亲看来他的长子。至于我，我早就被抛在不相识者的手中，我不是在家里养大的。

“我的性情是急躁的，我的气质是多变的。反复不定地喧哗又欢乐，沉默又悲哀，我将我的少年的伴侣聚在我周围，然后，又突然地将他们遣散了，我去孤坐着，默看着那无定的云踪，或是谛听着那雨珠敲着树叶的声音。

“每逢秋天，我回到我父亲的堡中，这堡是坐落在树林中，湖水边，在一个遥远的省份里。

“在我父亲面前小心而拘谨，我只在我姊姊阿美梨身旁找得欢乐。性情和爱好的幽默的投合将我和这位姊姊紧紧地联在一起；她是比我大得没几岁。我们爱一同登山，游湖，在落叶时漫游林中：那种回忆至今还充满着我的欢快的灵魂的漫步。哦，儿时和家乡的幻境啊，永远不要将你们的温柔失去！

“有时我们悄悄地走着，听着那怒号的秋声，或是听着那我们含愁地曳在我们步履下的枯叶的声音；有时，在我们天真的游戏中，我们在草场里追逐着燕子，在温雨的丘陵上追逐着彩虹；还有几回，我们还低吟着那自然界的景色兴感起我们的诗句。青年时我是礼奉缪司们的，没有比一颗在热情的清鲜中的十六岁的心更有诗意的了。生命的清晨是正如一日的清晨一样，充满着纯洁，想象，和谐。

“每逢礼拜日和节日，我时常在森林中听见那召集乡民到寺院去的辽远的钟声，度过丛林。我倚身在一株榆树上，静静地听着那虔诚的微音。每次金声动时，挟着那乡村生活的无邪，孤独的平静，宗教的魅力和我儿时的回忆的堪味的忧愁到我纯朴的心头！哦！听了他的故乡的钟声，听了这在他的摇篮上欢乐地震颤过，宣布他的生命的降临过，记着他心脏的第一次跳动过，分发出他父亲的神圣的欢乐，和他母亲的莫可名状的沉痛和喜悦到周围过的钟声，哪一个伤创的心会不颤动呢！一切都在那故乡的钟声使我们湮入的迷梦中发现了：宗教，家族，祖国，摇篮和坟墓，过去和未来。

“真的，阿美梨和我享受着这些严肃和柔和的思想比任何人还多，因为我们两人都有点烦怨在心底：这是我们从上帝或是从我们母亲那儿得来的。

“可是我父亲得了一场病，这场病不几天便带他到坟墓中去了。他是死在我臂间的。那时我在给我‘生命’的人的嘴唇上昧到那‘死’。这个印象很深的，它剑现在还存在着。那还是第一次，那灵魂的不朽清清楚楚地显露在我眼前。我不能相信那无生命的躯体会是我的思想的创造者；我觉得那思想应当是从另一个根源上来的，而且，在一个与欢乐相近的神圣的沉痛中，我希望有一日能和我的父亲的灵魂相会。

“阿美梨已为沉痛所属伏，深藏在楼中，从那里她听到那些送殡的教士的歌声和桑钟声，在莪特式的堡垒的穹窿下响着。

“我一直伴送我父亲到他最后的安息处；泥土在他的遗骸上合上了，永恒和遗忘尽力地压着他：当天的晚上，别人已毫不关系地在他的坟头上走过；除了他的儿女外，他已经好像从来没有生存过一般。

“嗣产已归于我的哥哥，我们应当离开父亲的宅第了：我便和阿美梨去寄身在几个旧亲戚家里。

“停留在生命的歧路口，我一一地眺望着，却不敢深入。阿美梨时常将修道院生活的幸福的话讲给我听；她对我说，我是维系她在世上的惟一的绳索；而她的眼睛又含愁地凝视着我。

“心怀被这些虔诚的话所感动了，我便常常向我的新寄寓所临近的山寺走去，甚至有一个时候我有隐遁到那里去的心思：这些不经过那重关而已结束了他们的行旅的人们，不像我一般地，在尘世上拖延着无聊的岁月，他们是多么幸福啊！

“那些不停地被搅动着的欧罗巴人，是不得不筑起些隐遁所来。我们的心愈是烦乱不安，平静和幽静愈会牵引我们。我故乡的那些收容不幸人的弱者的僧院，都常是隐藏在那些怀着不幸者的深情和避身地的期望的幽谷中的；有时在些高处也可以发现那些寺院，在那里，那宗教的灵魂，正如山上的草木一般地，似乎昂向苍天，献纳它的芬芳。

“我还看见那古寺的水流和林木的庄严的交错，在那里我想从命运的播弄中解脱出我的生命来；在日暮中，我还徘徊在那些寂寞而又有回响的寺院中。当明月半照在廊柱上，又将黑影描在对面的壁上的时候，我伫立着，默看着那些标志死者的墓场的十字架，和那些丛生在石碑和坟墓间的深草。世人们，你们曾远隔开尘世而生活，你们已从生的沉默移到死的沉默去，那一种世间的憎厌，你们的坟墓没有充满了我的心啊！

“或者是天性的无恒，或者是与隐遁生涯相违的偏见，使我变了我的主意，我决定去旅行了。我向我的姊姊告别；她带着一种像是喜悦的表情，将我紧抱在臂间，好像她离开我会很幸福似的。我不禁对于那人世友爱的变动起了一种辛酸的思索了。

“那时，充满了狂热，我独自冲到这世界的险阻的海洋中去，也不知道它的港口，也不知道它的暗礁。我先去访寻那些现在已不存在了的民族：我向那里去，坐在那使人发强盛和智慧的记忆的国土，罗马和希腊的废墟上，在那里，宫殿已湮没在尘土中，而帝王的陵寝也隐在荆棘中了。自然的伟力和世人的微弱啊！一茎的小草常常透过这些坟墓的最坚强的墓石，为什么这些如此有权势的死者，都永远不再起来！

“有时一根高柱独自标立在一片广漠之中，正如一个伟大的思想不时地从一个被岁月和不幸所毁了的灵魂中升起来一样。

“我一天到晚地驰思于这些纪念物。有时，那曾经看见过建立这些城市的基础的那个同一的太阳，庄严地在我眼前向它们的荒墟上沉下去；有时，明月升到那清澄的天上，在两个半碎的骨殖瓮间，．将惨白的坟墓照给我看。常常地，在这培养梦想的月光下，我似乎一看见那记忆的精灵，沉思地坐在我旁边。

“可是我倦于在棺中翻掘了，在那里我常常只掘起一些犯罪者的灰土。

“我要看看现存的民族是否会比已死的民族，多给些德行，或是少给些不幸给我看。当我有一天在一座大城中散步的时候，走过一个宫殿后面，在一个幽僻而荒凉的院落中，我看见一个雕像，用手指点着一个因一件牺牲而出名的地方。我被那地方的沉寂所惊住了：只有悲风绕着这悲剧的大理石像哀鸣着。工匠们有的漠然地躺在雕像下，有的一边口里吹着口哨，一边凿着石头。我问他这个纪念物是什么意义？有的勉强能说给我听，有的连这纪念物所联想起来的不幸事都茫然。没有东西能给我人世的事变和我们自己的无足重轻的一个更正确的估量了。这些曾经做了这样大的声名的人现在已变成了什么？时间走了一步，地面已经重新了。

“在我的旅行中，我尤其要探求的是那些艺术家，那些在琴上唱着诸神和尊敬法律，宗教，坟墓的民族的幸福的神圣的人。

“这些歌人是神明的裔胄，他们赋有那苍天赠给地面的不能争夺的惟一的才能。他们的生命单纯，同时又伟大；他们用一张金口去赞颂诸神，但他们是人类中最单纯的；他们交谈着像神仙一样，或是像小孩子一样；他们解释宇宙的原则，却不能了解人生最简单的事，他们对于死亡有惊人的概念，却不觉得死已临到身上，像初生的婴儿一般。

“在迦莱道尼山上，那人们在这原野中所能听得的最后的歌人，将古时一个英雄安慰自己的老年时代的诗歌唱给我听。我们坐在四块被苔藓所侵蚀的石上；一条涧水在我们脚下流着，一只山羊在不远的楼阁的废墟间跑过，而海风在角拿的荒野上呼啸着。现在那基督教，也是高山的女儿，已在穆尔房的英雄们的纪念物上放上些十字架，又在那我相高响他的琴声的同是那条溪流的岸上，拨动大卫的箜篌了。正如赛尔马的神祇的好战，基督教是和平的，它在芬迦尔的战场上牧着牲口，而它又分播和平的天使到杀戮的精灵住着的云间。

“悠古而又含笑的意大利将它无数的杰作献示给我看。徘徊在具有着各种奉献给宗教的艺术的壮丽的殿堂中，我是带着什么神圣和诗意的恐怖啊！怎样的廊柱的迷宫啊！怎样的穹窿和半穹窿的连续啊！那些在圆顶阁的周围响着的，像大海的潮音，像林中的风韵或是像庙堂中上帝的语声一样的声音，是多么地美啊！建筑家造起了，可以这样说，诗人的意象，并且使这种意象能用感官接触到。

“可是，一直到那时，我这样疲劳着究竟得到些什么呢？在古人中一点确实的都没有，在今人中一点美的都没有。过去和现在是两座不完全的雕像：一个是从岁月的废墟中取出来的，破碎不堪；一个还没有从未来那里接受完美。

“可是，我的老朋友们，尤其是你们这些广漠的居民，或许你们会诧异吧，在我的旅行的故事中，我还没有向你们讲过一次自然界的风光？

“有一天，我走到在一个岛的中央喷着火的爱特拿火山顶上。我看见那太阳在我下面的天涯的飘渺中升起来，西西尔岛缩成一个小点在我脚下，大海远远地在空间舒展着。在这幅鸟瞰图之中，那些河流在我看来只不过是几条画在地图上的地理线；可是，当这一边我的眼睛看见这些东西的时候，那一边它却沉没在爱特拿的喷火口中，那时我在乌黑的喷烟中，分辨出火山赤热的熔岩来。

“一个充满着热情的青年，坐在一个火山上，悲哭着那些他们能依稀辨出的在他脚下的房屋中的世人们，无疑的，老人们啊！只是一个值得你们怜悯的对象；可是，随便你们能对于核耐抱着如何的意见，这个光景总会将他的性格和他的生活的影象给你看：在我的过去的一生，我眼前总有一个浩漫的，同时又不可见的创造物和一个在我旁边开着的深渊。”

说了这最后的几句话，核耐沉默着，又突然地坠入梦想中了。苏艾尔神甫惊诧地注视着他，而那失明的老沙鲜，觉得这青年的话中断了，不知道如何去思索这沉默。

核耐定眼看着那在平原上快乐地走过的一群印第安人。忽然地，他的面相显现出一种感动的表情，眼泪从他的眼睛中流出来了。他喊着：

“幸福的野蛮人啊！哦！我为什么不能享受那永远伴着你们的和平啊！为了这一点点的果子我跑遍了这许多国土，你们呢，安安地坐在你们的橡树下，让岁月流过去，计算也不去计算它们。你们的思想只限于你们的需要，而你们是比我更确实地达到真理，像孩子一般地，在游戏和睡眠之间。即使那个从过度的幸福中生出来的忧愁有时来袭你的灵魂，不久你也会从那暂时的忧愁中走出来，而你仰向长天的月光，感动地在找寻个怜悯可怜的野蛮人的不相识者。”

说到这里，核耐的声音重新又消沉F去了，这青年把头垂到他的胸前。却克塔斯在幽暗中伸开他的手臂，握住了他的孩子的手腕，用一种感动的声气向他喊着："我的孩子！我亲爱的孩子。"听了这种声音，那阿美梨的弟弟回复了原状，自觉他的烦乱而害羞，求他的嗣父原谅他。

于是这年老的野蛮人说："我的青年的朋友，一颗像你一样的心的波动是不能平衡的，只有调节那曾经使你受那样大的痛苦的性格就是了。即使你所受的生命的痛苦比别人多，你也不应该惊诧：一个伟大的灵魂应当比一个渺小的灵魂多包容些痛苦。把你的故事讲下去吧。你是知道我曾经看见过法兰西和我在那里的关系的；我欢喜听你谈谈那现在已不在世上的伟大的酋长我是曾经访过他的豪华的房屋的。我的孩子，我现在只为记忆而生存了。一个有回忆的老人，正像我们林木中的衰老的橡树一样：这橡树已不用它自己的树叶来装饰自己了，但是它有时用那寄生在这古干上的与它无关的植物来遮蔽自己的裸体。"

阿美梨的弟弟，为这些言语所镇定，便又重述他的心的历史了：

"啊啊！我的父亲！那个我只在儿时看见末年，而当我回国时，已不存在了的伟大的世纪我不能讲给你听。在一个民族中是从来不会发生更惊人更突兀的变化了。从精神的崇高，信仰的虔敬，德行的严格，~切都突然地坠到卑顺，到渎神，到败俗去。

"因此我从前希望在我的故乡找到些东西安息这不宁，这到处跟随着我的热望是完全无望的了。世界的研究一点也没有给我教益，然而我已没有不识不知的乐趣了。

"我的姊姊，我不懂她为什么有这种态度，她好像喜欢来增加我的烦怨；她在我到巴黎的前几天就走了。我写信给她说我想去和她把晤；她立刻回信给我，叫我变了这个主意，拿有事行踪不定的话来做借口。那时对于这为相见所疏远，为离别所消散，抵抗不过不幸，更抵抗不过幸运的友情，哪一些悲凉之思我没有起过啊！

“不久我在我的故乡中觉得比在异国更孤独了。我想在一个我什么也不懂又什么也不懂我的世界中投身几时。我的任何热情都远没有扰乱的灵魂，在找着一个能牵制住它的东西；可是我觉得我付出的比我收入的多。别人所要求我的也不是一种高尚的语言，也不是深刻的感情。我只注意于缩小我的生命，去迎合社会的水准。到处被当作浪漫的气质，耻于我所扮的角色，渐渐地觉得事物和世人可憎厌，我便打定主意要隐在一个郊外去完全不为别人所知地生活着。

“起初，我在这幽暗而自在的生活中，觉得还有些趣味。完全是个陌生人，我混在人群中：浩漫的世人的广漠！

“时常地，坐在一个没有什么人来往的礼拜堂中，我几小时地暗想着。我看见些可怜的妇人们来到‘至高’前膜拜，或是些负罪之人来到忏悔桌前跪下。没有一个人不带着更愉快一点的脸色出来，而那在外面响着的喧嚣声，好像是那些前来到主的寺院的门边消失的，世间的风景和热情的波浪一样。伟大的上帝啊，你是暗暗地在这神圣的避难所中看见我流着眼泪的，你知道多少次我跪在你脚下，恳求你解除了这生存的重负，或者将我变做老人啊！啊！谁有时不曾感到过有重新再生，在泉流中重变作青春，将灵魂浸在生命之泉中的必要啊！谁有时不感到被自己的恶习所压服着，不能做些伟大的，尊贵的，公正的事啊！

“当夕暮来时，我便取道回我的隐居的地方去。我停留在桥头眺望着日落。这太阳，烧着这城市的烟雾，好像在金液中慢慢地摇摆着，像世纪的时钟的钟摆一样。随后我便和幽夜一同退藏，穿过一座寂寥的街路的迷宫。看着在人们住所中照耀着的灯光的时候，我便被思潮移到灯光所照着的沉哀和喜悦的景状中去了，我便梦想着在这许多住着人的屋子里，我是一个朋友也没有。正在我沉思着的时候，我特式大寺的钟楼上的钟声合拍地响到我耳中来了；它反复着在每一个声音上，在每一个距离中，从这个礼拜堂到那个礼拜堂。啊啊！每次钟声在社会中开了一个新坟，又使人流了许多眼泪。

“这种起初使我迷恋的生活，很快地变作使我忍受不住的了。这种不变的景状，不变的思想的反复使我疲倦了。我便开始去探讨我的心，来问我所希冀的东西。我不知道，但是我忽然以为树林会使我欢乐了。我便突然决意将这一个虽然刚才开始，但是已感到仿佛已过了几世纪似的生涯做一个结束，避隐到乡村中去。

“我用对一切计划的热衷来抱定了这个计划；我匆匆地出发去隐遁在一间茅舍中，像我从前去周游世界一样。

“别人非难我兴趣太无恒，不能长久享受那同样的空想，做那好像是被时间所迫着急要达到我的欢乐的绝处的理想的奴隶；别人非难我时常超过那我所不能达到的目的：啊啊！我只不过在寻找着一个本能追迫着我自己也不明白的幸福。到处碰着尽头，结束了单在我是一点价值也没有的寻找，这难道是我的错处吗？然而我觉得我是爱那人生的情感的单调的，而且假如我还没有那信仰幸福的狂愚，我也要在习惯中寻找它出来。

“那绝对的孤寂，那自然界的风光，不久将我浸在一个差不多不能描摹的情况中了。没有父母，没有朋友，可以这样说，在地上还没有爱过，我是被一个太长的生命压迫着。有时我突然地脸红了，我觉得在我心中，似乎有无数的炙热的熔岩之液流着；有时我不期而然地呼号起来，而在梦中，在不眠时幽夜是同样地烦乱。我缺少些东西来填满我的生存之渊：我走下溪谷，我走上山头，竭我的希冀的气力呼唤着一个未来的火焰的理想的目的物；我在风中拥抱住它；我相信在河流的哀鸣声中听见了它；一切是这空想的幻影：天上的星群，和宇宙中生命的原则。

“然而这平静和不安，穷乏和富裕的情况，却并非没有一些爱的地方；有一天我戏摘着一支柳条的叶子到一条溪流上，在每一瓣被水流漂去的叶上都系载着一个思想。一个怕因一场不意的革命而失去他的王冠的国王所感到的忧虑，没有比我在每次我的枝条的几片叶子受打击时所感到的忧虑那么深刻。世人的柔弱啊！永远不老的人心的儿时啊！你看我们的高超的理性能降到哪一种儿戏的程度啊！这也是真实的，许多人将自己的命运紧附在和我的柳叶一样没价值的东西上。

“可是如何来陈述出这在我漫步中感到的成群的飘忽的感情呢？那热情在一颗孤独的心的荒野中所唤起的音调，正如风和水在广漠的沉寂中所发的低鸣声一样：我们享受着，但是我们不能描画出来。

“在这些不安定之间，秋天突然向我来临了：我很快乐地踏进这暴风雨季。有时我会愿意做那风，云，雾中漂泊着的战士之一；有时我甚至羡慕着那我看见的，在林隅上烧着荆棘的微火，在火上温手的牧人的命运。我听着他的忧郁的歌，这歌使我想起各处人类自然的歌总是悲哀的，即使当它表示幸福时。我们的心是一个不完全的乐器，一张少几条弦线的琴，在那里我们不得不在派定给叹息的音调上弹出欢乐的调子来。

“日间，我迷失在为森林所遮断的大荒野上。我的梦想所要求的东西是多么少啊！一片飘风在我前面赶着的枯叶，一间有炊烟飘上疏树的梢头的小屋，一片在北风中战颤着的橡树上的苔藓，一个孤岩，一个枯芦低怨着的荒池！那远远的在谷中升起来的寂寥的钟楼，时常吸引着我的目光；我时常目送着那些在我心头上过去的飞鸟。我想着它们飞去的，我所不知的海岸和遥远的国土；我准会愿意乘在它们的翼上。一个隐秘的本能使我痛苦；我觉得我自己也不过是一个旅人，可是天上有一个声音似乎对我说：'世人啊，你的转栖的一季还没有来到；等着那死亡的风起来，那时你可以展开你的冀翅，飞向你的心所要求的，你所不知的国土去。'

"快些起来吧，你这要将核耐带到别一个生涯的空中的期望着的狂风！这样说着，我踏着大步走去，脸烧红着，风在我发间啸着，也不觉得雨，也不觉得霜，欢乐着，悲痛着，又像被我的心的妄想所统治着一样。

"夜间，当北风撼着我的茅舍的时候，当大雨澎湃地落在我的屋顶上的时候，当从窗中我看见月儿，像一只苍白的小舟破浪而行地，划着层云而行的时候，我似乎觉得在我的心底生命已加倍，我会有创造新世界的能力了。啊！假如我早能将我所感到的狂欢分给别一个女子！上帝啊！假如你早给我一个合我的冀望的女子；假如，像给我们的第一个父亲似的，你早带着一个我自身取出来的夏娃给我……天国的美人啊！我准会跪在你面前，然后，将你抱在我臂间，我会祈求'永恒'将我的余生赠给你！

"啊啊！我是独自个，独自个在地上！一种隐藏的衰颓占住了我的躯体。那我从儿时起就感到的生命憎厌那时又挟着一种新力回来了。不久我的心便不更将粮食供给我的思想了，而我只从一种深深的烦怨的情感中看出我的生存来。

"我和我的病痛争斗了些时，但是漠漠的并没有克服它的坚固的决意。最后，不能找到那医治我的心的，到处都看不见而到处都有的奇异的伤创的药，我便决心和生命诀别了。

“听着，我的‘至高’的司祭啊，请你宽恕这已差不多被苍天夺去了理性的不幸人罢。我是充满着宗教，而我却作着无神论者的理论；我的心爱着上帝，而我的精神却误解了他；我的行动，我的谈话，我的情感，我的思想，都只是矛盾，愚蒙，虚伪。可是世人是否常常很知道自己所欲求的，他是否对于自己所思想的很有把握?

“一切都同时背我而去了，友情，世界，隐遁所。我尝试过一切，而一切在我都是不幸的，被社会所摈，被阿美梨所弃，当孤寂也来背离我的时候，我还留余些什么呢？这孤寂是我希望在上面救身的最后的脆板，然而我还觉得我是在沉陷到深渊中去！

“决定要卸下那生命的重荷，我便决意将我整个的理性放在这狂妄的行为的实行中。没有什么催迫我；我没有定下启程的时间，这样可以细细地尝尝生存的最后的时间的味儿，和仿照一个古人的例子，采集起我的全力，来感受我的灵魂消逝。

“然而关于我的财产的处理我觉得是必要的，我不得不写信给阿美梨了。对于她的遗忘，我不禁流露出些怨词，我是无疑地让那慢慢地从我心中起来的感动在文句上透露了出来。然而我以为我已将我的秘密隐藏得很好了，可是我的姊姊，她是惯于了解我的灵魂的隐秘的，便很容易地被她看破了。她对于我信上满篇的勉强的语调，和那些我从来不留心的事的问题十分惊异。也不回我的信，她却突然亲自来会我。

“要深切地感觉到我的以后的苦痛，和我再见阿美梨时的第一次的狂欢，你们应当想到她是我在世上爱着的惟一的人，要想到我一切的情感和我儿时的回忆的温柔都来在她身上交混着。我在一种心的忘我中迎接阿美梨。这是很长久很长久了，我没有找到过一个了解我，而我又可以向他坦示我的灵魂的人！

“阿美梨投在我臂间，对我说：‘负心人. 你想死，而你的姊姊生存！你使你的姊姊担心！不用辩解了，不用推托了，我一切都知道；我一切都理会得，好像我是和你在一起似的。还瞒得过我吗？我是看你生出这些起初的情感的。那就是你的不幸的性格，你的憎厌，你的偏私。发誓罢，当我将你紧抱在胸头的时候，发誓说这是你放任你的妄想的最后一次；发誓不再求死罢。’

“说这些话时，阿美梨同情地温柔地凝视着我，吻着我的前额；这简直是个母亲，这是最温柔的母爱。啊啊！我的心重新又张开来接受一切的欢乐了；好像是一个孩子一样地，我只求着慰藉，我为阿美梨所屈服了；她要我发一个庄严的誓；我一点也不踌躇地照办了，也不顾虑到从此以后我会不幸的。

“我们欢睦地同处了一个多月。每天早上，我已不孤独了，我听见我的姊姊的声音，我感到那快乐和幸福的战颤。阿美梨的神明是天赋的；她的灵魂是和她的躯体有同样的无邪的优美；她的情感的温柔是无尽的；在她的精神中只有柔和的和一些梦一般的东西；别人会说她的心，她的思想和她的声音好像合奏一样地叹息着；她从女性方面取得了羞怯和爱情，从天使方面取得了纯洁和调和。

“那我要偿我的轻进的时间到了。在我的狂妄中，我曾经甚至希望到要受到不幸，至少可以尝尝苦痛的真味：上帝在他的愤怒中所允诺的可怕的愿望！

“我将对你们表白什么呢，我的朋友啊！你们看着我眼中流出来的泪水吧。我甚至能够……几天之前，什么都不能使我宣泄出这隐秘来……到现在，一切都完了！

“然而，长者啊！愿这个历史永远地深埋在沉默中，你们想着这历史只是在广漠的树下讲出来的就是了。

“当我看见阿美梨已失去了那她开始还给我的安静和健康的时候，冬天已过完了。她消瘦下去；她的眼睛深陷下去，她的步履憔悴而她的声音昏乱。有一天我瞥见她跪在十字架像前，满面流着眼泪。世界，孤寂，我的来，我的去，夜，昼，一切都使她惊心。不期而然的叹息从她唇间吐出来；有时她不疲倦地走一个长途的远足，有时她勉强地曳着步履；她提起她的工作又放下，翻开了一本书却不能看，开口说一句话，却说不完，忽然地流出眼泪来，又闭着门去祈祷。

“我想探求她的秘密是徒然的。当我将她紧抱在臂间讯问她的时候，她微笑着回答我，说她是像我一样，她自己也不知道有什么不适。

“这样地过了三个月，她的状态一日不如一日了。我似乎觉得一个神秘的通讯是她的眼泪的根源，因为她似乎依照她收到的信札而表现出更平静些，或更感动些。最后，有一天早上，我们一同进早餐的时间已经过了，我走到她的房间去；我叩门，没有人回答我；我将门稍稍开了一点，房中一个人都没有。我瞥见在壁炉上有一个写着我的名字的小包。我颤栗着拿起来，将它打开，我便读着这封我藏着用来在将来减去我一切的快乐的感情的信。

给核耐

苍天为我作证，我的弟弟，我会将我的生命弃去千次，来除去你一刻的痛苦：可是，像我这样的不幸人，我是一点无补于你的幸福的。请你原谅我像一个罪犯似地从你那里偷逃出来；我准会永不能抗拒你的恳求，然而我是应该走了……我的上帝，请你垂怜我吧！

你是知道的，核耐啊，我是常常慕着那修道院的生涯；应天之召的时候已到了。‘为什么我等得这样迟啊！上帝会罚我的。我留在尘世是为了你……请你恕我吧，我是被离开你的痛苦所扰乱着。

到现在，我的亲爱的弟弟，我很觉得那我常常看见你起来反对的安身处的必要了。有些不幸永远地将我们和世人分隔：可怜的不幸的人们会变作怎样啊！……我是坚信着你自己，我的弟弟，你在那些宗教的隐遁所中会找到那安息：大地没有一个配你的地方给你。

我绝对不再来提起你的誓约：我是知道你的话语的忠实的。你曾经发誓过，你将为我而生活，可有比不停地想着诀别生命更不幸的事吗？像你这种性格的人，死是如此地容易！你相信你的姊姊吧，生是更难些。

可是，我的弟弟，赶快走出那孤寂的地方吧，它在你是不好的：去找一个职务吧，我知道你会苦笑着这个人民必须有一定的职业的法律吧。不要太轻蔑我们的先人经验和智慧。我亲爱的核耐，不如和世人一样，减少些不幸好些。

或许你会在结婚中找到一个你的烦怨的抚慰。一个妻子，一群孩子会消遣了你的生涯。可是哪一个妻子会不设法使你幸福呢！你的灵魂的热忱，你的才能的美，你的高贵和热情的态度. 这高傲和温柔的目光，一切都确定了她对于你的爱情和忠诚。啊！她怎会不快乐地将你紧抱在她臂间，紧贴在她心上啊！她全盘的目光，她全盘的思想，会多么地关切着你，来预防你的轻微的苦痛！她在你面前会是一切的爱，一切的无邪：你会相信重找到了一个姊姊。

我动身到……修道院去。这个建筑在海边的庵院，正适合我灵魂的地位。夜间，在我的关房中，我将听见那打着修道院的墙垣的海潮的呜咽声；我将想起那些我和你在林间的漫步，那时我们以为在飘动着的松树的梢头听到了这大海之音。我儿时的可爱的伴侣，可是我以后不会和你相见了吗？我比你大得不多几岁，我摇动过你的摇篮；我们时常睡在一起过！啊！有一朝我们可能同眠在一个坟墓中啊！不，我应独自个长眠在那些没有爱过的处女们永远地安息着的寺院的冷冷的大理石下。

我不知道你能不能看出这被我眼泪所半湿的文句。总之，我的朋友，迟迟早早，我们不是总得分离的吗？难道我有对你说人生的渺茫和无价值那些话的必要吗？你会想起那在法兰西岛沉船而死的青年的M……当你在他死后几个月接到他的信的时候，他的尘世的躯体甚至都已不存在了，而当你在欧罗巴对他起悲思的瞬间，正就是人们在印度对他歇了悲思的瞬间。世人究竟是什么啊，他的记忆消灭得如此地快？他一部分的朋友还没有知道他的死耗，而另一部分的朋友却已经得到慰安了！什么，亲爱又十分亲爱的核耐，对于我的记忆在你心上可会消灭得如此地快吗？我的弟弟啊！我之所以要在“时间”中离别你，正为了要在“永恒”中和你把晤。

阿美梨

附笔：附上我的财产的赠予证；我希望你不要推却这友爱的表征。

“就是那坠在我脚边的霹雳，也不会比这封信使我吃惊。阿美梨有什么隐秘瞒着我呢？谁这样突然地强迫她去度这修道院的生涯呢？她可不刚用友爱的魅力将我系在生存上，为什么突然地抛弃了我呢？哦！她为什么要来抑制我的决意啊！一个同情心使她重来到我身边；可是不久，倦于负这劳苦的义务，她便慌忙地离开我这在世上只有她一人的不幸人了。当人们阻止了一个人的自杀后，自以为什么问题都没有了！我的怨语是如此。然后，我反顾着我自己。‘负心的阿美梨，’我说，‘假如你处了我的地位，假如你像我一样地迷失在你的生涯的空虚中，啊！你准不会被你的弟弟所遗弃的！’

“可是，当我把信再读的时候，我在那里找到些不知什么悲哀和温柔的东西，使我整个人的心儿都感动了。忽然我起了一个给予我些希望的念头：我猜想阿美梨或许对某人含着一腔热情而不敢明认。这个疑虑似乎对我解释出她的忧郁，她的神秘的通信和她的信上吐出来的热情的调子。我立刻写信给她，恳求她坦心相示。

“她立刻回答我，却并没有将她的隐秘告诉我：她只告诉我她已得到初修的豁免和她将要行宣誓礼了。

“我对于阿美梨的固执，她的言语的神秘和她对我的友爱缺少信心很为忿怒。

“在对我要定的主意踌躇了一会儿后，我决意到B……地去，去到我姊姊那儿去尽我最后的力。那我在那儿长大的土地在路上看见了。当我看见那在那儿我度过我一生惟一的幸福的时间的树林的时候，我忍不住流泪了。而且这是不可能的，要抵抗这向这土地告最后的诀别的引诱。

“我的长兄已把父亲的嗣产卖了，新屋主又没有居住在那儿。我由那松树的长林荫路来到那座宅第；我踏过那荒芜的院落；我停步来凝看那些关着的，或是半破的窗户，蔓生在墙根的白术，狼藉在门槛上的树叶，和那我常在上面眺望我的父亲和他的忠减的仆役们的孤凉的石阶。石阶已经披满了苍苔，黄色的丁香乱生在它们的分裂而摇动的石间。一个陌生的守屋人突然地为我开了门。我踌躇着想要跨过门槛去；那人喊着：‘哙！你可要像几天前到这里来的陌生女子一样吗？当她一进来，她晕倒了，于是我不得不将她运到她的车子去。’要知道这‘陌生女子’，她像我一样地，来到这地方寻找眼泪和回忆，在我是不难啊！

“用我的手帕将我的眼睛遮住了一会儿，我走进了我的祖先们的房屋。我在那些只有我的脚步回响声的房间中周游了一遍。那些房间是被那从关着的窗扉中透进来的暗弱的光线微照着；我去访我母亲在那里为生我而死去的房间，那父亲在那里孤隐的房间，那我在那里睡在摇篮中的房间，最后还有我在那里曾在一位姊姊的怀间接受我初次的誓言的房间。到处厅堂都是很空虚，蜘蛛在荒凉的卧床中结着它的网，我急急地走出这地方，我大踏步地离开它，不敢回过头去。兄弟们和姊妹们，在他们的幼年时代，团聚在父母的翼下过日子的时光是多么地温柔，但又多么地匆促啊！世人的家庭只是一日的；上帝的吹息将这家庭飘散了像一缕轻烟一般。勉强地儿子认识父亲，父亲认识儿子，兄弟认识姊姊，姊姊认识兄弟！橡树看见它的橡实在它周围长出来：子女们之对于人却并不如此！

“到了B……地时，我便叫人领我到修道院去；我要求和我的姊姊谈话。别人对我说她是任何人都不接见的。我写信给她。她回答我说，正要奉身于上帝的时候，她是不许稍想尘世的；她说假如我是爱着她的，请我不要用沉痛去压迫她。她还说：‘然而假如你想在我行发愿礼的日子到祭坛来，我请求你为我在那时施行父亲的职务：只有这职务配得上你的勇气，只有这职务合得上我们的友爱和我的安息。’

“她这和我的友爱的热忱相反的冷淡的坚决把我投掷到猛烈的神经错乱中了。有时我差不多要回去；有时我又愿留在那儿，单单地为了要扰乱了那场剃发礼。魔鬼甚至煽起我在那教堂中拔刀贯胸，和将我的残喘混到那将我的姊姊从我这儿夺去的宣誓声中的思想。修道院长叫人先通知我，说已为我在殿堂中预备了一个席位，她又邀请我参与那第二天一早举行的仪式。

“黎明时，我听见钟的第一次鸣声……十点钟光景，在一种临死的苦痛中，我便曳步到寺院里去。当一个人参与过像这样的一个情景时，什么也不能再悲惨些的了；当一个人在那里生活过时，什么也不能再苦痛些的了。

“无数的人们挤满了教堂。有人带我到殿堂的席位上；我倒身跪下，差不多连我在什么地方，我所决定的是什么都不知道了。教士已经等在祭坛上了；忽然间神秘的栅门开了，阿美梨便盛装着走向前来。她是如此地美丽，在她的脸上有一种如此神圣的表情，以至激起了人们的惊叹声。被这圣女的光荣的痛苦所战败，被这宗教的伟大所屈服，我一切狂暴的计划都消灭；我的力也弃我而去了；本来想渎神和胁迫的，那时我觉得已被一种全能的力所缚住，我在心中只感到些深深的崇拜和悔悟的叹息。

“阿美梨处身在一个天盖下。在火炬的微光中，在那会将燔炙牺牲弄得很好闻的花和香之间，献祭开始了。在贡献时，教士除去了她的装饰，只剩一件麻布的礼服，走上讲坛，在一个简单而动人的演说中，描摹着那奉身于主的贞女的幸福。当他宣说出‘她的样子正像那在火中燃烧着的香’这句话的时候，一个极大的安静和天香似乎在殿堂中散播着；人们觉得自己好像藏在神秘的鸽子的翼下一样，人们准会相信已看见天使们下降到神坛上，又带着芬芳和花冠重新升到天上去。

“教士演说完后，重新披上她的衣服，继续献祭。阿美梨，由两个年轻的修道女扶着，那时便在神坛最后一级上跪了下来。于是人们来找我去行父亲的职务去了。听了我在殿堂中踉跄的脚步声，阿美梨是差不多要昏过去了。他们叫我站在教士旁边以便递剪刀给她。在这个时候，我觉得我的热血涌了起来，我的狂怒将爆发了。可是阿美梨，重整起她的勇气，向我瞟了一眼，在这一眼中，有无限的责备和沉哀，使我又屈服了。宗教凯旋了，我的姊姊趁我混乱时，大胆地伸出头去。她的美丽的发丝随着神剪到处，纷纷地坠下了；一件长的法衣替代了她的俗世的华装，然而她的美并未因此而消灭；她额上的愁色已隐在那麻布的包头带中，而那神秘的面纱，童贞和宗教的二重象征，伴着她的剃了发的头。她从来没有这样美丽过。那苦修的女子的眼是凝视着世间的尘土，而她的灵魂是在天上。

"然而阿美梨还没有宣过誓，而且在世界上死，她是应得经过坟墓的。我的姊姊横身在大理石上：人们在她身上遮上一张殓布；四个烛台镇住了死角。那教士，劲边挂着披肩，手上捧着圣经，开始给那死者祈祷了；青年的修道女跟着他。宗教的喜悦啊，你们是多么伟大，但是你们是多么可怕啊！他们强使我跪在这伤心的东西旁边。忽然间，一缕模糊的微声从那殓布中透出来；我弯身下去，于是这可怕的话（这是只有我一个人听见的）便走进我的耳中来了：'慈悲的上帝，使我永远地不要从这丧塌再起来吧，将你一切的幸福积在一个没有分我犯罪的热情的弟弟身上吧！'

"听了这从棺中透出来的话，我觉悟到那可怕的真情了；我迷失了理性；我倒身在死者的殓布上，我将我的姊姊紧紧地抱在臂间；我喊着：'耶稣基督的贞洁的新妇，隔着这已经将你和你的弟弟分开的死的寒冰和永恒的深渊，接受我的最后的拥抱吧！'

"这举动，这呼声，这眼泪，把仪式扰乱了：教士停止读经，修道女们关了栅门，群众骚动着又挤到神坛边来：他们便将这失了知觉的我抬了出去。我是多么怨那些使我苏醒转来的人们啊！在重张开眼睛的时候，我知道献祭已完，而我的姊姊已发过猛烈的热情。她叫人来请求我不要再想去见她。我的生命的不幸啊！一个姊姊怕和一个弟弟谈话，而一个弟弟又怕将他的声音说给一个姊姊听！我走出了这寺院像走出那赎罪的地方，在那里火焰为我们预备着天国的生涯,在那里人们已像在冥土中失去了一切，除了希望。

“人们可以在自己的灵魂中找到一个个人的不幸的反抗力，可是一个人变成别人的不幸的无心的主动的时候，那是很难堪了。在明白了我的姊姊的苦恼后，我便想起了她所受的苦痛。于是许多我所不了解的事情都为我解释：那阿美梨在我远游告别时所表现出来的欢乐和悲哀的交错；她请我在归来时不去见她的深心，和那长久使她踌躇进庵院的怯弱；无疑地这不幸的少女是抱着痊愈的希望的！她的修隐的计划，那初修的豁免，她的财产对我的让与，显然是那用来瞒我的秘密通信的原因。

“我的朋友们啊！我那时才知道我并不是为一件理想的不幸而流泪了！我的如此长久没有一定目的的热情：怒扑到这最初的获物上。我甚至在我的极端的哀痛中找到了一种意外的满足，我带着一个快乐的隐秘的情感，看出那沉痛不是一种像欢乐一样的人们可以享尽的情感。

“我从前想在‘全能’的使命之前离弃世间，那是一个大罪障：上帝遣阿美梨给我，为的是来救我，同时又来罚我。因此，一切罪恶的思想，一切犯罪的行为带来了混乱和不幸。阿美梨恳求我活着，我便很应当不再增加她的痛苦。况且（奇怪的事情啊）自从我真实地不幸后，我已没有求死之心了。我的痛苦已变成了一个充满我的岁月的操作：我的心是多么自然地充满着烦怨和困苦啊！

“因此，我突然又下了一个另外的决心；我决计离开欧罗巴，渡到阿美利加去。

“正在那时，在B……港有一队的船，准备出发到路易谢阿纳去；我和一个船长接洽好了，我将我的计划通知阿美梨，我便忙着启程了。

“我的姊姊已接近过死的门了：可是上帝．他是将贞女的第一片棕榈叶注定给她的，却不愿如此快地召她到他那里去；她在世上的磨折是延长了。第二次降到这生命的辛苦的生涯中，这女英雄，屈身在十字架下，勇敢地向苦痛前进，在战争中只看见胜利，在无限的痛苦中只看见无限的光荣。

“我剩余无几的产业的变卖——那是我让与我的哥哥的，海船出发的长期的准备，逆风，这些使我在港口上淹留了很久。我每日去打听阿美梨的消息，而我回来时总带着惊叹和眼泪的新的理由。

“我不停地在那筑在海边的庵院的周围徘徊着。我常常看见，在那一扇向着荒凉的海滩的格子窗间，有一个修道女沉思地坐着；她梦想着海景，在那里有几只航向远国的船影显露出来。好多次，在月光下，我再看见同是那个隐修女在同是那扇栅子窗边：她默看着那被月光所耀着的大海，又似乎听着那忧愁地敲碎在孤寂的岩上的潮声。

“到现在我似乎还听见那在夜间召修道女们去做夜课和祈祷的钟声。当这钟声迂缓地响起来，而贞女们又寂寂地向神坛走去的时候，我便向庵院跑去：在那里，独自在墙下，我在一种神圣的忘我中，听着那在神殿的圆盖顶下和波浪的低微的声音混合着赞美歌的最后的声音。

“我不知道为什么这一切应该培养我的苦痛的东西，竟会磨钝了苦痛的刺戟。我的眼泪都会减少了心酸，当我将它洒在岩上，洒在风中的时候。

就是我的忧伤，由它的不可思议的天性，也含着些慰藉：我享受着那不平常的东西，即使这东西是一个不幸。我含着差不多是希望，就是我的姊姊，她也会少不幸些。

“一封在我启程之前的她的来信，似乎坚固了我这些思想。阿美梨温柔地怜着我的苦痛，又确切地向我说时间会减少了她的苦痛。‘我对于我的幸福并没有失望，’她对我说，‘就是那献祭时出现的事——现在献祭已过去了——也能给我些安静了。我的伴侣的质朴，她们的心愿的纯洁，她们的生涯的有规律，一切都在我的岁月上洒上香膏。当我听见暴风雨怒吼，和海鸟来用翼翅拍着我的窗子的时候，我这天上的可怜的鸽子呢，我梦想着我到一个避暴风雨的地方时的幸福。在这里有那神圣的山，人们在那里可以听到地上的最后的声音，和天上的山峰最初的合奏，在这里宗教温柔地迷住多感的灵魂：这宗教用一种在那里爱情和童贞相合的炙热的贞洁来代替那狂热的爱情；它清净了叹息，它将一时的热情的火焰换做那永远的信仰的火焰，它神圣地将它的平静和它的无邪，混到一颗找着安息的心和一个隐遁的生命的不安和陶醉中。’

“我不知道天为什么要保留着我，和是否他要通知我暴风雨会到处伴着我。船队启碇的命令已发下；已经有好几只船在落日中预备出发了；我安排在陆上过这最后一夜，以便写信向阿美梨诀别。近午夜时，当我在做我的事,而我的眼了湿了我的信纸的时候,风声袭到我的耳中来。我谛听着，在暴风雨之中我便辨出警炮声和修道院的钟声想混着。我便飞奔到那一切尽是荒凉，只有海涛的吼声的海滩上去。我坐在一块岩石上。一面舒展着闪耀的波涛，一面庵院的幽暗的墙迷茫地消隐在烟云中。~个微小的灯光在栅子窗间显露着。那是你吗，我的阿美梨啊！可是你匍伏在十字架像前，祈求着暴风雨之神赦免你的不幸的弟弟吗？暴风雨在波涛上，安寂在你的隐遁所中；这面人们撞碎在什么都不能相扰的安身处的脚下的暗礁上；那面是庵院的墙垣的无尽；船上被吹动着的灯火，修道院的寂定的灯塔；航海人定命的渺茫，在一日中知道了一切未来的岁月的贞女；在另一方面，一个正如你一样的灵魂，阿美梨啊，像大海一样地多暴风雨；一场比航海人的更可怕的遇难：一切这种情景到现在还深深地刻在我的记忆上。新的天上的太阳啊，现在你是我的眼泪的证人，重吐出核耐的声音的阿美利加的海岸的回声啊，这可怕的一夜的第二天，依身在我的船的甲板上，我看见我的家乡永远地和我远了！我长久地遥望着祖国的树木的最后飘摇，和那在地平线上低下去的庵院的屋脊。”

当核耐讲完了他的故事后，他从怀中取出一张纸来，将它给与苏艾尔神甫，然后，投身在却克塔斯的臂间，闷住了他的呜咽，他让那传教士读他刚递给他的那封信。

这封信是……修道院院长写来的。信上述着那为热心地博爱地看护那生传染病的伴侣而死的教女慈悲的阿美梨的临死的情状。整个修道院都十分悲恸，人们在那里当她作圣女看待。修道院院长还说，自从她主持修道院三十年以来，她从来没有看见像她一样温柔，一样公平的，和摆脱了世间的忧苦如此满意的修女过。

却克塔斯将核耐紧抱在臂间，这老人哭了。“我的孩子，”他对他的义子说，“我希望奥勃易神甫（见《阿达拉》）会在这儿；他会从他的心底汲出一种不知什么平安，这平安在安息那心的暴风雨的时候，却似乎它们是熟稔的：这是风雨之夜中的月儿。漂泊的云不能将它带到它们的行程中；纯洁而不变，它安静地在它们上面前进着。啊啊！至于我，一切都烦乱了我，牵动了我！”

一直到这时苏艾尔神甫一句话也不说，严肃地听着核耐的故事。他隐隐地怀着同情之心，但是在表面他却表现出一种刚强的性格来！沙鲜的易感性使他出于这个沉默：“没有什么，”他对阿美梨的弟弟说，“在你的故事中没有什么值得配那别人在这里对你表示的怜悯的。我看见~个固执妄想的青年人，在这人什么都是可厌的，他放弃了社会的担负，沉迷着那些无益的梦想。先生，在一个厌世的阳光下看世界的人不是一个高尚的人。他之所以憎恨世人和生命只因为没有看得远大。把你的目光放得远大些，你不久就会承认你所怨着的一切的不幸是完全没有那回事。可是一想起你的生命的惟一的真实的不幸就要脸红起来，那是多么可耻啊！整个的纯洁，整个的德行，整个的宗教，整个的圣女的花冠，只能勉强地可原谅你的忧痛。你的姊姊已赎了她的罪了；可是，这里我应该说出我的思想，正直地说，我恐怕一个从坟墓中出来的记忆也会扰起了你的灵魂。放弃了你一切的义务，你在那独自去消磨你的日子的林中干些什么？你会对我说，圣者都是隐遁在广漠中的。他们含着眼泪在那里，用那你或许会消耗了来燃烧起你的热情的时间去熄灭他们的热情。自负的青年人，你从前以为一个人可以独行的，孤独对于那不和上帝共同生活的人是危险的；它加倍了灵魂的能力，同时它夺去它们的运用的动机。任何从上帝那儿接受了气力的人，应该用来为他的同类人服役：假如弃而不用，他先就要受罚于一个秘密的苦恼，而迟迟早早天总要降一个可怕的罚给他。”

被这些话所惊恐，核耐从却克塔斯的怀间抬起他的泪湿的头来。那失明的沙鲜微笑起来了，然而这已不是和眼角的微笑调和的口边的微笑，有一种神秘而神明的光景。“我的孩子，”这阿达拉的老情人说，“他严厉地对我们说着；他矫正老人，又矫正青年人，而他是有理的。是的，你应该抛弃了那只充满了烦虑的不可思议的生涯：只有平凡的路中才有幸福。还很近源流的米失西比河，有一天觉得只是一道清溪而厌倦了。它向群山求雪，向瀑布求水，向风暴求雨，它跨出了它的河床，它蹂躏了它美丽的岸。这骄傲的溪水最初夸耀着自己的能力；可是当它看见它走过的地方都变成了荒芜，它孤独地流在旷野中，它的水是永远地混浊的时候，它便惆怅地想起那大自然为它挖掘的小小的河床，飞鸟，花枝，树林，小溪，从前它的平静的流程的伴侣。”

却克塔斯不说下去了，人们听见那躲在米失西比河的芦苇中，报告在日中暴风雨将至的赤鹤的声音。那三个朋友重新上路回他们的小舍：核耐静静地在那祷告着上帝的传教士，和那摸索着归路的失明的沙鲜之间走着。别人说，被那两个老人所逼，他回到他的妻子那里，但是并没有在那里找到幸福。他不久和却克塔斯和苏艾尔神甫死在法兰西人和纳契人在路易谢阿纳的屠杀中。至今别人还能指出他在日暮时去独坐的那一块岩石来。

## 邂逅

斐里泊

他追上了她，接着他痴心地想：他只要在一家店面的陈列窗前站下来就是了；她会捱到他身旁来的。她毫没有举动，却继续走她的路。

于是他便决意去和她打招呼了。她像分手的最后一段时间一样地刁恶。她假装吃了一惊，说道：

“嘿，他们说你已经死了！”

这一下，他可难堪极了。如果他是已经死了的话，她也会继续生活着，就好像没有这回事一样。

她打扮得很漂亮。他说不明白她所穿着的那件大氅是一件獭皮大氅呢，还是兔子皮的或青羊皮。他连她披在背上的是哪一种衣服也不知道。他差不多有点懊悔去和她打招呼，并且立刻觉得自己在她身边是无足轻重的。他试着和她开玩笑：

“呃，呃，看你的神气好像在做什么大事业！”

“真的，你要求离婚这件事真做得好。这样一来我倒一帆风顺了。”

一时间，他像一个傻子似的在她身旁走着。他好像在跟着她，她却并不怂恿他这样做；他好像是一个刚才在路上碰到一个女人而盯住她找麻烦的男子。而当他问她“你近来怎样”的时候，她一边走路一边说：

“你是看见的，我在这里走路。”

他们便这样地走到了巴斯谛广场。在人行道中，他应该靠左面穿过去到车站上去乘他的火车。她向他指了一指左面，说道：

“我呢，我向那边走。”

在和他分手的时候，她出于礼貌地站住了。她有点矜夸地向他表示她是很有教养的。他不知道如何向她道别。她可能会去讲给别人听，说他曾经盯在她后面，说她叱退了他。一个咖啡店是在他们前面，为了要使她不能这样地夸口，他才提议道：

“如果你不太忙的话，我们倒可以进去坐一会儿。”

她笑了起来，想了一想，终于高声说道：

“我很愿意，因为这倒也很有趣。”

他们走了进去。他们面对面坐了下来。他们等侍者送上金鸡纳酒来。酒送上来了。

这时，一个奇特的事情出来了。特别是那女人，她是料想不到的。那男子立刻在他的舌头下面找到了他从前对她所用的那些字眼。当他在他的办公室中度过了下午之后，每天晚上六点钟回家去的时候，他习惯总是这样问着她和她招呼的：“那么？”这意思是说：那么当我不在的时候有什么事吗？他们有八年没有见面了。当他张开嘴来的时候，这两个字便脱口而出了：

“那么？”

平常，他是从来也不对另一个女人用这两个字眼的。

在听出了这两个熟稔的字眼的时候，她不禁微笑起来，微微点了点头。

在她呢，她也发生了一件类似的奇事。从前当他出门去的时候，她惯常总把他从头到脚地看一遍，接着便去改正他的衣饰上是毛病。如果她不去留意，他便老是马马虎虎的了。不由自主地，她的目光把他上上下下地打量了一番，接着她说道：

“我看出你还没有能够学会打你的领结。呃，你向桌子弯倒一点。我来替你打领结。”

他笑了。这倒是真的。他随随便便地带着领结。他弯身下去，她很细心地替他打好了领结。接着他便在咖啡店中的镜子里一照，于是她便又笑着说：

“是啊，这真是很奇怪。看见你衣服穿得这样马虎，就是现在也还使我不舒服。”

他们已不复感到任何窘迫的感觉了。

他把自己在这八年中的遭遇都讲给了她听，好像他从前把他在下午中所遇到的事讲给她听一样。

他在离婚之后一年又结了婚。他有两个男孩子，两个女孩子。大女孩子是六岁，第二个女孩子是五岁。他一直有着他的职业。他住在圣芒德。当他碰到她的时候，他正要到梵珊的火车站去乘火车。当他讲完了这些的时候，他便是把他的全部生涯讲出来了。他缄默了。

这总之还是奇怪的。他愈望着她，他便愈看出他是从来也没有好好地看过她。从他们结婚的时候起，他一径以为她的眼睛是青色的。自从离婚以来，当他想到她的时候，他不懂为什么他想象她是生着一双灰色的，鲜灰色的眼睛，一双美丽的眼睛。的确，人们觉得她并愚蠢。他把他的意见告诉了她。她笑着说：

"你瞧你从来就没有了解我过。"

她对于他的一切遭遇都发生兴趣。为要得到一个更正确一点的观念起见一她问：

"那么你的太太呢，她是怎样的一个人？"

他终于这样回答她了：

"你要我对你说吗，阿丽思？一个人是只有一个太太的：那就是第一个太太。后来他又另娶了一个，无非是为了烧菜和养孩子罢了。"

在说了这几句话之后，他是多么地悲哀啊！如果她以前肯的话，他们会多么幸福啊！他提起了这番话。他说：

"啊！你从前为什么那么地欺骗我？"

在这清楚地认识她，并在他们共同生活的最后一段时期注意到她是执迷不悟，注意到她老是硬说自己有理的他看来，这真是怪事。她柔和而爽直地回答他：

"你要怎样呢？那时候我要比现在小八岁。一个人年轻的时候总有一股傻劲儿的。”

她很和蔼，正像他们初结婚的那一段时期一样。那时她的心很好，人们老可以利用她的柔软心肠控制她。他问她道：

“你没有对我说过你在这八年之中做些什么啊？”

她回答说：

“我可怜的朋友，你会不愿意我对你讲的。一个离了婚的女子能做些什么，你总很知道吧。”

于是他对她说：

“阿丽思，那使我还不难堪的，就是你并不陷于贫困之境中。”

在咖啡店的桌子的两端，他们是两个很悲哀的好朋友。她向他道歉：

“你走上前来对我说话的时候我得罪了你，这件事请你不要怀恨于我。我摆了摆架子。的确，我还是不回答你好得多。你瞧，我们都错了。现在，在互相想念起来的时候，我们都要不幸了。”

他们没有时间再多谈下去。咖啡店里的钟终于标记着七点半了。她不愿意给他做一个纠葛的主因。她说：

“我不留你了，保罗，你太太会着急了。”他回答：

“啊！是的，那可怜的女人，如果她知道我今天晚上所想到的是什么，那么她真要更着急了。”

他们握着手，好像是两个在生活之中没有机会的可怜的同伴。

## 人肉嗜食

沙尔蒙

一九 ×× 年六月 ×× 日——我的生活的记录！美丽的章回，出色的驿站：圣路易，达喀尔，开尔，柯纳克里，吉尔格莱，摩萨法，哈尔斯阿拉！……我应该继续下去吗？记出高龙伯林这一章来吗？那一定会太平淡的；经过了三年的非洲中部，高龙伯的平原真是太平淡了！

今天早晨我热度不高。我的旧伤使我走起路来一跷一拐，不幸中一枝标枪。终于收到了提提，装饰得很华丽；它，我，和一个愁眉不展的老军曹，便是远征所残余的一切。人们给了我大绶，但是人们什么也没有给我的猴子，这是不公正的。

一九 ×× 年六月 ×× 日——我以为自己裹着船上的大氅躺在沙上，可是实际上我是在我的少年人的床上。在送第一班信的时候，妈妈来唤醒我，正如我还是一个顽童的时代一样。我没有弄清楚，我还在做梦。“警备！警备！……武装起来！……保尔！起来！……是进学校的时候了……陆地！陆地！……德里赛尔中尉，我把大绶的勋位授予你！”不是，妈妈在对我说话。

“保尔！一个好消息，亚历山德琳姨母写信来了。”

“亚历山德琳姨母吗？”

“她要你去，我的小保尔，你相信吗？真是想不到的事！保尔，你要去，可不是吗？你要穿着你的军装去……而且还佩着你的十字勋章！真是想不到的事！”

不敢说“真是一个好机会！我的好妈妈”！

亚历山德琳姨母是我母亲的姊姊，是一个很老的妇人；她的丈夫是一个六百万家财的厂主，现在已经去世了。她没有儿女，住得远远的，不与别人来往，一直到现在我已经二十七岁了，我还从来没有看见过这常常在我童年的噩梦中出现的可怕的姨母。她实在是一个在我吵闹时别人用来吓我的东西。“如果你不乖，我要去叫亚历山德琳姨母来了。”人们很可以去叫她，但她是不会来的。

这鬼怪的亚历山德琳姨母，这样地又点起了一切希望的灯。我们是那么地穷！我有我的饷金，不错，而我的母亲又有她的军医的寡妇的有限的恩俸。我是那么地懂得母亲的直率的贪财的恳求。

“保尔，答应我写回信给你的姨母吧。”

亚历山德琳姨母会怎样说呢？说我是一个英雄，一个国家的光荣；说在家族之中这是难得的，说她很想见见一个这样的德里赛尔家的人。

“她一向是目中无人的，我的小保尔，然而这一封信却表示她看得起你。”

我答应去，这是不用说了，妈妈心里会高兴的，再则我也很想见见这个怪物。

“她有多少财产？”

“六百万光景。”

嘿！

一九 ×× 年七月 ×× 日——我见过福当该的妇人们，那些用一个涂油的头发的长角装饰着她们的前额和鼻子的二十岁的老妇人；我看见过那脸儿用刀划过，戴着羽毛冠，腿跷得高高的，大肚子紧裹在一种类似军需副官的制服中的倍尼国王；我看见过那些头发像麻绳一样，把人造的痘斑刻在自己的皮肤上的赛莱尔斯的妇人；我看见过比自己的神圣的猴子更丑恶的旁巴斯人，但是我却没有看见过亚历山德琳姨母。

她是没有年龄的。在走进客厅的时候，我看见了一个由旧锦缎，稀少而破碎的花边，和在软肉上飘着的丧纱等所包成的圆柱形的大包裹。在腰带上，挂着一把散脱的扇子，一些钥匙，一把剪刀，一根打狗鞭子，一个镂金的手眼睛，一个袋子，甚至还挂着一本满是数字的厚厚的杂记簿。从这高高低低的一大堆东西之间，升起了一片灰和醋的难堪的香味来。特别的标记：这个黑衣的妇人穿着一双红色的拖鞋。

从一张小小的脸上，人们只能辨认出两只又圆又凝滞的眼睛，一个算是鼻子的桃色的肉球，和在下面的两撇漂流的黑髭须。

亚历山德琳姨母殷勤地款待我。把手眼镜搁在眼睛上，这个可怕的人检阅起来了。

“走近来一点。”她发着命令。

她把我的十字勋章握在她的又肥又红的手里，起了一种孩子气的快乐。

“勇敢的人们的宝星！”我的姨母对我说．“这很好，保尔，坐吧。”

“我母亲……”我说。

“我们来谈谈你。谈谈你的旅行吧。我很喜欢海军军人的。我想起来了……”亚历山德琳姨母按了一下铃。一个女仆应了她的使唤端着一个大盘子进来了。大盘子上是一个威尼市的酒杯和一瓶糖酒。

“这是道地的圣彼尔的糖酒，是给你喝的。喝吧，所有海军里的人都喝这种酒。喝呀，保尔。”

下了一个要出力骗我的姨母的决心，我便满满地斟了一杯糖酒，一口气喝了下去，脸上一点也不露出难喝的样子。

这种无意义的豪饮使那老疯子高兴异常。

她一边拍手一边喊：

“好！好！我的小保尔，你是一个真正的海军军人。那么你打过仗吗？你周游世界还不够吗？我在报上看过你的经历。非洲中部，那一定是一个火坑！对我说说那些野蛮人吧。是一些可怕的人吗？”

“天呀，我的姨母，别人吹的太大了；至多不过是一些大孩子罢了。”

“嘿！嘿！为了一个‘是’一个‘否’就会砍了你们的头的大孩子。如果把我们的这些肮脏的百姓也用这种方法来处置，坏蛋便会少下去了。我想你是不以政府为然的，是吗？真的，一个兵士是什么话也不应该说的。在那边，你有许多妻妾，你过着总督的生活，是啊？啊！这小保尔！在你出世的时候，你的体重是很轻很轻的，别人们还以为你活不到三天。但你现在已是赶上了。你杀了多少野蛮人呢？”

“可是，我的姨母，很少……越少越好。我的任务显然是和亚铁拉的任务不同的。拓殖……”

“是的，是的，你们大家都是这样地说。可是人们总讲着在黑人间的白种人的故事。这并没有什么不好意思的！你可曾做过人阿长的宾客？”

“当然啰！”

“那么你吃过人了？”

“我……”

我的姨母已不复知道她的快乐的界限了；她大声说着话，拍着手，扭着她的红色的拖鞋中的脚。

“他吃过了！他吃过人！一个姓德里赛尔的吃过人！你真是好汉，我的小保尔,你真是好汉！我一向当你是一个像别人一样的傻子！好吃吗？”

“什么，姨母？”

“人呀。”

我想：“如果她真是疯的而且发了病，那么我只要推倒了她的圈椅就完事了。”因为在这个时候，什么都是在我意中的。我想她已十分成熟，实在可以关到疯人院里去了，所以我也就摆脱了一切理性的束缚，尽顺着她的心意说过去。她快乐得发了疯，一边干笑着一边把糖酒都倒在威尼市的酒杯里。

“人吗？那真鲜极了。只是要懂得烧法。最好吃的一块是……”

“说呀，说呀！”

“最好吃的一块是股肉。”

“噫，我还当是肩膀。”

“特别不要相信年纪愈轻肉愈嫩的那些话；据老吃客的意见，人只从三十岁起才可以吃；我说明是白种人；因为那些黑人，即使是女人，也留着一点儿很难闻的酸臭味儿的。”

静静地伴着我姨母的喔喔的声音，我这样可怖地信口胡说了一个钟头。

我的想象已有了充分的进步，竟一点也不觉得疲倦了。但是我却起着不快之感，这一部分是对于我吃人肉的饶舌而起，但大部分却还是为了那断然不是疯狂，却是恶狠、愚蠢，而厌世到虐人狂那种地步的老妇的高兴而起的。

当我的滔滔的雄辩正要达到些蛮夷的诗人都未知的残酷的程度的时候，女仆前来通报说我姨母的干女儿德·格拉兰夫人来了。

我愿意把这金发美人的影像单留给自己。这个人们亦称呼作佩玎的德·格拉兰夫人，年纪有二十二岁，她已和她的丈夫离了婚，她的丈夫是一个乏味的赌徒。我似乎颇得佩玎的青睐。咳！那可怕的亚历山德琳姨母又搬出她的一套来了。

“佩玎，我的好人，这位是我的内侄保尔·德里赛尔，海军军官，当代的英雄。啊！真是一位伟男子！听着他吧，我的孩子，他吃过人肉，他吃过三年人肉！”

一九 ×× 年七月 ×× 日——我又看见了一次佩玎。我的初出茅庐的心并不怀疑，我是恋爱着，我以恋爱着为幸福。我已向佩玎发誓说我没有吃过人肉。她很容易地相信了我。比到佩玎的笑声，是没有更好的音乐了。她爱我吗？

一九 ×× 年八月 ×× 日——保尔！一封给你的信。

今天晚上，我是十六岁了。幸福把我弄傻了，我满意着我的痴愚；我雀跃，我乱喝，我舞蹈，我也哭泣。我睡不着，我整夜把佩玎的信一遍遍地读过去。

一九 ×× 年八月 ×× 日——佩玎的丈夫已把她的嫁资浪费完了，她现在靠着他给她的一点儿赡养费度日。屈辱人的布施！娶佩玎！我们那么深切地相爱着！哦！搭救她，解放她，无奈我是这样地穷！而我的母亲，虽然她并不是吝啬的人，但是她不得不一个小钱一个小钱地打算盘，在生病的时候，她连到维希去养一季病都要踌躇的。这真很像是穷困了。

如果我吃了我的姨母，那就多么好啊！

一九 ×× 年九月 ×× 日——当我去探望我的姨母亚历山德琳去的时候，我有把握地演着我的角色。在吃人肉的大场面中，没有一个演员比我演得更好。我是客厅中的完善的吃人人种。我甚至说得过分一点：我相信我的可敬的姨母开始认识恐怖了。是邪恶的快乐使她苦痛，否则便是她已变成完全疯狂了；现在我能够使她脸儿发青了。人们是可以加倍恐怖的分量而得到好成效的。

一九 ×× 年十一月 ×× 日——亚历山德琳姨母的样子是可怕的，脸色苍白地躺在她的桃花心木的床上。房间里散发樟脑的臭气。

我的姨母使劲地活动着她的嘴唇对我说：

“保尔，再讲一个故事……那边的。”

一九 ×× 年一月 ×× 日——叫我在大路易中学的旧同学雕刻家比列，给我的姨母定制一个纪念碑。向总长辞了我的职。

一九 ×× 年七月 ×× 日——尼罗河水刚在佩玎可爱的脚边的沙滩上静止了。只有我们俩在那儿，幸福，缄默。弯身在佩玎所束起来的蔷薇花束上，我所闻到的还是我的恋人的香味。

一个把土耳其帽子直压到眼梢的半裸的小黑人，哀求着要我们买一串用埃及钱串的项圈。

佩玎的目光固执地激起了我的慈悲心。

然而佩玎却不知道……当然，这是我很应该给这小黑人的。我把我袋子里所有的钱都轻轻地放到了那双黑色的手里去。那里有银钱，而且，运气真好，还有金钱。

那黑人惊呆了，不敢合拢手来；他干笑着，吻了吻我的大氅的一角，便飞奔着向那在这远处人们可以辨出有许多回教寺院俯瞰着各大厦的圆阁的开罗的郊外而去。

## 诗人的食巾

阿保里奈尔

被安置在生命的界线上，在艺术的边境，俞思丹·泊雷洛格是一位画家。一个女友和他同居，而诗人们又来望他。交替地，他们之中的一个，在那命运在天花板上放了些臭虫代替繁星的画室里吃饭。

在食桌上从来也不相遇的客人共有四位。

大维德·比加尔是从桑赛尔来的；他是一个归化基督教的犹太家族的后裔，正如那城中许多的家族一样。

患结核症的莱奥拿尔·德赖思，带着那种要笑死的神气，唾吐着他的受灵感者的生命。

眼睛不安的乔治·奥思特雷奥勒，像昔日的海尔古赖思似的，在十字街头的实体间默想着。

杰麦·圣费里克思是最知道故事的：他的头能够在他的项颈上转动，好像那项劲只不过是像螺丝钉似地旋在身体上而已。

而他们的诗都是可佩的。

饭老是不完地吃过去，就是那一条食巾，轮流地给那四位诗人使用，但却并不对他们说明白。

这条食巾，渐渐地，变成肮脏的了。

这里是在绿菠菜的阴暗的一长条旁的蛋黄。那里是葡萄酒色的嘴的圆圈，和一只在吃饭时候的手的指头所遗留下来的五个灰色的指印。一根鱼骨像矛一样地透过了麻布的横丝。一颗饭粒已干了，黏在一只角上。而烟草的灰又把某几部分比别几部分弄得更黑了。

“大维德，这儿是你的食巾。”俞思丹·泊雷洛格的女友说。

“也应该买几条食巾了，”俞思丹·泊雷洛格说，“记住等我有钱的时候买吧。”

“你的食巾太脏，大维德，”俞思丹·泊雷洛格的女友说，“下次我要替你换一条。这星期那洗衣服的女人没有来。”

“莱奥拿尔，拿着你的食巾吧。”俞思丹·泊雷洛格的女友说，“你痰可以吐在煤箱里。你的食巾多么脏，一等那洗衣服的女人替我拿衣衫来的时候，我就给你换上一条。”

“莱奥拿尔，我应该替你画一张肖像，画你正在吐着痰，”俞思丹·泊雷洛格说，“而且我竟还很想照样雕一个雕像呢。”

“乔治，我不好意思老拿这一条食巾给你，”俞思丹·泊雷洛格的女友说，“我不知道那洗衣服的女人在干些什么。她还不把我的衣衫送来。”

“我们动手吃吧。”俞思丹·泊雷洛格说。

“杰麦·圣费里克思，我不得已还拿这一条食巾给你。今天我没有别的食巾了。”俞思丹·泊雷洛格的女友说。

于是那画家在吃这一整顿饭的时候使那诗人转动着头，一边听着许多的故事。

于是几季过去了。

那几位诗人轮流用着那条食巾，而他们的诗是可佩的。

莱奥拿尔·德赖思格外滑稽地唾吐着他的生命，而大维德·比加尔也唾吐起来了。

那条有毒的食巾轮流地浸入大维德，乔治·奥思特雷奥勒和杰麦·圣费里克思，可是他们并不知道。

正如医院中的污秽的抹布一样，那条食巾染着那从四位诗人嘴唇间出来的血，而饭却老是不完地吃下去。

在秋初，莱奥拿尔·德赖思吐出了他的残余的生命。

在各不相同的医院中，像女人被逸乐所颠荡着似地被咳嗽所颠荡着，那其余三位诗人在相隔没有几天都一个个死去了。而这四位诗人都遗下了些美丽得像仙术幻化过一样的诗。

人们说明他们的死，说不是因为食物，却是由于饥饿和吟诗不睡。因为单单一条食巾，在那么短的时期，真能把四位无双的诗人都杀死吗？

客人都已死去，食巾便变成没有用了。

俞思丹·泊雷洛格的女友想把它卖掉。

她一边把它摊开来一边想："它真太脏了，而且发臭起来了。"

但是，那条食巾摊开了之后，俞思丹·泊雷洛格的女友吃了一惊，唤过她的男友来，他也十分诧异：

"这真是一个奇迹！这条你喜悦地摊开着的那么脏的食巾，靠了你那凝结住而颜色复杂的污秽，表现着我们的亡友大维德·比加尔的颜容。"

"可不是吗？"俞思丹·泊雷洛格的女友喃喃地说。

他们两人都默然地把那个神奇的画像凝视了一会儿，接着，慢慢地，把那食巾转动着。

但是，在看见那正在拚命唾吐的莱奥拿尔·德赖思的要笑死的可怖的模样的时候，他们立刻脸色发青了。

而那条食巾的四角，又显出同样的奇迹来。

俞思丹·泊雷洛格和他的女友看见了乔治·奥思特雷奥勒和那正要讲故事的杰麦·圣费里克思。

"丢开这条食巾吧。"俞思丹·泊雷洛格突然说。

俞思丹·泊雷洛格和他的女友像星球绕着太阳似地兜了许多时候圈子，而这条圣颜巾，用了它的四倍的目光，命令他们在艺术的界线上，在生命的边境奔逃。

# 旧事

艾蒙

脸上带着勉强诚心的微笑，他们从咖啡店的小圆桌上互相望着；虽然他们在相逢的最初的惊讶中，已不假思索地又用了那种“你，你”的亲切称呼，他们却实在也找不出什么可以谈谈的话。

把手搁在分开着的脚膝上，挺直了肚子，谛波漫不经心地说：

“你这老合盖！你瞧！我们又碰头了！”

那个交叉着两腿，耸着背脊，缩在自己的椅子上的合盖，用一种疲倦的声音回答：

“是呀……是呀……我们已经有十五年没有见面了，可不是吗？十五年！真长远了！”

当他们说完了这话的时候，他们一齐移开了他们的眼光，凝望着人行道上的过路人。

谛波想着：“这家伙的神气好像不是天天吃饱饭似的！”

合盖偷看着他的旧伴侣的饱满的面色，于是他的瘦脸上便不由自主地显出了苦痛的形相。

大街上还有雨水的光闪耀着，可是云却已慢慢地飞散了，露出了一片傍晚的苍白的天空。在那在房屋之间浓厚起来的暗黑的那一边，我们几乎可以用肉眼追随那竭力离开大地的悲哀的表面，而钻到天空里去的消逝的残光。

隔着那张大理石面的小桌子，那两个男子继续交换着那些漫不经心的呼唤：

“你这老合盖！”“你这老谛波！”

他们于是又移开了他们的目光。

现在，夜已经降下来了。在咖啡店的热光里，他们无拘无束地，差不多是兴奋地谈着。他们在他们的记忆中把那些他们从前所认识的人，又一个个地勾引起来，每一个共同的回忆使他们格外接近一点，好像他们是一同年轻起来似的。

“某人吗？……在某地成了家，立了业……做生意…做官……某人吗？娶了…个有钱的太太，妆奁不少，和他的岳家住在一起，在都兰……‘小东西’吗？也嫁了，不知道是嫁给谁……她的弟弟吗？失踪了。没有人听说过他的消灭……”

“还有那个马家的小姑娘……”谛波说，“你还记得马家的那个小姑娘吗……丽德……我们在暑假总和她在一起的。她已经死了；你知道这回事吗？”

“我早知道了。”合盖说，于是他们又缄默了。

大理石面的桌上碟子的相碰声，人语声，脚步声，大街上的喧嚣声：这些声音，他们一点也听不见了；他们不复互相看见了。一个回忆已把一切都扫除得干干净净；这是一个那么真实那么动人的回忆；从这回忆走出来的时候，人们便像走出一个梦似地伸着懒腰。一个大花园的，一个有孩子们在玩着的，浴着日光围着树木的草地的回忆……在那片草地上，有时他们有许多孩子，一大群的孩子，男孩子女孩子都有；有时却只有他们两三个人。可是那个丽德，那个小丽德，都老是在着的。丽德不在场的那些日子，是决不值得回想起来的……

谛波机械地拂着他膝上的灰尘说道：

“马家在那边的那个别墅真美丽。他们总是在七月十三日从巴黎到来，到十月里才回去的。你呢，你常在巴黎看见他们！可是我们这种乡下人呢，我们只每年看见他们三个月。”

“现在什么也都卖掉了，而且改变得连你认也认不出来了。当丽德死的时候，可不是吗，什么都弄得颠颠倒倒的了。在她嫁了人以后，你恐怕没有看见她过吧，因为她住到南方去了。她变得那么快，她从前是那么地漂流的，可是当她最后一次来到那里的时候……”

“别说了！”合盖突然做了一个手势说，“我……我宁愿不知道好……”

在他往日的伴侣的惊愕的目光之下，他的苍白的脸儿上稍稍起了一点儿红晕。

“总是那么一回事。”他说，“我们从前所认识的女人们，小姑娘或是少女，而后来又看见她们嫁了人，或许生了儿女，那当然是完全改变了的。如果是别一个人，那是与我毫不相干的，可是丽德……我从来没有再看见她一次过，我宁愿不知道好。”

谛波继续凝看着他，于是，在他的胖胖的脸儿上，那惊愕的神色渐渐地消隐下去，把地位让给了另一种差不多是悲痛的表情。

“是的！”他低声说，“那倒是真的，她和别人不同，那丽德！她有点……”

这两个人静默地坐着，回到他们的回忆中去了。

那花园！……那灰色的石屋；后面的那两棵大树，和在那两棵大树之间的草地！草地上的草很长，从来没有人去剪。人们在那草地上追斑鸠。还有那太阳！在这时候那里是老有着太阳的。孩子们从沿着屋子的那条小路去到那花园里去，或是小心又急促地一级一级地走下阶坡，然后使劲地跑到那片草地上去。一到了那边，便百无禁忌了。人们好像走进了一个四面都有墙、树和那似乎在自己旁边的各种神仙等等所守护着的仙国中，便呼喊起来，奔跑起来；这是一种庆祝自由和太阳的沉醉的舞蹈，接着丽德站住了，认真地说：

“现在，我们来玩！”

丽德……她戴着一顶大草帽；这大草帽在她的眼睛上投着一个影子，而当人们对她说话，对她说那些似乎是非常重要的孩子话的时候，人们便走到她身边去，走得很近，稍稍把身子弯倒一点，又伸长了脖子，这样可以把她的那张遮在影子里的脸儿看得清楚一点。当她突然严肃起来的时候，便呆住了，向她伸出手去，看她是不是真的发了脾气；而当她笑起来的时候，她便有了一个预备做叫人喜从天降的事的仙子的又有点儿神秘又温柔的神气。

人们玩着种种的好玩的游戏；那游戏中有公主和王后，而那公主或王后，那当然是丽德。她终于不再推拒地接受了人们老送给她的那称号。她围着一大群的宫女；为怕那些宫女们嫉妒起见，她非常宠幸她们。有时候她柔和地强迫那些男孩子去玩那些“女孩子”的游戏，他们所轻蔑的循环舞和唱歌。起初，他们手挽着手转着圈子，脸上显出不乐意和嘲笑的神气。可是，因为尽望着那站在圈子中央的丽德，望着她的大草帽的影子中的皎白的脸儿，她柔和地发着光的眼睛，她的好像噘嘴似地在唱着古歌的嘴唇，他们便慢慢地停止了他们的嘲笑，一边盯住她看，一边也唱着：

我们不再到树林里去

月桂树已经砍了，

那里的美人儿……

他们分散了，他们老去了，他们之中有许多人没有重逢过。可是，那在许多年以后重逢到的人们。却只要说一个名字，就可以一同勾引起那些逝去的年华和他们的青春的扑鼻的香味，就可以重新见到那个在屋子和幽暗的大树之间，在映着阳光的草地上朝见群臣的，妙目玲珑的小姑娘。

谛波叹了一口气，好像对自己说话似的低声说：

“人类的心真是一个怪东西！你瞧我，现在我已结了婚，做了家长！呃！在我想起了我们都还年轻的时代的那个小姑娘的时候，我便一下子又会想起了人们在十六岁的时候想起的那些傻事情：伟大的感情，堂皇的字眼，只有在书里看得到的那些故事。这些都是没有意思的；可是，只要一想到她，那便好像看见了她，于是那些东西便又回到你的头脑里来，简直好像是了不起的东西似的！”

他缄默了一会儿，好奇地望着他的伴侣说道：

“你！你准比我看见她的次数多，我可以打赌说那时候你有点恋爱她。是吗？”

合盖把肘子搁在膝上，身子向桌子弯过去，望着他的杯子的底。沉默了一会儿之后，他慢慢地回答：

“我既没有结婚，也没有做家长，你十六岁时所常常想起，而明智的人们接着便忘记了的那些事情，我却永远也没有忘记。

“是的，正如你所说似的，我曾经恋爱过丽德。现在，就是别人知道也不要紧了。别人所永远不会知道的，便是以前这事对于我的意义，以及它现在对于我的意义。在她只是一个小女孩子而我也只是一个小男孩的时候，我恋爱她；我们的父母一定是猜出这情形而当笑话讲。在她变成一个少女而我也变成了一个少年的时候，我恋爱她；可是那时却一个人也不知道。以后，在这些年头中，一直到她去世和她死后，我还那么地恋爱她；如果我要说出这种话来，人们是会弄得莫名其妙的。

“孩子的恋爱只能算是开玩笑，少年的热情的恋爱也不能当真。一个如世人一样的男子从那里经过，受一点苦，老一点，接着终于把那些事丢开了，而认真地踏进了人生之路。但是并不完全和世人一样的男子却也有，他并不走得很远。对于这种人，儿时和少年的小小的恋爱事件，却永远不变成人们所笑的那些东西；那是些镶嵌在他们生活之中的雕像，像龛子里的圣像一样，像涂着柔和的颜色的圣人的雕像一样；当人们沿着悲哀的大墙什么也找不到的时候，他们以后便又加到那里去。

“我以前老是远远地，胆怯地，怕见人地爱着丽德。在她嫁了人又走了的时候，这在我总之是毫无改变。我的生活那时只不过刚开始，那是一个艰苦的生活；我应该奋斗挣扎，我没有回忆的时间。再则，我那时还很年轻，我期待着在未来会有各种神奇的事物……好多年过去了……我听到了她去世的消息……又是几年过去了，于是有一天我懂得了我从前所期待的东西，是永远不会来了；我懂得我所能希望的一切，只不过是另一些悲哀而艰苦的刻板的岁月而已；一种没有光荣，没有欢乐，没有任何高贵或温柔的东西的，长期而凄凉的战斗；只是混饭而已；而我却把我的整个青春，把几乎一切的生气，都虚掷在那骚乱中了。

“我感觉到我以后永远也不会恋爱了。在生活下去的时候，我只剩了一颗可怜的心了；就是这颗心，也还一天天地紧闭下去。你所说的那些伟大的情感，堂皇的字眼，许多人们所一点也没有遗憾任其死去的那一切的东西，我觉得它们也渐渐地离开我；这便是最艰难的。我回想着往日的我，回想着我往日所期望的东西，我往日所相信的东西；想到这些都已经完了，想到不久我或许甚至回忆也不能回忆了，那简直就像是一个在第二次的死以前很长久的，第一次的可憎的死。我感觉到我以后永远也不会再恋爱……

“在那个时候，丽德的记忆才回到我心头来；那个戴着遮住眼睛的大草帽的，很幼小的丽德；那个和我们一起在那草地上玩耍的，态度像一个温柔的郡主的丽德；接着是那个长大了，成人了，温柔淑雅，而又保持着显得她永远怀着童心的那种态度的丽德。于是我对我自己说，我至少在许久以前曾经恋爱过一次，在我能回想起这些来的时候，我总还可以算得没有虚度此生。

“她属于我，像属于任何人一样，因为她已经死了！我退了回来，我重新再走往日的旧路，又拾起那些已经消逝的回忆，我对于她的一切回忆——许许多多的小事情，如果我把这些小事情说出来，人们是会当笑话的——而每晚当我独自的时候，我便一件件地重温着，只怕忘记了一件。我差不多记得她的每一个动作和每一句话，我记得她的手的接触，我记得她的被一阵风吹来而拂在我脸上的头发，我记得只有我们两人而我们互相讲着故事的那一天；我记得她的贴对着我的形影，她的神秘的声音。

“我晚间回家去；我坐在我的桌子边，手捧着头；我把她的名字念了五六遍，于是她便来了……有时候，我所看见的是一个少女，她的脸儿，她的眼睛，她微笑着伸出手来用一种很轻的声音慢慢地说‘日安’的那种的态度……有时候是一个小姑娘，在花园里和我们一起玩耍的那个小姑娘；这小姑娘使人预感到人生是一件阳光灿烂的东西，世界是一个光荣而温柔的仙境，因为她是这世界上的一分子，因为人们在循环舞中和她携手……

“可是，不论是小姑娘或是少女，她一到来，便什么也都改变了，在对于她的记忆的面前，我又发现了我往日的战栗，怀在胸头的崇高的烧炙，使人热烈地去生活的灵视的大饥饿，和那也变成宝贵了的可笑而动人的一切小弱点，岁月消逝了，鳞甲脱落了，我的活泼的青春回了转来，心的整个火热的生活重新开始了。

“有时她姗姗来迟，于是我便想起了一个大恐怖。我对自己说：这可完了！我太老了；我的生活太丑太艰苦，我现在一点什么也不剩了。我还能回忆她，可是我不再看见她……

“于是我用手托着头，闭了眼睛，我对我自己唱着那老旧的循环舞曲：

我们不再到树林里去

月桂树已经砍了，

那里的美人儿……

“如果别人听到了，他们真会笑倒了呢！可是那‘那里的美人儿’却懂得我，她却不笑。她懂得我，小小的手里握着我的青春，从神魔的过去中走了出来。”

## 柏林之国

都德

我们和V医生一起走上乐苑大路，向着那为炮弹洞穿了的墙垣，为弹片翻掘起的步道，讯问那巴黎围城的故事；在快要到凯旋门的圆场的时候，那位医生站住了，指着那些堂皇地围绕着凯旋门的角儿上的大厦之一给我看：

“你看见上面这个阳台上四扇关着的窗子了吗？”他说，“在八月的头几天，在去年风云紧急患难丛生的这可怕的八月的头几天，我给人家请到那儿去诊治一个急中风症。那是在茹甫上校的家里，他是一位第一帝国时代的铁甲骑兵，贪图功名热心爱国的老头子，从开仗的时候起就住到乐苑来，在一层有阳台的屋子里……你猜猜为了什么？为的是可以参观我们军队的凯旋……可怜的老头子！他刚吃完饭的时候维桑堡的消息到了。在那战败的军报后面读到了拿破仑的名字的时候，他就立刻晕厥了。

"我看见那位退职的铁甲骑兵直挺在房里的地毯上，脸儿血红，一动也不动，好像头上吃了一锤似的。站着的时候，他一定是很高大的；躺着，他的神气也十分伟大。漂亮的容貌，很美的牙齿，一片卷曲的白头发。年纪已经八十岁，看上去却只有六十岁……在他身边，他的孙女儿跪着，满脸的眼泪。她很像他。看见他们并排地在那儿，你简直可以说是同一个模子铸出来的希腊像牌，只不过一个是古旧的，呈着土色，轮廓有点儿模糊，另一个却灿烂而清楚，显着新铸的光彩和柔润。

"这女孩子的哀痛使我感动了。她是军人的女儿和孙女儿，她的父亲是在马克马洪的参谋部里，而这直躺她面前的．高大的老人的景象，又在她的心里引起了另一种一样可怕的景象。我竭力安慰她；可是，实际上，我觉得已不大有希望了。我们碰到的是一件地道的半身不遂症，而一个人到了八十岁，是决不会医得好的。的确，在三天之中，那病人老是处于这种昏迷不动的状态之中……正在这个时候，雷旭芬的消息传到了巴黎。你总记得那消息是来得多么奇特吧。一直到晚间为止，我们大家都以为打了大胜仗，两万普鲁士人战死，亲王做了俘虏……我不知道这举国欢庆的一个回声，由于什么奇迹，由于什么磁力，一直找到了我们这位风瘫的又聋又哑的可怜人；总之，这天晚上当我走到他的床边去的时候，我发现他已完全变了。眼睛差不多是明亮了，舌头也不大沉重了。他居然有气力向我微笑，又讷讷地说了两次：

“‘胜……仗！’

“‘是的，上校，大胜仗！……’

“而当我把马克马洪的大胜的详情一件件地讲给他听的时候，我就看见他的容颜渐渐地舒展，他的脸儿渐渐地明朗起来了…

“当我出门去的时候，那少女站在门口等着我，脸儿发青了。她在呜咽。“‘他已经有救了啊！’我握着她的手对她说。

“那不幸的女孩子简直不大有回答我的勇气。雷旭芬的确息刚公布了出来，马克马洪逃了，全军覆没……我们面面相觑着。她想到她的父亲，很是伤心。我呢，想到那老头子，发抖了。一定的，他受不住这个新的打击……然而怎么办呢……把那使他再生的快乐和幻想留给他吧！……可是那时就得撒谎了……

“‘好吧，我就撒谎了！’那勇敢的少女匆匆地拭着她的眼泪对我说，于是，容光焕发地，她走进她的祖父的房里去。

“她所担任下来的是一件艰苦的工作。头几天，还对付得过去。那位好好先生头脑并不健全，像一个孩子似的受人哄骗。可是身体一天好一天，他的思想也就一天比一天清楚了。不得不把军队的活动不断地报告他，替他编造军情报告。看见这美丽的女孩子成日成夜地弯身在她的德国地图上，插着小旗子，费尽心思把整篇光荣的战绩编排出来，实在是可怜；什么巴然进兵柏林啦，弗洛阿萨到了巴维爱尔啦，马克马洪向巴尔庇克海前进啦。

“这一切她都和我商量，而我也尽可能地帮助她；可是在这思想的侵略中最替我们出力的，还是那位祖父自己。在第一帝国时代，他是曾经征服过德国多少次啊！他早就晓得如何下手：‘现在他们要到这地方去……

现在他们要这样做……’而他的预测总是实现的，这就不免使他很自豪。

“不幸我们夺城市、打胜仗都没用。在他看来，我们总是不够快。他的贪得不厌的，这老头子！……每天在到了那里的时候，我总听到一个新的战绩：

“‘大夫，我们已经打下了马阳斯了’，那少女带着一缕伤心的微笑迎上来对我说，于是我就隔着房门听到一个快乐的声音向我嚷着：

“‘这就行啦！这就行啦！……一个礼拜之后，我们就要进柏林城啦！’

“这时候，普鲁士人只消一星期就可以打到巴黎了……我们起初想，是不是把他搬到外省去比较妥当；可是，一出屋门，法国的景象就会使他完全明白过来，而我又认为他受了那次大打击，还太虚弱，还太麻痹，不能让他认识事实。因此就决定留下来。

“围城的第一天，我记得我走到他们家里去，很感动，关闭着的巴黎的城门，城下的大战，以及变做了边境的我们的郊外所给与我们大家的沉痛，留在我的心头。我看见那好好先生在床上，又高兴又骄傲：

“‘呃，’他对我说，‘现在开始围城了！’

“我望着他，愣住了：

“‘怎么，上校，你知道了吗？……’

“他的孙女儿向我转身过来：

“‘呃！是的，大夫……这是了不得的消息……柏林之围已经开始了。’

“她一边说这话一边拔她的针，带着一种那么安详，那么平静的神气……他怎样会怀疑到什么事情呢？炮台上的炮，他是听不到的。这凄惨而惶乱的不幸的巴黎，他也不能看见。他在他的床上看得见的，是凯旋门的一角，而在他的房里，在他的四周，是适于维持他的幻觉的整批第一帝国时代的杂物。将帅们的肖像，战役的版画，穿着婴儿的衣服的罗马王像；其次是僵直的大臂儿，饰着军器图文的铜片，摆着皇室的遗物，徽章、奖牌、用玻璃罩着的圣海伦的岩石，好些同一个宽袖明眸的卷发妇女的穿着舞衣、穿着黄衫的小画像——而这一切，壁几啦，罗马王啦，将帅啦，一八〇六年视为漂亮的硬板板的高腰遮胸的黄衫妇女啦……好上校！使他那么单纯地相信柏林之围的，我们所能对他说的一切话还在其次，却是这种胜利和征服的氛围气。

“从这天起，我么的军事活动就简单得多了。取柏林，现在只是时间问题了。不时地，当老头子太闷的时候，就给他念一封他的儿子的信给他听，信当然也是假的，因为什么东西也不能进巴黎来，再说，自从色当一战以来，马克马洪的这位副官已经被解到日耳曼的一个炮台里去了。你想想这可怜的女孩子是如何绝望吧，得不到她的父亲的消息，知道他做了俘虏，什么都没有，也许生着病，而她却不得不叫他在愉快的信里说话；信是简短了一点，然而一个在征服了的国家中长驱直入的身居戎马之间的军人，也只能这样写。有时候她没有勇气，于是几星期一点讯息也没有。可是那老人不安了，睡不着觉了。于是赶快从日耳曼来一封信，她就忍住眼泪，在他床边高兴地念给他听。那上校虔心地听着，带着一种意会的神气微笑，赞同，批评，把信上有些模糊的地方解释给我们听。可是特别漂亮的地方，就是他给儿子的回信：‘你永远不要忘记你是一个法国人，’他对他说，‘……你应该对那些可’除人宽大一点。不要侵略得使他们太难堪……’接着便是滔滔不绝的吩咐，关于产业不可侵犯，妇女应该以礼待等一大串可佩的话，真正一部征服者用的军礼法典。他也插进一些关于政治的笼统意见，对于被征服者所应提出的条件。在这一方面，我应该说，他倒并不是苛刻的：

"'赔偿军费，这就完了……拿几省地方来有什么用呢？难道可以拿日耳曼的土地来做成法兰西的土地吗？……'

"他用一种坚决的声音把这些话念出来，而人们在他的语言中感到那样的坦白，一片那么美丽的爱国心，以致在听着他的时候，不禁为之感动了。

"在这个时候，围城不断地进行着，不是柏林之墙，哎！……这是严寒、轰炸、疾病、饥馑的时期。可是，多亏我们的侍候，我们的努力，以及那对于他的有增无已的不倦的小心，那老人的宁静一刻都没有被搅扰过。一直到那时为止，我始终替他办到白面包和新鲜肉。可是只有他一个人有份儿，这位在不自觉之中做了自私者的祖父的午餐，是再使人感动也没有了——这老头子坐在他的床上，新鲜而含笑，食巾遮在颏下，身边是因为节食而面色微微苍白的他的孙女儿，扶着他的手，拿酒给他喝，帮他吃那一切别人没份儿的好东西。那时，吃得高兴了，在那温暖的房间的舒适之中——外面是冬天的风，在他窗前旋转着的雪，这位退职的铁甲骑兵回想起他在北方的战役，就又对我们讲起（那是第一百遍了）那从俄罗斯的凄惨的败退，说那时只吃冰硬的面包干和马肉。

"'你懂吗，孩子？那时候我们吃马肉啊！'

"我真相信她是懂得的。两个月以来，她就从来没有吃别的东西过……然而，一天一天地，在快要复元起来的时候，我们对于这病人的侍候就格外困难了。那一向对于我们那么有用的他的一切官感，一切肢体的麻木，现在是渐渐地消失下去了，有两三次，马欲门的巨大的排炮声已经使他惊跳起来，竖起了耳朵，像一头猎犬似的；于是就不得不给他杜撰一次巴然在柏林城下的最近的胜仗，说为此才在废兵院开庆祝炮。还有一天，他的床已移到窗边了——我相信是布森伐尔之战的那个星期四吧——他很清楚地看见了那群集在大军路上的那些国防军。

"'这些队伍是什么？'那老先生问，接着我们就听见他喃喃地说：

"'军容不整！军容不整！'

"此外他也并没有怎样；可是我们知道，从今以后，我们应该特别小心了，不幸我们还不够小心。

"有一天晚上，在我到了那儿的时候，那女孩子不知所措地走到我前面来：

"'明天他们要进城了。'她对我说。

"祖父的门可不是开着吗？事实上，以后想起来，我记得他这天晚上面色异乎寻常。他可能已经听见了我们的话。不过，我们呢，我们说的是普鲁士人，而这位老先生呢，他想的却是法国人，却是那他等了那么长久的凯旋——马克马洪在繁花之中，在号角声里踏上大路，他的儿子走在这位元帅身旁，而他这位老头子呢，站在阳台上，穿着全副军装，好像在吕琛似的，向那洞穿的国旗，为炮火熏黑的军旗，举行敬礼……

"可怜的茹甫老爹！他一定以为别人怕他兴奋过度，要阻止他去看我们的队伍的凯旋式。所以，他对任何人都不说出来，可是第二天，在普鲁士的那些大队提心吊胆地走上了那条从马欲门通到都勒里的长路的时候，上面的窗就轻轻地打开了，于是那上校就在阳台上显身出来，戴着他的军帽，他的大指挥刀，他全副退职铁甲骑兵的，米罗的光荣的旧军装。我现在还不懂，是什么意志的力量，什么生命的奔跃，使他这样地全身披挂着站起来。事实是他在那儿，直立在栏杆后面，惊讶着看见那些大街是那么地宽大，那么地寂静，屋子的百叶窗都紧闭着，巴黎阴森得像一个大检疫所一样，到处都是旗，但却那么奇怪，全是白色的，上面是红十字，而且没有一个人去迎接我们的兵士。

“一时他可能以为自己看错了……

“可是不啊！那边在凯旋门后面，是一阵嘈杂的声音，一个黑绿在朝阳之中走上前来……接着，渐渐地，铁盔的尖顶闪耀了，叶拿的小鼓擂起来了。而在凯旋门下面，在队伍的沉重的步伐声和指挥刀的接触声的节奏中，许贝特的凯旋进行曲震响起来了！……

“那时，在广场的凄凄的沉寂之中，人们听到了一片呼声，一片巨大的呼声：‘武装起来！……武装起来！……普鲁士人。’而居于前卫的那四个普鲁士枪旗兵，便可以看见上面，在阳台上，一位高大的老人摇摆着，挥着胳膊，接着就直挺挺倒了下去。这一趟，茹甫上校可真的死啦。”

## 卖国童子

都德

他名叫施丹，那小施丹。

这是一个巴黎的孩子，又瘦弱又苍白，可能有十岁，也许十五岁，这些小鬼，你是永远没有法子猜的。他的妈妈已经死啦，他的爸爸是一个退伍的海军，在党伯尔区看守一个方场。婴孩们，女仆们，带着折凳的老太太们，穷人家的母亲们，到这有人行道绕着的平坛上来避避车辆的全巴黎小人物们，都认识那位施丹老爹，又敬爱他。人们知道，在他的那片使狗和乞丐见了害怕的大髭须下面，隐藏着一片温柔的，差不多是母性的微笑，而且，要能够看见这片微笑，只消对那位老先生说："你的孩子好吗？……"那就够了。

他是那么地爱他的儿子，这施丹老爹！傍晚，当那孩子放了学来找他，两人在小径上兜着圈子，在每一张长椅前停下来和熟客招呼，回答他们的客套的时候，他是那么的快乐。

不幸围城一开始，一切都变了，施丹老爹的方场关闭了，把煤油放在里面，而这非不断看守不可的可怜人，便在荒凉而杂乱的树木丛中度着生涯，独自个，不抽烟，只有在晚间很迟的时候，在家里，才能看见他的孩子，所以，在他讲起普鲁士人的时候，你就得瞧瞧他的髭须的神气了……那小施丹，他呢，对于这新的生活倒并没有怨言。

围城！对于那些顽童是那么地有趣。不再上学去！不再温习了！整天的放假，而路上又像市集场一样……

这孩子整天在外面，一直到晚上为止，跑来跑去。他跟着那开到城边去的军队走，特别挑选那有好乐队的；在这一方面，小施丹是很在行的。他会头头是道地对你说，第六十九大队的音乐要不得，第五十五大队的却了不得。有时，他看那些流动队伍操兵；其次，还有排队买东西……

臂下挽着篮子，他混到那在没有街灯的冬天的早晨的阴影中，在肉店、面包店的栅门前，渐渐列成的长长的行列中去。那里，脚踏在水里，人们互相结识起来，谈谈政局，而且，因为他是施丹先生的儿子，每人都问问他的意见。可是最有味儿的，还是那瓶塞戏，就是那勃勒达涅的流动队在围城期中流行出来的珈洛式。当那小施丹既不在城边又不在面包店的时候，你就一定可以在水塔广场的"珈洛式"摊子上找到他。他呢，当然喽，他并不赌；赌是要很多的钱。他只在那儿睁大了眼睛看着那些赌徒罢了！

赌徒之中有一个人，一个下起注来总是五法郎的束蓝围裙的高个子特别使他佩服。这家伙，当他跑起路来的时候，你就可以听见钱在他的围裙里锵锵地响……

有一天，一个钱一直滚到小施丹脚边来，那高个子过来拾得时候，低声对他说道：

“嗯，这叫你眼红吗？……呃，要是你乐意，我可以告诉你哪儿可以弄得到。”

赌完了之后，他就把他带到广场的一隅去，撺掇他和他一起去卖报纸给普鲁士人，说走一趟有三十个法郎。施丹很生气，即时拒绝了；这一下，他接连三天没有去看赌钱。难堪的三天。他东西也吃不下去了，觉也睡不着了。在夜里，他看见许多“珈洛式”堆在他床下面，还有那滚动着的五法郎的灿亮的银币，这诱惑是太强大了。第四天，他回到水塔广场去，找到了那大个儿，让他引诱了……

他们在一个下雪的早晨动身，背上负着一个布袋。报纸藏在他们的短衫下面。当他们到了弗朗特尔门的时候，天光还没有大亮，那高个儿携着施丹的手，走到那守卒前面去——这是一个红鼻子的神气和善的好驻守兵——用一种可怜人的声音对他说道：

“好先生，让我们过去吧……我们的妈妈害着病，爸爸早死了，我跟我的小弟弟想到田里去捡一点儿土豆。”

他哭着，施丹呢，很不好意思，低倒了头。那守卒看了他们一会儿，望了一眼荒凉而白皑皑的路。

“快点过去。”他让开身子对他们说，于是他们就走到了何贝维力大路上。现在那高个儿可笑了！

糊里糊涂地，好像在梦中一样，那小施丹看见了那些改做兵营的工厂，那些挂着濡湿的破布的荒废的障碍物，那些穿过了雾升立在空中的，斑驳的空空的高烟突。远远地，一个哨兵，一些披着大氅的军官们，用望远镜望着远处，还有是前面烧着残火的，被融雪所浸湿的小小的帐篷，那高个儿认识路，穿越田野走着，免得碰到哨站。然而，不可避免地，他们走到了一个别动队的大哨所边，沿着苏阿松铁路线，那些别动队是披着他们的短披肩在那里，蹲踞在一道浸满了水的沟中。这一次，那高个儿再说他的那一套故事也没有用，人们总不让他们过去。于是，在他哀哭的当儿，从哨所中有一个年老的排长走了出来，走到路上；他是须眉皆白满脸起皱的了，神气很像施丹老爹。

“唅！小子们，你们不要再哭了！”他对孩子们说，“让你们去吧，去捡土豆；可是，你们先进来烤一会儿火……这小子，他好像冻坏了！”

哎！这小施丹发抖，倒并不是为了冷，却是为了害怕，为了害羞……在那哨所里，他们看见有几个兵挤在一堆微弱的火的四周，用尖刀挑着面包干在火上面烘。他们挤紧来让地位给孩子们。人们给他们一点酒喝，一点儿咖啡，当他们喝着的时候，一个军官来到了门口，叫那个排长去，和他低声地说着话，接着就很快地走了。

“弟兄们！那排长高兴地回进来说……今天晚上要有板烟了……我们已打听到了普鲁士人的口令……他妈的蒲尔惹，我相信这一趟我们可要夺回来了！”

欢呼和大笑声音爆发了出来，大家跳舞，唱歌，擦刺刀；于是，趁着这嘈杂，孩子们溜了。

过了壕堑，就只有平原，和平原深处的一长道穿着枪眼的白墙了。他们就是向这道墙走过去，走一步停一步，装做在捡土豆。

“回去吧……不要去吧。”那小施丹一径这样说着。

别一个却耸着肩，老是向前走。忽然，他们听见一种把子弹装进枪膛里去的声音。

“躺下！”那高个儿说，同时就仆倒在地上。

一仆倒在地上，他就吹口肖。另一个口哨在雪上回答他。他们匍匐着爬上去……在墙的前面，和地面相齐的地方，显出了两撇黄色的髭须来，上面是一顶肮脏的便帽。那高个儿跳进壕沟里去，在那普鲁士人旁边：

“这是我的弟弟。”他指着他的同伴说。

他是那么地小，这施丹；看见了他的时候，那普鲁士人笑了起来，不得不捧着他一直举到墙的缺口。

在墙的那一面，是高大的土垒，横倒的树木，雪里的黑洞，而在每一个洞里，那些同样肮脏的便帽，同样黄色的髭须，看见孩子们走过，就都笑了起来。

在一只角上，是一间用树干搭架着的园丁的屋子。屋子的楼下满是士兵，正在玩纸牌，正在一堆明亮的大火上烧汤，白菜啦，肥肉啦，都是那么香，和别动队的野营真有天壤之别！上面一层，是军官们。你可以听见他们在弹钢琴，在开香槟酒。当这两个巴黎人进去的时候，一片欢呼声接待着他们；接着人们就斟酒给他们喝，叫他们说话。这些军官的神气都是骄傲而刁恶；可是那高个儿的市井的活泼态度，他的流氓的切口，却使他们感到兴趣。他们笑着，把他所说的话再说一遍，快乐地在这人们带来的巴黎的泥污中打着滚。

那小施丹也很想说几句话，想证明他并不是一个傻瓜；可是却有点什么东西妨碍着他。在他的前面，远远地站着一个普鲁士人，比别人年纪更老一点，更严肃一点，正在那儿看书，或不如说假装看书，因为他的眼睛盯住他看。这目光中包含着温情和指责，好像这个人在国内也有着一个年纪和施丹一样大小的孩子，而这个人一定会对自己说：

“我宁可死掉，而不愿意看见我的儿子干这种勾当……”

从这个时候起，施丹就感觉到好像有一只手按在他的心上，妨碍他的心跳跃了。

为要避免这种苦痛，他喝起酒来，不久，他觉得眼前什么都转动起来了。在大笑声中，他模糊地听到他的同伴嘲笑那些国防军，笑他们操兵的神气，模仿着马莱的一次械斗，城边的一次夜警。接着那高个儿放低了声音，那些军官们走进过去，面色也变成严肃了。这无耻的人正在那儿通报他们别动队的袭击……

这一下，那小施丹愤怒地站了起来，酒也醒了：

“这个不可以，高个儿……我不愿意。”

可是那高个儿只笑了笑，照旧说下去。在他快要说完的时候，军官都站了起来。其中有一个对孩子们指着那扇门：

“滚出去！”他对他们说。

于是他们就很快地用德文谈起来。那高个儿走了出去，高傲得像一位大统领似的，一边玩弄着他的钱，锵锵作声。施丹低倒了头跟在他后面；而当他们走过那个目光使他不安的普鲁士人旁边的时候，他听到了一种凄切的声音说：“布豪，这个……布豪！”

他的眼泪涌到眼睛上来了。

一到了平原，孩子们就奔跑起来，赶快地回去。布袋里是装满普鲁士人给他们的土豆；有了这个，他们就毫不困难地通过了别动队的壕沟。人们在那儿‘作夜袭的准备了。队伍静悄悄地开来，聚集在墙后面，那年老的排长是在那儿，忙着安排他的弟兄们，神气很高兴。当孩子们走过的时候，他认出了他们，向他们和蔼地微笑着……

哦！这微笑多使小施丹难过！有一个时候，他真想大声喊：:

"不要到那边去……我们已卖了你们。"

可是那别一个已向他说过："要是你说出来，我们就要给人枪毙的。"于是这种害怕就止住了他……

到了古尔纳夫，他们走到一所荒废的屋子里去分钱。真是使我不得不说，分配倒是公正的；而听到这些美丽的银币在他的衣服里锵锵地响着，想到那他不久可以加入的"珈洛式"赌局，小施丹就不再觉得他的罪恶是那么沉重了。

可是，当只剩他一个人的时候，这不幸的孩子！当过了城门那高个儿和他分了手之后，那时他的衣袋就渐渐地格外沉重起来。而那只抓着他的心的手，也抓得比什么时候都紧了。他觉得巴黎已不是像以前那样了。过路的人们严酷地望着他，好像他们已经知道他是从那里来的"奸细"。这两个字，他从车轮的声音，从那在河沿上操练着的擂鼓的声音中听了出来。他终于到了自己家里，一边庆幸着看见他父亲还没有回来，一边急忙走到他们的房里去，把这些他觉得那么沉重的银币，藏在自己的枕头下面。

这天晚上回来的时候，施丹老爹是特别地和善，特别地高兴。人们接到了下省的通知：国事已有了转机。这退伍的兵一边吃夜饭，一边望着他的挂在墙上的枪，又带着一片和善的微笑对那孩子说：

"嗯，孩子，要是你长大了，你就可以去打普鲁士人了！"

在八点钟光景，炮声就听得见了。

“这是在何贝维力……蒲尔若在那儿打了。”那老先生说，“他是什么炮台都知道的。”小施丹脸儿发白了，假托说很累，他就去睡觉，可是睡不着，炮不断地开着，他想象中看见那些别动队趁黑夜去袭击普鲁士人，可是自己中了埋伏。他回想起那个向他微笑的排长，仿佛看见他直躺在那里，在雪里，而且还有不知道多少人跟他一样……这些赤血的代价却藏在那里，在他的枕头下面，而且这是他，施丹先生的儿子，一位兵士的儿子……眼泪使他不能喘气了。在隔壁房间里，他听见他的父亲在踱步子，在开窗。下面，在广场上，号声响着，一个别动大队在点号，预备出发了。一定的，这是一场真正的大战。这不幸的孩子不禁呜咽出声了。

“你怎么啦？”施丹老爹走进去的时候说。

孩子忍不住了，从床上跳下来，倒在他父亲的脚跟前，他这样一动，银币就滚到地上来了。

“这是什么？你偷了别人的钱？”那老头子发着抖说。

于是，这小施丹就把他到普鲁士人那儿去过，以及他在那里做了什么等等，都一口气讲了出来。他说着的时候，他渐渐觉得自己的心舒畅起来，忏悔使他轻松……那施丹老爹听着，脸色非常可怕，讲完的时候，他用手捧着头，哭了。

“爸爸……爸爸……”那孩子想说。

那老头子一句也不回答，把他推开去，又拾起了银币。

“全在这儿吗？”他问。

小施丹点头表示全在那儿了。那老头子取下了他的枪，他的子弹囊，一边把钱放到袋子里去：

"好吧，"他说，"我去还给他们。"

于是，也不再多说一句，连头也不回一回，他下楼去加入了那在黑夜里开拔的流动队，从此以后，人们永远没有看见他回来。

## 最后一课

——一个阿尔萨斯孩子的故事

都德

那一天早晨，我到学校去得很迟，很怕受责罚，特别是阿麦尔先生已经对我们说过，要问我们分词规则，而我却连头一个字也不知道。一时我起了一个念头，想不去上课了，却到野地上去乱跑一阵子。

天气是那么热，那么明亮。

你可以听见山鸟儿在树林边上叫，普鲁士人在锯木场后面的那片里拜尔草场上操兵。这些都引诱着我，比分词规则还厉害得多；可是我竟然有抵抗的力量，就飞开地跑到学校里去。

经过县政府的时候，我看见有许多人站在那块小小的告示牌旁边。两年以来，我们的坏消息：什么打败仗啦，征发啦，司令部的命令啦，全是从那儿来的；于是我一边走一边心里想：

"还有什么事情呢？"

我跑着穿过广场去的时候，那个带着学徒正在那儿念告示的铁匠华希德，对我嚷着说：

"别那么忙，孩子；你到你的学堂里去有的是时候哪！"

我想他是在嘲笑我，于是乎我就上气不接下气地走进了阿麦尔先生的小院子。

平常，在刚上课的时候，总是噪闹得不得开交，就连路上也听得到，书桌板翻开闭上啦，为了可以读得好一点闷住耳朵一齐高声背书啦，还有是老师用那方厚戒尺拍着桌子说：

“静一点儿！”

我打算趁着这情形不让人看见溜到我的位子上去；可是偏偏这一天什么都是静悄悄的，就好像礼拜天的早晨一样。我从开着的窗口望见我的同学们已经坐好在他们的座位上，又望见阿麦尔先生手臂里挟着那方可怕的铁尺，在那儿踱来踱去，我不得不在这样的沉静之中开了门走进去。你想吧，我是多么害臊，又多么害怕。

呃，不。阿麦尔先生望着我并不生气，他很和气地对我说：

“快点坐到你的座位上去，我的小法朗兹；我们正要不等你来就上课了。”我跨上凳子，立刻就坐在我的书桌前面。那个时候，惊心稍稍定了下来，我才看出我们的老师已穿上了他的绿色的漂亮的礼服，他的绉裥细布衬衫，和他的绣花黑缎子的小帽子，这都是他只在视学和给奖的日子才穿戴的。再说，整个课堂都有一种异乎寻常和庄严的神气。可是最叫我吃惊的，就是看见在课堂的尽头，在那些平时空着的位子上，坐着一些村子里的人，像我们一样地静，有戴着三角帽的老何赛，卸任的县长，歇差的邮差，还有一些别的人。这些人的样子全都好像在发愁；那老何赛带来了一本老旧的初级读本，书边都破了，拿着摊开在脚膝上，用他的大眼睛在书页上照来照去。

正当我对于这一切吃惊的时候，阿麦尔先生已走上讲坛，用着那跟刚才招呼我一样和气的声音，对我们说：

“孩子们，这是我末了一次给你们上课。柏林来了命令，说此后在阿尔萨斯和洛兰两省的小学里，就只准教德文……新的教师明天就到了。今天是你们最后的法文课。请你们特别用心一点。”

这几句话使我神魂颠倒了。啊！那些坏蛋，这就是他们在县政府布告出来的。

我的最后的法文课。

而我却连写也不大会写呢！这样我可永远不能学习啦！这样我可就不会有进步啦！我现在是多么懊悔白丢了时间，旷课，去寻鸟巢，去到沙尔河上溜冰！刚才我还觉得那么讨厌，那么沉重的我的那些书，我的文法，我的历史，现在就好像是我的老朋友，舍不得分手了。阿尔麦先生也是那样。想到他要走了，我不能再看见他了，就使我忘记了他的责罚，戒尺。

可怜的人！

是为了这最后的一课，他才穿上了他在假日穿的漂亮衣服，而现在，我也懂得村子上的那些老头子为什么坐到课堂的后面来了。这好像是说，他们懊悔没有常常来，到这学校里来。这也是表示感谢我们这位老师四十年来克尽厥职，表示向“那失去的祖国”尽他们的本分的一种态度……

我正在那儿想着的时候，忽然听到叫我的名字。现在是轮到我背书了。我是多么愿意出不论怎样的代价，让我可以把这整篇分词规则，高声地，清楚地，没有一个错误地，一口气背出来；可是我一开头就打疙瘩了，我站在那儿，尽在我的凳子摇摆着，心儿膨胀着，头也不敢抬起来。我听见阿麦尔在对我说：

“我不来责罚你，我的小法朗兹，你也责罚受得够了……弄到现在这个样子。每天，总是这样对自己说：嘿！我有的是时候，我明天可以念的。接着你就碰到了这种情形……啊！这真是我们阿尔萨斯省的大不幸，老是把教育推到明天去。现在，那些人就有权对我们说：怎么！你们自以为是法国人，而你们既不会念你们的国文，又不会写！……在这一方面，我的可怜的法朗兹，罪最重的还不是你。我们大家都应该有责备自己的份儿。

“你们的父母并不怎样一定要你们受教育。他们宁可派你们去种地，或者送你们到纱厂里去。可以多赚一点钱。就是我自己，难道我一点没有可以责备的地方吗？我可不是常常因为叫你们去灌溉我的花园，而不给你们上课吗？而当我想去钓鱼的时候，我可不是老实不客气就给你们放了假吗？……”

于是，一件一件地，阿麦尔先生就开始对我们说起法文来，说这是世界上最美的语言，最明白，最坚实的：应该在我们之间把它保留着，因为，当一个民族堕为奴隶的时候，只要不放松他的语言，那么就像把他的囚牢的锁匙拿在手里一样……接着他就拿起一本法文书来念我们的功课。我真惊奇怎么我都那么懂得。他所说的话，我都觉得很容易，很容易。我也想，我从来也没有那么好好地听过，他也从来没有费那么大的耐心讲解过。你竟可以说，这个可怜的人在临去之前，想要把他全部的学问都给了我们，把他的全部学问一下子塞进我们的头脑里去。

上完课，就是习字了。为了这一天，阿麦尔先生替我们预备好了崭新的习字范本，在范本上，是用漂亮的楷书写着：“法兰西，阿尔萨斯，法兰西，阿尔萨斯。”这好像是一些小小的旗帜，挂在我们的书桌的木干上，在整个教室中飘荡着，人们就只听见笔尖儿在纸上的沙沙声。一个时候，金甲虫飞了进来；可是一个人也没有注意它们。就连那些最小的也都在用心画他们的直杠子，那么全心全意地，好像这还是法文似的……在学校的屋顶上，鸽子低声地啭着，于是我听见它们的时候，心中暗想：

“难道人家要叫它们也用德文唱吗？”

不时地，当我从我的纸页上抬起眼睛来的时候，我看到阿麦尔先生先生不动地站在他的讲坛上，定睛注意着他四周的物件，好像他要把他的这整个小小的学校，全装进他的目光中去似的……你想想！四十年以来，他总是在那同一个地方：面前是他的院子和他的完全不变的课堂。只是那些凳子、书桌，是因为用得长久而磨得很光滑了；院子里的胡桃树已经长大了，而那他自己亲手种的蛇麻子，现在也在窗上盘结着，一直盘结到屋顶了。对于这个可怜人，这是多么伤心的事：离开这一切东西，听见他的妹妹在楼上房间里来来往往地走着，正在关他们的大箱子！因为他们明天就要动身，永远地离开此地了。

然后他居然还有勇气给我们上课一直上完。习字以后，我们就上历史课；再以后，小学生们就一齐唱起 BA，BE，BI，BO，BU 来。在课堂的尽头，那年老的何赛已经戴上了他的眼睛，双手捧着他的初级课本，他正在和他们一起练拼音。你看得出他也在那儿用功；他的声音因为感情冲动而颤抖着，听起来是那么滑稽，使我们大家都又想笑又想哭了。啊，这最后的一课，我是不会忘记的……

忽然，教堂里的钟报午时了，接着，祷钟鸣了。同时，那些操兵回来的普鲁士人的喇叭，也在我们窗下响起来……阿麦尔先生站了起来，脸色完全发白了，立在他的讲坛上。我从来也没有觉得他像今天那样高大过。

“我的朋友们，”他说，“我的朋友们，我……我……”

可是有什么东西使他不能发声了。他不能够说完他的话。

于是他就转身向着黑板，取了一支粉笔，用尽了他的全力，尽可能大地写着：

"法兰西万岁！"

接着他耽在那儿，把头靠在墙上，一句话也不说，向我们做了一个手势，意思说：

"完啦！你们去吧。"

## 绿洲

圣代克茹贝里

我已经对你们说了许多关于沙漠的事了，所以，在还要对你们说关于沙漠的事以前，我倒很高兴来描摹一下一个绿洲。我所想起的这个绿洲并不是在浩瀚的沙漠深处。可是飞机的另一个奇迹便是把你直接地投进神秘的中心。你是那位在窗孔后面研究着人类的蚂蚁窠的生物学家，你冷静地考察着那些端坐在平原之中，端坐在那星一样展开来的道路中央的城市——这些道路又像动脉一样地用田野的汁水滋养着城市。可是一根针在气压计上颤动了一下，于是下面的小小的绿色的一点，就变成了一个宇宙了。你是被幽囚在一个睡沉沉的公园中的一片草地上了。

估计远近的并不是距离。你家里花园的墙所封藏的秘密，可能比万里长城所封藏的还多，而一个女孩子的灵魂之由静默护持着，也比沙哈拉的绿洲之由重重的沙护持着更严密。

我要讲在世上某处的一次短暂的降落。那是在阿根廷的公高第亚附近，可是在任何别处也都是可能：神秘便是这样地广布着的。

我降落在一个田野中，一点也不知道我将要生活在童话之中，那辆我坐在里面翻来翻去的旧福特车并没有什么特别，收容我去的那一对平静的夫妻也如此。

“我们留你住一夜……”

可是在路拐角上，在月光之下，展开了一丛树木，而在这些树木后面，便是那所屋子。多么奇怪的屋子！矮矮胖胖结结实实的，差不多是一座堡寨。这是一所传说中的堡，你一穿过大门它就给你一个像修道院一样地平静、安堵而有保护的安身处。

于是两位年轻的姑娘显身出来了。她们严肃地打量着我，好像是驻在一个禁国门口的两位判事：那年纪轻一点的噘了一噘嘴唇，又用一条绿树枝敲了一下地，接着，当介绍完毕之后，她们带着一种奇特的挑战神气，一言不发地伸出手来和我握手，然后走进去了。

我觉得有趣，也有点着迷。这一切都是简单、寂静而偷偷摸摸的，正像一个神秘的第一句话一样。

“呃！呃！她们怕生。”那父亲简单地说。

于是我们走了进去。

在巴拉圭，我喜欢那种在京城的街石之间露出头角来的冷嘲的草——它们是替那虽则看不见但却存在着的原始森林来看看，是否人们还依然占有着这个城市，是否那把这些石头稍稍挤动一下的时候已经到了。我喜欢这种只表示一种太大的富庶的坍败的形式。可是在这里我是不胜叹赏的了。

因为一切都是坍败了的，而且坍败得可爱，神气像是棵被年代所稍稍弄成斑驳了的铺满了苍苔的老树，神气像一条十代的情人们坐过的木长凳。板壁都已经旧了，门窗蛀了，椅子曲了脚。可是，虽则这里一点也不修理，抹拭倒是非常地起劲的。一切都是干净的，上过蜡，发着光。

客厅显着一副异常紧张的面目，就好像一位老太婆的起皱纹的脸儿一样。墙上的斑驳，天花板的破碎，这一切我都得尝试，特别是虽则这儿坍了，那儿摇了，但却老是擦干净，涂过漆，拭亮的，像一座小桥似的地板。奇怪的屋子，它并不显得有什么不修边幅，有什么放任不顾，却使人唤起一种异常的警意。无疑地，每一个年岁增加点什么东西在它的迷人之处上面，在它的面目的复杂上面，在它的亲密氛围气的热忱上面，同时却也加点什么东西在从客厅走到餐室的那段旅程的各种危险上面。

“当心！”

这是一个窟窿。他们提醒我，在这样的一个窟窿里，我是很容易把腿也折断了的。这个窟窿，是不能归咎于任何人的：这是时间的成绩。这种对于任何抱歉的蔑视，是有一种很大的贵族的气派的。他们并不对我说：“我们有钱，我们可以把这些窟窿全堵起来，但是……”他们也并不对，我说（然而这却是事实）：“这是我们从城里租来的，租期三十年。应该由城里来装修，两方面都闹别扭……”他们不屑来解释，而这样的从容态度却使我心醉。他们至多这样对我说：

“呃！呃！这有点坍败了……”

可是说这话的时候口气是那么地轻，使我疑心到我的朋友们并不太因此而发愁。你看见一大群的泥水匠、木匠、细木工、裱糊匠，在这样的一个过去之中摆出他们的亵渎神圣的工具，而替你在几星期之后改造成一所屋子吗？那所屋子是你从来也没有见过的，而你却自以为曾在那儿做客过。一所没有神秘，没有隐蔽的角落，在脚下没有陷阱，又没土牢的屋子——市政局的大厅一类的东西。那两个少女消隐在这所神出鬼没的屋子里是很自然的。那些贮物仓到底是怎样的呢？这客厅就已经容纳着贮物仓的富藏了！你已经猜测出，只消把橱门稍稍开一点，就会掉出一束束的黄色的信，曾祖父的收据，以及屋子里所有的锁更多的钥匙来了。这些钥匙当然配不上随便哪一把锁。真是神奇的无用的钥匙。它们把理智弄得模糊，又使人梦想到地窖，想到埋在地下的库箱，想到金路易。

“去吃饭，好吗？”

我们走到餐桌边去。从这一间房到那一间房，我呼吸着这种像篆烟一样氤氲着的，比得上世界上一切香水的旧图书室的气味。我特别喜欢他们把灯挪来挪去。沉重的地道的灯，给人们从这一间房带到那一间房，正如在我的悠远的童年中似的，而且又在墙上晃动着神奇的影子。灯里起了一道一道的光束和黑焰。接着，当灯已安妥了之后，光的范围固定了，四周是广大的夜的占领，而在这黑暗之中，可以听到木头的干裂的声音。

那两个女孩子像消失时一样神秘而静默地重又露面了。她们庄重地坐到桌子边来。她们一定已经喂过了她们的狗，她们的鸟儿，敞开了窗迎那明朗之夜，又在晚风之中尝过了植物的香味。现在，她们一边摊开她们的食巾，一边谨慎地偷看着我，心里在想，是否要把我排在她们的熟稔的动物之列。因为她们还有一只蠡蜥蜴，一只猫鼬，一只狐狸，一只猴子和许多蜜蜂。这一切都是一起生活着的，互相很说得来，组成了一个新的地上乐园。她们统治着造物的一切动物，用她们的小手迷住它们，喂它们吃，给它们喝水，又讲故事给它们听；而她们的故事，从猫鼬起到蜜蜂为止，大家都是听着的。

我料到这两个那么活泼的姑娘要拿出她们的全部批评气质和全部精细来，对于她们对面的男性，作一个简捷、秘密而确切的批判。在我的儿童时代，我的姊妹们便常常是这样地对于第一次到我们家里来吃饭的客人批分数的。当时，当谈话中止的时候，人们忽然在沉静之中听到这三个响亮的字：

“十一分。”

这三个字的可爱之处，除了我的姊姊和我，是没有别人能尝味得到的。

我的对于这种玩艺儿的经验使我有点儿窘迫，更使我感到窘迫的是，我觉得我的批判者是那么地明敏，懂得辨别什么是弄花巧的畜生，什么是老实的畜生的，能够从狐狸的脚步上看得出它是否没有脾气，可以接近的，同时也具有一种对于内心活动的深切的认识的批判者。

我很喜欢这两双那么尖锐的眼睛和这两个那么直的心灵。可是我却真宁愿她们换一套玩艺儿玩。卑鄙地，又为了害怕那“十一分”，我递盐给她们，又替她们斟酒，可是当我举目一看的时候，却看见了她们的那种不受贿赂的审判官的温和的庄严。

就是阿谀也是没用的：她们不懂得什么是虚荣。她们不懂得虚荣，但却有着她们的傲气，而且，就是我并不从旁着力，她们所想到的她们自己的长处，也是比我所敢说的更多。我甚至并不想利用我的职业来炫耀，因为她们单单为了看看那窠小鸟有没有长羽毛，为了望望朋友，而一直爬到筱悬树的最高枝去，这也就并不是寻常的大胆了。

我的这两位静默的女仙老是那么小心地监视着我吃饭，我又那么时常碰到她们的偷偷的目光，因而我中止说话了。这时沉默了下来，而在这沉默之中，有什么东西在地板上轻哨着，在桌子下面发着声音，然后又不响了。我举起莫名其妙的目光来。于是，那位无疑已对于自己的考验已经满意，但却还要试一下最后的试金石的妹妹，一边用她的年轻的蛮牙咬着面包，一边用那种她很希望可以吓唬野蛮人（假如我就是的罢）的天真态度，简单地向我解释：

“这是蝮蛇。”

接着她就不作声了，好像这个解释对于任何并不太傻的人已经足够了似的。她的姊姊像闪电似地掠了一眼，来估量我的最初的动作，接着她们两人把她们的最温柔最纯朴的脸儿垂到盆子上面去了。

“啊！……是蝮蛇……“

我自然而然地脱口说出了这句话。这些东西在我的腿当中溜着，这些东西擦着我的小腿，而这些东西却是蝮蛇。

我呢，幸而我微笑着。而且并不是勉强的，她们一定也感觉到了。我微笑，因为我觉得快乐，因为这所屋子显然越来越使我中意；又因为我也感到有更多知道一点关于蝮蛇的事的愿望。那姊姊出来帮我的忙了：

“它们在桌子下面的一个洞里做着窠。”

“在晚上十点钟光景，它们回来了。”那妹妹补说着，“白天里，它们找东西吃。”

现在是轮到我来偷偷地看这两个少女了。她们的精致，她们的在平静的脸儿下面的静默的笑。而她们所行施的这种国王一般的威权，也是我所钦佩的。

今天，我在梦想。这一切是已经很悠远的了。这两位仙女现在怎样了？无疑地，她们已嫁了。那么她们已经改变了吗？从少女地位过渡到妇人地位是那么严重的。她们在一所崭新的屋子里做些什么？她们和野草以及蛇的关系变成怎样了？她们曾经是和一些宇宙性的东西混在一起的。可是，有一天妇人在少女的心中觉醒了。她们梦想终于要批一个十九分了。一个十九分沉沉地压在心头。于是一个傻瓜来了。第一次，那两双那么尖锐的眼睛糊涂起来，而把那傻瓜看得有光有彩。这傻瓜，如果他念得几句诗，她们就把他当做诗人。她们以为他懂得那有洞的地板，她们以为他喜欢猫鼬。她们以为告诉他有一条蝮蛇在桌子下面他的腿间舞动着这件秘密使他觉得荣幸。她们把自己的心给了他——这心是一个荒野的花园，而他却只喜欢那些人工修饰的公园的。于是这傻瓜就把一位公主带了去做奴隶。

## 老妇人

达比

像每天一样，老妇人是在一条长街上的地底铁道站口的她的老地方；那条长街，一到五点钟，是就塞满了一片叫人头痛的喧嚣声的。她靠着那上面贴着一幅地图的生铁栏杆，感到有了靠山；当在她周围一切都改变着又流过去的时候，她却不动地守着她的一隅。咖啡店里的一个伙计替她拿了她的椅子来；在那上面，她立刻放下她从批发处配来的货色。现在，这老妇人已准备好了：她从批发处现批来的那二百五十份报纸是在那里，于是她可以开始她的工作了，她向她的第一个顾客微笑着。

多少年多少年以来，她占据着这来来去去的人那么多的一隅。人们都认识她，正如认识人行道的一般，或是一所房子一样。人们帮助她。伙计们从咖啡店里来向她买报纸给他们的主顾，而他们又不让那些很想在这漂亮的咖啡店的露天座前停下来的流动报贩走近过来。老妇人呢，她也有她的老买主，一些一直向她买他们的《巴黎晚报》或是他们的《硬报》的人们。她的角落，说来确是一个好角落，她是知道竭尽能力来防范一切的侵害的。当她在那里摆出摊子来的时候，你可以在那里感觉到城市是在喧嚣地生活。她已不能够割舍这种活动，这种声音了。哦！如果要她关在房间里度日可糟了……

在地底铁道站口的前面，耸立着一个报纸亭；那是一个女人掌管的，老妇人和她很说得来。这个女人卖周报、评论报和那些把裸体呈献给过路人看的杂志；全靠了这些照片和奖品，这些的销路是要比晚报好一点！什么颜色的都有，像那些被风吹着或是给雨打着的旗子一样。从前，这老妇人也曾经设法想弄到一个报纸亭。因为，买主们之钻进地底铁道站去或是转一个向来向你买，那是完全要看天气的好坏的。

今天，是十月末梢的一日，已经是真正冬天的一日了；寒冷从那片黑黝黝的天上掉下来，一种包围住你的潮湿的寒冷。老妇人已穿上了她的寒衣，好像是一身制服似的，当坏季节有几个月到来的时候，她就拿来穿在身上：一件又长又大的，黑黝黝而又太薄的大氅，在那上面，她还披一条肩巾；一双半截手套，一顶毛线小帽。那顶小帽是她结了给她的儿子的，可是她并没有寄去给他，因为那可怜的人已打死了。她穿着一件罩衫，这是她最厚的衫子了；她缩在这些衣衫里面，然而她还是觉得冷，比什么时候都冷。在初冬，当她必须要重新习惯于这种该死的天气的时候，情形总是这样的，而且每年她总是愈来愈怕冷了。

“《巴黎晚报》！《自由报》！《硬报》！”

她用一种破碎的声音叫卖着，可是她并不常叫，因为她不久就接不上气了。特别是今天，叫喊使她胸口疼，使她气力竭，而且一股热气使她发烧。再说，吸引买主是没有用的，因为她有着她的角落，一个著名的角落，她这样自己反复想着。一些报贩奔跑着经过。他们大家都有一张大喉咙，一种并不消失在车辆的噪音中的声音；他们也生着一双好腿，一种老妇人所羡慕的力气。

“《自由报》吗？……这里！”

这是她的好买主之一。

“不用找钱了，老妈妈。”

有许多人给她五十生丁或是一个法郎，却并不等找钱就走向这个作乐和做买卖的巴黎去了。总之，他们是在布施她，可是这种骄傲是一种奢侈，一种她比别人更不能领受到的奢侈，而靠了这样的买主们，她才把那些“打回票”的日子对付过去。她碰到这种情形有一年了，自从那些失业者和外国人卖报纸的时候起。那些失业者，因为没有办法，前来和你竞争；或者是那些青年人，他们宁愿做这种事而不愿在工厂里做工。当她打回票的时候，批发处的大报贩就对她不客气了。

老妇人接连有了一批买主。她又有把握起来，她回想起最初卖报的时候。哦！在一九一四年，像对于许多妇女一样，战争意外地向她袭来，那时她已死了丈夫，幸好还有一个还在做学徒的儿子。她滑到战争中去，在那里过日子，从来没有过得好一点，可以省下一点钱。但是那个时候报贩不多，每天晚间，人们向你赶过来好像抢面包似的。在她看来，如果不是在一九一八年八月得到她儿子战死的消息，这就差不多是她一生最美满的时代了。从那个时候起，就只剩她一个人了，她不得不继续做她的这小生意。并不是她吃一行怨一行，一份报赚两个铜子儿，就过得日子了；在高兴的日子，她甚至还说这是一个不用做事的行业呢。

“《巴黎晚报》！”

她好像呼吸似地这样想也不想地喊了一声。七点钟，各办事处放出人来：男人，女人，匆匆忙忙地跑进地底铁道站去。有几个人停下来买她的报，他们说：“晚安，老妈妈。”接着便又跑过去了。现在是她卖得最多的时候，应该睁大眼睛，竖起耳朵，急忙找钱。在那生铁的栏杆上，靠着一些青年人，一对对窃窃私语的男女。老妇人并不去看他们，再说．．对于这些人，光线和过路人都是没有妨碍的。她看见他们一个星期，接着是另一些人来亲嘴来吵嘴了。恋爱的人们！那老妇人呢，要再找到她自己的故事，是必须在她的过去之中寻找得那么深。她的丈夫是在四十二岁的时候死的，肺病。从此以后，不再有恋爱了。当一个人必须每天赚钱度日的时候，是没有工夫来悲哀的。

现在，这老妇人是在人生以外，人生的乐趣以外，但却并不是在她的贫困以外。她看见生活在这条明亮的街上流着，正如站在一条大河的岸上的人一样。老是一动也不动，一声也不响，被生活之流所抛开。她已不复知道快乐，温柔，希望，但却知道困苦和深深的孤寂，因为就是处身于这群众之中，在她看来也还是孤寂。

七点半。那些情人们已走了。报纸亭已关了。咖啡店的露天座已空了。少了些汽车，有时候沉静。有一些迟归的过路人，其中有几个是买主。老妇人数着她的报纸。她还剩……四十份……五十份……六十二份。这样多！也许她算错了吧？但是她没有勇气再来数一遍，也没有好奇心来自问为什么今天卖得这样糟。她收摊了。她把她的报纸放在一只黑布的背囊里，在那背囊的前面，是缝着一个袋子，大铜子儿在那里锵锵作响。在走起路来的时候，钱和报纸就会重得压得她弯倒了背。

“伙计，你的椅子在这里。”

接着那老妇人就走进咖啡店里去。一片满意的微笑松弛了她的脸儿。她要不要坐下来？坐下来是比站着花钱更多；于是她就靠着柜台，而那伙计就替她端上牛奶咖啡，一边对她说：

“生意好吗？”

她含糊地回答了一句，她喝着。那是热腾腾的咖啡，暖融融地流到你的胸膛里去，赶走了这种十月的夜晚的寒冷。耽在这儿多么好，那老妇人想着。在这光亮的咖啡店里，这里的空气是像在夏天…样地暖和。可是在柜台边，正如像在街上一样，那些青年人夹了进来又挤碰你。老妇人把一块面包在她的咖啡里蘸了一下，放进嘴里去。只是当她要咽下去的时候，却苦痛地刮着她的喉咙。难道……她照了一下镜子：这个老苍苍的女人，可就是她自己吗？又瘦又尖的鼻子上架着眼镜，起皱，凹陷，白色的颊儿，一个古怪地伸出在一件死人的大氅外面的小头颅。她好像从来没有看见过自己，她有点像看见了一个陌生的女人。她带着一种机械的动作把一缕灰白色的头发塞进帽子里去，接着她便背过头去，为的是可以忘记了这个在生动而年轻的脸儿间，在容光焕发的妇女的脸儿间成为污点的老妇人。“这些全是婊子，”老妇人想着，“这一区有的是这些。”是的，婊子。可是在这生涯之中，做一个规矩女人有什么用呢，有什么用呢？老妇人垂倒了头，拿起她的杯子，喝得一点也不剩。

在外面，现在是一条像冬夜的差不多一切的街一样的街。过路人加紧了脚步，要勾搭住他们，别想！老妇人感到她的报纸沉重；她的背囊的皮带勒紧了她的项劲，给她做了一种缰绳似的。她踏着小步子，向大街上走去，右手拿着一份报纸，左手托住背囊，上半身俯向前，却也留意地，小心地走着，像一个真正的巴黎人似地嗅着街头的空气。她有时推开一家咖啡店的门，那些老板们已在进食了；有时她在一个十字街头停下来，在寂静之中喊着：“《巴黎晚报》最后版！请买《硬报》！《巴黎晚报》！”可是人们什么报也不向她买，而这条在五点钟的时候她挤也挤不动的路，现在就好像属于她的了，属于她，又属于那些飞腾着的汽车。“要是一辆汽车轧死了我，”她在穿过一条街的时候想，“倒并不是一个大损失。”在贝尔维尔她的家中，邻舍们会担心起来而去通知她的那个住在下省的妹妹……

她穿过了街，她到了人行道上，又曳着脚步慢慢地走。如果她死了，她就用不到担心要每晚把她的报纸全卖完了——因为如果卖不完，她的赚头就一部分白送了！那时她会不再感到疲劳，不会像此刻一样地喘不过气来，不会再捱寒冷，这阴毒、固执，而且只在她躲到地底铁道站时才会放过她的寒冷。

到了西火车站的那一站，她才走了进去。那些天失业的人们，贫穷的人们，那些害怕寒冷而没有钱去克服它的人们，像她一样地群集到地底铁道站来。在那里，他们是一些黑色、沉重的悲哀的鸟儿，而他们的每日的迁徙使他们每人花十四个铜子儿。

老妇人在那吹送着一片酸味的风的甬道上得得地走着，接着便走到月台上。一阵温暖的空气扑上她的脸儿来，光线使她瞬着眼睛。“这里好，就像在咖啡店里一样。”老妇人喃喃地说。她又有生意了，有人在叫她。在地底，人们感到厌烦，于是，在等待地道的电车的时候，有些人就买一份报纸，可以知道一点世界各地的新闻。

老妇人不知道她自己的报纸上说点什么。在打仗的时候，为了她的儿子，她是读报的。她知道人们有时抢着买报；于是她起了好奇心，想知道为了什么，于是她知道一个内阁倒了，或是一个名人被暗杀了，或是什么地方在打仗。是的，死人，犯罪，丑闻，还有战争，这就是她的报纸所讲的事。两年或甚至三年以来，她已不再需要读它们了。它们是登满了相片，而当她拭干净了她的大眼镜的时候，世界上所发生的事便跳到她眼前来了；她看见兵士列队走过，还有兵士，包围在火焰中的船只，就好像置身于电影院里一样——她是从来不进电影院的。今晚是世界上没有什么严重的事情的一晚，大概是这样吧，否则便是人们已厌倦了。因为老妇人不能将她的报纸脱手，臂下怕还要剩下一包！然而，她很希望快快回家去直躺在床上。在她的小生意不错的那些日子，她是不必像地底铁道的那些职员一样要等“扫地打烊”的。啊！今天晚上，又是要弄到一点钟了。

“最后新闻……”

一辆从地道穿出来的电车的隆隆声掩住了她的声音。乘客赶上去又推撞她。她又来往走着，在月台上踱着，走在人家前面，走在人家后面，老是肚子贴着那个背囊，手里拿着几份报，向走过来的人转过眼去，向他投出一道悲哀的目光。这有点像带着自己的贫困的过去在兜卖身体——而在这样的时候，在那些大街上，一些妇女也正在无欢地踱来踱去兜客人。这一切，无非是为了要生活，要艰苦地过日子，要从有的压榨你，有的欺骗你的人们那里抢活命。而这个向她的报纸望了一眼的人，他难道不可以买一份吗？这不过是五个铜子，小伙子！

老妇人喃喃地不满着。她在长凳上坐了下来，背贴着一个活动的东西——在那一面，有一个人睡在那里，裹着一件绿惨惨的长大氅。她是那样地疲倦。那个好几天以来在“她的月台”上转来转去，想在那里卖报纸的神气像吉卜赛人的小女孩子，她会看她出现，而自己却一动也不动，就是一个巡警突然跑来，她也还是会一动不动的。她的眼皮合了下来。接着她突然醒过来，她听到了一种很响的声音。就在旁边，在长凳上，一个人在那里吹喇叭，而在他前面，是围了一圈人。他吹了一个军号，接着又吹《海上的儿郎》的复唱调。这是一个狂人，或是一个不幸的人，老妇人想着。她使了一个劲儿，站了起来。

“《自由报》……《巴黎……》”

嘴唇里已吐不出声音来了。乘客们听着这快乐的音乐，却并不听老妇人的那种嘎音，今天晚上完蛋了！因为刚有一辆电车开到，她就上车去，坐下来。她被带了去，被摇摆着。她的目光一直盯住她的鼓起的背囊。但是一切都没有关系，她只有一个愿望：睡觉。她在一片烟雾中看见那些乘客，她正在梦想，忽然有人拍了她一下肩膀。一个买主，这坏日子的最后一个买主！啊！要是这能够算是真正最后的一个就好了……

她又到了露天之中，到了一个在阴暗中是青色，在街灯周围是棕黄色的冷清清的广场上。她沿着小路走过去，踏着更稳定的步子，好像在这黑暗之中有一片光亮为她而现出来似的。她可不是又要找到她的“家”吗？一个真正的存在吗？她进了一个大门，走到一个暗黑，发臭，冰冷的楼梯口去；楼梯级已破旧了，但还是太高。老妇人住在四层楼。在达到她的那一层楼，她就非得停下来喘气不可。摸索着，她开了门，摸索着，她在桌子上找一盒火柴，划了一根，拿起她的煤油灯。

现在，她的房间从黑夜之中浮现出来了，狭窄，拥挤，其中寒冷像在街上一样地徘徊着。她只在结冰的日子才点她的煤油大炉。活动会暖和的，我们活动一下吧！于是老妇人除下她的帽子，脱了她的大氅，叹息着把她的背囊丢在桌上，于是自由地挺直了身子。她的晚餐呢，她是在出去以前就预备好了的，她只要在火酒炉上热一热就是了。这是很快就弄得好的！只是今天呢，她却慢吞吞地，她所渴望着的，是睡眠，安息，遗忘。从前……

她摊开她的报纸来。

“啊，天呀，这样多的回票。”

桌子上是摊满了。它们是在那里，带着它们的可怕的图片，它们的实在是威胁的标题，它们的引诱和它们的呼喊，于是她突然憎恶它们，憎恶起这些甚至不能再容她生活，这些通报她一个对于老年人无情的时候将要到来的报纸。把这一切都烧了吧，烧了吧！在她的被油墨所沾黑的，皱裂，干燥的手中，在她的从前洗衣衫的手中，她捏皱那些报纸。

当你在一生之中领略过那最没有出息的工作，领略过一种除了那独自尽此一生的房间的凄暗而赤裸的前途以外什么别的也没有给你过的工作的时候，你就会起反抗，你就会在黑夜之中寻求你的不幸的负责者们，而那老妇人，她相信认出了这些人，而在其中的几个人身上报仇——他们的照片是在她的报纸上高傲地登载着。脏纸头，她用来捏成一个巨大的球，做了一个野蛮的动作，丢到空虚中去。

“什么，我怎样了？”她格格地说，“是发热吗？”

突然，她是沮丧，沉默，安命了。她计算了一下她的报钱，接着她便慢吞吞地走到她的床边去。她想，在那些穷人，卖报还是一个可以做做的行业。但是，现在穷人太多了，报贩太多了，其中的那些年轻的，不久就会看见赤贫来到他们路上了。有些日子，她碰到他们的时候就生气，她咒骂他们。从今以后呢，他们会占据了她的那个角隅，把她从工作和生活中解放出来吧。

被单发着光，洁白而柔软，十分光滑。于是，老妇人向她四周望着：收拾干净了的桌子，各种东西——旧了，但却有用的东西——都摆得好好的房间。她的家决不是乱七八糟的。一切都井井有序。洗脸，洗手，洗去巴黎的肮脏和气味吗？啊！明天吧，睡了吧。但是老妇人却喊了一声。你瞧，她糊涂了，她忘记放一份报在皮戈老妈妈门口的地毯下面了，那份报是在她的邻居醒来的时候就可以拿到的。

“我头脑到哪里去了？”她又这样说，一边用手摸着她的发梢的前额。

在她的头脑里，有着铅块，有时是空虚，好像产生了什么新鲜，陌生，可怕的事似的。老妇人打了一个寒噤。两天以来，她总是头脑不清，她曳着她的腿，好像曳着一件沉重的东西。

“难道我要生病了吗？”她用一种没有高低的声音说，“啊！我要去把我的钥匙放在报纸里，塞到那门前的地毯下面去。”

不论什么事发生，在早上，皮戈老妈妈总会找到那个钥匙而进来看她的朋友。她熄了灯。接着用了散漫的动作，脱下衣服，并不完全脱了，免得长夜的寒冷把她冻僵。再使点劲儿爬上床去，伸直身体，缩在被窝里，接着，她就不再动了。最后一次，老妇人思忖着：在黑暗之中，她看见一些模糊的影像划过，她所贴住摆报摊的那副巴黎地图，那个地底铁道站的月台——在那里，她踱着，走着，像一个流浪的犹太人。当她还是孩子的时候，人们便是用着这种故事骗她睡觉的，因为她也有过一个童年啊！叫卖着晚报的流浪的犹太人。满满地，她的思想，她的想念，她的记忆，在她看起来都好像是属于一个辽远的，残酷到不能成为理想的生活的了；而和她进入这奇异的睡眠同时，她踏进了一个解脱了寒冷，工作，饥饿，也解脱了世人的世界，一个真正的生活所从而开始的世界。

# 西班牙作品翻译

## 提莫尼

伊巴涅斯

### 一

在伐朗西亚的整个平原上，从古莱拉到刹公特，没有一个村庄上的人不认识他。

他的风笛声一起，孩子们便连蹦带跳地跑过来，妇女们高兴地你喊着我，我喊着你，男子们也离开了酒店。

于是他便鼓起双颊，眼睛漠然地瞪视着天空，在以偶像般的漠不关心的态度来接受的喝彩声中，毫不放松地吹将起来。他的那支完全裂开了的旧风笛，也和他一起分享大众的赞赏：这支风笛只要不滚落在草堆中或小酒店的桌子底下，人们便看见它老是在他的腋下，就像老天爷在过度的音乐癖中给他多创造了一个新的肢体。

妇女们起先嘲笑着这无赖汉，最后觉得他是美好的了。高大，强壮，圆圆的头颅，高高的额角，短短的头发，骄傲地弯曲着的鼻子，使人看了他的平静而又庄严的脸，不由得会想起古罗马的贵族来：当然不是在风俗纯朴时代的，像斯巴达人一样地生活着，还在马尔斯竞技场上锻炼体格的罗马贵族，而是那些衰颓时期的，由于狂饮大嚼而损坏了种族遗传的美点的罗马贵族。

提莫尼是一个酒徒：他的惊人的天才是很出名的（因此他得到了“提莫尼”这个绰号），可是他的可怕的酗酒却更加出名。

他在一切喜庆场合中都是有份儿的。人们老是看见他静悄悄地来到，昂着头，将风笛挟在腋下，后面跟着一个小鼓手——一个从路上拾来的顽童——他的后脑上的头发已经光秃秃了，因为只要他打鼓稍微打错一点，提莫尼就毫不留情地拔他的头发。等到这个顽童厌倦了这种生活而离开他的师傅，他已经跟他的师傅一样变成了一个酒徒。

提莫尼当然是省里最好的风笛手，可是他一踏进村庄，你就得看守着他，用木棒去威吓他，非等迎神赛会结束不准他进酒店去；或者，假如你拗不过他，你便跟着他，这样可以制止他每次伸出手来抢那尖嘴小酒壶倾壶而饮的手臂。这一切的预防往往是无效的；因为事情不止一次了，当提莫尼在教会的旗帜之前挺身严肃地走着的时候，他会在小酒店的橄榄树枝前突然吹起《皇家进行曲》来，冲破了主保圣人的像回寺院时的悲哀的De Profundis，来引坏那些信徒。

这个改变不好的流浪人的自由散漫作风却很得人们的欢心。一大群儿童翻着筋斗拥在他周围。那些老孩子取笑他在总司铎的十字架前行走时的那副神气；他们远远地拿一杯酒给他看，他总用一种狡猾的shan眼来回答这种盛情，这种shan眼似乎在说：留着"等会儿"来喝。

这"等会儿"在提莫尼是一个好时光，因为那时赛会已经完毕，他已从一切监视中解放出来，最后可以享受他的自由了。他大模大样地坐在酒店里，在漆成暗红颜色的小桶边，在铅皮桌子间。他快乐地闻嗅着在柜台上很脏的木棚后面放着的油，大蒜，鳌鱼，油煎沙丁鱼的香味，贪馋地看着挂在梁上的一串串的香肠，一串串停着苍蝇的熏过的腊肠，还有灌肠和那些洒着粗红胡椒粉的火腿。

酒店女主人对于一个有那样多的赞赏者跟着他，使她斟酒都忙不过来的主顾是十分欢迎的。一股很浓的粗羊毛和汗水的气味散布在空气中，而且在冒着黑烟的煤油灯的光线里，人们可以看见有很大的一大堆人：有的坐在矮凳上，有的蹲在地上，用有力的手掌托着他们的似乎要笑脱了骱的大下巴，

大众的目光都盯在提莫尼的身上："老婆子！吹个老婆子！"于是他便用风笛模仿起两个老妇人的带着鼻音的对话来；他吹得那么滑稽，使得笑声不绝地震动着墙壁，把邻院的马也惊得嘶鸣起来，凑合这一场喧闹。

人们随后要求他模仿“醉女”，那个从这村走到那村，出卖手帕，而将她的收入都花在烧酒上的“一无所有”的女子。最有趣的乃是她逢场必到，而且第一个爆发出笑来的也总是她。

滑稽节目完毕以后，提莫尼便在他的沉默而惊服的群众面前任意地吹弄，模仿着瓦雀的啁啾声，微风下麦子的低语声，遥远的钟鸣声，以及他前一夜酒醉之后不知怎样竟睡在旷野里，当下午醒来时，一切打动他的想象力的声音。

这个天才的流浪人是一个沉默的人，他从来不谈起他自己。人们只有从大众的传闻中知道他是倍尼各法尔人，他在那儿有一所破屋子，因为连四个铜子的价钱都没有人肯出，他还将那所破屋子保留着没卖掉；人们还知道他在几年中喝完了他母亲的遗产：两条驴子，一辆货车和六块地。工作呢？完全用不着！在有风笛的日子里，他是永不会缺少面包的！当赛会完毕，吹过乐器又喝了一个通夜后，他便像一堆烂泥似的倒在酒店角落里，或是在田野中的一堆干草上；他睡得像一个王子一样；而且他的无赖的小鼓手，也喝得像他一样地醉，像一头好狗似的睡在他脚边。

## 二

从来没有人知道那遇合是怎样发生的；但是可以肯定的是的确有这么回事。一个晚上，这两个漂泊在酒精的烟雾中的星宿，提莫尼和那醉女遇到一块了……

他们的酒徒的友情最后变成了爱情，于是他们便将自己的幸福藏到倍尼各法尔那座破旧的屋子里去；那里他们在夜间贴地而卧，他们从长着野草的屋顶的破洞中窥望着星星在狡猾地眨眼。大风雨的夜间，他们不得不逃避了，像在旷野上似的，他们给雨从这个房间赶到那个房间，最后才在牲口棚里找到一个小小的角落，在尘埃和蛛网之间，产生了他们的爱情的春天。

从儿童时代起，提莫尼只爱酒和他的风笛；忽然到了二十八岁的时候，他失去了没有感觉的酒徒所特有的操守，在那醉女，在那个可怕而肮脏的，虽然被燃烧着她的酒精弄得又干又黑，却像一条紧张的琴弦般地热情而颤动的丑妇人的怀中，尝到了从前没有尝过的乐趣！他们从此不离开了；在大路上，他们也纯朴地像狗一样公然互相抚爱着；而且有好多次，他们到举行赛会的村庄去的时候，他们逃到田野里，恰巧在那紧要关头，被几个车夫所瞥见而围绕着他们狂呼大笑起来。酒和爱情养胖了提莫尼；他吃得饱饱的，穿得暖暖的，干净而满意地在那醉女的身边走着。可是她呢，却越来越干，越来越黑了，一心只想着服侍他，到处伴着他。人们甚至看见她在迎神赛会的行列前也在他的身边；她不怕冷言冷语，她向着所有的妇女射出敌对的眼光。

有一天，在一个迎神赛会中，人们看见醉女的肚子大了，他们不禁笑倒了。提莫尼凯旋似地走着．昂着头，风笛高高矗起，像一个极大的鼻子；在他的身边，顽童打着鼓，在另一边，醉女得意洋洋地腆着肚子蹒跚着，她那很大的肚子就像第二面小鼓；大肚子的重量使她行走缓慢，还使她步履踉跄，而且她的裙子也不敬地往前翘了起来，露出了她那双旧鞋子里摆动着的肿胀的脚，和两条漆黑、干瘦而又肮脏的腿，正像一副打动着的鼓槌。

这是一件丑事，一件渎神的事！……村庄里的教士劝告这位音乐家道：

“可是，大魔鬼，既然这个女流氓甚至在迎神赛会中也固执着要跟你一起走，你们至少也得结个婚吧。我们可以负责供给你必要的证书。”

他嘴里老是说着“是”，可是心里却给它个置之不理。结婚！那才滑稽呢！大伙儿见了可要笑坏了！不行，还是维持老样子吧。

随他怎样顽固，人们总不把他从赛会中除名，因为他是本地最好的，又是取价最低廉的风笛手；可是人们却剥夺了他的一切与职业有关的光荣：人家不准他再在教堂执事的桌上进食了，也不准他再领圣体，还禁止他们这一对邪教的男女走进教堂。

三

醉女没有做成母亲。人们得从她的发烧的肚子里把婴儿一块块地取出来；随后那可怜的不幸者便在提莫尼的惊恐的眼前死去。他看着她既没有痛苦，也没有痉挛地死去，不知道自己的伴侣是永远地去了呢或者只是刚睡着了，如同空酒瓶滚在她脚边的时候一样。

这件事情传了出去；倍尼各法尔的那些好管闲事的妇女都聚集在那所破屋门前，远远地观望那躺在穷人的棺材里的醉女和那在她旁边的，蹲在地上号哭着，像一头沉郁的牛似的低倒了头的提莫尼。

村庄上任何人都不屑进去。在死人的家里只看见六个提莫尼的朋友——衣服褴褛的乞丐，像他一样的酒鬼，还有那个倍尼各法尔的掘墓工人。

他们守着死人过夜，每隔两点钟轮流着去敲酒店的门，盛满一个很大的酒器。当阳光从屋顶的裂缝照进来的时候，他们一齐在死人的周围醒了过来，大家都直挺在地上，正像他们在礼拜日的夜间从酒店出来倒卧在草堆上的时候一样。

大家一齐恸哭着。想想看，那个可怜的女子在穷人的棺材中平静得好像睡熟了一般，再不能起来要求她自己的一份儿了吧！哦，生命是多么不值钱啊！这也就是我们大家的下场啊。他们哭得那么长久，甚至在他们伴着死者到墓地去的时候，他们的悲哀和醉意都还没有消失。

全村的人都来远远地参加这个葬仪。有些人瞧着这么滑稽的场面而狂笑。提莫尼的朋友们肩上扛了棺材走着，耸呀耸的使那木盒子狂暴地摆动得像一只折了桅杆的破船。提莫尼跟在后面走着，腋下挟着他那离不开的乐器，看他的神色老是像一条因为头上刚受到了狠狠的一击，而快要死去的牛。

那些顽童在棺材的周围叫呀跳呀，仿佛这是一个节日似的；有些人在暗笑，断定那养孩子的故事是个笑话，而醉女之死也只是为了烧酒喝得太多的缘故。

提莫尼的大滴的眼泪也使人发笑。啊！这个该死的流氓！他隔夜的酒意还没有消失，而他的眼泪也无非是从他眼睛里流出来的酒……

人们看见他从墓地回来（为了可怜他，才准他在那里埋葬这“女流氓”），然后陪他的朋友们和掘墓工人一道走进酒店去…从此以后提莫尼不再是从前的那个人了：他变得消瘦，褴褛，污秽，又渐渐地给烧酒淘坏了身子……

永别了，那些光荣的行旅，酒店中的凯旋，广场上的良夜幽情曲，迎神赛会中的激昂的音乐！他不愿再走出倍尼各法尔,或是在赛会中吹笛了；最后连他的鼓手也给打发走啦，因为一看见他就有气。

也许在他的凄郁的梦中，看见那个怀孕的醉女的时候，他曾经想到以后会有一个生着无赖汉的头脑的顽童，一个小提莫尼，打着一面小鼓，合着他风琴的颤动的音阶吧？……可是现在，只剩下他一个人了！他认识过爱情而重又坠入了一个更坏的境遇；他认识过幸福而又认识了失望：这是他在未认识醉女前所不知道的两样东西。

在有日光照耀的时候，他像一只猫头鹰似的躲在家里。在暮色降临时，他像小偷似的溜出村庄，从一个墙缺口溜进墓地，当那些迟归的农夫荷着锄头回家的时候，他们听到一缕微细、温柔而又缠绵的音乐，这缕音乐似乎是从坟墓里出来的。

“提莫尼，是你吗……”

这位音乐家听到那些以向他问讯来消除自己的恐怖的迷信者的喊声后，便默不作声了。

过后，等到脚步走远而夜的沉寂又重来统治的时候，音乐又响了，悲哀得好像一阵惨哭，好像一个孩子的呜咽，在呼唤他的永远不会回来的母亲的时候那样……

## 海上的得失

伊巴涅斯

夜里两点钟的时光有人在敲茅屋的门。

“盎多尼奥！盎多尼奥！……”

盎多尼奥从床上跳起来。喊他的是他的捕鱼的伙计：出发到海上去的时候到了。

那一夜盎多尼奥熟睡的时候很少。在十一点钟的时候他还和他的可怜的妻子罗菲纳滔滔不绝地谈着。她是在床上辗转不安地和他谈着他们的买卖。这买卖是不能再坏的了。怎样的一个夏天啊！去年，鲔鱼在地中海成群不绝地游着，而且就是在最不好的日子里，人们也会打到二三百阿罗拔的鲔鱼；银钱多得像上帝的赐福一样；那些像盎多尼奥一样的好佣工们，把钱节省下来可以买一只船来自己打鱼了。

小小的港口挤得满满的，真像有一个舰队似的，每夜这港口都塞满了，简直没有活动的余地；可是船逐渐地增加，鱼却逐渐地减少了。

渔网里扳起来的只是些海草或是小鱼——到镬子里一煎就缩小的可恶的小鱼。这一年那些鲔鱼已经换了一条路走，没有一个渔人能把一条鲔鱼打到他船上来。

罗菲纳被这种境遇所压倒了。家里没有钱；他们在面包店，在磨坊都欠下了债。多马斯先生是一个歇业了的老板，一个真正的犹太人，因放债而成为村子里的国王，他不断地恐吓他们说，如果他们不将他从前借给他们造成那只如此灵便的船，那只花尽了他们的积蓄的好帆船的五十个度罗分期拨给他，他就要去控告他们了。

盎多尼奥一边穿衣服一边唤醒了他的儿子——一个九岁的小水手，他伴同他的父亲去打鱼，做着一个成年男子的工作。

“我们今天也许运气好，”那妇人在床上低声嘟囔着，“你们可以在厨房里找到那只饭篮子……昨天杂货店老板不肯赊账给我了……啊！主啊！这行业真不是人干的！”

“闭嘴！你这个娘儿们；海是一个穷人，可是上帝却布施它。他们昨天恰巧看见了一条孤单的鲔鱼：他们估量它有三十多阿罗拔重。你想想看！要是我们捉到了它……这至少也值得六十个度罗。”

他一边想着那个怪物——这是一条离群的，因为习惯了，又重复回到去年来过的水道中的孤单的鲔鱼——一边穿好了衣服。

盎多尼戈也已经起身，带着一种别的孩子还在玩耍的年龄而他已是个能够赚钱的孩子的快乐的庄严态度；他肩上负着饭篮子，一只手提着盛罗味勒的小筐子，这是一种鲔鱼所最爱吃的小鱼，是吸引鲔鱼的最好的饵。

他们父子二人出了小屋，沿海滨一直到了渔夫的码头。他们的同伴在船里等候着他们，并在预备着船帆。

这个小船队在黑暗中忙碌着，像座森林似的桅樯在摇晃。船员的黑影子在船上奔跑着；帆架落在甲板上的声音，辘轳和绳索的轧轧声打破了沉寂，船帆便在黑暗中展开，好像许多大幅的被单。

村子里许多小路都直通到海边，小路的两旁排列着许多小房子，这些小房子是洗海水澡的人到了夏天来住的。码头附近有一座大厦，它的窗户，正如烧着火的炉灶一样，将光线投射到波动着的水面上。

这大厦就是俱乐部。盎多尼奥向它投出了憎恨的目光。这些家伙多快乐地在消磨长夜啊！他们准是在那儿赌钱……啊！而他们却应该起身得那样早，来赚一口饭吃！

“喂！扯起帆来！好些朋友都已经出发了！”

盎多尼奥和他的伙计拉着船缆，于是那三角形的船帆便慢慢地升起来了，在风中颤动着又弯曲起来。

小船起初在海湾里平静的水面上懒洋洋地行驶；随后海水动荡起来，小船便开始颠簸了。他们已经驶出了海峡，到了大海上。

对面是无边无际的黑暗，在黑暗中闪烁着几点星星，幽暗的海面周围，东也是船，西也是船，它们都在波浪上翻动，像幽灵一样地驶远去。

伙计凝视着天际。

“盎多尼奥，风变了。”

“我知道！”

“海上快要起风浪了。”

“我知道。可还是前进吧！我们离开这些在海上搜寻的渔船吧。”

于是船便不跟着那些靠了岸走的别的船只，继续向大海上前进。

天亮了。那个红色的，切得像一个做浆糊用的大圆饼一样的太阳在大海上画出一个火红的三角形，海水似乎在狂沸，好像反照着一场大火灾。

盎多尼奥掌着舵；他的伙计站在桅杆旁边；孩子在船头上察看着海。从船尾到船舷挂了无数细绳，细绳上系着饵在水上曳着。随时一个动摇之后，马上一条鱼起来了，一条颤动着的鱼，像铅块一样的亮晶晶的鱼。可是这是很细小的鱼儿……一个钱也不值！

时间就这样过去了；船老是向前行驶，有时躺在海波上，有时突然跳起来，露出了红色的水标。天气很热，盎多尼奥便从舱洞里溜进舱底里去喝水桶里的水。

在十点钟的时候，他们已经看不见陆地了；向船尾那一方，他们只看见别的船只的远远的帆影，像一个个白鱼的鳍。

“盎多尼奥！”他的伙计冷嘲地向他喊着，“我们到奥朗去吗？既然没有鱼，为什么还要再远去呢？”

盎多尼奥把船转了一个向，于是船便开始掉转来，可是并不向着陆地前进。

“现在，”他快乐地说，“我们吃一点儿东西吧。伙计，把篮子拿过来。鱼爱什么时候咬食就让它什么时候咬食好了。”

每人都切了一大片面包，又拿起一个在船舷上用拳头打烂的葱头。

海上起了一阵强烈的风，小船便在波涛上，在又高又长的海浪中很剧烈地动荡起来。

“爸爸！”盎多尼戈在船头叫喊，“一条大鱼，一条极大的！……一条鲔鱼！”

葱头跟面包都滚落在船尾上了，这两个人都跑过去，靠在船边上。

是的，这是一条鲔鱼，一条很大的大腹便便的鲔鱼，它那毛茸茸的乌黑的背脊几乎要齐水面了；这或许就是渔人们谈不绝口的那个孤单的家伙！它堂而皇之地游着，又用它的有力的尾巴轻轻地扭了扭，就从船的这一边游到了那一边；随后忽然不见了，又突然重新露出身子来。

盎多尼奥激动得脸都红了，便立刻将一根缚着一个手指般粗的鱼钩的绳子抛到海里去。

海水翻腾着，船摆动着，好像有一股巨大的力量牵引着它，在制止它的行程，还企图把它掀翻。船面震动着，似乎要在船上人的脚下飞出去一样；桅杆受着帆幅吃满了风的力量，轧轧地发出声响来。可是那障碍忽然消失了，于是船就又平静地向前行驶。

那根绳子，以前是绷得直直的，这时却像一个柔软无力的身体一样地挂着。渔夫们把它拉起来，钩子便从水面上露了出来；它虽然很粗，可是已经折断了。

伙计悲哀地摇摇头。

“盎多尼奥，这畜生比我们凶。让它走了吧！它折断了这钩子还是侥幸的事。再迟点儿连我们都要给弄到海里去了。”

“放过它吗？”老板喊着，“啊！蠢蛋！你可知道这条鱼要值多少钱吗？现在可不是谨慎或害怕的时候。捉住它！要捉住它！”

他又把船转了一个向，向着遇见那条鲔鱼的地方驶去。

他换上一只新的鱼钩，一只很大的铁钩，在钩上穿上了许多罗味勒，而且还紧握住舵柄，他手里抓了一根尖利的停船篙。他将在那条又笨又有力的畜生来到他近旁的时候，请它吃一篙！……

绳子挂在船后面，差不多是很直的。小船重新又震动起来，可是这一回格外可怕了。那条鲔鱼已被牢牢地钩住；它牵着那只粗钩子，又拉住了这只小船，使它不能朝前走，于是在波浪上发狂地跳动着。

水似乎在沸腾；水面上升起了无数的泡沫和在浊水的激浪中的大水泡，好像水中有许多巨人在作战。忽然，似乎被一只不可见的手所攫住了，小船侧了过去，于是海水便浸入了半个船面。

这个突然的动摇翻倒了船上的渔夫们。盎多尼奥手里滑脱了舵柄，几乎要被投入波浪了：接着，在一个破碎的声响之后，小船才回复了正常的状态。绳子已经断了。那条鲔鱼立刻就在船边发现了，用它强大的尾巴翻起极大的浪沫来。啊！这强徒！它终究靠近他了！于是盎多尼奥便狂怒地，好像是对付一个血海深仇的仇人般地用停船篙对着它接连刺了几下，停船篙的铁尖一直刺进了胶粘的鱼皮中。水都被血染红了，那条鱼就钻到猩红的激浪里去了。

最后，盎多尼奥喘息着。他们又让它逃走了！

他看见船上很湿；他的伙计紧靠在桅杆边，脸色惨白，可是十分镇定。

“我以为我们要淹死了，盎多尼奥。我甚至还吃了一口海水。这该死的畜生！可是你已经刺中了它的要害了。你就要看见它浮起来了。”

“孩子呢？”

那父亲不安地，用一种忧虑的口气问起这个问题来，好像他怕听到这个问题的回答。

孩子不在船上面。盎多尼奥从舱洞中溜下去，希望在舱底里找到他。水一直没到他的膝头上，因为舱底满是海水了。可是谁还顾到这个呢？他摸索地寻找，在这狭窄而黑暗的地方只找到了淡水桶和替换的绳子。他像一个疯子似的回到船面上。

“孩子！孩子！……我的盎多尼戈！”

那伙计做了一个忧愁的怪脸。他们自己可不是差一点也掉下水去吗？那孩子被几次的翻动所弄昏，无疑地像一个球似的给抛到海里去了。可是伙计虽然这样想，却还是默默地不说一句话。

远远地，在那只船险遭沉没的地方，有一样黑色的东西漂浮在水面上。

“你看那个！”

父亲跳进海里，用力地游着，那时他的伙计正在卷帆。

盎多尼奥老是游着，可是当他分辨出那个东西只是从他船上掉下去的桨的时候，他几乎连气力都没有了。

波浪将他掀起来的当儿，他差不多好像完全站在海水外面一样，这样可以看得更远些。到处全是没有边际的海水！在海上的只有他自己，那只靠近过来的船，和一个刚才露出来的，在一大片血水中可怕地痉挛着的黑色变形的东西。

那条鲔鱼已经死了……可是这跟那父亲有什么相干呢？想想看这个畜生的代价是他的独子，他的盎多尼戈的生命！上帝啊！他须得用这种方式赚饭吃吗？

他在海上又游了一个多小时，每逢碰到什么东西，都以为是他儿子的身体在从他的腿下浮上来；看见了两个浪头中间的幽暗的凹陷处，也以为是他儿子的尸体在浮动。

他决心留在海里，决心跟他儿子一起死在海里。他的伙计不得不费力地把他拉起来，好像对付一个倔强的孩子似的，把他重新放在船上。

“我们怎么办呢，盎多尼奥？”

他没有回答。

“不应该这样，他妈的！这是常有的事啊。这孩子死在我们父亲死去的地方，也就是我们将来死的地方。这只是时间上的不同：事情是迟早总要发生的！可是现在工作吧！不要忘记了我们的艰苦的生活！”

他立刻预备好两个活结，将它们套在鲔鱼的身上，开始把它拉起来。船过处，浪花都给血染成了红色……

一阵顺风吹着船回去，可是船里已经积满了水，不能好好地航行了；这两个卓越的水手，都忘记了那桩不幸，手里拿了勺子，弯身到舱底，一勺勺地将海水舀出去。

这样过了好几个钟头。这种辛苦的工作把盎多尼奥弄呆了，它不准他有思想；可是眼泪却从他的眼睛里流出来；这些眼泪都混合到舱底的水里游落到海上——他儿子的坟墓上……

船减轻重量以后，便走得很快了。

港口和那些被夕阳染成金色的小小的白房子，已经看得见了。

看见了陆地，盎多尼奥心头睡着的悲哀和恐怖都醒来了。

“我的女人将怎样说呢？我的罗菲纳将怎么说呢？”这不幸的人悲苦地说着。

于是他颤抖起来，正如那些在家里做牛马的有毅力而大胆的男子一样。

轻轻地跳动的回旋舞曲的节奏溜到了海上，好像一种爱抚一样。从陆地上来的微风，向小船致敬，同时又给它带来了生动而欢乐的歌曲声音。这就是人们在俱乐部前面散步场上所奏的音乐。在棕榈树下，那些避暑客人的小遮阳伞，小小的草帽，鲜明炫目的衣衫，像一串念珠上的彩色珠子一样地往来穿动。

那些穿着白色和粉红色衣裳的儿童们，在他们的玩具后面跑着，或是围成一个快乐的圆圈，像五彩缤纷的轮子一样地转着。

那些有职业的人们团聚在码头上：

他们的不停地看着大海的眼睛，已认出了小船所托着的东西了。可是盎多尼奥却只看见防波堤后面有一个瘦长的，深灰色的妇人，站在一块岩石上，风正在翻着她的裙子。

小船靠上码头了。多热烈的喝彩声啊！大家都想仔细地看看那个怪物。那伙渔人，从他们小船上，向他射出了羡慕的眼光来；那些裸着身体，砖头般颜色的孩子们，都跳到水里去摸摸那条很大的尾巴。

罗菲纳从人堆里分开了一条路，走到她丈夫的面前。他呢，低垂了头，用一种昏呆的态度在听他的朋友们的道贺。

"孩子呢？孩子到哪儿去了？"

这可怜人的头垂得格外低了。他将头缩在肩膀里，似乎要使它消失掉，那样就可以什么也听不见，什么也看不见了……

"到底盎多尼戈在哪里啊？"

罗菲纳的眼睛燃烧着怒火，她似乎要把他一口气吞下肚去似的，抓住那壮健的渔夫的衣襟，粗暴地推他；可是不久她就放了手，突然举起手臂，发出了一个可怕的叫声：

"啊！天主啊！……他死了！我的盎多尼戈已在海里淹死了。"

"是的，老婆。"那丈夫用一种好像给眼泪塞住而迟缓不定的声音结结巴巴地说，"我们真太不幸了。孩子已经死了；他到了他祖父去的地方，也是我总有那么一天要去的地方。我们是靠海过活的，海应该吞掉我们。这有什么办法呢？”

但是他的妻子已经不去听他的话。她疯狂地抽搐着，倒在地上，在尘土里打滚，扯着自己的头发，抓破自己的脸儿。

“我的儿子！我的盎多尼戈！”

渔人们的妻子都向她跑过来了。她们很了解这事：因为她们自己也都经历过这种事。她们把她扶起，靠在她们有力的胳膊上，一直把她扶到她的茅屋去。

那些渔人们请那不停地哭着的盎多尼奥喝了一杯酒。这当儿，他的那个为生活的强烈的自私自利的观念所驱使的伙计，却在争着要买这条极好的鱼的鱼贩子面前，把价格抬得很高。

那披头散发的，昏厥过去的，由朋友们扶着到茅屋里去的可怜的妇人的失望的呼声，一阵一阵地响着，一点一点地远了：

“盎多尼戈！我的孩子！”

在棕榈树下不绝地来来去去的，是那些穿着灿烂衣服，幸福地微笑着的洗海水澡的人，他们并不觉得有什么不幸在他们身边发生，他们对这一幕穷困的悲剧连看都不看一眼；那优美的肉感的节奏的回旋舞曲，欢乐的痴情的颂歌，正在和谐地漂浮到水面上，爱抚着大海的永恒的美。

## 虾蟆

伊巴涅斯

我的朋友奥尔杜涅说：“我在临近伐朗西亚的一个叫拿查莱特的渔村中消夏。妇女们都到城里去卖鱼；男子们有的坐了小的三角船出去，有的在海滩上扳网。我们这些洗海水澡的人呢，白天睡觉；晚上在门前默看海波像磷火一样的光芒，或是在听见蚊虫嗡嗡地响着来打搅我们的休息的时候，我们使用手掌来脸上的蚊虫。

“那医生——一个粗鲁而爱说俏皮话的老人——常常来坐在我的葡萄棚下，于是，手边放着一个水壶或西瓜，我们便在一起消磨整个夜晚，一边谈着他的那些海上的或是陆上的容易蒙骗的病人来。有时我们谈到薇桑黛达的病，大家都忍不住笑了。她是一个绰号叫做拉·索倍拉纳的女鱼贩子的女儿。她母亲身体肥胖高大，而且惯用傲慢的态度来对待市上的妇女们，用拳头来强迫她们顺着自己的意志，因而得了这么一个绰号。这薇桑黛达是村庄上最美丽的少女！……一个棕色头发的狡猾的小姑娘，口齿伶俐，眼睛活泼；她虽然只有少女的娇艳，可是由于她的逗人的灵活的眼光，跟她那种假装怕羞和柔弱的机智，她迷惑了全村的年轻人。她的未婚夫迦拉伏思迦是一个勇敢的渔人，他能站在一根大梁上出海去，但是他的相貌很丑，不喜欢多说话，又容易拔出刀来。礼拜日他跟她一起散步，当那少女带着她的纵坏了得，忧伤的孩子气的媚态，抬起头来对他说话的时候，迦拉伏思迦用他斜视的眼睛向四周射出了挑战般的目光，仿佛全个村庄，田野，海滩，大海都在和他争夺他那亲爱的薇桑黛达。

“有一天，一个使人吃惊的消息传遍了拿查莱特。拉·索倍拉纳的女儿肚子里有了一个动物；她的肚子胀大起来了；她的脸色不好看了；她的恶心和呕吐惊动了全个茅屋，使她的失望的母亲哀哭，又使那些吃惊的邻近的女人们都跑过来。有几个人见了这种病，露如了笑容。‘把这个故事去讲给迦拉伏思迦听罢！……’可是那些最容易疑心别人的人们，在看见那渔人——他在这件事发生以前还是一个外教人，一个骇人的渎神者——

悲哀而失望地走进村里的小教堂去为他的爱人祈祷病愈时，他们便停止了对薇桑黛达的讪笑和怀疑了。

“折磨这不幸的女子的是一种可怕的怪病：村子里的好些相信有怪事发生的人以为有一只虾蟆在她肚子里。有一天，她在附近的河水留下的一个水荡中喝了些水，于是那坏畜生便钻到她的胃里，长得非常非常大。那些吓得颤抖的邻妇们，都跑到拉·索倍拉纳的茅屋里去看那少女。她们一本正经地摸着那膨胀的肚子，还想在绷紧的皮肤上摸到那躲着的畜生的轮廓。有几个年纪最老最有经验的妇人，得意地微笑着说，她们已经觉到它在动，还争论着要吃些什么药才会好。她们拿几匙加了香料的蜜给那少女，好让香味把那畜生引上来，当它正在安静地尝这种好吃的食品的时候，她们便将醋跟葱头汁一齐灌进去淹它，这样它就会很快逃出来了。同时，她们在那少女的肚子上贴些有神效的药物，使那虾蟆不得安逸，也就会吓得跑出来。这些药物是蘸过烧酒和香末的棉花卷，在柏油浸过的麻束，城里神医用玉竹画了许多十字和数目字的符纸。薇桑黛达弯着身子，厌恶得浑身打颤，可怕的恶心使她非常痛苦，好像连她的心肝五脏一起都要呕吐出来似的；但是那虾蟆却连一只脚都不屑伸出来。于是，拉·索倍拉纳便一再地向天高声呼求。这些药物决不能赶走那坏畜生。还是让那少女少受些苦，听它留在那儿，甚至多喂喂它，免得它单靠喝那渐渐惨白和瘦下去的可怜的少女的血来做它的养料。

“拉·索倍拉纳很穷，她的女朋友们都来帮助她。那些渔妇带来了从城里最有名的茶食店里买的糕饼。在海滩上，在打鱼完毕之后，有人为她选择几尾可以煮成好汤的鱼放在一起。邻妇们把锅子里的肉汤的面上的一层，舀出来盛在杯子里，因为怕泼掉，所以慢慢地端到拉·索倍拉纳的茅屋里来。每天下午，还有一碗碗的巧克力茶继续不断地送来。

“薇桑黛达反对这种过分的好意。她受不住了！她已经吃得太饱了！可是她的母亲还将她毛茸茸的脸凑上前去，带着一种专横的神气对她说：‘吃啊！我叫你吃啊！’薇桑黛达应该想到她自己肚子里的东西……拉·索倍拉纳对于那个躲在她女儿肚子里的神秘动物，有了一种秘密而无法形容的好感。她想象着它，好像清清楚楚地看见了它。这是她的骄傲！为了它，全村的人才来关怀她的茅屋，邻居的妇人们才不停地走过来，而且，她不论走到哪里，都有女人来问她女儿的消息。

“她只请了一回医生，因为医生打从她门口经过，可是她却一点也不相信他。他听了她的解释，又听她女儿的解释，他又隔着衣裳摸过她女儿的肚子；但是当他说要来一次比较深入的检查时，那骄傲的妇人几乎要把他搡出门去。不要脸的！他是打主意看看这少女的身体，自已寻快乐啊；她是那样地怕羞，那样地贞洁，这种办法只要一说起来就够使她脸红了！

“礼拜日的下午，薇桑黛达走在一群圣母玛利亚的女孩子的前面到教堂去。她的凸出的肚子，受到她的伴侣们的惊奇的注目。大家都不停地向她问起她的虾蟆，于是薇桑黛达有气无力地回答着。现在，那东西倒不来打搅她了。因为饲养得法，它已经大得多了；有几回它还活动着，但是没有以前那么叫她痛苦了。她们轮流地去摸那个看不见的畜生，去感觉它的跳动；她们用一种尊敬来对待她们的朋友。那教士，一个纯朴而慈悲的圣洁的人，惊愕地想着上帝创造出来为了试验人类的奇怪的东西。

“傍晚，当唱诗班用一种柔和的声音唱起海上圣母颂歌的时候，每个处女的心里都想起了那神秘的动物，又热心地为那可怜的薇桑黛达祈祷，愿她早点把它生出来。

“迦拉伏思迦也受到了大家的关怀。妇女们招呼他，年老的渔夫们拦住他，用嘶哑的声音问他。他用一种爱怜的声调喊着，‘可怜的女孩子！’此外他就不再说什么了；但是他的眼睛却显露出他急切盼望着尽可能快地担当起抚养薇桑黛达和她的虾蟆的责任来。那虾蟆，因为是属于她的，他也有些儿爱它。

“有一天夜里，那医生正好在我门前，一个妇人前来找他了，她惊慌地，紧张地指手画脚。拉·索倍拉纳女儿的病已经十分危急；他应该跑去就她。医生却耸耸肩膀，说：‘啊，是了！那虾蟆！’然而他却一点没有预备动身的表示。可是立刻又来了另一个妇人，她指手画脚得比前一个还要厉害。可怜的薇桑黛达！她快要死了！她的呼喊声满街都听到了。那个怪物正在咬她的心肝呢……

“为那种使得全个村庄骚动的好奇心所驱使，我便跟着医生前去。到了拉，索倍拉纳的茅屋门口，我们得从那塞住了门口，挤满了屋子的密密层层的妇女堆里开出一条路来。痛苦的喊声，听了叫人心碎的呻吟声从屋子里，从那些好奇的或者惊慌的妇女们的头上传出来。拉·索倍拉纳的粗嗓音用那恳求的喊声来应答她女儿的呼喊声：‘我的女儿！啊啊，主啊，我的可怜的女儿！……

“医生一到，那些多嘴的妇人就跟向他下命令似的，乱糟糟地嚷成了一片。可怜的薇桑黛达在打滚，她已经受不了这种苦痛了；她眼睛昏眩，脸抽痉。应该给她动手术，赶快赶出这个绿色的，粘滑的，正在咬她的魔鬼！

“医生走上前去，毫不理睬她们的话，而且，在我还没有跟上他以前，在那突然降临的沉静中，他用一种不耐烦的粗暴态度讲话了。

“‘好上帝！这个小姑娘，她是……’

“他还没有说完，大家从他的语调的粗鲁上，已经猜到他要说的话了。给拉·索倍拉纳推开的那群女人，正像在一头鲸鱼腹下的海浪般地骚动着，她伸开肿胖的手，和威吓人的指甲，喃喃地骂着，而且还恶狠狠地看着医生。强盗！酒鬼！滚出去……村里还留着这么个不信教的人，这完全是村庄上的错处！她要把医生生吞下去！别人也应该让她这么办！……她发狂地在她的朋友们中间挣扎，想从她们中间挣脱身子，去抓医生。薇桑黛达一边痛得微弱地乱叫‘啊唷！啊唷！’一边还愤怒得直骂：‘胡说！胡说！叫着坏蛋滚开！臭嘴！啊完全是胡说！’

“可是医生一点也不注意那母亲的威吓和女儿的越来越响，越来越刺耳的哀叫声，他含怒地，高傲地，来来往往地要水，要布。忽然间，她好像有人要杀她一样地大喊起来，于是在我所看不到的那个医生的周围，起了一片好奇的骚动。‘胡说！胡说！这坏蛋！这说坏话的人！……’但是薇桑黛达的抗议声不是孤独的了：在她似乎向天伸诉的无邪的受难者的声音之外，加上了一种从第一次呼吸到空气的肺中所发出的呱呱啼声。

这时候，拉·索倍拉纳的朋友们不得不拖住她，不让她摸到女儿的身上去了。她要弄死她！母狗！这孩子是和谁养的？……在威胁之下，那个还不住喊着‘胡说！胡说！’的病人，终于断断续续地承认了。‘一个她以后从未再见过面的种园子的年轻人……’这是她在一个晚上一时疏忽造成的。她已经记不清楚了！……而且她再三地说她自己记不得了，就好像这是一个无可责难的辩解的理由似的。

“大家全都明白了。妇女们都急于要把这消息传播出去。在我们离开的当儿，拉·索倍拉纳，很惭愧，留着眼泪，要想在医生面前跪下来吻他的手。‘啊啊！安东尼先生！……安东尼先生！……她请他宽恕她的冒犯；

她一想起村庄里居民的议论就很失望了。‘这些说坏话的女人，她们难道不怕有一天或遭到天罚吗？……’第二天，那些边唱歌边扳网的青年人便会编出一支新的歌曲来！虾蟆之歌！她是不能活下去了……可是她尤其害怕迦拉伏思迦，她很了解这个撒野的人。可怜的薇桑黛达，假如一走到路上，准会给他打死的；而且她自己也会有同样的命运，因为她是做母亲的，她没有好好看管自己的女儿。‘啊啊，安东尼先生！’她跪着请求他去看看迦拉伏思迦。他是这么地善良，这么地有见识，一定会说服迦拉伏思迦，教他发誓不来伤害她们，忘了她们。

“医生用他对付威吓时的那种满不在乎的态度来对付她的恳求，毫不客气地回答道：‘再看吧，这件事情很难办！’可是一走到路上，他却耸耸肩答应了：‘我们去看看那个畜生吧！’

“我们把迦拉伏思迦从酒店里拖了出来，三人一起在黑暗的海滩上散步。这渔夫在我们两个这样重要的人物之间似乎很窘。安东尼先生对他说到男子自从开天辟地起的无可议论的高尚；说到妇女因为她们的佻达而应该受到的轻蔑。况且她们的数目又是那么多，如果有一个女子叫我们憎厌了，我们尽可以换一个！……

“迦拉伏思迦迟疑着，好像他还没有听懂似的。他感觉迟钝，慢慢才领悟过来。‘他妈的！真他妈的！’他暴怒地搔着自己的戴着帽子的头，把手放在腰带上，好像在找那可怕的刀子一样。

“医生便安慰他。迦拉伏思迦应该忘了那个少女，不要去逞凶。像他这样一个有前途的青年是不值得为了这个口是心非的女人去坐牢的。何况那真正的罪人是个不相识的农民……而且……她！她早已把事情忘记得千干净净了，这不是一种可以原谅的理由吗？

“我们一声不响地走了许多时候，迦拉伏思迦还是搔头皮摸腰。突然，他粗声大气地说起话来，把我们吓了一跳；他的声音听起来像是鹿鸣而不是说话的声音，他不用伐朗西亚话，而用迦斯帝尔话在对我们说，这样就使他说的话格外显得郑重：

“‘你们……可肯……听……我说……一件事情？你们……可肯……听……我说……一件事情？’

“他以一种挑战似的神色看着我们，好像在他面前有一个不相识的种园子的青年，而他正要向他扑过去的样儿。

“‘好罢！我……对……你们说，’他慢慢地说着，好像把我们认作了他的仇人似的，‘我对你们说……现在我……格外……爱……她了……’

“我们惊诧到不知怎样回答才好的地步，仅仅只能和他握握手。”

## 堕海者

伊巴涅斯

在黄昏时候，沉重的帆船“桑拉发艾尔”号载了一船盐开出多莱维艾牙港口，到直布罗陀去。

船舱已经装满了。舱面上像山一样高的袋子都堆积在主桅杆的四周围。要从船头走到船尾去，船夫们必须沿着船边走，很困难地保持着身体的平衡。

夜色很美丽，一个春夜，带着点点繁星。动静不定的清凉的海风，有时吹满了三角形大帆，使得桅杆吱嘎吱嘎地响，有时突然地平息了，于是那大帆像没有力气一样地落下来，发着鸟拍翅膀一般的很高的声音。

船上的人——五个大人和一个孩子——已经做好开出港口的工作，正在吃夜饭。他们吃光了那口热气腾腾的锅子，在那锅子里，从老板到小船夫，用一种船夫们惯有的友爱态度，轮流地把面包浸进去。随后，那些闲了的人都钻进舱洞里去，肚子里满装着酒和西瓜汁，在硬绷绷的褥子上休息了。

启思巴思老爹是在船舵边。他是个牙齿脱落的老鲨鱼，他叽里咕噜不耐烦地在接受老板的最后的吩咐。受他保护的黄尼罗站在旁边。黄尼罗是个新学做船夫的孩子，这还是他第一次在“桑·拉发艾尔”船上航行，对于那老人怀着很深的感激心，因为全靠那老人，他才能到这船上来，才能解决了他的不算不严重的饥饿问题！

在黄尼罗的眼里看来，这只可怜的帆船就像旗舰，就像有魔法的船一样，要什么就有什么。这天晚上的晚饭还是他这辈子里第一餐真正的晚饭。

他饿着肚子，差不多像野蛮人一样地赤身裸体，睡在那件破屋子里，破屋子里只有他的筋骨疼痛而不能动弹的祖母呻吟着，祷告着，他就这样地一直活到十九岁。在白天，他帮助别人开船出去，他把鱼框子从船上卸下来，或是搭在那些去打鲔鱼和沙丁鱼的别人的船里，希望带些儿小鱼回家。现在全靠启思巴思老爹，他才能变成一个真正的船夫，因为启思巴思和他已死的父亲认识的，很为他出了力。他热切地看着脚上的那双大鞋子，他还是第一次穿呢。可是人们说海是……放勇敢些！船夫这行业是一切行业中最好的！

望着船头把着舵，又弯身察看着在船帆和大堆的袋子间的那片黑暗，启思巴思老爹带着诙谐而微笑的神情在听他说。

“是的，你挑选得不坏……然而这行业也有危险的……等你到了我这样年纪的时候……你就会看到了……可是你的位置不在这儿：站到前面去，你要是看见有什么船在我们前面，就通知我。”

黄尼罗带着海滩上顽童所有的坚决态度，沿船边跑去。

“当心！我的孩子！当心！”

他已经在船头上了。他坐在副帆的帆杆旁边，嘹望着乌黑的海面，闪烁的繁星反映在大海深处，像许多光亮的蛇。

那只沉重的满载的船，每个浪头来了以后都要危险地往下冲，点点的水花一直飞溅到黄尼罗的脸上。两条起着像磷火一样的光芒的浪花从沉重的船头的两边溜过去，吃满了风的帆梢却消失在黑暗中了……

没有比这更美丽的生活了，黄尼罗心里在想。

“启思巴思老爹！……给我一支烟卷儿。”他忽然这样喊道。

“过来拿吧。”

他沿着逆风的一面的船边跑过去。这正是风平下去的时候，那面帆起着波纹正要沿了桅杆落下来……可是忽然吹过了一阵大风：船突然打侧了。黄尼罗为要保持平衡，抓住了船帆的边，这时，帆忽然膨大得要爆裂似的，带着船飞快地驶去，而且用一种不可抵挡的力量像弩弓一样地把他射出去。在他身体下分开来的水的响声中，黄尼罗似乎听见那含含糊糊的说话的声音，许是那年老的把舵人的声音在叫喊：

“有人掉到海里去了！”

他沉下去很久……很久！水浪的打击跟突然的坠落把他弄昏了。在他弄清楚一切以后，他又浮到了水面上，游泳着又疯狂地呼吸着冷风……那只船呢？他已经看不见了。海很暗，哦！比从船上看出来还要暗的多！

他相信看出了一个白点，一个在远处浮着的幽灵。他向它泅过去，随后又看不见它了，一忽儿又在别处看见它了，在相反的方向，最后，他迷失了方向，用力地划着，自己也不知道向哪儿去。

他的鞋子像铅块一样的重。该诅咒的鞋子！他还是第一次上脚啊！他的帽子伤了他的鬓角；他的裤子正在把他往下拖，好像他的身子在一直长出来，伸到海底去扫除海藻似的。

“镇定啊，黄尼罗，镇定呀！”

他是有自信力的。他很会泅水，而且能支持两小时。无疑地，他们会来把他捞起的。跳了一次水！没有什么了不起！一个人会这样死的吗？可是死在一场暴风雨中，像他父亲跟祖父的那种情形，还有可说；可是在这样美丽的夜，在这样平静的海面上，被船帆推出去淹死了，那真是死得太冤了！

“喂，船上的同伴们！……启思巴思老爹……老板！”

可是他喊乏了。有两三次，浪花把他的嘴堵住了。该死！……在帆船上看，浪花似乎没有什么了不起；但是到了大海里，水一直没到颈项，不得不继续地摆动手臂来使身子保持在水面上，这些浪花可就不同了，它们使他窒息，它们猛烈地冲击他，并且在他面前，挖着深渊又立刻合拢，就像要把他吞掉似的。

他还怀着希望，可是多少有点忧虑了。是的，他能够支持两小时。他从前在海边游泳的时间还要长些，而且不感到疲倦。但那时是在太阳底下，在一片像水晶样的天蓝色的海上，他的身体下面澄清得跟仙境似的，他可以看见黄色的岩石，长着大海藻，好像绿色的珊瑚枝一样，岩石上还有粉红色的海介，星形的海贝，和被银腹的鱼儿拂过而颤动着的生着肉色花瓣的光耀的花……可是现在，他是在一个墨水似的海上，迷失在黑暗中，被自己衣服的重量压迫着，在他的脚下又有那么多的破船的残片，跟被贪食的鱼啄碎的溺死者……时常有什么东西碰着他湿透了的裤子，使他战栗起来，以为已经给尖利的牙齿咬上了。

他疲倦而且沮丧，仰浮着让海浪载着他。晚饭呕出到了嘴边。该死的晚饭！要这样大的代价才换得到！……他结果一定是愚蠢地死在这里了。求生的本能使他翻转身子。或许人们在找他；要是他不动地仰浮着，人们即使在他身边经过也看不见他的。他又开始游泳了，绝望给了他一股非常大的气力。他在波浪顶上直起身来，可以看得远些，突然地一会儿向这边，一会儿向那边，而且拼命在同一个圈子里划动着……

现在他慢慢地沉下去了，口里觉得有一股发咸的苦味。他的眼睛看不见东西了，波浪在他剃得精光的头顶上合起来。可是在两个浪头间的一个漩涡里，一双痉挛的手露了出来，他又浮到水面上……

他的胳膊麻木了。他的头因为疲倦而变得沉重，垂在胸口上。他仿佛觉得天已经变了；星是红色的，像迸射出来的血一样，海已不再使他恐怖了；他渴望着让它摇他，他渴望着休息……

他想起了他的祖母，无疑地她这时正在想念他。他想如同自己从那可怜的老妇人那里听见过的几百次的祷告那样地祷告。“我们的在天之父……”他心里在祈祷着，但是，他的舌头不知不觉地动起来，他用一种不像自己的声音的嘶哑的声音说：“坏蛋，强盗！他们丢了我！”

他重新又沉下去；他隐没了，用力也不中用……像一块没有生气的东西似的降落到黑暗中；可是不知怎地，他又浮到了水面上。

现在他觉得星星是黑色的了，比天还要黑，像点点的墨水一样。

这是最后的一次……他的身体像是铅做的。他被新鞋子的重量牵掣着，笔直地沉下去。而且当他沉没到横陈着沉船的残片，被鱼吃剩下来的白骨的海底的时候，他的脑子好像被一片雾所包住了，他不停地说着：

“我们的天父……我们的天父……强盗！猪猡！他们把我丢掉了！”

## 女罪犯

伊巴涅斯

拉斐尔在那狭隘的牢房里已经关了有十四个月了。

他的世界便是那四堵白得像骨骼一样的墙——这些使人悲哀的墙，他连上面的裂缝都记熟了。他的太阳呢，就是那扇高高的天窗，而窗上的铁栅又把那一块青天切开了。他的牢房有八尺长，他占据的地方却还不到一半，都为了这该诅咒的，老是华啷华啷响的铁链；它的铁环一直嵌进了他的脚骨，而且几乎跟他的肉互相结合在一起了……

他已被判了死刑。当他们在马德里最后一次翻阅他的案子的时候，他在那里好像被活埋似地度过了几个月，不耐烦地等待着绞架的绳索一下子把他从苦痛中解放出来的那个时刻。最使他气愤的，是地面和墙上的干净，地面每天都要打扫，而且还要用水清洗. 无疑地是要使潮气渗过草席，再一直钻进他的骨头里去；墙上不让留一点灰尘……他们甚至把囚犯的肮脏的伴侣都给夺去了。他简直是孤独寂寞到了极点……假如能有几只老鼠进来，他准会因为和它们分食他那少得可怜的口粮而得到安慰，他准会对它们讲话，像对那些善良的伙伴讲话一样；要是他能在屋角里遇见一只蜘蛛，他准会喂养它来消磨时间。

他们不愿意在这个坟墓里除他之外再有第二个生物。有一天，一只瓦雀在铁栅前出现了，那副神情像一个顽皮的孩子。这光明和天空的流浪者在啁啾着，好像表示它看见了在它下面的、那个可怜的生物的诧异，那个可怜的生物又黄，又憔悴，在大热天还冷得不住打着哆嗦，头上包着好几层头巾，在鬓角上打着结，有一件破大衣卷到腰上。这张瘦得骨头都突出来的，惨白的，而且白得像混凝土一样的脸，一定是把它吓着了，它摇动着羽毛飞去了，好像在逃避那从铁栅里透出来的坟墓和烂羊毛的臭味一样。

那惟一的把生命重新唤起的声音，就是别的犯人在院子里散步的时候所发出来的声音。那些犯人至少还能看见自己头上的自由的天空。他们不光是从一个小墙洞呼吸空气；他们的腿是自由的，他们还可以随便谈话。就是在牢狱里不幸也有等级的。拉斐尔明白人类是永远不能满足的。他羡慕那些在院子里走来走去的人，他以为他们的地位是最值得羡慕的；而那些人呢，他们却又羡慕那些在外面的，享受着自由的人；而那些过路人呢，也许对自己的命运也觉得不满足，又奢望着，谁知道是奢望着什么呢？……那么自由竟有这样的好啊！……他们真应该来做做囚犯。

拉斐尔要多么不幸有多么不幸。在绝望中，他曾经企图挖一条地道逃掉，而现在对他的监视紧起来了，一刻也不放松，叫他真受不了。他曾经想用单调的声音来唱他从母亲那里学来的现在只记得几句的颂歌。他们却叫他闭嘴。难道他是想要人家把他当做疯子吗？喂，不准响！他们要把他看守得完全没有缺点，肉体上和灵魂上都够健康，使侩子手不至于会来收拾一个有病的人。

疯子！他可不愿意做疯子！可是，监禁，不能移动，再加上又不够又很坏的口粮，把他给制服了。十四个月来他对按规定必须要点的灯火还不能够习惯，他合上眼睛，在灯光的搅扰下，他常常会有幻觉；有一种狂妄的思想时常在折磨他：他以为他的仇敌们，还有那些要弄死他的不相识的人已把他的胃给倒了过来；这种使他受不了的阵阵的剧痛便是因此而起的。

白天里，他不停地回想着他的过去。可是他的记忆很乱，乱得使他以为在想别一个人的历史。

他想起了在头一次因为开枪伤人而关到监狱里以后，他重新回到那小村庄的故乡，他想到他在那儿的名声，村上酒店里的对他一举一动都很赞赏的许多主顾："这个拉斐尔，多么野啊！"村庄上最美丽的姑娘决定做他的妻子，因为她怕他还甚于爱他；市参议员们奉承他，委他做乡村警察，又鼓舞起他的粗野劲头，使他手里拿着枪在选举中为他们卖力。他在整个村里横行霸道；他使"其余的人"，被打败的那一派的人害怕；可是，到后来那些人对他也并不怎样害怕了，他们拉拢了一个爱说大话的人，这人也是从牢狱里回来的，他们把他安排在拉斐尔的对面。

他妈的！职务的尊严成问题了；应该教训教训这个夺他面包的人。他等候着，终于用枪弹重伤了他，又用枪柄把他打死，免得他叫喊和颤动。后来……这些事情给人知道了！……结果是：监狱，在那儿他又遇到他的旧伙伴；随后是审问；从前那些怕他的人都来告发他，报复他们过去给他弄得提心吊胆的仇恨。最后那可怕的判决书到了，接着是他度这可诅咒的十四个月的监禁，老等着应该从马德里来的"死神"，可是无疑的这"死神"一定是坐马车来的，它来得这样慢！

拉斐尔并不是没有勇气。他想起了约翰·保尔德拉，想起了叫"勇士"的法朗西思哥·艾斯带彭，想起那些英武的骑士，有许多故事诗都是歌颂他们的崇高的事迹；他们时常使他兴奋，他觉得自己也够得上像他们一样地从容就死。

可是有几个夜里，他好像被一种隐藏着的弹力牵动似地惊醒了，他的铁链便发出凄凉的叮当声来。他像孩子般地呼喊着，随后立刻又懊悔自己的懦怯，想止住自己的呻吟，可是又办不到。在他身上呼喊的是“另外一个人”，一个害怕而且想哭的不相识者。他喝了六杯在监狱里叫做咖啡的，辛烈的稻子豆和无花果的汁，然后才平静下去。从前那个盼望着死的，等待着快些结束生命的拉斐尔，现在只剩下一个躯壳了。在这个坟墓里长成的新的拉斐尔，却满怀恐惧地想着十四个月已经过去了，想着死不可避免地走近来了。他情愿安心地忍耐着再过十四个月这种可怜的生活了。

他害怕；他觉得那剥夺他生命的时刻接近了，他到处看见它：在那些出现在牢门边的好奇的脸上，在神父的来临上。神父现在每天下午都来看望他，就像这间臭气熏人的牢房是一个最适于谈话和吸烟的地方似的。不好啊，不好的预兆啊！

探访者的问题是最使人不安的了。拉斐尔是一个好基督徒吗？“是的，我的神父。”他尊敬教士，而且他还从来没有缺少过对于他们应有的供奉。人们对他的家属也没有可以指责的地方；他家里的人都曾经到山上去保卫合法的国王，因为那村庄上的教士曾经这样地命令过。而且为了证实他的虔诚，他从遮住他胸膛的破衣裳里面掏出一个肮脏的小包，里面包着布做的护身符和奖章。

随后神父跟他谈到耶稣。耶稣尽管是上帝的儿子，他当时所处的环境是跟他今天所处的环境一样。这个譬喻叫这个可怜的人高兴了。多么光荣啊！……可是，虽然受着这一类命运相似的话的阿谀，他总还希望这种命运能够实现得越慢越好。

那可怕的，像晴天霹雳一般震出来的消息的日子来到了。在马德里的一切事都结束了。“死神”到了，可是这一次是以最快的速度来到的，是由电报传达过来的。

当一个职员对他说，他的妻子带了在他下狱期中生产的女孩在监狱周围徘徊着，请求和他见面的时候，他不再怀疑了。她既然离开了村庄到这儿来，那么“这件事”一定就在目前了。

有人叫他请求特赦，他便发狂般地紧抓着这所有不幸的人的最后的希望。别人可不是已经成功了吗？为什么他不可以呢？对马德里那个善良的妇人来说，救他一条命是算不了一回事的！不过签一个小小的字罢了。

而且对所有的为了好奇或是责任而来的忧伤的访问者：律师，教士，新闻记者，他都会用恳求似的声音抖索索地问，好像他们都能救他一样：

“您以为怎么样？她会签字吗？”

第二天，无疑地，他会给牵到他的村庄去，被看守着又绑缚着，好像一头牵到屠宰场去的牲口一样，侩子手已经带着家伙等候在那里了。他的妻子，在监牢的门口已经等待了好几个钟点，等待着他出来的时候和他见一面。她是一个强壮的棕色头发的女人，嘴唇很厚，两道眉毛是连接着的，而且当她摇动着她的蓬大的，层数很多的裙子的时候，便有一种牲口房里所特有的辛烈的气味散发出来。

她落到这个地步好像吓昏了。在她恍惚的目光中，可以看出惊愕的成分多于悲哀的成分；一看那紧贴着她宽大的胸部的婴孩，她便要哭了。

“主呀，多么大的全家的耻辱啊！她早知道这个人要如此收场的！要是这孩子不生下来就好了！

那神父想法安慰她。她为什么要听天由命呢？她～旦做了寡妇以后，还能遇上一个使她更幸福的男人。这种想法似乎使她重新有了生气；她甚至谈到了她头一个爱人，一个很好的孩子，他从前是给拉斐尔吓跑的，现在不论在村庄里或是在田野间，他总是接近她，好像有什么话要对她说似的。

“不！男子倒并不缺少。”她平静地说，甚至想微笑了。

“可是我是一个虔诚的教徒，假如我要和另外一个人结婚的话，我一定要在教堂里举行婚礼的。”

她注意到教士和狱卒们的惊异的目光，又回复到现实的悲哀里了，于是她的被迫淌出的眼泪淌得比以前更多了。

傍晚时消息到达了。赦免的命令已经签了字。拉斐尔仿佛亲自看见的，那住在马德里一切豪华之中的贵妇人就像是一位供在神龛上的圣母，给电报和恳求说软了心，赦免了这囚犯的死罪。

这桩赦免的新闻在狱中一切的囚犯之间都传遍了，大家好像有人已给他们都签了赦免命令似的兴奋。

“快乐些吧，”那教士对被赦免的罪犯的妻子说，“他们不会把你的丈夫处死了；你也不会做寡妇了。”

这少妇默默不响。在她的脑子里有无数的思想似乎在慢慢地生长出来，她极力想排除它们。

“好！”最后她很安静地说，“他什么时候出狱呢？”

“出狱？……你疯了吗？永远不会了。他能够活命已经应该很高兴了。他将被解送到非洲去做苦工，因为他还年轻力壮，他很可以再活个二十年。”

这还是第一次，这妇人尽情地哭了。可是她是由于失望、愤怒而哭的；悲哀的成分呢，却一些也没有了。

“喂，太太，”教士发怒了，说，“这简直是贪心不足了，我们已经救了他的命，你懂得吗？他已经不被判处死刑了……你还抱怨什么呢？”

那妇人不哭了。她的眼睛含怒地闪耀着。

“好！让他们不把他处死吧……我很快乐。他已经有命了；可是我呢？”

在一个长时间的沉默之后，她呜咽起来，呜咽使得她棕色的，火热的皮肉颤动着，她又加上一句话：

“那么，我，我是女罪犯了！”

## 疯狂

伊巴涅斯

居民们从郊野的各个方向，跑到巴思古阿尔·加尔代拉的茅屋来了：他们怀着又激动又害怕的复杂心理走进了茅屋的门。

“孩子怎样了？好些了吗？……”那个被自己的妻子，妻妹们，远亲们（他们都是为了那件不幸的事而聚集拢来的）包围着的巴思古阿尔，又忧郁又满意地接受着那些邻人们对他儿子健康的同情话——是的，他好些了！两天来这件把全家闹得昏天黑地的可怕“东西”已经不来折磨他了。而那些沉默寡言的农民——加尔代拉的朋友们，正如那些激动得喊出声来的多嘴妇人一样，把脸伸到卧房的门里，胆怯地问：“你怎样了？”

加尔代拉的独子就在那儿，有时遵照他母亲的命令躺着，他母亲认为病人不可能不需要肉汤和静卧；有时坐着，手托着腮帮，眼睛呆望着房里最黑暗的角落。那父亲呢，当他独自个的时候，便皱起粗大的白眉毛，在那荫蔽着他房门的葡萄棚下踱来踱去，或者由于习惯，会向附近的田亩看上一眼，可是他却绝对没有弯下身去拔那已在田里长出来的野草的心情了。这片靠了他的血汗的力气才变得肥沃的地，现在和他有什么关系呢？……

他结婚很迟，只有这么一个儿子，这是一个刚强的孩子，像他一样地勤勉又不多说话。他是一个不用命令和威吓就能尽自己的责任的农民，而且当要灌溉，要在星光下就给田亩灌水的时候，他从来不会不在半夜里醒过来的；清早一听见鸡啼，他便会立刻从他的铺在厨房里的一张长凳上的、孩子睡的可爱的床上掀开被窝和羊皮，跳起来，套上他的草鞋。

巴思古阿尔老爹从来没有对他面露微笑。他父亲是拉丁式的父亲，家里的可怕的主人，他在工作之后回来独自进食，由他妻子带着服从的态度站立着侍候。

可是在这无上的家主的严肃的面具之下，却深藏着对于这个儿子——他的最好的作品的无限宠爱。他驾榻车驾得多么敏捷啊！他使唤起锄头来，一上一下的那么用劲，好像把他的腰带都要崩断了，他的衬衫湿得多厉害啊！谁能像他一样地骑驴子不用鞍子，而且姿势优美地只用草鞋尖儿往那畜生的后腿上一碰就跳上了驴背呢？……而且这个种地的人既不喝酒又不喜欢和别人吵嘴。当征兵抽签时，他运气好抽出一个好数目来；在圣约翰节，他又就要和附近的一个庄子的一个姑娘结婚了。那时她不会不带几块田地到她公婆的茅屋里来的。巴思古阿尔老爹所梦想着的是一个快乐的将来；幸福，家族的传统能够光荣而平稳地延续下去。当他年老的时候，另一个加尔代拉会在他祖先垦肥了的土地上耕作着；那时有了一大群逐年增加的孩子，那些小“加尔代拉”会在驾着犁的马的周围玩耍着，会带着几分害怕的看着他们的言语简单，老眼里流着泪水的，坐在茅屋门前晒太阳的祖父！

主啊！世人的幻想是怎样地消灭了啊！……礼拜六那一天，小巴思古阿尔半夜从他未婚妻的家里回来，在田野的小路上有一条狗咬了他；一头坏畜生，它一声不响地从芦苇丛里窜出来，而且正当那年轻人俯下身去拾石子掷它的时候，它已经在他的肩头很深地咬了一口。他的母亲，她是每夜当他去探望未婚妻的时候，总要等着给他开门的。那夜一看见他肩头的半个乌青圈儿和红红的狗牙齿印，她不由得惊喊起来，急匆匆地跑进茅屋里忙着准备汤药和敷药。

那孩子见了这可怜妇人的着慌样儿，哭起来了。“不要响，妈妈，不要响！他被狗咬这又不是第一次了。他身体上还留着许多狗牙齿印，那是在他儿童时代，他到园子里去的时候向茅屋的狗抛石子的结果。加尔代拉老爹由于过去的经验却在床上毫不紧要地说：明天他的儿子可以上兽医那儿去。兽医会用烙铁在他的伤口烙一烙，那便什么事情也没有了。这就是他的命令，没有商量的余地。

那年轻人是那些开辟伐朗西亚的摩尔人的好子孙，他镇定地让人给他施行手术。一共是四天的休息。就是在这四天的休息中，这个勤劳的人还要带着伤想用他痛楚无力的手臂去帮助他的父亲。礼拜六，当他在日落后到了他未婚妻的田庄上的时候，人们总是问着有关他健康方面的消息：

“喂！那个伤处现在怎样了？”他在他未婚妻的询问的目光下快乐地耸耸肩膀，随后这一对儿便在厨房的尽头坐了下来。他们在那儿互相脉脉含情地对看，或是谈论些买家具和新房里的床的事情，他们俩谁也不敢挨近对方，坚持着严肃的态度；正如他未婚妻的父亲笑着所说的一样，他们在彼此之间让出了一个可以“操镰刀”的地位。

一个多月过去了。只有做母亲的还没有忘了那桩意外之事，她焦虑地看着她的儿子。啊啊！圣母啊！郊野似乎已被上帝和圣母遗弃了！在当伯特拉的茅屋里又有一个孩子给疯狗咬了一口，现在正活受着地狱般的痛苦。村庄里的人都怀着恐怖去看那可怜的孩子。这是受到同样不幸的母亲所不敢去看的景象，因为她想着自己的儿子。啊！假如这个小巴思古阿尔，这个像一座塔似的结实高大的小巴思古阿尔有了跟那个不幸者同样的命运呢？……

一天早晨，小巴思古阿尔不能从他睡着的那条厨房里的长凳上起来了。他的母亲扶他上了那张占据卧房一部分地位的婚床，那卧房是茅屋里最好的一个房间。他发着烧，在被狗咬过的地方感到痛得厉害；一阵阵的寒噤来个不停，他牙齿打着牙齿，而眼睛又给一层黄黄的翳遮黑了。那时，本地最老的医师霍赛先生骑着他颠簸的老驴子，带着他的百病万灵药和渗过脏水的缚伤口的绷带来到了。一看见病人，他就皱了皱脸。这病是厉害的，非常厉害的！这病只有那些伐朗西亚的名医才能医治，他们比他懂得多。

加尔代拉驾起他的马车，把小巴思古阿尔送上马车。那个孩子的病的发作期已经过了，他微笑着，说只感到一点儿刺痛了。回到家里，做父亲的似乎比较安心了。一个伐朗西亚的医师给小巴思古阿尔扎了一针。医师是一个很严肃的人，对病人用好话劝慰了一番，但是又一边盯着他看，一边埋怨他这么晚才来找医生诊治。

在一礼拜内，这父子两人每天都到伐朗西亚去。可是有一天早晨，小巴思古阿尔不能动弹了。病又发作了，比前一次更凶，使那可怜的母亲吓得叫起来。他的牙齿轧轧地响，他叫喊，嘴角喷出泡沫；他的眼睛似乎肿了，发黄而凸出，像两粒很大的葡萄。他的肌肉抽动着，站起身来；他的母亲攀住他的颈项而且惊喊着；加尔代拉，那沉默而镇定的力士呢，却沉着地用力紧紧抱住小巴思古阿尔的手臂，并且强迫他躺下来不要动。

“我的儿子！我的儿子！”那母亲哭着。

啊！她的儿子，她几乎认不出他就是她的儿子了。在她看来，他似乎已是另外一个人了。从前的他现在只剩下了一个躯壳，就好像有一个恶魔附在他的身上，折磨着从这母亲肚子里出来的一块肉，并且在这不幸者的眼睛里燃着了不吉祥的光芒。

随后他又安静下来，显得疲惫不堪。所有邻近的妇女们都聚集在厨房里，谈论病人的命运。她们又骂那个城里的医师和他的见鬼的扎针。是他把病人弄到这种地步的；在未经他诊治以前，孩子已经好得多了。啊！这个强盗！而政府竟不惩罚这种败类！不，除了那些老的药方以外，没有别的药方，那些老的药方是经过好多带人的经验而得到的良药，他们出生在我们以前，当然要比我们知道得多得多。

有一个邻人去请教一个年老的巫婆，她专医被狗和蛇咬伤或是被蝎子螫伤。一个邻妇去拉来了一个眼睛瞎得几乎已经看不见了的老牧羊人，他能不用旁的东西，只用自己的唾沫在病人受伤的肉上画一个十字便会把病给治好。

草药和用唾沫画的十字又重新带来了希望。可是忽然人们看见那个几小时不动又不作声的病人老是向着地上呆看，好像他觉得自己身上有件莫名奇妙的东西用一种渐渐增加的力慢慢地攫住了他。立刻病又发作起来了，便把怀疑投到那些争论新药的妇女们的心中去了。

他的未婚妻带着她处女的眼泪汪汪的棕色的大眼睛来了；而且，很怕羞地走到病人身边去，她还是第一次敢于握住他的手。这种大胆使她肉桂色的脸儿都羞红了。“你怎样了啊？……”而他呢，从前那么多情，却挣脱了这种温柔的紧握，掉过眼睛去，不看他的情人；他在找躲避的地方，好像自己在这种状态中是很可羞的。

做母亲的哭了。天上的王后啊！他的病很沉重了，他快要死了……假如我们照那些有经验的人所说的那样，能够知道咬他的是哪条狗，割下它的舌头来制药，那有多么好啊！……

上帝的愤怒好像在郊野上降落下来。又有许多狗咬了人！人们也不知道在那些狗里哪几条是有毒的，人们以为它们全是疯狗！那些给关进在茅屋里的孩子从半开的门里用恐怖的眼光望着广大的平原；妇女们需要成群结队，才敢战战兢兢地走那些弯曲的小路，一听见芦苇丛后有狗的叫声就都加紧了脚步。

男子们假如看见自己的狗流馋唾，喘气，而且露着悲哀的样儿，就马上怀疑它们是疯狗。那猎兔犬——打猎的伴侣，那守门的小狗，那系在马车边当主人不在的时候看守马车的可怕的大狗，都毫不例外地受人注意着；或是在院子的墙后面干脆地给人打死了。

“在那边！就在那边！”这一间茅屋里的人向那一间茅屋里的人叫喊着，目的在互相通知有一群叫着的，饥饿的，毛上沾满了污泥的狗，它们被人日夜不停地追赶着，在它们眼睛里发出受人捕捉时才有的那样发疯的光芒。郊野里似乎流过了一阵寒潮；茅屋全都闭上了门，还竖起了枪。

枪声从芦苇丛里，长着很高的草的田野里，茅屋的窗户里发出来。当到处给人追赶的流浪的狗飞奔着向海边逃去的时候，那些驻扎在狭窄的沙带上的税警便向它们一齐瞄准射出一阵排枪来：那些狗掉转身去，正当它们企图打从手里拿着枪追赶它们的那些人旁边窜过去的时候，便在河道边遗留下许多的尸体了。晚上那远远的枪声便统治着整个幽黑的平原。凡是在黑暗中活动着的东西都要挨一枪，在茅屋的四周步枪以震耳的吼声应答着。

人们怀着它们他们共同的恐怖，都躲避起来了。

天一黑，郊野里便没有了亮光，小路上没有了活的生物。好像“死亡”已经占领了这黑暗的平原一样。一个小小的红点，好像是一颗光滢的泪珠，在这片黑暗的中央颤动着：这是加尔代拉茅屋里的灯光。在那儿，那些围着灯光坐着的妇女都在叹息，她们带着恐怖，等待着那病人的刺耳的喊声，他的牙齿的相打声，他的肌肉在那双控制他的手臂下扭曲着的声音。

那母亲攀着这使人害怕的疯人的颈项。这一个人眼睛这样突出，脸色这样发黑，像受宰的牲口一样地痉挛着，舌头在唾沫间伸出来，像渴得非常厉害似地喘息着，他已经不是“她的儿子”了。他用那绝望的吼声呼唤着死神，把头往墙上撞，还想咬着什么；可是没有关系，他仍旧是她的儿子，她并不像别人一样地怕他。那张威胁人的嘴在沿着泪水的憔悴的脸儿边停住了：“妈妈！妈妈！”他在他短短的恢复理智的时候认出她了，她应该不怕他的。他也决不会咬她的！当他要找些东西来满足狂性的时候，他便把牙齿咬进自己胳膊的肉里，拼命地咬着，一直要咬到流出血来。

“我的儿子！我的儿子！”母亲呻吟着。

于是她给他的痉挛着的嘴上抹去了可以致人死命的唾沫，然后把手帕又放到自己眼睛边去，一些儿也不怕传染。那严厉的加尔代拉也绝不介意病人对他望着的那双威吓人而且狂暴的眼睛。小巴思古阿尔已不尊敬自己的父亲了，可是那个力大无比的加尔代拉却一点也不在乎他儿子的狂性，当他儿子想逃走，仿佛要把自己的可怕的痛苦带到全世界上去似的时候，那父亲便把他紧紧地抱住。

在一次病发作跟另一次发作当中，已经没有很长的平静的时期了：差不多是继续不断地发作了。这个为自己咬伤的，体无完肤的，流着血的疯子老是吵闹着，脸儿是发黑的，眼睛是闪动而发黄的，完全像一头怪兽一样，一点也不像人了。那老医师也不问起他的消息。有什么用呢？已经完了……妇女们失望地哭泣着，死是一定的事了。她们所悲恸的只是：那等待着小巴思古阿尔残酷牺牲的时间很长，可能还要几天。

在亲戚朋友之中，加尔代拉找不出能帮助他来降服病人的大胆的人。大家都怀着恐怖望着那扇卧房的门，好像门后就藏着一个极大的危险一样。他们在小路上跟河道边冒着枪弹的险，那倒还算得上男子汉大丈夫；而且一刀可以还一刀，一枪可以还一枪。可是，啊！这张喷着唾沫的嘴，它会咬死别人的！哦！这种无药可救的病，得了这种病，人们便在非常大的痛苦里抽搐，正如一条被锄头砍成两段的蜥蜴一样！……

小巴思古阿尔已不再认识自己的母亲了。在他最后一次清醒的那几分钟里，他用一种温柔的粗暴行为把她推开。她应该走开！他深怕害了她，她的女朋友们便把她拉到房外去，在厨房的角落里用力按住她。

加尔代拉用他快要消失的意志的最后的力量把病人拴在床上。当他用力将绳索把这个年轻人敷在这张他出世的床上敷得不能动的时候，加尔代拉的粗大的白眉毛颤动着，而他的眨动着的眼睛被泪水打湿了。他好像是一个在埋葬他儿子，为儿子挖掘坟穴的父亲一样。那病人在坚硬的手臂里发疯似地扭着，挣扎着；加尔代拉非得用一番很大的力气才能把他镇住在勒到他肉里去的绳索之下。活到这么大的岁数，到后来还不得不干这种事情！他创造了这个生命，可是现在，被种种无补于事的痛苦所吓倒了，只希望这个生命灭亡得越快越好！

……上帝啊！为什么不立刻结果了这不能避免死亡的可怜的孩子呢？

他关上了卧室的门，想逃避这种刺耳的叫声带来的恐怖；可是在茅屋里，这种疯狂的喘息不绝地响着，那母亲的，那围着垂灭的灯火的邻妇们的哭声，跟病人的喘息正闹成一片……

加尔代拉跺着脚。“女人们，不要响！”可是别人不服从他，这还是第一次。于是他走出了茅屋，避开了那搅成一片的悲哀声。

夜降临了。他的目光落在天边的表示白昼消逝了的那狭长的一条黄颜色上，在他的头上，星光闪耀着。那些已不大看得分明的茅屋里都发出了马嘶声，狗叫声，母鸡呼雏声；这些都是动物的在睡眠以前，一天里最后一次的惊动。这粗野的人在这平凡的，对于生物的哀乐没有感觉的自然界里，只感到一种空虚。那么，他的悲哀与那在高空临视着他的点点星光又有什么关系呢？……

那远远的病人的喊声又透过了卧房开着的小窗重新来到他的耳边了。他当年做父亲的温柔的回忆都兜上心头来了。他回想起那时抱了年纪太小而常常害病的，啼哭着的孩子在房里踱着步的不眠之夜。而现在这孩子还呻吟着，可是没有希望了，在那提前的地狱的酷刑里呻吟着，等待着死亡来解决。加尔代拉做了一个害怕的手势，把双手捧住自己的额头，好像要赶走一个残酷的念头一样。随后他似乎又踌躇起来了。

为什么不呢？

“为了他不再受苦……为了他不再受苦！”

他走进屋子去，立刻又走了出来，手里提着他那支双响的旧枪。他向小窗前跑去，好像怕后悔似的，然后把枪伸进小窗去。

他还听见那痛苦的喘息声，牙齿的相打声，凶恶的吼声，这些声音都是很近而且清晰的，好像他就在那不幸者的身旁一样。他的眼睛已经习惯黑暗了，看见那在黑黝黝的房间里的床，那个跳动着的身体，那张在绝望的痉挛中忽隐忽现的惨白的脸儿。

他从小在郊野里长大，除了打猎没有别的娱乐，他用不着瞄准就可以把鸟打中，现在也害怕着自己手的颤抖和脉搏的跳动了。

那个可怜的母亲的哭声使他回想起许多久远的，很久远的——到现在已有二十二年了！——当同她在这一张床上生下这个独子来的时候的那些事情。

什么！便这样了结嘛！他用噙着泪水的眼睛望着天空，天是黑的，黑得可怕，一颗星也没有。

“主啊！为了他不再受苦！为了他不再受苦！”

于是，他一边念着这几句话，一边端起枪来，随后便用一只发抖的手指扣着扳机……两下可怕的枪声响了……

## 哀愁的春天

伊巴涅斯

年老的笃福尔和那少女是他们那个被不停地出产弄得贫瘠了的花园的奴隶。

他们又可说是两株生长在这块并不比一方手帕大些（这是他们的邻居说的）的地上的树木；从这地上他们用劳力去换取他们的面包。人们看见他们不息地弯身在地上，而那少女，虽然看来弱不禁风，也像一个真正的佣工般地工作着。

人们称她为鲍尔达，因为笃福尔老爹的已死的妻子为了要使她没有孩子的家庭快乐，才从育婴堂中领了她来。她在这个小小的花园里长大起来一直到十七岁，可是她肩膀很狭，胸口凹进去，而且背脊弯曲，非常的弱，看起来只有十一岁。这小姑娘干咳着；这种干咳不断地消耗她的体力，叫邻近的女人们和同她一道到市上去的村女们为她不安！任何人都爱她：她是这般地勤劳！在黎明以前，人们已经看见她寒颤着，在采蛇莓或是剪花枝了。当轮到笃福尔老爹灌溉时，黑夜里她勇敢地拿起鹤嘴锄在灌溉用的河沟边上掘出一道水路，让那干渴又焦炙的泥土带着一种满足的咕噜咕噜的声音把水吸尽。当送货到马德里去的那些日子，她便像个疯子似的在花园里跑来跑去地加紧采摘，一捧捧地将那些石竹花和蔷薇花抱出来交给那些包捆货物的人装进大筐子里去。

要依靠这样一小块地来生活，就得想尽一切的办法，不要让那块地休息片刻,要像对付一头吃到鞭子之后才肯走的不驯良的牲口一般地对付它。这只是极大的地产中的一小块地，那大地产以前是属于一个修道院的，革命以后，捐助的财产取消时才将它分成一块块的。现在那渐渐扩大起来的城市，由于新建房屋的关系强迫要把这个花园消灭，而笃福尔老爹在不断地咒骂这块负心的土地时，一想到那地主被利饵所引诱，可能决定把它卖掉，他便颤栗起来了。

笃福尔老爹在那块地里工作已有六十年了：“他的血汗全部花在那里！”没有一块泥土是没有出息的！这花园虽然这样地小，可是立在花园中央，看不到墙，它们都给树木和花草的乱丛所遮住了：山楂子树，木兰花，石竹花的方形花坛，月季花丛，素馨花和西番莲的稠密的花架：一切可以生利的东西，因为城里人的呆傻而值钱的东西。

那个对于自然的美没有感觉的老人，会把花枝像野草般地一把把地割下来，又把那绝好的果子满装在塌车上。这个不知满足的吝啬的老人牺牲了那可怜的鲍尔达。在咳的喘不过气来的时候，只要稍稍地休息一下，她就听到那些威吓的话，或是肩头上挨到一块作为凶恶的警告的泥土。

她的邻近的那些女花园匠都代她抱不平。他正在弄死这个小姑娘：病沉重起来了。可是他总用着那老一套的回答：工作是应当有劲儿的。到了圣约翰节和圣诞节需要付地租的时候，地主是不会听你讲道理的。这小姑娘的咳嗽也不过是习惯的事：因为她每天吃一磅面包和蒸饭罐中的她的一小份儿，有时甚至是极好的食物，譬如葱头烧的大肠啦。礼拜天，他让她去散散心，还把她像一位贵女似的送去做弥散。不到一年之前他曾给她三个贝色达买了一条裙子。况且，他不是她的父亲吗？那年老的笃福尔正如一切拉丁族的农民一样，用古罗马人的方式来做父亲的……对于他们的子女操有生死的大权；他在心底无疑地怀着慈爱，但只采用了皱眉有时是棒打的方式来将那慈爱表现出来……

可怜的鲍尔达从来不出怨言。她也很愿意努力工作，可以不失去这块小小的地；因为在这块地的小径中，她似乎还看见那个年老的女花园匠的打补丁的短裙飘拂，她管这个人叫母亲，当她被她的粗糙的手所抚爱的时候。

她在世上所爱的一切都在这里：那么从小就认识她的树木，那些在她无邪的灵魂中唤醒了的一种广泛的母性观念的花。它们全是她的儿女，是她儿时惟一的洋娃娃。每天早晨她看见开了新的花朵，总要同样地感到一番惊异。她看着它们生长，从它们畏怯地像躲藏似地收紧了它们的花瓣的时候，一直到它们用一种忽然的大胆吐放它们的色彩和芬芳的时候。

那花园为她奏出一支没完没了的交响曲，在这支交响曲中，色彩的和谐混合到那树木的噪响里，混入了繁生着蝌蚪又给叶子遮住的，像一条牧歌的溪流般发着声音的泥沟的单调歌声中去。

在烈日当空，当老人去休息的时候，鲍尔达来来往往地走动着，欣赏着她家里的人的种种美丽，它们都穿上节日的衣裳来庆祝新春。多么美丽的春天！无疑地，那仁善的上帝已离开天堂降临到人间来了。

那些白锦似的略带憔悴的百合花直立着，正跟可怜的鲍尔达有好多次在画图中欣赏过的在装扮着去赴舞会的小姐一样。那些肉色的茶花使人不由自主地想起那些温柔的裸体，那些懒懒地伸展身体的贵妇人……那些紫罗兰做着媚态躲藏在叶子里，从它们的芬芳中告诉人们它们是躲藏在什么地方。那些黄色的雏菊散布着，好像是失去了光彩的金纽子；还有那些石竹花正像一群戴红帽子的革命的人，遮满了花畦还向小径进攻。在上面呢，木兰花摆动着活像象牙香炉般的白色杯子，吐出一缕比寺院的香更馥郁的香气。丽那些蝴蝶花——狡猾的魔鬼——在将它们紫色天鹅绒的帽子和生有胡子的脸儿从丛叶中间伸出来，好像在眨着眼睛对少女说道：

“鲍尔达，我的小鲍尔达，我们被太阳烤坏了，看上帝的面上！弄些水来吧……”

是的，它们是这样在说；鲍尔达是用眼睛而不是用耳朵听到它们说的。虽然她的背脊疲乏得像要折断了，她还是跑到水沟边去灌满了喷水壶，给这些无赖行个洗礼。它们呢，在淋浴下感激地向她鞠躬。

在割花枝时她的手是时常颤抖的。她宁愿让它们在原处枯干，可是必须赚钱，而且为了这个缘故就得装满由那些人们运往马德里去的筐子。

她很羡慕那些能出门的女人。马德里……那是怎样的一个地方呢？……她看见一个跟仙境相似的城市，有华丽得像童话里所说到的那样的宫殿，灿烂的磁厅，磁厅里的明镜反映出万道光芒，她还看到许多贵妇们，美丽得跟她的花朵一样。这种幻景是这样的生动，她相信自己在从前，在她没有出生以前都完全看见过。

在那个马德里有位年轻的先生——地主的儿子，当他幼小的时候是常和她在一起玩耍的。可是去年夏天当他已经变成了一个漂亮的青年来看看地产时，她一见他便羞得躲避开去了。哦！温柔的记忆啊！她只要一想起他们儿时的两人一块儿坐在一个河堤上，听人讲那个被人轻蔑，后来忽然变成一个漂亮公主的灰姑娘的故事的时候，她的脸儿就红了。

那些被弃的女孩子总是做的那些梦，于是用它的金翅膀来抚摩她的前额了。她看见一辆华丽的马车停在花园门边，正如同传说中一样有个美丽的妇人喊她道："我的女儿！……我终于又找到你了！"随后她有了华丽的衣服和一所宫殿做她的住所；最后，因为不是在任何时候都有王子可以嫁的，所以她心满意足地嫁给了这位"年轻先生"。

谁知道呢？……可是当她梦想最热烈的时候，现实却利用一个野蛮的方式来唤醒她；这便是老笃福尔掷过来的泥块，同时他还用一种严厉的声音向她喊道：

"快啊！时候到了。"

于是她重新又工作起来，重新又折磨大地，大地的抱怨是开遍了鲜花。

白热的太阳燃烧着那花园，竟使树皮都要爆裂了！在凉爽的早晨那些劳动者恰像在午时一样地挥汗工作着；然而鲍尔达是渐渐地瘦下去，而且她的咳嗽也在厉害起来。

她怀着一种无法形容的悲哀吻着那些花朵，她憔悴的脸上的气色和生命力都仿佛给那些花朵偷走了。

谁都没有想到去请医生。有什么用呢？请医生要花费好多钱，而笃福尔老爹对他们又没有信心。鸟兽没有人那么聪明，它们既不知道医生又不知道药品，然而它们身体并不比人坏。

一天早晨，在市上鲍尔达的伙伴们一边怜惜地望着她，一边悄悄地耳语。她因为有病，听觉很敏锐，她什么都听到了……她在落叶的时候要死了。

这些话在她变成了一桩烦恼。“死！”好吧！她听天由命！她只担心那个将要孤独无助地留在世上的可怜的老人。可是她希望至少能像她的寄母一样死在仲春，正当那花园在狂欢中装点着最鲜艳的色彩时，而不在那大地上变得非常荒凉，树木像扫帚一般，冬天开的没有生气的花儿含愁地站在花畦上的那个季节里。

在落叶时！……她讨厌那些到了秋天叶子落光了，树枝像骷髅一般的树木。她逃避它们，仿佛它们的影子也是有害的一样。相反的，她爱那株僧侣们在上一个世纪里种下的棕榈树：像个瘦长的巨人，它的头上戴着永生的棕叶冠，像喷泉似的披下来。她疑心自己或许怀着痴狂的希望。可是对奇迹的爱培养着这些希望；可怜的鲍尔达就像那些在一座能够产生奇迹的神像下治病的人一样，总是爱在那株棕榈树下休息，她相信它尖尖的叶子会用荫影来保护她。

她这样地把春天过完了：她在那照不暖她的太阳下，看见地面上蒸出气来，好像要爆裂出一个火山口来似的。吹着那些枯叶的初起的秋风这时忽向她报到了。她越来越瘦，越来越忧愁；她的听觉是那么敏锐，连最遥远的声音都听到了。那些在她头边飞舞的蝴蝶把翅膀粘在她额头的冷汗上，好像它们要引她到另一个世界中去似的；在那个世界里，花枝自己生长出来，一点也不窃取那扶植它们的人的生命来造成它们的色彩和芬芳。

接着来的冬雨不再淋湿那鲍尔达了。它们却落在笃福尔老爹弯曲的背上，他还是在那儿．手里握着锄头，眼睛瞪着畦沟。

他用漠不关心的态度跟艰苦服从纪律的军人般的勇气来完成他的命数。他为了要经常有东西来塞满他的食盒和偿付他的地租，他就必须工作，尽力地工作！

只剩下他独自个儿了……那小姑娘已跟着她的母亲去了。那留下给这老人惟一的东西，就是这块负心的地——这个吸人生命的恶鬼；临了还会把他带走的——常常满披着花朵，芬芳，丰饶，好像绝对没有觉得死亡经过一般！甚至一枝月季都没有枯干去伴随那可怜的鲍尔达的最后的旅程。

七十岁的笃福尔得兼干两个人的活了。他连头也不抬地，格外坚忍地掘着地，对于他周围的负心的美毫无感觉——因为他知道这是做牛马的代价——他只想那自然的美丽的产品能够卖得起好价钱，他为这个希望而兴奋着，又用出那副刈草时漠不关心的态度割着花枝！

## 天堂门边

伊巴涅斯

阿尔鲍拉牙的倍塞罗勒思老爹坐在酒店的门坎上，一边用他的大镰刀在地上划着一条条的线，一边斜看着那些伐朗西亚人；他们都围着那张铅皮小桌子，把酒一杯杯地倒进嘴里，还把手伸到那装满着醋腌大肠的盘子里去。

每天他怀着到田里去工作的决心从自己家里出来，可是每天魔鬼总叫他在拉达特酒店遇见一个朋友，于是一杯又一杯，他便把自己给忘在那儿，一直到正午或者甚至一直要到黑夜。

他蹲在那儿，带着一种老主顾的从容的态度。他想找些陌生人来聊聊天，还希望他们会邀他喝一杯酒，而不损害到对大人物应有的礼貌。

尽管他对工作没有兴趣和对酒店非常爱好，这老头子并不是没有长处的！他知道多少的事！……他搜集了多少故事啊！别人把他称作倍塞罗勒思并不是没有理由的：只要有一张破报纸的角落到他的手中，他总是要从头至尾拼着字母逐字将它读完为止。

听了他的故事，特别是有关修道士和修道女的故事，人们立刻爆发出笑声来了；而那拉达特也笑了，满意地看见主顾们为了祝贺他讲的故事好听，时常要打开酒桶的龙头。

有一天那些伐朗西亚人请他喝了酒，当他听到他们中间有一个人讲起修道士的时候，他便想也讲一个故事来报答他们的盛情。于是他立刻说道：

“啊，是了，那些坏蛋！……谁能够骗得过他们呢？……有一回，一个修道士，连圣彼得都受了他的欺骗。”

被那些陌生人的好奇的眼光所激动，他便开始讲他的故事了。

从前在郊外“诸王的圣米歇尔”修道院里有一个修道士——沙尔伐道尔神父，他的聪明、快乐以及好脾气，受到了大家的看重。

我呢，我并不认识他，可是我的祖父记得看见他过。那位神圣的人到我外曾祖母家去过，他把手交叠在肚子上站在茅舍门前等候着巧克力茶。怎样的一个人啊！他有一百多公斤重。他做一件礼服是必须要用一整匹的布。他每天总要走上十一二户人家，而且在每一家都有他的“二两”巧克力茶。当时我的外曾祖母这样地问过他：

“你喜欢什么，沙尔伐道尔神父？嫩蛋马铃薯呢还是醋腌大肠？”

他用跟打鼾一样的声音回答道：

“拼在一起……拼在一起！”

他长得非常好看，而且老是打扮得挺漂亮。在他经过的地方，似乎都撒播下了像他一样丰满健康的种子；只要看地方上的儿童们都有像他那样血液旺盛的肤色，像他那样的满月般的脸儿以及至少可以提出三斤脂肪来的黄牛似的身体就可以证明了。

可是在那时的所谓下等人里，一切都是谈不上讲究卫生的。他们有时饿肚子，有时拼命吃一餐。有一晚上沙尔伐道尔神父也是那样地吃得太饱了，他是刚给一个长得跟他模样儿相似的孩子行完洗礼，忽然地像打起鼾来了，把整个修道院里的人都吓慌了，他像一只酒囊似的炸开了——愿你们恕我这个譬喻。

现在我们的沙尔伐道尔神父飞升到天上去了，因为他相信那里一定有一个修道士的位置的。

他来到一个全是黄金做成的，缀着珠子的大门前，那些珠子正像法官的女儿主持老小姐赛会的时候，发夹上闪闪发光的珠子一样。

“笃！笃！笃！”

“谁啊？”里面有个老头子的声音问。

“开门啊，主圣彼得。”

“你是谁？”

“我是‘诸王的圣米歇尔’修道院里的沙尔伐道尔神父。”

门上的小门打开了，圣人的头露了出来；可是他却怒叱着，而他的眼睛又从他的眼镜中投射出光芒来。诸位要晓得，因为那圣使徒是个近视眼。

“厚脸皮！”圣人说，变得狂怒了，“你来干么？快滚，流氓！这儿没有你的位置。”

“喂，主圣彼得，开门吧，天黑了。您老是爱开玩笑！”

“开玩笑？……只要钥匙在我手里．你总会尝到我的厉害，不要脸的东西！你还当我不认识你吗，秃鬼？”

“我请求您，主圣彼得……请您对我和气些！我虽然是这样有罪，你总可以有一个小小的空位置给我的，哪怕是在门房里！”

“滚开！……好买卖！假如我答应你进来，你一天之内一定就会把我们存着的蜜糖小蒸饼吃个精光，使那些圣人和小天使们活活地挨饿了。而且在我们这里还有无数的好福气的女人，她们都算不得难看！像我这般年纪要一天到晚跟在你后面监视你，那可糟了……到地狱里去吧，否则睡到一片云上去吧……我说！”

那圣人发怒地把小门关上了。于是沙尔伐道尔神父便站在黑暗里，听着那远远的天使们的吉他琴和笛子声；这一晚他们在奏小夜曲给最美丽的圣女们听。

好几个钟点过去了。我们的这位修道士已经打算上地狱去了，希望在那儿受到好一些的款待。忽然他看见有个像他一样高大，一样强壮的女人从两片云中钻出，慢慢地在走近来。她摇摇摆摆地走着，困难地推动着她像一个大皮球似的膨胀的肚子。

她是一个年轻的修道女，因为吃了太多的果酱，肚子痛死的。

“我的神父，”她多情地向修道士瞟了一眼，温柔地说，“这时候他们为什么还不开门？”

“等着吧！我们就可以进去了。”

这个人的肚子里有多少的妙计啊！他在一分钟内便想出了一个最好的计策来。

列位要知道，战士的士兵们是毫不困难地进天堂的。那些可怜的孩子们一到那里就可以进去，即使他们还穿着靴子带着刺马铁；他们遭遇的不幸，也值得享受特权。

“把你的裙子拉到你头上去！”修道士吩咐。

“可是，我的神父！……”那被激怒的年轻修道女说。

“拉呀，快些！不要倔强！”沙尔伐道尔神父带着权威似的声音说，“你是想和一个像我这样博学的人争辩吗？你哪里懂得进天堂的办法？”

修道女满脸通红地顺从了，于是黑暗中开始出现了一个像大月亮一样的皎白的东西。

“现在，四肢着地！要站得稳！”

沙尔伐道尔神父一跳就骑在他那伴侣的腰上。

“我的神父！……你真重呢！”这可怜的女子呻吟着，气都喘不过来了。

“站稳，跳一跳，嘿！我们立刻就要进去了。”

圣彼得正预备收拾起钥匙去睡觉，忽然听见有人在打门，“谁啊？”

“一个可怜的骑兵！”一个忧愁的声音回答着，“我刚在一场和不信教的人，上帝的仇敌的战争里战死，我骑了我的马到这儿的。”

“进来吧，可怜的孩子，进来吧！”那圣人说着把门打开了一半。

他在黑暗中看见那骑兵用脚跟踢着他的那匹立不稳的马。多么容易受惊的牲口啊！……这可敬的守门人有好多次想去摸一摸它的头。不可能的！它跳着，老是把它的屁股对着你！最后，那圣人惟恐它会踢他一两脚，便轻轻地在它的柔嫩而丰满的屁股上拍了几下，表示对它的疼爱。

“进去罢，小骑兵！往前走，赶紧镇定镇定这头牲口吧。”

于是，沙尔伐道尔神父骑着修道女混进了天堂。圣彼得把门关好预备睡觉的时候，嘴里感叹地自言自语着：

“上帝啊，地上怎样的一场大战啊！你看杀起来多可怕啊！可怜的小马！他们甚至把它的尾巴都砍掉了！”

## 伐朗西亚的最后的狮子

伊巴涅斯

硝皮匠们的可敬的行会，在塞拉诺斯塔附近的小教堂里刚召集拢来，维山特师傅便要求发言了。他是本地最老的制皮子的人。许多硝皮匠师傅还在当学徒的时候已经认识他了。他现在还是那个样子：瘦瘦的个儿，长着像刷子一般的白唇髭，脸上起了皱纹，眼光炯炯逼人。他是那些曾经是伐朗西亚的光荣的硝皮匠中间最后还活着的一个人了。时代的进步已使他的那些旧伙伴的子孙们变坏了。无疑的，他们有很大的工厂，有几百个工人；可是，假如要这些先生们用他们大工业家的嫩手去亲手硝一张皮子，他们就多么地会使人可怜！只有他才够得上这硝皮匠的名称，因为他每天在靠近行会的自己的破屋里工作，他同时又是师傅又是工人，只有他的儿子和孙子们来替他当工人。这便是古代的家庭工场，在那里没有罢工的威胁和工资的纠纷。

跟着年代的增长，街道的地面也增高了。维山特师傅的硝皮作坊变成了一个黑暗的地窖了。门已缩短得几乎只有一扇窗子那么高了。五级台阶从街道往下通到了那屋子的潮湿的楼下一层。上面呢，在一个尖弓式的圆顶——古代伐朗西亚的遗迹——旁边，挂在那儿晾的皮张像旗帜般地飘动着。这老人不喜欢那些大模大样地坐在他们华丽的办公室里的现代硝皮匠。当午饭的时候，他们看见他在小路上晒着太阳，臂和腿都赤裸着，露出了他的染成红色的瘦瘦的肢体，带着那种让他天天跟兽皮打交道的强健的老年的骄傲，他们一定也以他为耻辱。

整个伐朗西亚的人那时都在准备庆祝他们的许多最出名的圣人中的一个的一百周年纪念。那些硝皮匠们也像别人一样在忙着他们的准备工作。

由于那么老的年纪所给他的权威，维山特提出了他的意见。照他的意见，硝皮匠们对于自己的传统是应该忠实的。他们一切过去的，安藏在小教堂里的光荣，是应该在赛会中表现出来的。现在正是把它们拿出去的时候啦！老师傅的目光巡视着小教堂，似乎在仔细地欣赏行会的遗物：像小坛子一般大小的，十六世纪的摩尔式的鼓；从一条战船的尾部取下来的雕刻的大木头灯；因为时间久了，金线绣的花已经变成了绿色的红锦旗帜。应当把一切在赛会那天露出来，甚至硝皮匠的出名的狮子也应该露出来。

那些年轻人发出狂笑来。什么！狮子也要弄出来吗？——是的，狮子！——在维山特师傅眼里看来，行会要是忘了那头光荣的猛兽便是一个耻辱。那些藏在城市文库里的古代的诗歌、赛会的记载都说起了那头狮子！……它和圣维山特的井有着同样可敬的光荣历史。我们的老人在猜想为什么这些青年要那么反对，他们或许是担心轮到扮演狮子的角儿。他呢，虽然已经七十岁了，他却请求获得这个光荣，况且这个光荣又是份内应该归于他的。他的父亲，他的祖父，他的许多祖先都曾扮演过狮子的角儿。他觉得假如有人跟他争夺这个有关他家庭的传统光荣，他一定会有同那人打起架来的力量。

老师傅怎样兴奋地把那狮子和英雄的硝皮匠们的历史都讲出来！有一天，步季的野蛮民族在迦斯代隆前面的多莱勃朗迦登了岸，抢劫教堂，还把神龛给带走了。这是在圣维山特·弗莱尔出世以前不久所发生的事情。

当地的人因为经常有海盗入侵，所以已经不大惊小怪了，而且把拐带乌黑的大眼睛的女孩子和强健的男孩子卖给回教徒的宫廷看作不可避免的事，可是他们听了这个渎神的行为的消息，便禁不住沉痛地喊了起来。

伐朗西亚的各个教堂都遮上了黑布。人们都在路上彷徨着，绝望地吼着，用鞭子狠狠地抽自己。那些狗养的不知将圣体怎样来玩弄呢？那没有防护的可怜的神龛不知道变成个什么样儿了？这时候硝皮匠们出场了。神龛不是在步季吗？好！上步季去吧！他们的言论像英雄一样，他们已经习惯每天硝皮子，他们认为硝起那些异教徒的皮来也不会有什么不方便的！他们自己花钱武装了一条战船，全城的人都学习他们的榜样了。

那个被人叫做大法官的伐朗西亚总督也脱去红袍，从头到脚的都披上盔甲。议员们也都离开了他们的金碧辉煌的议院，身上披起那像海湾里的鱼的鱼鳞一般灿烂的战衣。一百个泊路麦的弩手——大法官和圣母的侍从武士——装满了他们的箭筒。艾克才特莱阿四郊的犹太人出卖他们的旧铁器：矛，有缺口的，不快的剑，上锈的甲胄……赚得了许多的钱。

伐朗西亚的那些战船出征了，许多海豚跟在后面，它们在船头所激起的浪花中玩耍着。当战船驶近时，那些摩尔人大大地吃了一惊，他们虽然是些没心肝的狗，却也懊悔自己的渎神行为了！据维特山师傅所说，这场战争一直打了好几天。敌人的援兵源源不断地到达，可是虔诚而勇敢的伐朗西亚人却不断地歼灭了他们。当他们开始感觉到把那些该死的家伙杀得疲倦的时候，忽然从邻近的山上走下一头狮子来。它是用后脚站起来走路的，它用了两只前脚很恭敬地捧了那个从多莱勃朗迦劫走的神龛，它很有礼貌地将那个神龛交给了一个硝皮匠。当然，这硝皮匠是维山特师傅的一个祖先：这便是几世纪以来他家在伐朗西亚的迎神赛会里有扮演狮子的那一份光荣的原因。

那头狮子随后摇着它的鬣毛，吼了一声，于是东一爪，西一口，顷刻之间把那些坏蛋全给打散了。

那些伐朗西亚人重新上船，像战利品一样地携带者那个神龛。硝皮匠的代表向着那头狮子致了敬礼，很客气地请它住到塞拉诺斯塔边的行会里去。多谢了！那头狮子是习惯了非洲的太阳，它害怕天气的变化不定……于是它便回到沙漠里去了。

可是那些硝皮匠不是忘恩负义的人！他们为了要永远记住那个住在隔海的长着鬣毛的朋友，他们在伐朗西亚的所有的赛会里挥动着那面行会的旗帜；在旗帜的后面，鼓声中紧跟着一个维山特师傅的祖先，身上披着兽皮，脸上戴着一个面具，他就是那头可敬的狮子的“替身”，他手里还捧着一个木制的神龛。

要是那些无法无天的人敢于污蔑这桩历史，说它是无稽之谈，那么维山特师傅就会发怒的。这完全是妒忌，别种的行业的恶意，他们在过去像这样光荣的历史是一页都没有的。确实的证据并非是拿不出来，那些证据都在行会的小教堂里陈列着：从战船尾部取下来的船灯，那些摩尔人的大鼓，那面光荣的旗帜，和那些维山特祖先们曾用来扮演过狮子的脱了毛的兽皮！它们现在已被遗忘在祭坛背后，在蛛网和尘埃下面，然而它们是同城里叫做米格莱特的天主教堂的大钟楼一样真实可信的。

迎神赛会是在六月的一天举行的。维山特师傅的儿子们，媳妇们，孙儿们尽全力地帮助他扮演狮子。他们只要和那染红的老羊皮一接触就透不过气来了：

“爸爸！你蒙在那里准会闷死啦！”

"爷爷，你在那里面准要融化了！

维山特对于这些劝告一句也没有听见，他只一心一意地想着他的祖先！他骄傲地摇动着那蛀蚀了的鬣毛，他试戴着那种使人害怕的面具，这种面具的嘴是很有几分儿像那头猛兽的颚骨的。

这是一个胜利的下午：街上到处挤满了人，阳台上铺了毯子，阳台上是一连串一连串的，遮住那些俊俏的脸儿不让太阳晒到的小阳伞……地上铺满了番石榴枝，碧绿而芬芳的地毯，它们的香味使肺部都张大了。

那些拿旗的人走在前面，他们都戴着麻做的大胡子，戴着壁形金冠，穿着条子的祭衣。他们把伐朗西亚的旗子举得高高的，旗上标志出极大的蝙蝠和大写的L. L，在盾形徽章旁边占据了不小的地位。后面是各种的侍从，培特伦的牧人，迦达拉纳人以及马欲尔人，他们都在纯朴的风笛声中很快地走着。最后是圣体节的纸扎巨人，各种手工业行会的旗帜；许多被时间所夺去了颜色的红旗，擎得有房屋的楼顶那么高，一面面的接连着过去。

咚！咚得尔咚！硝皮匠的鼓来了，发着原始的声音的乐器都是又重又大，把抬着它们行走的人的身体也给压弯了。它们发出的声音是斯嘎的，吓人的，野蛮的，就好像还在给"兄弟会"的革命联队的步伐打拍子。这些军队是出发去打查理——甘特手下的少尉，斯高尔勃公爵让·阿拉贡的。后来雨果曾经把这个人物写成了他的爱拿尼……咚！咚得尔咚！……人们互相拥挤着以便格外看得清楚些，嘴里喊着，笑着。这是什么？一头猴儿？……一个野蛮人？……啊啊。过去的迷信事迹现在反而使人好笑。那些年轻的硝皮匠，袒露着胸膛，外衣脱掉，在鼓的节奏声中轮流着像江湖艺人似的把那面沉重的旗帜熟练地托在手掌上，或是用牙齿咬着。

接着是那头狮子走上来了，跨着威风凛凛的步子向两旁致着敬礼，同时将那个木制的神龛像扇子一般地挥动着，好像是一头懂得应当向群众致敬的驯良而有训练的野兽似的。

那些跑来看赛会的乡里人都张开了惊奇的大眼睛；母亲们将那头狮子指给她们的孩子看，孩子们都给吓怕了，紧攀住她们的颈项，蒙住头，哭起来。

在休息的当儿，狮子用后腿推开那一大群想拔一绺快落光了的鬣毛下来的顽童。它时常望着那些阳台，还用神龛献媚地向着那些笑着这头怪物的美丽少女鞠躬。看赛会的人们都挥动着扇子想在火热的空气里凉爽一会儿。叫卖大麦糖水的小贩在人丛里挤来挤去。你也要买，我也要买，小贩们不知道卖给谁好。那些拿旗的和打鼓的人一走到小吃店的门口全都要停下来揩汗，有时竟走进店里去了。

可是那头狮子始终没有离开岗位！它的硬纸板做的颚骨已经酥软了。这头野兽现在是懒洋洋地走着了，它把神龛靠住在遮着肚子的羊皮上，就此一些也不想向群众致敬礼了。

大伙儿走到他身跟前来，用了一种说笑的口气问道：

“喂，怎样了？维山特老师傅。”

在他纸板做的假嘴里，维山特师傅吼着，发着怒。他怎样了？他很好！即使要他这样扮上三天，他也能在羊皮里一些不累地跟上赛会的队伍的！疲劳，在年轻人是很可能的！于是他重新振起为骄傲所激发的精神来。狮子又向群众致敬礼了，还合着有节奏的步子摇动着那个神龛。

队伍已经游行了三个钟点的时间。当那面行会的旗帜回进大教堂的时候，天已经黑了。

咚！咚得尔咚！硝皮匠们的旗帜跟着鼓声回到行会来了。一路上的番石榴枝已被脚步踏得粉碎了。现在地上铺满着一滴一滴的蜡，蔷薇花瓣和金纸片儿。香炉的香味散布在空气中。鼓已经疲倦了……那些拿旗帜的身体强壮的人都喘着气，已经不想再卖弄卖艺人般的本领了。但是那头疲倦的狮子跟跄着，间隔一定的时间还跳起来——哦！这虚张声势的家伙！——用吼声去吓那些拖儿带女的农夫农妇们……

回到家里，维山特师傅便像一堆羊毛般倒在沙发上了。儿子们，媳妇们，孙儿们都围在他的紧跟前，急急忙忙地给他脱下面他们勉强地认出他的脸儿来。他的脸儿是充满了血，发了紫，起着一条条的皱纹，从那儿汗水像溪流一般直淌下来。

他们想要脱去那张蒙在他身上的羊皮；可是那头"猛兽"却提出另外的要求，他用一种喘息的声音要求着喝水！他要喝水！热使他昏迷了。全家人反对，说这样会害病的，可是没有用处……他妈的！他要喝水，而且要立刻喝水！谁敢抗拒一头发怒的狮子呢？

从最近的咖啡店里，他们给他拿了一个小蓝杯子的牛乳、鸡蛋和冰冻糖汁的混合物来：一杯道地的伐朗西亚的蒙代迦陀，有可口的味儿和蜜一般的香气！

一杯蒙代迦陀拿给一头狮子！他一口气喝完了……这简直像什么也没有喝一样！重新又渴了！他热得难熬，他依旧在发吼，还需要别的凉快的东西喝。

他家里的人为要省钱，便想起了附近那家小吃店的冰冻大麦糖水来。去吧！给他去拿一满瓮来！维山特那么拼命地大喝着，也不必人们来给他脱去那张羊皮了。他就在几小时内一个很严重的肺炎中丧了他的性命。那张传代的做他家“制服”的兽皮，现在变成他的殓衣了。

这一头伐朗西亚的最后的狮子就这样死了！

## 巫婆的女儿

伊巴涅斯

在这辆三等客车的车厢里，旅客们差不多全都认识玛丽爱达——一个穿着孝服的美丽的寡妇。她抱着一个婴儿坐在车厢的门边，躲避着邻座妇女对她的注意和谈论。

那些年老的村妇，隔着放在自己膝上的，装着从伐朗西亚买来的货物的那些大筐子的把手，有的好奇地，有的怀恨地望着她。男子们口里咬着劣质的雪茄，向她盯着看。

整个车厢的人都在议论着她，讲着有关她的事情。

自从丈夫死后，她敢于出门，这还是第一次。三个月的时间早已过去了。无疑地，她已不再怕她丈夫的弟弟德莱了；他是一个身量短小的人，二十五岁。乡里人都怕他！他是个不怕死的人，玩枪是他惟一的嗜好。他生下地来的时候家里是很有钱的，他却抛弃了他的土地，宁愿去过那种冒险的生活。有时因法官对他的宽大使他能够依然在村里逍遥法外，有时对他怀恨的人敢于暴露他的罪行，他便躲到山里去。

玛丽爱达似乎又安逸又满意。哦，这坏畜生！有这么阴险的灵魂，却长得这么的美，而且态度也尊严得像王后一样。

那些从来没有看见过她的人，见了她这样的美，全都看得出神了。她就像村子里的主保圣人圣母的像一个样儿；她有那种洁白又像蜡一样透明的皮肤，随时还泛起一层红红的颜色；乌黑的眼睛像是裂开的杏仁，盖着很长的睫毛；脖子很美丽，有两道横的皱纹，更加衬托出她洁白的皮肤的光彩来。她高高的个儿，两个乳房非常结实，她只要稍稍动一下，她的乳房在黑衣服里便显得更加高了。

是的，她是非常美丽！……别人便拿这个理由来解释伯拜特，她不幸的丈夫对她的狂热。

全家的人一致反对这件婚事，可是没有用处。像他这样有钱的人，娶上一个穷苦的女孩子,真是太荒唐了！况且谁都知道她是一个巫婆的女儿，当然传受了她母亲的害人的邪术！

可是他却绝对不肯放弃。伯拜特的母亲完全是忧郁而死的。据邻妇所说,她与其看见那个巫婆的女儿上她的门来,还不如死了的好;就说德莱吧，他虽然是个无赖，并不将家声两字放在心上，却也差点跟他哥哥吵起来。他容忍不了有这种下贱的女人来做他的嫂子。她美丽是无疑的；可是她，据那些最可靠的人亲眼所见，以及在小酒店里亲口所说，她自己做有毒的饮料,帮助她母亲从流浪的小孩的身体内提出脂肪,来制造神秘的药膏……每个礼拜六的半夜里，从烟突里飞出来以前，先用那种药涂擦身体……

伯拜特对于这一切都付之一笑，终于和玛丽爱达结了婚：因此他的葡萄，他的稻子豆，马郁尔街的那所大房子，和他母亲藏在卧室钱柜里的钱完全都归她掌握了。

他是个傻子！那两头母狼已给他吃了些迷魂药——“蒙汗粉”了，那些最有经验的长舌妇一口咬定，这种药是由于邪术的关系，永远是有极大效力的，

那个满脸皱纹的巫婆，长着一对小小的恶毒的眼睛。她走过村庄里的空场子，没有一次不被许多顽童争着用石子扔她；她独自个住在郊外自已

的小屋里。凡是在夜间打她的小屋子前面走过的人，没有不用手指画十字的。伯拜特就是从这个屋子里把玛丽爱达弄出来的，他有了这个全村最美丽的女人，觉得非常幸福。

而且是怎样的生活方式啊！那些善良的妇女用气愤的神色来提起。不论谁一看就知道这样的婚姻是由恶魔安排定的。伯拜特难得出门：他忘记了他的田亩，他放任他雇的短工，他不肯和他的女人离开一刻。从半开着的门里，从常开着的窗里，人们瞥见他们抱着亲嘴。人们看见他们追来追去，在幸福的沉醉中不停地欢笑着和抚爱着，听任大家看见他们的放浪的享乐情形。那简直不是基督教徒的生活。这是两只在不能扑灭的热情中互相追逐的疯狗。啊！这个极其下流的女人！她和她的母亲，用她们的药水激起了伯拜特的热情。

当人们看见他渐渐瘦下去，黄下去，小下去，像一支在熔化着的大蜡烛一样的时候，都相信这件事是真的……

村里的医生，只有他一个人不相信巫婆，媚药，他嘲笑一般人那么迷信，他说应该把他们分开来：照他的意见，这便是惟一的良药。可是他们依旧住在一起。他渐渐地变得骨瘦如柴，她却反而美丽，肥胖起来，傲慢地用她王后一般的态度毫不理睬别人的说短道长。他们生了一个儿子；然而两个月之后，伯拜特就像一个熄灭了的灯火似的，慢慢地死了，临死他还呼唤着他妻子的名字，还把手热情地伸给她。

村里的人闹开了！这当然是迷魂药的效力！那个老太婆怕受人欺侮，躲在她的小屋里不敢露面！玛丽爱达一连几个星期不敢上街去。邻居们都听见她在悲伤地哭。最后，她冒着人们仇视的目光，有好几个下午带了她的婴儿到她丈夫的坟上去。

起初，她害怕她那个可怕的小叔子德莱，在他看来，杀人，很简单，是男子汉大丈夫的行为。伯拜特的死叫他很愤怒，他在酒店里当着别人面前口口声声地说，要扭断那个寡妇跟老巫婆的脖子！可是别人已经有一个月没有看到他了。他一定是和那些强盗往山里去了，或者是有什么“买卖”勾引他往本省的别一角落去了。玛丽爱达到最后才敢离开村庄，上伐朗西亚去买货物……哦！那位美丽的太太，她用她可怜的丈夫的钱来装扮出怎样尊贵的模样！也许她在希望有些小绅士瞧见了她那么可爱的脸儿，会和她说上几句话……

那些恶意的低语在车厢里嗡嗡地响着。目光从各方面集中到她身上来。可是玛丽爱达张开了她那高傲的大眼睛，不顾别人的轻蔑，重新去望那些稻子豆田，蒙满灰尘的橄榄树田和白色的房屋。那些田亩房屋在车子的行驶中都向相反的方向奔去，而那好像裹在很厚很厚的金羊毛里的太阳落在地平线上，使地平线仿佛在燃烧着。

车子进入一个小站停下了。那些对玛丽爱达冷嘲热讽得最厉害的妇女都急着下车去了，把她们的篮子和蒲包堆置在自己的面前。

那个美丽的寡妇抱着孩子，将装有货物的篮子靠在她的结实的腰边，放慢了脚步走出去，好让那些怀恶意的长舌妇们走在前面，因为她愿意独自一人，不会有听到她们对她毁谤的痛苦。

在村落里，狭小、曲折、覆有披檐的街上，阳光很少照得到。最后的几所屋子排列在公路的两旁。过去就是田野了，在将近黄昏时望去是青青的；再远点，在尘土弥漫的宽阔的道路上，那些头上顶着包裹的妇女们像蚂蚁般地一连串走着，已经走到最近的村庄了；这个村庄里在一座小山的后面矗立着一个钟楼，它的涂漆的瓦顶在最后的阳光的反照下闪耀着。

玛丽爱达是勇敢的。然而当她看见只有她一个人在路上的时候，她突然感到了不安。路程很长，在她到家前，天一定完全黑了。

在一所房子的门上，一支积满尘埃，枯干的橄榄树枝在摇动着，这种标记就是旅店的招牌。在那下面，站着一个短小的人。他背朝着村庄，把身子倚靠在门框上，手叉在腰间。

玛丽爱达对他看了几眼……假如她，当他一回转头来时，认出他是她的小叔子，那是多么可怕啊，我的上帝！可是她的确知道他是在远地，她便继续走她的路。在她脑子里好玩地想起这个狭路相逢的残酷的念头，正因为她以为这种相逢是不可能的！然而，只要一想起那个站在旅店门口的人或许就是德莱的时候，她便直打哆嗦了。她低着头在他面前走过。

“晚安，玛丽爱达。”

真的是他……在现实跟前，这寡妇起初还没有感觉到刚才的那种忧虑，她不能再怀疑了，这正是德莱！这个面上露着奸恶微笑的强徒，他用着比他言语更使人担心的目光注视着她。

她低声答了个“你好”。她虽然这么高，这么强健，也觉得自己的腿子发软了，她甚至要鼓起力量来，才不使她的孩子掉到地上去。

德莱阴险地微笑着。这种情况没有害怕的必要，他们不是亲戚吗？他遇见她应该是很愉快的，他会伴着她一道上村庄去，而且一路上他们会谈些儿事情的。

“向前走！向前走！”这短小的人这样说。

她跟着他，像头绵羊一样的柔顺。这真是一个奇异的反常现象：这个高大、强健、肌肉结实的女人似乎是被德莱拉着走的；而他只是一个瘦弱矮小的人，那么虚弱可怜的样儿，只有他的奇异的锐利的目光泄露出他是怎样一个性格的人来。可是玛丽爱达却很知道他能干出什么事来。许多强壮而又勇敢的男子都被这头凶恶的野兽打败了。

在村落最后的一所屋子前，有一个老妇人在门口一边扫地一边低唱着。

“老婆婆！老婆婆！”德莱喊着。

那个老妇人丢下扫帚，跑了过来。玛丽爱达的小叔子在周围几里路内是太出名了，别人不敢不立刻服从他。

他从寡妇那儿将孩子夺下。他没有对那孩子看一眼，好像他怕自己会心软似的，心软对他这种人来说是不应该的。他将孩子递给了老妇人，要她小心照顾……这不过是半小时的事情！他们一干完那桩事立刻就会来找他的。

玛丽爱达放声呜咽起来，扑到孩子那儿想去抱他；可是她的小叔子粗暴地把她拉了过来：

“向前走！向前走！”

时间已经很迟了。在这个附近一带人人害怕的强徒的恐吓下，她继续向前走着，孩子没有了，筐子也没有了。那个老妇人用手指画了个十字，急忙地回家了。

在白茫茫的路上，那些回邻村去的妇女们正像移动着的细点，使人分辨不出是什么来。灰色的暮霭落下来，笼罩在田野上；树林带上了幽暗的青灰色，在头上，紫色的天空里闪烁着几点最早出现的星星。

他们默默地走了几分钟。最后那个寡妇下了决心坚强起来——这是恐怖的结果——停下了脚步……他在这里可以同在其他地方一样地跟她解释的。玛丽爱达的腿哆嗦着，她结巴地说着，不敢抬起头来，这样可以避免看见她的小叔子。

远处车轮轹轹地响着。有许多被回声所延长的声音在田野上传布着，打破了黄昏的沉寂。

玛丽爱达焦急地看着路上。一个人也没有，只有他们两个。

德莱老是带着那种恶意的微笑，慢慢地说着……他要对她说的话便是叫她做祷告；假如她怕，她尽可用围裙遮住自己的脸。这个害死像他那种人的哥哥的女人是不容许免罪的。

玛丽爱达不由得向后退缩了一下，带着那种在极大的危险中震醒过来的人所有的恐怖的表情。在他们走到那个地方以前，在她的被恐惧所搞混乱了的脑子里就早已想到了一些最不堪设想的粗暴行为，想到：可怕的棒击，她的受伤的身体，她的被拔落的头发。可是……蒙着脸做祷告来等待着死亡！而且这种可怕的事情在他竟说得那么冷酷啊！

她战栗着，恳求着，说了一大阵的话企图说软德莱的心。人们所说的完全是谎话。她是全心全意爱他可怜的哥哥，她永远地爱他。他所以会死，就因为他不肯听她的话。她没有勇气跟他冷淡，没有勇气逃避一个热情的人的拥抱。

那个强徒听着她说话，他的微笑越来越显明了，最后变成了怪相，他说：

“住嘴！巫婆的女儿！”

她和她的母亲将可怜的伯拜特活活地弄死，这已是人人知道的事了。她们使他喝了毒药，断送了他的性命……而且假如他现在听信她的话，她也能同样地迷住她。偏不如此！他是不会像他那个傻瓜哥哥那样容易受她的欺骗的！而且，为要证明他有豺狼般只爱血的那种狠心肠，他便用他那只露骨的手抓住了玛丽爱达的头，把它抬起来仔细地看，毫无情感地默看着她的惨白的脸儿，她的漆黑有神的，从泪水中闪耀着的眼睛。

“巫婆……毒人的！”

他看上去又矮小又瘦弱，却一下就推倒了这个强健的，这个身体长大而结实的女人，使她跪在地上，他又退后在腰间寻找“家伙”。

玛丽爱达是没有命了。路上一个人都没有！远处老是那种叫声，同样的车轮轹轹声！青蛙在附近的塘里咽咽地叫着，蟋蟀在高堤上鸣着，一只狗在村庄的最后几所屋子边凄惨地号着。田野消失在暮霭中。

眼见只有自己一个人，断定死神已在面前，她一切的骄傲都消灭了。她觉得自己那么软弱，正像当她幼小的时候挨到了她母亲的打一样：她便啼哭了。

“杀死我吧！”她呻吟着说，把黑围裙蒙到自己的脸上，再把头裹起来，德莱走到她的身边，若无其事地手里拿着一支手枪。他还从黑色的头巾后面听到他嫂子的声音，女孩子的啼哭声音，在央求他快快了事，不要使她太痛苦；在这些央求中还夹杂着背诵得很快的祷告声。他在那个头巾上找了一处地方便镇定地接连开了两枪。

在弹药的烟火里，他看见玛丽爱达好像有一根弹簧把她弹起来似的，站了起来，随后又倒了下去，两条腿被垂死时的痉挛抽动着……

德莱始终很镇定，表现出不怕一切，假如风声不好的时候大不了避到山上去的那种人所有的样儿，他回到邻近的村落去找他的侄儿。当他从惊惶的老妇人怀里把那孩子抱过来的时候，他差点哭了出来。

“我的可怜的孩子！”他吻着他说。

他的良心已经得到满足了，他的灵魂中充满了欢乐，他很自信已经给孩子做下了一桩大事！

## 墙

伊巴涅斯

每当拉包沙老爹的孙儿们和寡妇迦斯保拉的儿子们在郊野的小径上，或是在刚巴纳尔的街上碰到的时候，所有的居民都要提起那桩事变。他们互相蔑视……他们互相用目光侮辱！……这是没有好结果的，而且当人们将那桩事变刚好有些儿淡忘的时候，村子里便又会发生一件新的不幸的事了。

法官以及那些别的重要人物都劝这两家世仇的青年人言归于好；而那位教士，好上帝的一个圣徒，却从这家跑到那家，劝他们忘记了从前的耻辱。

三十年来，拉包沙和迦斯保拉两家的仇恨把刚巴纳尔都闹翻了。差不多就在伐朗西亚的城门边，在这个河边的微笑的小村落里——它那尖顶钟楼上的那些圆窗好像在看着那个大城市——这些野蛮人带着一种完全是非洲人才有的恶感，不断地掀起新的，在中世纪意大利的大家族间酿成不和的有历史性的争斗和暴力行为。最早，这两家原是很好的朋友。他们的屋子，虽然门是开在两条街上的，却相连在一块儿，只隔着一座分开两家的后院的低墙。有天夜里，为着一个灌溉方面的问题，迦斯保拉家的一个人挨到了拉包沙老爹的一个儿子的一粒枪弹，挺在郊野里死了。他的弟弟不肯让别人说他家里已经没有男子，守候了一个月后，他终于在那个凶手的眉间也射进了一粒子弹。从此以后这两家的人只是为了要弄死对方的人而生活了，他们都忘了种地，只想趁对方不注意的当儿干一下。有时候在大街上就开枪了，有时候当仇家的人夜晚从田野回家的时候，就在灌溉用的水道旁，密丛丛的芦苇背后或是在堤岸的阴影里可以听见枪声和看见那种凄惨的微光。有时是一个拉包沙家的人，有时是一个迦斯保拉家的人，在皮肉里带着一颗子弹，出发到墓地去了！复仇的渴望非但不能解掉，反而一代一代更厉害起来；简直可以说，那两家的孩子一从娘肚子里出来，就都会伸手要枪去杀他们仇家的人。

经过了三十年的争斗以后，迦斯保拉家只剩下一个寡妇跟三个儿子，三个肌肉发达的孩子，都像塔一样结实。在另外的一家里只有那个拉包沙老爹，一个八十岁的老头子，不动地坐在他的圈椅上，两条腿已经不能活动了。这是个心里怀有仇恨，面上起了皱纹的偶像，在这个偶像前，他的两个孙儿立誓要维持他们家庭的荣誉。

可是时代已经变了。现在他们要在过大弥撒以后在空场子上打架是不可能的了。宪兵们眼睛不离开他们，邻居们监视他们。而且，他们中间的任何一个人只要在小路上或是路角上停留几分钟，他便立刻会发现自己被一些人团团围住，劝告他不要动手了。这种防备渐渐地变成了恼人的，而且像一个不可克服的障碍似的隔在他们中间，叫他们感到很讨厌，迦斯保拉家和拉包沙家的人临了就不再你找我，我找你了，甚至有时他们偶然相遇也要互相避开了。

为看要互相避开，互相隔离，他们便觉得那座分开他们后院的墙是太低了。他们两家的鸡，飞到了木柴堆上，在堆积在那座墙上一捆捆的葡萄藤或者荆棘的顶上亲热得就跟亲兄弟一般，两家的妇女们就都在窗边互相做着蔑视的手势。这简直是不能容忍的。这几乎也成了家庭生活的一部分了。在跟母亲商量过以后，迦斯保拉家的儿子们便把墙加高了一尺。他们的邻居立刻表现出他们的蔑视来，也用石块和石灰把墙增高了几尺。因此，在这种循环不息的默默的仇恨的表现中，墙便不停地升高起来……窗子已经看不见了，就是屋顶也给遮住了……那些可怜的家禽，在这座将它们的天遮掉了一部分的高墙的凄凉的阴影下战栗着，它们忧愁而窒息地啼着，喔喔的啼声越过这座好像是用牺牲者的血和骨头盖起来的墙……

有一天下午，村庄里的钟报告着火警。拉包沙老人的屋子失火了。他的儿孙们都在郊外的地里，有个孙媳妇去洗衣服了。从门缝和窗缝里透出一阵阵着火的干草的浓烟来。好个祖父，可怜的拉包沙在这火势猖狂的地狱里不能动弹地坐在他的圈椅上。他的孙女拨着自己的头发，为了这场灾祸都是她不小心的原故；人们在街上来往地奔走着，都被这场猛烈的火吓住了。有几个比较胆大些儿的人上去把门打开了，可是在那种向街上直冒火星的黑烟的旋涡跟前仍旧都只好缩了回来。

“我的爷爷！我的可怜的爷爷！”拉包沙的孙女叫喊着，徒然地看来看去想找一个能够打救他的人。

那些旁观者都给吓得目瞪口呆了。倒好像他们是看见那座钟楼向着他们走来了似的。三个强健的孩子冲到着火的屋子里去了。原来就是迦斯保拉家的三个孩子。他们互相递了一个眼色，于是一句话也不说，像壁虎一样冲向那浩大的烟火里去。当群众看见他们，他们又现身出来像迎神赛会似的把那坐在圈椅里的拉包沙老爹高高地抬了出来的时候，便都喝起他们的彩来。他们把老人放下，简直连看也不看他一眼，立刻又重新冲到猛火里去了。

“不要去了！不要去了！”人们喊着。

可是他们呢，他们微笑着，老是冲进去。他们要把他们能救出来的都救出来。假如拉包沙老爹的孙子们在那儿，那么，他们，迦斯保拉家的人是不会来的。可是这是为了一个可怜的老人的关系，他们有勇气的人是应当来援救他的。这时候是轮到抢救家具了。人们看见他们隐没在浓烟里，又在雨一般的火星下像魔鬼似的活动着。

不久，这群人看见两个哥哥把弟弟抱在臂间从屋里穿出来，便大叫起来，一块厚厚的木板掉了下来，把他的腿打断了。

“快，拿张椅子来！”

那一群人，在匆忙中将那位拉包沙从圈椅里拉了下来，腾出拿张椅子来给那个受伤的人坐。

那人烧焦了头发，被烟熏黑了脸的青年微笑着，忍住使他的嘴唇抽搐着的剧痛。忽然他觉得他的手被一双老人的战颤而粗糙的手抓住了。

“我的孩子！我的孩子！”拉包沙老爹悲哀的声音呼唤着，他一直爬到了他的身旁。

而且还不等那个受伤的人摆脱了他，那个中风的人用他的没有牙齿的嘴，找着那只他所握住的手吻了许多时候，还流下了许多眼泪。

整个屋子都烧毁了。当泥水匠被雇来另造一所屋子的时候，拉包沙的孙儿却偏不先出清那片堆满了焦黑瓦砾的土地。在准备一切之前，他们须得要干一件最紧要的工作：应该打倒那座该死的墙！手里握着鹤嘴锄，他们亲自来动手开工……

## 三多老爹的续弦

伊巴涅斯

### 一

培尼斯慕林是一个在伐朗西亚海岸上的睡梦中的西班牙村子。在一片橄榄树和葡萄园多得数不尽的大地上，有像鸟儿停着休息般的雪白的墙垣跟乌黑的屋顶，有一座教堂的盖着红瓦的钟楼。这是一个摩尔人的村子，还遗留下颓废的，古老的城墙。培尼斯慕林！一个像西班牙所有的村庄一样的村庄——一个退步的，沉闷的，不变的，图书般的村庄——是偏见和传说，如火的热情和不死的仇恨的出产地。什么世界大事，生活简单的乡民是一点也不管它的；他们只知道自己的爱情，怨恨，和互相发展着的你争我夺的野心。培尼斯慕林——是玛丽爱达，地痞多尼，三多老爹，和几千个像他们一样的人物的家乡。

## 二

三多老爹已经将他要做的事情宣布了。他快要第二次结婚了。

你要是想明白这一种混乱的情形，这一件在培尼斯慕林发生的新闻，那么就应当知道，这一个死了老婆的人，三多老爹是那个地方纳税最多的公民领袖；并且还应知道，那未来的新娘就是村里的美人玛丽爱达，不过她是一个车夫的女儿。她的嫁妆呢？啊，这就是她的嫁妆：一张迷人的、褐色的脸儿，一双像宝石样的在长长的睫毛下面闪着光的、乌黑的眼睛，一缕缕用小木梳梳到鬓边的煤一般黑的、明亮的鬈发。

整个培尼斯慕林的人都诧异得了不得，愤怒得了不得。人人都谈起了这一件事情。到了那么大的年龄，却还会去娶这么一个小娃儿！世界可不是变了吗？那么三多老爹，他是半个镇上的产业所有者；在地窖里有一百桶好酒，在谷仓里有五头骡子！这些东西都要给谁拿去了？不是一个大家的闺女，却是一片路旁的破瓦——玛丽爱达是一个车夫的女儿，那个小东西从前过的是偷盗的生活，如今长大了，却很情愿在别人家里帮帮忙，混口饭吃！说起多玛莎夫人，三多老人的第一个妻子，她是怎样的一个人呢？她拿来了马育尔街的住宅和她的田地都给了她的丈夫。在她活着的时候，她还在那一个寝室里置办好了一切她引以为傲的家具。现在这些东西可都要送给一个街上的流浪人——从前她为了基督的慈悲，还常叫那个家伙到厨房里来吃饭呢——想到了这事情，她可不要在坟墓里跳起来?

年纪到了五十六，还要为爱情而结婚！这个老傻子可不是疯了？你看他，那女子无论说一句什么话他都同意，脸上还露着愚蠢的笑容，在两道浓眉下面给人勉强看得出来的灰色的小眼睛里还显着有病的闪光呢!

培尼斯慕林人讨论了一星期之后，便断定三多老爹是已经疯了。礼拜天看见了教堂里挂出来的结婚公告时，他们几乎要骚动起来。那儿还有几个多玛莎夫人家里的男人。望过了弥撒以后，他们咒骂得多厉害！是呀，这简直是明目张胆的抢人，先生。多玛莎把所有的产业都给了她丈夫，因为她以为他是永远不会把她忘却的，他会永远地对她的记忆很忠实的。现在那个老混蛋是干的什么事？拿一切产业完全去交给另外一个女人——一个那么年轻的女人！他是五十六岁了！这一种事情会在世界上发生，那简直是“王法”也没有了！告他的状，将嫁妆争回来吧？这样要好得多！但是照了维山德那位牧师所说，现在的法庭是靠不住的了。要是加洛斯先生当权，那么……或许!

那些人都自以为直接受到了这种已经提出了的婚姻的伤害，因此都在街头的咖啡店里叽咕着；每一个人都叽咕着，连那些有钱人家的女儿也免不了——她们都很愿意拿她们美丽的嫩手献给那个衰老的夏洛克，现在可不忍看见他将财产都给了一个流浪人。

而且全城的人都知道，玛丽爱达还有一个爱人。那个地痞多尼小时候也像她一样的是一个流氓；近来是做了一个酒店附近的游民，到现在他还一心一意地爱着她。其实，只要等到那个地痞能做一点工，能丢开他所结交的那般朋友的时候，这一对废料便可以结婚了。因为多尼最亲密的朋友就是从邻近村上来的，名字叫做提莫尼的那个风笛手。那人每星期至少要来看他一次，他们两个碰到一块儿便会同到什么小酒店去畅饮一番，随后便去睡到什么人家的谷仓里。

多玛莎夫人的亲属忽然看中了这个地痞。他们觉得这一个镇上的游民是可以替他们报仇的。另外那些有点儿身份的人，从前是永没有弯下身来和他说过一句话的，现在却也到他常在喝酒的地方去找他了。

“怎么说，痞子？”他们开着玩笑地问，“他们说玛丽爱达快嫁人了！”

那地痞在他站着的地方踏了踏脚，摸了摸他丢在膝上的那一件闪光的外衣，将他的烟卷儿移到了那一面的嘴角，又对放在面前的那一杯酒望了一会儿。

后来他耸了耸肩膀。

“他们这么说！……好，我们看着吧，混蛋！那个老头子不要吹牛，他还没有拿到这块熏肉呢！”’因此，人人都断定一件有趣的事情快要发生了。三多老爹是一个有钱有势的人。在选举的时候他可以说一句话。他跟伐朗西亚当权的人们也是很有联系的。他自己也当过几次市长。他曾经多次地在大街上举起沉重的手杖来打身体比他强壮的人，由于他们阻碍了他的路。

地痞多尼的胡说，他当然一句也不会放在心里。全市的人都拿得稳，培尼斯慕林一定会闹出事来。

## 三

多老爹从没有将事情只做了一半就丢开的。在签婚约的日子快到的时候，这一种情形是很明显的。因为他的新娘没有嫁妆，他就自己给了她一份——价值三百两黄金，婚衣，指环，梳子，和一切属于多玛莎夫人的家具还都没有算在内呢！村里的姑娘成群地赶到玛丽爱达住的那个地方去——一间破败的小屋，天井里有一辆车，马房里有三匹没有喂饱的小马。她的父亲，那个马夫就住在这个和伐朗西亚大路上最后一间屋子离得很远的地方。她们，有的挽着手，有的把手臂环抱在别人的腰上，在堂前一张大桌子的四边走着；她所有的结婚礼物全都陈列在那儿。

好东西真多！手巾，台布，手帕，绢布，下衣，裙子，绸缎和亚麻布，上面缀绣着简写的字母和各种花样，依照大小排成一堆，几乎要碰到了天花板！三多老爹所有的朋友和他养着的闲汉都想起了这幸福的一对。在许多的器皿，镀银的刀叉，那地位低一点的人送给新房里的磁质水果盘这一类的东西中，还有一对美丽的烛台，这是一位侯爵送的礼物——那位侯爵是那地方上的政治领袖——三多老爹称他为西班牙最大的人物——每次地方上发生了要选侯爵到议会去担任议员这一个问题的时候，三多老爹总要代他指挥一切，或者为他筹划攻击别人。在房间里最显著的地方，在一个架子上放着新娘的珍宝，一对珠耳环，许多别在头发上或者胸口上的别针，金边梳子，三支镶珠的长发针和金链条；这金链条是培尼斯慕林人常说起的东西，因为这是多玛莎夫人在京城的第一家大铺子里花了十四个都孛龙才买到的！

“你真好福气！”大家都怀着妒忌的心情对玛丽爱达这么地祝贺着她的幸运，但是她听了，却含羞地红起脸来；她的母亲，一个工作过度的，病态的老农妇，却窘得一个人在那儿悄悄地淌着眼泪；那个车夫踱来踱去地紧跟着三多老爹，他对于他未来的女婿的宽大，竟想不出一句谦虚的，感恩的话来。

那个晚上，婚约便要在车夫的家里宣读而且签字了。证婚人呼良先生在太阳下山的时候，便带了他的书记，坐了一辆二轮车赶到了那儿，衣袋里插着一个便于携带的长墨水瓶，手臂下挟着一卷贴好印花的公文纸。

厨房里特地放好了一张桌子，一座四叉的烛台上点起了火；证婚人骄傲地走了进来。一个多么博学的，一个多么教人忘不了的，熟悉法律的代表人物！呼良先生用土话来读着那原文，在夸大的，法律的辞句上他还加了好多他自己的解释。你看这位滑稽的人物，这么地穿着黑的长褂，生着一张骄傲的，剃得精光的脸儿，可不是像位教士！这一副眼镜还有什么用处呢，倘若他老是将它高高地搁在额头上？

证婚人念着又念着，他的书记便写着又写着；那支笔在粗糙的，贴好印花的纸上嗖嗖地响个不停。那个时候，助理牧师和两家的朋友都来到了。在堂前的桌上，拿开了那些结婚的礼物，却放上了许多糕饼、糖果、还有馒头、苦杏子和一瓶瓶的甘露酒——有玫瑰的，也有樱桃汁的。

“阿嘿！阿嘿！阿嘿！”呼良先生咳嗽了好多次，从座位上站了起来，摸了摸自己的闪光的长褂，压住了带子把它朝前拉低了一点，又到前面去拿起了一张写好字的纸来。一粒粒的沙泥从那新鲜的纸张里掉到了桌上。

念到了新郎的名字，他故意地皱了皱眉毛，引得三多老爹忍不住首先狂笑起来。念到了玛丽爱达的名字，他又从桌边站开了一些，让出了地位，模仿着舞场里的旧式油头粉面的舞客的那种模样，深深地鞠了一躬；这样又引得大家都笑开了。但是他读到了婚约里的条文——说起了都孛龙、葡萄园、房产、田地、马匹、骡子这一类东西的时候，贪心和妒忌使那些乡里人的脸都发黑了。只有三多老爹独自个在那儿微笑——那些人一定会知道他是多么有钱有势，知道他对待那选中的女人是多么好，想起了这些事情，他便觉得非常地满意。玛丽爱达的父母忍不住要掉下眼泪来。他这种行为，岂但是大量而已！他们的邻人一致会心地点着头儿。真的，你可以将女儿托付给这么的一个男人，用不到半点迟疑！

签字的手续完毕之后，就摆起小酌来。呼良先生夸耀着他出名的老牌滑稽和一肚子的故事，恶意地用胳膊肘去撞着助理牧师维山德先生的胸骨，还跟那个严厉的禁欲主义者特地计划着举行婚礼那一天的可怕的狂欢。

到了十一点钟，什么事情都结束了。助理牧师走了出去，一边在埋怨自己，为什么弄得这么迟还不去睡。市长也和他同时走了。最后，三多老爹便和证婚人以及他的书记一同立起身来。他已经邀过他们今夜在他家里住宿。

玛丽爱达房子外面的道路是非常地黑暗，黑暗得像在没有月亮夜里的旷野上一样。那些镇里的屋顶上有面有繁星在青天的深处闪耀。有几只狗在谷场附近狂叫。村庄是睡着了。

证婚人和他的两个同伴很留心地走着前去，在这些生疏的路上，留心着不要给石子绊倒了。“哦，纯洁的玛利亚！”一个粗糙的声音远远地在喊着。“十一点钟——一切多么地好！”守夜人这时候正在那儿巡逻。

在这种墨一般的黑暗里，呼良先生觉得心上起了一种不安的感觉。他觉得在玛丽爱达家去的那条大路的角落里，看见了可疑的暗号。好像有人守在她门边。

“看哪，看哪！”

突然有件东西爆裂开，接着便是一阵粗糙的，像人们私语般的声音。从那角落里，好像有浓密的火焰穿过空气直射出来，扭着，绞着，迅速地飞舞着，那位证婚人给吓得头发都竖起来了。

放焰火，放焰火！这是什么玩意儿！证婚人倒下在一间屋子的门口，他的助手也害怕地跌倒了。火球打着了他头顶上的墙壁，又跳到了街道的那一边去；过了一会儿又来了，飞过来的时候还嗤嗤地响着，最后才爆裂起来，声音响到几乎要震聋了耳朵。

三多老爹却一点也不怕地站在街道的中间。

“啊，上帝呀上帝！我知道这是谁玩的把戏！你这个混账的囚犯！”

他找到角落里，举起沉重的手杖来想要打下去；在那儿，当然的，他可以找到那个痞子，和一群他的前妻的亲属！

## 四

从天亮起，培尼斯慕林的钟声就在那儿响了。

三多老爹快要结婚的消息传遍了整个地区；从各方面都有亲友赶来。有的骑着将颜色花哨的被盖做鞍子的耕马，有的把他们的全家老小都用车子装来了。

三多老爹的家里，已经有一个星期谁也没有好好地休息过一会儿了，现在又要做一个喧哗、拥挤的中心点。在这个快乐的时节，几里路附近的最出色的厨娘都给召集了拢来，在厨房和天井里进进出出地走动着，卷起了她们的衣袖，束高了她们的裙子，露出了她们的白裤子。一捆捆的木柴在近火的地方堆叠了起来。村里的屠夫正在后天井里杀母鸡，将那个地方铺成了鸡毛的毯子。家里多年的女仆巴斯刮拉老妈妈正在那儿破小鸡，从它们的肚里挖出肝脏、心脏和鸡肫来做酒席上用的最鲜美的酱汁跟精美的小吃。有钱是多么幸福！那些客人大部分是穷苦的农民，他们年年只够得吃些有些的地货，现在想起了一整天的大吃大喝，嘴里都禁不住流起口水来。

这许多好吃的东西在培尼斯慕林的历史上是从来没有见过的。在一只角上，新鲜面包堆得像一高特的木料那么多。一盘盘的山蜗牛不住地拿上大炉子去煮。在食橱里放着一个盛胡椒的大锡盒子。啤酒坛一打一打地从地窖里搬出来——大坛子盛着预备在席上用的红酒，小坛子盛着从三多老爹著名的酒桶里取出来的，白色的烈性酒，这些东西就是在那地方最会喝酒的人看来，也嫌太多了。说到糖果呢，当然也一篮篮地装了不少——硬得像枪弹一般的糖粉球；三多老爹看着这一种热闹的场面，心里有了一个残酷的想法，停一会儿那些少年人争夺起来的时候，这么硬的糖球可不要在他们的头上打起包块来！

啊，事情很顺利！什么东西都准备好了！什么人都到了！连那个风笛手提莫尼也早已到了——因为三多老爹想着在那一天大大地热闹一下，什么钱也不打算节省；他想起了音乐，便吩咐他们要让提莫尼喝一个畅快：这是人人都知道的，他喝醉了酒，奏起乐来便会特别的好。

教堂里的钟声停止了。行礼的时候快到了。婚礼的行列正向着新娘的家走去；女人都穿着最漂亮的衣裙，男子都穿着外面加上蓝背心的礼服，用着一直盖到耳边的高高的硬领。从玛丽爱达家里出来，他们又回到教堂里。带头的是一群跳着舞，翻着筋斗的孩子。提莫尼在他们中间吹着风笛；他抬起了头，将他的乐器高高地举在空中，看去活像是一个长鼻子在仰天吸气。其次便是那结婚的一对，三多老爹戴着一顶新天鹅绒帽子，穿着一件长袖子的外套，腰身似乎太小了一些，还有绣花的袜子和全新的靴子；玛丽爱达——啊，玛丽爱达！她是多么美丽！伐朗西亚没有一位姑娘比得上她！她有一件很值钱的镶边小外套，一件垂着长须头的马尼拉坎肩，一条衬着四五条衬裙的丝裙，一串拿在手里的珠子，一块代替胸针的大金片，此外，耳朵上还戴着多玛莎夫人以前戴过的明珠。

全村的人都等候在教堂前面——有几个多玛莎夫人的亲属为好奇心所驱使，也来到了那儿，虽然他们族里已经议决绝对不参加这一次的婚礼。可是他们只站在背面，踮起了脚尖在看那行列走过去。

“贼！贼额！真是个贼！”那被触怒了的一族中有个人在新娘的耳朵上看见了多玛莎夫人的耳环，便这么地喊了起来。但是三多老爹只微微笑着，好像是很满意的样子。于是行列便走进了教堂。

那些在外面看热闹的人从街坊对面将眼睛移到了屋子里。那个风琴手提莫尼却已经走了开去，好像不愿意听那教堂的风琴来和他的音乐竞争似的。可是他碰见了谁？来的正是地痞多尼跟他的几个喜欢捣蛋的朋友！他们几个人占据了一张桌子，坐在那儿眨眼睛，扮鬼脸。全是些镇上的讨厌东西！一定要闹出乱子来了！妇女们都交头接耳地不知道在说些什么话。

但是瞧瞧！他们又离开了教堂！提莫尼从那一张摆在路旁的桌子边站了起来，奏着皇家进行曲，从街坊对面回过来了！全村的无赖似乎都从什么垃圾堆里跑了出来，围绕在入口处，“杏子！杏子！给我们些糖果！”

“要杏子。要糖果。”三多老爹自己拿起了那些东西丢过去，许多客人也照他的样儿乱掷起来。很硬的糖球从那些顽童的比糖球还硬的头上弹了开去，于是争夺在灰堆里开始了。当护送新娘新郎回家去时，一路上糖果的炮弹还是打个不休。

到了酒店的前面，玛丽爱达忽然低倒了头，她的脸儿都变色了。地痞多尼正坐在那儿。三多老爹看见了他，脸上表现出胜利的笑容。那个痞子却只做了个下流的姿态来回答他。他是多么可恶，那个姑娘想，竟敢在她可以骄傲的日子，做出这些讨厌的事情来！

在多玛莎夫人的旧住宅里，如今可说是三多老爹的家里，火热的巧克力茶已经在等候着了。“要注意，不要吃得太多——到吃饭的时候还只有一个钟点了！”证婚人呼良先生高声地喊着；但是群众可早已冲到了糖果面前，不一会儿，那足够放得下一百把椅子的大厅里的桌上，已经给扫得一空。

这个时候，玛丽爱达已经走到了新房里，这就是那一间出名富丽堂皇的，从前是多玛莎夫人很引以为傲的卧室。她在那儿脱去了婚服，换上了一件轻便些的衣裳。不久她又回到了楼下，穿的是一件短袖的便衣，多玛莎夫人的珠宝闪耀在她的手臂上，在她的胸前，在她的颈项间，在她的耳朵边。证婚人是在那儿和刚从圣房里赶到的助理牧师闲谈。客人都走到了天井里，他们都想挤到厨房里去看这一次大宴会的最后一刻钟的准备。提莫尼用尽了气力地在吹他的风笛。一大群的顽童还是在外面喊着，跳着，挑引他们再来抛杏子；偶然有几把扔出去的时候，便你争我夺地闹了起来。

“就是巴尔夏查尔也没有举行过这么一个宴会。”这是助理牧师就席的时候所发表的谈论；那位证婚人呢，他当然不愿听到别人的知识比他还要丰富，便说起了一个名字叫做加马曲的人的婚筵，这是他在一本书里看到的。那位证婚人决不下到底塞万提斯是个议员呢，还是《圣经》上的一位先知！天井里还有别的桌子，这是给那些比较不著名的客人坐的。提莫尼是在这一堆人物里，他时时刻刻地在那儿招呼侍者给他斟红酒。

菜是整锅地端上来的，一块块的鸡肉多得几乎像是浮在上面的，酱汁里的米粒一般。那些乡下人也像绅士一般地吃着，他们这一辈子恐怕还是第一次吧！并不是用刀叉在一个公共的锅子里乱抢，却每人都有自己的碟子和盘子，此外每人还有一块餐巾。同时，那些乡里人还要做出客气的样儿来。“试试这第二道大肉片吧。”朋友们会隔得远远地这么互相招呼着，大肉片便挨人传递过去，一直到完了为止。于是有人便会满意地点着头，微微地笑着——似乎这第二道大肉片是特别比旁的几道菜好的那种样子。

玛丽爱达坐在她丈夫的身边，却吃得很少。她脸色灰白，痛苦的思想使她皱拢了眉头。她神经过敏地呆看着那扇门，好像地痞多尼随时都会在那儿出现似的。那个流氓什么事儿都干得出来！她向他告别的那一晚上，他骂得她多厉害！照理，她应该想念他——应该懊悔自己自私自利为了金钱而结婚。但是很奇怪，她对于痞子的妒忌却相反地觉得有几分满意。他爱她！想起这件事来是很有趣的——现在他是被遗忘了。

盘子渐渐地空起来。煮肉已经吃完了，炙肉也都装进了那些贪吃者的喉咙了。现在来装点这个宴会的便是粗俗的玩笑和戏谑。有几个客人喝醉了酒，竟僵了舌头，大胆地跟两位新人调笑起来。这样便引起了三多老爹满意的笑声，同时却使玛丽爱达窘得涨红了她原本是浅褐色的脸儿。

上最后一道菜的时候，玛丽爱达站起身来，手里托着一个盘子，沿席面地环绕过去。赠送新娘的零用钱！她用了小姑娘般的声音请求着。于是都孛龙，半都孛龙，和各种名称的金币纷纷地落进盘子里去。那些新郎的亲属给得特别多，因为希望他在遗嘱上不要忘了他们！

助理牧师可只拿出了两个贝色达，推说在这个自由主义的时代，教会真是穷不过来。

玛丽爱达走完了之后，便将盘子里的钱币都叮叮当当地倒进了袋子里去：这是多么好听的声音哪！

现在这个宴会真可以算得是个宴会了。许多人同时都说起话来。外边的人们也都拥到窗边去看这快乐的一群。

“蓬啪！蓬啪啪！”

听见了这个敬酒的信号，大家都静了一会儿。那个喜欢开玩笑的人摇摇摆摆地站了起来：

敬一杯新娘，

敬一杯新郎，

下次再邀我，假使还有这辰光！

那一群人便大声地呼喊着，也不觉得这一种调笑在他们祖父的时代已经要算是太旧了：

“曷衣搭儿！……曷衣搭搭搭儿！”

于是每一个人便轮流地跳起身来，唱着诗，说着那“快乐的一对”的笑话；后来笑话是愈说愈下流了，害得助理牧师不得不逃上楼去！妇女们是聚集在隔壁一个房间里。

有一个人忽然高兴得不由自主了，竟将酒杯打碎在桌上。这正是一个开始炮击的信号。客人们把所有的碗盏都打破在地板上，于是向三多老爹抛着面包块，糕饼，杏子，糖果，最后便抛着瓷器的碎片。

“算了，我说算了吧。”玩笑真个开得太不成话了，新郎便喊了起来，“算了吧！”

但是那些人都喝醉了酒，正想大闹一场。他们攻击得反而厉害了。助理牧师跟妇女们吓得都赶下楼来，以为发生了什么大事。

“给我走开去，走开去！”三多老爹发起怒来。他挥动着粗重的手杖，将那些客人一个个地赶到了天井里！从那儿，石子和别的东西又纷纷地飞向窗边来。

“真闹得太不成话了！”

五

到了夜里，住在远处的客人提高了嗓子唱着歌，祝贺这对新人永远快乐，便陆续地先走了。后来村里人也都走上了黑暗的街道，在高高低低的铺道上，妇女们各自当心着她们七颠八倒的丈夫。证婚人已经在一个角落里睡着了，眼镜是架在鼻尖儿上；他的书记走去唤醒了他，将他一把拖出了大门。到了十点钟，只有两家的至亲还都留在那儿。

“宝贝女儿呀，宝贝女儿呀，”玛丽爱达的母亲在哭，“你去了！”照她那么可怜的样儿看来，或许你会当她的女儿快要死了呢。

那车夫可不是那么的样儿！他喝了太多的酒，只怀着戏谑的心情，不住地在反对他妻子的忧郁，“你从前不是这样的！我把你带去的时候，老太婆，你不是这样的！”后来他拉开了她们母女两个，也不管老太婆哭不哭，把她拖到了门边。

那个女仆巴思刮拉妈妈也回到了她自已的阁楼里。这天特地雇佣的侍者和厨子都已经回家了。屋子里沉寂起来。只有三多老爹和玛丽爱达两个人还坐在依旧有许多烛光照耀着的，混乱的宴会室里。

他们静悄悄地坐了好一会儿——三多老爹在赞赏他已经得到的姑娘。她穿着棉衣，躺在长榻上是多美丽！又是多年轻啊！“和这个老傻瓜一块儿，真是倒霉！”玛丽爱达心里在那样想，同时地痞多尼的幻影还紧紧地在她眼前浮动。

远远地一座钟响了。

“十一点！”三多老爹说。他从椅子上站了起来，将那些宴会室里的烛火吹熄了，只剩下一支拿在手里，他说：

“现在是上床去的时候了。”

他们刚走进一间大卧室，三多老爹就停止了脚步。

附件四周围突然大声骚乱起来，好像末日审判的时候已经到了培尼斯慕林。可怕的抛扔锡罐头的声音，猛烈地摇动几百个铃铛的声音，用棍子打板壁的声音，向屋子四面掷石块的声音，还有正打从卧室的窗口射进来的焰火的闪光。

三多老爹忽然想起了这些事情的用意。

“我不知道是谁指使的把戏嘛！即使这家人不怕坐牢，我也有办法可以立刻对付他！”

玛丽爱达听到了这些喧闹声，先是吓了一大跳，后来却大哭起来，她的朋友们已经警告过她了：“你嫁给那个死了老婆的人，到了那个时候你一定可以听见一支良夜幽情曲！”

啊，这真是一支良夜幽情曲！吵闹了一会之后，便听见了许多讽刺的诗句，接着又是喝彩声，狂笑声，还有伴和着一支风笛的歌声，这些都是在说明新郎的年龄、权利以及怪模样儿，暗示着玛丽爱达过去的生活，预言着将来和年老的丈夫在一起所能享受到的幸福！一个沙沙的声音在夸耀着和新娘过去的关系，玛丽爱达立刻就明白了这个情况。

“你这猪猡！你这恶狗！”三多老爹大骂着，在卧室里走来走去地跺着脚，举起了拳头在空中乱打，好像想把这些冷嘲热骂立刻都打死了的一样。

忽然他起了一种不可理解的好奇心。他定要看看，那些敢到他面前来放肆的人究竟是谁！他吹熄了烛火，从窗帘的一角窥望下面的街道。

好像全村的人都拥挤在近旁。沿铺道照耀着二十多个火把，什么东西都笼罩在青色的火光里了。第一行站着的是地皮多尼和多玛莎夫人所有的亲属。那一个在他家里快乐地做了一天客人的风笛手提莫尼也在里面！在他的口袋里，或许还剩着他在八点钟时拿到的钱呢！这坏蛋！这不要脸的东西！那些诗句或许大部分还是他编的呢！

三多老爹觉得自己干了一生的事业，现在轻易地从指缝中间就溜跑了。他可不是全镇的领袖吗？现在他们都很乐意，地在那儿看着他丢脸，甚至还敢对他放肆起来，都只为了他自以为够得上娶这位美丽的姑娘的原故！他的血液——一个会得管理整个政治区域的，发出命令来总要别人服从的贵人的血液——在身上沸腾了起来。

又发生了一阵子摇牛铃，敲盆子的喧闹声。

那个痞子又喊起一些有关"美人和畜生"的诗句来，接着便是一首《三多老爹快要钻进坟墓去》的挽歌。

"介奇，介奇，介奇！"这是多尼从一首挽歌里摘下来做叠句的；大家听了，也跟着同样地唱了起来。

这个时候那流氓已经看见了三多老爹在窗口的脸儿。他从地上拾起一件东西，顾自走进天井去。这是一对缚住在一根棒上的大号角。他把它们举到了窗边。别的人抬了一口棺材进来，里面放着——个眉毛长到几码的木头人。

三多老爹又愤怒，又丢脸，给作弄得眼睛都花了；他退了下去，挨着墙壁摸到一个黑房间里去，拿到了他的枪，又回到了窗边来。他掀起帘子，打开了窗户，几乎是无目的地接连开了好多枪。

那一群人激动起来了，只听见一阵可怕和愤怒的叫喊。火把熄了，接着便是向各方面逃避的声音，同时有人叫着：

"行凶！杀人！这是三多！那个贼！杀死他！杀死他！"

三多老爹可没有听见。他坐在房间中央，手里拿着枪，昏乱得什么也想不起来。玛丽爱达已经吓倒在地上了。

“现在可住嘴了吧？现在可住嘴了吧？”他只是喃喃地说。

忽然传过一阵脚步声来，又有人在门上重重地敲着，说：

“开门，有公事！”

三多老爹这时才头脑清楚了。开了门儿，一队警察走进房来，他们的鞋钉在光滑的地板上踏得非常响。

三多老爹在两个警官中间走到了天井里，他看见地上挺着一个死尸。这正是地痞多尼，现在已经给打得像筛子一样。每一粒子弹都打中了他。

多尼的朋友全拔出了刀，围绕在那儿；提莫尼也在里面，他举起了风笛，想冲到三多老爹身边去。

但是警官将群众赶散了。三多老爹在他们中间走着，脑子又重新胡涂起来。“多有趣的新婚夜！”他模糊地说，‘多有趣的新婚夜！”

## 丽花公主

加巴立罗

从前有一个父亲，他有两个儿子：大儿子当了兵到美国去了，他在那边住了好多年。当他回来的时候，他的父亲已经死了，而他的弟弟又享有了一切财产，变成富翁了。他到他弟弟的屋子去，看见他正从楼梯上下来。

“你认识我么？”他问。

这位兄弟回答得很不客气。

于是兵士自己介绍了自己。他的兄弟便告诉他有一只旧箱子在仓屋里，说这就是他父亲所遗传下来的。说了这些话之后，他便走他自己的路，绝不去款待他的哥哥。

他到了仓屋里，找到一个很旧的箱子。他自言自语地说：

“我要这个破箱子做什么呢？天啊！至少我可以把它生个火暖暖我的骨骼，因为天气正十分冷哩！”

他便掮了这个箱子带到了他的寓所里，他就开始去用斧头把它劈成一片片。有几片纸头从一个秘密的抽屉里落了下来。他拾起这些纸来并且读了，知道这是一份别人欠他父亲许多钱的债票。他收了这笔数目，于是他便富有了。

有一天，他正走过街去，遇到一个妇人，她是哭得很伤心，他便问她为什么哭。她告诉他说她的丈夫是病得很厉害，不但她没有钱去买药，而且她的丈夫还有被送到牢狱去清偿他的债主的危险。

“不要忧虑，”何赛说，“他们不会把你的丈夫关到监牢里去的，也不会卖掉你们的东西，因为我会替你安排好。他的债和医药费我可以替他付，假使他不幸而死了，那我一定给他一个很好的葬礼。”

这些事情他都实行了。可是在这人死了，他付了殡葬费之后，他便一个大钱也没有了，因为他把自己的全部遗产花在这件善举上了。

“现在我怎么办呢？”他问他自己，“现在我连买自己的膳食的钱都不够了。啊！我要到一个宫廷里去当一名仆人。”

这件事他也做到了，他做了一个仆人，侍候国王。

他对于自己的行为很检点，因而国王很赏识他，把他提拔得很快，不久他便升居为“第一等绅士”了。

其时他的可恶的兄弟是已经很穷了，而且写信给他恳求援助；因为何赛有那么好的心肠，所以他就帮助他，请求国王给他弟弟一个职务，而国王也允许了。

他于是来了，但是对于他的哥哥却并无感激，反而因为看出自己的哥哥得国王的恩宠而起了妒忌之心，于是他便计划去害他。怀了这种存心，他就去探听那些对于他的阴谋是有用的事情，接着他知道国王是迷恋着丽花公主，而她却觉得国王是又老又丑，拒绝了他的爱情，而躲在一所王官里。那所王官是在一个荒野不能近的区域里，这是个严密的地方，是没有一个人知道的。

这位兄弟报告国王说何赛知道公主在哪儿，并且说他和公主是通着消息的。于是乎国王大发其怒，把何赛召来，并且命令他立即去把丽花公主带回来，而且恐吓他：假使他办不到的话，那么就要把他吊死。这位可怜而又可悲的人儿走到了马厩里去找一匹马，然后便想去冒险了，他自己也不知道该走哪条路去找寻这位丽花公主。一匹很老很瘦的白马对他说：

“请你用我，并且不要悲伤。”

何赛听到这匹马对他讲话，心里非常奇怪；他便上了马骑着前进了，带了三块面包，这就是那匹马叫他拿的。

经过了一个长时间的行旅之后，他们来到了一个蚂蚁堆边。那匹马便说：

“把这三块面包捏碎撒开，让这些蚂蚁去吃了。”

“为什么？”何赛问了，“这些是我们自己要用的啊！”

“丢了它们，”这匹马坚决地说，“这常常会有好报的。”

他们仍旧进行他们的路，后来到了一只被捉住在一个猎人的捕机里的老鹰边。

“下马，”马说，“割断了网线，放了这只可怜的鸟儿。”

“如果我们停留了，我们可不是会失了时间么？”何赛问。

“不要担心，照我说的做去，而且要永远为善不倦。”

他们又向前进及时到了一条河边，他们看见一尾鱼被抛在旱地上，它虽则拼命努力总不能再回到水里去。

“下来，”那匹马对何赛说，“拿这尾鱼抛回到水里去。”

“我们不能再虚费时间了。”何赛说。

“做一件善事时间尽有着哪.”白马回答着，“要为善不倦啊。”

不多时，他们来到了一所隐在一个幽暗的树林里的宫堡边，瞧见了丽花公主正在撒糠给她的小鸡吃。

“等着，”白马吩咐何赛，“现在我且去旋转奔跃，这样可使丽花看了觉得欢喜。你若觉得她想骑我一会儿，那时你可以请她去骑；然后我便踢起来并且喷起气来。她就要觉得很惊惧，于是你就告诉她，说我对于妇女是不惯的，倘使你抱她骑上去我便会安静下来的。你便骑上我，我就一直奔驰到国王的宫里去。”

每件事都照着计划实现，只是当那匹马飞奔出去的时候，丽花发觉了她自己是阴谋的受骗者。

她便散落那些她还握在手里的糠，并且对她的同伴说，她掉落了她的糠，要他为她拾起来。

“我们要去的地方，”何赛告诉她，“糠是多着哪！”

接着，当他们经过一株树的时候，她把她的手帕抛到空中去；这手帕便掉在一枝最高的树枝上，她叫何赛下马来爬上树去拿她的手帕。

“我们要去的地方手帕是多着哪。”何赛回答她。

他们经过一条河，她把一个戒指丢了下去。她要何赛下马去找来。但是他对她说他们要去的地方有的是戒指。

最后他们到了国王的宫里，国王看到了他所爱的丽花，心里非常快乐。但是她把她自己关在一间房里，任何人来都不肯开门。国王请求她开门，但是她立誓要等到她在路上所落下的三件东西都找到后方始开门。

“这是没有别的办法了，何赛，”国王对他说，“只有你知道这些事情，你去把那些东西找来吧。假使你办不到，我要把你缢死的。”

这可怜的何赛是十分的颓废，便走去把这个消息告知那匹白马。

白马说：“不要怕，骑上我。我们去找着它们。”

他们便上路前进，来到了那蚂蚁堆。

“你是不是要糠？”马问。

“是哕。”何赛回答。

“那么叫这些蚂蚁来，叫它们去把糠带来给你。假使它们不能够找到，那么它们至少会把你给它们的面包带来的。”

这事竟办到了。那些对他很感恩的蚂蚁，替他去寻出了糠来。

“你瞧，”马说，“一个人做了好事，迟早会得到酬报的。”

他们到了那株丽花抛上她的手帕去的树边；那条手帕是在微风中飘拂着，好像一面旗子，在一枝最高的树枝上。

“我怎么能够拿到它呢？要拿到它，我必须要有约伯的梯子。”

“不要担心，”白马回答他，“叫那只你从猎人的网里释放出来的鹰来，它能够替你把手帕取下来。”

这事也办成了。他便叫住了鹰，鹰就把手帕衔在它的嘴里交给了何赛。

他们到了河边，那条河是非常混浊的。

“我怎么能够从这样深的河底里找到那指环呢，非但我不能够看见它，而且我也不知道丽花把它丢在哪儿？”何赛问着。

“不要急，”马回答说，“叫那条你所解救的鱼来，它会替你拿到的。”

这事也办到了。这鱼潜游了下去，又很快乐地出来，摇摆着它的鳍，把戒指含在它的嘴里。

于是，何赛快乐异常地回到宫里去。但是当把这些东西归还给丽花的时候，她说如果不先把那个将她从宫里带出来的流氓放在油锅里煎死，她是依旧要藏在她的避身处不肯出来的。

国王是如此的残忍，他竟答应了这事，并且告诉何赛说没有别的办法可以解决这个困难了，他是必须被用油煎死。

这陷于悲苦之中的何赛，走进马厩去把这种事情告诉那匹白马。

“不要忧愁，”马说，“骑上我，我们要拼命地跑，一直跑到我出汗。用我的汗涂在你的身上，然后让他们去煎熬。你不会出什么事的。”

这事也实现了。当他从大锅中出来的时候，他已变成了一位很美丽而又优雅的青年人了，每一个人都惊奇得喘不过气来，尤其是丽花，她竟爱上了他了。

于是这位既老且丑的国王，看到了何赛所遇到的事情，相信在他也能够有同一的变换，而丽花也就会爱上他的。所以他便投身到大锅里去，竟煎死了。

后来他们就宣布这位侍臣为国王，他就和丽花结了婚。

当他去向那白马道谢一他的幸运是由它而来的——的时候，它说：

“我就是那个穷人的灵魂，为了这人的病和殡葬，你是花去了你的全部财产的。而当我看见你是如此地烦恼和危急的时候，我请求上帝允许我来帮助你，这样来报答你的仁慈之心。在以前我曾告诉过你，而现在我再说一遍，对人们要行善不倦啊！”

## 永别了科尔德拉

阿拉思

他们是三个——永远是那同样的三个——罗萨、皮宁和“科尔德拉”。

“索蒙特”牧场是一块天鹅绒般的，绿色的，三角形的小地，像一块地毯似地伸张在小山的脚下。它的较低的一角一直展延到从奥维埃多直达季洪的铁路边；一株电杆木像旗杆似地站立在原野的角上，这对于罗萨和皮宁是代表着外面的世界，一个不知道的，神秘的，永远被害怕而且被误会的世界。

皮宁，他一天一天地看着这个沉静的，与人无害的电杆，在郑重地想着这事情之后，到末了便断言那东西只不过在冒充是一株枯树，此外便什么都不是，而它的玻璃杯似的东西也无非在叫人相信是一种奇怪的果子，因此他们很放心地敢爬上去，几乎一直碰到电线。他永不爬到那杯子边去，因为它们太类似那些教堂里的圣器，他一看了就会生出一种敬畏，一直要到他重新滑下来，很平安地把他的脚站在绿色的草地上才安心。

罗萨是比较胆小的，但对于那些不知道的东西却更加喜欢，她是只能满足于在电杆木下边整几个小时地坐着，听风在电线上吹出咒文似的金属的声音，随后又跟从松树的心里发出来的叹息混搅在一起。

有时候，这些震动似乎变成音乐了，在罗萨听来，它们又像是一些从不可知的境地沿着电线传到不可知的境地去的私语。她并没有要想知道在世界的那一面人们在互相说些什么话的好奇心。这对她是没有关系的，她只是在听着那些和谐而神秘的声音。

“科尔德拉”是已经活到成熟的年龄了，她是比她的同伴们更实际一点的。她高傲地不跟一切世界接触，远远地望着那根电杆木，只把它当没有生命的废物，只除了可以在上面摩擦一下身体之外，便没有其他用处了。

“科尔德拉”是一头看见过许多生活的母牛，她会整几小时地躺在草地上，与其说是在吃草，却不如说是在默想，并且享受着生活的安静，灰色的天，平静的大地，而这样地改善她的身心。

她跟那些孩子们一起娱乐，而那些孩子们的责任便是看守她；如果她能够，她也许会发笑的：像罗萨和皮宁那样的孩子也会来看守她——她，“科尔德拉”——把她束缚在牧场里，不让她跳出篱笆去，不让她到铁轨边去闲荡。难道她真会跳吗？这些铁轨跟她又有什么关系呢？

这一切原是她的乐趣：静静的吃着草，留心地挑选着最好的东西，也不好奇地抬起头来向四面望，吃过之后，不是躺躺，就是想想，要不然就细细地回味着没有痛苦的欢乐，她所开心的事情仅仅是要活，其他的便都是危险的事情了。她的心情的平静是只有在铁路创办的时候被扰乱过一次：当她看见第一列火车经过的时候，她是差不多害怕得要发狂了，她跳过石墙，到邻近的草地上，去混在同样地惊异着的一些牲口堆里。她的恐怖延长了好几天，而每当火车头在隧道口出现的时候那恐怖总会多少有点猛烈地在她心头再现。

渐渐地，她发现了火车是无害的，是一个时常会过去的危险品，是一种只恐吓着，但并不执行的灾祸。因此，她的戒备便松弛下去，再无需乎低下头去准备防卫了。渐渐地，她看到火车的时候站也不再站起来，终于她的厌恶和担心完全消失，连看也不去看它了。

在罗萨和皮宁心里，这新奇的火车却造成了更有趣的印象。最初，它造成了一种跟带点迷信的恐慌搅在一起的兴奋；孩子们疯狂地跳跃着，发着很响的喊声；后来却渐渐成为平静的娱乐了，当他们每天几回地看着那条钢铁的大蛇载着许多奇怪的人物很快地滑过的时候。

但是铁路和电报却只是短期间内的事情，这一切不久就被环绕着“索蒙特”牧场的沉寂的海所吞没了去，于是便再看不见一些生物了，也没有从外界传来的声音可以听到。

每天上午，在炙热的日光下面，在蜂拥的昆虫的哼声里，孩子们和母牛等着日中可以回家去，而在悠长的，悲凉的下午，他们又等待着黑夜的来到。

阴影张大了，鸟儿沉默了，而且时常可以看到一颗星从天庭的最黑的地方显现出来。孩子们的灵魂反映着严肃的自然的平静，坐在“科尔德拉”身边，梦一般地沉默着，这沉默是只偶然被牛铃的轻微的声音所打破。

那两个孩子，是像一粒青色的果子的两半面那样地分不开的，他们之间由一种很好的感情联结着，这种感情之所以存在，是为了他们完全不知道两个人何以有区别，何以必须要分出彼此来的原故。这种感情发展到了“科尔德拉”那头母牛身上去，而那头母牛，假如她办得到的话，她也用她的那种无所表示的方式报答着那两个看守她的孩子的恩爱。就是在那两个孩子异想天开闹着玩，用种种不很温厚的办法来作弄她的嗜好，她也极度地容忍着，她是时时刻刻地显得非常镇静，而且稳重。

安东·德·钦塔，那两个孩子的父亲，买进了“索蒙特”牧场，而“科尔德拉”可以享有这种肥沃的草料的权利，还是很近的事情。以前，她是不得不站着官道徘徊，而在路旁的稀薄的草地上找到一些吃的。

在从前穷苦的时候，皮宁和罗萨常常替她找寻着最适当的地域，用种种方法来保护她，不使她受到在公共地方寻找食料的牲口所常要遭到的虐待；而在牲口房里，憔悴又饥饿，稻草是非常少，而菁芜又几乎没有的时候，那母牛曾经受到那两个孩子的许多好处，而这样才使困苦的生活勉强可以容忍下去。后来，在小牛诞生和断乳之间的那一段困难时期，不得不发生了应该给钦塔多少乳，而自己的孩子又需要多少乳这个困难问题的时候，皮宁和罗萨就已经显然地站在“科尔德拉”这一面了。他们时常偷偷地把小牛解下来，让它高兴非凡地把路旁的所有东西踢开，惟恐不及地跑到它母亲的肥胖的身体下面去，而那母牛却会转过头来，用一种温柔而感谢的眼色，向两个孩子望望。

这些关联是永远不会割断，而这些记忆是永远不会磨灭的。

安东·德·钦塔最后断定了他自己是生就不会有好运气的，而他的想逐渐扩大他的牲口棚的黄金的梦想也断乎不会实现，因为，在节衣节食地省下钱来，买了这一头母牛之后，他不但没有力量买第二只，甚至连租钱都要拖欠起来。他把“科尔德拉”当做了惟一的可利用的出路；他觉得必须要把她卖掉，虽然她是向来被认为家庭中的一员，而他的妻子在垂死的时候也说过他们这人家将来是要靠着这条母牛了。

当母亲在只用一些稻秆编成的栏栅和牲棚分隔着的房里，垂死地躺在榻上的时候，她用疲倦的眼光望望“科尔德拉”，好像恳求她做孩子们的继母，请她供给一些父亲所不会懂得的情爱。

安东·德·钦塔也稍有点觉得这种情形，因此便不向孩子们说明必须要把那母牛卖掉的必要。

有一个星期六，在刚天亮的时候，他利用了罗萨和皮宁还熟睡着的机会，硬了硬心，把“科尔德拉”赶向季洪去。

当孩子们醒来的时候，他们根本不明白他们父亲为什么要突然离去，但是他们知道那头母牛是一定跟他同去了，虽然她自己是不愿意的，到傍晚，父亲浑身是灰尘，很疲倦地赶着那牲口跑回来，也不向他们说明他出去干什么，于是孩子们便害怕着也许有危险的事情会发生。

那头母牛并没有卖掉。因为觉得非常爱惜这头牲口而把卖价抬得很高，因此便没有人肯买，有几个买主已差不多快加到他所固执的价钱了，却又被他的那种不和善的神色赶去。他用这样的思想来安慰他自己，他当然是愿意卖的，问题是在别人不肯出“科尔德拉”的价钱，因此他便回来，跟他同回来的还有许多跟着牲口的邻近的农民，他们也因为主人和牲口之间的感情而多少经验到一些困难。

从皮宁和罗萨开始怀疑到快有什么纠纷要发生的那时候起，他们的心境永远平静不下去了，他们最大的恐惧最后又因为来强迫他们离去的地主的出现而证实了。

因此，“科尔德拉”是必须要卖掉了，也许仅仅能得到一顿早餐的代价也得卖。

下一个星期六，皮宁陪他的父亲到一个邻近的市场上去，在那儿，那孩子害怕地看见好多带着杀戮的武器的屠户们。那牲口已经卖给了这些屠户中的一个；在打过烙印之后，她重新被赶回到她的棚里去，一路上铃子很悲凉地响着。

安东是沉默着，那男孩子的眼睛是红肿着，而罗萨，在听到这消息的时候，她把手臂绕在“科尔德拉”的项劲上，嘤嘤地哭了。

以后的几天，是“索蒙特”牧场上的悲惨日子。“科尔德拉”，她一点也不感到自己的命运，是照样地安静着，一直等到斧头残酷地加到她身上去的时候；但是皮宁和罗萨却是什么事情都不能做了，老是一声不响地躺在草地上，伤心着将来的事情。

他们仇恨地看着那些电线和经过的车辆，这些东西是跟他们所完全不了解的世界，跟那个夺去了他们的惟一的朋友和伴侣的世界，连接在一起的。

几天之后，就到了分别的日子，屠夫带了说定当的代价来。安东一定要他喝一点，一定要他听着那头母牛的许多好处。父亲好像一点也不知道“科尔德拉”并不是卖给一个能够好好地待她使她快活的新的主人的，被酒和袋里的钱的重量所刺激，他继续颂扬着她的品性，她的产乳的容量，她的耕种的气力。那一个人却只笑笑，因为那母牛将遭到怎样的运命，他是完全知道的。

皮宁和罗萨，两个人手挽住手，远远地望着他们的敌人，悲惨地想着过去，想着“科尔德拉”的种种，而在她最后被牵去之前，他们攀住了她的项劲，拼命地吻着她。孩子们在狭狭的路上送了一程，跟那个漠不关心的屠夫和满不情愿的母牛做了悲惨的一群，后来他们停止了，看那牲口渐渐在边界上的树丛的阴影里不见。他们的继母是永远地走了。“永别了，‘科尔德拉’！”罗萨喊着，失声痛哭起来，“永别了，亲爱的‘科尔德拉’。”

“永别了，‘科尔德拉’。”皮宁重说着，他的声音是被感情所塞住了。“永别了。”远远的牛铃最后一次这样凄惨地回答，随后，那种可怜的声音便消失在其它的声音里面。

第二天一早，皮宁和罗萨又到“索蒙特”牧场去。它的孤寂是从没有像现在那么难受的，在今天以前，它从没有显得像一片荒凉的沙漠似的。

突然间，烟气在隧道口出现后火车从里面出来。在箱子似的车子里面，从狭狭的窗口可以望见那些载得很密的牲口。

孩子们向火车摇着拳头更相信了世界的贪婪。

“他们把她载去杀了！”

“永别了，‘科尔德拉’！”

“永别了，‘科尔德拉’！”

皮宁和罗萨仇恨地看着那铁轨和电线，这些是那个仅仅为了满足贪婪的食欲而把他们的这么许多年的伴侣夺去的残酷的世界的象征。

“永别了，‘科尔德拉’！”

“永别了，‘科尔德拉’！”

## 十足的男子

乌纳木诺

鸠利的出众的美丽，在南娜达古城附近，几乎是远近皆知了；鸠利可以说是这城里的一件公有物，是这都会的建筑上的宝藏之外的特有的名胜，新鲜而充满生命。“我要到南娜达去，”人们常说，“去看教堂和鸠利·严耐兹。”在这位美丽的女子的眼睛深处，似乎存着一种未来的悲剧的预兆。她的举止使望着她的人充满一种不安。当老人们看见她独自走时，引起路人所有的目光时，他们就要叹息；当年轻的人看见她时，他们夜间就要比平常睡迟。她完全晓得自己的魔力，她自己也觉出有一个悲惨的将来，悬在她的眼前。一个从她的良心里的亲近而秘密的声音，仿佛常常对她说，“你的美丽将要成为你自己的大害！”因此，她便想各种的方法使她的心避开这恶兆。

这位地方美人的父亲维克多林诺·严耐兹，以前有些不清楚的名誉，但他竟把他的经济的挽救的最后的希望，完全放在他的女儿身上了。他很爱做生意，但这些经营总是愈来愈糟。他的女儿就是他的最后的财政上的希望——他的最后的一张牌。他也有一个儿子，但他已经有很久的日子没有听见他的消息了，因此只好认命罢了。

“鸠利现在是我们最后所剩的了，”他常爱这样对他的妻子说，“一切都要靠她所做的或我们替她安排的这次结婚了。假如她要蹈一个愚蠢的自误，我们就完了，我非常怕她这样。”

“你所说的‘愚蠢的自误’是什么意思？”

“真是蠢话。我告诉你罢，安娜克莱达，你简直一点常识都没有……”

“这也不是我的错处啊，维克多林诺。你既是这家里的唯一有见识的人，你就得时时指示我才行。”

“哼，现在最要紧的，我已经告诉你一百遍了，就是必须监视着鸠利，警告她不要坠人那愚蠢的恋爱——本地有许多年轻的姑娘，都是在这上面失去她们的时间、面子，甚至健康。你应该禁止她和那些无聊的学生们吊膀子。”

“但是我应该怎样办呢？”

“真的，你可以叫她明白，我们的将来，我们的双方的幸福，甚至我们的脸面，你听见了没有，都要靠……”

“是的，我明白了。”

“不，你明白！我们的自尊心啊。你听见了没有？全家的声誉都要靠她的结婚。她必须使她自己受人敬爱才行。”

“可怜的孩子！现在绝对必要的，就是叫她不要把她自己投在那些一无所长的求爱者的怀里，叫她不要再读那些纯想象的小说，它们只会扰乱她的梦，激起她的想象。”

“但是你要我怎样办呢？”

“我们必须把一切都加以镇静的考虑，使她的美丽又正常的用处。”

“我在她这样的年纪时……”

“算了罢，安娜克莱达，蠢话够多的了！你一开口就只会胡说。你在她这样的年纪时……你在她这样的年纪时……真的！你忘记了我是在……之后才认识你。”

“是的，不幸地……”

这位美丽的姑娘的父母的谈话，于是便到此为止，第二天总是又照样地从头来一遍。

可怜的鸠利完全明白她父亲这种打算的意义，因之非常苦痛。“他想拍卖我，”她常对自己说，“为的好救济他那经营糟了的生意，也许为的好使他不至于入狱。”这是绝对的真情。

凭着一种反抗的本能，鸠利便向一个最想向她表示爱慕的人表示容纳。

“看老天爷的面子，小心点吧，我的孩子，”她母亲说，“我完全晓得你们现在是在做什么。我已经看见他在我们的房子四周逗留，并且给你做手势。我知道他曾给你写了一封信，而且你还回了信……”

“这是什么呢，母亲？我必须像一个囚犯似地过着，一直等有一个土耳其王来，让我父亲卖给他吗？”

“千万别说这样的话，我的孩子……”

“我不能像别人一样地有一个求爱者吗？”

“当然能够，但他必须是个好人……”

“我们怎么知道他好不好呢？先得有开头才行呀。最要紧的，我们必须先互相熟识，才能互相真爱。”

“相爱……爱……”

“好吧，我一心等着我的买主吧。”

“同你们简直没办法，你和你父亲。所有姓严耐兹的人都是一个模子造出来的。唉！当我想到我结婚的那时候……”

“这正是我不愿意在将来说的话。”

决定了牺牲一切，鸠利便鼓着勇气走到楼下来，从一个店铺似的窗子里和她的爱人说话。“假如我们被我父亲发现，”她自己想，“我真不知道他会怎么办。但这样倒好些，这样人家就可以知道我是被牺牲的，知道他要拍卖我。”于是她便站在窗前，在这个初次的会面里，把关于她的家庭生活的所有的悲惨的不幸都告诉了亨利——一个眼高的乡村的唐煥。他是来立意要救她，要偿她的身价的。

但是，亨利呢，虽然他爱慕这位美丽的姑娘，却觉得他的热情消灭了。“这个小家伙要闹出悲剧呢，”他对自己说，“她大概整天光读些感伤的小说。”等到全南娜达城都晓得这位著名的本地的美人已经允许他挨近她的窗柱的时候，他便开始设法要脱开这个讨厌的地位了。法子不久便找到了。有一天早晨，鸠利狼狈地走下楼来，两只眼哭得通红，对他说：

“亨利，现在的事情实在不可忍了。这里已不是家庭，简直是个地狱。我的父亲已经晓得了我们的事情。想想吧，之为了我想辩护我的行为，他竟打了我一夜！”

“真是个畜生！”

“你还不知道他是怎样一个畜生呢。他说他还要同你谈谈……”

“让他来吧！在那以后……”但是在另一方面他却对自己说，“这把戏真该结束了；那妖怪会做出残暴的事的，假使他看见他的宝藏被人拿走的时候；而且，我既没有能力救济他的困难。……”

“亨利，你爱我吗？”

“问得真好！”

“回答我，你爱我吗？”

“我用整个的心和灵魂爱你，愚傻的小姑娘！”

“你有把握吗？”

“十分，十分地有把握！”

“你愿意为我做一切的事吗？”

“是的，愿意做一切的事！”

，“那么，好吧，带我离开这里。我们必须逃走，而且，我们必须逃得远远的，使我父亲捉不到我们。”

“你可曾把这事仔细地考虑过一遍吗？”

“不，不，带我走吧，带我走吧。假如你爱我，就把我父亲的这件宝藏偷去，使他不能把它卖掉吧！我不要被人卖！”

说完了这个，他们便考虑怎样逃走。

但是到了第二天——他们决定了这天逃走——当鸠利，待了她的随身的小包裹，预备着动身而等候着那辆密订的马车来到时，亨利竟不露面了。“他是个懦夫！比懦夫还不如！他是多么鄙陋啊！”可怜的鸠利往床上一倒，愤怒地咬着枕头，呜咽着说，“他还假装爱我！不，他并没有爱过我；他是崇拜我的美丽。真的，连这个都没有！他的惟一的欲望就是要在全南娜达城的人们面前吹吹，说我——鸠利·严耐兹——有名的我——已经认他做未婚夫了。现在他又要告诉每一个人说，我要和他逃走呢。啊！你是一个下贱的匪棍啊！简直同我父亲一样地怯懦，同一切男子一样地怯懦！”于是她被一个不可安慰的失望罩住了。

“我的孩子，”她母亲说，“我知道这事情已经过去了，我真感谢上帝。但是你的父亲说得很对：如果你这样做下去，你会弄坏你自己的名誉的。”

“如果我怎样做？”

“如果每一个向你求婚的你都允许他，你会得到一个荡妇的名声，并且……”

“那也不错，母亲，那也不错。结果别人就可以不来了，尤其是在上帝所给我的这副容貌未尝失去以前。”

“唉，唉！你简直同你父亲一般一样。”

果然，过了不久，她又接受了一个求爱者。她一点不少地把同样的事告诉了他，用吓亨利的法子吓了他。但是彼尔却是个比较老实的人。

末了，在同样的情形下，她又提出她的逃走的愿望。

“听着，鸠利，”彼尔回答，“我并不反对我们一同逃走，完全相反地，你知道我是高兴的。但是在我们逃走之后，我们到什么地方去呢，我们怎样办呢？”

“以后有的是时间决定。”

“不行，我们不能在那时决定。我们必须现在来考虑。在我，这目下以及未来的某种时间内，我是没有钱来供给你的。我知道我的家里不能接受我们。而你的父亲呢……”

“什么！你意思要把我所说的一切完全取消吗？”

“但是我们将怎么办呢？”

“你不是个懦夫，是不是？”

“告诉我我们应该怎样办。”

“唔……自杀！”

“鸠利，你疯了！”

“是的，我疯了；被失望和厌恶逼疯了，被这个要卖我的父亲逼疯了……假如你也疯了，而且是发狂地爱着我，你一定愿意和我一同自杀。”

“留心这句话吧，鸠利；你说你愿意我如此发狂地爱你，以致甘愿和你一同自杀。然而你并不是因为发狂地爱我而自杀，而是因为由于厌恶你的父亲和家庭而自杀啊。这并不是同样的事呢。”

“啊！你把它论断得多么好啊！爱情是不能论断的！”

于是他们也断了他们的友谊，鸠利不住地对自己说，“他也不爱我，正如那个一样，他们都是迷于我的美丽，不是迷于我，我都哦瞧不起他们！”说完．她便悲伤地哭起来。

“你看是不是，我的孩子。”她母亲说，“我没告诉你吗？再来一个吧！”

“一百个，母亲，一百个，一直等我找到一个——一个救我脱离你们俩的——为止。你们俩都是想卖我的！”

“把这话对你父亲去说吧。”

说完了，安娜克莱达夫人便跑到自己的房里痛哭了一顿。

末了，她的父亲对她说，“听着，我的女儿，我对这两件事都没有采用我所应该采用的办法。但是我要警告你，我已不能再忍受这种谬举了。”

“唔，我已经又犯了一点这种谬举呢。”直直地望着她父亲的眼睛，鸠利带一种反讥的调子喊。

“什么？”父亲威胁地叫。

“我又有了一个未婚夫。”

“又有一个！谁？”

“你不能猜猜吗？”

“不要拿我开玩笑，老这样不回答。你使我急了。”

“是谁吗？还不是亚巴多先生吗！”

“多么可怕呀！”她的母亲叫。

维克多林诺先生的脸变白了，一个字也说不出来了。亚巴多先生是一个非常富的地主，淫荡而且好女色，听说凡是他看中的女人，都不惜用各种法子得来。他结了婚，但又和他的妻子离开。他已经结了两次婚了。

“你对这事以为怎么样，父亲？”

“我以为你是疯了。”

“我既没疯，也没做梦。他沿着我们的窗子下面走，围着我们的房子下面转。可是我告诉他，叫他同你接洽吗？”

“我得离开这屋子，否则我和她的谈话就要有不幸的结局。”父亲出去了。

“唉，我的可怜的孩子哟！我的可怜的孩子哟！“她的母亲呻吟道。

“母亲，我敢担保这个提议在他看来并不是这样可怕；我告诉你，他一定会把我卖给亚巴多先生的。”这位可怜的姑娘的反抗渐渐减消了。她觉得即使是一个买卖的成交，在她也是一种赎罪。最要紧的就是，无论用什么法子，离开这个家庭和她的父亲。

在这时候有一个印第安人亚历山大·高麦兹，在南娜达城的边境上买了一块最富最大的田产。没有人知道他的来历，也没有人曾听见他讲过他的父母，他的原籍，和他的幼时。关于他，大家所知道的只是，他的父母曾在他很小的时候把他带到古巴，后来他又到了墨西哥，在那里——没有人知道是怎样——他发了一笔大得使人难信的财（据说有几百万元）。到了三十四岁，他便回到西班牙来，预备在这里住下。据说他是一个来历不明的鳏夫。

关于他，有许多极荒谬的故事，在人们中间传说着。和他来往的人，都觉得他是个野心家，充满巨大的计划，处处都是非常精细，非常果决，非常自信。他似乎非常自傲他自己的粗鄙。

“一个人有钱什么都可以办到。”他常说。

“不是永远可以，不是每个人都可以。”有人回答他说。

“不是每个人都可以，是的，但是那些自己有能力赚钱的人们可以。自然，一个无聊的富公子——一个糖做的伯爵或公爵——无论他有几百万也是无用的；但是我啊！我呢？用我自己的臂力致富的我呢？”

你真应该听他怎样说这个“我”字。他的全人格仿佛都聚在这个自信的字眼上了。

“凡我立意要做的事，我从来没有失败过。假使我愿意，我可以做美国的国务卿，但是我不愿意。”

亚历山大听见人们说到鸠利，南娜达城的最美丽的宝贝。“我们必须去看看。”他对他自己说。在他看见她之后，他说，“我们必须把她弄来！”

有一天，鸠利对她的父亲说：“你知道那奇怪的亚历山大吗——那许多日子以来人们整天讲的——那买迦巴颉都田庄的……”

“是的，是的。他怎么样？”

“你知道他也整天在我四周逗留吗？”

“鸠利，你打算骗我吗？”

“我说的正经话。”

“我告诉你不要拿我开心……”

她从她的胸衣里取出一封信，粗鲁地把它丢给她父亲。

“那么你要怎么办呢？”他问她。

“真的！我有什么要办的呢？我必须告诉他叫他同你去接洽，让你定价目吗？”

维克多林诺先生严厉地瞪了他的女儿一眼，一句话不说地离开了屋子。有还几天的工夫，全家都布满一种可怕的寂静和隐恨的空气。鸠利复了她这位求婚者一封充满了讥刺和恨恶的信。过了不久，她便接到了一封回信，上面写着这几个字，用重大、清楚，而多角的字写着，用重的底线画着：“你终究是要属于我的。亚历山大·高麦兹知道怎样去得他要得的东西。”读着这封信，鸠利想：“他是个真正的男子，他会救我吗？他会救我吗？”几天以后，维克多林诺先生走到他女儿房里，眼睛里含着泪，几乎要跪在她面前，对她说：

“听着，我的孩子，一切都靠你的决定了；我们所有的前途和我的声誉，都到了千钧一发的时候了，假如你不肯接受亚历山大的请求，我的破产，我的各种的密事，甚至我的……不久就都要暴露了。”

“不要告诉我这个。”

“不，我不要再隐瞒什么了。我的限期已经近了。他们将把我扔进监狱里去。在这以前，我曾尽了我的力量敷衍下去……为了你的原故，也是用了你的名字，‘可怜的姑娘’，他们常说。”

“那么假如我接受了呢？”

“让我现在把整个的事实告诉你吧。他查明了我的地位，晓得了一切事情。现在，感激他，我已经非常自由而舒服了，他结束了我所有的暧昧的账目，也偿还了我的……”

“是的，我知道，不要告诉我吧，但是现在怎样办呢？”

“现在我是完全在靠着他，我们都是；我是受着他的恩惠生活，即使你也是在靠着他。”

“换一句话说，你已经把我卖给他了？”

“不，他把我们全买了。”

“这样说，无论我愿意不愿意，我都是属于他了？”

“他并没说一定。他什么都不求，什么都不要……”

“好慷慨！”

“鸠利！”

“好了，我完全明白了。去告诉他吧，说在我这方面说，他爱几时来就几时来吧。”

刚说完这句话，她便开始抖战起来。刚才说话的是谁呢？她自己吗？不是，恐怕另有一个东西常常藏在她的身上，常常使她恐惧。

“谢谢你，我的孩子，谢谢你！”

父亲站起身来拥抱他的女儿，但是她却用手推开他喊：

“不要沾染了我的衣服！”

“但是，我的孩子……”

“去吻你的那些文件去吧！或者不如去吻那些要把你扔到狱里的人们去吧。”

“鸠利，我没有告诉你亚历山大·高麦兹知道怎样去得他要得的东西吗？人们还想去告诉我什么事不可能吗？告诉我。”

这是那位年轻的印第安人见了维克多林诺的女儿的第一句话。这位年轻的姑娘听见这句话立刻打了一个战。她平生第一次觉得她是立在一个真正的男子的面前。她觉得这个人比她所想象的更老实，更没有那么粗野。

在第三次来访之后，父母便让他们两人单独留在房里了。鸠利抖战着。亚历山大沉默着。这抖战和沉默支持了很久的工夫。

“鸠利，你仿佛有病似的。”他说。

“不，不，我很好。”

“那么你为什么这么抖战呢？因为冷，也许？”

“不，因为我害怕。”

“害怕！害怕什么？害怕我？……”

“我为什么要害怕你呢？”

“但是你确是害怕我呢。”

听见了这句话，她的恐惧便挣开了它的捆束，变成了眼泪。她从她的灵魂的深处哭了——用她的整个的心哭了。她的呜咽窒塞了她，使她不能呼吸。

“我是个食人鬼吗？”亚历山大低声说。

“他们已经卖了我了！他们已经卖了我了！他们拍卖了我的美丽！他们拿我做了交易！”

“谁说的这个？”

“我，我说的！但那是不行的，我是不肯跟你的，一直到死，我都不能属于你。”

“你是要属于我的，鸠利；你要跟我而且爱我……你的意见是你不肯爱我！我？这真是不可能的事！”

这“我”字的声调把鸠利的眼泪立刻打断，她的心脏似乎停止了跳动。于是，一面望着这个男子，一个声音似乎对她说：“这是个真正的男子。”

“你要怎样用我就怎样用我吧。”她说。

“你这句话什么意思？”他问，说话时仍旧毫不拘束。

“我不知道……我不知道这句话什么意思……”

“你为什么说我要怎样用你就怎样用你呢？”

“因为你的确能够……”

“我所要的……我所要的（他的“我”字总是又清楚，又得意）是要叫你做我的妻子。”

鸠利忍不住大叫了一声。她那美丽的大眼睛里充满了恐惧。她凝视着这位男子，他一面微笑着，一面问他自己说，“我要得全西班牙最美的妻子。”

“你以前又以为我要你什么呢？”他问。

“我以前以为……以前以为……”

她又开始窒塞地呜咽起来。接着她便感到一个嘴唇压在她的嘴唇上，还有一个声音向她说：“是的，我的妻子……我自己的妻子……完全属于我的……当然是我的合法的妻子。法律将批准我的意志……否则我的意志便要批准法律！”

“是的，我是属于你的……”

她完全被征服了。于是他们便定了结婚的日子。

在这个粗硬而秘密的人的身上，那一方面使她迷恋，一方面又使她害怕的是什么呢？最可笑的事就是他使她感到一种奇异的爱情。因为鸠利是不想爱这位冒险家的，因为他之所以把一个最美丽的女子弄来做妻子，不过是要借她显夸他的富有罢了。但是，虽然她不情愿爱他，她总觉得自己是被一种热情似的东西战败了。它与一个高傲的胜利者打进一个被掳的女子的心里的那种爱情非常相近。他的确不是买了她，简直完全征服了她。

“但是，”鸠利对自己说，“他真爱我吗？他爱我吗？真正爱‘我’吗？像他所说（他怎样说这个字哟！）他是真的为我自己而爱我，而不为夸耀我的美丽吗？对于他，我果然较战胜于一件罕有的非常值钱的装饰品吗？他是诚恳地倾心于我吗？但是他现在要做我的丈夫了，我也要离开这个可咒诅的家庭，脱离我的父亲了。因为我父亲一定是不能和我们住在一块的。我们将送给他一笔津贴，让他继续去侮辱我母亲，继续去和使女们鬼混。我们将禁止他再干那些靠不住的买卖。至于我，我可有有钱了——大大地有钱了。”

然而，她并不是完全满意。她知道全城的人都羡妒她；她知道她这无限的幸运已经做了众人的谈资，人们都说她的美丽已得了一切能得的东西。但是这个人真爱她吗？

“我一定要获得他的爱，”她对自己说，“我需要他真爱我。我不能做他的妻子而他毫不爱我，因为那不是好事情。但是，真的，我真爱他吗？”当她同他在一块时，她总是被一种惊讶笼罩着，同时一种神秘的声音从她的灵魂的深处跑出来说：“这是个真正的男子。”每次亚历山大说“我”的时候，她总是抖战。她是被爱情制得抖战了。虽然她也许以为是为了别的原因，或者完全不晓得。

他们结了婚，搬到京城去住。感谢他的财富，亚历山大有许多相识和朋友；但他们都多少地有点好奇。鸠利以为常到他们家里来的人——其中还有不少的贵族——都是她丈夫的债户，他们都用了很好的抵押品从她丈夫手里借了钱。但是在事实上她却一点也不知道他的事情，他也从来不对她提起它们。鸠利没有一件东西没有，她愿意怎样就怎样。但是她却渴望一件东西，这件东西也是她愿意得的。她并不是渴望这个征服了她，甚至迷住了她的人的爱情，乃是要知道他是否绝对的确地爱她。“他是爱我还是不爱我呢？”她常问她自己，“他时时对我留心，他用极大的敬意待我，有点仿佛我是个放纵的孩子似的；他甚至娇养我。但是，虽然如此——他真爱我吗？”和这人讲爱情或伤感的温存，简直是不可能的事。

“只是蠢货才讲这些东西。”他常说，“什么我的美丽的人儿呀……我的情人呀……我爱呀……想和我讲这些东西！通通是伤感的罗曼斯。我知道你常爱读小说……”

“我现在还爱……”

“那么你就读去吧。假使你喜欢的话，我就在我们旁边的那块空地上筑一个小楼，把从亚当一直到现在所有的小说，通通放在里面。”

“你总爱说这些大话！”

亚历山大的衣服永远是传的极朴素，极平常。并不是因为他穿着这种衣服，就可以没有人注意他，只是他有一种特别的粗俗的习惯罢了。他不欢喜换衣服，老爱穿着他所常穿的一件。你简直可以说，无论什么时候他换上一身新衣服，他总要把它在墙上摩擦，直到它样子破烂为止。在另一方面，他又坚持着要他妻子极端典丽，穿得可以充分地显出她的美丽。他从来不怕用钱，他最爱付的，就是衣服店和时装店的账，和鸠利买奢侈品的钱。

他常爱和她一同出去，为的是使人们注意他们俩的服装和举动间的差别。他很喜欢注意人们停住脚步望他的妻子；假如她有时故意卖弄地去引人，他便不去注意，或者也可以说假装不去注意。他似乎时时都在对那些带着肉感的欲望望着她的人们说："她使你高兴吗？我非常喜欢，但是她是属于我的，单单属于我的。请你息念吧！"她感到了这种意思，想道："这个人是爱我还是不爱我呢？"因为她永远把他看做"这个人"——看做她的。她是做了这个人的女人。渐渐地，她的心灵便变成了一个宫奴的心灵，一个受宠的，无匹的宫奴——但是，虽然如此，也就如此而已。

他们中间从来没有生过密腻。她猜不出什么是她丈夫所好的。有几次她曾冒着险问到他的家族的事。

"我的家族？"亚历山大便说，"我现在除了你没有别的家族。我的家族就是我，还有属于我的你。"

"但是你的父母呢？"

"对你自己说吧，我没有。我的家族自我起。我创造出我自己。"

"我想问你点别的事，亚历山大，但是我不敢。"

"你不敢？我会吃你吗？我可曾对你的说话生过气吗？"

"不，从来没有，我不抱怨。"

"好啊！"

"我不抱怨，但是……"

"说吧，要问我什么就问什么，让我们把它弄完。"

"不。我不问你了。"

"问我，我说！"

他是带着这样一种声调和这样一种自我主义来说这句话。使她不禁充满恐惧和爱——一个受宠的宫奴的帖服的爱——而抖战地回答了。

“那么，告诉我你是不是个鳏夫？”

一个轻微的皱眉像一个影子似地在亚历山大的额上闪过，同时他回答：

“是的，我是个鳏夫。”

“你的第一个妻子到什么地方去了？”

“人们曾对你讲过些事情。”

“怎么，没有啊。”

“人们曾对你讲过些事情；讲到的是什么？”

“啊，是的，我听他们说……”

“那么你相信了吗？……”

“不，我没相信。”

“自然你不能——不去相信是你的责任。”

“我也没相信。”

“这是非常自然的事，凡像你这样爱我的，凡像你这样属于我的，是不会相信这些谣言的。”

“实在的，我爱你……”

当她说这句话时，她本希望可以在他身上激起一种同样坦白的感情。

“我已经告诉过你我不喜欢那些从小说里取出来的句子。我们对一个人愈少说到爱愈好！”

略停了一会儿，他接着说：

“他们一定会告诉你我在年轻的时候，在墨西哥和一个年级比我很大的女人——一个年老的富家女——结了婚，后来我强迫她立我做她的继承人，立了之后我便杀了她。这是他们告诉你的，是不是？”

“是的，这是他们告诉我的。”

“那么你相信不相信呢？”

“不，我不相信。我不能相信你能杀你的妻子。”

“我知道你比我预料的还聪明得多。我怎么能杀我的妻子呢？——一个属于我的东西？”

鸠利开始抖战着，却不晓得自己的抖战乃是他把“东西”两个字用在他的前妻的身上。

“可是世界上仍旧有许多丈夫杀他们的妻子。”鸠利大胆地说。

“因为什么？”

“因为他们妒忌或他们的妻子不忠实……”

“胡说，只是痴子才去妒忌，因为只有痴子才让他们的妻子对他们不忠实呢。但是我啊！我的妻子就不会骗我。我的前妻不能骗我，你也不能骗我！”

“不要这样说话，让我们说点别的吧。”

“为什么？”

“听见你说这些事我就难过。仿佛我的脑子里会有欺骗你的念头呢，即使在我的梦里也不……”

“我知道，你不用告诉我我就知道。我知道你永远不会对我不忠实！欺骗我！我自己的妻子！不可能，至于她．我的前妻，她的死也不是我杀死的。”

亚历山大和他的妻子谈得最久的就是这次。她一直都是沉思着，抖战着。这个人是爱她还是不爱她呢？

可怜的鸠利！她这个新家简直就想她父亲的家一样可怕。她是自由的，绝对地自由。她爱怎样就怎样，爱出去就出去，爱进来就进来，爱接待什么男女朋友就接待什么男女朋友。但是她的夫君和主公——他爱她吗？这种疑虑便使她成了这个门窗大开着的富丽的土牢中的囚犯。

一线清晨的日光透入了她的女奴的灵魂的黑暗和乌云：她有孕了。“我终于可以知道他爱我不爱我了。”她说。

当对她的丈夫宣布了这个消息之后，他说：

“这正是我所料的，现在我有了后嗣，我将把他造就成人——一个像我一样的人。我料到他来。”

“假使他不来怎样办呢？”她问。

“他一定要来，你必须替我生个孩子——替我！”

“世界上也有许多人结了婚而没有孩子呢？”

“别人也许如此。我却不然！我必须有一个孩子。”

“因为什么呢？”

“因为你是一个会替我生一个孩子的。”

孩子生下来了，但父亲却仍旧像以前一样顽硬。他只坚持着不许他的妻子奶那孩子。

“我并不怀疑你有十足的健康和力量；但是奶孩子的母亲是要身子吃大亏的，我不愿意你的身体受影响。我要把你的青春保持得愈长久愈好。”

一直到医生对他说，鸠利奶她的孩子不但于她的身子没有损失，她的美丽反会增加，他才把他的决定取消。

这位父亲从来不高兴吻他的儿子。“这种温柔的蠢动作，有时反叫他们难受。”他常解释说。有时他也许把他抱起来，用很久的工夫去端详他。

“你有一次不是问到我的家族吗？”亚历山大有一天对他的妻子说，“那么，就在这里。现在我已经有一个家族，有一个承继我的财产和我的事业的人了。”

鸠利很想问她的丈夫什么是他的事业，但是她不敢。“我的事业！”真的，这个人的事业是什么呢？在另一个时候，她也听见他表示过同样的意思。

在常到他们家里来的人中，一位是波尔达维拉伯爵，这位伯爵与亚历山大有事业上的关系，后者曾用重利借给了他一笔很重要的款子——伯爵常常和鸠利在一块下棋，她很爱这种游戏——同时也常常把他的不幸的家务事，对他的朋友——他的债主的妻——发泄。波尔达维拉伯爵的家庭生活简直是个小地狱，并且是没有多少火焰的地狱。伯爵和伯爵夫人是完全合不到一块。他们也不相爱。两个人各人找各人的快乐，伯爵夫人更是谣言四出。有人曾为她造出这个小谜语：“谁是波尔达维拉伯爵的河东狮子？”因此伯爵便到美丽的鸠利家里来，想找别人的堕落安慰他自己的堕落。

“伯爵今天又来了吗？”亚历山大总问他的妻子。

“伯爵……伯爵……你说的是哪个伯爵？”

“算了吧！伯爵啊！这里只有一个伯爵，一个侯爵，一个公爵……他们在我仿佛都是一样，仿佛都是用一种原料做出来的。”

“啊，是的，他来过了。”

“如果他使你高兴，那也不错。他就会这一点把戏——可怜的傻子。”

“我以为他是个很聪明的人，有知识，很知礼，而且很富同情心。”

“唔，如果你高兴……”

“他也真可怜呢。”

“呸！那是他自己的错。”

“为什么？”

“因为他是个痴子。他所遭遇的一切都是完全自然的。像伯爵这样的笨货，受他自己的欺骗是很自然的事。你能称他为男子吗？我真不知一个人怎么会嫁给他这样一个东西。再说，她嫁的也不是他——而是他的爵衔。我倒要看看哪个女人会像她待这个不幸的人一样地待我！”

鸠利望了一下她的丈夫，忽然毫不自觉地脱口说：

“假使我来呢？假使你的妻子像他的妻子对他一样的对你呢？”

“胡说。”亚历山大哈哈地笑起来，“你总想把书里取出来的盐来加在我们的家庭生活里。但是如果你想实验我的妒忌，你就错了。我不是那种人。尽管和那个傻子玩去吧。”

“这人果然一点都不会妒忌吗？”鸠利问她自己。

“他看见伯爵常到我们家里来，并且拉拢我，难道就不动心吗？这是他由于信任我的忠实和我的爱吗？再不然这是由于他信任他对我的势力吗？这是不关心吗？他是爱我还是不爱我呢？”她渐渐有点愤怒了。她的夫君和主公使她的心受着苦痛。

这位不幸的女人一心一意地要激起她丈夫的妒忌，仿佛这就是她的爱情的关键似的；但仍旧没有用。

“你肯陪我到伯爵家里去吗？”她常问。

“做什么？”

“去吃茶。”

“我没有胃病。在我们那里，我们只在有胃病的时候才吃这种泥水。好好地去吃吧，竭力安慰安慰那位可怜的伯爵吧。伯爵夫人今天一定也要和你的好友在一块的。一桌好客，真的！”

可是伯爵仍旧继续包围着鸠利，他假装感受家庭的不幸的苦痛，为的是引起他的朋友的同情，由同情把她引到爱他，同时他又设法叫她明白他也晓得她的家庭里的小苦恼。

“是的，鸠利，是真的；我的家是个十足的地域。唉！假使我们早一点相识就好了！在我没有把自己陷入不幸之前，在你……”

“在我为陷入我的不幸之前吗，你的意思说？”

“不，不，这不是我的意思……”

“那么，你要说的是什么呢，伯爵？”

“在你未委身于这个人，你的丈夫之……”

“那么你以为卧那时就可以委身予你吗？”

“唔，可能的！可能的！……”

“多么胡说，你以为你对我有不能抵拒的魔力吗？”

“你能让我向你说一句话吗，鸠利？”

“你爱说什么就请说出来吧。”

“有不能抵拒的魔力的不是我，乃是我的爱。是的，我的爱！”

“你忘记了我是恋爱着我的丈夫的……”

“啊！至于那个……”

“你敢怀疑吗？是的，我是恋爱着他，正如我所告诉你的——我是挚诚地恋爱着我的丈夫……”

“但是——在他那方面……”

“你这话什么意思？谁告诉你他不爱我？”

“你自己。”

“我？我什么时候告诉你亚历山大不爱我的？”

“你用你的眼睛，你的动作，你的态度……”

“留心一点，伯爵，别使这次做你最末次的拜访吧。”

“可怜我吧，鸠利，让我一言不发地来拜访你吧。只让我看看你，只让我对着你来晒干我心里的泪……”

“多么好听啊！”

“至于我那仿佛使你这样生气的话……”

“仿佛？它真使我生气……”

“我果然真会使你生气吗？我只对你说了一件事：说假使我们在——我在落入我妻子的手里之前，你在你落人你丈夫的手里之前——相遇，我就可以像我现在一样地爱你了。允许我袒开我的心吧！那时我的爱就可以获得你的爱了。鸠利，我不是那些想用他们的个人事业来征服女人占有女人的人，那些——虽然他们都是这样——只要受人家爱而不去爱人家的人，你在我的脸上是找不到这种自傲的。”

鸠利觉得她自己已经慢慢地受了毒了。

“世界上有许多人，”伯爵说，“他们不会爱人，但是他们却要被人家爱，以为他们有权利得那些委身于他们的可怜的女人的绝对的爱情。他为使自己光荣起见，就要选一个以美丽出名的女人，把她像只驯服的母狮子似地带在身边。‘看看我们的母狮子，’他们大声说，‘你可看见她对我是多么服从吗？…

“伯爵，伯爵！你谈得太远了……”

波尔达维拉伯爵把身子移近一点，用他那战颤的呼吸吹着那藏在赤褐色的卷发里的红的耳朵小声说：

"鸠利，我已经打进了你的良心了。"

这种言语的亲腻使那只耳朵红起来了。

鸠利的胸部像一个风雨将近的海洋一样地开始起伏了。

"不要吵我吧，看上天的面子，不要吵我吧！假如他进来怎么办呢？"

"他不会进来。他对你做的任何事都不关心。假使他这样不来理你，那是因为他不爱你……是的，是的，他不爱你，鸠利，他不爱你！"

"那是因为他对我有绝对的信任……"

"对你？不，对他自己。他对他自己有一种绝对的，盲目的信念！他以为他——因为他是他——亚历山大·高麦兹——一个自己创业的人——我不愿意说他是怎样创的——他不相信一个女人会欺骗他。至于我，我很晓得他常骂我……"

"是的，他常骂你……"

"我早知道！但是他也常像骂我一样地骂你。…

"看老天爷的面上，不要说了吧，你简直在杀死我……"

"要叫你死的人是他——他——你的丈夫。而且你还不是第一个呢。"

"这是一个毁谤——伯爵，有一个毁谤！请离开此地；请离开此地，永远不要回来！"

"我走，但是我还要回来，总有一天你将温柔地对我说话的。"

说着，他便走了，留下她的心受着创伤。

"这个人的话是真的吗？"她问自己道，"这是实情吗？他把我自己不敢承认的事揭露了。他果然骂我吗？他果然不爱我吗？"

关于鸠利和波尔达维拉伯爵的关系的谣言渐渐传遍了。亚历山大一点也没听到，至少他也是装做这样。他把一个朋友的高密打断说："我知道你要对我说什么话。算了吧，这些故事都是无聊的闲话。一个人必须叫一个浪漫的女人有趣一点才行。”他说这句话可是因为他是一个懦夫吗？

但是，有一天在俱乐部里，有一个人在他面前说了一句双关的笑话，他立刻拾起了一个瓶子摔在他的头上。这立刻引起了一个可怕的毁谤。

“这种蠢笨的玩笑敢和我开！和我！”他用最抑扬的音调嚷，“就仿佛我不明白它们的意义似的！就仿佛我不晓得四周关于我的妻子的浪漫的行动的那些蠢话似的！我非把这些无根的故事除尽不可……”

“但也不是用这种法子，亚历山大先生。”有一个人冒险对他说。

“告诉我用什么法子吧。”

“你不如除净那引起这些故事酶主因。”

“啊！真的。不许伯爵到我家里来吗？”

“这是漂亮的办法。”

“但是那就要更使那些造谣家得意了。再说，我又不是个暴君。假如这个木偶似的伯爵能娱乐我那可怜的妻子，我就能只因为别的蠢货说这道那，而不叫她享受这个蠢货——我敢发誓，他只是个以唐焕自居的十足的痴子，无害的废物——的消遣吗？得啦！想跟我开玩笑！跟我！你们完全不明白我。”

“但是，亚历山大先生，在面子上……怎么办呢？”

“使我生存的是实际，不是面子。”

第二天，两个相貌庄严的绅士走到亚历山大的家里，为那被侮辱的人要求圆满的答复。

“叫他把他的医生和外科医生的账单送来吧！”他向他们说，“我答应把它结清，也答应赔偿一切损失。”

“但是，亚历山大先生……”

“你们要怎么样？”

“我们什么都不要。但被辱的方面要求偿补……要求圆满的答复……要求一个高尚的解释……”

“我不明白……也可以说我不愿意明白。”

“那么，这意思就是决斗。”

“很好。他想在什么时候就在什么时候。但是你们去无需乎顾到什么手续。我们用不着证人。只消他在脑袋干净之后——这就是说，当他那瓶伤复原之后——通知我一声好了；他爱到什么地方我们就到什么地方，关在一间房子里，只凭我们的拳头就可以把事情做个正当的解决。除了拳头之外什么武器我都不干，那时他就知道亚历山大·高麦兹是谁了。”

“你在拿我们开玩笑！”证人中的一个喊道。

“没有的事。你们代表你们的社会，我代表我的社会。你们出身于显贵的父母——贵族的门阀……我呢，我只有我自己手创的一个家庭。我没有出身，我也不愿意听你们那所谓‘名法’的瞎话，我已经警告你们了。”

两个证人立起身来，其中的一个——态度严肃，精力充足，但还不算完全傲慢（因为这个人也是个很有势力的富翁，而且是家族不明）——开口说：

“那么，亚历山大·高麦兹先生，我就要说……”

“你爱说什么就说什么，不过请小心一点，因为我这里还有一个瓶子。”

“这样，亚历山大·高麦兹先生，”他扬起喉咙来喊道，“你就不是一个真正的绅士了。”

“当然不是，当然我不是个绅士。我？我什么时候做过绅士呀？算了吧，算了吧……”

“是的，让我们走吧。”另一个证人说，“我们在这里没事可做了。至于你，亚历山大·高麦兹先生，你对于你那卑贱的举动一定要得相当的结果的。”

“一点不错，这正是我所希望的。至于那位——那位被我打破脑袋的多话的先生——请你们告诉他，我再说一遍吧，叫他把他的医生账单送来，叫他以后说话小心一点。至于你们两位——世界上的事是说不定的——假使你们有一天用得我这个不懂名法的野富翁的时候，你们可以来找我帮忙，我也一定肯替你们效力，正如我替别的绅士们效力一样。”

“这种情形简直不能再忍受了！让我们走吧。”说完这话，两个证人便跑出去了。

在同日晚上，亚历山大把他和这两个证人间的吵嘴告诉了他的妻子，又把掷瓶子的事给她解释了一番。他非常高兴地把他的冒险说出来。她惊愕地听着他的话。

“我！——一个绅士！亚历山大·高麦兹！没的事！我只是一个人，然而却是一个真正的人——十足的男子。”

“我呢？”她反问了一句，为的好说话。

“你吗？你是个真正的女人。一个爱都小说的真正的女人。至于那个和你下棋的小伯爵——他只是一个废物，比废物还废物。我为什么不禁止你和一个哈吧狗玩而禁止你和他玩呢？假使你去买一个哈吧狗，一个山羊，或一个小猴子回来，摸它，吻它——我就必须抓起那个狗，猫或小猴子把它丢到窗子外面去吗？那真要成一件漂亮的事呢；假使它落在什么路过的人的头上，那就更妙了！”

“但是，亚历山大，他们的话对了，你应该禁止这个人到我们家里来……”

“这个人吗，你说？”

“随便你吧。无论如何，你应该禁止波尔达维拉伯爵到我们家里来。”

“那是你的事。假使你不这样办。那就是因为这个人并没有夺得你的心。真的，假使你开始对他关心，你一定要把他送走，为的好保护你免受危险。”

“假如我开始对他关心怎么样呢？”

“真的！我们的话又说回来了。你想叫我妒忌。我！你什么时候才能明白我是和别人不同的哟？”

鸠利愈来愈不能了解她的丈夫，但是她却愈迷醉于他，愈想知道他爱不爱她。在另一方面，亚历山大虽然能相信他妻子的忠实，或者，也可以说，相信他的妻子——亚历山大的妻子！——欺骗他——有一个真正的人！——是不可能的。他开始对自己说：“这种都城里的生活和她所读的那些小说，把我这位小夫人的头已经弄昏了。”于是他便决定把她带到乡下去住，于是他们便搬到一个他们的田庄里去。

“在乡下住几天一定对你有很大的好处。”他对她说，“这可以使人安神。再说，假如你觉得没有你那小猴子便要无聊，你也可以邀他和我们同去。”

但是鸠利的焦急到了那里却更增大起来。她苦闷得要命。她的丈夫什么东西都不许她读。

“我把你带到这里来，是为的使你离开那些书，治好你那忧郁病，免得它重起来。”

“我的忧郁病？”

“当然，你罩满了忧郁的思想。它们都是从你那些书上来的。”

“那么我以后不再看它们就是了。”

“我并不要对你有这么大的要求……我什么都不要求，我是暴君吗？我曾对你有过什么苛求吗？”

“没有，你甚至不来求我爱你。”

“自然不来。那是一件求不可得的东西！再说，我知道你爱我，你不会爱别人……因为你已经明白一个真正的男子是什么样子，所以即使你勉强自己爱别的人，你也办不到。让我们不要再谈这种浪漫的话吧，我已经告诉过你我不喜欢这个。这只是合于在同那小伯爵吃茶的时候来说无聊话。”

当鸠利发现她的丈夫和一个连漂亮都不漂亮的使女有染时，她更苦痛了。有一晚上，饭后没有别人，鸠利忽然对他说：

“你别以为我不晓得你和西蒙的……”

“我一点都没打算隐藏，但是这也不是什么要紧的事。即使最好的菜……”

“这话什么意思？”

“你太可爱了，我不能每天占有你。”

他的妻子抖战了。这是第一次她的丈夫说她可爱。他真爱她吗？

“但是，”鸠利说，“怎样和这样一个贱东西呢？”

“当然啊，她的下贱正合我的脾气。你不要忘记，我是从猪圈里长大的，我的朋友们说我专爱下贱的东西，一点都不错。尝了一次这种粗野的开胃品，我就可以更能鉴赏你的美丽，典雅和高尚。”

“我真不知道你是在捧我还是在骂我。”

“你看！你的忧郁病又来了！我还以为你已经好了呢！”

“自然，你们男子，你们可以任意而行，欺骗我们……”

“谁欺骗了你？这就叫欺骗你吗？呸！书上的玩艺儿……书上的。我连一个针都不会给西蒙……”

“自然不会。她在你不过是个小狗，小猫，小猴子罢了！”

“是的，一个小猴子，正对。只是一个小猴子罢了！她最像这个！你给她起的名字真好：一个小猴子！但这能表示我不是你的丈夫吗？”

“你意思说，我并没因为这件事而失去做你的妻子……”

“你的病好得多了……”

“一个人慢慢地什么事都可以办得到。”

“办得到也恐怕时因为同我在一块，不是同你那个小猴子。”

“自然——同你在一块。”

“好。我不相信我这次粗野的戏竟会使你忌妒。你——会忌妒！我的妻子！为了那个母猴子！至于她，我要给她一代女嫁奁，叫她开步走。”

“自然——只要一个人有钱……”

“她将用这点嫁奁立刻嫁人，把嫁奁和一个男孩带给她的丈夫，假如这孩子像他的父亲——一个十足的男子——那位未婚夫就要人财两得了。”

“不要说了吧。不要说了吧。”可怜的鸠利忍不住哭起来了。

“我还以为乡村生活已医好了你的忧郁病呢。”亚历山大结论说，“当心不要让它加重吧！”

过了两天，他们便回到了他们的城里的住宅。

鸠利又恢复了她的长久的，苦痛的，不安的生活，波尔达维拉伯爵也恢复了他的拜访，虽则更加了小心。末乐，鸠利绝望起来，便开始在她丈夫面前故意注意伯爵对她献的殷勤。他看见便说：“我们必须再回到乡下给你治治病才行。”

有一天，绝望得不能忍，鸠利跑到她丈夫面前叫：

“你不是真正的男子，亚历山大，不，你不是真正的男子！”

“什么！我？为什么不是？”

“不，你不是真正的男子。”

“说清楚一点。”

“我知道你不爱我，我知道你不关心我，我知道你并不把我看作你的孩子的母亲，我知道你娶我不过为要展览我，不过要以我的容貌自骄……”

“真的！又是文章。我为什么不是个真正的男子呢？”

“现在我已经知道你并不爱我。”

“好，怎么样呢？”

“你允许伯爵——那个猴子，照你的称呼——愿意什么时候来就什么时候来。”

“是你答应的啊！”

“我为什么不答应呢，他是我的爱人！你听见了没有？他是我的爱人。”

亚历山大不动声色地望着他的妻子，鸠利预料他一定勃然大怒，于是便更兴奋地吼道：

“怎么样吧！现在你不是要像杀死那个女人一样地杀死我吗？“

“我杀那个女人并不是真事，那个猴子是你的爱人也不是真事。你对我扯谎不过为的激动我。你想把我变作一个俄代罗，然而我的家却不是一个剧场。再说，如果你这样下去，你就完了，因为你将变成一个痴子，我必须把你关起来。”

“痴子？我——痴子吗？”

“完全是。你想，竟到了相信自己有爱人的地步了！这就是说——竟要我相信！想叫我对你用那些只适于伯爵的茶桌的小说里的字句，这种野心却是不能实现的。我的家不是一个剧场。”

“懦夫，懦夫，你是懦夫！”鸠利忘情地叫。

“我们不久就应该更加特别的小心了。”她的丈夫回答。在这场吵架之后两天——在这期间他曾把他的妻子严禁起来——亚历山大把他的妻子传到他的书室里。可怜的鸠利完全失去了力量，只好服从了这命令。到了那里，她看见她的丈夫正在那里等着她，此外还有波尔达维拉伯爵和两个别的绅士。

“听着，鸠利，”亚历山大带一种可怕的镇静说，“这两位先生是两个神经病家，我特别把他们请来查看你的病，为的好想法子医治。你的脑筋不大好；在你神志清白的时候，你一定也自己知道。”

“你在这里做什么，我亲爱的约翰？”鸠利问，也不理她的丈夫。

“你们看见没有？”后者转向两个医生说，“她总不肯放弃她的幻想。她固执地以为这位先生是……”

“我的爱人！”她插口说，“如果这不是实在的，那么让他否认吧。”

伯爵俯视着地板。

“你看，伯爵，她是怎么坚持她的疯病啊！”亚历山大对波尔达维拉说，“你实在没有——你实在不会和我的妻子有这种关系……”

“当然没有。”伯爵叫道。

“你们看见没有？”亚历山大继续对着医生们说。

“你也敢，约翰，也敢否认我是属于你的吗？”鸠利叫。

伯爵在亚历山大的冷然的视线下战抖了。他回答：

“自克一点吧，夫人，你十分知道这些话是不确实的。你知道，如果我常到府上来，那不过是因为我是你的丈夫的朋友，也是以为我，波尔达维拉伯爵，开罪不起……”

“我这样的一个朋友，”亚历山大插口说，“我！我？亚历山大·高麦兹！没有什么伯爵能开罪我，我的妻子也不能对我不忠实。你看，先生，这个可怜的女人完全痴了。’

“你也是呢，约翰，”她叫，“懦夫——你这个懦夫！”

她的神经突然一紧，她昏过去了。

“现在，亲爱的先生，”亚历山大对伯爵说，“我们出去吧，让这两位高明的医生完结他们的诊断。”

伯爵随着他走出。他们离开书室之后，亚历山大对他说：

“现在我们先讲明白，伯爵，一条路是宣告我妻痴狂，一条路是把你的脑袋劈成两半——连你的带她的——随便你决定吧。”

“我应该做的是把我欠你的通通还清，省得再和你有什么来往。”

“你欠我的是闭上你的嘴。因此我们的结论就是：我的妻子是疯子，你是蠢货中的蠢货。并且——请小心这个！”他抽出一支手枪。

“几分钟以后，当两个神经病家离开书室的时候，他们商量道：

“这是一幕可怕的悲剧，我们怎么办呢？”

“我们除了宣布她疯痴之外还有什么别的办法呢？否则这个人就会

把她和那个可怜的伯爵都杀死的。"

"但是我们的职业的责任呢？"

"我们目下的责任乃是阻止一个更大的犯罪。"

"我们宣布这个人疯狂不好吗？"

"他并不疯。他有别的毛病。"

"'十足的男子。'——照他说。"

"可怜的女人！听她说起来真可怕。我所怕的是她终于会真变成疯子。可是，这样宣布她我们或者还可以救她。无论怎样我们得赶快离开这个房子才好。"

他们果然宣告她发了痴。于是，因为他们的宣告，她的丈夫便把她送入了一个疗养院。

当鸠利发现自己做了这疗养院的囚犯时，一块浓重的，忧郁的，失望的岑云仿佛压在她的头上。她所得的惟一的安慰就是他们差不多每天把她的孩子给她带来一次。她总是紧紧地把他抱在怀里，让她的眼泪流满了他的小脸。那可怜的小东西，虽然不明白，也总和她一块哭。

"唉！我的孩子，我的小孩子！"她常这样对他说："如果我能把在你身上你父亲的血液吸尽就是了！因为他真是你的父啊！"

因为孤独，这可怜的女人渐渐觉得'自己真有要疯的趋势了，常常对自己说："我这样岂不是真要在这里变成疯子吗？我和那无耻的伯爵的事情岂不真要作为幻想吗？唉！懦夫，是的，他是懦夫啊！他竟敢这样把我丢下，让我被禁在这里！啊！小猴子——小猴子！这是多么对啊！那么亚历山大为什么不把我们俩都杀死呢？他这种报复的法子是更可怕啊！他为什么要去杀这个怯懦的小猴子呢！不，真的，压迫他，逼他说谎话，那好多了。他见了我的丈夫就抖战——他在他面前抖战。这是因为我的丈夫是个真正的男子！那么他为什么不杀我呢？若是俄代罗，他早把我杀了！但是亚历山大不是个俄代罗，他不是俄代罗那样的凶奴。俄代罗是个凶暴的摩尔人——但是他却不大聪明。亚历山大有一副有力的脑筋和一副可怕的自骄。这人的确用不着杀他的第一个妻子，他只消逼她自己死就够了。一看见他她就会起一种纯粹的恐惧。我呢？……他真爱我吗？”

于是，在这里，在这疯人院里，她有开始用这个苦痛的问题搅扰她的心灵了：“他爱我吗？——或是他不爱我吗？”接着又对她自己说：“至于我——我简直盲目地爱他！”

末了，为免得发狂，她便假装自己的病已被治好，对院里的人说她和波尔达维拉的恋爱只是她自己的幻想。于是他们便通知了她的丈夫。

有一天他们把她叫到客厅里，她的丈夫正在那里候着她。她伏在她丈夫的脚下，呜咽道：

“饶恕我，亚历山大，饶恕我！”

“起来，鸠利。”他把她扶起道。

“饶恕我吧！”

“饶恕你？饶恕你什么？他们对我说你已经好了，你已经没有那些幻觉了……”

鸠利恐惧地感到她丈夫的冷而射人的目光。她觉得她自己充满一种盲目的，无理的爱情，同时杂着同样盲目的恐怖。

“你说对了，亚历山大，你说对了。我疯了——绝对地疯了。为了使你忌妒——只为了使你忌妒，我造出了这些故事。它们不过是谎话罢了。真的，我怎么能欺骗你呢！告诉我你相信我！”

“有一天，鸠利，你问我杀了我的前妻是不是真的。”她的丈夫用一种冰似的声调说，“我反过来问你相信不相信。你回答的是什么？”

“我说我不信。叫我信那种话是不可能的。”

“好，那么，现在我就对你说：我不曾相信——我也不会相信你会委身于这个小猴子。这样够了吗？”

她开始发抖了，感到自己已经临近疯狂的边界，是一种混合着恐惧和爱的疯狂。

“那么，现在，”这可怜的女人吻着她丈夫，对着他的耳朵细声说，“现在，亚历山大，你肯告诉我——你爱我吗？”

这时她在他身上第一次看到一件她从没有见过的东西：她窥见了这位有钱的，创业的人所妒忌似的隐藏着的可怕的，紧密的内在的灵魂。她就仿佛一个危险的电光突然在他的孤独的灵魂的湖上闪过，使他的湖面起了皱纹；因为，在这个人的冷利若剑的两眼上，现在已滴出了两滴眼泪。接着他便对她叫喊着说：

“我爱你吗，我亲爱的孩子——我爱你吗！我用我的全灵魂爱你，用我的所有的血和我身上的一切爱你。我爱你甚于我的生命！起初当我们结婚的时候，我并不爱你。但是现在呢？现在我简直盲目地爱你——发痴地爱你。我属于你胜予属于我。”

接着，用一种兽似的愤怒，发烧地，狂野地，疯子一样地吻着她，他继续地叫着：“鸠利！鸠利！——我的神——我的一切！”

看见了她丈夫的赤裸的灵魂，她觉得她要疯了。

“这是我愿意死的时候了，亚历山大。”她把头靠在他的肩膀上，在他的耳边小声说。

听见了这句话，这人仿佛立刻惊醒起来，把自己的梦摆脱，接着，就仿佛他的眼睛——这时又变成了冷然的射人的样子——已经把他们的眼泪吞了下去似的。他说：

“什么都没有，鸠利。这不是真的吗？你现在一切都知道了；但是我刚才的话并不是我真心要说的……忘掉它吧。”

“忘掉它？”

“好，那么就记住它吧。但是你必须像没有听见它一样地过下去。”

“我只要把它留在心里好了。”

“你也可以对你自己背诵它。”

“我只把它留在心里，但是……”

“那就够了。”

“但是凭老天爷的名字，亚历山大，让我继续一会儿吧……只消一刹那……你是为我的自身而爱我，为我的灵魂而爱我呢——即使我是属于另一个人——还是因为我是一件属于你的东西而爱我呢？”

“我已经对你说过，你必须把我刚才告诉你的话忘掉。如果你再要多求，我就不得不把你丢在这里了。我是来把你带走的，但是你必须完全痊愈才行。”

“我的确完全痊愈了！”他的妻子感情勃然地断言道。

于是亚历山大便把她带到他的家里。

在鸠利从疗养院释放出来不多几天，波尔达维拉伯爵便接到亚历山大的一封半邀请半命令的信，叫他去同他吃饭。信上写道：

“如你所知，我的妻子已经完全痊愈地出了医院；这位不幸的女人曾在她的疯狂中重重地触犯了你——虽然并没有一点意思要害你——诬控你犯一件像你这样的绅士所不会犯的坏名的事；我请你在下星期四同我们吃晚饭，因为我非常想使你这样的一个绅十，有一个应得的赔罪。我的妻子求你来，我也要你来。因为如果你不在这定明的时候来接受这些赔罪和解释，你就要有某种结果。再说，你也知道我做得出来的是什么。亚历山大·高麦兹。”

波尔达维拉伯爵接受了这个邀请，面孔青着，身子战着，畏畏缩缩地来到他们家里，晚饭是带着最沮丧的谈话吃的。他们谈了无数的小事情——当着仆人们——其中杂着亚历山大的轻率而动人的笑话。吃完最后的一道菜之后，亚历山大转身向一个仆人吩咐道：“拿茶来。”

“茶！”伯爵冒险地惊讶了一声。

“自然哪，我亲爱的伯爵。”家主回答，“并不是因为我有胃病，不过是合合规矩罢了。在两个十全的绅士有什么解释的时候，吃茶是很合适的……”

接着他便转向仆人说：“现在你们可以出去了。”

屋子里只剩下了他们三个，伯爵抖战着。他连茶都不敢尝。

“先给我倒上，鸠利。”她的丈夫说，“让我先喝，伯爵，证明一个人可以完全放胆地在我家里吃茶。”

“但是我……”

“不，伯爵，虽然我不是一个真正的绅士，或甚至比这还不如，我还不至于用这种手段。现在，我的妻子要向你解释几句。”

亚历山大向鸠利望了一眼，于是很慢地，她开始用一种鬼似的声音说了。她是辉焕地美丽。她的眼睛发着光。她的字句清冷而平稳地泄着，但是一个人可以测到一个吞入的火焰正在它们底下烧着：

“我叫我的丈夫请你来到这里，伯爵，”鸠利开始说，“因为我曾重重地触犯了你，应该向你解释。”

“我吗，鸠利？”

“不要叫我鸠利。是的，你，当初最初发狂时——当我像发狂地倾心于我的丈夫而想找出他是否爱我的时候——我曾打算借你引起我丈夫的妒忌，于是，由于我的疯狂，我竟诬控你败坏了我。不是真的吗，伯爵？”

“的确，的确，鸠利夫人……”

“高麦兹夫人。”亚历山大改正道。

“你必须饶恕我在和我丈夫叫你‘小猴子’的时候所诬控你的事。”

“我原谅你。”

“我那时诬控你的是一件卑陋而下贱的行为，完全配不上你这样的一个绅士。”

“这个句子用得正合适，”亚历山大加上说，“正合适‘一个卑陋而下贱的行为，配不上一位绅士’。

“我要再说一遍——虽然我是可以而且必须因为我那时的景况而被原谅，我仍旧要要求你的原谅。你肯给我吗？”

“是的，是的，我给你，夫人；我给你们两个人。”伯爵半死不活地呻吟，恨不得愈快愈好地逃出这个房子。

“给我们两个人？”亚历山大插嘴说，“我用不着你原谅。”

“的确的……的确的！”

“算了，算了，请镇静镇静吧。”丈夫说，“我看你非常不自在。再吃一杯茶吧。鸠利，给伯爵倒上。你愿意在里面加点菩提汁吗？”

“不，不……”

“好，现在我的妻子已经把她应对你说的话说完，你也饶恕了她的疯狂，让我求你以后常常光临我的家哩吧。既发生了这种事情，你当然明白，如果我们断了友谊，那是一件最无趣味的事。现在我的妻 .f– 感谢我给她的关心——已经完全痊愈了，你来这里也不会有什么危险了。为向你证明我对我妻子的痊愈的信心起见，我现在要把你们俩留在这里，恐怕她也有什么不敢当着我面前说的——我不愿意听的——话对你说。”

亚历山大离开了屋子，使他们俩坐在那里面面相对，同样地被他这举动吓住。

“怎样一个人啊！”

“这才是个真正的男子呢！”鸠利对她自己说。

一个压人的寂静跟着他的走出进来了。鸠利和伯爵谁都不敢抬起头来互相望一眼。波尔达维拉用眼向鸠利的丈夫走出的门那边瞟着。

“不要那样望着那门。”鸠利说，“你不知道我丈夫的为人，他不会藏在门后面窃听我们的话。”

“我怎么知道他不会呢？他还许带证人一齐来呢。”

“你为什么说这个话，伯爵？”

“你以为我已经忘记他把两个医生带来，千方百计地逼辱我，并且宣布你发疯的那天了吗！”

“但是那是实情呢。假如我那时没有疯，我是永远不会说你是我的爱人的。”

“但是……”

“但是什么……伯爵？”

“你是要宣布我发狂吗？你的意思，鸠利，是要否认……”

“请你用鸠利夫人或高麦兹夫人好不好！”

“你的意思是说，高麦兹夫人，为了某种原故，你没有真接受我的进行——不但是进行，而且我的爱？”

“伯爵！”

“其实你后来不但接受了它们，而且还做了它们的鼓励者……”

“我已经告诉了你，伯爵，我那时发了痴。我必须要再说一遍吗？”

“你否认我曾是你的爱人吗？”

“我再对你说一遍：我那时发了痴。”

“我一分钟也不能再在这里坐了！再见吧！”

伯爵把他的手伸出来，预料着她一定拒绝。但是她却用她的手握住它，对他说：

“你大概已经晓得我的丈夫所说的话了吧？你愿意什么时候来就可以来……”

“但是，鸠利！”

“什么！你又要开始吗？我既然告诉你我那时发了痴……”

“我简直被你和你的丈夫逼得要疯了……”

“你？逼得你要疯！我觉得这倒不是一件容易事呢……”

“但是这是事实呀！你叫我‘小猴子’。”

鸠利哈哈地笑了。又羞又愤，伯爵抱着不再回来的决心离开了这所房子。

这层层的波折震摇了可怜的鸠利的生活，她很重地病了：神经错乱。这时她仿佛真要疯了。她时时被一种发热的昏乱迷住，在昏乱中总是最热烈的，最多情的字眼呼着她的丈夫。每到他妻子的这种苦痛的病发作时，他总是不顾一切地跑来竭力镇定她。“我是属于你的，属于你的，完全属于你的。”他总是这样在她的耳边重复说，同时她总是把全身吊在他的领子上，仿佛要把他扼死似的。

他把她搬到他的一个田庄上去，希望乡村生活能够对她有好处。但是这病却渐渐地夺去了她的生命，这可怕的病症已经深入膏肓了。

当这富人了感到死神将要把他的妻子从他手里夺去的时候，他全身充满了一种可怕的镇静和顽固的愤怒。他把所有的最好的医生都叫了来。“完全没有希望。”他们总这样对他说。

“替我救活她吧。”他总是这样对医生说。

“那是完全不可能的，亚历山大先生，完全不可能的。“

“救活她，我告诉你！我愿意牺牲我所有的财产，所有的金钱来救她的命！”

“那是完全不可能的，亚历山大先生。”

“那么我就为她舍我的生命！你不会做一个借血的手术吗？把我所有的血取出来给他吧。来，把我所有的血吸出来吧。”

“那是完全不可能的，亚历山大先生，不可能的。”

“你这话什么意思——不可能？我要把我所有的血给她，我说！”

“只有上帝能救活她。”

“上帝！上帝在哪里？我从来没想到过他。”

接着，把身子向鸠利——他的妻子——她的脸苍白得可怕，但是却从来没有比这时更美丽了——带着临死的时候的美丽——转过去，他对她说：

“鸠利——上帝在哪里？”于是她便把她那大而出神的眼睛向上一动，好像说：“他在那里……”

亚历山大审视那悬在床头的十字架，接着便把它拿下来，握在手里大叫："把她救活，把我所有的财产，所有的血……所有的一切都取了去吧……"鸠利总是望着他微笑。她丈夫的盲目的愤怒使她充满一种温柔的光明。她终于得到真的快乐了！她怎么竟会怀疑这个人不爱她呢？

生命一点一点地从她的身上流尽了。她渐渐地变得冰冷而像石头一样。于是这位丈夫便躺在她的身旁热情地吻她。他想把他所有的温度传到她的身上，补上她所失去的温度。他甚至想把自己的呼吸给她。他好像一个疯狂到一百分的人。同时她总是继续对他微笑着。

"我要死了，亚历山大，我要死了。"

"不，你不死。"他总是对她说，"你绝对不会死。"

"你的妻子是不会死的，是吗？"

"对了，我的妻子不会死，我宁肯自己死。来吧，让死来吧。向我来！让死向我来吧！让它来吧！"

"啊！我现在知道我的苦痛并不是白受了！你想想吧，我竟怀疑过你的爱呢！"

"不，我并没有爱你。我已经对你说过一千遍了，鸠利，说那些愚傻的情话只是那些文章上的胡说八道罢了。不，我并没有爱你。爱！爱！想想吧，那些坏东西们，那些懦汉们口里讲着爱，却让他们的妻子死去！不，那不是爱，我不爱你……"

"你说什么？"她重被以前的恐惧所占，用一种最软弱的声音问。

"不，我不爱你……我……简直没有适当的字！"接着他便发出一阵长久面无泪的呜咽，仿佛死人的叹息。这是一种苦痛而蛮野的爱情的苦吟。

"亚历山大！"

这个薄弱的呼唤包含着最后的胜利的可怜的欢呼。

“你不能死！你绝对不会死；我不让你死！鸠利，杀了我吧，但你却必须活着！”

“我要死了……”

“我同你一齐死！”

“孩子怎么办呢，亚历山大？”

“他也必须死！没有你为什么爱他呢？”

“啊，上帝！亚历山大，你疯了……”

“是的，我是惟一的痴子，我曾做了许久的疯子——我是惟一的疯子……杀死我吧，带我跟你一同去！”

“假如我能够……”

“不，不！杀死我，但你却是要活着的。为你的自满而活着吧。”

“你怎么办呢？”

“我吗？如果我要不是属于你的，就给我死吧！”

他把她抱得更紧了，仿佛要阻止她离开似的。

“现在你肯告诉我你是谁吗，亚历山大？”鸠利在他的耳边轻声说。

“我吗？不过是一个人罢了——然而是属于你的；一个你造成的人。”

这个字就仿佛是一个墓中的低语似的——就仿佛是人类的船筏驶入那神秘的黑水时从生命之岸发出来的一样。

亚历山大觉得他的强壮的两臂只是抱着一个没有气息的人体了。他的心里仿佛就感到一种将死之夜的死似的冷气。他立起身子，望着那僵硬而没有气息的美人。他从来没有见过她比今天更美丽。她好像是浴在那死后的永久的黎明的光辉里。比回忆着这个冷僵的尸体更大地，他感到他的一生像薄云一样地在他的眼前过着——他那曾瞒了一切人，甚至他自己的一生，他甚至一直想到他那些可怕的童年——想到他在那称为父亲的人的无情的鞭挞之下抖战的时候；想到他诅咒自己的时候——想到有一天晚上，绝望得不能复忍，他曾在他的小乡村的教堂里向一个基督像挥拳示威。

末了他离开了屋子——把门关上，跑出去找他的孩子，这个小男孩刚刚只有三岁，他的父亲把他抱起来，同他一起走进屋子。他开始狂暴地吻他的孩子，孩子因为不惯于他父亲的吻法，也因为从来没有受过他一个吻，更许是因为已经猜出那在他胸中荡动着地野蛮的热情，便开始哭起来了。

“不要做声，我的孩子，不要做声。你肯饶恕我要做的事吗？你肯饶恕我吗？”

孩子被他吓住，便止住了哭。他望着他的父亲——他正在从他的眼睛，口，头发上寻找他的失去的鸠利的眼睛，口，头发。

“饶恕我，我的孩子，饶恕我！”

他自己又到别的屋子里逗留了一会儿，为的好写下他的遗嘱，接着他便回到他的妻子——或者可以说曾经做他的妻子的东西——的身边。

“我把我的血给你。”亚历山大向她说，仿佛她能听见似的，“死把你夺走了，现在我要去追上你！”一时之间他觉得他已经看见了他的妻子微笑了，眼动了。他开始拥抱她，叫她，对她用小声说了无数的可怕的温存话，但是她仍旧非常冷。

过了些时，当他们把停尸的屋子的门打开时，他们看见他正用手臂抱着他的妻子。他是又白又冷，浸在那完全从他身上流出的血泊里。

# 货箱

达里欧

在远处，在好像是蓝铅笔画出的那条分开了水和天的线上，太阳正在慢慢地沉下去，它带着它的金色的沙尘的紫色火花的旋风，像是一个灿耀的大铁盘。

海关码头已归于沉寂；海关的办事员们都来来往往地踱着，把帽子拉下来紧压到眉毛边，向四面张望着。起重机的巨大的臂是不动了；工人们都起身回家了。

海水在码头下呜咽着，而那在傍晚的时候从海上吹来的咸湿的风，吹得那附近的小船不住地颠簸。

船夫们都已经去了，只剩下那个年老的路加思大叔。这位路加思大叔在早晨搬一个桶子上货车的时候伤了腿，虽则蹒跚难行，他却还做了一整天的工。这时他坐在一根木柱上，嘴里衔着烟斗，悲哀地凝望着大海。

“啊，路加思大叔，你在休息吗？”

“不错，正是，我的少爷。”

于是他便开始了他的闲话，那种流畅而有趣的闲话，那种我欢喜从那些卖力为生，有着健康的身体和壮实的筋肉，吃着豆子和红酒的粗人们嘴里听到的闲话。

我和蔼地望着这个年老的粗人，我很有兴味地听着他的故事，这很短的，全是从一个卑微而高尚的心里说出来的故事。“啊，在我当兵的时候啊！呃，在我还是孩子的时候，我已当了蒲尔奈斯的兵了。你瞧，我那时已有力气拿起来福枪来和米拉福洛雷斯的人打仗了。接着我结婚了。我生了一个儿子。啊！对啦，少爷，他在两年之前死了！”

那双在丛厚的眼毛下的发亮的小眼睛，那时便濡湿了。

“他怎样死的？为了要替我们一家——我的女人，儿女和我——赚饭吃呀，少爷，因为那时我正害着病。”

于是，在海波已笼上了烟雾，城市已点起了灯火的时候，坐在那根当凳子坐的木柱上，熄了他的黑色的烟斗，又把它夹在耳后，把他那穿着卷到踝节边的肮脏的裤子的有力的瘦腿伸直了，搭起来，他便把那整个的故事告诉了我。

那个孩子是很规矩，而且是一个好人。在他长大了的时候，路加思大叔想把他送到学校里去念书，但是，肚子饿得发叫的穷人是不能念书的。

路加思大叔是已结婚了的。他有许多儿女。

他的女人有了那穷人的最要命的毛病——多产。有许多嗷嗷待哺的嘴，有许多滚在泥泞里的小家伙，有许多冷得发抖的瘦弱的身体——他必须找东西给他们吃，找破衣给他们穿，为了这些，于是他不得不毫无趣味地生活，不得不像牛一样地做工。

当他的儿子长大了的时候，他便帮助他的父亲。一个邻居的铁匠要叫他学打铁，但是他那时身体是那样地弱，简直足一副骨头架子，而打铁又是一件很吃力的工作；他害了病进了医院。他却没有死！那时他们住在那沦落妇人的污秽的区域里的，一间四壁破烂的又旧又脏的房子里。那房子里晚上只点着几盏小灯，整天发着霉湿的气味。那时时时刻刻震响着摩尔人的宴会的呼喊声，箜篌声和手风琴声，和水手的喧闹声。这些经过了海上的长久的禁欲的水手，是由龟鸨领带着，喝醉得像木桶一样，又像定了死刑的囚徒一样地呼啸，跺脚。然而在这下流的欢宴的腐败之中，这年轻的孩子却很快地变成壮健而端正的了。

路加思大叔经过了千万的困难，终于买了一只小船。他做渔夫了。在太阳初出的时候，他带着捕鱼具和他的小孩子到海上去。一个划船，一个装饵。捕完鱼后，他们怀着那卖掉他们的捕获品的热望，沿着海岸在清飕暗雾中低唱着一曲“悲歌”回来；船桡轻溅着水沫。

如果天气好，他们晚上便再到海上去。有一个冬天的晚上，忽然起了一阵大风暴。坐在一只小小的船上的父子，在海上吃尽了风浪的苦头。靠岸是十分困难的。鱼和一切别的东西都掉了到海里去，所侥幸者是他们还没有淹死，他们拼命地向岸上挣扎。他们正要近岸了；可是一阵该死的狂风却使他们撞在一块岩石上，于是小船便碎成片片了。他们逃了出来，“只稍稍受了一点伤，谢天谢地！”路加思大叔提到这事的时候，便这样说。

出了这件事以后，他们两人便都做了船夫，做了系在从绞架一般的坚实的起重机上像铁蛇似地挂下来的铁链上的，那些扁平的黑色的大船上的船夫。别人要他们到哪里他们就得到哪里，在船埠里从码头跑到轮船，从轮船跑到码头，叫喊着把些重的货包推过去系在那有力的铁钩上，于是铁钩便把货包吊起来，像钟摆一样地摆动着，这老人和孩子，这父亲和儿子，便是这样地挣扎着为他们自己和为家里的儿女们赚他们每天的口粮的。

他们每天出去做工，穿着旧衣服，束着破腰带，每人都包着有颜色的头巾，而当他们走到船角上去躺一会儿的时候，他们的笨重的大皮鞋一齐地跺着。他们整天地在小轮船的角上来来去去地装货卸货。

那父亲是很小心的。“孩子，当心撞破你的头！用手扶住一点吧。你要折断骨头了。”于是他拿他自己的方法，用老工人和慈父的粗话来教导指挥他的儿子。有一天，路加思大叔不能出门工作了，因为风湿症使他全身的关节肿胀，又使他的骨头酸痛。

“哦！要买药，又要买食物。少不了的事。儿子啊，去做工赚点钱来；今天是礼拜六。”

于是他的儿子便连早饭也没有吃，急急忙忙地出去做他的每日的工作了。那天天气很好，天朗气清，耀着黄金的太阳。货车在码头的铁轨上滚着，滑车辘辘地响着，铁链锵锵地鸣着。工作中混乱得使人头昏脑胀，到处都响着铁器的叮当声，飘过树林的风声，和许多船只的机器声。

路加思大叔的儿子是站在码头的一架起重机下面，和别的船夫们在一起，正在急急忙忙地卸一只货船。他们必须把那只装满了货箱的船卸空。那条一头有钩子的长铁链不时地降下来，在滑过滑车的时候，它便像一个多嘴的人似地响着。工人们把这些沉重的货包用一条双叠的绳子捆住了，系在一个大铁钩上，于是便将它拉起来，像是一条上钩的鱼，或是像一个测深索的一端的铅锤，有时是很稳，有时候像钟锤一样地空中东摇西摆着。货物已堆积起来了。波浪打着那只满装着货箱的船。在中间有一只货箱呈着金字塔形。那是货箱中的最大的一只，又阔又厚，又满粘了柏油。它是在船底里。一个人站在它的上面，便像是一个在油腻的背景上的小人物。和一切平常的进口货一样，它是用帆布包着，又钉着铁皮。在这货箱的边上，在那些直线和黑色的三角之间，写着几个像眼睛一样的字，路加思大叔所谓“钻石”的字。它的铁皮都是用大头的粗钉钉着，这样可以把里面所装的布和纱裹得很结实。

铁链突然落下来，没有钩上这货箱。

“这畜生。”有一个工人说。

“这大肚子。”另一个人跟上去说，

那想赶快回来的路加思大叔的儿子，正预备拿了工钱去吃早饭。他在项劲上结了一块手帕。在下面，铁链在空中飞舞着。他们在货箱上打了一个大活结，试了试是否结实。他们喊了一声“起！”铁链便立刻把货箱从人群中拉了起来，轧响着升到空中去。

船夫们都站着望着那巨大的重货升上去，准备一遇有什么可怕的事发生就向岸上跑。那只货箱，那只油腻的货箱，突然从活结上滑了下来，像一只从铁链挣出来的狗一样，它恰巧落在立在船沿和大货堆之间的路加思大叔的儿子身上。它把他压得脏破骨断，黑色的血从他的嘴里流出来。那一天在路加思大叔家里没有面包又没有药，只有那被压死的孩子在他的母亲和孩子们的哀哭之间，被他的患着风湿症的父亲抱着啼哭。以后他们便把他的尸体送到坟场里去。

我匆匆地离开了这个老船夫，漫步穿过码头，一面向家里走回去，一面用一个诗人的整个缓慢的心寻思着，在这时候，一片从海上吹过来的寒风，锐利地刺着我的鼻和耳。

# （四）童话故事

## 仙 女

从前有一位寡妇，她有两个女儿：大女儿的脾气和容貌与母亲很像很像，别人只要一看见她，就等于看见她的母亲。她们两人都叫人讨厌，而且又很骄傲，别人简直不能和她们在一起生活。

小女儿待人忠厚，性格正直，跟她父亲一模一样，她是别人从来没有见过的最美丽的姑娘。

人总是爱跟意气相投的人相处，母亲当然溺爱她的大女儿，对于小女儿却很反感。她总是叫小女儿在厨房里做饭，又叫她不停地干活。

此外，这可怜的小女孩每天还要到半法里外去汲两次水，并且每次都把水罐汲得满满的。

有一天，她在泉边汲水，有一个可怜的女人来向她讨水喝。

“好，我的好大娘。”这美丽的姑娘说了，立刻把水罐洗了洗，从那泉中最好的地方汲起水来递给她，还帮她托着水罐，让她喝起来更方便一点。

那女人喝了水后，对姑娘说：

“你是这样美丽，这样善良，这样诚实，使我禁不住要送你一份礼物了。”

那乡下女人原来是一位仙女的化身，她是来看这女孩到底有多么诚实。

“我要送你一件礼物，”仙女接下去说，“就是你每说一句话，你的嘴里就会吐出一朵花儿，或是一块宝石。”

小女孩回到家中，她的母亲责备她回来得那么晚。

“妈妈，我回来晚了，请你饶了我。”

可怜的小女儿说这些话的时候，她的嘴里吐出两朵玫瑰花、两颗珍珠、两颗大金刚钻。

“咦，我看见什么了？”那母亲惊奇地说，“我想这是从你嘴里吐出来的珍珠和宝石吧，我的女儿？”

这是她第一次叫她女儿。

那可怜的女孩老老实实地把经过的情形讲给她听，一面说，一面又吐出无数的宝石来。

“真的，”母亲说，“我应该叫大女儿也到那儿去。哦，芳琼，你看看你妹妹说话时吐出来的东西。你有了这样的礼物，可不就快活了吗？你也到泉边去汲水，有穷苦的女人向你讨水喝时，你只要老老实实给她喝就是了。”

“谁高兴到泉边去！”那粗鲁的大女儿说。

“我要你去，”母亲说，“立刻就去！”

她只好前去，可是嘴里抱怨个不停。她拿的是家里最美的银瓶。她到泉边不久，就看见一位穿着华丽的贵妇从林子里出来，向她讨水喝。这就是在她妹妹面前出现过的那位仙女，可是她现在化作一位公主，来看看这姑娘到底坏到什么程度。

“我可是到这里来打水给你喝的！”这骄傲愚蠢的人说，“我拿了一个银瓶来，专为打水给贵妇喝的吗？算了吧，你要喝就喝吧。”

“你一点儿礼貌也没有，”仙女说，但是没有生气，“好！既然你不诚恳，我要送你一件礼物，那就是你每说一句话，你的嘴里就吐出一条蛇或是一只癞蛤蟆来。”

她的母亲看见她，就向她喊道：

“哦，我的女儿！”

“哦，我的妈妈！”这愚蠢的人回答，嘴里吐出两条大蛇和两只癞蛤蟆来。

“天啊，”母亲喊起来，“我看见的是什么呀？这全是你妹妹的缘故！我要她赔偿。”说着就去打小女儿。

那可怜的孩子逃到一个邻近的树林中。恰巧有一位王子打猎回来，遇见了她，看见她这样美丽，就问她为什么独自一个人在那儿，为什么这样哭？

“唉，先生，因为我母亲把我从家里赶出来了。”

王子看见她嘴里吐出四五颗珍珠和许多宝石，就请她告诉他，这些东西是从哪里来的。她把她的奇遇讲给他听。王子爱上了她，而且他想，和别人结婚时，所有的东西都比不上她的礼物，于是他就带她到父亲的王宫里，和她结婚了。

可是她的姐姐却使人非常厌恶，连她亲生的母亲也把她撵了出去。那个坏女人跑了许多地方，没有一个人愿意收留她，她终于死在树林的角落里。

## 蓝胡子

从前有个男人，他在城里和乡下有不少财产。他家道富有，有各种金银器皿，有套着绣花布罩的家具和镀金的四轮马车。不过这男人很不幸，长着一脸难看的蓝胡子，妇女们一看到他，吓得转身就跑。

蓝胡子有个邻居，是个贵族妇女。她有两个花儿般美丽的女儿。蓝胡子想娶她的一个女儿做妻子，请求她嫁一个女儿给他。可是那两个女儿看不上他，互相推诿，不肯嫁给蓝胡子做妻子。她们又很忌讳，蓝胡子已经娶过几次妻子，但是从来没有人知道那些女人的下落。

蓝胡子为了讨好她们，特地邀请她们母女到他的乡间别墅里去住一个星期。他还请了她女儿的一些好友和邻近的几个年轻妇女给她们做伴。

她们在别墅里除了娱乐性的舞会、打猎、钓鱼和豪华的夜宴之外，没有看到什么。大家通宵不睡，只是聚在一起谈谈说说，寻欢作乐。蓝胡子的这次邀请搞得非常成功。贵族妇女那个小女儿动了心，开始改变想法，认为别墅主人的蓝色胡子并不像以前那样讨厌了，他本人也是一个出色的上等人。

他们回到城里以后，不久就决定结婚了。过了一个月，蓝胡子告诉年轻的妻子：

“我有重要事情要下乡一次，至少六个星期。在我出门期间，请你自行安排，要散散心，也可邀请一些亲朋好友。要是高兴的话，可以带他们去乡下走走，做些菜肴招待他们。”

说完之后，蓝胡子又交代妻子：

“这是两个大库房的钥匙，库房里面放着我最喜欢的家具。这是开金银食器房间的钥匙，这些食器平常不使用。这是保险柜上的钥匙，里面存放金银货币。这是珠宝箱的钥匙。这是一把开家里所有房间的万能钥匙。这把小钥匙是开底层大走廊靠边一个小房间的钥匙。那些房间你可以开门进去。不过靠边那个小房间你不许进去。要是进去了，可别怪我生气，会使你受不了。”

年轻的妻子答应一定照他的话办。于是他拥抱过妻子后，乘上漂亮的四轮马车走了。

那些邻居和好朋友早已等待得不耐烦了，希望新主妇邀请她们去她家里参观华丽的家具。以前有她丈夫在家，她们因为忌惮蓝胡子，都不敢进她家门。她们参观了她家的寝室、大大小小的房间和库房。那些房间布置得非常精致，一处胜过一处。

后来她们又上楼去，走进两个房间。那里摆设着最豪华的家具，墙上挂着墙帷，床铺、睡椅、大橱子、柜子、桌子、镜子，一应俱全，真是琳琅满目，美不胜收。特别是那些镜子（在作者那个时代镜子是珍贵的高档用品），可以从头照到脚；镜框有的是用银子打成的，也有包金的，看得人眼花缭乱，都是她们从来没见过的、最豪华的珍品。

女朋友们看了都赞不绝口，羡慕新婚主妇的幸福生活。不过年轻的妻子一心想看遍家里全部东西，想去打开底层那个小房间。因为她急于想看小房间里的东西，竟不顾独自离开客人有失礼貌，自个儿从后面的小扶梯走下去，走得那么匆忙，仿佛怕人扭断她的脖子似的。

她走到小房间门口，不由停了下来，犹豫一阵，想到丈夫嘱咐的话，考虑要是不遵守的话，是否会有灾祸临头。可是她想开门进去看看，那诱惑力实在太强烈了，她克制不住，终于拿出小钥匙来，哆哆嗦嗦地开了门。起初，她什么也没看清楚。因为里面窗子关着。过了一会儿，她才看出地板上的斑斑血迹，靠墙一字儿躺着几个女人的尸体（那些女人都是蓝胡子从前娶来后杀死的）。她吓得要死，慌忙从锁孔里拔出钥匙，一不小心，钥匙从手里落在地上。

等到定下神来，她急忙拾起钥匙，锁上了门，飞快跑上楼去，到卧室休息。因为她害怕极了，没法定下心来。她发觉那个小钥匙上沾了血，想把血迹擦去，擦了两三回，血迹总是擦不掉。她用水洗钥匙，甚至还用肥皂和沙子擦洗，总是洗不干净，血迹留在上面。因为那钥匙上施过魔法，她没法擦去血迹。钥匙上一边的血擦去了，另一边又出现血迹。

那天晚上，蓝胡子回来了。他告诉她，他在路上听到信息，他要办的事已经顺利结束。他的妻子强作镇静，说他能很快回家，她很高兴。

第二天早晨，他向妻子要回那些钥匙，她把钥匙一一交还给他。她交钥匙的那只手老是哆嗦发抖，因此他一下子就猜出了发生的事。

“怎么？”他问道，“小房间的钥匙怎么不在一起？”

“准是忘在桌子上了。”她说。

“马上给我拿来。”蓝胡子说。

年轻的妻子磨磨蹭蹭，好大一会儿才把钥匙取来给他。蓝胡子仔细瞧着钥匙，问妻子道：

“钥匙上怎么会有血迹的？”

“我不知道。”可怜的女人吓得脸色苍白，大声嚷道。

“你不知道！”蓝胡子说，“我可知道。你不是进了那个小房间吗？也好，太太，那你就进去吧，在你看到的那些夫人中间找一个适当位置。”

年轻的妻子听了这话，浑身发抖地跪到丈夫脚跟前，求他饶命，并且发誓以后一定悔改，绝不敢再违抗他的命令。看到她那种楚楚可怜和苦苦哀求的样子，即使铁石心肠也会软化的，可是蓝胡子的心肠比铁石还硬，居然毫不动心。他一口咬定：

“太太，你非死不可，必须马上就死。”

“既然我非死不可，那就请你给我留些时间，让我向上帝忏悔。”年轻的妻子泪如雨下，苦苦哀求。

“好吧，那我给你五分钟时间，不许超过一秒钟。”蓝胡子斩钉截铁地说。

年轮的妻子上楼找她的姐姐说：

“安娜（这是她姐姐的名字），我求你到屋顶上去，瞧瞧咱们的两个哥哥来了没有。他们曾跟我约定，今天要来。你瞧到他们，立即发出暗号，催他们再快一点。”

安娜姐姐爬到屋顶上去。可怜那即将被害的妻子不断对姐姐叫嚷：

“安娜，看到有人来了吗？”

她姐姐回道：

“我只看到外面亮堂堂的阳光、绿油油的青草，别的什么也没有看到。”

这时蓝胡子手执钢刀，厉声对妻子说：

“赶快下来。不然我就上来啦。”

“请你等一会儿。”年轻的妻子回答后，急忙低声对姐姐说，“安娜，安娜姐姐，看到有人来吗？”

“我只看到外面亮堂堂的阳光、绿油油的青草，别的什么也没有看到。”

“赶快下来。不然我就上来啦。”蓝胡子又在号叫了。

“就来，就来。”

年轻的妻子答应过后，又朝姐姐喊道：

“安娜，安娜姐姐，看到有人来吗？”

“看到了。我看到大路上尘土滚滚，向咱们这儿扑来。”

“是哥哥们来了吗？”

“哎哟，不对。”安娜姐姐回道，“是一群羊！”

“你下来不下来？”蓝胡子吆喝道。

“再等一会儿。”

年轻的妻子回答后，又喊道：

“安娜，安娜姐姐，看到有人来吗？”

“看到啦！有两位骑士来了。不过他们离咱们这儿还远着呢！”

“感谢老天爷！”可怜的妻子高兴地嚷了起来，“那是我们的两个哥哥。我必须想法子发出求救信号，催他们快点来。”

蓝胡子的号叫声更大了，响得整个房子都在抖动。不幸的妻子吓得面无人色，走下楼来，扑到丈夫脚跟前，头发披到肩上，淌着眼泪。

“你这样一点儿没用，你非死不可。”蓝胡子说着，一只手揪住她的头发，另一只手举起切菜刀要砍她的头。可怜的女人转过身子，用临死前的眼睛望着他，希望争取时间让他镇静下来。

“不行，不行。你只好靠上帝来救你了。”蓝胡子举起手来，正要把刀砍下去。

说时迟，那时快，忽然听到外面有人疯狂地敲门。蓝胡子一呆，猛然放下手来。大门一开，闯进两位骑士。他们拔出剑来，径直向蓝胡子刺去。蓝胡子认识这两位骑士，他们是他妻子的哥哥，一位是龙骑兵，一位是火枪手。他赶紧逃命，可是两位哥哥紧追不放，趁蓝胡子逃到门口脚跟没有站稳，两把剑已刺进他的身体，把他刺死在地。可怜的妻子差不多也像她的丈夫一样死了一般，连站起来欢迎哥哥们的力气也没有了。

蓝胡子没有子女，因此他的全部家产由他妻子继承下来。她把一部分财产分给安娜姐姐，让姐姐和一个长期同她相爱的青年贵族做结婚费用；另一部分赠送给她的两个哥哥做购买队长职位之用；剩余一部分自己就用来和一个正直的男人结婚。有了那个男人，她才能把她跟蓝胡子一起生活的那段不幸经历逐渐淡忘。

## 穿长靴的猫

从前有个磨粉匠死后，留给他的三个儿子一份遗产，这份产业一共只有他的磨坊、他的驴子和他的猫。

三个儿子立刻就把它们分了，没有公证人，也没有代理人，什么人也没有请。要是请那些人，他们一下子就会把这份可怜的遗产吃光的。

大儿子分得了磨坊，二儿子拿去了驴子，小儿子没有东西可以拿，只分到了一只猫。

那小儿子继承了那么少的遗产，很是悲伤。

“大哥二哥，”他自言自语说，“你们很体面，可以合伙做生意，过两人的生活，可是我呢，就是吃了我的猫，把猫皮做一双暖手筒，我也只好饿死。”

那只猫听了他的话，装作没听见，用一种又沉静又庄重的口气对他说：

“你不要自寻烦恼，我的主人。你只要给我一只口袋，再替我做一双长靴，让我到林子里去，你就知道，你不会像你所想的那样穷苦。”

虽然主人不十分相信猫的话，可是他看见过，它捉耗子时十分灵巧——它能直立起来或者躺在面粉中装死，因此他想它对于他的贫困也许有些帮助，所以没有完全失望。

那只猫得到了它所需要的东西以后，立刻穿上了长靴，把口袋围挂在颈上，用前爪握住了袋口的绳子，走进一座养兔场。那里有许多兔子。它在口袋里放了些糠和莴苣，躺着装死，等着那些年轻的兔子——它们不大懂得世上的狡计，会走进口袋中去吃它投放的东西。

它一睡下，就达到了它的目的：一只年轻的傻兔子走进了它的口袋，那猫立刻把袋口的绳子抽紧，捉住了它，毫不留情地杀死了它。

猫得意地带了它捉来的兔子，到王宫里去见国王。它被引到国王的住处，便进去向国王深深地鞠躬说：

“陛下，这一只野兔子，是奉了我家主人卡拉拔侯爵（这名字是它为主人捏造出来的）的命令来献给陛下的。”

“对你主人说，”国王回答他，“我谢谢他，因为他使我很快乐。”

又一天，猫出去躲在麦田中，照前次一样握住打开了口的口袋，不久有一对鹧鸪走进口袋里，它抽紧了绳子，把它们双双捉住。然后它便去见国王，照上次送兔子那样送上鹧鸪，国王很快乐地接受了那一对鹧鸪，又赏赐了它一些金银。

那只猫继续用这个办法，把它替主人猎得的东西献给国王，这样过了两三个月。

有一天，它知道国王要和他的女儿——世界上最美丽的公主到河滨去郊游，猫就对主人说：

“假如你肯听我的话，你的运气就来了。你只要到河里去洗个澡，那地方我会指示给你的，别的事让我来处理。”

那位被称作卡拉拔的侯爵听了猫的话，照着去做了，也不知将来怎样。当他在洗澡的时候，国王刚巧经过，于是那只猫就拼命大叫：

“救命！救命！卡拉拔侯爵要溺死了！”

国王听见了这呼声，从车窗中伸出头来，认出了那只常常带东西来送给他的猫，就命令卫队立刻去救卡拉拔侯爵。

当他们把那可怜的卡拉拔侯爵从河中救起时，那只猫就走到车边，告诉国王说，他主人在洗澡时，有许多强盗跑来。虽然他拼命喊“捉强盗”，可是那些强盗把可怜的侯爵藏在大石下的衣裳抢了去。

国王立刻吩咐他的管衣裳的执事，去把他最华丽的衣裳拿一套来给卡拉拔侯爵。国王拥抱了他一千次，等到他穿好了衣裳，他的风度格外好（因为他本来是俊美的），国王的女儿很喜欢他。当卡拉拔侯爵恭敬而温柔地看了她三次以后，她就暗中爱上了他。

国王让侯爵坐进车中，一同去游览。那只猫看见它的计策快要成功，开心极了，在前面跑着，当它遇到农夫们在草地上割草时，就对他们说：

“你们这些割草的好百姓，假如你们不对国王说你们收割的草地是卡拉拔侯爵的，他将会把你们都斩成肉酱！”

国王经过，问那些割草的人，他们所割的草是谁的。

“这是卡拉拔侯爵的。”他们同声回答，因为那只猫说的话使他们吓坏了。

“你有这样好的产业。”国王对卡拉拔说。

“你看，陛下，”侯爵回答，“这草地每年可以出产许多的草。”

那猫依然向前走着，来到一些割麦的人前面，对他们说：

“你们这些割麦的好百姓，假如你们不对国王说这些麦子都是卡拉拔侯爵的，他将要把你们斩成肉酱。”

不久国王来了，想知道他所看见的这些麦子是谁的。

“这是卡拉拔侯爵的。”割麦的人回答。国王格外喜欢侯爵了。

那只猫在车子前面跑，遇见什么人都说同样的话，国王对于卡拉拔侯爵的豪富大为惊叹。

猫渐渐地来到一座精美的城堡前面，这座城堡是一个妖精的，他的富裕声名谁都知道：原来那国王的车子一路经过的地方都是这城堡的主人的。

那只猫小心地问清楚这妖精是谁，有什么本领，然后就要求和他谈话，说它既来到他的城堡，不去拜访他是失礼的。

那妖精就尽了妖精所能做到的文雅礼节接见它，请它坐下。

“有人对我讲，”那只猫说，“你有变化各种动物的本领，比方说，你能够一下子把自己变成一只狮子，或是一头大象。”

“真的，”那妖精鲁莽地说，“而且可以证明给你看，你将看见我变成一只狮子。”

那只猫顿时看见一只狮子在它面前出现，吓得立刻跳上房檐去，不过这很不方便，而且很危险，因为它的长靴在瓦片上不好走。

过了一会儿，猫知道那妖精已经回复了原形，才敢下来，承认当时很害怕。

“有人还对我讲，”那猫说，“可是我不相信——他们说你还有变成极小的动物的本领，譬如说变成一只耗子或是田鼠！我以为这在你是完全不可能的。”

“不可能？”妖精回答，“你看着吧！”说着，他立刻变成一只耗子，在地板上奔跑。

那只猫看见这种情形，立刻扑上去，一口把他吞了下去。

不久国王经过这座精美的城堡，很想进去。那只猫听见了吊桥上辚辚的车声，便跑上去迎接他们，并且向国王说：

“欢迎陛下来到卡拉拔侯爵的城堡！”

“怎么，我的侯爵，”那国王惊呼起来，“这城堡也是你的吗？这座院落四周的一切建筑是再好也没有的了。我们到里面去，好吗？”

侯爵走在前面，扶着公主，后面跟着国王。他们走进大厅，看见大厅里摆放着丰盛的筵席，这筵席是妖精为他的朋友们准备的，那些朋友今天应该来看他，可是他们这时都不敢进来，因为国王在这里。

国王因为喜爱侯爵的好品格，更因为他的女儿一味地爱着他，又因为看见他有富裕的财产，所以在饮了五六杯酒以后，就对侯爵说：

"卡拉拔侯爵，你做不做我的女婿，这完全随你自己。"

侯爵深深地向国王行了几个礼，领受了国王赐给他的恩典，就在当天和公主结了婚。那只猫已经成了大勋爵，除了高兴时捉捉耗子玩以外，再也不去捉耗子了。

## 林中睡美人

从前有一位国王和一位王后，他们因为没有孩子，心里很忧愁，忧愁得没法形容。他们走遍了四海：立愿，进香，什么都做过了，可是一点儿效果也没有。

谁知后来王后竟怀孕了，生了一个女儿。他们举行了一个盛大的洗礼，把国内的七位仙女都请来做小公主的教母，七位仙女按照当时仙女的礼俗，每人要送她一份礼，这样，小公主就可以拥有一切无上的完美了。

行过洗礼，大家都回到王宫里，那里安排了盛大筵席宴请诸位仙女。她们每人面前都有一副极体面的食器：一个大的金匣子，其中有一把调羹、一柄餐叉和一把纯金的小刀，那小刀上还镶着金刚钻和红宝石。可是当她们坐下来的时候，忽然来了一位老仙女，她没有被邀请，因为五十年来，她从来没有离开过她居住的塔，大家总以为她不是死了，就是被邪法迷住了。

国王吩咐为她安排餐具，可是没法给她和别的仙女一样的金匣子。因为他们只制了七副，专为那七位仙女制作的。那位老仙女以为他们看不起她，于是嘴里就说出些威吓的话来。其中有一位年轻的仙女恰巧坐在她旁边，听到了她的话，怕她要送些不幸的礼物给小公主。于是等到筵席一散，她就躲在壁幔后面，想最后发言，尽她的能力设法补救那老妇人所降的灾祸。

这时候，那些仙女开始赐福给公主了。那最年轻的仙女的礼物是使她成为世界第一美人；第二个仙女的礼物是使她有天使的智慧；第三个仙女的礼物是使她所做的一切都有杰出的风度；第四个仙女的礼物是使她能很优美地舞蹈；第五个仙女的礼物是使她有夜莺一般的歌喉；第六个仙女的礼物是使她拥有演奏各种乐器的技巧。然后轮到那老仙女了，她一面说一面摇着头——这是因为怨恨，而不是因为年老。她说那公主将被纺锤刺破了手，因而死掉。

这可怕的礼物使大家都为之颤抖，没有人不因此落泪。这时，那年轻的仙女从壁幔后面走出来，高声说道：

“你们安心吧，国王和王后，你们的女儿决不会因此致死的，固然我没有能力把前一位所说的话——公主将会被纺锤刺破了手——完全推翻，可是她不会死，她只是沉睡一百年。一百年后，有一位王子会来使她苏醒。”

国王为了避免那老仙女说的不幸的命运降临，立刻发了一道圣旨：禁止任何人用纺锤纺线，或者在家里藏着纺锤，违者一律处以死刑。

在十五六年以后，有一回国王和王后到他们的一所别墅去，事情就发生了。那位公主在城堡中跑来跑去，从这一间屋子到那一间屋子，一直到了一座塔的顶上。她走进一间房间，在那里有一位善良的老婆婆独自坐着，在用纺锤纺线。这善良的妇人从来没有听见过国王关于纺锤的禁令。

“你在那儿干什么，我的善良的老妇人？”公主问她。

“我在纺线，我美丽的孩子。”老婆婆回答，她不知道公主是谁。

“啊，这样好玩！”公主接着说，“你是怎样弄的？拿来给我，让我试试看能不能像你这样。”

她迫不及待地把那纺锤拿过来，拿了一会儿，完全没有想到老仙女所预言的话，她就被纺锤刺破了手，晕倒了。

那个老婆婆吓坏了，高声喊救命。众人都从各处赶过来，用水洒在公主脸上。他们解开她的衣服，拍她的手，用药水擦她的太阳穴，可是都不能使她醒过来。

国王在嘈杂的人声中跑到楼上，记起了那仙女的预言，就猜到一定有什么事应和了仙女的话，发生了，他吩咐人把公主抬到宫中最精致的一间房中，放在一张金银镶镂的床上。谁都得说她是一位天使，是那样的可爱，她的长眠对于她美丽的容貌毫无损害：她的脸上还是红红的，嘴唇和珊瑚一般美丽，她只是闭着眼睛，人们可以听到她在微微地呼吸——这就可以表明她没有死去。

国王吩咐让她安睡，直到她重新苏醒过来。当公主出事的时候，那位救她的命、预言她将长睡一百年的好仙女正在马达干王国里，在一万二千法里（一法里约合四千五百米）以外，但是她立刻从一个侏儒那儿得到了消息，那侏儒有双七法里靴子（就是穿了这双靴子，跨一步有七法里那么远）。

这位仙女立刻动身，乘了一辆群龙驾着的车子在一小时之后就赶到了。国王前去迎接她，扶她下车。她对于他所做的一切都很同意，可是仙女是有先见之明的，她想到当公主忽然苏醒时，如果这古堡中只有她孤零零的一个人，她一定会感到非常痛苦，于是就做了以下的布置。

仙女用她的仙杖将城堡中人都一一点过（除了国王和王后）：女教师、宫娥、侍女、侍从、官员、内臣、御厨、仆人、侍卫、哨兵、奴仆、随从；她把厩中的马都点了；还有那些马夫、院中的大狗、小波夫（公主的小狗，它正睡在她的身旁）。她的仙杖点着他们时，他们就都睡过去了，要到公主醒来时他们才会醒，因为等她醒来时他们可以服侍她。就连那架在火上插着鹧鸪和山鸡的熏烤串也睡了过去，火也沉沉地睡着了。在片刻之中一切都安排停当，仙女们做事不会费许多工夫的。

这时国王和王后吻过他们的爱女，没有惊醒她，然后就离开了城堡。回到京城以后，他们又发了一道不准任何人到那里的禁令。这禁令是没有必要的，因为在一瞬间，花园的四周长出许多的树木，大的，小的，有钩的，有刺的，互相盘结着，人犬都不能通过，这样一来，除了城堡的塔尖外，什么都不能看见，而且就连那塔尖也只有在很远的地方才可以看见。这无疑是由于神力，这样一来，公主可以在长睡的时候，不被过路人的好奇心所惊扰了。

一百年之后，有一位和睡着的公主不同族的王子来到附近打猎，他向人探问他所看见的，在森林中树梢顶上露出来的塔尖是什么。于是每个人便照各自听到的话来讲给他听：有的说这是住着鬼怪的古堡；有的说是一群妖精，他们把捉到的孩子都带到那儿去随便吃掉，因为只有他们能穿过树林，别人不能追他们。

那位王子不知道该相信哪一个好，这时有一个老农对他说：

“我的王子，在五十多年前，我曾听父亲讲过，在这城堡中有位非常美丽的公主，她须要睡一百年，然后会有一位王子来将她唤醒，她是在等候这位王子。”

那青年王子听了这些话，很想去看看。他毫不迟疑，相信他能完成这场美丽的冒险，而且为爱情和荣誉所驱使，他决定立刻去看看里面到底是什么。

他走到了树林前，那儿的大树和荆棘都让出一条路来让他过去。他向城堡中走去，这座城堡是他在树林边看见的，更使他惊奇的是，他觉得没有一个人跟着他进来，因为在他经过后，那树林又合拢了。他继续前进，年轻又多情的王子总是十分勇敢的。他走进一所大庭院，在那里看见的一切使他感到恐惧，热血都几乎冰冷了。到处都静得可怕，到处呈现着死亡的景象，除了人和狗的躯体以外，没有别的东西。当他发现一个卫兵生疱的鼻子和红色的脸时，他才知道他们不过是熟睡着，在他们的酒杯中，还残留着几滴酒，只有这些可以证明他们是在饮酒时睡过去的。

他穿过一个大理石铺砌的天井，上了扶梯，走进大厅，看见卫兵整齐地列队站着，背着枪，在高声地打鼾。他走过了许多地方，到处都是熟睡着的达官贵妇，有的站着，有的坐着。他走进了一间金碧辉煌的房间，在一张挂着锦帐的床上，他看见一幅他从来没有看见过的美景：一位约莫十五六岁的公主，美丽的容貌倾国倾城，神态庄严。他战战兢兢、满怀赞叹地向前走去，在她身旁跪了下来。

这时仙术已被解除，公主醒过来了，她温柔地看着他，似乎很满意的样子。

“是你吗，我的王子？”她对他说，“让你久等了。”

王子被这些话迷住了，尤其使他着迷的，是她说话的态度，他竟不知道怎样来表示出他的快乐和他的感激。他郑重地对她说，他很爱她，比爱他自己更热烈。他话说得很少而且语无伦次，但却充满爱意。他比她更害羞。大家可不要奇怪，她想了好些时候，应当对他说些什么。这是显然的（虽然故事里没有说起），在她的长眠中，那位好仙女给了她许多快活的梦境。总之，他们谈了四个小时，却还没有说完他们要说的话的一半。

那时宫里的人畜都和公主同时醒来了。每个人都想起了自己的职务。因为他们并不都是陶醉在爱情里的，所以都几乎饿得要死了。宫娥们和他们一样地饿，忍耐不住，就高声地向公主喊道：用餐时间到了。王子扶着公主起身，她穿着华丽的衣服——他不敢对她说她打扮得像他的祖母一般——她的古式的皱领很高，不过并没有因此减少丝毫的美丽。

他们走到一间四面都是镜子的厅中，然后就在那里进餐，公主的仆从侍候着他们。提琴和笛子合奏着古曲，非常优美，虽然这曲子已经有一百多年没有人奏过了。餐后，为了不浪费时间，大总管立刻为他们在城堡内的小教堂里举行婚礼，宫娥替他们把帷幕拉开。他们睡的时间很少，因为公主已经睡够了，不想再多睡，一到天明，王子便告别了她回到城中去，他的父亲正在想念着他。

王子对他说，自己打猎时在树林中迷了路，睡在一个烧炭夫的茅屋里，那烧炭夫请他吃黑面包和干酪。那国王，他的父亲，是一个老实人，于是相信了他。可是他的母亲生性多疑，她发觉王子差不多每天都出去打猎，而每一次出去，总是找些话做借口，两三个夜晚不回家。她怀疑他已经有情人了。他和公主同居了两年多，有了两个孩子：大的是女孩子，名叫晨曦；小的是男孩子，名叫白昼，他比他的姐姐还要美。

那位王后为了得到王子的一些实话，常常对她的儿子说，他应当有爱人了，可是他总不敢把自己的秘密告诉她。他害怕她，虽然他也爱她——因为她是妖精族的人，国王和她结婚，就因为贪恋她家的财富。别人甚至在王官里也低低地谈论，说她有妖精的嗜好，说她看见小孩子走过，控制不住自己就要去抓他们。因此王子始终不敢向她提起自己的事。

两年以后，国王死了，王子继承了王位，觉得自己已经做了主人，于是就公布了自己的婚事，隆重地去迎接王后——他的妻子——到宫中来。她坐在她的两个小孩子之间，很体面地进了王城。

后来国王去和邻国的孔塔拉比大帝打仗。他把国政交给他的母后管理，郑重地把他的妻子和孩子托付给她，因为他整个夏天都要在战场上。他一走，那母后就把她的儿媳妇和孩子们送到林中一间村舍里，这样她就可以格外容易地满足她那可怕的欲望。几天之后，她也到了那儿去。一个晚上，她对她的御厨总管说：

"我明天要把小晨曦当中饭吃。"

"啊，夫人！"御厨总管惊呼起来。

"我就要这样，"那位母后说（而且她说话用的 是妖精看见鲜肉时忍不住流口水的语气），"我要把她用辣酱来蘸着吃。"

那可怜的人很容易就看出来，这妖精不是说笑话，于是就带着刀来到小晨曦房中。她那时已经有四岁了，跳着笑着来到他面前，一双手攀住了他的颈项，向他要糖果吃，他不由得落下了眼泪，刀子便从他手中落下来，于是他回到厨房天井里，宰了一只小绵羊，用美味的酱调和着。那位母后对他说，她从来没有吃过这样好吃的东西。总管同时将小晨曦带走了，交给他的妻子，把她藏在厨房天井尽头处他妻子所住的小屋中。

一星期后，那位恶毒的母后又对御厨总管说：

"我要拿小白昼来当晚餐。"

他不说什么，决定照上一次的法子骗她。他去找小白昼，看见他手里拿着一把花剑正和一只大猴子打闹，虽然他只有三岁。他把他带到妻子那儿，藏在他姐姐藏着的地方，然后烧了一只很嫩的小山羊代替小白昼，这道菜被那妖精看作美味珍品。

一切都很平顺地过去了，可是有一晚，那恶母后又对御厨总管说：

"我要吃那王后，用上次吃孩子用的酱来调味。"

这一次那可怜的御厨总管不能再骗恶母后了。王后已经二十岁了，那睡眠中的一百年当然不算。她的皮肤洁白而美丽，但却有点儿老，他从什么兽园中可以找到一头动物去代替她呢？他决定了，为了保全自己的性命，他不得不去把王后的头割下来，于是跑到她的住处，准备立刻照决定的去办。他握着一把刀，一鼓作气地进了王后的房中。然而他不愿突然地杀死她，便非常恭敬地把她的母后吩咐他的命令告诉她。

"照你的本分做吧，"她说着把脖子伸过去，"执行她吩咐你的命令吧。让我可以再看见我的孩子们，我疼爱的可怜的孩子们。"因为她的孩子们被他无故带走以后，她以为他们早已死了。

"不不，王后！"那可怜的御厨总管泪流满面地回答说，"我不要你的命，我要让你重新看到你的孩子们，你可以到我的家里去，因为我把他们藏在家里了。现在，我要再骗一次老王后，给她烧一只小红母鹿来代替你。"

他立刻带她到自己的住所去，让她在那儿和她的孩子们拥抱哭泣。他去烧了一只红母鹿，让恶母后在晚餐的时候吃，她就跟真的吃青年王后一样津津有味。她对于自己的暴行很满意，并且打算等国王回来时，告诉他说，有几只凶猛的豺狼已经把王后——他的妻子和他的两个孩子吃了。

有一晚，她照常在宫中的院子里和家畜场的四周徘徊，去闻些生人气味，她无意中听到一间矮屋中有小白昼的哭声，原来王后——他的母亲因为他顽皮打了他。她还听到小晨曦为她弟弟讨饶的声音。那妖精听出是王后和她的两个孩子的声音，知道先前受了欺骗，心中大怒。第二天一早，她下了一个使任何人听了都要震惊的命令：她吩咐人把一只大桶运到院子当中，桶中放满了癞蛤蟆、蝮蛇和蟒蛇，要把王后和她的孩子们、御厨总管和他的妻子，以及他的使女都投到那大桶中去。她命令把他们反绑着手带过去。

他们都站在那儿，而那些执行死刑的人也正预备将他们抛进大桶中。恰在这时，国王骑马走进宫来（别人都以为他不会这么早回来的）。他下了马，大为惊异，忙问这可怕的情景是什么意思，没有人敢告诉他。这时那妖精看见国王已经回来，气急败坏，便自己返身投到大桶中去，片刻之间，就被那些她早先叫人放进去的可怕东西吃掉了。国王不禁十分伤痛，因为她是他的母亲，可是不久他便在他的娇妻爱子身上得到了安慰。

## 小拇指

从前有一个樵夫和他的妻子，他们有七个孩子，都是男孩子，最大的只有十岁，最小的只有七岁。人们都很奇怪，那樵夫为什么在这样短的时间里会有这么多小孩子。其实这是因为他的妻子生得勤，而每次分娩时至少生两个孩子。

夫妻俩都很贫苦，七个孩子给他们的生活带来了困难，因为他们当中还没有一个能够独立生活。使夫妻俩更发愁的是，那个最小的孩子身体很瘦弱，而且难得说话，因此，他们就把他看作是一个笨蛋。那孩子生得很小，生下来时几乎只有一个拇指那么大，因此他们就叫他小拇指。

这可怜的孩子是家中受欺侮的对象，随便出了什么事，他总是挨骂。然而他却是他弟兄当中最伶俐最聪明的一个，虽然不常开口，听得却很多。

有一年收成很坏，闹起了饥荒，穷人们只好抛弃自己的孩子。一天晚上，孩子们睡着时，这樵夫和他的妻子坐在炉旁，樵夫很痛心地对妻子说：

“你看得很明白，我们已经不能抚养我们的孩子了。我不忍心看着他们饿死，决定在明天把他们抛在森林里。这是很容易做的，趁他们捆绑木柴不注意时，我们悄悄走开就是了。”

“啊！”樵夫的妻子叹着气说，“你忍心丢了你自己的孩子吗？”

她的丈夫又重新把自己的困难说了一遍，可这是白说，她总以为这样做不好。虽然她很穷，可却是他们的妈妈。

但是她仔细一想，与其亲眼看着孩子们饿死，还不如抛弃他们为好。她只好答应了他，然后伏到床上痛哭起来。

他们所说的话，小拇指都听见了，因为当他睡在床上的时候，他觉得父母在谈论他们的事，就立刻轻轻起床，偷偷地躲在他父亲的椅子下面偷听，没被他们看见。接着他重新上了床，一刻也没有睡着，心想他应当怎么办。一清早他就起身跑到一条溪边，把细小洁白的鹅卵石满满地装了好几口袋，然后回了家。他们出发了，小拇指一句也没有把他听到的话告诉他的哥哥们。

他们进了一座很深的森林，在这森林中，十步以外便不能互相看见了。那樵夫就砍起树来，他的孩子们去捡树枝，捆成柴束。爸爸和妈妈看见他们正在工作，就悄悄地跑了，很快从一条曲折的小路溜了出去。

当那些孩子觉察到只剩下他们时，就拼命地狂呼大哭起来。小拇指听凭他们呼喊着，他知道他怎样可以回家，因为他来的时候，沿路丢下了他口袋中细小洁白的鹅卵石。他对他们说：

“不要慌，我的哥哥们，我们的爸妈已经把我们抛弃在这里，可是我要平平安安地带你们回去，你们只要跟着我走就是了。”

他们都跟着他，他把他们从来的原路带回家。他们不敢立刻进门去，只贴着门听听爸爸和妈妈的谈话。

当樵夫和他的妻子到家时，庄主送了十块钱来，这是他从前欠他们的，而他们早已不指望他会归还了。这十块钱救了他们的命，因为他们几乎要饿死了。樵夫立刻叫他的妻子到肉店里去。他好久没有尝到肉味了，就买了足有两人平常吃的三倍的肉。他们吃完饭后，那樵夫的妻子说："哎！我们可怜的孩子们现在不知在哪里了，如果他们在，一定会快乐地把我们吃剩的东西吃了。可是偏是你，威廉，你要丢了他们。我早已说过，我们将来一定要后悔的。现在他们在林子里不知怎样了！哎！我的上帝，他们也许已经给豺狼吃掉了！你真不是人，竟这样丢掉你的孩子们！"

樵夫最后发脾气了，因为她接连说了二十多次他们要后悔和她以前的话没错这一类话。他威吓她，说她假如再不住口的话就要打她。其实樵夫恐怕比妻子更忧愁，可是她这样地唠叨，他就心烦起来，因为他和别的男子一样，爱听女人好听的话，而痛恨直爽的话。

那樵夫的妻子流着泪说：

"啊啊！我的孩子们在哪里啊，我的可怜的孩子们！"

她这样地喊着，愈喊愈响，门外那些孩子听见了，就一齐高喊起来：

"我们在这里！我们在这里！"

她立刻跑去替他们开门，拥抱他们，叫着："我亲爱的孩子。我亲爱的孩子们，我能再看见你们，是多么快乐啊。你们一定很疲劳，很饿了。而你，比爱洛，你是这样的脏，过来，我给你洗洗。"

比爱洛是她的长子，她最爱他，因为他的头发是红褐色的，而她的头发也有点红褐色。

他们坐下来吃饭，胃口好极了，这使他们的爸爸妈妈很欢喜。他们还告诉爸妈，说他们在林 中多么恐慌，他们差不多是齐声说的。爸爸妈妈快乐地再次看见自己的孩子围绕在身边，可是等到十块钱用完，他们的快乐也完了。这时候，他们重新陷入了和以前一样的忧愁中，决意再次抛弃他们的孩子。为了达到他们的目的，他们要把孩子们领到比第一次更远的地方去。

他们商量这件事的时候，没有好好地保守秘密，他们的话又被小拇指听见了，他打定主意照老法子办。可是虽然他很早就想去拾小鹅卵石，却不能达到目的，因为他看见门锁着。正在他想不出办法的时候，樵夫的妻子给了他们每人一个面包做早餐，他便想起他可以把面包撕成小块，代替小鹅卵石丢在经过的路上，于是他把自己的一块面包放在口袋里。

爸爸和妈妈领孩子们到了一座森林的最深最暗的地方，趁他们干活的时候，从一条小路上偷偷溜走了。小拇指一点儿也不害怕，因为他相信他可以很容易就依着他丢面包屑的路回去。可是他很惊异，因为一点面包屑也找不到：原来面包屑都被鸟儿吃完了。

孩子们伤心地呆望着，他们在林中彷徨着，愈走愈深。黑夜来了，大风起了，他们非常恐惧，仿佛只听到豺狼在四周狂嗥，立刻要吞食他们。他们不敢说话，也不敢回头来看一看。后来天又下起倾盆大雨，他们的衣服都湿透了。他们一步一滑，在泥泞中跌倒，又满身污泥地站起，他们不知道怎么办才好。

小拇指爬到一棵树顶上去，想在上面看看是不是可以看见什么东西。他看来看去，看见有一点像烛光那么小的光，可是这点光是在森林的远方。于是他就下来，可是他一落到地上，那光又看不见了，因此他很烦恼。可是当他和哥哥们向发光的地方走了一会儿，他又看见那点光从林中显现出来了。

他们渐渐地走到那所有光的房屋。他们一路上经过了不少恐慌，因为他们时常迷失了那灯光的方向，常常跌到溪涧中去。他们敲门，一位善良的妇人开了门。她问他们要什么。小拇指告诉她说，他们是贫苦的孩子，在森林中迷失了路，求她收容他们过一夜。那妇人看见他们都生得很好看，就哭起来，对他们说：

“哎哟！我的可怜的孩子们，你们从哪里来的？你们要知道，这是一个妖精的住宅，他要吃小孩子的！”

“哎哟，太太！”小拇指回答，浑身战栗着。他的哥哥们也都战栗起来，“我们如何是好呢？假如今夜你不让我们寄宿，林中的豺狼一定会把我们吃了，因此我们宁愿被那位先生吃了，如果你能向他求情，或许他会可怜我们的。”

那妖精的妻子心想，她可以设法把他们藏起来，藏到第二天早上。于是她就答应了让他们进来，引他们到一个火炉边，使他们可以取暖，因为她已经烧了一整只羊做妖精的晚餐了。

他们正在取暖的时候，忽然听见门被人重重地敲了两三下。这是妖精回来了。他的妻子立刻叫他们躲在床下，然后去开门。妖精先问晚餐有没有预备好，酒有没有斟满，然后他就吃喝起来。羊肉还是生的，可是他喜欢这样吃。他嗅来嗅去，说他闻到生人气了。

“这一定是小牛的气味，我刚才替你宰的。”他的妻子说。

“我闻着生人气了，我再对你说一遍，”那妖精斜眼看着她说，“我猜这里一定有什么东西。”

他说着，离开桌子一直向床边走过去。

“啊！”他喊着，“原来如此，你欺骗我，可恶的女人！我要吃你很容易的！你真是个老畜生！这些猎物来得正好，可以招待我的三位朋友，他们这几天说要来看我。”

他把他们一个个从床下拖出来。这些可怜的孩子都跪下来求他饶命。可是他们遇到的是一个最残忍的妖精，他哪里会可怜他们，眼巴巴地要吃了他们。他对他的妻子说，要把他们切成小块的肉，要她弄些好酱油。

他去拿了一把大刀来，走到孩子们的身边，他左手拿着一块长石头，把刀子在那上面磨快。当他抓住了一个小孩子的时候，他的妻子就对他说：“你为什么这时动起手来呢？难道明天都等不及吗？”

“闭嘴，”妖精说，“明天我还是要杀他们的。”

“可是你已经有这么多的肉了。”他的妻子说，“一头小牛、两只羊、半只猪。”

“你说得有理，”妖精说，“让他们好好地吃一顿饭，这样他们可以不掉膘，然后领他们睡觉去。”

那善良的妇人心中大乐，给他们吃了一顿很丰富的晚餐，可是他们都吃不下，他们怕极了。至于那妖精，他重新坐下来喝酒，快乐地想着他有这样的好菜留下来款待他的朋友们。他比平常多喝了十二杯酒，不久他就醉了，不能不去睡了。

这妖精有七个女儿，她们都还幼小。这些小妖精脸色都很好，因为她们和她们的父亲一样是吃生肉的。她们有小小的灰色圆眼睛、弯鼻子、大嘴巴、长牙齿，这牙齿非常锐利，又互相离开得很远。虽然她们还不太凶恶，但是已经很会做坏事了，她们会咬破小孩子的血管来吸他们的血。

她们早已睡了，七个人睡在一张大床上，每个人头上都带着一个金箍。就在这房中，有一张同样大小的床：妖精的妻子就叫那七个孩子睡在那儿，然后到她丈夫身边去睡。

小拇指看见妖精的女儿每人头上都有一个金箍，他恐怕那妖精要反悔今晚没有杀了他和他的哥哥们，就在半夜里起来，脱下了他自己和哥哥们的睡帽，轻轻地戴在妖精的女儿们头上，同时把她们的金箍脱下来，戴在自己和六个哥哥的头上，这样妖精会误认为他们是他的女儿们，而把自己的女儿们当作他们，因为他很想割他们的颈项。果然不出所料，半夜里妖精醒了，心中很后悔没有把他们在晚上杀了，而要等到明天早上。因此他一跳就跳下了床，拿起了他的大刀。

他说："我去看看小家伙这时候怎样了，我做事老是不爽快。"

于是他偷偷地进了他女儿们的卧室，走近那七个小孩子睡觉的床，除了小拇指外，别人都已睡着了，那妖精先用手摸摸他哥哥们的头，后来又摸他的头，这时候他真恐慌极了。那妖精摸到了那些金箍，说：

"真的，我几乎犯了大错误！这一定是晚上酒喝得太多的缘故。"

然后他走到他的女儿们的床边，摸到了那些小睡帽，那是孩子们的东西。

"哈！"他喊着，"好东西在这里！大胆地干吧！"

他这样说着，就不慌不忙地把他七个女儿的喉管割断了。他圆满地干完了这事，又回去睡了。

小拇指一听见妖精的鼾声响起来，立刻叫醒了他的哥哥们，叫他们赶快穿起衣服来跟他走。他们轻轻地走到院子里，跳过了围墙。他们几乎通宵奔走，一路颤抖着，也不知道自己在向哪个方向去。

妖精早晨醒了，对他的妻子说：

“你上楼去宰掉你昨夜收容的那些小家伙吧。”

她听错了她丈夫的话，以为丈夫叫她去给孩子们穿衣服，于是大为诧异，想不到他会对她说出这种话来。她上了楼，大吃一惊，只看见她的女儿们都死了。

她第一件事就是晕倒（因为当时的女人遇到这样的事，总是首先这样）。那妖精恐怕她做事时间太久，跑上楼去帮她。当他看见这种可怕的景象时，也同妻子一样惊恐。

“啊！我做了什么？”他喊着，“我要立刻叫这些坏家伙来赔偿！”

他立刻在妻子的鼻子里灌了一些冷水，使她清醒过来，对她说：

“赶快把我的七法里靴子拿来，我要去捉住那些孩子。”

他出发了，向各方向乱跑，最后他走上了那些可怜孩子走的路，看见他们已经离他们爸爸的茅屋不到一百公尺了。孩子们看见那妖精从这座山跨到那座山，跑过河流正像他们跨过小溪那样容易。小拇指看见附近有一个岩洞，就叫哥哥们躲了进去，自己在他们后面爬着走，不时观察妖精的举动。那妖精因为白白走了这许多路，十分疲倦（因为那七法里靴穿起来很让人疲劳），不得不休息了。他恰巧坐在那些小孩子躲着的岩石上。

他十分疲倦，不久就睡熟了，又打着那种可怕的鼾声，使孩子们异常害怕，正如昨夜他要拿刀杀他们的时候一样。小拇指没有他的哥哥们那样恐慌，他叫他们在妖精酣睡的时候赶快跑回家去，不要管他。他们听了他的话，立刻跑回家去了。

小拇指走到妖精身旁，把他的靴子轻轻地脱下，自己穿上了。那靴子是很长很大的，可是因为是仙靴，可以随人的脚的大小而伸缩，因此他穿上去刚刚好，好像是为他定做的一般。

他径直向妖精的家中走去，看见妖精的妻子在被杀的女儿们身旁哭着。

“你的丈夫，”小拇指对她说，“现在很危险，因为他已经被一大队强盗捉去了，强盗们说：要是他不把他的金银献给他们，他们就要杀了他。当他们将刀搁在他的肩上时，他看见了我，就叫我来告诉你他的处境，叫你把所有的金银都交给我，一点儿不要剩，否则他们会毫不怜悯地杀了他的。因为事情很急，他叫我穿了他的七法里靴赶来，你看这就是。这样可以使我走得快一点，并且可以证明我不是骗子。”

那好妇人非常着急，立刻把她所能找到的钱都交给他，因为那妖精虽然要吃小孩子，对她来说却是一个好丈夫。小拇指满载了那妖精的财产，急急忙忙回到他父亲的家里，在那里大受欢迎。

有许多人认为事情不是这样的，他们说小拇指从没有欺骗过妖精，他只是正当地拿了他的那双七法里靴，因为他靠着那双靴子可以追上哥哥们。他们说他们从可靠的证人口中听来，那些人甚至在樵夫家中喝过水吃过东西。他们又对我们切切实实地说，小拇指穿上了妖精的靴子以后，就到宫中去，因为他知道那边大家正在着急，原来有一支军队在二百法里外打仗，大家渴望听到那里战事的好消息。他们说，他去找国王，对国王说，要是他希望当天有人把消息带回来，他可以办到。国王答应他，如果他能办到，一定会给他许多金钱。小拇指当天晚上就把消息带回来了，这第一次的送信使他出了名，他要什么就拿到什么，他替国王传递命令给军队，国王很慷慨地给他报酬。他做了一段时间的通讯员，积下了许多钱，就回来见父亲，家中的人和他重新见面，这番快乐是可想而知了。

# 卷毛角吕盖

从前有一位王后，生了一个又丑又难看的儿子。他的丑陋和难看，几乎使人们疑心他不是一个人。在他生下来那一天，来了一位仙女，一口咬定说会有人爱他的，说他将来长大时一定很聪明。她甚至还说，他得了她所送的礼物，还能够把他的聪明分给他最爱的人。

这些话使可怜的王后稍微得到些安慰，她因为生下这样可怕的“一只猴子”，实在很痛苦。仙女的话不错，这孩子能说话以后不久，就说了许多美丽动听的话。他聪明伶俐，一举一动使人喜爱。我忘记说了，他生下时，头上生着一小撮突起的头发，像一个鸡冠，因此大家都称他为卷毛 角吕盖——吕盖是他的姓。

过了七八年，邻国一位王后生了两个女儿。第一个落地的女儿比白昼还美丽。王后快乐万分，人们替她担心，极度的快乐会对她有害。这天，在卷毛角吕盖生日那天曾去过吕盖家的那位仙女来了，她使王后大为扫兴，她告诉王后，那第一个女儿长大时一定不聪明，她的愚笨将和她的美丽相等，这话使王后很不高兴。可是没过多少时间，她又感到非常痛苦，痛苦得比听了仙女的话还要厉害，因为她生下来的第二个女儿生得异常丑陋。

“你不必忧愁，王后，”仙女对她说，“你的女儿自会得到补偿，她将来会非常聪明，不会使人觉得她不美丽。”

“但愿如此，”王后回答，“可是大女儿那样的可爱，难道你不能赐给她一点聪明吗？”

“我不能给她聪明，王后。”仙女说，“不过说到美丽这一方面，倒还有点办法。因为我没有这个权力，实在不能满足你的要求。不过我要送她这样的能力：使她能把美丽给她所爱的人。”

两个公主慢慢长大，各人的天赋都在发展，大家总是谈着大女儿的美丽和小女儿的聪明。她们的缺点也随着年龄日益发展。妹妹一天一天地越长越丑，姐姐一天一天地越长越笨。姐姐跟人说话，不是没话回答，就是说些傻话。她笨到这个样子，如果你叫她拿四件瓷器放到炉架子上去，她总要打碎一半，喝一杯水也总要打翻半杯在身上。

虽然少女的美丽占了许多便宜，可是小妹妹总是超过她的姐姐。起初，人们总围着这个最美丽的姐姐，瞧着她，惊叹她的美丽。可是不久，他们就离开她到最聪明的妹妹那儿去，听妹妹讲许许多多的有趣的话。人们在十五分钟之内就惊奇起来，在姐姐身边一个人也没有，大家都团团围住小妹妹。年长的姐姐虽然很笨，看到这种情形，心中极愿意把她全部的美丽换得妹妹一半的聪明智慧。那王后虽然很贤惠，也免不了常常埋怨大女儿的愚笨，因此使可怜的大公主万分忧愁。

有一天，她躲到树林里去痛哭自己的不幸，忽然看见一个丑陋可厌的人走到她身旁来，服饰却很华丽。这就是青年王子卷毛角吕盖。王子早就爱上她了，当他看见她的画像以后（那是全世界都看得到的），他就离开了他的国土，一心想去见见她，和她谈谈。他能单独和她这样巧地碰到，使他异常快乐。他恭恭敬敬，极有礼貌地走近她的身边，向她问好以后，他看出她很悲哀，就对她说：

“小姐，我真不懂，像你这样美丽的人，为什么会这样忧愁？我虽然可以夸口说见过千千万万的女子，可像你这样美丽的人，老实说是从来没见过的。”

“你在取笑我吧，先生。”公主回答。说到这里，她就说不下去了。

吕盖接着说："美丽有极大的好处，它自然超过其他一切事物。一个人有了美丽，我不知道 还有什么东西使她这样痛苦。"

公主说："我宁愿像你一样丑陋却聪明，可不要像我这样美丽而愚蠢得不得了。

"小姐，我自问没有聪明，不过有聪明当然最好。这种天赋的礼物，我们就算有了许多，不过总觉得还是不够。"

"这个道理我不懂，"公主说，"可是我知道我很笨，这就是使我忧愁的缘故。"

"如果你的烦恼就是这一点，小姐，那么我可以很容易地解除你的烦恼。"

"那么你怎么办呢？"公主说。

"我有一种能力，小姐，"卷毛角吕盖说，"我可以把无限的聪明赠送给我最爱的人。小姐，像你就是这样的人。这完全取决于你自己！你只要肯嫁给我，就可以有许多聪明智慧。"

公主闭着口，不答一声。

"我觉得，"卷毛角吕盖说，"这个提议使你烦恼，不过我倒并不惊奇，你去仔细想一想，一年以后再回答我。"

那公主非常缺少聪明智慧，不过她又万分渴望得到聪明智慧。她以为这一年是过不完的，就答应了他的提议。她答应卷毛角吕盖，说在一年后这一天嫁给他。她说完这话，顿时觉得自己已经不像以前那样了。她觉得自己说话非常流利，口齿伶俐，态度从容。从那时起，她和卷毛角吕盖开始畅快地谈话，她谈话时态度大方，生动活泼，使卷毛角吕盖相信，他给她的聪明，比他自己保留的要多。

当她回宫时，全宫的人都很诧异，觉得她忽然大为转变，因为她从前出言是很愚笨的，现在却变得非常聪明了。全宫的人都很喜欢。唯有那位年幼的公主很不愉快，因为她的聪明本来是胜过姐姐的。如今她只有可憎的面貌，而没有其他本事胜过她姐姐了。

国王现在听年长的公主的话了，有时连国务会议也在她的房间里开。这种转变传出去以后，邻国的王子们都竭力想得到她的爱情，几乎每个王子都向她求过婚。可是她觉得他们没有一个是很聪明的，所以她听了他们求婚的话，一个也不答应。后来来了一位非常有权势、非常富有、非常俊美的王子，她不由自主地爱上了他。她的父亲看出了这种情形，就对她说，他完全听任她自由选择丈夫，选定以后宣布就是了。人的智慧愈多，决断这样的事愈难。她谢过父亲之后，请他给她些日子去思索。

她偶然走到从前遇见卷毛角吕盖的树林中，默默思索着她所要办的事。她一边走，一边想，忽然听见一阵阵沉浊的声音从脚下发出来，好像有许多人在来来往往奔走，忙着做事。她仔细一听，听见一个人说："把锅子给我。"另一个人说："把炒锅拿给我。"还有一个说："在火上加些柴。"这时土地裂开来了，她看见在她脚下有一个奇大无比的厨房，有许多男女厨师和各色仆役，当然是在预备大筵席。不一会儿，走出大约有二三十个烤肉师，他们走到林中的小路上，留在那儿，站在一张很长的桌子周围，手里拿着猪肉签子，尖帽子垂到耳朵边，有节奏地唱着嘹亮的歌声，开始快乐地工作。

公主看见这种情形，十分惊异，问他们为谁干活。

"小姐，"烤肉师中最漂亮的一个说，"为卷毛角吕盖干活。他明天就要举行婚礼。"

那公主越发感到诧异，忽然她记起来，自从她答应嫁给卷毛角吕盖，到明天恰巧满十二个月了。她惊慌失措了。因为她答应他求婚时是个愚人，所以记不起来这件事，自从得了他给她的聪明智慧以后，她把以前的愚笨全部忘掉了。

她继续往前走了不到三十步路，卷毛角吕盖就来到她面前。他很快乐，装束得也很华美，完全像一个即将结婚的王子。

“你看，小姐，”他说，“我谨守我的话，我也相信你会遵守你的诺言。”

“对不起，”公主回答，“我对于这件事还没有做出决定，而且我还认为，我决不能这样做来使你满意。”

“你的话太使我惊奇了，小姐。”卷毛角吕盖说。

“我认为，”公主说，“而且确实认为，要是我和一个愚人，一个缺少智慧的人相处，一定会感到非常痛苦的。他可以对我说，‘公主是不食言的’，或者‘既然你答应过我，你一定要嫁给我’。 可是现在和我对话的人，我当然知道他是讲理的。你要知道，当我从前是个愚人的时候，我还不能决定嫁不嫁给你。自从你给了我聪明智慧以后，使我比以前更难应对这个问题了，今天怎么能决定从前所不能决定的那个问题呢？要是你从前真的要娶我，那么你把我的愚笨去掉，就是犯了个大错误。现在我比从前看得格外清楚。”

卷毛角吕盖回答说：“假使一个没有聪明智慧的人得到过那种承诺，譬如像你刚才说的那样，他可以责备你不守约，可是小姐，为什么你说我不能采取同样的方式呢？我一生的欢乐都系在那儿啊！一个有聪明智慧的人，他的条件会不如一个没有聪明智慧的人，这难道是合理的吗？你能说出这样的话来吗？你有这么多聪明智慧，又这样诚恳地希望得到聪明智慧。

现在让我们来谈事实吧。请你说一说，除了丑陋以外，我有什么使你不满意的？你是不是不满意我的出身、我的聪明、我的脾气、我的举止呢？”

“一点儿也没有不满意，”公主回答，“你刚才说的，我都十分佩服。”

“如果是这样，”卷毛角吕盖说，“那我就快乐了。你能使我变成世界上最可爱的人。”

“怎样才能变成功呢？”公主问道。

卷毛角吕盖说：“假使你十分爱我，而且希望这事成功，你就一定能办成。况且，小姐，你对这件事可以不必怀疑。要知道当初那位仙女，在我降生的时候赐给我一种权力，让我送给我所爱的人以聪明智慧，她也给了你一种权力，你可以送给你所爱的人以美丽，大概你也很愿意把美丽送给我吧。”

“要是这话是真的，”公主说，“我愿意，我全心全意地愿意，我要使你成为世界上最美丽的王子，我要竭尽全力把这礼物送给你。”

公主说了这话不久，便看见卷毛角吕盖顿时变成一个她从来没有见过的、世界上最美丽最可爱的人。有些人说，这不是神力，只是爱情的结果。他们说那公主想起了他的恒心、他的谨慎、他灵魂上和智慧上的一切美质，就再看不见他身上的缺点和脸上的丑陋了。他的驼背，在她看来只不过像人们耸肩一样；她不觉得他瘸腿走路难看，在她看来，这正像侧着身子一样好看；别人还说他眼睛是斜的，可是在她看来，这很有光彩；而他的不定的眼光在她看来正是热情的象征。最后，他那个又大又红的鼻子，在她看来却是充满英雄的气概。

不管他怎么样，只要得到她父王的同意，她就立刻答应嫁给他。国王知道他的女儿看中了这位卷毛角吕盖，而且知道他是以聪明智慧出名的，就很快乐地答应他做女婿。第二天，婚礼便举行了。这正是卷毛角吕盖从前所盼望的，而且这婚礼是完全照着他好久以前下的命令安排的。

## 小红帽

从前有一个乡下小姑娘，谁也没有她漂亮可爱。她的妈妈很宠爱她，而她的姥姥比她的妈妈更爱她。善良的姥姥在她生日那天送给她一顶小红帽，这小红帽给她戴上非常合适，于是大家都喊她小红帽。

有一天，她的妈妈做了些糕饼，对她说：

“小红帽，去看看姥姥，因为有人说她病了。拿这糕饼和这小罐黄油去送给她。”

小红帽立刻到她姥姥家里去，姥姥住在另一个村庄里。

在经过一座树林时，她遇见了一只狡猾的老灰狼，老灰狼很想吃小红帽。可是它不敢，因为在树林里有几个樵夫。它问她到哪儿去。可怜的小红帽不知道停下来听一只狼说话是危险的，对它说：

“我去看望我的姥姥，带给她糕饼和一小罐黄油，这是我妈妈送她的。”

“你姥姥住得很远吗？”狼问她。

“哦，是的，”小红帽说，“你看，一直往那边，磨坊的那边，在村里的第一所房子里。”

“很好！”狼说，“我也要去看望你姥姥，我从这条路走，你从那条路走，我们看看到底谁先到。”

狼赶紧从那条最短的路奔跑过去，小红帽却从那条最长的路走过去，她一边采着栗子玩，一边追赶着蝴蝶，用她所摘到的小花儿编成花束。

狼不久就到了姥姥的屋子前，它敲着门：笃，笃，笃。

“谁呀？”

“是你的外孙女，小红帽，”狼学着小红帽的声音说，“带着糕饼和一小罐黄油来给你，是我妈妈送你的。”

那善良的姥姥因为有点不舒服，睡在床上，对它说：

“拔了小栓子，门闩便下来了。”

狼拔了小栓子，门便开了。它扑向那善良的妇人，把她吃得干干净净，因为它已经有三天多没有吃东西了。随后它便把门关上，睡在姥姥的床上，等候小红帽到来。过了一会儿，小红帽便来敲门了：笃，笃，笃。

“谁呀？”

小红帽听到了狼的粗大的声音，起初很害怕，不过她以为姥姥伤风了，就回答：

“是你的外孙女，小红帽，带着糕饼和一小罐黄油来给你，是我妈妈送给你的。”

狼把声音压低些对她说：

“拔了小栓子，门闩便下来了。”

小红帽拔了小栓子，门便开了。

那狼看见她进来，就躲在床上的被子底下对她说：

“把糕饼和那小罐黄油放在面包箱上，来和我同睡吧。”

小红帽脱了衣裳，爬上床去，她感到很奇怪。为什么姥姥脱了衣服是这个样子的？她对它说：

“姥姥，你的胳膊有这样大！”

“这样，抱起你来格外方便些，我的外孙女！”

“姥姥，你的腿有这样大！”

“这样，跑起路来格外方便些，我的孩子！”

“姥姥，你的眼睛有这样大！”

“这样，看起你来格外方便些，我的孩子！”

“姥姥，你的耳朵有这样大！”

“这样，听起声音来格外方便些，我的孩子！”

“姥姥，你的牙齿有这样大！”

“这样，才可以吃你呀！”

凶狠的狼说了这句话，就向小红帽扑去，想把她吃掉。正在这时，跑进来几个樵夫，把狼砍死了。

# （五）爱经

## 序

布勃里乌思·沃维提乌思·拿梭（Publius Ovidius Naso）于公元前43年生于苏尔摩，与贺拉斯、加都路思及魏尔吉留思并称为罗马四大诗人。沃维提乌思髫龄即善吟咏，方其负笈罗马学律时，即以诗集《情爱》为世瞩目。渐乃刻意为诗，秾艳瑰丽，开香奁诗之宗派，加都路思之后，一人而已。

至其生平，无足著录，惟曾流戍玄海之滨，此则为其一生之大关键，《蓬都思书疏》及《哀愁集》，即成于此。盖幽凉寂寞之生涯，实有助于诗情之要渺也。惟其流戍之由，亦莫能详，或谓其曾与沃古斯都大帝孙女茹丽亚有所爱恋，遂干帝怒，致蒙斥逐，顾无可征信，存疑而已。要之以作者之才华，处淫靡之时代，醇酒妇人，以送华年，殆至白发飘零，遂多百感苍凉之叹，亦固其所耳。

沃维提乌思著述甚富，有《爱经》《爱药》《月令篇》《变形记》《哀愁集》等各若干卷，均为古典文学之精髓。今兹所译《爱经》（Ars Amatoria）三卷，尤有名。前二卷成于公元前一年，第三卷则问世稍后，然皆当其意气轩昂，风流飙举之时。以缤纷之辞藻，抒士女容悦之术，于恋爱心理，阐发无遗，而其引用古代神话故事。尤见渊博，故虽遣意狎亵，而无伤于典雅；读其书者，为之色飞魂动，而不陷于淫佚。文字之功，一至于此，吁，可赞矣！沃氏晚岁颇悔其少作，而于《爱经》，尤自悔艾，因作《爱药》，以为盖愆。顾和凝《红叶》之集，羡门《延露》之词，均以晚年收毁而愈为世珍；古今中外，如出一辙也。

诗不能译，而古诗尤不能译。然译者于此书，固甚珍视，遂发愿以散文译之，但求达情而已。至所据版本，则为昂利·鲍尔奈克（Henri Bomecque）教授纂定本，盖依巴黎图书馆藏 10 世纪抄本，及牛津图书馆藏 9 世纪抄本所校订者也。

1932 年 9 月 1 日

## 如何获得爱情

假如在我们国中有个人不懂得爱术，他只要读了这篇诗，读时他便理会，他便会爱了。用帆和桨使船儿航行得很快的是艺术，使车儿驰行得很轻捷的是艺术。艺术亦应得统治阿谟尔（罗马神话中的爱神丘比特）。沃岛美东擅于驾车和运用那柔顺的马缰；谛费斯是海木尼阿的船的舵工。而我呢，维娜丝（罗马神话中的爱神维纳斯）曾经叫我做过她的小阿谟尔的老师；人们将称我为阿谟尔的谛费斯和沃岛美东。他是生来倔强的，他时常向我顽抗，但是他是个孩子，柔顺的年龄，是听人指挥的。菲丽拉的儿子用琴韵来教育阿岂赖斯（希腊英雄阿喀琉斯），靠这平寂的艺术，驯服了他的野性。这个人，他多少次数使他的同伴，使他的敌人恐怖，有人说看见他在一个衰颓的老人前却战颤着；他的那双使海克笃尔都感到分量的手，当他老师叫他拿出来时，他却会伸出来受罚。岂龙是艾阿古斯（宙斯之子埃阿科斯）的孙子的蒙师；我呢，我是阿谟尔的。两个都是可畏的孩子，两个都是女神的儿子。可是骄恣的雄牛终究驾着耕犁之轭，勇敢的战马徒然嚼着那控制着它的辔头。我亦如此，我降伏阿谟尔，虽然他的箭伤了我的心，又在我面前摇动着他的明耀的火炬。他的箭愈是尖，他的火愈是烈，他愈是激起我去报复我的伤痕。斐菩斯（古希腊神话中文艺之神阿波罗）啊，我决不会冒充说那我所教的艺术是受你的影响而来的；传授我这艺术的更不是鸟儿的歌声和振羽；当我在你的山谷，阿斯克拉啊，牧羊时，我没有看见过格丽奥和格丽奥的姊妹们。经验是我的导师：听从有心得的诗人罢。真实，这就是我要唱的：帮助我罢，阿谟尔我的母亲！走开得远些，你轻盈的细带，贞节的象征，而你，曳地的长衣，你将我们的贵妇们的纤足遮住了一半！我们要唱的是没有危险的欢乐和批准的偷香窃玉；我的诗是没有一点可以责备的。

愿意投到维娜丝旗帜下的学习兵，第一：你当留心去寻找你的恋爱的对象；其次，你当留心去勾引那你所心爱的女子；其三，要使这爱情维持久长。这就是我的范围；这就是我的马车要跑的跑场；这就是那应当达到的目的。

当你一无羁绊，任意地要到哪里就到哪里的时光，你去选一个可以向她说“有你使我怜爱”的人儿。她不会乘着一阵好风儿从天上吹下来的；那中你的意的美人是应当用你的眼睛去找的。猎人很知道他应该在什么地方张他的鹿网；他很知道在哪一个谷中野猪有它的巢穴。捕鸟的人认识那利于他的藕竿的树林，而渔夫也不会不知道在哪一条水中鱼最多。你也如此，要找一个经久的爱情的目的物，亦应该第一个要知道在哪里能遇着许多少女。要去找她们，你也用不到坐船航海，也用不到旅行到远方去。拜尔塞斯从黧黑的印度人中找到他的昂德萝美黛，弗里基阿人掠到了一个希腊女子；我很愿这样。但是单单一个罗马已够供给你一样美丽的女子，又如此的多，使你不得不承认说：“我们的城中有世界一切的美人。”正如迦尔迦拉之丰于麦穗，麦丁那之富有葡萄，海洋之有鱼，树林之有鸟，天之有星，在你所居住着的罗马，也一样地有如此许多的年轻的美女；阿谟尔的母亲已在她亲爱的艾耐阿斯的城中定了居所。假如你是迷恋着青春年少又正在发育的美女，一个真正无瑕的少女就会使你看中意了；假如你欢喜年纪大一点的，成千的少妇都会使你欢心，而你便会有选择的困难了。可是或许一个中年有经验的妇人在你是格外有情趣，那么，相信我，这种人是更众多了。

当太阳触到海尔古赖斯的狮子背脊的时候，你只要到朋贝尤斯门的凉荫下慢慢地去散步，或是在那个慈母，为要加一重礼物到她的儿子的礼物上，使人用异国的云石造成的华丽的纪念物旁闲行。不要忘记去访那充满了古画的廊庑，名叫丽薇雅，这就是它的创立者；也不要忘了那你在那里可以看见那些谋害不幸的堂兄弟们的培鲁斯的孙女们和她们的手中握着剑的残忍的父亲的廊庑。更不要忘记那维娜丝所哀哭的阿陶尼斯节，和叙里亚的犹太人每礼拜第七日所举行的大祭典。更不要避开牝牛，埃及的披着麻衣的女神的神殿：她使许多妇人模仿她的对裘比德（希腊神话中的主神宙斯）做的事。

就是那市场（谁会相信呢？）也是利于阿谟尔的，随他多少哗闹，一缕情焰却从那里生出来。在供奉维娜丝的云石的神殿下，阿比阿斯用飞泉来射到空中。在那个地方，有许多法学家为阿谟尔所缚，而这些能保障别人的却不能保障自己。时常地，在这个地方，就是那最善辩的人也缺乏了辞令：新的利益占据着他，使他不得不为自己的利害而辩论了。在邻近，维娜丝在她的殿上笑着他的窘态：不久之前还是保护别人的，现在却只希望受人保护了。

可是尤其应在戏场和它的半圆的座位中撒你的网：这些是最富于好机会的地方。在那里，你可以找到某个勾动你，某个你可以欺骗，某个不过是朵过路的闲花，某个你可以和她发生久长的关系。好像蚂蚁在长阵中来来往往地载着它们的食品谷子，或是像那些蜜蜂找到了它们的猎品香草时，轻飞在茴香和花枝上，女子也如此，浓妆艳服，忙着向那群众走去的戏场去；她们的数目往往使我选择为难。她们是去看的，可是她们尤其是去被看的；这在贞洁是一个危险的地方。这是你开端的啊，罗摩路斯，你将烦恼混到游艺中，掳掠沙皮尼族的女子给你的战士做妻子。那时垂幕还没有装饰了云石的戏场，番红花汁还未染红了舞台。从巴拉丁山的树上采下来的树叶的彩带是不精致的剧场的唯一的装饰品。在分作级段的草地的座位上，人民都坐着，用树叶漫过着他们的头发。每个人向自己周围观望，注意他所渴望的少女，在心中悄悄地盘旋着万虑千思。当在号角声中一个狂剧伶人用脚在平地上顿了三下时，在人民的欢呼声中，罗摩路斯便发下暗号给他部下夺取各人的猎品。他们突然发出那泄露他们的阴谋的呼声奔向前去，用他们的贪婪的手投到年轻的处女身上。正如一群胆小的鸽子奔逃在老鹰之前，正如一头小绵羊见了狼影儿奔逃，沙皮尼的女子也一样地战颤着，当她们看见那些横蛮的战士向她们扑过来时。她们全都脸色惨白了：因为她们都很惊慌，虽然惊慌的表现是各不相同的。有的自己抓着自己的头发，有的坐在位子上晕过去了；这个默默地哭泣，那个徒然地喊着她的母亲；其余或是呜咽着，或是惊呆了；有的不动地站着，有的想逃走。人们便牵着那些女子，注定于他们的婚床的猎品，有许多因为惊慌而格外见得美丽了。假如有一个女子太反抗，不肯从那抢她的人，他便抱她起来，热情地将她紧贴在胸头，向她说："为什么用眼泪来掩了你的妙目的光辉呢？凡你父亲之用来对你母亲的，我便用来对你。"哦，罗摩路斯！只有你能适当地奖赏你的兵士：为了这种奖品，我很愿意投到你的旗帜之下。这是一定的，由于对这古习惯的忠实，直到现在，剧场还设着为美人们的陷阱。

更不要忘了那骏马竞赛的跑马场。这个聚集着无数的群众的竞技场，是有很多的机会的。用不到做手势来表示你的秘密，而点头也是不需要的，去表示你是含有一种特别作用。你去坐在她身旁，并排的，越贴近越妙，这是不妨的；狭窄的地位使她和你挤得很紧，她是没有法子，在你却幸福极了。于是你便找一个起因和她谈话，起初先和她说几句普通的常谈。骏马进了竞技场：你便急忙地去问她马的主人的名字；随便她欢喜哪一匹马，你立刻就要附和她。可是，当那以壮士相斗作先导的赛神会的长行列进来时，你便兴高采烈地对她的保护人维娜丝喝彩。假如，偶然有一点尘埃飞到你的美人的胸头，你便轻轻地用手指拂去它；假如没有尘埃，你也尽去拂拭着：总之你应当去借用那些冠冕堂皇的由头。她的衣裙是曳在地上吗？

你将它揭起来，使得没有东西可以弄脏了它。为了你这种殷勤，她会一点不怒地给你一个瞻仰她的腿的恩惠作偿报了。此外你更当注意坐在她后面的看客，恐怕那伸得太出的膝踝会碰着了她的肩头。这些琐细的事情能笼络住她们轻盈的灵魂：多少多情的男子在一个美女身边成功，就因为他小心地安好一个坐垫，用一把扇子为她摇风，或是放一张踏脚凳在她的纤足下。这些一切新爱情的好机会，你都可以在竞技场和为结怨的烦虑所变作忧愁的市场中找到。阿谟尔时常欢喜在那儿作战；在那里，那看着别人的伤痕的人，自己却感到受了伤；他说话，他为这个或是那个相扑人和人打赌，他刚接触着对方的手，他摆出东道去问谁得胜，忽然一枝飞快的箭射透了他；他呼号了一声；于是起初是看斗的看客，如今自己变成牺牲者之一了。

不久之前，该撒（盖马斯·屋大维）给我们看那海战的戏，在那里，波斯的战舰和凯克洛泊斯的儿郎的战舰交战，那时两性的青年从各处跑来看这戏：罗马在那时好像是个世界的幽会地。在这人群中，谁没有找到一个恋爱的目的物呢？啊啊！多少的人被一缕异国的情焰烧得焦头烂额！

可是该撒预备去统一全世界了，现在，东方的远地啊，你们将属于我们了。巴尔底人啊，你们就要受罚了。克拉苏斯，在你的墓中享乐啊；而你们，不幸落在蛮族手中的旗帜啊，你们的复仇者已前进了；年纪还很轻的时候，他就有英雄的气概，虽则还是个孩子，他却已指挥那孩子力所不及的军队了。懦怯的人们，不要去计算神祇的年龄吧：在该撒们中，勇敢是超过年岁的。他们的神明的天才是走在时间的前面而发着怒，不耐那迟缓的长大。还是一个小小的婴孩，谛伦斯的英雄已经用他的手扼死两条蛇了：他从小就做袭比德的肖子了。而你，老是童颜的巴古斯，你是多么伟大啊，当战败的印度战栗在你的松球杖前时！孩子啊，这是在你祖先的保护之下和用你祖先的勇气，你将带起兵来，又将在你祖先的保护之下和用你祖先的勇气战胜他人：一个如此的开端方能与你的鸿名相符。今日的青年王侯，有一朝你将做元老院议长。你有许多弟兄，为那对你弟兄们的侮辱报仇啊。你有一个父亲：拥护你父亲的权利啊。交付你兵权的是国父，也是你自己的父亲；只有仇敌，他才会篡窃父亲的王位。你呢，佩着神圣的武器，他呢，佩着背誓的箭：人们会看见，在你的旗帜前，神圣的正义走着。本来屈于理的，他们当然屈于兵力了！愿我的英雄将东方的财富带到拉丁姆来。马尔斯神，还有你，该撒神，在他出发时，助他一臂的神力吧，因为你们两个中一个已经成神了，另一个一朝也将成神的。是的，我预先测到了，你将战胜的，我许下一个心愿为你制一篇诗，在那里我的嘴很会为你找到流利的音调。我将描写你全身披挂，用一篇我理想出来的演说鼓励起你的士卒。我希望我的诗能配得上你的英武！我将描写那巴尔底人反身而走，罗马人挺胸追逐，和敌人奔逃时从马上发出箭来。哦，巴尔底人，你想全师而退，可是你战败后还剩下些什么呢？巴尔底人啊，从此以后马尔斯只给你不吉的预兆了。世人中之最美者，有一朝我们将看见你满披着黄金，驾着四匹白马回到我们城下。在你的前面，走着那些颈上系着铁链的敌将们：他们已不能像从前一样地逃走了。青年和少女都将快乐地来参与这个盛会，这一天将大快人心；那时假如有个少女问你那人们背着的画图上的战败的王侯的名字，什么地方，什么小川，你应当完完全全地回答她；而且要不等她问就说；即使有些是你所不知道的，你也当好像很熟悉地说出来。这就是曷弗拉带斯河，那在额上缠着芦苇的；那披那深蓝色的假发的，就是帝格里斯河；那些走过来的，说他们是阿尔美尼阿人，这女子就是波斯，它的第一个国王是达纳爱的儿子；这是一座在阿凯曼耐斯的子孙的谷中的城。这个囚徒或者那个囚徒都是将士；假如你能够，你便可以一个个地照他们的脸儿取名字，至少要和他们相合的。

筵席和宴会中也有绝好的机会，人们在那里所找到的不只是饮酒的欢乐。在那里红颊的阿谟尔将巴古斯的双翅拥在他纤细的臂间。待到他的翼翅为酒所浸湿时，沉重不能飞的柯毗陀便不动地停留在原处了。可是不久他便摇动他的湿翅，于是那些心上沾着这种炎热的露水的人便不幸了。酒将心安置在温柔中使它易于燃烧；烦虑全消了，被狂饮所消去了。于是欢笑来了；于是穷人也鼓起勇气，自信已是富人了：更没有痛苦，不安；额上的皱纹也平复下去，心花大开，而那在今日是如此希罕的爽直又把矫饰驱逐了。在那里，青年人的心是常被少女所缚住的：酒后的维娜丝，便是火上加火。可是你切莫轻信那欺人的灯光：为要评断美人，夜和酒都不是好的评判者。那是在日间，在天光之下，巴黎斯看见那三位女神，对维娜丝说："你胜过你的两个敌人，维娜丝。"黑夜抹杀了许多污点又隐藏了许多缺陷；在那个时候，任何女人都似乎是美丽的了。别人评断宝石和红绫是在日间的，所以评断人体的线和容貌也须在日间的。

我可要计算计算那猎美人的一切的会集处吗？我不如去计算海沙的数目罢。我可要说那拔页，拔页的沿岸和那滚着发烟的硫磺泉的浴池吗？在出浴时，许许多多洗浴人的心中都受了伤创，又喊着："这受人称颂的水并没有像别人所说的那样合于卫生之道。"离罗马城不远，便是第阿娜的神殿，荫着树木，这个主权是赤血和干戈换来的。因为她是处女，因为她怕柯毗陀的箭，这女神已经伤了许多她的信徒，后来还将伤许多。

在哪里选择你的爱情的目的物，在哪里布你的网？到现在那驾在一个不平衡的车轮的车上的达丽阿已指示给你了。如今我所要教你的是如何去笼络住那你所爱的人儿；我的功课最要紧的地方就在这里。各地的多情人，望你们当心听我，愿我的允诺找到一个顺利的演说场。

第一，你须得要坚信任何女子都可以到手的：你将取得她们；只要布你的网就是了。春天会没有鸟儿的歌声，夏天会没有蝉声的高唱，野兔子会赶跑了梅拿鲁思的狗，假如女子会不容纳男子的挑拨。你以为她是不愿的，其实她心中却早已暗暗地愿意了。偷偷摸摸的恋爱在女子看来正是和男子看来一样地有味儿的：但是男子不很知道矫作，女子却将她们的心情掩饰得很好。假如男子大家都不先出手，那被屈服的女子立刻就出手了。在那芳草地上，多情地呼着雄牛的是牝牛；牝马在靠近雄马时又嘶了。在我们人类中，热情是格外节制些，不奔放些：人类的情焰是不会和自然之理相背的。我可要说皮勃丽思吗？她为了她的哥哥烧起了那罪恶的情焰，然后自缢了勇敢地去责罚自己的罪恶。米拉爱她的父亲，可是并非用一种女儿对父亲的爱情；如今她已将她的羞耻隐藏在那裹住她的树皮中了。成了芳树，她倾出眼泪来给我们作香料，又保留下这不幸的女子的名字。在遮满了丛树的伊达的幽谷中，有一头白色的雄牛，这是群牛中的光荣。它的额上有一点小黑斑，只有这一点，在两角之间；身上其余完全是乳白色的。格洛苏思和启道奈阿的牝牛都争以得到被它压在背上为荣幸。葩西法艾渴望做它的情妇；她妒恨着那些美丽的牝牛。这是个已经证实的事实；那坐拥百城的克来特，专事欺人说谎的克来特，也不能否认这事实。别人说那葩西法艾，用那不惯熟的手，亲自摘鲜叶和嫩草给那雄牛吃，而且，为要伴着它，她连自己丈夫都不想起了：一头雄牛，竟胜于米诺思。葩西法艾，你为什么穿着这样豪华的衣裳？你的情夫是不懂得你的富丽的。

当你到山上去会牛群时，为什么拿着一面镜子？你为什么不停地理你的发丝？多么愚笨！至少相信你的镜子罢：它告诉你你不是一头母牛。你是多么希望在你的额上长出两只角来啊！假如你是爱米诺思的，不要去找情夫罢，或者，假如你要欺你的丈夫，至少也得和一个"人"奸通啊。可是偏不如此，那王后遗弃了龙床，奔波于树林之间，像一个被阿沃尼阿的神祇所激动的跳神诸女一样。多少次，她把那妒忌的目光投在一头母牛身上，说着："它为什么会得我心上的人儿的欢心？你看它在它前面的草地上多么欢跃着啊！这蠢货无疑地自以为这样可以觉得更可爱了。"她说着便立刻吩咐将那头母牛从牛群中牵出来，或是使它低头在轭下，或是使它倒毙在一个没有诚心的献祀的祭坛下；于是她充满了欢乐将她的情敌的心脏拿在手中。她屡次杀戮了她的情敌，假说是去息神祇之怒，又拿着它们的心脏说着："现在你去娱我的情郎罢！"有时她愿意做欧罗巴，有时她羡慕着伊沃的命运：因为一个是母牛，还有一个是因为被一头雄牛负在背上的。可是为一头木母牛的像所蛊惑，那牛群的王使葩西法艾怀了孕，而她所产出来的果子泄漏出她的羞耻的主动者。假如那另一个克来特女子会不去爱谛爱斯带思（在妇人专爱着一个男子是一桩多么难的事啊！）人们不会看见斐菩斯在他的中路停止了，回转他的车子，将他的马驾向东方。尼须思的女儿，为了割了她父亲的光辉的头发，变成了一个腰围上长着许多恶狗的怪物。阿特拉思的儿子在地上脱逃了马尔斯，在海上脱逃了奈泊都诺思，终究作了她的妻子的不幸的牺牲者。谁不曾将眼泪洒在那烧着爱费拉的克莱乌莎的情焰上，和在那染着血的杀了自己的孩子的母亲身上？阿明托尔的儿子斐尼克思悲哭他的眼睛的失去。伊包里度思的骏马，在你们的惊恐中，将你们主人的躯体弄碎了！弗纳思，你为什么挖去你的无辜的孩子们的眼睛啊？那报应将重复落在你头上了。妇人中无羁的热情的放荡是如此：比我们的还热烈，还奔放。勇敢啊；带着个必胜之心去上阵啊；在一千个女子中，能抵拒你的连一个都找不到。随她们容纳也好，拒绝也好，她们总欢喜别人去献好的；即使假定你是被拒绝了，这种失败在你是没有危险的。可是你怎地会被拒绝呢？一个人常会在新的陶醉中找到欢乐的：别人的东西总比自己的好。别家田中的收获总觉得格外丰饶，邻人的畜群总是格外肥壮的。

你第一个要先和你所逢迎的女子的侍女去结识：那给你进门的方便的就是她。去探听确实，她的女主人是否完全信托她，她是否她女主人的秘密的欢乐的忠心的同谋者。为要买她到手，许愿和央求一件也少不得；这样你所要求的，她都会给你办到了；一切都是出于她的高兴的。她会选择一个顺利的时候（医生也注意时候的）；要趁她女主人容易说话的时候，最受勾引的时候。在那时候，一切都向她微笑着，欢乐在她的眼中发着光，正如金穗在丰田中一样。当心怀欢快时，当它不为忧苦所缚时，它便自然地开放了；那时维娜丝便轻轻地溜了进去。伊里雍一日在愁困之中，它的兵力就和希腊的兵力对抗；那迎入藏着战士的木马进城的那天，却是一个快乐的日子啊。你更要选那她受对头侮辱而啜泣的时候，使她可以要你做她的报复者。早晨，正在理发时．侍女触怒了她：为了你，她借此张帆打桨，低声说，一边还叹息着：“我不相信你会恩怨分明的。”于是她便说起了你，她为你说了一篇动心的话，她说你将为情而死。可是你应当迅速从事，恐怕风就要停，帆就要落。怒气是正如薄冰一样，一期待就消化了。你要问我了：先得到那侍女的欢心可有用吗？这种办法是很偶然的。有的侍女用这办法果然能使她格外热心为你出力，有的却反不热心了：这个为你照料她女主人的恩情，那个却将你留住自己受用了。大胆者得成功：即使这句话会助你的勇气，照我的意见：免之为善。因为我是不向悬崖绝壁去找我的路的；请我来做引导的人，是不会走入迷途的。可是当侍女传书递简时，她的美丽媚你不下于她的热忱，你总须以得到那女主人为先；侍女自然随后就来了；可是你的爱却不应该从她开始。只有一个劝告，假如你对于我所教的功课有几分信心，假如我的话不被狂风吹到大海去，千万不要冒险，否则也得弄个彻底。一朝这件风流案中侍女有了一半份儿，她便不会叛你了。翼上沾着藕的鸟不能远飞；野猪徒然地在笼住它的网中挣扎；鱼一上了钩，就不能脱逃。那你已挑拨了的，你须要快快地紧逼，一直到胜利后才放手。可是你要瞒得好好地！假如你对侍女将你的聪敏藏得很好，你的情妇所做的一切在你都不成为神秘了。相信只有农夫和水手应当顾虑时候的，实在是一个大错误。正如不应该一年到头地在那一块会欺骗我们的地上播种，或是不时地将一只小舟放到碧海上去一般；一天到晚地向一个美人进攻也是一样地靠不住的。等着一个好机会，人们是时常很好地达到目的。假如你在她的生日或是那历书上维娜丝欢喜紧接着她的爱人马尔斯的日子，当竞技场已不像从前一样地装饰着些小雕像，却陈设着败王的战利品时，那时你就得停止进行了；于是凄戚的冬天来了，于是百莱阿代思近了，于是温柔的山羊沉到大洋中去了。那便是休息的好时候，谁要不量力去到海上去，谁就要碎了他的船甚至性命都难保。着手于那使人流那样多的眼泪的，阿里阿河染红了拉丁族的血的日子，或是在巴莱斯底那的叙里亚人每周所庆祝的安息日。你要十分当心你的腻友的生日，你更要把那些要送礼的日子视作禁忌日。你想脱免是徒然的，她总会弄到些你的礼物的，女人总是精于种种搜括她的热情的情人的钱的艺术。一个穿着长袍的贩子会到你情妇的家里去，她是老是预备着购买的；他将在坐着的你的面前，摊开他的货品来；于是她，为了给你一个显出你的鉴赏力的机会，要求你为她看一看，随后她会给你几个甜吻；随后她恳求你买几件。她会发誓说这些已够她几年之用了；而今天她正用得到；今天是一个机会。你说你身边没有带钱是无用的，她会请你开一个票子，那时你会懊悔你知书识字了。当她为要你的礼物，好像做生日地预备起点心来时——而且这生日又是每次当她需要什么东西时做的——怎样办呢？当她假说失了一件东西，含愁而来，泣诉她丢失了一块耳上的宝石时，怎样办呢？妇女们老是向你要许多东西，这些东西她们说不久就会还你的；可是一朝到了她们手中，你再也莫想她们还你了。在你受了这样大的损失，别人却一点也不感激你。真的，即使有十口十舌，我也不能数说清那些娼妓的无耻的伎俩。

先在几个精磨的板上写个温柔的简帖儿去探路。要使这第一度函札使她知道你的心情。上面要写着殷勤的颂词和动情的话；而且不要管你的身份，你加上那最低微的恳求。海克笃尔的尸体之所以能还给泊里阿摩思，也就为那老人的恳求动了阿岂赖斯的心。神祇之怒都为柔顺的声音所动。答应啊，答应啊；这是不值得什么的；任何人都是富于允许的。那希望，当人们加上信心上去时，是能经久的：这是个欺人的女神，但是却很有用。假如你送了些礼物给你的情妇，你就会找不到便宜了：就是欺骗了你，她也不会有所损失的。你总得常带着正要送她东西的样子，可是永不要送她。不茁的田就是女口此地常欺骗了它的主人的希望；赌徒也就是如此地在不再输的希望中不停地输出，而偶然的运气又诱惑着他的贪婪的手。那最难的一点，那细巧的工作，就是不赠礼物而得到美人的眷顾：于是，她为了要不虚掷了她所赠与的东西的价值，她便不能拒绝了。将这满篇柔情的简帖儿发出去，去探她的心，去开一条路。几个写在苹果上的字欺骗了那绮第珮，于是这不知内幕的少女在朗读它时，为她自己的言语所缚住了。

研究美文啊，青年罗马人，我这样忠告你们；不仅是为要保护那战兢兢的被告人：正如人民，严厉的审判官和从人民中选出来的元老院议员，女人也是屈服于辩才的。可是你要将你的诱惑的方法隐藏得很好，不要一下子就显露出你的饶舌来。一切村学究气的语句都不要用。除了一个蠢人外，谁会用一种演说者的口气写信给他的情妇呢？一封夸张的信时常造成一种厌恶的主因。你的文体须要自然，你的词句须要简单，可是要婉转，使别人读你这信时，好像听到你的声音一样。假如她拒绝你的简帖儿，将它看也不看地送还你，你尽希望她将读它；你要坚持到底。不驯的小牛终究惯于驾犁，倔强的马日久终受制于辔头。在不停的磨擦后，一个铁指环尚须磨损，继续地划着地，那弯曲的犁头终究蚀损。还有什么比石再坚，比水更柔的吗？可是柔水却滴穿了坚石。即使是那珮耐洛珀，只要你坚持到底，日久她总会屈服于你。拜尔迦摩思守了很长久，可是终究被夺得了。譬如她读了你的信而不愿回答你：那是她的自由。你只要使她继续读你的情书就是了，她既然很愿意读，她不久就会愿意回答了。一切都是按部就班地来的。你或许先会接到一封不顺利的复信，在信上她请你停止追求。正当她求你莫惹她时，她却恐惧着你依她照办，而希望你坚持到底。追求啊，不久你就会如愿以偿了。

假如当你遇到你的情妇躺在她的舁床中的时候。你便走过去，好像是偶然似的；而且为了恐怕你的话语被一个不谨慎的人听了去，你便尽你所能地用模棱两可的手势来达意。假如她在一个广大的穹门下闲步，你亦应当挨上去和她一起游散。有时走在她前面，有时走在她后面，有时加紧了脚步，有时放慢了脚步。你不要为了从人群中走出，又从这柱石赶到那柱石去紧贴着她走着而害羞。不要让她独自个，仪态万方地坐在戏场中：在那里，她的袒露的玉臂将给你一个动情的奇观。在那里，你可以凝看着她，安闲地欣赏她，你可以向她打手势，做眉眼。对那扮少女的拟曲伶人喝彩；对那扮演情人的更要喝彩。她站起来，你便站起来；她一直坐着，你也坐着不要动；你须懂得依着你的情妇的兴致去花费你的时间。

可是不要用热铁去烫你的头发，或是用浮石去砑你的皮肤。这些事让那些用弗里基阿人的仪式哼着歌词颂启倍莱虞斯山的女神的教士们去做罢。一种不加修饰的美是合宜于男子的：当米诺思的女儿被戴设斯掠去的时候，戴设斯并没有将自己的头发用针簪在鬓边。伊包里度思虽然外表不事修饰，却被茀特拉所爱。那森林的荒野的寄客阿陶尼斯终究得到一个女神的心。你须要爱清洁：不要怕在马尔斯场锻炼身体而晒黑了你的皮肤；把你的宽袍弄得好好地不要玷污。舌上不要留一点舌苔，齿上不要留一点齿垢。你的脚不要套着太大的鞋子；不要使你的剪得不好的头发矗起在你头上，却要请一副老练的手来整理你的头发和胡子，你的指甲须得剪得很好而且干净；在鼻孔中不要使鼻毛露出；不要使那难受的气息从一张臭嘴里吐出来，当心莫教那公羊骚气使人难闻。其余的修饰，你让与那些年轻的媚娘或是那些反自然地求得男子的不要脸的眷恋的男子去做罢。

可是这里利倍尔呼召他的诗人了；他也是保护有情人又加惠于那些他自己也燃烧着的爱情的。格诺苏思的孩子发狂地在荒滩上彷徨着，在第阿小岛被海波冲击的地方。她刚从睡眠中脱身出来，只穿了一条薄薄的下衣，她的脚是跣露着，她的棕色的头发乱飘在她的肩头，她向着那听不到她的声音的海波哭诉戴设斯的残忍，而眼泪是满溢在那可怜的弃妇的娇颜上。

她且哭且喊，可是哭和喊在她都是很配的；她的眼泪使她格外娇艳可人了。那个不幸的人儿拍着胸说："那负心人弃我而去了；我怎么办呢？"她说："我怎么办呢？"忽然铙钹声在全个海岸上高响起来了，狂热的手所打着的鼓声也起来了。她吓倒了，而她的声音也停止了；她已失去知觉了。这里那些披头散发的迷玛洛尼黛思们来了；这里轻捷的刹帝鲁斯们，神的先驱来了；这里酩酊的老人西莱努思来了：他是挂在那弯屈在重负之下的驴子的鬣毛上，几乎是要跌下来了。当他追着那一边逃避他一边向他噜苏的跳神诸女的时候，当这个拙骑士用木棒打着那只长耳兽的时候，忽然滑了下来，跌了个倒栽葱。那些刹帝鲁斯喊着："唅，起来啊，老伯伯，起来啊！"那时那神祇高坐在缠着葡萄蔓的车上，用金勒驾御着那驯虎。那少女把颜色，戴设斯的记忆和声音同时都失去了。她想逃了三次，可是恐惧心缠了她三次脚。她战栗着，正如被风飘动的稻草和在隰泽中的芦苇一样。可是那神祇却向她说："我是来向你供献一个更忠诚的爱情的；不要怕罢；格诺苏思的女孩子，你将做巴古斯的妻子了。我拿天来给你做礼物；在天上，你将成一颗人们所瞻望的星，你的灿烂的冠冕将在那里做没有把握的舵工的指导。"他这样说着，又恐怕那些老虎吓坏了阿丽亚特娜，便从车上跳下来（他的足迹印在地上）；把那失魂的公主紧抱在胸怀，他将她举了起来。她怎样会抵抗呢？一个神祇的权能难道还有什么为难的事吗？有的唱着催妆曲，有的喊着："曷许思，曷荷艾。"那年轻的新妇和神祇是如此地在神圣的榻上相合的。因此你便当置身于有巴古斯的礼物的华筵中，假如一个女子是坐在你旁边，和你同坐在一张榻上，你便祷告那在夜间供奉的夜的神祇，求他不要把你弄醉。于是你便可以用隐约的言语向她说出温柔的情话，她将毫不困难地猜度出你的意思来。用一点儿酒漫意地画着多情的表记，使她可以在桌子上看出她是你的心上的。隋妇来，你的凝看着她的眼睛须要向她露出你的情焰来。用不着语言，脸儿自有它的雄辩的声音和语言。她的嘴唇啜过的酒杯你须得第一个抢来，而在她喝过的那一边上，你也喝着。她的手指所触过的一切的菜肴，你去拿来，而在拿的时候，摸一摸她的手。你更须勉力去得到你的美人的丈夫的欢心；成了你的朋友后，他在你是很有用的。假如你抽到筵席首座的签，你须得让给他；将那戴在你头上的王冠除下来给他；随便他的地位是卑于你或和你平等，不去管它，让他比你先上菜，而在谈话的时候，你又须从容地将他的话重述一遍。最妥当最普遍的欺骗的方法，就是躲在友谊的名义后面，可是这方法虽然是十分妥当十分普遍，却总是一重罪过。在爱情上，一个受委任人总比他的委任状进一步的．他自以为越权是他的分内事。喝酒的时候所应当守的正则是什么呢？我们就要指教你了。你的智慧和你的脚须要时常保持着平衡。尤其是要避免那些因酒而发生的争端，不要轻易和人家斗。不要学那愚蠢地因饮酒过度而致死的艾里谛洪：席和酒只应当引起一种温柔的欢快。假如你嗓子好，你便唱；假如你身段灵活，你便跳舞；一切使人欢乐的，你都要一件件地去做。一个真醉会惹起旁人的讨厌，一个假醉在你却十分有用。你的狡猾的舌头要格格地吐着不清楚的声音，这样你所做的和你所说的如果有些大胆的地方人们可以原谅你。你应当说："祝我所爱的人儿康健；祝那和她同床的人康健。"可是在心里你却要咒诅她的丈夫立刻就死。

当酒阑客散的时候，那些客人就给你接近你的美人的方法和机会。你夹在人群中，轻轻地靠近她，用你的手指捏着她的身子，用你的脚去碰她的脚。这便是交谈的时光：乡下气的羞态，走远些！机会和维娜丝是帮助大胆的。像你那样会说话当然用不到来请教我们：只要想着开端，辩才便不待思索自然而然地来了。你应当扮着那个情郎的角色，而且在你的言语中，你须得要做出受过爱情的伤的样子来；要用尽种种的方法使她坚信。要得到别人的相信并不是很难的：任何女人都自以为配得上被爱的；就是那最丑的女子也卖弄着风姿。况且多少次那起初装作在恋爱着的终究真正地恋爱着了，从矫作而至于实现！年轻的美人们啊，请你们对那些做着爱情的外表给你们看的人们宽大些；这种爱情，起初是扮演的，以后却要变作诚恳的了。你更可以用那些巧妙的阿谀偷偷地得到她的欢心，正如那水流不知不觉地蔽盖了那统治它的河岸一样。你要一点不迟疑地去赞美她的姿容，她的头发，她的团团的指和纤纤的脚。那最贞淑的女子听了那对于她的美的谀词也要动心，容颜的美就是贞女也要注意的。裘娜和葩拉丝在弗里基阿树林中不是就为了这个缘故到如今还有意见吗？你且看这头裘娜的鸟，假如你赞美它的翎羽，它便开屏了；假如你默默地看着它，它便把它的宝物隐藏着了。在赛车的时候，骏马是欢喜别人对它的梳得很好的鬣毛和它的优美的项颈喝彩的。

你须要大胆地发誓；因为引动女人的是誓言；牵了一切的神祇来为你的诚恳作证。裘比德在天上笑着情人们的假誓，又将这些假誓像玩具一样地叫艾沃鲁司的臣仆带去撤消了。裘比德也常对着司底克思向裘娜立假誓的：他在今日当然加惠于那些学他的样的人们的。诸神祇的存在是有用的，而且，因为有用，我们且相信他们是存在的吧；在他们祭坛前我们应该浪费我们的香和酒。他们不是沉浸在一个无知觉的，和睡眠相似的休憩中的；你要过着一种纯洁的生活；神祇是看着你的。还了那寄存在你那儿的寄托物；依着那信心所吩咐你的条例；切莫作恶；使你的手要清洁而不染着人类的血。假如你是聪明人，你要玩也只玩着女人。你这样做可以无罪的，只要你是出于诚意的。欺骗那欺骗你的人们。大部分的女子都是不忠实的；她们安排着陷阱，让她们自己坠下去罢。有人说埃及曾经一连大旱过九年，一滴的肥田的雨水都没有。于是德拉西乌思前来找蒲西里思，对他说他能够平息衮比德的怒，只要在衮比德的祭坛上浇上一个异乡人的血就好了。蒲西里思回答他说："很好，你将做那供献给衮比德的第一个牺牲，你将做那把雨水给埃及的异乡人。"法拉里思也使人在铜牛中烧死残忍的培里鲁思；那个不幸的发明者用自己的血浇着他亲手所做的成绩。公正的双料的例子！其实将那罪恶的制造者用他们自己所造的东西来处死他们是再公正也没有了，以伪誓答伪誓是公平的法则，那欺诈的女人应当和她所做过的一般地受人的欺诈！

眼泪也是有用的：它会软化了金刚石。你须要使你的情妇看见你泪珠儿断脸横腮。可是假如你流不出眼泪来的时候（因为眼泪不是随叫随到的），你便用你的手将你的眼眶儿弄湿了。哪一个有经验的男子不把接吻混到情语中去呢？你的美人拒绝，随她拒绝，你做你的就是了。起初她或许会抵拒，会叫你"坏坯子"；可是就正当她在抵拒的时候，她实在心愿屈服。可是你须得不要用拙笨的接吻碰痛了她的娇嫩的唇儿，给她一个口实说你粗蛮。你得到一个亲吻而不去取得其余的，你便坐失了那她允许你的恩惠了。在一度接吻之后，你还等着什么来实现你的一切心愿呢？多么可怜啊！牵制住你的不是羞耻；却是一种愚昧的拙笨。你会说，这不是对她施行强暴了吗？可是这种强暴正是妇人所欢喜的；她们欢喜给人的东西，她们也愿人们去夺取。被爱情的盗窃所突然地以力取得的妇人反而享受着这种盗窃：这种横蛮在她们是像送她们礼物一样地称心的。当她从一个别人可以袭得她的挣扎中无瑕地脱身出来的时候，她很可以在脸上装做快活，其实却是满肚子不高兴。菲珮曾经受过强暴；她的妹妹也做了一个强暴的牺牲；可是她们两个却并非不爱那对她们施强暴的人。一个大家知道的故事，可是却很值得一讲，那就是思凯洛斯的少女和海木尼阿的英雄的结合。在伊达山上，那个女神已经对她的敌人唱凯旋歌，已经报偿了称她最美的人了，一个新媳妇已经从远地里来到泊里阿摩斯的家中了，而在伊里雍的城垣中已关进了一个希腊的妻子了。全希腊的王侯都发誓为受辱的丈夫报仇：因为一个人的侮辱已变成大家的侮辱了。那时阿岂赖斯（假如他听了他母亲的请求，那是多么的羞耻啊！）把自己的男性隐藏在妇人穿的长衫子里。你做什么啊，艾阿古斯的孙子？纺羊毛不是你的本分。你应当从葩拉丝的别一种艺术中找出你的光荣来。这些女红篮子你管它干吗？你的手是注定拿盾的。为什么你手拿着梭子，难道要用这个扑倒海克笃尔吗？把这个纺锤丢得远一些，你的手是应该举起贝利翁山的矛来的。有朝一日，在同一张床上睡着一个王族的女儿；她发现了她的伴侣是一个男子，于是她受到强暴了。她是屈服于武力的（至少应当作如是想），可是她并不因为屈服于武力而发怒。当阿岂赖斯已经匆匆要出发的时候，她常常对他说：“不要走。”因为那时阿岂赖斯已经放下了梭子去取兵器了。那个所谓“强暴”那时到哪里去了？黛伊达米亚，你为什么用一种抚爱的语气来留你的羞辱的主动者呢？是的，羞耻心禁止女人先来爱抚男子，但是当男子开始先去爱抚她的，她是非常欢喜的。自然啦，少年人对于自己的体格的美有一种太自负的信心了，他等着女子先上手。应当是男子开始的，应当是男子来说一切的祷词的；他的爱情的祈祷便会被她很好地接受了。你要得到她吗？请求罢。她只希望着这种请求。向她解释你的爱情的原因和来历。袭比德都恳求着走向传说中的女英雄们去；随他如何伟大，没有一个女子会先来挑拨他的。可是假如你的恳求撞在一种轻蔑别人的骄傲的厌恶上呢，你便不要再固请了，退转身来。多少的女子希望着那些溜脱她们的人而厌恶那些专心侍奉着她们的人！不要太性急，那你便不会受人厌恶了。在你的请求中不要常常泄露出达到最后目的的希望来；为要使你的爱情透到她的心里，你须得戴着友谊的假面具。我看见过许多不驯的美人都受了这种驭制法的骗：她们的朋友不久就变了她们的情人。

一张雪白的脸儿是水手不配的：海水和日光准会早把他的脸儿弄成褐色了。它和农夫也是不配的，因为农夫老是在露天之下，用犁头或是重耙垦着泥土。而你也是一样的，你这在游艺中谋得橄榄冠的人，生着雪白的皮肤是你的羞耻。可是一切的多情人都应该是惨白的；因为惨白是爱情的病征，那才是和他相称的颜色。许多人都以为这个并不是没用的。奥里雍是惨白的，当他为西黛所爱在树林中彷徨着的时候，惨白的达夫尼思为一个无情的水仙所爱。你更要用你的消瘦显露出你的心的苦痛来，还要不怕羞地用病人用的包头布将你的光耀的头发裹住。那由一种剧烈的爱发生出来的不眠、烦虑、苦痛使一个青年人消瘦。为要达到你的心愿，你要使别人可怜你，要使人一看见你就脱口而出地说："你是在恋爱着。"

如今我应该缄默呢，还是应该含愁地看着德行和罪恶相混呢？友谊、善意，都只是空虚的字眼。啊啊！你不能毫无危险地向你的友人夸耀你所爱着的人儿：假如他相信了你的颂词，他立刻会变成你的对敌了。有人要对我说了："可是那阿克笃尔的孙子并没有玷污了阿岂赖斯的床呀；苐特拉虽然不忠实，比里都思却没有什么举动呀；比拉代思爱着海尔迷奥奈，他的爱情是和斐菩斯之对于葩拉丝，或是迦思笃尔和保鲁克思之对于登达勒思的女儿的爱情一样地纯洁。”在今日相信这种奇谈。不啻是希望西河柳结果子或是到江心去找蜜一样。罪犯是有多少的香饵啊！各人都是谋私自的欢乐的，尝着别人的欢乐是格外来得有味儿的。多么可耻啊！一个有情人所要顾忌的倒不是他的仇敌。你要高枕无忧，你便该避开了那些你以为对你忠实的朋友。亲戚，弟兄，至友，全不可信托：这些是能给你以极大的恐惧的人。

我就要结束了；可是我要说，女子的脾气都不是全一样的；对于这些种种不同的性格，你要用千种的方法去引诱。同一块土地不能生出一切的出产品：有的宜于葡萄，有的宜于橄榄，有的是种起麦来才有好收成。人心不同各如其面。伶俐的男子能屈就那各种不同的，像有时变作轻波，有时变作狮子，有时变作竖毛的野猪的迫洛德思一样的脾气。有的鱼是用鱼叉叉的，有的鱼是用钩子钓的，有的鱼是用网网的。老是一个方法是不会成功的；应当依照你的情妇的年龄而变通的。一头老牝鹿能很远地发现别人为它设下的陷阱。假如你在一个初出道儿的女子前显露出太精专，或是在一个忸怩的女子前显露出太冒险，她就立刻不信任你，而小心防范着你了。所以怕委身于一个规矩的男子的女子总是可耻地坠入一个浪子的怀抱中的。

我的一部分的工程已做完，只剩下另一部分要做了。现在我们且抛下了锚停住我们的船罢。

## 如何保持爱情

唱“伊奥·拜盎！”呀，再唱一遍“伊奥·拜盎！”呀。我所追求的猎品已投入我的网罗中了。欢乐的有情人，把一个绿色的月桂冠加在我头上，又将我举到阿斯克拉的老人和梅奥尼阿的盲人之上吧。正如那脱逃了尚武的阿米克莱城，一帆风顺地将东道主的妻子带走了的泊里阿摩思的儿子一样；又正如，希苞达米亚啊，那把你载在胜利的车上，将你带到异国去的人一样。青年人你为什么如此地性急啊？你的船还在大海的中央，离我所引你去的港口还很远啊。我的诗还不够做到把你所爱的人儿放在你的怀间的程度：我的艺术使你取得她，我的艺术也应当使你保持她。得到胜利和保持胜利是同样地要有才能的：其一还有点靠机会，其一却完全是靠我的艺术的。

现在，岂带拉的女神和你的儿子，请你们助我啊。现在，你，爱拉陀，也请你助我啊，因为你的名字是从爱情来的。我计划着一个大企业，我将说用哪一种艺术，人们可以固定阿谟尔，那个不停地在宇宙中飞翔着的轻躁的孩子。他是轻飘的，他有一双能使他脱逃的翼翅；要不使他飞是很困难的。米诺思为了防止他的宾客逃走，在一切的路上都设了防，可是这客人却敢用翼翅来开辟了一条新路。当代达鲁思把那个犯罪的母亲的爱情的果子，半人半牛的怪物关起来以后，便对米诺思说："米诺思啊，你是凡人中的最公正的，请你赐我回去吧；使我的骨灰葬在我的故土中吧！做了不公正的命运的牺牲者，我不能生活在我的乡土中，至少请你准许我死在那儿。假如那老人不能得到你的恩准，那末请准许我的儿子回去吧；假如你不肯赦免孩子，那末请你赦免老人吧。"他的话是如此，可是尽他说了千遍万遍，米诺思总不许他回去。知道恳求是无补于事的，他暗道："代达鲁思，一个献你的身手的机会来了。米诺思是陆上的主人，水上的主人；陆和水是都不准我们脱逃。只剩下空间这一条路了；我是应当从那里开我的路了。统治诸天的裘比德啊，请赦我的企图。我并不敢想升到你的天宫上去，可是要脱逃我的暴君，除了你的领域是没有第二条路啊。假如司底克思可以给我们一条路，我们早就穿过司底克思的水了。然而既然是没路可走，我便不得不变换我的本能了。”才能常常是被不幸所唤醒的。谁会相信人可以在空中旅行呢？可是代达鲁思却用翎羽来造成翼翅，用麻线缚住了；又用熔蜡胶固了底部。于是那个新的机械的工作已经完毕了。那个孩子欢乐地用手转着羽毛和蜡，不知道这个家伙是为他预备的。他的父亲对他说：“这便是送我们回去的唯一的船；这是我们脱逃米诺思的唯一的方法。他纵使断了我们一切的归路，他总不能断了我们空间的路；我们还有空间啊。用我的发明冲破那空间。可是你不可看代格阿的处女和鲍沃代思的伴侣，把着剑的奥里雍；跟着我飞。我将飞在你前面由我带领着，你就可平安无事了。假如在飞行的时候我们升得太高，靠近了太阳，蜡是吃不住热的；假如降得太低，靠近了大海，我们的翅便着了湿不能活动了。要飞在两者之间。而且还应当留心着风，我的儿子：你须得顺着它的方向飞去。”他一边教导，一边把翼翅缚在他的儿子身上，又教他如何拍动，像老鸟教小鸟一样。随后把自己的翼翅缚在肩上，胆小地飘荡在他所新辟的路上。正在要飞行之前，他把他的儿子吻了许多次，而那忍不住的眼泪便在他的颊上横流着了。在那里不远有一座山冈，虽然比山低，却统治着平原。他们便在那里开始他们的冒险的脱逃。代达鲁思一边拍着翼翅，一边回头看他的儿子的翼翅，可是却一点也不耽搁他的空间的行程。他们的路程的新奇已经蛊惑住他们了。不久伊迦鲁思什么恐慌也没有了，他是越飞越上劲了。一个在用细弱的芦杆钓鱼的渔夫看见了他们，把钓得的鱼也丢下了。他们已经在左边过了剎摩斯（拿克若斯、巴罗斯和为克拉里乌思所爱的代罗斯都已在他们后面了。）在他们的右边已过了莱班托斯和荫着森林的加林奈和环着多鱼的水的阿思底巴拉艾了，忽然那个太大胆的青年人很高地向天升上去，离开了他的父亲。他的翼翅的连接的地方松了，蜡在飞近太阳时熔了，他徒劳地摇动着他的手臂，他总不能在稀薄的空中把持住身子。他在高天上恐怖地望着大海；那使他战栗的恐怖用黑暗把他的眼睛蒙住了。蜡已熔流了。他拍动着他的空空的两臂；他震颤着又无可依托，便坠了下来。在他坠下去的时候，他高喊着："我的爸爸啊，我的爸爸啊，我被拖下来了。"当他说这话的时候，绿波把他的口掩住了。这时他的可怜的父亲（啊，他从此不是人父了！）喊道："伊迦鲁思！伊迦鲁思！你在哪儿，你飞在天的哪一部分？"当他已看见毛羽飘浮在海水上时，他还喊着"伊迦鲁思"。大地已接受了伊迦鲁思的遗骸，大海保留着他的名字。

米诺思不能禁止一个凡人靠着翼翅逃走，而我却要缚住一个飞翔的神祇！想借海木尼阿的法术或是用那从小马头上割下来的东西的人实在是大大地错误了。为要使爱情经久，美黛阿的草是没有用的，马尔西人的毒药和魔术也全没有用的。假如魔法能维持爱情，那生在法西斯河岸旁的公主早可以留住艾松的儿子，启尔凯也早可以留住屋里赛思了。所以给少女喝春药是没有用的：春药乱了理性而发生疯狂。

不要用这些有罪的方法吧！你应当是可爱的，别人自然爱你了。单只有面貌或是身材的美是不够的，即使你是老荷马所赞赏的尼勒思，或是那邪恶的拿牙黛丝们所偷去的希拉思。假如你要保留你的情妇而无一旦被弃之虞，你应当在身体的长处上加上智慧。美是一个容易消残的东西：它跟着岁月一年一年地消减下去；它不停地一年一年地坏下去。紫罗兰和百合不是永远发着花的；而蔷薇一朝凋谢后，它的空枝上只剩了刺了。你也是这样的，美丽的青年人，你的头发不久也会变白了；你的脸上不久也会起皱纹了。现在且培养你的智慧啊，它是经久的，而且可以做你的美的依赖：它是伴你到坟头的唯一的瑰宝。勤勉地去攻究美术和两种语言啊。屋里赛思并不美丽，但是他是一个善辞令的人；这个已能足够使两位海上女神因为他而相思苦了。珈丽泊苏多少次地看见他忙着要动身而悲啼，坚决地对他说海浪不容他开船啊！她不停地要求他讲着特洛伊没落的故事，那故事我是换了说法不知讲过几次了。有一天，他们在海滩上止了步：在那里，那美丽的珈丽泊苏要听那奥特里赛人的首领的流血的结果。他便用那枝他偶然拿在手中的轻轻的小杖为她在沙上绘画起来。他一边画着城墙一边说："这就是特洛伊城。这是西莫伊斯；譬如说我的营是在那儿。过去是一片平原（他便画一片平原），那就是我们杀死那在夜里想盗海木尼阿的英雄的马的道隆的地方。那边搭着西笃尼于思人雷梭思的营帐，我是从那儿在夜里盗了他的马回来的。"他正要画其他的东西的时候，忽然打过一片波浪来，把特洛伊，雷梭思的营帐和雷梭思本人都带走了。于是那位女神便对他说："你还敢信托这在你眼前抹去了如此的伟名的海水取道回去吗？"因此，随便你怎样，总不要信托那欺人的美貌，要在身体的长处上加上别的长处。

最得人心的是那熟练的殷勤。狡猾和刁刻的话只能生人的憎恨。我们憎厌那以斗为生的鹰隼和那专扑弱羊的狼。可是我们是绝对不张网捕那无害的燕子的。而在塔上，我们让那卡屋尼阿的鸟儿自由地居住着。把那些口角和伤人的话放开得远些：爱情的食料是温柔的话。妻子离开丈夫，丈夫离开妻子都是为了口角：他们以为这样做是理应正当的。妻子的妆奁，那就是口角；至于情妇呢，她是应该常常听见她所中听的话的。你们同睡在一张床上并不是法律规定的；那属于你的法律，就是爱情。你要带了温存的抚爱和多情的言语去近你的昵友，使她一看见你去就觉得快活。我不是为有钱的人来教爱术的；那出钱的人是用不到我的功课的。他们是用不到什么智慧的，当他要的时候，他只要说：“收了这个吧”就够了。对于这种人我是只好让步的：他们的得人欢心的方法比我强得多。我这篇诗是为穷人们制的，因为我自己是穷人的时候，我曾恋爱过。当我不能送礼物的时候，我便把美丽的语言送给我的情妇。穷人在爱情中应当具有深心；他应当避免了一些不适当的说话；他应当忍受一个有钱的情人所忍受不下的许许多多的事情。我记得有一次在发怒的时候，我把我的情妇的头发弄乱了：那次的发怒损失了我多少的幸福的日子啊！我不相信我撕碎了她的衫子，而且我也没有看见；可是她却坚决地那样说，于是我不得不花钱赔她一件了。可是你们，假如你们是聪明的，避免了你们的老师的过失吧，而且也像我一样地担心着受苦痛吧。和巴尔底人去打仗；对于你的昵友呢，和平、诙谐和一切能激动爱情的。

假如你的情妇难服侍又对你不仁慈，你须耐着性子容受着；她不久就会柔和下去的。假如你小心地拗一根树枝，它便弯了；假如你拿起来就用力一拗，它便断了。小心地顺着水流，人们便游过一条河；可是假如你逆了水性，你是总不能达到目的。人们用忍耐驯服了纳米第阿的老虎和狮子；在田里的雄牛也是渐渐地屈服于犁轭的。可有比那诺那克里阿人阿达朗达更厉害的女子吗？可是随便她如何骄傲，她终究受一个男子的柔情的调理。别人说，米拉尼洪时常在树林下哭着自己的命运和那少女的严厉。他时常受了她的命令把捕禽兽的网负在肩上，时常用他的长矛去刺那可怕的野猪。他甚至中了希拉曷思的箭；可是别枝箭他也是受过的啊！我并不命令你手里拿着兵器到梅拿鲁思山的森林中去，也不命令你把沉重的网背在肩上；

我更不命令你去袒胸受箭。聪明人，我的课程将给你最容易学的命令。

假如你的情人不依你，那么你便让步：让步后才会得到胜利。不论她叫你去做什么事，你总须为她做好。她所骂的，你也骂；她所称赞的，你也称赞。她要说的，你说着；她所否认的，你也否认着。她假如笑，你陪着笑；假如她哭，你也少不得流泪：一言以蔽之，你要照着她的脸色来定你自己的脸色。她欢喜赌博，她的手掷着象牙骰子，你呢，要故意掷得不好，然后把骰子递给她。假如玩小骨游戏，为要不使她因失败而悲伤，你总应当要让她赢。假如棋盘是你们的战场，你的玻璃棋子也应当被你的敌手打败的。你须得为她打着遮阳伞；假如她挤在人群中，你便为她开路；你要匆匆地走到踏脚板边去扶她上舁床，将鞋儿脱下或是穿上她的纤足。而且往往就是你自己也很冷，你也得把你的情妇的冻冷的手暖在你怀里。用你的手，自由人的手，去为她拿着镜子，这虽然有点不好意思，但绝对不要害羞。那个使母亲倦于把怪物放在他路上的神祇，那注定进那他起初背过的天堂的神祇，据说曾经在伊奥尼阿的处女们间拿过女红篮又纺过羊毛。谛伦斯的英雄都服从他的昵友的命令。你现在不要踌躇，快去忍受那他所忍受过来的吧！假如她约你到市场去相会，你须得常常在约定时期前老早等在那儿，而回来却越迟越好。她对你说："你到某处来。"你便将一切事情都放弃了跑去，不使群众延迟了你的步履。当在晚间，她从华筵里出来，喊着一个奴隶领路回去的时候，你立刻自荐上去。她在乡间写信给你说："请即惠临。"阿谟尔是憎恨迟慢的：没有车儿，你便立刻拔起脚来上路。什么都不能阻拦你，天气不好也不管，炙热的大暑也不管，大雪铺了满街也不管。

爱情是一种的军中的服役。懦怯的人们，退后吧；懦夫是不配保护这些旗帜的。幽夜，寒冬，远路，辛楚，烦劳，这全是在这快乐的战场上所须忍受的。你须得时常忍受那云片注在你身上的雨水，你又须得时常忍着寒冷，着地而睡。别人说，肯丢斯的神祇费雷的王牧阿特美都思的牛的时候，他只有一间小茅舍作栖身处。斐菩斯都不以为害羞的事谁会当做可耻？去了一切的骄傲，假如你要恋爱久长。假如你没有一条安全又容易的路去会你的情妇，假如门关得紧紧地不能使你进去，好，你便爬上屋顶去，由这条险路到你情人那儿去；或者从高窗上溜进去也可以。她知道了你的冒险的缘故一定会非常高兴：这就是你的爱情的确实的保证。莱盎德罗斯啊，你可以不必常常去看你的情人的；你破浪游过海水，向她证实你的情感。

不应当以和侍女、女佣和奴隶接交为可耻。向她们一个个地致敬，这是与你无损的。你要去握她们的微贱的手。而且，在富尔都拿的日子，你还得送些小礼给那些向你讨的奴隶，这在你是所费有限的。而在那迦里阿人受了罗马的侍女们的衣饰所驱而丧生的日子，也送点礼物给侍女。相信我，把这些小人物都搜罗在你自己的利益中；不要忘了那守门人，和看守卧房的门的奴隶。

我也并不叫你拿华美的礼物去送你的情妇：送她些不值什么钱的东西，只要是精选而送得适宜就是了。在田野铺陈着它的富庶的时候，当果树垂实累累的时候，丝一个奴隶送山满篮的乡村礼物给她。虽然果子不过是从圣路上来的，你却可以对她说是从乡间采来的。送她葡萄或是那阿马里力思所爱吃的栗子；可是今日的阿马里力思是不很爱吃栗子了。你甚至还可以送她一头画眉鸟或是一个花鬘，表示你是在思念着她。我知道别人也有买这些东西去送没有儿女的老人，冀望在他死后得他的遗产的。啊！拿这些礼物来做那种不怀好意的用途的人简直该死！我可要劝你赠她几首情诗吗？啊啊！诗词并不是体面的。她们赞美诗词，但是她们所要的却是重大的礼物：只要有钱，即使是一个粗人也得人欢心的。我们的时代真正是黄金时代：用黄金，我们得到最大的荣誉；用黄金，我们便恋爱顺利。是的，荷马啊，即使你伴着九位缪赛同来，假如你双手空空一无所有，荷马啊，别人准会把你赶出门去。虽然有学问的女子并不是没有，可是总在少数，旁的女子却是什么也不懂的，却要混充渊博。可是你做起诗来，却二者都须得称颂的。而你的诗，不管它好不好，总要说得中听，使人觉得有价值。不论她们是有学问的或是没学问的，那首费了一夜没有睡的为她们而做的诗，在她们总当得一点小礼物的效力的。尤其是当你将决定去做些你以为是有用的事的时候，你总要想法引你的情妇来请求你去做。假如你要把自由给与你的奴隶，你应当使她来请求你给与他；假如你要饶赦一个应受刑罚的奴隶，也要使她请求你去做。你尽收着实利，面子却尽让给她：你是一点也没有损失的，而她却自以为她对你很有权威了。

可是假如你存心要保持你的情妇的爱情，你须做出那使她相信你是在惊赏她的美的样子。她披带一袭帝路司的绛色的大氅，你便夸称那袭帝路司的绛色的大氅。她穿着一件高司的织物，你便说高司的织物她穿起来最配。她闪耀着金饰，你便对她说在你看来黄金还不及她的娇容灿烂。假如她御着重裘，你便称赞那件裘衣；假如她穿着一件单衫，你便高呼起来，“你使我眼睛都看花了”，可是低微地请求她当心不要冻坏了身子。假如她的发丝是艺术地分开在额前，你便称赞这种梳法；假如她的头发是用热铁卷过的，你便应该说：“好美丽的鬈发！”在她跳舞的时候，赞叹她的手臂；在她唱歌的时候，赞叹她的声音；而且当她停歇了的时候，你便自怨自艾地说完得太快了。待她允许你和她同睡之后，你便可以崇拜那使你幸福的东西了，你更可以用一种快乐得战栗的声音表示出你的狂欢来。是的，即使她比可怕的梅度沙还凶，她也会为她的情郎变成温柔而容易服侍的。你尤其应当善于矫饰，使她不能察觉，而你的脸色上千万不可露出你的言语来，艺术隐藏着是有用的；显露出来便成为羞耻，而且永远失去了别人的信任心了。

时常，在快到秋天的时候，那时正是一年间最好的时节，那时葡萄累累地垂着，那时我们有时感到一阵透骨的新寒，有时感到一阵炙人的炎热，这种天气的不常是很容易使我们疲倦的。愿你的情妇那时很康健！可是假如有些微恙把她牵制在床上，假如她受天气不好的影响而生病，那便是你显示出你的爱情和你的忠荩的时候了；那便是应当播种以得一个丰富的收获的时候了。你要不怕琐烦地去侍候她的病；你的手须要去做一切她所委任的事；要使她看见你哭泣；不要不和她去亲嘴，要使她枯干的嘴唇饮着你的眼泪！为她的健康许愿，应答尤其是要高声地；而且要时常预备着些吉兆的梦去对她讲。叫一个老妇拿着硫矿和赎罪的蛋去清净她的床：在她的心里，这些劬劳会永远地留着一个温柔的记忆。多少的人用这种方法去在遗嘱上得到一个地位啊！可是当心着，太讨好是要惹起病人的讨厌的：你的多情的劬劳须得要有一个限制。禁止她吃闲食和请她吃苦药等事你是不应当去做的！这些让你的敌人去做。

可是那当你离开港口的时候的风，不就是当你航行在大海中的时候和你合宜的风。爱情在初生的时候是微弱的；它将由习惯而坚强起来；你须得好好地养育它，它便慢慢地坚强了。这头你现在畏惧的雄牛，在它小的时候你曾抚摸过；这株你在它荫下高卧的大树，起初不过是一根小小的枝儿。江河是涓滴而成的。设法使你的美人和你稔熟：因为唯有习惯是最有力量。为要得到她的心，切莫在任何敌人前面退却。要使她不断地看见你；要使她不断地听见你的声音。日间，夜间，你须得常常在她眼前。可是当你坚决地相信她能念念不忘你的时候，你便离开她，要使你的离别给与她一些牵挂。给她一些休息：一片休息过的田种起来是愈加丰盛的，一片干燥的土吸起雨水来是愈加猛烈的。菲丽丝当岱莫冈在身旁的时候爱情是并不十分热烈的；一等他航海去后，她的情焰却高烧起来了。珮耐洛泊因为聪敏的屋里赛思的别离而苦痛；而你的眼泪，拉奥达米阿啊，将那费拉古思的孙子喊回来。可是，为谨慎起见，你的别离总以短一些为是：时间会减弱了牵记之心。长久不看见的情郎是容易被遗忘了的：别人将取而代之了。美奈拉乌思不在家的时候，海伦忍不住孤眠的滋味，便去到她的宾客的怀中去温存了。美奈拉乌思，你是多么地傻啊！你独自个走了，把你的妻子和你的宾客放在一个屋子里。傻子！这简直是把温柔的鸽子放在老鹰的爪子里，把柔羊托付给饥狼的血口！不，海伦是一点也没有罪，她的情夫也一点没有罪。他做了你自己或是随便哪一个可以做的事。那是你强迫他们成奸的，供给了他们时间和地点。这可不仿佛是你自己叫你的年轻的妻子这样做的吗？她做什么呢？她的丈夫是不在家；在她旁边的是一个并不粗蠢的宾客，而且她又是生怕孤眠的。请阿特拉思的儿子想一想他要怎样吧：我是宽恕海伦的；她不过利用得一个多情的丈夫的殷勤而已。

可是那当被猎人放出猎犬去追的时候的狂怒的野猪，那正在哺乳给小狮子吃的牝狮，那旅人不小心踏着的蝮蛇，都没有一个在丈夫的床上捉住情敌的女子那样地可怕。她的狂怒活画在她的脸上：铁器，火，在她一切都是好的；她忘记了一切的节制，她跑着，像被阿沃尼亚的神祇的角所触动的跳神诸女一样。丈夫的罪恶，结发夫妻的背誓，一个生在法西斯河畔的野蛮的妻子在她自己的儿子身上报复了。另一个变了本性的母亲呢，那就是这只你所看见的燕子。你看着它，它胸头还染着鲜血。那最适当的配偶，最坚固的关系便是这样断裂的：一个聪明的男子不应当去煽起这种妒忌的暴怒。严刻的批评者啊，我并不判定你只准有一个情妇。天保佑我！一个已结婚的女子是很难守着这种约束的。娱乐着吧，可是须得谨慎；你的多情的窃食须得要暗藏着；不应该夸耀出来。不要拿一件别一个女子可以认得出来的礼物送给一个女子；改变你们的幽会的地点和时间，莫使一个女子知道了你的秘密来揭穿你。当你写信的时候，在未寄之前须细细地重看一遍：许多妇人都能看得出弦外之音来。被冒犯了的维娜丝拿起了武器，来一箭，还一箭，使那放箭的人也受到苦痛。当阿特拉思的儿子满意他的妻子的时候，她是贞洁的；她的丈夫的薄幸使她犯了罪。她知道了那个手里拿着月桂冠，额上缠着圣带的克里赛司不能收回自己的女儿了。她知道了，利尔奈索斯的女子，那引起你的痛苦又经过可耻的迟延而延长战争的掠劫。这些她不过是耳闻罢了，可是那泊里阿摩思的女儿，她是亲眼看见的，因为，真可羞，那个胜利者倒反做了他的俘虏的俘虏了。从此那登达勒思的女儿便让谛爱斯带思的儿子投到她心中，投到她床上了，她用一种罪恶去报复她的丈夫的罪恶。

假如你的行为，虽则隐藏得很好，一朝忽然露了出来，或者竟是被发觉出来，你须得要否认到底。不要比平常更卑屈更谄媚些：因为这就是贼胆心虚的表示。你须要用尽平生之力，用那对于情战的全盘的精力；和平是只有这样才换得到：是应当让眠床来证明你以前没有偷尝过维娜丝的幽欢过的。有些老妇劝你用玉帚那种恶草，或是胡椒拌着刺激的荨麻子，或是黄除虫菊浸陈酒来做兴奋剂，在我看来，这些简直是毒药。那住在艾里克斯山的幽荫的山风中的女神，是不愿用这些人工的方法来激起她的欢乐的。那你可以用的，是从希腊阿尔加都思的城运到我们这儿来的白胡葱，是生在我们的园子里的动情的草，是鸡蛋，是希买多斯的蜜，是松球包着的松子。

可是多才的爱拉陀啊，你为什么使我迷途在这些邪术中？回到我的车子所不该越出的正路吧。刚才我劝你隐藏你的薄幸！现在我却劝你换一条路走，发表出你的薄幸来。不要骂我矛盾，船并不是每阵风都适宜的；它航行在波上，有时被从脱拉岂阿来的鲍雷阿思所推动着，有时被曷虑斯所推动着；宙费路思和诺多思轮流地送着它的帆，你看那车上的御人吧：有时他放松了缰绳，有时他勒住了那狂奔的马。有些女子是不欢喜懦怯的顺从的，没有一个情敌，她们的爱情是要销歇下去的。幸福时常使我们沉醉，但是人们却难久享着它。火没有了燃料便渐渐地暗熄下去，消隐在白白的灰底；可是一洒上硫矿，那好像已沉睡了过去的火便重新燃烧而放出一道新的光芒来。因此，假如一颗心憔悴在一种无知觉的痹麻中，你便应得用嫉妒的针去刺它醒来。你须要使你的情妇为你而不安宁；唤醒她冷去的心的热焰；使她知道你的薄幸而脸儿发青。哦，哪有一个自觉受了欺凌而啜泣着的情妇的人是一百倍一千倍的幸福啊！那她所还愿意怀疑的他的犯罪的消息一传到她耳边，她就晕过去了；不幸的女子啊！她脸儿和声音同时都变了。我是多么愿意做那被她在暴怒中拔着头发的人啊！我是多么愿意做那被她用指甲抓破脸儿又使她看了落泪的人啊，这个人她怒看着，没有了他，她是不能活的，但是她是愿意活的！可是你要问我了，我应当让她失望多少时候呢？我将回答你：时间不可长，否则她的怒气就要有力了。赶快用你的手臂缠住她的玉颈，将她涕泪淋漓的脸儿紧贴在你的胸头。把蜜吻给与她的眼泪，将维娜丝的幽欢给与她的眼泪。这样便和平无事了：这是息怒的唯一的方法。可是当她怒不可遏时，当她对你不肯甘休时，你便请求她在床上签定和平公约；她便柔和下去了。要不用武力而安处在和议厅中是这样的；相信我，宽恕是从那个地方产生出来的。那些刚才相斗过的鸽子亲起嘴来格外有情，而它们的鸣声是一种爱情的语言。宇宙起初不过只是一团混沌，其中也不分天、地和水。不久天升到地上面，而海又环围着陆地，而空虚的混沌便变成各种的原形了。树林便做了野兽的居所，空间成了飞鸟的家乡，游鱼便潜藏在水里。那时人类孤寂地飘泊在田野间，他们只是有力而无智，只是个粗蛮的身体。他们以树林为屋，以野草为食，以树叶为床；它们很久长地互相不认识。别人说，那柔化了他们的蛮性的是使男子和女子合在一张床上的温柔的佚乐。他们要做的事，他们单独地自习会了，也用不到请教先生：维娜丝也不用艺术帮忙，竟完成了她的温柔的公干。鸟儿有它所爱的牝鸟；鱼儿在水中找到一个伴儿来平分它的欢乐。雌鹿跟随着雄鹿；蛇和蛇合在一起；雄狗和雌狗配对；母羊和母牛沉醉在公羊和雄牛的抚爱中；那雄山羊，随它如何不洁，也不使淫佚的雌山羊扫兴。在爱情的狂热中的牝马，甚至会越过河流到远处去找雄马。勇敢啊！用这些强有力的药去平息你的情妇的怒；这种药能使她的深切的苦痛睡去；这是比马卡翁一切的液汁都灵验；假如你有过失后，只有它能够使你得到宽恕。

我的歌的题旨是这样，忽然阿普罗现身在我前面；他用手指弹拨着他的金琴。一枝月桂在他手中；一个月桂冠戴在他头上。他用一种先知的态度和口气向我说："放逸的爱情的大师，快把你的弟子们领到我的殿中来吧。他们在那儿可以念那全世界闻名的铭：'凡人，认识你自己。'只有那认识自己的人在他的爱情中会聪明，只有他会量力而行。假如老天赐与他一副俏脸儿，他应该要知道去利用它；假如他有一身好皮肤，他须得时常袒肩而卧；假如他话说得很漂亮，便不可默默地一声也不响。他假如善唱：就应得唱；善饮：就应得饮。可是琐烦的演说家和怪癖的诗人啊，千万不要朗诵你们的散文或是诗来打断谈话。”斐菩斯的教言是如此；有情的人们啊，服从斐菩斯的高论吧！你们可以完全信托这从神明的口中发出来的言语。可是我的题旨在呼唤我了。凡是谨慎地爱着又听从我的艺术的教条的人，总一定会胜利而达到他的目的。

田不是常常有好收成的，风也不是常常帮助舟人的。欢乐很少而悲痛却很多；这就是多情的男子们的命运：愿他准备着那灵魂去受千万的磨折吧。阿笃斯山上的兔子，希勃拉山上的蜜蜂，荫密的葩拉丝树上的珠果，海滩上的贝壳，这些比到恋爱的痛苦来真是少极了。我们所中的箭上是满蘸着苦胆的。正当你看见你的情妇是在家的时候，他们却会对你说她已出去了。有什么要紧，算她已出去，你的眼睛看错就是了。她允许你在夜间见你，而到了夜间她的门却关得紧紧地：忍受着，睡在肮脏的地上。或许有个欺谎的侍女前来，粗蛮地向你说：“这人为什么阻拦在我们的门前？”那时你便当恳求这忍心的侍女，甚至那闭着的门，又把那在你头上的蔷薇放在门槛上。假如你的情妇愿意你了，你便跑进去；假如她拒绝你，你便应当走了；一个有教养的人是不应该做引人憎厌的人的。你难道要你的情妇说：“简直没有方法避免这个可厌的人吗？”美人儿总是恩怨无常的。不要怕羞去受她的辱骂，挨她的打，或是去吻她的纤足。

可是，我为什么要说到这样琐细的地方去呢？我们且注力于重要的题目吧。我唱重大的事项了。老百姓，请当心着啊。我的企图是冒险的；可是没有冒险，哪里会有成功？我的功课所要求你的是一件烦难的工作。耐心地忍受着一个情敌，你的凯旋才靠得住，你才可以得胜进大袭比德的神殿。相信我，这并不是凡夫的俗见，却是希腊的橡树的神示：这是我所授的艺术的无上的教条。假如你的情妇向你的情敌做眉眼打手势：忍受着。她写信给他：你切莫去碰一碰她的信。听她自由地来来去去：多少的丈夫以这种殷勤对他们的发妻，尤其是当一觉好梦来帮助瞒过他们的时候！至于我，我承认我是不能达到完善的地步。怎样办呢？我还够不到我的艺术。什么！在我眼前，假如有人向我的美人眉眼传情起来，我便痛苦的了不得，我忍不住要生气了！我记得有一天她的丈夫和她接了一个吻；我便攻击这一吻；我们的爱情是充满了无理的殊求！而这个毛病在女人身旁伤害我真不知多少次。最老练的人是允许别人到他情妇那儿去。最好是装聋作哑什么也不知道。让她掩藏着她的不忠，不然久之她脸也不会红一红了。青年的多情人啊，千万不要去揭穿你们的情妇。让她们欺骗你们，让她们在欺骗你们的时候以为你们是受她们的好话的骗的。揭穿一双情人，那一双情人的爱情反而愈深了；一等到他们两个利害相关的时候，他们便坚持到底以偿他们的损失了。有一个故事是全个奥林比阿都知道的：就是那胡尔迦奴思用狡计当场拿获马尔斯和维娜丝的故事。那马尔斯神狂爱着维娜丝。这凶猛的战士便变成一个柔顺的情人了。维娜丝对他也不生疏也不残忍：她的心是比任何女神都温柔。别人说，那个热恋着的女子多少次嘲笑着她的丈夫的跛行，和他的被火或是被工作所弄硬的手！同时，她在马尔斯的面前学起胡尔迦奴思的样子来：这样在他看来是娇媚极了，而她的讽刺的风姿更使她的美加高千倍。他们起初还只是偷偷摸摸地爱着，他们的热情是掩藏着而且是害羞的。可是“太阳”（谁能逃过太阳的眼睛呢？）却向胡尔迦奴思揭露出他的妻子的行为来。你给了一个多么不如意的例子啊，“太阳”！你不如去向维娜丝去请赏吧。对于你的守着沉默，她总会给你些东西做代价的。胡尔迦奴思在床的四周和上边布着些穿不透的网罗；这是眼睛所不能看见的；然后他假装动身到兰诺斯去。这一双情人便来幽会了；于是双双地，赤条条地被捕在网中了。胡尔迦奴思召请诸神，将这一双捉住的情人给他们看。别人说，维娜斯是几乎眼泪也忍不住了。这两个情人既不能遮他们的脸，又不能用手蔽住那不可见人的地方。那时有一个神祇笑着说了：“诸神中最勇敢的马尔斯，假如铁链弄得你不舒服，把它们让给我吧。”后来奈泊都诺思请求胡尔迦奴思，他才放了这两个囚犯。马尔斯避到脱拉岂阿去，维娜丝避到巴福斯去。胡尔迦奴思，对我说这于你有什么好处呢？不久之前他们还掩藏着他们的爱情，现在却公开出来了，因为他们已打破一切的羞耻了。你常常承认你的行为是愚笨而鲁莽，而且别人说你是正忏悔着你自己的谋划。我不许你设计陷人：那被丈夫当场拿获的第奥奈也禁止你设那种她曾受过苦来的陷阱。不要布网罗去害你的情敌，不要去盗秘密的情书。就是要做，也得让她的正式丈夫去做。至于我，我重新再申说一遍，我这儿所唱的只是法律所不禁的幽欢。我们不要把任何贵妇混到我们的游戏中来。

谁敢将凯雷丝的圣祭和在刹摩脱拉凯独创的庄严的教仪揭露给教外人看呢？守秘密是一件微小的功德，反之，说出一件不应当说的事来却是一个大大的罪过。不谨慎的唐达鲁思不能取得那悬在他头上的果子，又在水中渴得要死，那简直是活该。岂带雷阿尤其禁止别人揭穿她的秘密，我警告你，任何多言的人都不准走近她的祭坛去。维娜丝的供养并不是藏在柜中的；献祭的时候钟也不是连连地敲着的；我们大家都可以参与，这有一个条件就是大家都须守秘密。就是维娜丝自己，当她卸了她的衣裳的时候，她也用手把她的秘密的销魂处遮住。牲畜的交尾是到处可以看到的，人人可以看到的，可是少女们，即使已经看见了，总避而不看。我们的幽会所不可少的是一间闭得很紧的房间，而且把我们的不可示人的东西用布遮住。假如我们不要幽暗，至少也要半晦或是比白昼暗一些。在那还没有瓦来遮蔽太阳和雨的时代，在那以橡树来作荫蔽作食料的时代，多情的人们不在光天化日之下而在山洞里和林底里偷尝爱情的美味的；那种野蛮的时代已经重视羞耻了！可是现在我们却标榜着我们的夜间的功绩，我们以高价换得的是什么呢？讲它出来的唯一的快乐。而且在到处细说着一切女子的爱娇，要碰到一个人就说："这个女子我也曾结识过。"要时常有一个女子可以指点给别人看，要使一切你想染指的女子都成了轻佻的谈话的目标。这还不算数：有些人造出些故事来（这些故事假如是真的他们准会否认了），听他们的话，他们是得到了一切女子的恩眷的。假如他们不能接触她们的身体，他们能够坏她们的名声；身体虽然贞洁，而名誉却坏了。可憎的守卒，现在请你滚开吧，把你的情妇关起来，门上加着重重的闩锁。对于这些自欺地夸耀着说已得到了他其实不能到手的幸福的人，这些防范有什么用呢？至于我们呢？我们只含蓄地讲着我们的真实的成功；我们的偷香窃玉是受一种不可穿透的缄默的神秘所保护着的。

你尤其是不可以对一个女子指责出她的坏处：多少的情人们都是装聋作哑地过去！昂德萝美黛的脸的颜色，那每只脚上有一双翼翅的人是从来不批评的。盎特罗玛黑的身材是大众认为过高的：只有一个人以为修长合度，他就是海克笃尔。你所不爱看的应当去看看惯；你便很容易地受得下去了；习惯成为自然，而初生的爱情却是什么也注意到的。这开始在绿色的树皮中滋育着的嫩枝，假如微风一吹，它就要折断了；可是不久跟着时间牢固起来，它甚至能和风抵抗，而且结出果子来了。时间消灭一切，即使是那体形的丑陋，而那我们觉得不完美的，久而久之也不成为不完善的了。在没有习惯的时候，我们的鼻子是受不住牛皮的气味的；久而久之鼻子闻惯了，便不觉得讨厌了。而且还有许多字眼可以用来掩饰那些坏处。那皮肤比伊里力阿的松脂还要黑的女子，你可以说她是浅棕色。她的眼睛是斜的呢？你可以比她作维娜丝。她的眼睛是黄色的呢？你说这是米奈尔伐的颜色。那瘦得似乎只有奄奄一息的，你就说是体态轻盈。矮小的就说是娇小玲珑，肥大的就说是盛态丰肌。总而言之，用最相近的品格来掩过那些坏处。

不要向她问年纪，更不要打听她的出身：让都察官去施行他的责务吧，尤其当她是已不在青春的芳年中了，良时已过，而她已在拔她的灰白的头发的时候。青年人啊，这个年龄，或者甚至是更老一点的年龄，并不是没有用的：是啊，这片别人所轻视的田却有收成；是啊，这片田是宜于播种的。努力啊，当你的气力和你的青春可以对付的时候：不久那使你佝偻的衰年就要悄悄地来了。用你的桨劈开海水，或是用你的犁分开泥土，或是用你的孔武有力的手拿着杀人的武器，或是用你的男子的精力和你的殷勤去供奉妇人。这最后的一种也是一种军队服役；这最后一种也能得到利益的。加之这些妇人对于爱情的工作都是十分渊博的，而且她们都是有经验的，因为只有经验造成艺术家。她们用化装盖去了时间的损害，又小心地不露出老妇人的样子来；她会体贴你的心情，做出许多姿态来：随便哪一集春画都没有比她多变化。在她身上，幽欢不是由人工的激动而生出来的；那真正温柔的幽欢是应当男子和女子都有份的。我恨那些不是两方同样热烈的拥抱（这就是我爱少女觉得兴味很少的缘故），我恨那些“应该”委身过来而委身过来的女子，她是一点也感觉不到什么，还在想着她的纺锤。那种因为是本分而允许我的欢乐在我是不成为欢乐的，我不要一个女子对我有什么本分。我愿意听见她那泄露出她所感受到的欢乐的声音，和恳求我缓缓地来以延长她的幸福的声音。我爱看她沉醉着欢乐，懒洋洋地凝看着我，或是憔悴着爱情，长久地不愿人去碰她一碰。可是这种利益，老天是不赐与青年人的：要到中年才成遇到。性急的人去喝新酒吧；我呢，你倒那一直从前在执政官时代盛在一个双持中的我们的祖先所酿的陈酒给我喝吧。槲树要经过许多岁月才能抵抗斐菩斯的光，而那新割过的草地却伤了我们的脚。什么！在海尔迷奥奈和海伦之间你宁愿要海尔迷奥奈吗？而高尔葛又胜过她的母亲吗？总之你要尝成熟的爱情的果子，只要你不固执，你总会如愿以偿的。

现在那个从犯——床——已接受了我们的一双有情人了：缪赛啊，在他们的卧室的闭着的门前止步吧。没有你，他们也很会找出许多的话来的，而且在床上他们的手是不会有空闲的。他们的手指也会在阿谟尔欢喜把他的箭射过去的神秘的地方去找事情做的。从前那最英武的海克笃尔是如此地对付盎特罗玛黑的，海克笃尔所擅长的并不只是打仗。那伟大的阿岂赖斯也是如此地对付他的利尔奈索斯的女俘虏的，当他战乏了睡在一张柔软的床上的时候。勃丽赛伊丝啊，你一点也不畏惧地受着那双常染着特洛伊人的血的手的抚爱。陶醉的美人啊，那时你所最爱的，可不正就是感到那胜利者的手紧搂着你那回事吗？相信我，不要太急于达到那陶醉的境地；你须得要经过许多次的迟延，不知不觉地达到那境地。当你已找到了一个女子所最欢喜受抚爱的地方，你须得不怕羞去抚爱。于是你会看见你的情妇的眼睛里闪着一道颤动的光，像水波所反映出来的太阳光一样。随后是一阵夹着甜蜜的低语声的怨语声，醉人的呻吟，和那兴奋起爱情的蜜语。可是你不要把帆张得太满，把你的情妇剩在后面，也不要让她走在你前面。目的是要同时达到的。当男子和女子两个同时都战败了，一点没有气力地摊着，那正是无上的欢乐啊！当你悠闲自在的时候和没有恐怖来催你匆匆了事的时候，这就是你应该遵照的规则，可是当延迟着是会发生危险的时候，那时你便弯身在桨上竭力地划着，而且用马轮刺着你的骏马。

我的大著快要结束了。感恩的青年人啊，给我棕榈，而且在我的薰香的发上给我戴一个石榴花冠。犹如包达里虑思在希腊人中以医术出名，艾阿古斯的孙子以武勇出名，奈思多尔以机警出名；犹如迦尔卡思之于占卜，戴拉蒙的儿子之于统兵，沃岛美东之于驾车，我呢，我的精于爱术亦如此。多情的男子，歌颂你们的诗人啊，使我的姓氏为全世界所歌唱。我把武器供给你们；胡尔迦奴思把武器供给阿岂赖斯，愿我的礼品给你们胜利，正如阿岂赖斯的得到胜利一样。而且我希望凡是用我所赠的剑的人们战胜了一个阿马逊人之后，在他们的战利品上这样写：“沃维提乌思（《爱经》作者奥维德。）是我的老师。”

可是现在那些多情的少女们前来向我求教了。青年的美人儿，为了你们，我才遗下后面的诗章。

## 爱情的良方

我刚才武装起希腊人来战阿马逊人：班黛西莱阿啊，现在我要拿武器给你和你的骁勇的军队了，用相等的武器去上阵啊；胜利是属于那第奥奈和张着翼翅飞行全宇宙的孩子所宠幸的人的。让你们一无防御地受着那武装得很好的敌人的攻击是不应该的：而在你呢，男子，这样战胜了也是可羞的。

可是或许有一个人要说了："你为什么还要拿新的毒液给蝮蛇啊？你为什么要把羊棚打开让凶猛的雌狼进来啊？请你们不要把几个女人的罪加到一切女子的身上去，我们应得照她们各人的行为来判断的。阿特拉思的幼子和长子可以提出一个严重的责备，一个是对于海伦的，一个是对于海伦的姊姊的；达拉奥思的女儿爱丽菲拉的罪，是活活地将骑着活马的奥伊克曷思的儿子赶到司底克思河岸上去。但是珮耐洛珀当他的丈夫十年征战十年飘泊的时间却守着贞节。请想想那费拉古思的孙子和那在如花的年纪追陪他到黄泉去的人吧。巴加沙的女子用了自己的生命把他的丈夫——费莱思的儿子——的生命重买回来。"接受我呀，加巴纳思；我们的骨灰至少要合在一起。"伊菲阿丝说着，便纵身跳到焚尸场中去。

德行是以女子为衣以女子为名的；她受它的恩宠难道是可诧的吗？然而我的艺术却不是教这些伟大的灵魂的：我的船只要较小一点的帆就够了。我只教授轻飘的爱情。我将教女人如何会惹人怜爱。女人不懂得抵抗阿谟尔的火和利箭；我觉得他的箭穿入女子的心比穿人男子的心更深。男子们是老是欺人的；纤弱的女人们欺人的却不多，你且把女性来研究一下吧，你就会找到负心的是很少的。那已做了母亲的生在法西斯岸上的女子，受了约松的欺骗和抛弃：那艾松的儿子在怀间接受了另一个新娘。戴设斯啊，阿丽亚特娜独自个被弃在她所不认识的地方，几乎做了海鸟的食料，你去考查一下为什么有一条路叫"九条路"；回答是：树林哭泣着菲丽丝，把它们的叶子落在她的坟上。你的宾客是有虔信人的名誉的；然而，艾丽莎啊！你却从他那儿接受到一把剑和失望，便使你自杀了。不幸的人们啊，我将告诉你们的惨遇的原因：你们不懂得恋爱。你们缺少艺术，而那使爱情持久的正就是艺术。就是到今日她们仍旧不懂得；可是那岂带拉的女神命我把我的课程去教女子。她现身在我面前对我说："那些不幸的女子有什么得罪了你吗？你将她们那些没有抵抗力的队伍投到武装得很好的男子们那儿去。那些男子，你已为他们著了两卷书，把他们爱术已教得精通了；女性自然也轮到一受你的功课了。那起初贬骂那生在代拉泊奈的妻子的人随后在一篇更幸福的诗中歌颂着她了。假如我很认识这曾经爱过女人们的你，请你不要叫他们吃亏吧。这个服务的报偿，你一生之中都可以要求的。"当她站在我前面的时候这样说着，又从那戴在她头上的柘榴冠上，摘下了一片叶子和几粒柘榴给我。当我接受的时候，我感着一个神明的感应：空气是格外光辉而清净，而工作的疲倦又绝对不压在我心上了。当维娜丝感兴起我的时候，女子啊，到这儿来求学吧！贞节和法律都准许你；你的利益也在邀请你。从今以后请你想一想那不久将来到的衰老吧：这样你便不会把流光虚掷了。当你还能玩的时候，当你还在生命的春日的时候，娱乐啊；年华和逝水一样地流去了；逝波是永不会回到水源的；时间一朝过去了也一样地去而不返的。不要辜负了好时光：它如此快地飞去了！今日是总不如昨日好的。在这些荆棘丛生的地方，我曾经看见紫罗兰漫开过；这枝生刺的荆棘从前曾经供给我很好的花冠过。你现在年纪还轻，推开了你的情郎，可是当有一个时候来到了，衰老又孤单，你夜间将在孤冷的床上颤栗着了。你的门不会被情敌们的夜间的争执所打破，而且在早晨，你更不能看见在门槛上铺满了蔷薇。啊啊，我们的皮肤是那样快地起皱了！我们的灿烂的容颜是那样快地改变了！那你发誓说你做少女的时候就有的白发不久就要满头了。蛇脱了皮就脱了它的衰老，鹿换了角便又变作年轻了；

可是时间从我们那儿夺去的长处是什么都不能补救的：花开堪折直须折，莫待无花空折枝啊。多生孩子是格外能使人老得快些：收获的次数太多会把田弄枯的。“月”啊，安第米雍在拉特摩司山上没有使你害羞，而凯发路思之被蔷薇手指的女神所抢得是没有什么可羞的，而阿陶尼斯是更不用说了，维娜丝到现在还哭着他；她的儿女艾耐阿斯和哈尔穆宜阿是从哪儿来的呢？凡女啊，你们须学着神仙的榜样，不要拒绝你们的情郎所希望的，你们可以给他们的那些欢乐。假设他们欺骗了你们，你们会损失些什么呢？你们所有的一切，你们仍旧保留着。一千个人可以得到你们的恩宠，可是他们不能损失你万一。功夫久了，铁石都会磨穿；可是我所说的那件东西却能抵抗一切，你也用不到怕有丝毫损失。一支蜡烛在接一个火给别一支蜡烛的时候会失去了光亮吗？小小的一勺会枯了沧海吗？可是许有一个女子回答男子说：“没有法子。”什么？你会损失什么？不过是你拿来洗浴的水吧。我并不是劝你委身于一切过路人的，不过请求你不要怀疑有什么损失吧：在你赐予的时候，你是一无损失的。不久我是要一阵更有力的风了；现在我还在港口，一阵轻风已足够送我前进了。

我先从冶容之术开始；栽培得好好的葡萄能得多量的酒；耕耘得好好的田收获就丰富。美貌是天赐的礼物；可是能以美貌来骄傲的有几个！你们之中有许多人都没有接受到这种赐予。冶容之术会给你们一张俊俏的脸儿；一张脸儿假使不事修饰，即使它是像伊达良的女神的脸儿一样，也会失去了它的一切的光彩。假如从前的女子们不关心于冶容，那么她们的丈夫也不会关心她们了。假如那披在盎特罗玛黑身上的衫子是粗布做的，可值得诧异吗？她的丈夫不过是一个粗鲁的兵。有人可看见阿约思的妻子装束得很华美地去见她的以七张牛皮做盾的丈夫吗？从前一种乡村的淳朴统治着；现在的罗马却璀璨着黄金又拥有它所征服的全世界的浩漫的财富。你且看看现在的加比都良和从前的加比都良吧；人们会说这是供奉另一个裘比德的了。元老院现在是很配那庄严的会集了：在达丢思王治国的时候，它不过是一所简单的茅舍而已。这巴拉丁山，在那里有阿普罗和我们的领袖们保护之下的灿烂的大厦，在那时是什么呢？一片耕牛的牧场而已。让别人去夸耀往昔吧；我呢，我是自庆生在今世的。现在这世纪是合我的脾胃的。这可是因为在今日人们从地下采取黄金，人们从各处海岸上采取珠贝，人们看见山因为采取大理石而消减下去，和我们的大坝把青色的波涛打退了吗？不是的，是因为现在人们讲究冶容之术，而长久留在我们祖先的时候的鄙野，到我们这时候已不存在了。可是你们却也不要把那些黑色的印度人在绿水里采来的高价的宝石挂在耳上，也不要披着那妨碍你们的轻盈的、坠着黄金的锦衣。这种场面，你们本来是想用来引诱我们的，结果却反使我们吓跑了。

素雅的装束才会使你惹人怜爱。不要把你们的头发弄乱。梳头妈妈的手能够增加美丽或是减损美丽。梳头有许许多多的式样；每人选择一个适合自己的式样，第一要紧的就是要照一照镜子。脸儿长的须得将头发分梳在额上，不用什么装饰：这就是拉奥达米阿的梳法。把头发梳起来，在额前梳成一个小髻，让耳朵露出来，这种梳法是宜于圆脸的女子的。有的少妇让长发披拂在肩头，和谐的斐菩斯啊，正像你一样，当你在调琴时。有的却应该梳起辫子，像那老是穿着短短的衫子在林中追逐猛兽时的第阿娜一样。有的飘着鬈曲的头发使我们着迷，有的把头发梳得平平地贴在鬓边使我们销魂。有的应该簪着玳瑁的梳子做装饰；有的应该把她的头发卷作波纹。浓密的橡树的橡实，希勃拉山的蜜蜂，阿尔贝山的野兽都还可以计算，而每日出来的梳头的新花样却数也数不清楚。随便的梳妆有许多人是相配的，这种梳妆别人以为是前一日梳了现在重新整理一下的。艺术是应该模仿偶然的。在破城后，伊奥莱现身于海尔古赖斯之前的时候也是这个模样的；海尔古赖斯一见她就说："我所爱的正就是这个人。"而你，被弃的格诺梭思地方的女儿，当你在刹帝鲁斯们的"曷荷艾"呼声中被巴古斯举到他的车上的时候，你也是这个模样的。女人啊，老天对于你们的爱娇是多么地肯出力帮忙，你们有千种的方法来补救时间的损害！至于我们男子呢，我们简直没有方法去掩过时间的损害；我们的被年岁所带去的头发，像被北风所吹落的树叶一样地凋落。女人呢，用格尔马奈的草汁来染她们的白发；技术给与她们一种假借的颜色，比天然的颜色更好看。女人呢，装着她刚买来的茸厚的头发走向前来，而且，只要花几个钱，别人的发就变了她们的了。而且她们是公然在海尔古赖斯和缪赛们面前买假发也不害羞的。

关于衣饰我说些什么呢？那种华丽的镶边和用帝路司红染过的毛织物和我有什么关系呢？价值便宜些的颜色正多着！为什么要把你全部的财产全背在身上呢？你看这天蓝，正像被南风吹散了雨云的青天一样；你看这金黄，这正就是从伊诺的毒计中救出弗里若克思和海莱来的公羊的颜色。这绿色模仿着海水，由海水而得到它的名称。我很愿意相信这是水上仙子的衫子。这个颜色像郁金草，就是那沾着露水驾着光耀的骏马的女神的郁金草衫子的颜色。那里你可以找到巴福斯的番石榴的颜色，这里有紫红宝石色，苍白的蔷薇色或是脱拉岂阿的鹤羽色。我们还有，阿马里力思啊，你所爱吃的栗子的颜色，杏仁的颜色；和从蜜蜡得到名称的布的颜色。毛织物所染的颜色，是和那当春天的温息使葡萄抽芽又驱逐了那闲懒的冬天的时候地上所发的花枝的颜色一样地多，而且许还更多些。在这许多颜色之间，你留意选择吧！因为一切颜色不是都适合于一切女子的。黑色是配合皮肤皎白的女子的；黑色是适合于勃丽赛伊丝的，当她被掠的时候，她正穿着黑色的衣裳。白色是宜于棕色的女子的：凯弗斯的女儿啊，一件白色的衫子使你变成格外娇媚，这就是你降落到赛里福司岛时所穿的衣裳的颜色。我正要告诉你不要使你腋下有狐臭，不要使你的腿上矗起粗毛。可是我的功课并不是教授那些住在高加赛山岩下的女子和喝着米西阿的加伊古司河水的女子的。叫你们不要疏忽把牙齿弄干净和每天早晨在梳妆台上洗净了脸有什么用呢？你们会用铅粉来涂白你们的脸儿，皮肤天生不娇红的人可以用人工使它红的。你们的艺术还能补救眉毛离得太开的毛病，又能用“颜妆”贴住你们年龄的痕迹。你们更不要害羞来用细灰或是生在澄清的启特诺斯河岸上的郁金草涂在眼圈上来增加你们眼睛的光彩。关于那些使你们美丽的方法，我已著有专论，虽然是短短的，却很精密重要。不被老天所宠幸的青年女子，你们亦可以到那儿去讨救兵：我的艺术是不吝以有益的话来教你们的。

可是不要使你的情郎瞥见你摊满了小盒子坐在桌边：要使艺术使你美丽而不给别人看见。看见那酒滓儿满涂在你们的脸上，因重而坠下来流到你胸头，谁会不厌恶呢？那以脂质液来做原料的粉的气味是那样的一种气味啊！虽然这液体是从没有洗过的羊毛中取出，从雅典运来的。我更不劝你在别人面前用鹿髓，或是在别人的面前净牙齿。这些我很知道是能使你格外娇媚，可是那种光景却是不很体面的；多少的东西当在做的时候是何等地难看，而当做好之后却使我们看了何等地欢喜！今天你们看看这些雕像，勤苦的米罗的杰作，在从前不过是一块顽石，一块不成形的金属。要做一个金戒指是先要捶金的；你现在所穿的衣裳从前只是一些不干净的羊毛。这大理石像，从前只是一块不成东西的石头，而现在已成为著名的雕像，这是在绞去头发上的水的裸体的维娜丝。同样，当你们在你们的美上面用功夫的时候，你们让我们以为你们还睡着吧：待你们妆成后出来，好处就多了。为什么要我知道你们的脸儿皎白的原因呢？把你们卧室的门关起来吧。为什么要把那不完全的工程显露出来呢？有许许多多的事情男子们是应当懵懂的：假使内幕被我们看穿了，差不多什么外表都会受我们的厌恶的。戏场上金色的饰物，你仔细去看看：那不过是一块木头上包了一层薄薄的金叶子吧！戏不演完时是不准看客走近去看的；因此你们应当在男子们不在旁边的时候妆扮，这是同样的理由。然而我却并不禁止你们在我们面前叫人梳理头发：我爱看你们的发丝披拂在你们的肩头。可是你应当没有一切的坏性子又不可叫人几次三番地拆了又梳，梳了又拆。不要使你们的梳头妈妈对于你们有所恐惧：我恨那些用指甲抓破梳头妈妈的脸和用发针刺她的手臂的女人们。她诅詈着她的女主人的头，那她还捧在手上的头，同时，她流着血把她的泪滴到那可恶的头发上。一切不能夸耀自己的头发的女子应得在门边放一个步哨，或者老是在善良女神庙里去梳头。有一天，他们向一位女子通报我的突然的光临：在匆忙之中，她把假发都装倒了。愿这样大的侮辱加到我们的仇敌的身上去吧！愿这种耻辱备给巴尔底的女子吧！一头牛没有角，一片地没有草，一株树没有叶和一个头没有发都是极丑的东西。赛美莱或是莱黛啊，我的课程并不是教你们的，被一头假牛所载到海外的西同的女子啊，我的课程也不是教你的，更不是教海伦的，这海伦，美奈拉乌思啊，你索取她是理应正当的，而你，抢她的特洛伊人啊，你不放她亦是有理由的。我的女弟子的群众中美的丑的都有；

而丑的尤其是占据大多数！美的女子不必一定要我的功课的帮助和教训：她们有那属于她们的美，并不需要艺术来施行它的权威的。当大海平静的时候，舵工是可以平安地休息的；起了风浪的时候，他便不离开他的舵了。可是一张没有缺点的脸儿是很少的！藏过了这些缺点，而且，尽力地减少你身体上的不完善啊。假如你是短小的，你便坐着，因为怕你站着的时候使人还以为你是坐着；假如你是个矮子，你便当躺在床上，这样躺着，别人便打量不出你的身材了，更用一件衫子把你的脚遮住了。太瘦小，你便穿厚布的衣服，再用一件很大的氅披在你肩上。惨白的脸便须搽上胭脂，棕色的脸便得向法鲁斯的鱼讨救兵。畸形的脚须得藏在精细的白皮鞋里；干瘦的腿切莫不裹皮带露出来给人看见。薄薄的小垫子补救了肩头的高低不齐；假如胸脯扁平的，便得遮一块胸袜。假如你的手指太粗或是你的指甲太粗糙，说话的时候千万不可做手势，口气太重的女子，在肚子饿的时候切不可说话，而且对男子说话的时候也应得站得远远地。假如你的牙齿是太黑，太长，太不整齐，那么你一笑就大糟而特糟了。

谁会相信呢？女子甚至还学习如何笑，这艺术能使她们格外爱娇。口不要开得太大；要使你的颊上起两个小小的酒涡儿，使下唇盖住上面的牙尖。笑的时候不要太长久，笑的次数不要太多，这样你的笑就温柔，细腻，人人爱听了。有些女子扭曲了她们的嘴大笑，做出怪难看的样子；有的女子大声地笑着，我们听起来却像是在哭着。还有一些女子拿那粗蠢而不愉快的声音来乱我们的耳朵，正像那牵磨的老母驴子的鸣声一样。艺术哪一处不伸张到啊？女子甚至还学习哭得好看呢；她们流着眼泪，在她们要哭和好像要哭的时候。那些吃去了重要的字母和勉强使她的舌头格格不吐的女人我又怎样说呢？这种读音的毛病在她们是一种爱娇：她们学习着说得更不好些。这是琐细的事，可是既然是有用的，你便得当心研究。你们须学着和女子适合的步法。在步履中有一种不可忽视的美：它能够吸引或是推开一个你们所不认识的男子。这一个，臀部摆动得合法，使她的长衫随风摇曳，尊贵地一步步地向前走去。那一个，像一个翁勃利的村夫的黄面婆一样，跨着大步走着。关于这一点，正如和其他事件一样，应当有个节度的。这一个太乡下气了，那一个太柔软太小心了。而且，你须得让肩头和左臂的上部露出来。这事对于皮肤雪白的女人尤其合宜：被这种光景所激动，我会渴望去吻着我从那肩头所看见的一切。

西兰们是海上的妖精，她们用那悦耳的歌声把那飞驶的船弄停了。西昔福斯的儿子听了她们的歌声，几乎要把那缚住他的绳子弄断，而他的同伴们，幸亏那封住耳朵的蜡，才没有被诱惑。悦耳的歌声是一件迷人的东西：女子啊，学着唱歌吧（有许多面貌不美丽的女子是用声音来做诱惑的方法的）。你们应当有时背诵着那你们从云石的剧场里听来的曲子，有时唱着那带着特有的节奏的尼罗河的轻歌。那些要向我来就教的女子们不应该不懂得用右手握胡弓，左手拿箜篌的艺术。洛道迫山的歌人奥尔弗斯能用他的琴韵去感动岩石，猛兽，鞑靼的湖和三头犬。你这个很正当的替母亲去复仇的人啊，听了你的歌声，那些顽石很听话地前来搭成一座新的城墙了。鱼虽然是哑的，却会感受琴韵，假如你是相信那大众咸知的阿利洪的故事的。更学着用两手挥弹古琴吧：这个欢快的乐器是利于爱情的。

你们还须得知道加利马古思的，高司的诗人的和戴奥司的老人——酒的朋友的诗歌。你们也得认识了莎馥（还有什么东西比她的诗更娇艳多情吗？）和那个写一个被那欺诈的葛达所骗的父亲的诗人。你也可以念念那多情的泊洛拜尔谛乌思，几章加鲁思的或是我们那可爱的谛蒲路思的诗，或是华鲁所制的咏那使弗里若克思的妹妹和那如此不幸的金毛公羊的诗。你们尤其应当念念那咏流亡的艾耐阿斯——崇高的罗马的建设者的行旅的诗人的诗：这是拉丁族的最大的杰作。或许鄙人的贱名也可以附骥于他们的鸿名下；或许拙作会不被莱带河的水所淹没了；是的，或许有一个人会说："假如你真是一个有学问的女子，你念念那我们的老师开导男女两性的诗章，或者在他所作的题名为《爱情》的三卷诗章中，选几节你将用温柔又清脆的声音来念的诗吧，或者，用一种轻盈的声调来念他的《名人书简》的一篇吧：这种体裁在他以前是没有人知道的，他是发明者。斐菩斯，强有力的生角的巴古斯，还有你们，贞洁的姊妹们，诗人的保护的神祇，请垂听我的心愿啊！

我愿意——这个别人是无可怀疑的——女子能够跳舞，如此当别人请求她跳舞的时候，她可以走出筵席来，优美地摆动着她的手臂。好的跳舞家使剧场中的看客皆欢喜：这种优美的艺术在我们是多么地有益力啊！我很惭愧说得这样琐细；可是我希望我的门徒能精于掷骰子，而且一掷下去就会算出点数来；她应该有时掷出三点，有时恰巧掷出那可以赢的和所需要的点子来。我也希望我的门徒下起棋来不要吃败仗：一个"卒"是打不过两个敌人的；"王"是须得和"后"分离着打仗的，一拼命，敌人就逃了。有一个赌法，按照那如水的流年的月数而分成密密的排列。赌台每面容三只棋子，谁第一个走到别一端谁就赢了。千千万万的赌法都要练熟啊；一个女人不会赌是可耻的；因为爱情往往是因赌博而生出来的。可是把骰子掷得很精也不是小事情啊：能够镇定是很重要的了。在赌的时候我们是往往失于检点的，火气把我们的性格暴露出来，而我们的心情也被人赤裸裸地看穿了。生气，赢钱心，占住了我们，因此便发生吵嘴、打架和苦痛的遗憾。我们互相埋怨了：口角声在空气里都布满了；每个人宣着神号相骂着了。在赌鬼，信用是没有的。为要赢钱，人们是什么心愿也许下了！我甚至时常看见那些满脸流着眼泪的人。想求爱的女子们，愿裘比德神为你们免了这些可耻的短处吧！

女子啊，这些就是你们的优雅的天性所允许你们的玩意儿；在男子们呢，他们的范围更大了。他们的玩意儿有网球，标枪，铁饼，武器和练马，体育场是不合你们的口味的，处女泉的冰冷的水也和你们不合宜的，都斯古思的平静的河水中，你们也不会去的。那你们可以的，而且在你们是有用的，就是在"太阳"的骏马跑进"处女宫"的时候到朋贝尤斯门下去散散步。到巴拉丁山上的戴月桂冠的斐菩斯的神殿里去巡礼一番——那在海底里把巴莱多尼思人的兵船弄沉的就是他——或者到那"大帝"的妹妹和皇后，和他的戴海军王冠的女婿所建筑的纪念物边去走走也好。那为曼非斯的牝牛献着香烛的神坛下也要去。那以可以出风头出名的三个戏院（尤不可不去。那新血还热着的竞技场和转着飞奔的马车的赛车场也得常去跑跑。隐掩者终不为人所知；不为人所知者不为人所欲。一张娇丽的脸儿，假如不给别人看，那还有什么用呢？你唱，你便可以超过达米拉思和阿默勃思；你的琴韵，假如不为别人所听得，如何能得大名呢？假如那高司的画家阿贝莱思不把他的"维娜丝画"出展，这位女神恐怕到现在还沉没在大海里吧。除了"不朽"，那些诗人的野心是什么呢？这是我们的工作所等着的最后的目的。在从前，诗人是为神祇和国王所宠爱的；在古代他们的歌是能得到无数的偿报时；诗人的名字是神圣而受人尊敬的，而且人们往往给予他们无数的财富。伟大的思岂比奥啊，那生在加拉勃里阿半岛的山间的安钮思是被人认为配葬在你旁边的。可是现在是斯文扫地了；对于缪赛们的勤劳也得到了一个“游手好闲”的名称了。可是无论如何我们总是欢喜刻苦求得名的。谁会认识荷马呢，假如那部不朽的杰作《伊里亚特》到如今还不为人所知？谁会认识达纳爱呢，假如她老是深居在她的塔中？她一定无人知晓，而变做一个老太婆了。青年的美人们啊，轧热闹是有用的。你们须得时常跑到外边去。雌狼是到大群的绵羊里去找食料的；裘比德的鸟是在多小鸟的田间翱翔着的。美丽的女子也应该在群众间露脸的：在大群的人中，她或许可以找到一个她可以诱惑的男子。她须得到处搔首弄姿，还须得注意能增加美好的一切。机会是到处都有的：老是把持着你们的钓钩吧，在那你以为没有什么鱼的水里是会有鱼的。猎狗在多树木的山上到处搜寻而一无所得是常有的事，而人们并不打猎，麋鹿却会自己投到罗网中来。那被绑在岩石上的昂德萝美黛。所能希望的最后的事，可不就是看见自己的眼泪诱惑什么人吗？在自己丈夫埋葬的时候找到别一个男子是常有的事。披头散发地走着，又让自己眼泪流着，这在女人是再好看也没有了。

可是那些炫弄服饰和漂亮的，每根头发都有自己的一定的位置的男子们，你们是应该置之不理的。他们所对你们说的话，他们是早已向千千万万的女子说过了的：他们的爱情是绝对靠不住的。一个女子，对于一个比自己还无恒，比自己还多情人的男子，有什么办法呢？这事你是总不会相信的，可是你应该信服我。泊里阿摩思的女儿啊，假如听了你的话，特洛伊城恐怕到现在也不会攻破呢。有些男人戴着爱情的假面具向女子来钻营，他们只想从这条路去找些不要脸的获得。不要被他们用松脂油涂得亮光光的头发，或是紧束着腰带的华服，或是那些满戴在手指上的指环所诱惑了去。或许那穿着得最漂亮的竟会是一个贼，想偷你的华丽的衣饰。

"把我的东西还我啊！"这就是被骗的女子们时常喊着的。全个公堂都震响着这种呼声："把我的东西还我啊！"维娜丝啊，你的邻女们阿比阿丝啊，你们一点也不感动地从你们的金碧辉煌的庙上临看着这些纠葛。除了那些窃贼以外，还有那些著名的淫棍，上了他们的当的女人，便免不得分担他们的恶名。前车可鉴，你们的门永不应让一个诱惑者进来。凯克洛泊斯的女儿们啊，不要相信戴设斯的誓言；他凭神祇发誓这不是第一次啊。而你，岱莫冯，戴设斯底薄幸的承嗣者，在欺骗过菲丽丝以后，已没有人相信你了。假如你们的情人满口说得很好听，你们也像他们一样地满口说得很好听就是了；假如他们拿东西送你们，你们也用相当的情谊回答他们，一个女子是能够熄灭薇丝达的永远的火，掠取伊纳古思的女儿的神祠里的圣物，和献毒酒给丈夫喝的，假如收了情夫的礼物而不把爱的狂欢给他。

可是我不愈说愈远了；缪赛，勒住你的骏马吧，不要越出范围。一个简帖儿前来探测了；一个伶俐的侍女收下它了；当心地念着它；信上所用的辞气是足够使你辨得出那些所表白的心愿是否真诚的，是否出于迷恋着的心的。不要立刻就复信。等待，只要是不太长久，是能够把爱情弄得格外热烈的。对于一个年轻的情郎的请求，你须得要搭些架子，可是也不要一口回绝。要弄得他心惊胆跳，同时也要给他些希望，要使每一封回信逐渐地固定了他的希望，减少了他的害怕。女子们所用的辞句应当简洁而亲切：平常谈话的口气是再可爱也没有了。多少次啊，一封信燃起了一颗心里的游移的情焰！多少次啊，一种不通的词句毁坏了美的幻影！可是，既热不戴那贞洁的假面具，要欺骗你们的丈夫而不使他们起疑，你们便须得要有一个谨慎的侍女或是奴隶来为你们传书递简，年轻而没有经验的奴仆是万万靠不住的。无疑地，那个保守着这种把柄的人是没有良心的，可是他所有的兵器是比艾特纳山的雷霆还利害啊。我看见过无数的女子，为了这种的不谨慎，害怕到脸儿发青，吃尽一辈子的大亏。在我想来，我们可以用欺骗答欺骗，而法律也允许以兵器攻兵器的；你们须得要有一只手写出几种笔迹来的本领（啊！那些使我逼不得已教你们采取这种方法的人们给我死了吧！）不先把字迹擦去而复信的人真是傻子，简帖儿上是留着两个人的手迹了。当你们作书给你们的情郎的时候，你须得用那写给你们的女友的口气；在你的信上，要称“他”的地方都须得称“她”。

可是我们且把这些琐事按下不提而说那重要事情。为要保持你们的颜面的好看，你们须得把你们的脾气忍住不发出来。心平气和是合于人类的，正如暴怒是合于猛兽的一样。一发怒，脸儿便板起了，黑血把脉络也涨粗了，而在眼睛里，高尔戈的一切的火都燃起来了。“走开，你这可恶的笛子；我不值得为你牺牲了我的美。”葩拉丝在水里看见了自己的影子便这样说。你们也如此，在你们盛怒的时候，假如你们去照一照镜子，恐怕没有一个人会认得出那是你们自己的脸儿来。骄傲也会破坏了你们的美丽的：要钩起爱情；是要媚眼儿的。相信我的经验吧；太骄傲的神气我们是憎厌的。往往虽则一句话也不说，脸上也带着恨的根苗的。有人注视你，你也注视他。有人向你温柔地微笑，你也向他温柔地微笑。假如有人向你点头，你也向他打个招呼，阿谟尔也是先用钝箭尝试，然后从箭囊里拔出利箭来的。我们亦憎厌悲哀。让黛克梅莎去被阿约思所爱吧，像我们这种快乐的民族呢，一个快乐的女子才能钩动起我们的春心。不，绝对不是盎特罗玛黑，绝对不是黛克梅莎，你们两人中，我一个也不想你们来做我的情妇。我甚至还不大相信，虽则你们的子孙使我不得不相信，你们会和你们的丈夫同床过。一个沉浸在悲哀中的女人，怎样会对阿约思说：“我的生命啊”，和一切在男人们所到了要全身舒畅的话呢?

请你们允许我对于我的不足轻重的艺术来引用几个伟大的艺术的例子,而且请你们允许我把这艺术和总兵的大元帅的企图来比拟。一位精明的大元帅把一百个步兵的统带权托付给一个将官,把一队的骑兵托付给另一个将官,把旗卫兵托付给又是一个将官。你们也是如此,你们须得审察一下,我们中某人做某事是相配的,是对于你们也有用的。要有钱的人送礼物;要法学家出主意,要律师打官司;我们这些做诗的人呢,要我们做诗送你们,我们这一群比什么人都多懂些恋爱;我们会使那叫我们迷恋的美人名震遐迩。奈梅西丝是出名了;卿蒂阿也出名了,自西至东,丽高里丝的名字谁都知道了,而且人们也时常问起那我所讴歌的高丽娜是谁。我还要说,那些诗人,神圣的人物,是有一颗不知道"负心"的心,而我们的艺术又用它的意象把我们改造过了。我们是既不为野心,又不为金钱所动摇的;我们厌恶名利,只要阴暗和一张卧榻就满足了。我们是容易结识的,我们是烧着一个久长而热烈的情火的,我们是知道用真心真意爱着的。无疑地,我们的性格已经受我们的和平的艺术陶熔过了,而我们的习惯也是和我们的努力同化了。青年的美人啊,对于诗人们,鲍艾沃帝阿的神祇的弟子,你们是应当迁就些的;灵风使他们有力,缪赛们宠爱他们,我们身上附着神明,而我们又和天有交往:我们的灵感是从天上降下来的。博学的诗人的等待金钱是一种罪恶;啊啊!这是一种什么女子都怕做的罪恶。女人啊,你们至少要会娇饰,不要一下子就把你们的贪心露出来:一看见是陷阱,一个新的情郎就要吓跑了。

一个老练的马夫的用辔,对于新马和对于旧马是不相同的。同一的理由,为要引诱一颗有经验的心和一个青春的少年,你们是不应该取同样的方法的。那个你准许进你的卧房里去的，第一次进情场的新手，新的猎品，是应该使他只知道你，是应该使他老是在你的旁边：这是应该四边围着篱笆的植物。你须要担心情敌：只要你伴着他不放松，你就一定胜利了；维娜丝的权，正如国王的权一样，是一离开就糟的。至于那别一个，那个老兵，是会神不知鬼不觉地，乖乖地爱着的；他能忍下许多新兵所忍受不下的事情。他不会打破你们的门或者是烧你们的门；他不会用他的指甲抓破了他的情妇的嫩脸，他不会撕破她的长衣或是一个女子的衫子，而且，在他，马被劫去了也不会流眼泪的。那激情是一个在青春期和恋爱期中的少年所仅有的。而别一个呢，他会耐心地忍受着那些最利害的伤楚。他所燃烧着的情火是不旺的，啊啊！正如燃烧着湿稻草，或是新从山上砍下来的柴一样。这种的爱情是靠得住的；而那种的爱情虽是热烈，但是不能经久：快些去采那一现的昙花啊。

我就要把一切献给敌人了（我们早就开门临敌了），而对于我的叛逆，我也是存着至诚不欺之心。太容易垂青是难长久养爱情的；在温柔的欢乐中是应该夹入些拒绝的。让你的情郎剩在门口；要使他叫着“忍心的门！”要使他不停地哀求和威吓。清淡的东西我们是不欢喜的：一种苦的饮料倒能打开我们的胃口。一只船被顺风翻没了是常有的事。下面是阻碍一个丈夫爱自己的妻子的理由：无论什么时候，高兴要看她就可以看见她。把你的门关起来吧，叫你的守门人对他说：“不许进来。”一被关在门外，爱情便热烈起来了！现在把钝兵器抛下来拿锋利的兵器吧。我相信就要看见那我发给你们的箭反要向我射来了。当一个新的情郎坠入你的情网的时候，你要使他起初自庆着能独尝禁脔，不久你便得给他一个你另有所钟，而你的思眷并非他所独得的恐惧。假如没有这种战略，爱情便老去了。一匹骏马只有在对手超过它的时候或是要赶上它的时候才拼命地跑的。假如我们的情焰熄了，是要妒忌来使它重燃的。在我呢，我承认假如别人不伤触了我，我是不会爱的。可是不要使你的情郎很明白地知道他的苦痛的原因：让他提心吊胆着，不知到底是怎么一回事。你须要假说有一个奴隶在暗底下留心你们的一举一动，和一个很利害的丈夫在想法捉奸，这样是能使爱情兴奋的。没有危险，欢乐也就没有劲儿了。即使你是比达伊丝，都自由自在，你也得疑人疑鬼地害怕着。当你可以很容易地叫你的情郎从门里进来的时候，偏要叫他从窗口爬进来，而且你的脸儿也须装出惊怕的表情。须要有一个狡猾的侍女急急忙忙地跑进来，喊着：我们糟了！于是，你便把你的那个害怕得发抖的少年情郎随便在哪里去藏一藏。可是，在这恐惧之后，你须得叫他安安逸逸地尝一尝维娜丝的欢乐的异味，不要叫他太吃亏。

如何去瞒过一个狡猾的丈夫或是一个周到的看守人等方法，我是险些忘记讲了。我希望一个妻子怕他的丈夫；我希望她是被看守得好好地：这是在礼仪上所须崇，在法律上，正义上，贞操上所须守的。可是你，刚被裁判官用小棒触着而解放了的女奴，谁能加你以同样的监守呢？你到我的学校里来听欺骗的课程吧。那些监视的人，即使他们有和阿尔古司一样多的眼睛，只要你有决心，你一定能把他们一个个地都瞒过了。当你一个人在洗澡的时候，一个监守人如何能来妨碍你写信呢？假使你叫你的同谋的侍女把情书放在她胸脯边或鞋底里，监守人如何能妨碍她送出去呢？可是假如那监守人已看穿了这个把戏：那么你便得要叫你的同谋人露出她的背来，把情书写在皮肤上。一个可以瞒过别人的眼睛的最靠得住的方法，就是用新挤的牛乳来写信，只要用些炭末一洒，字就清清楚楚地看得出了。

用亚麻茎中挤出来的液体来写也有同样的效验；于是那别人不怀疑的简帖儿上便有着别人所看不见的字了。阿克里修思亲自很留心地管看着他的女儿：可是她终究犯了奸，请他做外祖父了。当在罗马有那么多的戏院子的时候；当她有时去看赛车，有时去看赛会的时候；当她去到那些她的监守人不能进去的地方（因为善良女神是不准男子们走进她的神祠去的，那些她高兴准他们进去的男子是例外）的时候；当那可怜的监守人在那大胆地藏着情郎的浴池外看守着女子的衣裳的时候，一个监守人如何能管住女子呢？当在必要时，她难道不能寻到一个口里嚷着生病的女友（口说生病，倒把自己的床让给她）？那个名叫“奸情女”的复制的钥匙可不是已为我们指出应该怎样办吗？而且要到情妇房里去，我们难道非从门里进去不可吗？为要免去一个监守人的监视，我们还可以用黎阿曷士的液体，就是西班牙山上出产的也可以。还有一种能叫人深深地睡去的药，它能使一个莱带河的夜压在别人的眼睛上，还有一种幸福的战略，就是叫你的同谋的侍女用欢乐的香饵迷住那个可憎的监守人，叫她用千般的温柔留住他长长久久。可是假如只要一点小小的报效已够贿赂了那监守人，我们又何必来转了许多弯，细微曲折地去想法子呢？用礼物，你们相信我啊，不论是人是神都会受诱惑的：就是袭比德大神也会上献祀物的当的。所以不论是聪明人或是笨人，礼物是没有人不欢喜的。甚至是丈夫，当他收到了礼物的时候，也会装聋作哑的。可是你只要每年买他一次就够了：他伸手过一次，自然也会时常伸手的。

我引为遗憾过，我记起了，朋友是不可信托的：这个遗憾不仅只是对男子们而发的。假如你太信托他人，别的女子就要来分尝你的爱情的欢乐的甜味了，而那你可以获得的兔子，也要被别人弄去了。即使是那个肯把自己的间房和床借给你的忠心的朋友，听我的话吧，她也和我有过好多次关系。不要用太漂亮的女仆：她会常常在我这儿取得她的主人的地位。

我要把自己弄成怎样啊，我这傻子？为什么袒着胸去临敌人呢？为什么自己卖自己呢？鸟是不把捉自己的方法告诉捕鸟人的；鹿是不把自己逃走的路指给那要扑到它身上去的猎犬看的。我自己有什么好处呢？可是不去管他，我大方地继续着我的企图，把那可以将我处死的兵器给与兰诺司的女子们。你们须得要使我们自以为是被爱着（而且这是容易的事）：热情是很容易坚信它所冀望着的一切的。女子只要向青年的男子瞟一瞟情眼，深深地叹息，或者问他为什么来得这样迟就够了。你们还须得加上眼泪，一种矫作的嫉忌的怒，又用你们的指甲抓破了他的脸。他就立刻坚信不疑了，他便对你一往情深了。他将说："她发狂地爱着我"，尤其是那些漂亮的，常常临镜的，自以为能打动女神的心的花花公子。可是无论如何，假如受了一个冒犯，你们切不可把不高兴表现得太露骨，知道了你的情郎另外有一个情妇，你切不可气得发昏！

而且不要轻易地相信！太轻易相信是多么地危险啊！泊洛克丽丝已给了你们一个证明的例子了。在那繁花披丽的含笑的希买多斯山旁，有一个圣泉；一片绿茵遮住了土地。矮矮的密树造成了一个林子，杨梅树荫着碧草；迷迭香，月桂，郁翠的番石榴薰香着空气；在那面还有许多枝叶丛密的黄杨树，袅娜的西河柳，金雀花和苍松。在和风的轻息中，一切的树叶和草都微微地颤动着。凯发路思是爱安息的；离开了仆役和犬，这个疲倦了的青年人常常到那个地方去闲坐。他老是这样唱："无恒的凉风啊，到我胸头来平息了我的火吧。"有人听到了这几句话，记住了，轻忽地去告诉他的提心吊胆的妻子。当泊洛克丽丝知道了这个她以为是情敌的"凉风”的名字后，她便昏过去了，苦痛得连话也说不出了。她的脸色变成惨白的，正如那被初冬的寒气所侵的，采去了葡萄的葡萄叶，或是那累累垂挂在枝头的，已经熟了的启道奈阿的果实，或是那还没有熟透的羊桃一样地惨白。当她清醒过来的时候，她把自己胸前的轻衫撕破，又用指甲把自己的脸儿抓破——这张脸儿是当不起这种待遇的。随后突然地披散着头发，狂怒着，她在路上奔跑着，好像被巴古斯的松球杖所激动了一样。到了那所说的地方时，她把她的女伴留在谷中；她亲自急忙掩掩藏藏地蹑足走进树林去。泊洛克丽丝，这样鬼鬼祟祟的，你的计划是什么啊？什么热焰燃起了你的迷塞的心啊？你无疑是想着那个“凉风”，那个你所不认识的“凉风”就要来了，而你又将亲眼看见那奸情了。有时你懊悔前来，因为你不愿意惊散他们，有时你自祝着：你的爱情不知道如何决定，使你的心不停地跳动。你是有地方，人名，告密人，和那多情的男子所容易和人发生恋爱的可能性来做你的盲信的辩解的。在被压倒的草上一看见有一个生物的足迹，她的心便立刻狂跳起来了。太阳已到了中午的时候，已把影子缩短了；它悬在天的正中。这时那个岂莱耐山的神祇的后裔凯发路思回到树林里来了；他用泉水浇着自己的晒热了的脸。泊洛克丽丝，你担心地躲着：而他却躺在那块常常躺的草地上，嘴里说着：“温柔的和风，你来啊，而你，凉风，你也来啊。”那个不幸的泊洛克丽丝快乐地发见了那个由于一句两可之词而起的错误了，她安心了，她的脸儿也恢复原状了。她站了起来；那女子想要冲到她的丈夫的怀里去，因此她便翻动了那拦在路上的树叶。凯发路思以为是一头野兽来了；他便用一个少年人的敏捷态度拿起了他的弓；箭是已经握在他的右手中了。不幸的人，你要做什么啊？这不是野兽，留住你的箭吧。箭已射中了你的妻子了。“哎哟”，她喊着，“你射穿了一颗爱你的心了。这颗老是被凯发路思所伤的心。我是在不该死的时候死了，可是我却没有情敌。大地啊，当你遮覆着我时，在我是格外觉得轻些了。那个引起我的误会的‘凉风’已把我的生息带去了。我死了。哦！用你的亲爱的手把我的眼皮合下吧。”他呢，吞着沉哀，将那占有他的心的人儿的垂死的娇躯枕在臂上；他的泪水洒着那个惨酷的伤痕上。可是完了，那轻信的洎洛克丽丝的灵魂已渐渐地从她的胸头离去，而凯发路思，把他的嘴唇贴在她的嘴唇上，吸取了她最后的呼吸。

话休烦絮，言归正传；我应该不弯弯曲曲地说下去，要使我的航倦了的船快快地进港了。你不耐地等着我领你到宴会去，而且还想我教你关于赴宴会的门径。你应该去得很迟，而且你的姿态也不该在灯未亮之前显露出来：等待是能够增加你的身价的；除了等待之外是没有别的更好的撮合人了。假如你是丑的，那喝醉了的人的眼睛看起来就美丽了，而且夜也足够掩饰住你的缺陷了。用你的指头撮取菜肴：吃得好看也是一种艺术；不要用没有拭干净的手去抹你的脸。在赴宴以前不要在家里先吃，可是在筵席上，却不要吃得太饱，要留一点胃口。假如洎里阿摩思的儿子看见海伦拼命地大喝大嚼，他准会说：“我得到了一个多么傻的胜利啊！”稍稍喝些酒在女子是适宜的；维娜丝的儿子和巴古斯混在一起是很和谐的。可是你也应该叫你的头担当得起那酒，不要使你的聪敏和行动被弄昏，不要使你的眼睛看花了。一个女子喝得酩酊大醉而躺在地上，那是一个多么难看的怪现象啊！来一个人就可以把她取而得之的。在席上一瞌睡就要受危险的：瞌睡是冒犯贞操的好机会。

我很害羞讲下去，可是那第奥奈对我说：“那你所害羞的正就是我们的事业。”每个女子须要认识自己，依照你的体格，你便选择各样的姿势；

同样的姿态不是适合于一切的女子的。那脸子特别漂亮的女子应当仰卧着。那些满意自己的臀部的须得把自己的臀部显露出来。露岂娜可曾遗下些皱纹在你的肚子上吗？那么，你也像那巴尔底人一样，反转了背脊交战着。米拉尼洪把阿达朗达的腿放在自己的肩上；假如你的腿是美丽，你便得照样地搁上去。矮小的女子应当取骑士的姿势；那身子很长的带白女子，海克笃尔的妻子，从不跨在她的丈夫的身上，像跨在一匹马上一样的。那身体颀长的女子须得跪在床上，头稍向后弯。假如你的腿股有青春的爱娇，而你的胸膛也是完美的，那么男子应该直立着，而你便斜斜地躺在床上。取这种姿势的时候，不要怕羞。你须要把你的头发披散了，像跳神诸女一样，而且转着头飘散着你的头发。要尝维娜丝的欢乐有千姿百态；那最简单而最不吃力的方法就是半身侧卧在右面。可是那斐菩斯的三脚椅，和生牛头的阿孟都不能比我的缪赛给你更靠得住的启示；假如我的话有几句是值得相信的，你们便受我的教吧，这是一个久长的经验的结果；我的诗是不欺你们的。女子啊，我愿维娜丝的欢乐一直透进你的骨髓里，又愿你和你的情郎分受着那种享乐！情话和琐语永远不要间断，而在你们的肉搏中，猥亵的话是应该夹进去的。即使像你这种老天吝于赋给爱情的幽欢的感觉的人，你也得假装着，用温柔的谎语，说你是感觉到那种幽欢的。那种生着麻木不仁的那能给男女以快感的器官的女子，是多么可怜啊！可是这种矫饰切不要被发现出来；要使你的动作和你的眼睛的表情帮助你来欺骗我们！放荡，软语，和喘息是会给人一种幻觉的。我讲下去有点害羞了：这个器官也有它自己的秘密的表情。在那维娜丝的幽欢之后去向情郎要求赠物，那是用不到什么重大的恳求的。我忘记说了：在卧房里不要让光线从窗里透进来；你的身体的好多部分是不能在日光下被人看见的。

我的废话已讲完：现在已是走下那天鹅驾着的车子了的时候。正如从前男子们一样，现在女子们，我的女弟子，在她们的战利品上这样写："沃维提乌思是我们的老师。"

ISBN 978-7-5113-7540-7
9 787511 375407 >
定价：68.00元